preliminar

Os altos e baixos de Lee Fiora

curtis sittenfeld

preliminar

Os altos e baixos de Lee Fiora

Tradução de
ANA LUIZA DANTES BORGES

galera
RECORD
Rio de Janeiro | 2008

CIP-Brasil. Catalogação-na-fonte
Sindicato Nacional dos Editores de Livros, RJ

Sittenfeld, Curtis
S637p Preliminar: os altos e baixos de Lee Fiora / Curtis Sittenfeld; [tradução Ana Luiza Borges]. – Rio de Janeiro: Galera Record, 2008.

Tradução de: Prep
ISBN 978-85-01-07690-8

1. Adolescentes (Meninas) – Ficção juvenil. 2. Estudantes – Estudos preparatórios – Ficção juvenil. 3. Novela juvenil americana. I. Borges, Ana Luiza. II. Título.

08-0072 CDD – 028.5
CDU – 087.5

Título original em inglês:
PREP

Direitos exclusivos de publicação em língua portuguesa somente para o Brasil adquiridos pela
EDITORA RECORD LTDA.
Rua Argentina 171 – Rio de Janeiro, RJ – 20921-380 – Tel.: 2585-2000
que se reserva a propriedade literária desta tradução

Impresso no Brasil

ISBN 978-85-01-07690-8

PEDIDOS PELO REEMBOLSO POSTAL
Caixa Postal 23.052
Rio de Janeiro, RJ – 20922-970

Para meus pais, Paul e Betsy Sittenfeld;
minhas irmãs, Tiernan e Josephine;
e meu irmão, P. G.

Sumário

1. Furtos

OUTONO CALOURO

Acho que tudo, ou pelo menos a parte do tudo que aconteceu comigo, começou com a confusão da arquitetura romana. História Antiga foi a minha primeira aula do dia, que ocorreu depois da capela de manhã e da lista de chamada, que não era exatamente uma lista de chamada, e sim uma série de comunicados em uma sala imensa com janelas paladianas de seis metros de altura, filas e filas de carteiras com tampos presos por dobradiças que se erguiam para que livros fossem guardados ali, e painéis de mogno nas paredes — um para cada turma desde a fundação da Ault em 1882 — com os nomes de todos que tinham se graduado na escola. Os dois monitores seniores, isto é, do 4° ano, conduziam a chamada sentados a uma mesa em um tablado, convocando quem tinha se inscrito antecipadamente para dar avisos. Minha carteira, designada por ordem alfabética, ficava próxima ao tablado, e como eu não conversava com meus colegas que se sentavam perto, passava o tempo antes da chamada escutando a conversa dos monitores com os professores ou dos estudantes entre si. Os monitores se chamavam Henry Thorpe e Gates Medkowski. Era a minha quarta semana na escola e eu não conhecia bem a Ault, mas sabia que Gates era a primeira garota na história da escola a ter sido eleita monitora.

Os avisos dos professores eram diretos e sucintos: *Por favor, não se esqueçam de que os formulários com a escolha de seus orientadores devem ser entregues ao meio-dia na quinta-feira.* Os avisos dos alunos eram extensos — quanto mais longa a lista de chamada, mais breve seria o primeiro tempo — e repletos de duplos sentidos: *Está havendo treino de futebol masculino hoje no Coates Field, que, para quem não sabe, fica atrás da casa do diretor, e quem também não souber onde fica essa casa, pergunte ao Fred. Cadê você, Fred? Quer levantar a mão, cara? Lá está ele. Todos estão vendo o Fred? Certo, Coates Field. E não se esqueçam: levem suas bolas.*

Quando os avisos acabaram, Henry ou Gates apertou um botão do lado da mesa, parecido com uma campainha de porta, e o som ressoou pela escola, e nós todos nos arrastamos para a aula. Na de História Antiga, estávamos apresentando diversos tópicos e, nesse dia, eu era uma das alunas que fazia a apresentação. Tinha copiado de um livro da biblioteca imagens do Coliseu, do Panteão, das Termas de Diocleciano, depois colado as imagens em uma cartolina e circulado com pilot verde e amarelo. Na véspera, eu tinha ficado na frente do espelho do banheiro do dormitório treinando o que ia dizer, mas então alguém chegou, fingi que estava lavando as mãos, e saí.

Fui a terceira; na minha frente foi Jamie Lorison. A sra. Van der Hoef tinha armado um púlpito na frente da sala e Jamie se colocou atrás segurando as fichas de arquivo.

— É um tributo ao talento dos arquitetos romanos — começou ele — pelos muitos edifícios que projetaram há mais de dois mil anos e que existem ainda hoje para que as pessoas do tempo moderno os visitem e desfrutem.

Meu coração deu uma guinada. O talento dos arquitetos romanos era o meu tópico, e não o de Jamie. Tive dificuldades em escutá-lo enquanto prosseguia, embora surgissem frases familiares: *os aquedutos, construídos para transportar água... o Coliseu, originalmente chamado Anfiteatro Flaviano...*

A sra. Van der Hoef estava em pé à minha esquerda e me inclinei para ela e sussurrei:

— Com licença.

Ela pareceu não me ouvir.

— Sra. Van der Hoef? — Depois, e o gesto pareceu particularmente humilhante, estendi a mão e toquei em seu braço. Ela estava usando um vestido de seda marrom de gola e um cinto de couro marrom, e apenas rocei os dedos na seda, mas ela se retraiu como se eu a tivesse beliscado. Olhou-me com raiva, sacudiu a cabeça, e se afastou vários passos.

— Gostaria de mostrar algumas imagens — ouvi Jamie dizer. Ele levantou uma pilha de livros do chão. Quando os abriu, vi as fotos coloridas dos mesmos edifícios que eu tinha copiado em preto e branco. Ele as pôs no púlpito.

Então sua apresentação foi concluída. Até esse dia, eu nunca tinha sentido nada em relação a Jamie Lorison, que era ruivo, magricela e respirava alto, mas agora, observando-o se sentar com uma expressão tranqüila e satisfeita, eu o odiei.

— Lee Fiora, acho que você é a próxima — disse a sra. Van der Hoef.

— Bem, o que acontece é que... — comecei — bem, acho que tem um problema.

Senti meus colegas me olhando com um interesse cada vez maior. A Ault orgulhava-se, entre outras coisas, do seu pequeno número de alunos para cada professor, e havia somente doze de nós na turma. Porém, quando os olhos de todos se fixaram em mim de uma só vez, não me pareceu um número tão pequeno.

— Simplesmente não posso expor — disse eu finalmente.

— Como? — A sra. Van der Hoef tinha quase 60 anos, era uma mulher alta, magra, com um nariz adunco. Ouvi dizerem que era viúva de um arqueólogo famoso, não que qualquer arqueólogo fosse famoso para mim.

— É que a minha apresentação é, ou melhor, seria... Achei que eu deveria falar da... mas talvez, agora que Jamie...

— Não estou conseguindo entender o que quer dizer, srta. Fiora — disse a sra. Van der Hoef. — Precisa falar claramente.

— Se eu me apresentar, repetirei tudo o que Jamie acabou de falar.

— Mas você deve apresentar um tópico diferente.

— Na verdade, eu ia falar sobre arquitetura, também.

Ela dirigiu-se à sua mesa e correu o dedo por uma folha de papel. Fiquei olhando para ela enquanto falávamos e agora que ela havia se virado, não sabia o que fazer com meus olhos. Meus colegas continuavam me observando. Até então, durante esse ano escolar, eu só tinha falado nas aulas quando era chamada, o que não acontecia com freqüência; os outros alunos na Ault mostravam-se sempre ansiosos por participar. Quando fiz as duas últimas séries do ensino fundamental em South Bend, Indiana, minhas aulas pareciam discussões entre mim e minha professora, enquanto o resto da turma sonhava acordada ou cochilava. Ali, o fato de fazer a dissertação não me distinguia. Na verdade, nada me distinguia. E agora, em meu discurso mais extenso até hoje, eu me mostrava estranha e idiota.

— O seu tópico não é arquitetura — disse a sra. Van der Hoef. — É atletismo.

— Atletismo? — repeti. Era impossível ter-me oferecido para desenvolver esse tópico.

Ela me passou o papel, e lá estava o meu nome, *Lee Fiora — Atletismo,* com sua letra, logo abaixo de *James Lorison — Arquitetura.* Escolhemos os tópicos levantando as mãos na turma. Era evidente que ela tinha me entendido errado.

— Poderia fazer atletismo — disse, sem convicção. — Posso apresentar esse tópico amanhã.

— Está propondo que os alunos que se apresentarão amanhã tenham seu tempo reduzido por você?

— Não, não, é claro que não. Mas talvez, outro dia, ou talvez... posso apresentá-lo quando a senhora quiser. Mas hoje não. Hoje só posso falar sobre arquitetura.

— Então falará sobre arquitetura. Por favor, use o púlpito.

Olhei espantada para ela.

— Mas Jamie acabou de falar.

— Srta. Fiora, está desperdiçando a hora da aula.

Enquanto me levantava, pegava meu caderno de anotações e a cartolina, pensava em como a Ault poderia ter cometido um equívoco desse tipo. Eu nunca faria amigos; o melhor que poderia esperar de meus colegas era a piedade. Já estava óbvio para mim que eu era diferente deles, mas tinha achado que poderia mentir durante algum tempo, formando uma idéia de como eram e então me reinventando à imagem deles. Agora tinha sido desmascarada.

Segurei nos dois lados do púlpito e olhei para as minhas anotações.

— Um dos exemplos mais famosos da arquitetura romana é o Coliseu — comecei. — Historiadores acreditam que o nome Coliseu vem de uma imensa estátua chamada Colosso de Nero, que se localizava nas proximidades.

Ergui os olhos das minhas anotações. Os rostos de meus colegas não se mostravam nem bondosos nem hostis, nem simpáticos nem antipáticos, nem interessados nem aborrecidos.

— O Coliseu era o local de shows oferecidos pelo imperador ou por outros aristocratas. O mais famoso desses espetáculos... — Fiz uma pausa.

Desde a infância, sentia o começo de lágrimas em meu queixo e, nesse exato momento, ele estava tremendo. Mas eu não ia chorar diante de estranhos.

— Desculpem — eu disse. E saí da sala.

Havia um banheiro feminino no outro lado do corredor, mas eu sabia que lá seria o lugar mais fácil de ser encontrada. Enfiei-me na escada e desci correndo para o primeiro andar, e de lá, para fora do edifício pela porta lateral. Fazia sol e estava fresco, e com quase todo mundo em aula, o campus estava agradavelmente vazio. Corri para o meu dormitório. Talvez eu fosse embora: iria de carona até Boston, e lá pegaria um ônibus de volta a Indiana. O outono no Meio-Oeste era bonito, mas não bonito demais — não como na Nova Inglaterra, onde chamavam as folhas de *folhagem*. Em South Bend, meus irmãos mais novos teriam passado o fim de tarde jogando futebol no quintal e, cheirando a suor, entrariam para jantar; estariam escolhendo suas fantasias para o Dia das Bruxas, e quando o meu pai entalhasse a abóbora, seguraria a faca acima da cabeça e cambalearia, fazendo a cara de um maníaco, e meus irmãos correriam gritando para a outra sala. Minha mãe então diria:

— Terry, pare de assustá-los.

Cheguei ao pátio. O dormitório da Broussard era um dos oito no lado leste do campus, quatro dormitórios masculinos e quatro dormitórios femininos, formando uma praça, com bancos de granito no meio. Quando olhava pela janela do meu quarto, muitas vezes via casais usando os bancos — o garoto sentado com as pernas estendidas abertas à frente, a garota entre elas com as mãos nos ombros dele por um breve momento antes de rir e levantá-las. No momento, somente um dos bancos estava ocupado. Uma garota de botas de caubói e saia comprida estava deitada de costas, um joelho levantado, formando um triângulo com o outro, um braço sobre os olhos.

Quando passei, ela levantou o braço. Era Gates Medkowski.

— Oi — disse ela.

Quase cruzamos o olhar. Fiquei insegura sem saber se falava realmente comigo — incerteza que eu sentia com freqüência quando se dirigiam a mim. Continuei andando.

— Oi — disse ela de novo. — Com quem acha que estou falando? Só estamos nós duas aqui. — Mas a sua voz era gentil. Não estava debochando de mim.

— Desculpe — eu disse.

— É caloura?

Assenti com um movimento da cabeça.

— Está indo para o seu dormitório?

Assenti com a cabeça mais uma vez.

— Suponho que não saiba, mas não tem permissão para ir ao dormitório no horário de aulas. — Girou as pernas, levantando-se. — Nenhum de nós tem — prosseguiu ela. — Por razões complicadas que nem tento adivinhar quais, alunos do último ano têm permissão para perambular, mas perambular significa biblioteca ou sala do correio, portanto é uma piada.

Não falei nada.

— Você está bem? — perguntou ela.

— Sim — respondi e comecei a chorar.

— Oh, Deus — disse Gates. — Não quis chatear você. Venha, sente-se aqui. — Deu um tapinha no banco, depois se levantou e veio até mim. Pôs um braço em volta das minhas costas, meus ombros estavam arfando, e me guiou até o banco. Quando nos sentamos, ela me passou seu lenço azul grande e colorido, que cheirava a incenso; mesmo com os olhos toldados pelas lágrimas, interessei-me pelo fato de ela carregar um acessório desse tipo. Hesitei em assoar o nariz, o catarro ficaria no lenço de Gates Medkowski, mas o meu rosto todo parecia vazar.

— Como se chama? — perguntou ela.

— Lee. — Minha voz ressoou aguda e trêmula.

— Qual o problema? Por que não está assistindo aula ou na sala de estudos?

— Não tem problema nenhum.

Ela riu.

— Não sei bem por que acho que não é verdade.

Quando lhe contei o que tinha acontecido, ela disse:

— Van der Hoef gosta de parecer uma megera. Só Deus sabe por quê. Talvez seja a menopausa. Mas na verdade é muito bacana na maior parte do tempo.

— Acho que ela não gosta de mim.

— Oh, não se preocupe. Ainda estamos no começo das aulas. Ela terá se esquecido de tudo isso em novembro.

— Mas saí no meio da aula — eu disse.

Gates agitou a mão.

— Nem pense nisso — disse ela. — Os professores daqui já viram de tudo. Nós nos imaginamos entidades distintas, mas a seus olhos, nos fundimos em uma grande massa de indigência adolescente. Entende o que quero dizer?

Balancei a cabeça assentindo, mesmo tendo certeza de que não fazia a menor idéia. Nunca tinha ouvido alguém da minha idade falar como ela estava falando.

— A Ault às vezes é um lugar cruel — disse ela. — Especialmente no começo.

Com isso, senti um novo jorro de lágrimas. Ela *sabia.* Pisquei várias vezes.

— É assim com todo mundo — disse ela.

Olhei para ela e me dei conta pela primeira vez de que era muito bonita: não de uma beleza delicada, mais exatamente um tipo que chamava a atenção, ou talvez elegante. Tinha aproximadamente 1,80m e a pele clara, as feições finas, os olhos de um azul-claro quase cinza, e uma basta e comprida cabeleira castanho-clara, ondulada e cortada irregularmente; ao sol, havia lampejos dourados em algumas partes. Enquanto falávamos, ela tinha puxado o cabelo para o alto, fazendo um coque improvisado, com alguns fios caindo ao redor do rosto. Em minha própria experiência, criar um coque tão perfeitamente emaranhado me exigiria uns bons quinze minutos de manobras diante do espelho. Mas nada em Gates parecia exigir esforço.

— Sou de Idaho, e era a maior caipira quando cheguei aqui — ela estava dizendo. — Cheguei praticamente de trator.

— Sou de Indiana — disse eu.

— Viu? Você deve ser bem mais bacana do que eu era, já que Indiana, pelo menos, fica mais perto da costa leste do que Idaho.

— Mas as pessoas aqui estiveram em Idaho, esquiaram lá. — Sabia disso porque Dede Schwartz, uma de minhas colegas de quarto, tinha em sua escrivaninha uma foto emoldurada de sua família em um declive nevado, usando óculos escuros e segurando bastões. Quando lhe perguntei onde tinha sido tirada, ela me respondeu Sun Valley, e quando procurei Sun Valley no mapa, aprendi que ficava em Idaho.

— É verdade — disse Gates. — Mas não sou das montanhas. De qualquer maneira, o importante em relação a Ault é, em primeiro lugar, por que se inscreveu. Foi para se preparar para a universidade, certo? Não sei onde estava antes, mas a Ault dá de mil em qualquer segundo grau da minha cidade. Quanto à política daqui, o que se pode fazer? Há um bocado de pose, mas é tudo sem sentido.

Não entendi direito o que ela quis dizer com *pose* — me fazia pensar em uma fila de garotas de vestidos brancos e longos, bem eretas, equilibrando livros na cabeça.

Gates consultou seu relógio, um relógio de pulso masculino com correia de plástico preta.

— Olha — disse ela. — É melhor eu ir. Minha segunda aula é grego. Qual é a sua?

— Álgebra. Mas deixei minha mochila em História Antiga.

— Simplesmente vá pegá-la quando a campainha soar. Não se preocupe em falar com Van der Hoef. Pode acertar as coisas com ela depois, quando as duas esfriarem.

Ela se levantou, e eu também. Começamos o caminho de volta ao prédio da escola — pelo jeito eu não retornaria a South Bend, não hoje. Passamos pela sala da lista de chamada, que durante o dia escolar funcionava como sala de estudos. Eu me perguntei se algum aluno estaria olhando pela janela, me observando andar com Gates Medkowski.

Já era de noite, depois do toque de recolher, quando Dede fez a descoberta. Tinha acabado de arrumar suas roupas para o dia seguinte. Toda noite, ela as dispunha no chão na forma de uma pessoa de verdade: sapatos, calça ou meias e uma saia, depois a blusa, a suéter ou jaqueta em cima da blusa. O nosso quarto não era grande — apesar de sermos três, eu soube que antes havia sido usado como quarto duplo — e Dede não abria mão disso. A disposição de suas roupas fazia com que eu e a nossa outra colega de quarto, Sin-Jun Kim, precisássemos prestar atenção onde pisávamos, como se fosse um corpo de verdade no chão. Mas não tínhamos reclamado nos primeiros dias e, agora, o padrão de Dede estava consolidado.

Na noite da descoberta de Dede, nosso quarto estava silencioso, exceto pelo volume baixo de seu aparelho de som e o tilintar do abrir e fechar das gavetas da cômoda. Sin-Jun estava lendo em sua mesa, eu já estava na cama. Eu sempre ia para a cama quando estava enjoada de estudar — não sabia bem o que fazer —, e ficava ali, debaixo dos lençóis, de cara para a parede, os olhos fechados. Se alguém passava para ver Dede, entrava no quarto falando no tom normal de voz e, então, ao me ver sussurrava "Desculpe", ou "Ôpa!", e eu me sentia curiosamente lisonjeada. Às vezes eu fingia estar na minha cama em South Bend, e que os sons no dormitório eram os sons da minha família — o ruído da descarga seria meu irmão Joseph, a risada no corredor seria minha mãe falando ao telefone com sua irmã.

Desde o nosso encontro na semana anterior, eu me pegava, muitas vezes, pensando em Gates Medkowski. Antes da chamada, eu a observava, e algumas vezes, ela tinha olhado direto para mim. Quando cruzávamos o olhar, ela sorria ou dizia "Olá, Lee!", antes de se virar, e eu geralmente ficava vermelha, me sentindo pega em flagrante. Não queria propriamente falar com ela de novo, pois provavelmente eu ficaria sem graça, mas queria saber coisas sobre ela. Estava pensando se Gates teria ou não namorado quando Dede exclamou:

— Porra!

Nem Sin-Jun nem eu falamos.

— Certo, eu tinha 40 dólares na gaveta de cima da minha cômoda hoje de manhã, e não estão aqui agora — disse Dede. — Nenhuma de vocês os pegou, pegou?

— É claro que não. — Virei-me. — Já procurou nos bolsos?

— Com certeza estavam na gaveta. Alguém roubou o meu dinheiro. Não dá para acreditar!

— Não está na gaveta? — perguntou Sin-Jun. Ela era da Coréia e eu ainda não conseguia avaliar exatamente o quanto de inglês compreendia. Como eu, Sin-Jun não tinha amigas, e era, geralmente, ignorada por Dede. Às vezes, nós duas íamos juntas para o refeitório, o que era melhor do que ir sozinha.

Apesar de Dede fazer de tudo para se separar de Sin-Jun e de mim, saindo mais cedo de manhã para a capela ou para as refeições, ela própria não era exatamente o que se pode chamar de bacana. Na minha outra escola, ela teria sido uma princesa, mas ali, aparentemente, não era nem rica o bastante nem bonita o bastante para ser realmente popular. Até eu reconhecia que, em comparação às beldades da Ault, Dede tinha o nariz um pouco redondo, a barriga da perna um pouco grossa demais, o cabelo um pouco, bem, castanho. Ela era uma seguidora, literalmente uma seguidora — quase sempre a via andando a passos curtos atrás de duas ou três garotas. O seu esforço para acompanhá-las fazia eu me sentir constrangida por ela.

— Já disse que não está na minha gaveta — replicou Dede. — Não pegou o dinheiro emprestado, pegou, Sin-Jun? Para depois me pagar? Tudo bem, se foi isso. — Foi uma observação muito gentil da parte de Dede.

Mas Sin-Jun sacudiu a cabeça.

— Não pegar emprestado — replicou ela.

Dede bufou aborrecida.

— Ótimo — disse ela. — Tem um ladrão no dormitório.

— Talvez alguém tenha pegado o dinheiro emprestado — falei. — Pergunte a Aspeth. — Aspeth Montgomery era a garota que Dede seguia com mais entusiasmo. Seu quarto era no mesmo corredor, e eu supunha que Dede achava um golpe singular de má sorte ter sido designada para ficar comigo e Sin-Jun, em vez de com Aspeth.

— Aspeth jamais pegaria o dinheiro sem pedir — replicou Dede. — Tenho de contar a Madame o que aconteceu.

Foi nesse momento que eu realmente acreditei que o dinheiro tinha sido roubado ou, pelo menos, acreditei que Dede acreditava que tinha sido assim. Na noite seguinte, na hora de todos se recolherem, depois de fazer a chamada e checar a lista do dormitório, Madame Broussard disse:

— É com muita tristeza que devo informar que houve um furto. — Madame, a responsável pelo nosso dormitório, diretora do departamento de francês, e nativa de Paris, perscrutou ao redor da sala com seus óculos estilo gatinho, que ou eram antiquados ou ela fazia um gênero retrô (eu não tinha certeza de qual das duas possibilidades era a correta). Ela estava com quarenta e poucos anos e também usava meias com costura, sapatos altos de couro com uma tira presa por um botão forrado, saias e blusas que acentuavam sua cintura fina e um traseiro nada pequeno. — Não vou dizer a quantia nem de quem foi tirada — prosseguiu ela. — Se alguém sabe alguma coisa a respeito desse incidente, peço que dê um passo à frente. Lembro-lhes que roubar é uma violação disciplinar grave e como tal é passível de expulsão.

— Quanto foi? — perguntou Amy Dennaker. Amy era do terceiro ano, e tinha a voz rouca, o cabelo ruivo encaracolado, ombros largos, e me dava medo. Tinha falado com ela somente uma vez, quando estava esperando na sala de estar para usar o telefone público e ela chegou, abriu o refrigerador, e perguntou:

— De quem são estas Cocas light?

— Não sei — respondi. E ela pegou uma e subiu a escada. Talvez, pensei, ela fosse a ladra.

— A quantia não vem ao caso — replicou Madame. — Estou informando o incidente para que tomem precauções.

— O que quer dizer? Trancar nossas portas? — disse Amy, e as pessoas riram. Nenhuma das portas tinha tranca.

— Insisto que não guardem quantias altas no quarto — disse Madame. — Dez ou quinze dólares são o suficiente. — Ela estava certa quanto a isso. Não havia necessidade de dinheiro na Ault. O dinheiro estava em toda parte no campus, mas era, de modo geral, invisível. Às vezes podíamos vislumbrá-lo em coisas que brilhavam, como a capota da Mercedes do diretor, ou o domo dourado do edifício da escola, ou o cabelo louro, liso e comprido de uma garota. Mas ninguém carregava carteira de dinheiro. Quando tínhamos de pagar um caderno ou uma calça de malha na loja do campus, bastava anotar o nosso número de identificação em um formulário e, depois, nossos pais recebiam a conta. — Se virem algum estranho no dormitório — prosseguiu Madame —, falem comigo. Mais algum aviso?

A amiga de Dede, Aspeth, levantou a mão.

— Eu só queria pedir a quem quer que esteja deixando pêlo púbico na pia do banheiro, que por favor o limpe. É realmente nojento.

Aspeth reclamava disso com freqüência. Era verdade que muitas vezes apareciam pêlos escuros em uma das pias, mas as queixas de Aspeth não davam em nada. A impressão era de que ela simplesmente gostava de fazê-las porque fortaleciam sua oposição ao pêlo púbico.

— Se isso é tudo — disse madame —, então o toque de recolher pode ser dado. — Todo mundo levantou-se dos sofás e cadeiras e do chão para apertar a sua mão, ritual a que eu tinha me acostumado.

— Se dermos início a um comitê de vigilância, o comitê de atividades estudantis nos financia? — perguntou Amy em voz alta.

— Não sei — replicou Madame com enfado.

— Não se preocupe — disse Amy. — Seremos vigilantes pacíficos.

Eu já tinha visto Amy em ação antes — ela fazia imitações de Madame que consistiam em apertar o peito e gritar algo parecido com *Zut alors! Alguém se sentou no meu croissant!* — mas ainda assim fiquei surpresa com a sua brincadeira. Na capela, o diretor e o capelão falaram de cidadania e integridade, e o preço que tínhamos de pagar pelos privilégios que desfrutávamos. Na Ault, não se esperava somente que não nos comportássemos mal ou de maneira contrária à ética; supostamente não poderíamos nem mesmo ser comuns, e roubar era pior do que ser comum. Era inconveniente, denotava falta de sutileza, revelava um desejo por algo que não se tinha.

Ao subir a escada para o segundo andar, pensava se não seria possível eu ser a ladra. E se eu tivesse aberto a gaveta de Dede dormindo? Ou se eu sofresse de amnésia, ou esquizofrenia, e não pudesse nem mesmo ser responsabilizada por meus atos? Não achava que tinha roubado o dinheiro, embora isso não parecesse impossível.

— Vamos chegar ao fundo disso *tout de suite* — ouvi Amy dizer, quando cheguei ao topo da escada.

Então outra pessoa, alguém que estava mais perto de mim, falou:

— Essa cretina é maluca.

Virei-me. Little Washington estava na escada atrás de mim. Emiti um som evasivo, para admitir seu comentário, se bem que nem mesmo tivesse certeza de a quem ela estava se referindo, se a Amy ou a Madame.

— Só sabe falar — acrescentou Little, e então percebi que se referia a Amy.

— Amy gosta de fazer piadas — disse eu. Eu não teria me importado em partilhar um momento com Little à custa de Amy, mas receava fazer isso no corredor, onde podiam nos escutar.

— Ela não é engraçada — disse Little.

Eu queria concordar — menos por realmente ter a mesma opinião do que por ter andado pensando em travar amizade com Little. Tinha reparado nela pela primeira vez quando retornamos do jantar formal com todos os alunos, na mesma hora; na sala de estar, ela falou, sem se dirigir a alguém especialmente: "Vou tirar os sapatos porque meus pés estão *uivando*!" Little era de Pittsburgh, a única garota negra no dormitório, e eu tinha ouvido falar que era filha de um médico e uma advogada. Era fera em corrida e, diziam, melhor ainda em basquete. Como estava no segundo ano, tinha um quarto individual, o que normalmente era um estigma — implicava que não se tinha amigos íntimos o bastante com quem dividir um quarto —, mas a sua cor fazia com que existisse fora dos estratos sociais da Ault. Não automaticamente, não de uma maneira negativa. Mais provavelmente, oferecia-lhe a escolha de optar sem parecer uma perdedora.

— O furto foi esquisito, não foi? — disse eu.

Little emitiu um som de desprezo.

— Aposto que ela ficou feliz com o que aconteceu. Conseguiu ser o centro das atenções.

— Quem?

— Como assim quem? Sua colega de quarto.

— Sabe que foi dinheiro da Dede? Pelo jeito, nada é segredo no dormitório.

Little ficou em silêncio por alguns segundos.

— Nada é segredo na escola toda — disse ela.

Senti um desconforto na barriga. Esperei que ela estivesse errada. Estávamos do lado de fora do seu quarto, e me ocorreu que talvez ela me convidasse a entrar.

— Gosta daqui? — perguntei. Esse era o meu problema: não sabia como falar com as pessoas sem lhes fazer perguntas. Algumas pessoas pareciam me achar peculiar e outras ficavam tão felizes de falarem de si mesmas que nem mesmo notavam, mas de qualquer maneira, isso fazia a conversa se esgotar. Enquanto a boca do outro se movia, eu ficava pensando no que perguntaria em seguida.

— Tem coisas boas na escola — replicou Little. — Mas acho que todos se metem na vida dos outros.

— Gosto do seu nome — disse eu. — É o seu nome de verdade?

— Você pode descobrir sozinha — respondeu Little. — Prova minha teoria.

— Tudo bem — disse eu. — Eu te conto depois.

Ela não fez objeção; foi como uma permissão para eu falar com ela de novo, algo por que eu ansiava. Embora, evidentemente, não fosse me convidar para entrar — abriu a porta e quando entrava, eu disse:

— Não se esqueça de esconder o seu dinheiro.

— É, com certeza. — Sacudiu a cabeça. — O pessoal anda nervoso.

Tudo isso foi ainda no começo do ano, no começo do meu tempo na Ault, quando o meu cuidado e meu desejo de passar despercebida me exauriam. No futebol, me preocupava com a possibilidade de perder a bola; quando embarcávamos nos ônibus para os jogos em outras escolas, me preocupava com a possibilidade de me sentar do lado de alguém que não queria se sentar do meu lado; em sala de aula, me preocupava se diria algo errado ou tolo. Eu me preocupava em não comer demais nas refeições ou em deixar de desdenhar a comida que deveria desdenhar — salgadinhos, torta de lima — e à noite, me preocupava que Dede e Sin-Jun me ouvissem roncar. Sempre me preocupava que alguém reparasse em mim, e quando ninguém reparava, me sentia solitária.

A Ault tinha sido idéia minha. Eu tinha pesquisado internatos na biblioteca pública e escrito pedindo catálogos. Suas páginas brilhantes mostravam fotografias de adolescentes em suéteres de lã cantando hinos na capela, segurando bastões de lacrosse, olhando atentamente uma equação matemática no quadro-negro. Eu havia trocado a minha família por esse brilho. Fingi ser por causa dos estudos preparatórios para a universidade, mas essa nunca foi a verdadeira razão. A Marvin Thompson, escola que eu freqüentava em South Bend, tinha corredores de linóleo verde-claro, armários encardidos e garotos de cabelo oleoso que escreviam os nomes de bandas *heavy metal* nas costas de suas jaquetas de brim. Mas os garotos dos internatos, pelo menos aqueles nos catálogos, que seguravam bastões de lacrosse e sorriam largo com os bocais de proteção, eram bonitos. Além disso, deveriam ser inteligentes, já que freqüentavam o internato. Imaginei que se saísse de South Bend, conheceria um garoto atlético e melancólico, que gostava de ler tanto quanto eu e, nos domingos de céu nublado, passearíamos juntos, vestindo suéteres.

Durante o processo de admissão, meus pais ficaram intrigados. A única pessoa que a minha família conhecia que havia ido para um internato era o filho de um dos corretores de seguro do escritório onde minha mãe era guarda-livros, e a escola desse garoto era cercada, no cume da montanha, no Colorado, um lugar para garotos problemáticos. Meus pais desconfiavam, de uma maneira franca, e não hostil, que eu nunca seria aceita nos lugares em que me inscrevi; além do mais, viam o meu interesse no internato como mais um *hobby* passageiro, como tricotar (na sexta série, completei a terça parte de um chapéu). Quando consegui, eles disseram como estavam orgulhosos e como lamentavam não poder pagar o colégio. No dia em que chegou uma carta da Ault me oferecendo uma bolsa de estudos, que cobriria mais de três quartos dos meus estudos, chorei porque soube que estava saindo de casa e, abruptamente, tive dúvidas se era de fato uma idéia tão boa — me dei conta de que, assim como meus pais, nunca tinha acreditado que realmente conseguiria.

Em meados de setembro, semanas depois do começo das aulas em South Bend para meus irmãos e meus antigos colegas, meu pai me levou de carro de Indiana para Massachusetts. Quando viramos para atravessar os portões de ferro do campus, reconheci os edifícios das fotografias — oito estruturas de tijolos mais uma capela católica contornando o círculo de relva que eu já sabia medir 45 metros de diâmetro e também sabia que não deveria ser pisada. Por toda parte, havia carros com os porta-malas abertos, os alunos se cumprimentando, os pais carregando caixas. Eu estava usando um vestido comprido estampado de flores cor de pêssego e lavanda, com uma gola de renda, e notei imediatamente que a maior parte dos alunos usava camiseta desbotada e shorts cáqui folgados, e sandálias de dedo. Percebi, então, como a Ault me daria trabalho.

Quando localizamos meu dormitório, meu pai conversou com o pai de Dede.

— South Bend? — disse o pai de Dede. — Deve dar aulas na Notre Dame, não?

— Não, senhor — replicou alegremente meu pai —, estou no ramo de colchões. — Fiquei embaraçada por meu pai chamar o pai de Dede de senhor, embaraçada com seu emprego, embaraçada com o nosso Datsun branco enferrujado. Queria que o meu pai saísse do campus o mais rapidamente possível, para que eu tentasse sentir saudade dele.

De manhã, sob o chuveiro, eu pensava: *Estou na Ault há vinte e quatro horas. Estou na Ault há três dias. Estou na Ault há um mês.* Falava comigo mesma como imaginava que minha mãe falaria comigo se achasse o internato uma boa idéia: *Você está indo muito bem. Estou orgulhosa, LeeLee.* Às vezes eu chorava enquanto lavava meu cabelo, mas esta era a questão, sempre foi a questão em relação a Ault — de certa maneira, minhas fantasias não tinham sido erradas. O campus era realmente bonito: as montanhas ao longe, indistintas, que se tornavam azuis ao entardecer, os campos perfeitamente retangulares, a catedral gótica (somente a modéstia ianque fazia com que a chamassem de capela) com suas janelas de vitrais. A beleza conferia um quê de nobreza e glamour até mesmo à mais prosaica saudade de casa.

Várias vezes reconheci um aluno das fotografias. Era desconcertante, como eu imaginava que seria ver uma celebridade nas ruas de Nova York ou Los Angeles. Essas pessoas se moviam e respiravam, comiam *bagels* no refeitório, carregavam livros pelos corredores, usavam roupas diferentes das que eu tinha memorizado. Pertenciam ao mundo real, físico; antes pareciam pertencer a mim.

Em letras grandes, no alto, os cartazes diziam: *Faça força para sair do dormitório!!!* E em letras pequenas: *Para onde? O refeitório! Quando? No próximo sábado! Por quê? Para dançar!* O papel era vermelho e mostrava uma foto do sr. Byden, o diretor, usando uma fantasia.

— É um baile *drag* — ouvi Dede explicar a Sin-Jun certa noite. — A gente vai de *drag*.

— De *drag* — repetiu Sin-Jun.

— Meninas vestidas de meninos e meninos vestidos de meninas — disse eu.

— Ohhhh — disse Sin-Jun. — Muito bom!

— Pedi uma gravata emprestada a Devin — disse Dede. — E um boné de beisebol.

Faça bom proveito, pensei.

— Dev é tão engraçado — disse ela. Às vezes, só porque era eu que estava lá e porque, diferente de Sin-Jun, eu era fluente no inglês, Dede me contava coisas sobre sua vida. — De quem vai pedir emprestado? — perguntou ela.

— Não decidi ainda. — Não ia pedir roupa a ninguém porque não iria. Eu mal falava com meus colegas de turma e, definitivamente, não sabia dançar. Tinha tentado uma vez, no casamento de um primo, sem conseguir parar de pensar: *É agora que tenho de jogar os braços para o alto?*

No dia do baile — a chamada e as aulas no sábado só aconteciam pela manhã, o que, logo aprendi, era um bom detalhe para as pessoas em casa, para confirmar sua suspeita de que o internato era só um pouquinho diferente de uma prisão —, nem Gates nem Henry Thorpe estavam à mesa quando a campainha anunciou o começo da chamada. Uma garota, de quem eu não sabia o nome, tocou a campainha, depois desceu da plataforma. A música se tornou audível e os alunos se calaram. Era de discoteca. Não reconheci a música, mas muitos outros pareciam conhecê-la, o que desencadeou um riso coletivo. Virando-me na cadeira, percebi que o som vinha de dois alto-falantes estéreos, cada um suspenso por um garoto do quarto ano — não havia lugar para todos da chamada, por isso os alunos do 3° e do 4° ano ficavam nos fundos da sala. Os do 4° ano pareciam vigiar a porta de trás. Passaram-se alguns segundos e Henry Thorpe entrou. Usava um vestido curto de cetim preto, meias arrastão e sapatos pretos de salto alto, e aproximou-se dançando da mesa onde ele e Gates geralmente ficavam. Vários alunos, especialmente os do 4° ano, o aclamaram, gritando vivas com a mão em concha ao redor da boca. Alguém cantou e marcou o ritmo com a mão.

Henry apontou um dedo, depois voltou-o para seu peito. Olhei para onde ele tinha apontado. De uma porta diferente, no outro extremo da sala, a entrada próxima de onde ficava o corpo docente, Gates apareceu. Estava usando uniforme de futebol, com ombreiras por baixo da malha e graxa escura nas maçãs do rosto. Mas ninguém a confundiria com um garoto: seu cabelo estava solto, e as panturrilhas, pois não usava meia, pareciam lisas e delgadas. Ela também entrou dançando, os braços levantados, balançando a cabeça. Quando ela e Henry subiram no tampo da mesa dos monitores foi a maior gritaria. Eles se uniram, se balançando. Relanceei os olhos para o corpo docente; quase todos estavam em pé, os braços cruzados, com uma expressão de impaciência. Gates e Henry se separaram e se viraram, de modo que olhavam em direções opostas, Gates girando os quadris e estalando os dedos. Sua naturalidade me espantou. Ali estava ela, diante de uma sala com mais de trezentas pessoas, em plena luz do dia, de *manhã*, e dançando.

Ela fez um sinal na direção do fundo da sala, e a música foi interrompida. Ela e Henry pularam da mesa, e três alunos do 4° ano, duas meninas e um garoto, subiram os três degraus da plataforma.

— Hoje, às oito da noite, no refeitório... — disse uma das garotas.

— ... vai acontecer o décimo primeiro baile *drag* anual — disse outra.

— Portanto vão se aprontar para a festa! — gritou o garoto.

A sala explodiu de novo com vivas e aplausos. Alguém ligou o som, e Gates sorriu largamente e sacudiu a cabeça. A música foi desligada.

— Lamento, mas o show acabou — disse ela, e os estudantes vaiaram, mas até mesmo a vaia ressoou afetuosa. Gates virou-se para os três alunos do 4º ano que estavam do seu lado. — Obrigada, pessoal. — Pegou a prancheta em que os nomes das pessoas que queriam dar algum aviso estavam listados, e disse: — Sr. Archibald?

O sr. Archibald subiu à plataforma. Antes de começar a falar, um garoto, no fundo da sala, gritou:

— Gates, vai dançar comigo?

Gates sorriu, com a boca fechada.

— Vá em frente, sr. Archibald — disse ela.

Seu comunicado era sobre latas de soda deixadas na ala de matemática.

Gates passou a prancheta para Henry.

— Dory Rogers — chamou Henry, e Dory disse que a reunião da Anistia Internacional tinha sido transferida de domingo às seis para as sete horas. Durante os outros cinco ou seis comunicados, percebi que esperava por mais performances. Queria ver Gates dançar de novo, mas parecia que o show realmente tinha acabado.

Depois de Henry soar a campainha, aproximei-me da plataforma.

— Gates — eu disse. Ela estava guardando um caderno na bolsa e não ergueu o olhar. — Gates — repeti.

Dessa vez, ela olhou para mim.

— Sua dança foi muito boa — falei.

Ela girou os olhos.

— Sempre é engraçado quando bancamos os bobos.

— Oh, não, você não fez papel de boba. De jeito nenhum. Todo mundo gostou.

Ela sorriu, e percebi que ela já sabia que todos tinham gostado. Mas ela não tinha pedido elogios, como era o meu caso sempre que dizia alguma coisa modesta. A impressão era que — isso me ocorreu enquanto olhava para ela — ela estava pretendendo ser comum. Embora fosse especial, fingia ser como o resto de nós.

— Obrigada — disse ela. — Isso foi legal, Lee.

De noite, uma energia vertiginosa pairava no pátio e no próprio dormitório. Garotos dos dormitórios vizinhos apareceram na nossa sala comum — não tinham permissão para subir, exceto durante o horário de visita — e chamaram algumas das garotas. Aspeth, o que não me surpreendeu, foi a mais escolhida, e Dede sempre descia a escada com ela. Trouxeram bolsas, esmalte de unhas, sutiãs, que as meninas fechavam, no meio de gritos e risadas, por cima das camisetas dos garotos. Eu estava pondo roupa para lavar, e fiquei de lá para cá, entre o térreo e o segundo andar do dormitório, observando o progresso da festividade. A idéia de um garoto usar o meu sutiã sobre a camiseta me horrorizava — as taças vazias se curvando, o tecido esticado, ou pior ainda, não esticando, ao redor de seu tórax, o fato de que, quando o retirasse, teria visto o tamanho exato, deixando-o cair no chão e pisando em cima ao se deitar. Mas talvez o meu horror fosse gerado por, estava percebendo rapidamente, eu não ter nenhum sutiã particularmente bonito. Os meus eram de algodão bege com um arco bege entre as taças; minha mãe e eu os tínhamos comprado no verão numa loja de departamentos. Os sutiãs que surgiam eram de renda ou cetim, pretos ou vermelhos, ou de oncinha, sutiãs do tipo que eu achava que só mulheres adultas usavam.

Depois que o dormitório esvaziou — até mesmo Sin-Jun foi ao baile usando um bigode —, estudei o vocabulário de espanhol por algum tempo, depois desci à sala comum para ler os velhos anuários alinhados em uma estante. Adorava os anuários; eram como um atlas da escola. Os que estavam na nossa sala comum remontavam a 1973, e nas últimas semanas eu tinha olhado quase todos. Ao longo dos anos, o formato não tinha mudado: instantâneos da fachada, depois clubes, times, dormitórios, turmas inteiras. Para o segundo ano, havia artigos gerais sobre os principais eventos entre setembro e junho, e um pouco de piada sobre cada um: "Dá para pensar em Lindsay sem seu ferro de frisar cabelo?" Depois vinha a melhor parte, os do 4º ano, cada um em uma página. Além das expressões de sempre de agradecimento aos membros da família, aos professores e amigos, e citações às vezes nostálgicas, às vezes literárias, às vezes incompreensíveis, estavam cheios de retratos. Muitas das fotos dos meninos eram instantâneos deles em jogos; muitas das fotos das garotas as mostravam com o braço em volta uma das outras, sentadas em uma cama, ou na praia. As garotas também gostavam de incluir fotos da sua infância.

Era possível imaginar, se estivesse disposta e tivesse tempo, quem em um ano faria amizade com quem, quem namoraria quem, e quem tinha sido popular, ou atlético, ou esquisito e isolado. Os alunos graduados começavam a parecer primos distantes — aprendi seus apelidos, seus esportes preferidos, que suéter e penteado usavam em várias ocasiões.

Nos três anuários mais recentes, encontrei várias fotos de Gates. Ela jogava hóquei, basquete e lacrosse, e tinha passado o 1° e 2° anos no dormitório da Elwyn, e o 3° ano no da Jackson. Durante o seu 2° ano, a brincadeira com ela foi: "A bola de cristal prediz que Henry e Gates comprarão uma casa com uma cerca branca e terão doze filhos." O único Henry na Ault era Henry Thorpe, que eu sabia que estava saindo atualmente com uma garota esnobe do 2° ano, chamada Molly. Eu me perguntei se Henry e Gates tinham realmente namorado e, se sim, se ainda havia alguma tensão, para o bem ou para o mal, entre eles. Quando dançaram juntos na hora da chamada, não tinha parecido assim.

Foi no fim do anuário do 3° ano de Gates que me deparei com a foto. A última seção, depois das páginas do 4° ano, continha fotos da graduação: as garotas em vestidos brancos, os garotos de calça branca, blazer azul-marinho e chapéu de palha. Havia fotos deles sentados na cerimônia, uma foto do porta-voz da graduação (um juiz da Suprema Corte), fotos dos alunos se abraçando. Entre as fotos — não a estava procurando e quase passei direto — havia uma de Gates sozinha. Mostrava-a da cintura para cima, com uma camisa abotoada até o pescoço. Usava um chapéu de caubói, e seu cabelo lustroso caía por debaixo da aba e cobria seus ombros. O retrato teria sido de perfil, mas a impressão era a de que o fotógrafo, quem quer que fosse, havia chamado seu nome logo antes de apertar o obturador, e ela tinha virado a cabeça. Podia estar rindo e protestando ao mesmo tempo, dizendo algo como *Ora, deixa disso!* Mas falando com alguém de quem ela gostasse muito.

Fiquei olhando para a foto por tanto tempo que quando tornei a erguer os olhos, me surpreendi ao ver os sofás nodosos cor de laranja e paredes creme da sala comum. Tinha esquecido de mim mesma, tinha esquecido da Ault, pelo menos da versão tridimensional, real, em que também eu era uma presença. Passava um pouco das dez. Decidi me apresentar cedo a Madame e ir para a cama, e coloquei os anuários no lugar.

No banheiro do andar de cima, Little estava diante das pias, em um roupão rosa, passando óleo no cabelo.

— Oi — eu disse. — Como foi o baile?

Ela fez uma careta.

— Eu não iria a nenhuma festa *drag*.

— Por que não?

— Por que *você* não foi?

Sorri, e ela sorriu também.

— Viu? — disse ela. — Mas a sua colega de quarto certamente estava excitada com a festa. Se eu vivesse com essa garota, já teria dado nela.

— Ela não é tão ruim.

— Ahã, claro.

— Você joga basquete no time da escola, não? — falei.

— Jogo.

— Está no time com Gates Medkowski, certo?

— Certo.

— Como é Gates? Fico imaginando porque ela é a primeira garota do 4º ano a ser monitora, não é? Sei que isso é uma coisa e tanto.

— Ela é como todos aqui.

— Mesmo? Parece diferente.

Little pôs o frasco de óleo na bancada e aproximou-se do espelho, examinado sua pele. Então falou:

— Ela é rica. Isso é o que Gates é. A família tem dinheiro que não acaba mais. — Recuou e fez uma careta para o espelho, chupando as bochechas e arqueando as sobrancelhas. Era o tipo de coisa que eu faria se estivesse sozinha, nunca na frente de outra pessoa. Mas gostava que a atenção de Little fosse esporádica; me deixava menos inibida.

— Achei que Gates era de uma fazenda — eu disse.

— Uma fazenda que ocupa metade do estado de Idaho. Sua família planta batatas. Aposto que nunca pensou que um legume tão banal valesse tanto.

— Gates é boa no basquete?

— Não tão boa quanto eu. — No espelho, Little sorriu arreganhando os dentes. — Descobriu o porquê do meu nome?

— Ainda não — repliquei. — Estou conduzindo uma investigação, mas todas as minhas pistas deram em nada.

— Está bem. Vou dizer por quê. É porque tenho uma irmã gêmea.

— Verdade?

— Sim. Sou a mais nova, portanto é fácil descobrir o nome da minha irmã. — Calou-se e me dei conta de que deveria adivinhar.

— Talvez seja óbvio demais, é Big?

— Acertou em cheio — disse Little. — Merece o prêmio. Sou maior que Big agora, mas essas coisas pegam.

— É muito bacana — eu disse. — Onde Big estuda?

— Em Pittsburgh. Já esteve lá?

Neguei sacudindo a cabeça.

— É diferente daqui, isso posso afirmar.

— Deve sentir falta de Big. — Saber que tinha uma irmã gêmea, mesmo uma gêmea que estava longe, me fez pensar se ela não precisava de uma amiga.

— Tem irmãs? — perguntou Little.

— Só irmãos.

— É, eu também tenho um irmão. Tenho três irmãos. Mas não é a mesma coisa. — Ela enfiou o frasco de óleo no seu balde. Na primeira noite no dormitório, Madame Broussard tinha dado a todas nós baldes para nossos produtos de toilete e higiene. Little virou-se para mim. — Você não é ruim — disse ela. — A maior parte das pessoas aqui não é de verdade. Mas você é.

— Oh — eu disse. — Obrigada.

Depois que ela se foi — na saída, ela tinha dito "Boa-noite" —, peguei minha escova e pasta de dente em meu balde. Quando coloquei a escova debaixo da torneira, reparei na pia do lado da minha, a que Little tinha usado, e havia um bocado de pêlo preto, grosso e curto. Então era cabelo, cabelo da cabeça de Little. Com uma toalha de papel, limpei-o.

O furto seguinte foi uma nota de 100 dólares que a avó de Aspeth tinha mandado para ela de aniversário. Estava na sua carteira, em cima de sua escrivaninha. Descobrimos no domingo, na noite seguinte ao baile *drag*.

Soube da quantia e de sua dona não por nada que Madame Broussard tivesse dito na hora de se recolher — de novo, sua expressão era impassível e discreta —, mas por Dede, que se sentiu ultrajada.

— Parece que minhas amigas e eu somos os alvos — disse Dede quando voltamos ao nosso quarto. — Estamos sendo discriminadas. — Curvou-se e colocou uma suéter de cashmere no chão, acima da calça preta. Quando se ergueu, franziu o nariz. — Tem alguma coisa fedendo aqui.

Funguei, mas estava fingindo. Ela tinha razão — fedia. Fedia há vários dias, e no começo eu pensei no cheiro de peixe, mas tinha se tornado mais forte. Quando Dede e Sin-Jun estavam fora do quarto, eu cheirava debaixo dos meus braços e entre minhas pernas, depois meus lençóis, depois minha roupa suja. O cheiro de peixe não tinha aumentado em nenhum desses lugares, mas tampouco tinha diminuído.

— Realmente é um cheiro esquisito — disse eu.

— Ei, Sin-Jun — disse Dede. — Respire fundo. Sente o mau cheiro, certo?

— Respirar fundo?

— Cheire o ar — respondi: Inalei profundamente. — Nosso quarto está com um cheiro esquisito. Ruim.

— Ahh — replicou Sin-Jun. Virou-se de novo para os papéis em sua mesa.

Dede girou os olhos para mim.

— Talvez venha do banheiro — disse eu. Parecia improvável.

Dede abriu a porta do quarto e saiu para o corredor. Voltou a entrar.

— Não, é neste quarto — disse ela. — O cheiro é daqui. Que comida vocês têm aqui?

— Só isso. — Indiquei a prateleira acima da minha mesa, onde eu guardava um pote de manteiga de amendoim e uma caixa de biscoitos salgados.

— E você, Sin-Jun? — perguntou Dede.

Antes de Sin-Jun responder, eu disse:

— Por que está achando que somos nós? Pode ser você.

— Não sou do tipo que guarda uma mercearia aqui — replicou Dede, e era verdade que Sin-Jun tinha vários embrulhos e recipientes debaixo da sua cama, na sua mesa e no seu armário.

— Não tem como saber que é comida — respondi. — Talvez sejam seus sapatos. — Peguei meu balde.

— O que vai fazer? — perguntou Dede.

— Me aprontar para dormir.

— Não vai me ajudar a procurar? — Dede ficou boquiaberta de surpresa, ou de indignação, e me senti tentada a enfiar alguma coisa em sua boca: as cerdas da minha escova de dentes ou o meu próprio dedo.

— Lamento — disse eu.

Quando saí do quarto, antes de a porta se fechar, ouvi ela dizer: "Sim, tenho certeza."

Chegou dezembro (*eu estava na Ault há 78 dias*). Uma vez, Little e eu passamos uma noite de sábado, quando todos tinham saído, jogando Palavras Cruzadas na sala de estar, enquanto Sin-Jun observava. Outra vez, eu e Little assistimos a um programa de TV sobre crimes, ela fez pipocas, que queimaram, mas comemos assim mesmo. ("Ainda estou com fome", eu disse depois, e Little respondeu: "Fome? Minha barriga está encostando nas costas.") Houve mais dois furtos, que Madame comunicou na hora do toque de recolher. Eu não soube ao certo de quem era o dinheiro, mas não era de nenhuma das amigas de Dede. O mau cheiro no nosso quarto se intensificou; tornou-se fétido, e me preocupei que, mesmo que não fosse exalado por mim, eu o carregasse nas minhas roupas e pele. Às vezes, na sala de aula, ou mesmo do lado de fora, saindo da capela, eu o sentia. Quando as pessoas passavam pelo quarto, Dede, constrangida, fazia piadas ou dava desculpas esfarrapadas.

Na semana anterior ao feriado do Natal, eu passava pela sala de correio, no intervalo de manhã, quando vi Jimmy Hardigan, do 4º ano, batendo na parede com o punho. Em seguida, vi Mary Gibbons e Charlotte Chan, também do último ano, abraçadas. Charlotte estava chorando. Em geral, a sala de correio ficava tumultuada na hora do intervalo da manhã, mas hoje estava silenciosa. Eu me perguntei se alguém teria morrido — não um professor ou um aluno, mas talvez alguém da administração.

Aproximei-me da parede das caixas de correio douradas com uma janelinha. Sabíamos se havia correspondência porque dava para vê-la de perfil, na diagonal contra a parede da caixa, e anos depois, após de ter saído da Ault, às vezes eu sonhava que via essa sombra fininha.

Minha caixa estava vazia. Olhei de relance para a direita e vi Jamie Lorison, da aula de História Antiga. Dava para escutar a sua respiração pesada.

— Jamie, por que está tudo tão quieto? — perguntei.

— O pessoal do 4° ano acaba de receber a resposta de Harvard, aqueles que se inscreveram antecipadamente. Mas todo mundo vai ter que esperar este ano.

— Ninguém ainda foi aceito?

Tempos atrás, antes de a Ault admitir meninas, os garotos iam à casa do diretor um dia antes da graduação e escreviam em um pequeno formulário *Harvard, Yale* ou *Princeton*. A escola que escreviam seria a que freqüentariam.

— Só dois até agora — replicou Jamie. — Nevin Lunse e Gates Medkowski. O resto foi adiado.

Senti meu peito inchar, ao inspirar bruscamente. Procurei Gates na sala de correio, para lhe dar os parabéns, mas ela não estava lá.

Finalmente, à noite, localizei-a no refeitório. Era um jantar comum, não um jantar formal em que temos de nos vestir bem e sentar em lugar marcado. Quando coloquei meu prato no carrossel de pratos sujos, eu a vi na fila para fazer o prato. Meu coração disparou. Limpei a boca com as costas da mão, engoli em seco e fui até ela.

Eu estava a menos de três metros quando, da direção oposta, Henry Thorpe apareceu.

— Bate aqui, Medkowski — disse ele.

Gates virou-se.

— É isso aí — disse Henry. Estava com uma mão para cima. — Bate aqui, celebridade.

Gates bateu na mão dele.

— Obrigada, cara.

— Como está se sentindo? — perguntou ele.

Gates sorriu largo.

— Muito sortuda.

— Esqueça a sorte. Todo mundo sabia que você seria aceita.

A descontração da relação entre eles me indicou que eu não poderia me aproximar dela, não em um lugar público como esse. Mesmo elogiando Gates, minha própria carência viria à tona. Decidi então que lhe escreveria um cartão, e o colocaria na sua caixa postal ou o levaria ao seu quarto.

De volta ao dormitório, alternando as letras com pilot vermelho e pilot azul, escrevi *PARABÉNS, GATES!* Em seguida: *Boa sorte em Harvard!* Com um pilot roxo, desenhei estrelas. A folha de papel ainda parecia meio vazia, de modo que acrescentei parreiras verdes ao redor das palavras. Depois, tive de assinar. Queria escrever, *Com amor, Lee.* Mas e se ela achasse isso estranho? Só o meu nome pareceu curto demais, e *Sinceramente* ou *Atenciosamente* pareciam formais e idiotas. Segurei o pilot azul acima do papel, hesitando, e então escrevi, *Com amor, Lee.* Eu o deixaria em seu dormitório, em um envelope do lado de fora. Assim, ela provavelmente estaria sozinha quando o encontrasse.

Na noite seguinte foi o jantar formal, e quase todo mundo tomou uma ducha no ginásio depois da prática de esportes, e saiu direto para o refeitório. Vi que, se me apressasse, teria tempo para voltar ao meu quarto, pegar o cartão e deixá-lo na sua porta. De qualquer maneira eu não gostava de chegar cedo demais em jantares formais, pois a gente acabava ficando sem ter o que fazer.

Quase chegando ao pátio, me detive. Estava escurecendo tão cedo que ninguém ia me ver, e me perguntei por que, usando saia e sapatos baixos, eu estava correndo. O dormitório Broussard estava silencioso. Subi a escada para o segundo andar. Quando abri a porta do quarto, Dede fechou às pressas uma gaveta e se virou. Então percebi — estava tão distraída que não teria reparado se não fosse a qualidade frenética do seu gesto — que ela não estava em pé diante de sua própria cômoda; estava diante da cômoda de Sin-Jun.

— Não é o que você está pensando — disse ela.

Recuei, ela avançou.

— Só estou tentando descobrir de onde vem o cheiro — disse ela. — Tem de ser de Sin-Jun. Porque não vem de nós duas, certo?

— Se acha que é ela, devia ter-lhe pedido para examinar suas coisas.

— Não quero ofendê-la. — O tom de Dede era impaciente. — Lee, obviamente não sou a ladra, já que fui a primeira a ser roubada.

Olhamos uma para a outra.

— Ora — disse ela —, acha que eu roubaria de mim mesma?

Continuei recuando.

— Vai contar a Madame? — perguntou ela. — Não tem o que contar. Não estou mentindo, Lee. Não confia em mim?

Continuei sem dizer nada, e ela se lançou para cima de mim, segurando meus braços. Meu coração quase parou. Estando tão perto dela, pude sentir o seu perfume, pude ver o pêlo fino que crescia em suas sobrancelhas. Se pelo menos eu soubesse, antes, que ela tirava as sobrancelhas, pensei, teria feito com que me ensinasse. Depois pensei, não, nunca seríamos companheiras assim.

— Me larga — eu disse.

— O que você pretende fazer? — Embora ela tentasse falar com firmeza, sua voz estava hesitante. — Vai contar alguma coisa?

— Não sei. — Tentei me soltar, mas ela me segurava com força.

— O que quer que eu faça para provar que estou falando a verdade?

— Me larga — repeti.

Por fim, ela retirou as mãos.

— Vou eu mesma dizer a Madame que estava vasculhando a gaveta de Sin-Jun — disse ela. — Então vai acreditar em mim?

Deixei a porta fechar sem responder.

Ainda não tinha saído do dormitório quando me dei conta de que tinha esquecido o cartão de Gates. Decidi não ir ao jantar — poderia me esconder na cabine telefônica na sala de estar até Dede ter ido para o refeitório, depois subir para o quarto sem ninguém ver.

A cabine telefônica estava quente e cheirava a meias sujas, e meu coração batia disparado. Tive vontade de fazer polichinelo só para dar vazão à minha energia. Ao invés disso, me sentei na cadeira dentro da cabine, as solas dos sapatos na parede, os joelhos dobrados e meus braços em volta deles.

Quando a foto apareceu inesperadamente na minha mente, foi como saber que enquanto você está sentada na sala, o bolo está pronto na cozinha. Tudo o que tem a fazer é buscá-lo. *Não,* pensei. *Dede vai escutar você andar pelo quarto.* Então pensei: *Mas não vai saber quem é.* Espiei pela janela da cabine telefônica, que estava coberta de marcas de dedos, empurrei devagarzinho a porta, e atravessei a sala até a estante. Com os dedos tremendo, puxei o anuário mais recente e voltei na ponta dos pés para a cabine.

A foto era exatamente como eu me lembrava: o chapéu de caubói, o cabelo despenteado, o rosto resoluto, perfeito. Abrir a página em que estava foi o mesmo que dar a primeira mordida no bolo, sabendo que a fatia inteira espera por você. Se Dede saísse, eu poderia levar o anuário lá para cima, pensei. Não que fosse ficar olhando-o eternamente. Só queria saber que era meu, que podia olhá-lo sempre que quisesse. Queria levá-lo para a cama e apagar as luzes; no escuro, em minha cabeça eu estaria sozinha, e poderia ter conversas imaginárias em que fazia observações engraçadas e Gates ria, mas não do jeito sendo-gentil-com-uma-caloura. Seria uma risada que significava que me respeitava e sabia que eu era igual a ela.

Ouvi alguém descer a escada, de modo que esperei. Depois fui à janela, me abaixando e espiando pelo peitoril. Era Dede. Levantei a blusa e enfiei o anuário no cós da minha saia — duvidava que dessem pela falta, pois nunca vira alguém, além de mim, olhando qualquer um deles. Lá em cima, guardei-o na prateleira do meu armário, debaixo de uma suéter. Por mais que eu quisesse, não havia como ir para a cama agora, já que Dede e Sin-Jun estariam de volta do jantar em uma hora, acendendo as luzes e conversando. Além do mais, ainda tinha de entregar o cartão.

Estava dobrado em meu dicionário, onde o deixara na noite passada. Eu o desdobrei e coloquei na mesa. O *N* de *Parabéns* tinha borrado. Lambi o dedo e o pressionei no borrão, o que só fez piorar a coisa. Eu me perguntei por que teria escrito *Boa sorte em Harvard!* Era uma besteira; dava a impressão de que ela estava partindo imediatamente, quando continuaria na Ault por mais sete meses. As estrelas e parreiras pareceram, de repente, o esforço de uma menina de nove anos. E *Com amor* — amor? Quem eu estava gozando? Mal nos conhecíamos. Rasguei o cartão em tiras ao comprido, depois as tiras em três pedaços. Os pedaços de papel flutuaram sobre a lata do lixo antes de pousarem dentro dela.

Pensei em Dede, suas negativas desesperadas, seus dedos agarrando meus braços. Queria falar com alguém sobre o que eu tinha visto, mas estavam todos no jantar. Peguei uma das revistas de celebridades de Dede e me deitei na cama, tentando ler. O mundo fora da Ault parecia estranho e irrelevante, e tive dificuldade em me concentrar nos artigos. Não demorou e pus a revista de lado, peguei o anuário no meu armário, e lá estava eu olhando a foto de Gates de novo. Quando ouvi vozes no lado de fora, corri para o banheiro para evitar me encontrar com Dede, e me escondi num dos compartimentos por dez minutos. Então, fui direto para o quarto de Little.

— Estou incomodando? — perguntei quando ela abriu a porta.

— Ainda não sei. — Ela estava de óculos e usava um *training* cinza.

— Posso entrar?

Ela se afastou para eu entrar. Sentei-me na cadeira da mesa, embora ela não tivesse me oferecido, e ela, na cama, as pernas cruzadas na frente de livros e cadernos abertos. Eu nunca tinha entrado no seu quarto e as paredes estavam nuas, sem pôsteres, tapeçarias ou fotografias. O único toque pessoal, além da colcha e dos livros, era um rádio-relógio no peitoril da janela, uma loção em um frasco de plástico sobre a cômoda, e um ursinho de pelúcia aos pés da cama. O ursinho usava uma suéter roxa; ao olhar para ele, senti uma tristeza funda que apagou completamente a suspeita e irritação que sentia em relação a Dede. Mas a tristeza foi funda demais para eu entender, e passou.

— Não vai acreditar no que aconteceu — eu disse. — Sei quem é a ladra.

Little ergueu as sobrancelhas.

— Dede.

As sobrancelhas de Little baixaram e se juntaram.

— Tem certeza?

— Peguei-a em flagrante. Estava remexendo na cômoda de Sin-Jun.

— Dede Schwartz — murmurou Little. E então balançou a cabeça. — Acredito.

— É tão horripilante — disse eu. — Faz com que pareça uma mentirosa patológica ou algo do gênero, a maneira como se fez passar pela primeira a ser roubada.

— Nunca gostei dessa garota. O que Madame disse?

— Não lhe contei ainda. Dede implorou que eu não contasse.

— Mas você a viu remexendo na cômoda de Sin-Jun.

— Exatamente.

— Se não denunciá-la, ela vai continuar roubando.

— Eu sei. Mas não consigo entender por que rouba. Recebe uma mesada alta dos pais.

— Se quiser entender um bando de gente aqui só vai conseguir uma baita dor de cabeça.

— Posso dormir no seu quarto hoje? — perguntei.

Little hesitou.

— Tudo bem — falei. — Não precisa. — Fiquei constrangida. — Terei de encarar Dede mais cedo ou mais tarde, não? — Ao sair do quarto, Little não fez nenhuma tentativa de me deter.

Escondi-me de novo no banheiro, dessa vez no chuveiro do canto, que tinha pouca pressão e por isso nunca era usado. Ainda não tinha trocado minha roupa formal para o jantar, e me sentar no chão ladrilhado de azul me pareceu estranho e sujo. Logo em seguida, ouvi a porta do banheiro ser aberta e Dede chamar:

— Lee? Lee, você está aí?

Antes do toque de recolher, desci e fui ver Madame. Abri a boca para contar sobre Dede, mas em pé na entrada de seu apartamento percebi a gravidade da acusação, como isso alteraria minha vida e a de Dede. Eu ainda não estava preparada.

— Vou me deitar — disse eu. — Posso me registrar mais cedo?

Apertei sua mão e voltei ao banheiro.

Na enfermaria, seis quartos contendo somente leitos alinhados dos dois lados do corredor, havia também a sala onde a enfermeira se sentava e onde tiravam a nossa temperatura quando chegávamos, a sala da TV, a quitinete com um pôster mostrando curiosidades da nutrição. Entre outros fatos, o pôster informava que comer chocolate liberava as mesmas substâncias químicas no cérebro de quando se estava apaixonado. Volta e meia, durante os anos em que estive na Ault, sentada à mesa do almoço, eu escutava ou participava da conversa sobre diversos tópicos, até alguém acabar dizendo: "Sabia que chocolate libera as mesmas substâncias químicas de quando estamos apaixonados?" E outros na mesa diriam: "Ouvi falar disso também", ou "É, eu me lembro de ter lido isso em algum lugar." Mas nunca conseguíamos nos lembrar de onde, até estar de volta à enfermaria, enjoados ou fingindo enjôo, a rigidez de um dia normal sendo substituída por um transcorrer demorado, pálido e diáfano de horas. Dormia-se, comia-se pudim e torradas, assistia-se à TV durante o dia com outros alunos que também tinham parado na enfermaria, de quem talvez fôssemos amigos ou com quem nunca tínhamos falado antes.

Essa foi a minha primeira visita à enfermaria. Na noite anterior, tinha retornado ao meu quarto depois da meia-noite, quando sabia que Dede e Sin-Jun estariam dormindo. Ao amanhecer, me levantei, vesti o jeans, e saí do quarto sem nem mesmo escovar os dentes. Precisava de mais um dia para organizar as coisas na minha cabeça, pensava enquanto caminhava na manhã fria, ainda escura, então seria capaz de decidir como denunciar Dede.

A enfermeira tirou minha temperatura e me indicou um quarto, e caí em um sono profundo. Quando despertei, a luz amarela do começo da manhã atravessava a veneziana, e ouvi a TV. Fui para a sala descalça, só de meias.

Uma garota tímida, do 2° ano, chamada Shannon Hormley, estava na sala, e também um garoto do 4° ano, Pete Lords, um dos dois garotos que seguravam o alto-falante no dia em que Gates dançou. Os dois ergueram os olhos quando cheguei, mas não disseram "olá", portanto eu também não o fiz. Sentei-me. Estavam assistindo a uma novela. Na tela, uma mulher em um vestido azul dizia ao telefone: "Mas com Christophe no Rio, não vejo como será possível." Eu me perguntei quem teria escolhido o programa. Na mesma hora tive vontade de me levantar e ir embora, mas achei que fazer isso tão bruscamente poderia parecer esquisito. Relanceei os olhos pela sala. Na mesa do lado de minha cadeira havia vários panfletos espalhados. *Pensei em suicídio,* dizia um no alto. O seguinte dizia: *Fui vítima de estupro.* E um terceiro dizia: *Sou gay?* Algo na minha barriga se comprimiu. Desviei os olhos, sondei se Shannon e Pete estavam me observando ler os panfletos. Parecia que não.

Fingi estar absorta no programa, enquanto esperava que saíssem. Quando foram embora — Shannon desapareceu depois de meia hora e, mais tarde, Pete arrastou-se para a quitinete —, peguei rapidamente o terceiro panfleto e fui para o quarto. *Mulheres que se identificam como lésbicas sentem-se sexualmente atraídas e se apaixonam por outras mulheres,* dizia o panfleto. *Sua atração sexual por mulheres é normal e adequada para elas. Tais sentimentos surgem durante a infância ou adolescência e prosseguem na idade adulta.* Havia perguntas para que se respondesse: *Quando sonho ou fantasio sexualmente, é com rapazes ou moças? Já senti queda ou me apaixonei por uma garota ou por uma mulher? Sinto-me diferente das outras garotas?*

Tentei me imaginar beijando Gates: estaríamos em pé, uma de frente para a outra e então eu me aproximaria. Teria de estar na ponta dos pés por causa da altura dela. Eu inclinaria o rosto para o lado, para que nossos narizes não se amassassem, e pressionaria minha boca na dela. Seus lábios estariam macios e secos. Quando separo meus lábios, ela separa os dela, e nossas línguas escorregariam uma na da outra.

A cena nem me repugnou nem me excitou. Mas isso talvez fosse porque eu não quisesse me excitar. Continuei a leitura do panfleto. *Na primeira vez que toquei os seios de minha namorada, me pareceu a coisa mais natural do mundo — Tina, 17.* Pensei, *Tina, 17, onde você está agora? Ainda tem 17 anos ou já é adulta? Seus vizinhos ou colegas de trabalho conhecem o seu segredo?* Eu a imaginava no Arizona, digamos, ou Oregon, mas duvidava que morasse na Nova Inglaterra. Até onde eu sabia, não havia gays na Ault. Na verdade tinha conhecido somente uma pessoa gay em toda a minha vida, e isso fora na minha cidade — era o filho de um vizinho, um cara na faixa dos trinta que tinha se mudado para Atlanta para ser comissário de bordo.

Eu me imaginei pondo a mão sobre o peito de Gates. E então, faria o quê? Deveria segurá-lo? Passar a mão nele? A imagem era absurda. Mas se não queria tocá-la, não sabia direito o que queria. Enfiei o panfleto no bolso do meu casaco, e desejei não tê-lo pego.

Quando voltei ao quarto, a tarde começava a cair, e Dede estava sentada na cama, cortando as unhas. Deu um pulo ao me ver.

— Por onde andou? Tenho uma coisa para lhe mostrar. — Ela me puxou pelo braço para fora do quarto. Paramos diante da gigantesca lata de lixo no corredor e o mesmo fedor do nosso quarto encheu o ar. — Veja — disse Dede e apontou. Uma cera seca e viscosa estava em cima de jornais, um saco de batatas fritas vazio, e os restos de uma planta em um vaso. A cera era de um amarelo alaranjado e tinha mais ou menos 30 centímetros de comprimento. — É lula — disse Dede. — Lula seca. Era isso que fedia. Estava no armário de Sin-Jun. Não é a coisa mais nojenta que já viu? — Dede parecia feliz, e não mais desesperada. — Pedi permissão a Sin-Jun para dar uma olhada e ela consentiu. Então descobri. Eu lhe disse que só estava procurando isso.

— É comida? — perguntei, e quando Dede confirmou com a cabeça, indaguei: — Onde está Sin-Jun?

— No telefone com a mãe dela, acho. Ela está envergonhada, e devia mesmo, porque isso é nojento.

— Contou que mexeu na cômoda dela antes?

— Lee, precisa se acalmar em relação a isso. Se me acusar, vai ficar numa situação embaraçosa. Por que não espera e vê se Sin-Jun dá pela falta de alguma coisa? Se não der, acho que o meu nome fica limpo.

— Não vai faltar nada — repliquei. — Tenho certeza de que pôs de volta no lugar. — De maneira estranha, agora que começava a acreditar que Dede era inocente, senti-me mais livre para acusá-la.

— Está bem, sua aprendiz de detetive. — Ela se inclinou para a frente. — Vou dizer uma coisa. Você não tem a menor necessidade de ser anormal. A culpa é sua. Se não fizesse coisas desse tipo, talvez pudéssemos ser amigas.

— Puxa, Dede. — Fiz a voz parecer ansiosa, como a de uma menina de um seriado da década de 1950. — Poderíamos mesmo? — Foi bom ser desagradável. Foi um alívio descobrir que ainda era capaz de uma atitude, por baixo de minha humildade e sentimentalismo induzido pela Ault.

Dede sacudiu a cabeça.

— Lamento por você.

Ela desceu o corredor, os cortadores de unha na mão, e supus que tinha ido discutir minha anormalidade com Aspeth. Pendurei meu casaco e me deitei na minha cama, em cima da colcha. Então me lembrei do panfleto no bolso do casaco. Peguei-o e quando vi o título imbecil *Sou gay?*, um amargor me subiu pela garganta. *Não, você não é gay,* pensei. *Você é um panfleto.* Tive vontade de queimá-lo.

Ouvi a maçaneta girar, abri rapidamente a gaveta de minha mesa e pus o panfleto dentro. Achei que Dede estava de volta com mais insultos, mas era apenas Sin-Jun.

— Desculpe a lula — disse ela.

— Tudo bem.

— Sou má companheira de quarto.

— Não foi tão sério — repliquei. — Não se preocupe.

— Você não estava aqui hoje — disse ela.

— Estava na enfermaria.

— Doente?

— Um pouco. Sim.

— Faço chá para você.

— Tudo bem — disse eu. — Mas obrigada.

— Chá não?

— Agora não.

Pareceu desapontada, e pensei se não deveria ter aceitado sua oferta, mas o momento tinha passado.

Foi na aula de espanhol, logo depois do almoço, que me lembrei. O terror me atravessou. O panfleto estava na minha mesa, na gaveta de cima — o lugar mais óbvio que se podia imaginar! O ladrão estaria procurando dinheiro, mas isso seria muito mais interessante, mais prejudicial.

Faltavam vinte minutos para o fim da aula. Tentei me acalmar com a matemática: se dezenove de nós vivíamos no Broussard's, e se quatro roubos tinham acontecido nas últimas seis semanas, então a possibilidade era mínima, infinitesimal, que ocorresse outro entre agora e o fim da prática de esporte, quando eu poderia retornar ao dormitório. Mas já havia ocorrido um furto no meu quarto. E de qualquer maneira, como eu poderia confiar em números, em sua fria imparcialidade? O que importavam os números se toda a Ault pensasse que eu era lésbica?

Faltavam quinze minutos, depois dez, oito, cinco, quatro, dois. Quando a campainha tocou, disparei para o dormitório. Eu me atrasaria para a aula seguinte, de biologia, se não a perdesse, mas ter meu nome relatado ao reitor parecia um preço pequeno por ter escondido o panfleto.

Ao atravessar o campus correndo, quando todos estavam em aula, pensei no dia em que tinha abandonado a aula de História Antiga e sentido ternura pelo meu antigo ego. Na verdade, as coisas não tinham sido ruins na época. Pelo menos, não tinham sido tão complicadas.

Atravessei o pátio, passei pelos bancos de granito vazios, onde tinha conhecido Gates. Ventava e o céu estava nublado, e quando abri a porta do dormitório, a maçaneta estava fria.

Essa é a parte em que penso com mais freqüência: o *timing*. Às vezes me pergunto sobre acidentes que acontecem com uma pessoa — batidas de carro, queda de galhos das árvores, incêndios à noite —, eu me pergunto se seria possível evitá-los ou se estariam fadados a ocorrer de qualquer maneira. Uma vez decididas a acontecer, as más coincidências de sua vida o escolhem, mudando de forma, mas as conseqüências continuam as mesmas? Ou talvez nem mesmo mudem de forma; mantêm a mesma, esperando você tão pacientemente quanto tartarugas.

Little surgiu do nosso quarto assim que eu entrava. Foi como se ela antecipasse minha chegada e me abrisse a porta, exceto que, uma vez aberta, não se afastou para eu passar, e quase nos chocamos.

Ficamos ali por tanto tempo sem falar que achei que não falaríamos mais. Mas esse tipo de silêncio só acontece no cinema; na vida real, é muito difícil não enchermos os momentos importantes com falas.

— As famílias delas são muito ricas — disse ela finalmente. — Não precisam do dinheiro.

— Mas é delas. Não é seu.

— Sim. Vi como jogam dinheiro fora. Não gostaram do jantar, encomendam pizzas. Aquecimento antes das corridas custa 70 dólares? Tudo bem.

— Mas roubar é errado.

— Vai continuar a se fazer de desentendida? Não tente passar por umas delas.

— O que quer dizer com isso?

— Que posso ver com meus próprios olhos que não está pagando sua estada aqui.

— Não sabe disso.

— É claro que sei.

— Mesmo que eu seja bolsista — disse eu —, o que não estou afirmando ou negando, como você poderia saber?

Ela encolheu os ombros, e disse:

— Sua colcha.

— Minha o quê?

— Sua colcha. Ou seja lá como chama isso. Não é florida.

Não sabia como ela tinha descoberto qual era a minha cama, mas tinha razão. Minha colcha era dupla face, vermelha de um lado e azul do outro. Então esse era um dos indícios, eu não poderia me esquecer.

— Mas você não é bolsista, é? — falei.

Ela me olhou surpresa.

— É claro que sou. São 20 mil dólares por ano para vir para cá.

— Mas... mas o seu pai não é médico e sua mãe, advogada?

Ela quase sorriu, mas acabou abafando um risinho.

— Como em *The Cosby Show*?

Olhei para o chão e me perguntei se ela me odiaria. Queria perguntar *Como pôde pensar que não seria pega? Ou estava esperando ser?* Mas nada indicava que esperasse.

— Ouça — disse ela, e eu ergui os olhos. — Vou parar. Só preciso de um pouco de dinheiro até o feriado do Natal, entende? E da maneira que foi, será bom para nós duas.

Fiquei pasma.

— Como seria bom para mim?

— Sua colega de quarto — disse ela, mas continuei sem entender. — Ela não estará aqui hoje à noite.

Então, Little, dessa vez, tinha roubado o dinheiro de Sin-Jun. Seu plano não era nada mau. E eu, supostamente, a ajudaria. Antes, eu tinha agido inconscientemente, acreditando quando acusei Dede que ela realmente era a ladra. Agora, como sabia que não era ela, mas fingiria ter provas, estaria agindo propositalmente.

— Não acha que tirei de você, acha? — disse Little.

Desviei os olhos.

— Nunca roubaria você. Droga, garota. — Sua voz estava animada. Talvez, se não pudesse vê-la, tivesse acreditado na atuação. Mas seus olhos estavam cheios de uma ânsia e uma tristeza inexprimíveis. Enquanto estávamos ali no limiar da porta olhando uma para a outra, experimentei uma sensação de identificação tão profunda que quase acreditei que guardaria seu segredo.

2. Todas as normas da escola estão em vigor

INVERNO CALOURO

Depois que Madame Broussard fez a chamada para o toque de recolher, a sala de estar se esvaziou, exceto por Dede, eu e Amy Dennaker, que estava dentro da cabine telefônica e não parava de rir e dizer "Ora, cale a boca!"

Baixei os olhos para o meu caderno.

— Tudo bem — disse eu a Dede. — Qual é o padrão reprodutivo para o protista *Euglena*?

— Fissão binária — respondeu Dede.

— Certo. — Na minha cabeça, repeti *fissão binária, fissão binária, fissão binária*. Espantava-me o fato de Dede, que parecia gastar a maior parte de sua energia se arrumando e insinuando-se para pessoas mais populares do que ela, guardasse esse tipo de informação sem o menor esforço, enquanto eu não conseguia mais de um C em biologia. Eu não entendia como tinha chegado a essa nota crítica, já que antes de entrar para a Ault nunca tinha tirado menos de B+ em nenhuma matéria. Ou o ensino na Ault era muito mais puxado do que o do ginásio que eu freqüentava antes, ou eu estava emburrecendo — desconfiava que as duas coisas. Se não estivesse literalmente emburrecendo, sabia, pelo menos, que tinha perdido aquela aura que nos cerca quando os professores acreditam que você é uma das alunas inteligentes e responsáveis, que irradia mais luz toda vez que levanta a mão na aula para dizer a coisa certa, ou, durante um exame, esgota o espaço no papel de prova e tem de pedir mais um. Na Ault, eu duvidava de que algum dia viesse a precisar de mais papel, pois até mesmo a minha letra tinha mudado — antes era arredondada e confusa, e agora era fina e pequena.

— E as bactérias? — perguntei. — Como é chamado o padrão reprodutivo?

— Para as bactérias, é fissão binária e conjugação. Pode ser...

— Gente!, o que vocês estão fazendo? — Amy Dennaker tinha saído da cabine telefônica e estava olhando para nós com mais interesse do que o habitual. No mês anterior, fevereiro, Amy tinha marcado três gols na partida de hóquei no gelo contra St. Francis e depois, no terceiro tempo, tinha quebrado o nariz. O que a tornava ainda mais assustadora. — Se estão estudando para amanhã, não se preocupem.

Dede e eu olhamos uma para a outra.

— Temos prova de biologia — disse eu.

— Não, não têm. — Amy sorriu arreganhando os dentes. — Não souberam por mim, mas amanhã é o feriado surpresa.

— O que é isso? — perguntei, e ao mesmo tempo, Dede falou:

— Maravilha! Tem certeza?

Virei-me para Dede.

— O que é feriado surpresa? — perguntei.

— Como você sabe? — perguntou Dede a Amy.

— Não posso revelar minhas fontes. E nunca se pode afirmar com absoluta certeza. Às vezes, se o sr. Byden achar que alunos demais sabem, pode acabar cancelando. Mas encare da seguinte forma: não pode ser na quarta-feira por causa dos esportes, normalmente não acontece nem na segunda-feira nem na sexta-feira, para não juntar com o fim de semana, e sempre é antes da primavera. Portanto restam terça e quinta, e o jogo de basquete masculino contra Overfield está programado para a próxima terça. Na quinta que vem, um carinha que escreve discursos vai falar no quarto tempo. E a semana seguinte será a semana anterior à primavera. É bem verdade que nunca se sabe ao certo até se ver a jaqueta verde.

Dede estava balançando a cabeça concordando. Aparentemente, tinha ouvido falar na jaqueta verde.

— E mais uma coisa — disse Dede. — Alex Ellison tem de apresentar uma dissertação de história amanhã, mas disse ao pessoal no jantar que nem a começou ainda.

— E o que tem isso?

— Alex divide o quarto com Henry Thorpe, e como Henry é um dos monitores seniores, sabe com certeza. Os monitores são os únicos alunos que descobrem com antecedência. E Henry sem dúvida teria dito a Alex.

— Henry tem permissão para falar? — perguntei. Dede e Amy olharam para mim como se tivessem se esquecido da minha presença.

— Não — replicou Amy. — Mas e daí? — Pareceu de repente se lembrar de quem eu era: uma caloura boba que ela não conhecia direito, sentada com a colega de quarto, que era só um pouquinho mais esperta. Era evidente que ela não tinha pretendido ser tão generosa com seu tempo e sua informação. — Façam como quiserem — disse ela. — Podem estudar a noite inteira se isso as deixa felizes.

Esperei até ela desaparecer no alto da escada e me virei para Dede.

— Então, vai me explicar o que está acontecendo ou não? — Ainda não *gostava* particularmente de Dede, mas não tinha nenhuma outra garota na Ault de quem eu me sentisse mais próxima. Em dezembro do ano anterior, Little Washington tinha sido convidada a se retirar da escola em menos de 24 horas depois que conversei com Madame Broussard, e quando nos reunimos na sala de estar para a última chamada, dava para sentir a diferença, o novo vazio. Little tinha desaparecido — seus pais vieram buscá-la e, num estalar de dedos, seu quarto foi esvaziado —, assim como se esvaziara o suspense em torno de quem estava roubando, ou de quando aconteceria o furto seguinte. Por volta das duas da manhã, meu estômago doía tanto que fui ao banheiro, sentei-me no chão ao lado do vaso, e enfiei o dedo na garganta. Não saiu nada, mas senti bolos me sufocando. Depois me inclinei sobre o vaso, observando-o desse ângulo — a água quieta, a louça curva. Estava ali há cerca de vinte minutos quando Dede empurrou a porta do compartimento sem tranca.

— Pode me deixar em paz? — pedi.

— Você fez o que tinha de fazer. Não teve escolha — replicou ela.

Na sala comum, Dede disse:

— Feriado surpresa é uma tradição na Ault. Uma vez por ano, as aulas são suspensas, e nos dão uma folga.

Pensei em meu C em biologia e não fiquei muita certa de merecer uma folga.

— A jaqueta verde na hora da chamada é quando sabemos — prosseguiu Dede. — O sr. Byden pode estar fazendo um comunicado e então tirar o paletó e a jaqueta verde estará por baixo, ou alguém surge de debaixo da mesa dos monitores usando-a. Ou alguma coisa parecida.

— E aí não teremos prova?

— Acho que não. Pelo menos até sexta-feira.

— Então não precisamos estudar.

— Bem — Dede mordeu o lábio —, talvez devêssemos, só para garantir.

— Estou cansada — disse eu.

— Se estudarmos hoje, não precisaremos estudar amanhã.

Olhei para ela — era tão responsável. Era como se me visse um ano atrás, a versão de mim que convencera meus pais a me deixar ir para a Ault, contrariando a sensatez, dizendo que seria uma experiência educacional excepcional. Agora, eu era outra pessoa, alguém diferente de Dede. Ela podia estudar porque lidava com a vida francamente, em linha reta. Mas eu estava levando minha vida obliquamente. Não agia como queria, não falava o que pensava, e ser tão contida e reprimida o tempo todo me deixava exausta; independentemente do que estivesse fazendo, estava sempre imaginando outra coisa. Notas pareciam periféricas, mas o problema verdadeiro era que tudo parecia periférico.

— Vou dormir. — Deixei Dede na sala de estar, examinando suas anotações de biologia.

No café da manhã, Hunter Jergenson resumiu um sonho que tivera envolvendo alienígenas espaciais, o que inspirou Tab Kinkead a perguntar se não teria sido um rapto e não um sonho, e então Andrea Sheldy-Smith, colega de quarto de Hunter, contou uma história longa sobre como tinha usado por engano a escova de dentes de Hunter, e Tab tinha replicado: "Então basicamente vocês transaram?" Eu ficava constantemente perplexa com os tópicos ridículos que levantavam, especialmente as garotas, e igualmente perplexa com as respostas entusiásticas que esse ridículo provocava. Evidentemente, talvez ser ridículo fosse o propósito — uma maneira de evitar manifestar o sentimento doloroso de que alguma coisa estava em jogo.

Ninguém na mesa trouxe à baila a questão do feriado surpresa, e comecei a desconfiar que ou Amy tinha se enganado ou — essa possibilidade tinha me ocorrido no meio da noite — tinha nos enganado. Na capela, o sr. Byden falou sobre a importância da humildade, e examinei bem sua expressão em busca de um sinal de que não haveria aula. Não deixou escapar nenhum. Geralmente, eu gostava da capela: os frágeis assentos de palhinha, a penumbra, os tetos extraordinariamente altos, o som do órgão quando cantávamos hinos, e a parede atrás onde os nomes do garotos da Ault que haviam morrido em guerras estavam inscritos na pedra. Mas nesse dia, eu estava inquieta.

Na hora da chamada, percebi uma sensação de expectativa, uma exuberância loquaz. Nas mesas à minha volta, ninguém estava estudando, como geralmente acontecia antes e durante os comunicados; todo mundo estava conversando e havia acessos freqüentes de risadas de tudo que é lado. Aspeth Montgomery, a garota loura e popular, para quem Dede funcionava como assistente, estava no colo de Darden Pittard, o nosso colega negro bacana; Darden era bom no basquete, era do Bronx e usava uma corrente de ouro, e camiseta listrada de rúgbi que salientava suas costas musculosas e ombros largos. (O outro garoto negro da nossa turma, nada disputado, era Kevin Brown — um gênio do xadrez que usava óculos e cujos pais eram professores na universidade de St. Louis.) Vi Darden fazer biquinho como se fosse beijá-la, e a vi pegar seu rosto com uma mão, um polegar em uma bochecha e o indicador na outra, e fingir que estava bronqueando com ele. Enquanto eu olhava, pensei que provavelmente, quase certamente, hoje era o feriado surpresa. Como poderia não ser?

Henry Thorpe teve de tocar a campainha três vezes antes de fazerem silêncio o bastante para que os comunicados tivessem início. O primeiro comunicado, da sra. Van der Hoef, foi que aqueles que viajariam para a Grécia em junho se certificassem que seus pais fizessem o depósito de 500 dólares. Depois um garoto do 3º ano, de quem eu não sabia o nome, disse que tinha esquecido seu caderno de matemática na biblioteca e que, se alguém o tivesse encontrado, por favor o devolvesse. A terceira pessoa a falar foi o reitor Fletcher, que se dirigiu calmamente à plataforma onde ficava a mesa dos monitores, e onde Henry e Gates estavam. Depois da expulsão de Little, meu interesse por Gates tinha desaparecido quase completamente. Não que ela me tivesse feito alguma coisa, mas acho que porque eu a associava com Little e com todo o meu desconforto com a situação. Gates logo pareceu alguém que havia interessado a uma amiga minha, e não a mim mesma. Ainda sentia uma pontinha de interesse quando a via, mas somente uma pontinha.

— Duas coisas — disse o reitor Fletcher. — Primeiro, o café-da-manhã se encerra exatamente às cinco para as oito. Fui informado das queixas que vocês fizeram ao pessoal do refeitório: que tinham dormido demais, mas que ainda assim queriam suas panquecas. — As pessoas riram, principalmente porque todos gostavam do reitor Fletcher. — Quando o pessoal diz que parou de servir, significa que é melhor vocês irem rápido para a capela. Sacaram? A outra coisa é o seguinte: a sala do correio está um chiqueiro. Suas mães devem se envergonhar de vocês. — Estendeu a mão para uma caixa de papelão sobre a mesa dos monitores; eu não tinha reparado nela. — Objeto A — disse ele, e meus batimentos se aceleraram, mas tudo o que ele mostrou foi um *New York Times* amassado. — Jornais devem ser colocados nas latas de reciclados. — Em seguida, ele mostrou um par de protetores de orelha. — São de alguém? Não? Então vou ficar com eles. — Ele os vestiu e então tive certeza. — Ou... — disse ele e olhou em volta da grande sala, para nós todos que aguardávamos. Sorriu. — Que tal isto? — Tudo o que vi antes da sala explodir foi um flash de um tecido verde. Todos à minha volta estavam gritando. As garotas se abraçavam e os garotos batiam uns nas costas dos outros.

Não gritei nem abracei ninguém. Na verdade, à medida que o barulho aumentava, eu sentia o oposto — a excitação se exaurindo. Mas não a tensão — meu corpo estava retesado e alerta, e, estranhamente, o impulso que tive foi o de chorar. Não porque estivesse triste, mas porque não estava feliz, e ainda assim, como meus colegas de turma, tinha experimentado um arroubo de emoção, e também sentia necessidade de extravasar. Além do mais, esse fenômeno — ser tomada por uma onda esmagadora de sentimento que claramente não era o das pessoas à minha volta — tinha acontecido no momento em que todos vibravam e encorajavam uns aos outros, e me senti desconfortável, porque não queria que ninguém notasse que eu não estava pulando ou gritando vivas, ao mesmo tempo que sentia uma emoção forte, pois a algazarra fazia o mundo parecer cheio de possibilidades que poderiam fazer meu coração vibrar. Acho, quando penso naquele tempo, que essa foi a melhor coisa de Ault, o senso da possibilidade. Vivíamos muito juntos, próximos uns dos outros, mas como era um local de decoro e contenção, e como acima de tudo éramos adolescentes, nos escondíamos excessivamente. E então, nos dormitórios, salas de aulas, esportes, jantares formais e grupos de orientandos, éramos misturados e postos juntos e misturados de novo, e havia sempre a chance de se descobrir uma das peças da informação oculta. Por isso me excitava quando a vida saía do normal, quando as coisas aconteciam — treinamentos para a neve e incêndio, e quando íamos à capela à noite, às vésperas, quando o céu do lado de lá dos vitrais estava escuro. Dependendo das circunstâncias, um fato escabroso podia ser revelado, ou podíamos nos apaixonar loucamente. Em toda a minha vida, a Ault foi o lugar com a maior densidade de pessoas apaixonadas.

Gates tocou a campainha para que fizéssemos silêncio. O reitor Fletcher pôs dois dedos na boca e assobiou.

— Certo, pessoal — disse ele e fez um gesto com as mãos para que nos acalmássemos. — Basta. Prestem atenção. Um ônibus partirá para Boston às dez horas e outro para o shopping em Westmoor ao meio-dia. Quem quiser ir, venha se inscrever na minha sala. Sei que não preciso lembrar a ninguém que, enquanto estiverem fora, todas as normas da escola continuarão em vigor. — Era o que os professores sempre diziam antes de deixarmos o campus.

Quando os comunicados se encerraram, os alunos dispararam para fora da sala, ou para o escritório do reitor Fletcher, ou qualquer outro lugar, e para os dormitórios. Fui para a sala do correio, que ficava no térreo, e vi que não havia nada na minha caixa postal. Não sabia o que fazer. Meu foco até então tinha sido evitar a prova de biologia, e agora que tinha conseguido, me sentia perdida. O problema era que não tinha com quem ir a Boston ou ao shopping; ainda não tinha feito amigos. Surpreendentemente, esse não era um fato que afetava de maneira significativa a minha vida diária, pelo menos não em termos logísticos. Nas refeições, as seções do refeitório eram divididas, não oficialmente, por séries, e na sua série — era estranhamente democrático — podia-se se sentar em qualquer mesa com banco livre; em jantares formais era ainda melhor porque os lugares eram marcados. Na capela, também se podia sentar em qualquer lugar. E o resto do tempo, vagando pelos corredores entre as salas, trocando de roupa no vestiário para a ginástica, era possível estar sozinha, discretamente, andando alguns passos atrás de outras pessoas, ou se colocando na periferia.

Quando as coisas eram mais lentas, durante as partes em que, supostamente, teria de me divertir, aí a minha falta de amigos parecia óbvia — nas noites de sábado, quando havia bailes a que eu não ia, e durante as visitas, permitidas em determinadas horas à noite, em que garotos e garotas iam aos dormitórios um dos outros. Eu passava essas horas me escondendo. A maior parte das outras garotas escancaravam suas portas para as visitas, mas nós mantínhamos a nossa fechada; Sin-Jun parecia não dar importância, e Dede ia para o quarto de Aspeth.

Mas em certas ocasiões, eu não conseguia esconder minha falta de amigos. Quando fizemos uma excursão a Plimoth Plantation, tive de me sentar no ônibus do lado de Danny Black, um aluno semi-interno cujo nariz estava sempre escorrendo por causa de alergias; quando perguntei se podia me sentar do seu lado, ele respondeu com sua voz fanhosa: "Tudo bem, mas eu fico no corredor." E se levantou para eu me sentar à janela. Havia também os sábados em que os monitores calouros organizavam uma festa de esqui no gelo no rinque de hóquei, e eu fui quando ainda não tinha entendido que por ser à noite, por ser anunciada como uma festa, não significava que eu acharia mais fácil conversar com as pessoas. Na pista de gelo, as garotas deslizavam em jeans e suéteres de lã rosa ou cinza, e os garotos ficavam tentando derrubar uns aos outros. Atrás da barreira de plástico, estavam os que não sabiam patinar, ou não tinham patins, em pé do lado da arquibancada. Ali em pé no ar gelado, sem patinar, meus pés pareciam duas massas desformes congeladas, e víamos a respiração das pessoas quando falavam. De vez em quando, tentava travar conversa com Rufina Sanchez, que tinha sido recrutada para a Ault de uma escola pública em San Diego, e que era tão bonita que eu me sentiria intimidada de falar com ela se fosse branca, mas a minha atenção estava concentrada mesmo nos patinadores. Ao observá-los, eu sentia aquela combinação familiar de infelicidade e hilaridade. Passados mais ou menos quinze minutos, Rufina disse a Maria Oldego, que era antipática e de Albuquerque: "Isto é muito chato. Vamos dar o fora daqui." *Chato*?, pensei incrédula. Quando Rufina e Maria saíram, os outros que estavam do nosso lado também se foram, e fiquei só. Então, tive de sair também.

Poderia ter tornado a minha vida mais fácil se tivesse me ligado a Dede, mas o orgulho me impediu. E, às vezes, me sentia afeiçoada a Sin-Jun, mas quase sempre depois eu ficava deprimida, como se tivesse falado demais e, por causa da barreira da língua, ela não tivesse me compreendido. Além do mais, Sin-Jun, recentemente, havia feito amizade com Clara O'Hallahan, uma garota gorducha e chata do nosso dormitório.

Como os outros alunos foram para a sala de correspondência, decidi passar o dia inteiro no dormitório. Enquanto meus colegas gastavam dinheiro com roupas e fitas cassetes, eu podia estudar, pensei. Talvez até me desse bem na prova de biologia. Saí do edifício da escola. Tinha começado a chover, e, na quadra, um bando de garotos estava jogando futebol, escorregando e rolando na grama. Ouvindo seus gritos, senti uma inveja deles que já me era familiar. Não queria o que eles tinham, mas desejava querer o que eles queriam. A impressão era de que a felicidade era mais fácil para eles. Ao me aproximar dos dormitórios, ouvi música. Era a mesma música, percebi, mas não vinha de uma única fonte e não estavam todas sincronizadas. Era "Holiday", a música da Madonna, que dizia: "Se tivéssemos um feriado/ Tivéssemos um tempo para celebrar/ Um único dia na vida/ Seria/ Seria tão bom." Quando cheguei no pátio, vi que nas janelas dos dormitórios — mas somente nas janelas dos dormitórios das garotas, reparei, não dos garotos — alto-falantes virados para fora equilibravam-se nas telas, propagando a música pelo ar. Eu me perguntei quantas meninas tinham sabido, para fazerem isso. Parecia uma espécie de intuição animal, como elefantes na savana que sabem, de uma geração a outra, o local preciso onde encontrar água.

Havia caixas de som nas janelas do nosso quarto, as caixas de Dede; seus pais tinham-lhe enviado um som estéreo na segunda semana de aula. (A mãe de Dede também lhe enviava embrulhos com suéteres de cashmere e chocolate francês que vinham em uma caixa onde cada pedaço, na forma de uma concha ou medalhão, tinha seu próprio nicho. Dede dava o chocolate para Sin-Jun e para mim porque estava sempre de dieta. Quanto aos embrulhos que minha mãe me mandava, esperava voltar ao dormitório para abri-los. Uma vez ela mandou três caixas de papelão rosa de absorventes, com um bilhete que dizia: *Kroger estava liquidando. Saudades. Amor, sua mãe.)* Quando entrei, Sin-Jun não estava e Dede estava de lá para cá entre o banheiro e o quarto — enchendo sua garrafa de água, pondo as coisas em sua mochila, gritando para Aspeth. Do limiar da nossa porta, ela gritou para o fim do corredor:

— Cross vai? — Aspeth respondeu alguma coisa que não deu para ouvir, Dede suspirou e gritou: — Por que não? — Aspeth não respondeu.

Depois de vários segundos, Dede disse: — Cross tem andado tão taciturno ultimamente — e pelo baixo volume de sua voz, parecia que estava falando comigo. — Sair com Sophie o está deprimindo — acrescentou ela.

Cross Sugarman era o garoto mais alto e mais bacana da nossa turma, um cara branco que conseguia ser melhor jogador de basquete do que Darden Pittard. Apesar de ser calouro, estava namorando uma garota do 3º ano chamada Sophie, o que eu sabia porque tinha lido nas "Low Notes", que eram publicadas no *The Ault Voice,* o jornal da escola. Eram comentários maliciosos sobre os novos casais, ex-casais, e pessoas que tinham começado a namorar, tudo escrito de uma maneira velada para que o corpo docente não compreendesse. Havia as iniciais das pessoas e um trocadilho com seus nomes — para Cross e Sophie tinha sido: "S. T. e C. S.: Parece que Cross tem muitos 'Ss'." O fato de Cross ter uma namorada não tinha impedido Dede de desenvolver uma paixonite por ele, o que, além de ser previsível, era patético — é claro que Dede ia se fixar no garoto mais popular da turma. Gostar dele era como gostar de dizer que a Grateful Dead era a sua banda favorita, ou dizer que a capela era uma chatura, ou que a comida da cantina era um nojo. Mas eu sabia que Dede não tinha a menor chance com Cross. Sim, ela era rica, mas também era judia e, com um nariz grande e o sobrenome Schwartz, não era o tipo de judia que poderia se disfarçar. Cuidava do corpo, suas pernas estavam sempre raspadas, seu cabelo sempre cheirava bem, mas ela simplesmente não era bonita.

Certa vez, vi na sala do correio Dede e Cross Sugarman e algumas outras pessoas juntas. Dede ria de maneira estridente, olhando para Cross e puxando seu braço com as duas mãos, e a expressão no rosto dele era tão impassível, de uma indiferença tão patente que senti, de fato, agonia por Dede.

— Se Cross achasse que Sophie o deprime, provavelmente não estaria saindo com ela — disse eu.

— Ele quase rompeu com ela umas cinco vezes — replicou Dede. — A razão principal para ele a estar namorando é porque ela é do 3º ano.

Eu ri.

— Isso faz Cross parecer meio fracote. — Tal declaração me pareceu agradavelmente blasfema.

— Você não o conhece como eu o conheço.

— Não estou dizendo que conheço. Nunca nem mesmo falei com ele.

— Exatamente. — Dede estava diante do espelho em cima de sua cômoda. Passou brilho nos lábios e apertou um contra o outro enquanto se observava com os olhos arregalados e sérios. — Ele caiu em uma relação doentia — disse ela. — Ele não gosta tanto dela, mas se sente em dívida com ela.

— Talvez você devesse se interessar por alguém sem namorada.

— Oh, não *gosto* de Cross. Somos apenas bons amigos. — Dede virou-se do espelho. — Não vai a Boston, vai?

— Não.

— Eu vou.

— Com certeza.

— Aspeth e eu vamos fazer compras na Newbury Street. Vamos almoçar naquele restaurante tailandês que dizem ser o máximo. Gosta de comida tai?

Nunca tinha experimentado comida tai, o que Dede provavelmente já devia saber.

— Como Pad Thai — disse ela. — Hum, é o meu prato preferido. Viu minha tiara de tartaruga?

— Não.

— Não vai passar o dia todo aqui à toa, vai, Lee? — disse ela. — Devia fazer algo divertido. Feriado surpresa só acontece uma vez por ano.

— É claro que não vou ficar aqui — repliquei.

— Vai ao shopping?

Sem pensar, assenti com um movimento da cabeça.

— Esse shopping é um horror — disse ela. — Lembra-se de quando Aspeth e eu fomos lá de táxi? Foi perda de tempo. Fazer compras em Boston é muito melhor. Oh, mas provavelmente você vai ao cinema, não vai?

Assenti de novo com a cabeça.

— Que filme vai ver?

Hesitei.

— Na verdade — disse eu. — Na verdade, vou ao shopping porque... bem, vou furar as orelhas. — Ao dizer isso, senti o sangue subir ao meu rosto. Nunca tinha pensado em furar as orelhas. Nem mesmo sabia se os meus pais permitiriam.

— Oh, Lee! Que máximo. Vai ser ótimo. E vai usar brincos de pendurar, não vai? E não somente tachinhas?

— Sim, acho.

— Vai ser um grande progresso.

Passou pela minha cabeça me sentir insultada, mas estava claro que Dede só estava tentando me apoiar. Havia algo franco nela — toda a sua parte desagradável estava próxima da superfície, como a crosta terrestre. Quando se conhecia mais embaixo, ela era estranhamente inocente.

Dede estava certa; o shopping era bem ruim. A iluminação era branca brilhante, o chão era de falsos tijolos alaranjados lustrosos. Vários dos espaços em que antes havia lojas tinham grades de cromo na frente. Atrás das grades, as lojas estavam escuras e vazias, exceto por algumas caixas ou uma cadeira solitária. Passei por uma que vendia roupas para manequins grandes, uma loja de discos, e uma série de restaurantes: um de sanduíches, uma pizzaria, um café com painéis iluminados expondo hambúrgueres. Via os outros alunos da Ault em grupo de dois ou três. Quando o ônibus nos deixou — não estava cheio, e ninguém tinha se sentado do meu lado —, tive esperança de me misturar numa multidão de estranhos, mas o shopping estava quase vazio. Pensei que os outros alunos iriam ao cinema, cuja sessão começaria em menos de uma hora, e então eu poderia flanar em paz. Primeiro, tinha de furar as orelhas.

O shopping não tinha uma loja do tipo que vende pregadores de cabelo e bijuteria. Minha única opção parecia ser a contraparte masculina desse tipo de loja — um lugar com uma motocicleta na vitrine, com chamas acima dos painéis no fundo e muita roupa de couro.

Um cara de quase quarenta anos, com um rabo-de-cavalo comprido e uma jaqueta de brim com as mangas cortadas estava atrás do balcão.

— Posso ajudá-la? — disse ele.

— Só estou dando uma olhada. — Precisava de alguns minutos, pensei. Fui até uma arara de jaquetas de couro e toquei nos ombros. Eram macias e exalavam aquele cheiro forte, acre.

— Posso ajudar? — disse ele e me virei. Mas dessa vez, ele estava falando com Cross Sugarman, que estava na frente da loja. Quando voltei a olhar para as jaquetas, não pude evitar um sorriso presunçoso. A presença de Cross não tinha importância para mim; o que era gratificante era que a sua ausência *teria* importância para Dede. Depois me lembrei de como Dede tinha sido afetuosa quando lhe contei que furaria as orelhas, e me perguntei se não deveria me sentir culpada por ser rancorosa.

Aproximei-me do balcão.

— Quero furar as orelhas. — Fiz uma pausa. — Por favor.

— Furar é grátis — disse o homem. — Os brincos são de 6,99 para cima.

Ele destrancou a porta do balcão, puxou uma bandeja forrada de veludo com brincos e a deslizou na minha direção. Havia luas, cruzes, caveiras, em prata e em ouro. Senti uma pontada de solidão; furar orelha era uma atividade a ser feita com outra garota, com uma amiga, de modo que ela ajudasse a escolher. Apontei para um par de bolas prateadas, o par mais simples que vi.

— Sente-se aqui. — O homem balançou o queixo na direção de um banco no outro lado do balcão. Deu a volta e vi a pistola de furar, um objeto de plástico branco, sem forma, com uma biela prateada que se projetaria, atravessando minha orelha.

— Nunca erra? — perguntei. Ri, e minha risada soou aguda e nervosa.

— Não — replicou o homem.

— Dói?

— Não. — Encostou a pistola na minha orelha direita.

Ocorreu-me que se tivesse uma amiga, mesmo que fosse Dede, eu apertaria seus dedos. Senti um beliscão e depois uma ardência.

— Ai — eu disse.

O homem deu um risinho.

Tive vontade de me levantar e fugir dele. Mas se fugisse, ficaria só com uma orelha furada. A idéia de que eu estava presa tornou minha respiração difícil. Senti a pistola tocando na minha orelha esquerda, os dedos do homem no meu cabelo. Ele puxou o gatilho, eu estremeci, meus ombros se sacudiram.

— Droga! — O homem curvou o corpo de modo a ficar cara a cara comigo e me fulminou com o olhar: — Quer que faça ou não?

— Desculpe. — Olhei para ele, a composição de seu rosto começou a se dissolver. Uma mancha cintilante, latejante, esverdeada, igual a quando olhamos para uma lâmpada acesa e depois desviamos o olhar, cobriu a ponta do seu nariz e parte de uma bochecha. Uma onda irrompeu no meu estômago. — Oh, meu Deus — falei baixinho.

Ele se afastou da minha linha de visão e pressionou de novo a pistola na minha orelha. A mancha verde persistiu no ar onde tinha estado o seu rosto; expandiu-se para fora, fervilhando. Fechei os olhos.

Depois, eu podia ouvir, mas não via nada. Senti-me como se caindo do lado de um trilho, e as rodas do trem girassem perto das minhas orelhas. O mundo todo estava derrapando, tudo o que tinha acontecido movendo-se rapidamente em círculos, e eu era a responsável.

— Você a conhece? — disse uma voz enrouquecida, e outra voz respondeu:

— Não sei o seu nome, mas ela é da minha turma.

— Ela tomou alguma coisa? — disse a voz rouca. — O que ela tomou? Por que vocês dois não estão na escola?

— Não tivemos aula hoje. Tem uma toalha de rosto?

— Na pia, nos fundos.

— Se for pegá-la, fico aqui com ela.

Senti a umidade em minha testa antes de sentir o corpo todo. Então, pude vê-los, mas estava sendo puxada, ainda entre o mundo verde que girava e o mundo estático dos rostos à minha frente.

— Ela está voltando a si — disse a segunda voz. — Ei. *Oi.* Como é o seu nome?

Hesitei. Tentei dizer *Lee,* mas o barulho que saiu pareceu mais um grasnido prolongado.

— Você desmaiou. — Era Cross Sugarman, era ele a pessoa que estava falando comigo. — Você é diabética?

Não consegui responder.

Ele virou-se e falou com o homem de rabo-de-cavalo, o que tinha a voz enrouquecida.

— Tem algum doce ou refrigerante?

— Aqui não é nenhuma mercearia.

— É, percebi. — Cross olhou de novo para mim. — Você é diabética?

Engoli em seco.

— Não.

— Quer que chame uma ambulância?

— Não.

— Já desmaiou outras vezes?

— Não sei. — Minhas palavras saíram vagarosas. O mundo verde giratório tinha desaparecido completamente. Senti-me exausta.

— Como se chama?

— Lee.

— E estuda na Ault, certo?

Confirmei com um movimento da cabeça.

— Eu também — disse ele. — Meu nome é Cross.

Fiquei impressionada, mesmo nesse momento, com a sua modéstia ao se apresentar. É claro que eu sabia o seu nome.

Tentei me sentar — estava deitada no chão — e Cross inclinou-se à frente e pôs as mãos sob minhas axilas.

— Calma — disse ele. Virou-se para o homem. — Não tem um refrigerante?

— Os restaurantes são por ali. — O sujeito jogou a cabeça na direção da entrada da loja.

Quando me levantei, Cross examinou a minha cara.

— Que dia é hoje? — perguntou ele.

— Feriado surpresa — respondi.

Ele sorriu.

— Faz assim. — Limpou a boca com as costas da mão. Quando imitei seu gesto, um fio de saliva prendeu-se nas minhas juntas. — Vamos procurar um lugar para você comer — disse ele.

Andamos devagar para a saída da loja.

— Espere — eu disse. — Não paguei.

— Eu não me preocuparia com isso.

Quando voltamos para a iluminação feérica do shopping, ele disse:

— Puxa, que cara chato! — Depois de um minuto, me cutucou. — Ali.

Entramos na lanchonete e uma garçonete nos levou a um compartimento, onde nos sentamos de frente um para o outro. A realidade de Cross na minha frente era dissonante: sua altura, sua pele clara e o cabelo castanho cortado rente, seus olhos azuis, que pareciam conter inteligência e tédio ao mesmo tempo. Nunca teria imaginado que Dede e eu teríamos o mesmo gosto, mas Cross Sugarman era o garoto mais bonito que eu tinha visto de tão perto. E esse fato tanto era excitante quanto humilhante. Era, como em um sonho, como se eu o tivesse tirado de seu próprio mundo, o mundo dos jogos de lacrosse, veleiros e garotas de cabelo louro e comprido, usando vestidos de verão, e o pusesse no meu: uma lanchonete soturna em um shopping deprimente, em um dia chuvoso.

— Lamento — disse eu. — Por... quer dizer... sei lá...

— Não é tão grave.

— Mas está sendo tão legal comigo.

Ele desviou o olhar e emitiu um suspiro do tipo de um resmungo, e percebi imediatamente que tinha dito a coisa errada.

Quando ele olhou para trás, falou:

— Isso já aconteceu ou não com você?

— Uma vez, alguns anos atrás. Depois de um jogo de futebol, quando eu estava na sexta série.

— Minha irmã desmaia — disse ele.

A idéia de Cross ter uma irmã era intrigante. Eu me perguntei se ela também o acharia uma gracinha ou se sentiria feliz por morar na mesma casa que ele.

— Ela desmaiou no avião voltando da Califórnia. As aeromoças perguntaram se ela queria que o piloto aterrissasse o avião, e ela respondeu que não. Achei que deveria ter dito que sim.

— Nossa! — disse eu. Havia algo na suavidade do tom de voz de Cross e na sua expressão que me deixava insegura em como reagir ao que dizia. Normalmente podia-se ver, só observando a pessoa, se devia balançar a cabeça assentindo, rir ou franzir o cenho em solidariedade. Mas a expressão de Cross era tão vaga que me dava a impressão de que não estava nem mesmo prestando atenção ao que estávamos conversando. Foram seus olhos que me disseram que não era assim — estavam atentos, mas não da maneira como eu imaginava que os meus estavam; a sua atenção era desinteressada, espontânea.

A garçonete apareceu e Cross pediu um *milk-shake* de baunilha.

— Vou querer um também. — Quando a garçonete se afastou, eu disse: — Não sei se devo tomar leite agora.

Cross encolheu os ombros.

— Você vai ficar bem. — Houve um quê nesse seu encolher de ombros que invejei: uma capacidade de impedir infortúnio, não o antecipando.

Baixei os olhos para a mesa, depois olhei para ele.

— Não precisa ficar aqui — disse eu. — Você deve ter planejado ir ao cinema, certo? Vou ficar bem. Não que eu não goste ... — A única coisa que me ocorreu dizer foi *de você estar cuidando de mim*, e parecia ainda pior do que *está sendo tão legal comigo*. Sem jeito, eu disse: — Mas realmente pode ir.

— E o meu *milk-shake*?

— Oh, eu pago. Especialmente depois de ter-me ajudado.

— E se quiser tomá-lo?

— Bem, pode ficar, se quiser. Não estou mandando você embora. Só achei que...

— Relaxe — disse ele. Então falou: — Lee.

Nesse momento, pela primeira vez na minha vida, entendi o que é se sentir atraída por alguém. Não achar alguém engraçado ou gostar da sua companhia, ou de suas sardas, suas mãos, mas sentir aquele impulso físico na direção da pessoa. Tudo o que queria era fechar os olhos e ter meu corpo contra o de Cross.

— É caloura?

Assenti com a cabeça.

— Eu também — disse ele.

Parecia tão mais velho, achei, parecia ser um homem de... 18, talvez 20 anos.

— Acho que já a vi. Vive no da McCormick?

— Não, no da Broussard. — Não perguntei qual era o seu dormitório porque já sabia. Havia menos de 75 pessoas na nossa turma, e eu sabia o nome de todos, mesmo daqueles com quem nunca tinha falado.

— Madame Broussard me dá aula de francês — disse ele. — Ela é severa.

— Conhece Amy Dennaker?

Ele assentiu balançando a cabeça.

— Bem, Amy faz imitações de Madame. Ela seria do tipo que... — Fiz uma pausa. — Ela diria: "Há *foie gras* no meu *bidet*!" Ou, ela inventou que Madame tem um *poodle* chamado Ooh La La. Ela então diria: "Ooh La La, se não parar de latir, vou mandá-lo para a guilhotina!"

Olhei para Cross; ele pareceu impassível.

— Devia ter visto — disse eu. Mas não importava ele não ter rido, pois eu tinha dito algo inteiramente desnecessário, tinha contado uma história. Por um momento, eu não tinha dado importância à minha personalidade insípida. — De onde você é? — perguntei.

— Da cidade.

— Boston?

— Nova York.

— Como veio parar na Ault? — Alguma coisa estava realmente diferente; aparentemente, era eu quem conduzia a conversa, e essa não era nem mesmo uma dinâmica desconhecida. Em South Bend, tanto na escola quanto em casa, eu era curiosa, agitada e categórica. Tinha falado como uma pessoa normal, mais do que uma pessoa normal.

— Ou vinha para cá ou ia para Overfield — replicou Cross. — Os professores daqui me pareceram mais informais. Em Overfield, todos são homens velhos de gravata-borboleta.

— Então, sempre soube que iria para um internato?

— Sim.

— Acho que é assim para as pessoas na Costa Leste — disse eu. — É diferente de onde vim.

— De onde você veio?

— Indiana.

— Oh, é mesmo? Indiana? — Ele talvez estivesse me gozando, não tenho certeza. — Gosta de basquete?

— Na verdade, não sou muito de esportes — repliquei. — Nada pessoal.

— O que quer dizer?

— Bem, já que é um grande atleta. Não é? — Assim que disse isso, percebi que estava revelando a mentira da nossa apresentação na loja. Eu já sabia quem ele era.

— Pratico esportes — disse ele, devagar.

— Foi o que eu disse.

— Acha que por causa disso sou debilóide?

— Isso não quer dizer...

— Tudo bem. — Levantou as mãos, as palmas viradas para mim. Eram imensas. — Acho que nos entendemos.

— Não disse que era debilóide.

— Realmente uso medalhas — disse ele. — Pelo menos em público.

Meu coração estava batendo mais rápido. Era o tipo de provocação de que eu não gostava, quando os garotos nos gozavam de uma maneira que sugeria que não conseguiríamos revidar com tanta facilidade; davam por certo a própria sagacidade e a nossa susceptibilidade e passividade.

— Também sou alfabetizado — disse ele. — Leio jornal.

— Parabéns — disse eu. — E o banheiro? Já aprendeu sobre o encanamento interno?

Olhamos um para o outro. Meu rosto estava quente.

— Sei que é preciso certa habilidade — prossegui. — Mas faz com que viver em um ambiente comum seja muito melhor para todos.

Nós dois ficamos em silêncio. Então, ele falou:

— Bem, bem, bem — e sua voz soou tão estranha, talvez como a voz de uma avó sulista decidida, que percebi que ele estava me gozando, e também a si mesmo. Se fazer de bobo me fez perdoá-lo. Era ser um não-Ault. — Indiana, hein? — disse ele. — Como é Indiana?

— Tem um bocado de terra. A gente não se sente oprimido. E o povo é simpático. Sei que esse é um estereótipo do Meio-Oeste, mas é verdade.

— Então por que saiu de lá?

Olhei para ele logo, mas dessa vez pareceu apenas curioso, e não sarcástico.

— Não sei — repliquei. — Achei que minha vida seria mais interessante se eu viesse para a Ault.

— E é?

— Acho que sim. É completamente diferente. — Desde que chegara na Ault, há seis meses, nunca, na verdade, tinha feito essa pergunta a mim mesma. De fato, minha vida ali era mais interessante do que tinha sido em casa. Eu era menos feliz e a minha vida, mais interessante. Talvez não tivesse sido a pior troca do mundo.

— A minha vida é melhor aqui — disse Cross. — Antes freqüentava uma escola só de meninos, em Nova York. Um saco.

— Gosta de escola com meninas? — falei rindo.

— É claro.

Então, como não queria que achasse que eu estava sugerindo que ele gostava de estar na escola *comigo*, falei:

— Está saindo com Sophie Thruler, não está?

— Meu Deus! — disse ele. — O que você é? Espiã?

— Mas está, não está?

— Trabalha para a KGB ou para o FBI? Responda.

— KGB. Eles estão muito, muito interessados em sua vida amorosa.

— Lamento, mas terá de relatar ao seu *apparatchik* que não tem novidades.

— Por que não? Sei que está saindo com ela.

— Saímos às vezes.

— É amor de verdade? Quer se casar com ela?

Ele sacudiu a cabeça.

— Está maluca — disse ele, mas posso afirmar que havia algo em mim que fazia com que ele não se importasse.

A garçonete pôs os *milk-shakes* na mesa. Vieram com colheres compridas, em copos que afinavam na base. Ao ver como eram grandes, achei que levaríamos horas para bebê-los; talvez tivéssemos de ficar à mesa a tarde inteira, conversando sem parar. O primeiro gole desceu espumoso e doce, e pensei por que não bebia *milk-shake* habitualmente.

— Não vou me casar com Sophie — disse Cross. — E poderia lhe dizer por que, mas depois teria de matá-la.

— Não quis dizer que se casaria agora — repliquei. — Mas no futuro. O reverendo Orch poderia realizar a cerimônia.

— Sophie e eu não nos casaríamos nem daqui a um milhão de anos — disse Cross.

Ele pôs a colher sobre a mesa, levantou o copo, e o emborcou. Enquanto eu observava o *milk-shake* se derramar dentro de sua boca, senti aquela afeição que sentimos por meninos quando percebemos uma das qualidades que os tornam diferentes de nós, e que não é uma qualidade negativa. Quando ele pôs o copo de volta na mesa, sobrava menos de um terço — obviamente ele não partilhava meu desejo de fazer o *milk-shake* durar o máximo possível — e um bigode branco pendia em seu lábio superior. Senti uma onda de pânico; Cross fazer papel de bobo na minha frente parecia o contrário da ordem natural do mundo. Mas então, ele limpou a boca. É claro que ele não era o tipo de pessoa que não percebe estar com a boca suja de comida.

— A primeira razão — disse ele — é que ela fuma.

O que pensei imediatamente foi *mas isso é contra as regras da escola*. Mas me contive.

— Além disso, quando chove, ela não sai por causa do cabelo. Acha que ele encrespa ou algo parecido.

— E se ela tiver aula?

— Se for preciso, acaba saindo. Mas não gosta. — Cross pegou o copo de novo e tomou o resto do seu *milk-shake*. — Mas ela é legal, às vezes. Sabe o que ela tem de bom? Ah, deixa pra lá.

— Ora, fale.

— É provável que você se ofenda.

— Não, agora tem de me dizer.

— É uma coisa de que a maioria das garotas não gosta.

— Não vou me ofender.

— Ela gosta de chupar.

Olhei para ele espantada.

— Sabia que não devia ter contado isso — disse Cross.

— Não. — Baixei os olhos. — Tudo bem. — Na minha cabeça, tive a rápida visão de Sophie ajoelhada na frente de Cross, ele sentado no colchão da cama de baixo de um beliche, os dois nus. A imagem pareceu adulta e estranha. Tudo o que eu não entendia e de que não participava na Ault assomou ao meu redor, como edifícios em uma cidade. Senti-me encolher até me tornar uma figura pequena e curva, caminhando contra o vento. Quando olhei de novo para cima, soube que minha capacidade de conversar com ele sem defesas tinha desaparecido. Quem era eu para conversar, brincar, com Cross Sugarman?

— Eu não devia... — começou ele.

— Não, não. Está tudo bem — falei alto demais.

Olhamos um para o outro por vários segundos.

— E você? Tem namorado? — perguntou ele.

Sacudi rapidamente a cabeça.

Houve mais silêncio. Parecíamos presos no silêncio.

— Olhe — acabou dizendo. — Eu tinha planejado ir ao cinema. Devia me encontrar com John e Martin. Conhece eles?

Assenti com a cabeça. Também eram calouros, do time de basquete de Cross. John Brindley era da minha turma de biologia.

Cross consultou o relógio.

— Estou atrasado, mas...

— Deve ir — disse eu. — Tem de ir, é claro. — Meu desejo de que ele fosse embora pareceu desesperadamente intenso. Eu não entendia como as coisas tinham se tornado tão subitamente desconfortáveis, mas sabia que a culpa era minha. E agora ele ia me achar ainda mais esquisita do que quando nunca tínhamos nos falado, como se eu fosse apenas mais uma garota anônima por quem passasse no corredor da escola.

Ele pôs alguns dólares na mesa e se levantou. Olhei para ele. *Simplesmente seja normal por mais um minuto,* pensei. *Vamos lá, Lee.* Tentei sorrir e meu rosto pareceu uma abóbora apodrecida.

— Espero que goste do filme — disse eu.

— A gente se vê. — Ele levantou uma das mãos, como se fosse acenar, mas simplesmente a deixou ali, no ar. Então, desapareceu.

Pela primeira vez, olhei em volta do restaurante. Não vi mais nenhum aluno da Ault. Sozinha, me senti constrangida e aliviada. Quando a garçonete voltou, pensei em pedir mais alguma coisa para comer, um lanche de verdade — teoricamente, algo imenso e entorpecedor, como um hambúrguer acompanhado de pãozinho doce e muita batata frita. Puxei o menu que estava atrás do porta-guardanapos e estava tentando decidir entre um *cheeseburger* e um *misto-quente* quando Cross reapareceu.

— Oi — disse ele. — Por que não vem junto?

— O quê? — Fechei o menu rapidamente.

— Por que não vem ao cinema? Não tem nada para fazer, tem?

— Oh, tudo bem. Quer dizer, obrigada, mas não precisa...

— Não, não é isso...

— Tudo bem — disse eu. — Mal conheço John e Martin.

— Lee. — Olhou para mim. — É só um filme. Vamos. — Dava para sentir a sua pressa, o filme estava para começar, se já não tivesse começado.

— Estou bem. — Indiquei o compartimento com um gesto. — Não me importo em ficar só. — De imediato, percebi que esse era um entre tantos protestos, a quantidade que eu precisava para que ele me convencesse de que era legal eu ir, que *queria* que eu fosse, excedia a quantidade que importava a ele. — Pensando bem, espere. Eu vou. — Tudo o que tinha na carteira eram duas notas de 10 dólares, e de repente a urgência do filme pareceu insistente demais para eu esperar o troco. Coloquei uma nota de 10 na mesa do lado de sua nota de um dólar e apesar de me ocorrer de pegá-la, também me ocorreu que poderia parecer mesquinho, e então já estávamos saindo da lanchonete e eu estava pulando para acompanhar seus passos compridos.

Saímos do shopping, para a chuva, depois atravessamos correndo o estacionamento — normalmente eu não gostava de correr na presença de garotos, mas sabia que ele não estava olhando para mim — e demos nas portas envidraçadas do cinema. Cross segurou a porta para mim enquanto entrávamos, e me perguntei, por um breve momento, se ele ia pagar o meu ingresso, e quando não pagou, me pareceu idiota essa idéia ter-me passado pela cabeça. O filme tinha começado; segui-o na sala escura, a tela iluminada e com o som alto acima de nós. Quando descíamos o corredor, alguém chamou baixinho:

— Ei, Sugarman — e Cross me empurrou pelo braço nessa fila.

Quando nos sentamos, eu arfava um pouquinho, e posso afirmar que ele também. Minhas roupas estavam molhadas da chuva. A imagem na tela — dois homens estavam em pé em uma cozinha suja, um deles carregando um revólver — me pareceu incompreensível e irrelevante. Nunca chegava ao cinema depois de iniciada a sessão porque ficava confuso, além do que se perdiam os trailers. Mas o filme, e esse era sobre membros de uma quadrilha de criminosos, filme a que eu nunca teria assistido sozinha, não vinha ao caso.

Enquanto olhava reto para a frente, notava cada vez que Cross se mexia ou suspirava, cada vez que ele ria, embora sua risada também fosse amortecida; do seu outro lado, John e Martin não paravam de gargalhar. Cross cheirava a sabonete, e como havíamos nos molhado de chuva, tinha o cheiro da terra na primavera. Nossos corpos sequer se roçavam, mas às vezes, nossas roupas sim — as mangas da camisa, as pernas das calças. Eu não sabia se alguém além de mim reparava nisso.

Durante o filme todo experimentei a sensação da consciência intensificada, que é um desconforto, e que não é exatamente um desconforto — uma vigilância cansativa, agradável. Não captei nada da trama, ou os nomes dos personagens. E então o filme acabou, as luzes se acenderam, e me senti inibida. No escuro, eu podia ser como qualquer garota, as pernas cruzadas, o cabelo até os ombros, mas com as luzes acesas, ruborizada e inquieta, eu era eu mesma. Como estava no lado de fora da fila, ficava de frente para os meninos que percorriam o corredor em direção à saída. Só me levantei quando eles se levantaram, e quando andamos, receei olhar para trás para ver se continuavam atrás de mim. Talvez fosse ali que eu e Cross nos separaríamos, pensei. E talvez nem mesmo nos despediríamos, agora que ele estava com seus amigos; talvez eu devesse simplesmente saber que seria assim.

No saguão do cinema, parei no bebedouro e olhei por cima do ombro. Estavam logo atrás de mim. Continuaram andando, e pararam perto do bebedouro, parecendo que esperavam. Engoli, me ergui e me aproximei deles devagar.

Martin estava representando a parte do filme em que um sujeito tinha estrangulado o outro; estava usando John, que punha a língua para fora e arregalava os olhos.

— Então ele dizia, "Agora se lembra? *Agora* se lembra?" — dizia Martin. John asfixiava-se ruidosamente, e todos os três riam divertidos. Fiquei um pouco mais afastada deles do que estavam uns dos outros, e tentava agir como se achasse engraçado.

— Gostou, Lee? — disse Cross.

Não sabia se se referia ao filme, ao estrangulamento no filme, ou à representação de Martin do estrangulamento.

— Muito bom.

— Teve partes nada agradáveis, hein? — disse John, e percebi, pela simpatia em seu tom, que a minha presença não tinha tanta importância para ele. Nunca tínhamos nos apresentado um ao outro, e era evidente que não o faríamos agora.

— Fechei meus olhos nas partes violentas — repliquei. — A cena do lado da lixeira... acho que perdi quase toda.

— Essa cena foi demais — disse Martin. — Vai ter de voltar e assistir a próxima seção.

— Ei, estão com fome? — disse Cross. — Estou morto de fome.

— Eu também estou com a maior fome — disse Martin.

E então, atravessamos o estacionamento de novo — tinha parado de chover, embora o céu continuasse pesado e cinza —, de volta à lanchonete, e eu continuava com eles. Parecia legal estar com eles, não era como se se perguntassem por que eu não os deixava em paz, ou por que eu não estava com um grupo de garotas. Todos pediram sanduíches e eu pedi um saco de biscoitos salgados. À mesa, continuaram a comentar e a repetir falas do filme. Martin tentou o estrangulamento com Cross, que riu e o afastou. Decidi que se Martin quisesse fazer a cena comigo, eu deixaria, mas não tentou.

O lugar seguinte a que fomos foi o corredor dos fliperamas. Achei que seria ali que cada um seguiria seu caminho — eu não sabia jogar videogames —, mas também achei que ia parecer formal e estranho me desvencilhar deles. E havia pinball; eu sabia jogar pinball. Todos conseguimos moedas e me posicionei diante da máquina brilhante e que zunia, colocando as moedas sempre que perdia.

Tinha acabado de manipular os flippers para rebater a bola quando, do meu lado, alguém disse:

— Nada mau.

Virei-me — era Cross — e então ouvi a bola rolar para a boca da máquina.

— Opa — disse eu. Nós dois olhamos para o lugar em que a bola tinha desaparecido.

Como meus pontos aumentaram audivelmente, ele disse:

— De repente é melhor nisso do que eu.

— *De repente*?

— Não foi um insulto.

— *Com certeza* sou melhor do que você — respondi impulsivamente. — Sou campeã estadual.

Olhou para mim sem acreditar.

— Fui um prodígio — continuei. — Viajei pelo país. Mas então, cheguei ao ápice e tive de parar.

— Está brincando, não está?

— Foi como entrei para a Ault. Sabe como gostam quando se tem um talento especial, não sabe?

— Não acredito em você — disse ele, mas eu sabia que acreditava, um pouco, ou não teria precisado dizer isso.

— Quando eu tinha 9 anos, fui coroada Princesa Hoosier de Pinball — prossegui. — Meus pais ficaram tão orgulhosos. — Quando olhei para ele, senti que o canto de minha boca se erguia, e então ele deu um tapinha na minha cabeça, metade tapa, metade carinho.

— Está falando um monte de besteiras — disse ele.

— Mas você ficou na dúvida — repliquei.

— Claro que não.

— Ficou sim. Tenho certeza. Ficou na dúvida.

Rimos muito um para o outro. Ele era tão bonito, pensei. E assim que pensei isso, o momento começou a se romper. Pensar nele como Cross, como parte da Ault, era onde eu esbarrava em problemas. Ficava bem quando estávamos apenas conversando.

Senti-me aliviada quando Martin apareceu.

— Estão a fim de uma pizza?

— Está com fome? — perguntei. — De novo?

Pediram uma gigante e, dessa vez, comi um pouco, apesar de levar salaminho e eu não comer salame desde que Dede tinha me dito que era feito com sêmen de javali. A caminho de seu quarto pedaço, Martin largou-o no prato e levou a mão ao estômago.

— De quem foi essa idéia? — perguntou ele.

— De Lee — respondeu Cross.

— Não foi minha idéia! — E percebei em minha própria voz aquela insistência falsa, aquele tom feminino de flerte.

— Foi uma má idéia, Lee — disse Martin. — Uma idéia de merda.

— Quer um antiácido, Marty? — perguntou John. Depois falou: — Alguém sabe que horas são? — Todos nos viramos para o relógio na parede. Eram cinco para as seis e o ônibus de volta à escola tinha partido às cinco e meia. — Droga — disse John. — Já fui suspenso no sábado por não ir à capela duas vezes, nesta semana.

— Ligamos para Fletcher? — perguntou Martin.

— Podemos pegar um táxi — disse Cross. — Não é tão grave. — A maneira como disse isso, por mais calmo que estivesse, fez com que eu me perguntasse se ele tinha percebido que havíamos perdido o ônibus, se tinha percebido a hora e deixado acontecer.

Foi Cross que ligou de um telefone público, enquanto nós três esperávamos. Martin continuava reclamando de como estava afrontado, e John não parava de dizer:

— Como isso pôde acontecer, pô?

Eu tinha menos de cinco dólares no bolso e era meia hora de viagem até a escola. Mas ninguém parecia estar preocupado com dinheiro, e não falei nada.

— Um táxi vai nos pegar na porta do cinema — disse Cross depois de desligar. Quando voltamos para lá, chuviscava, e o céu estava escuro. Enquanto esperamos dentro do cinema, ninguém falou muito, mas foi mais um silêncio de cansaço do que de constrangimento. Garotas ainda estariam falando umas com as outras, pensei.

Eu só tinha andado de táxi uma vez na minha vida, logo depois de minha mãe dar à luz o meu irmão Tim, e eu e Joseph, meu outro irmão, fomos ao hospital para vermos o bebê pela primeira vez. Era uma tarde ensolarada, eu tinha 10 anos e Joseph, 7. Durante todo o trajeto, eu imaginei que o motorista ia nos raptar, e me imaginava abrindo a porta com o carro em movimento, rolando para fora e puxando Joseph comigo. Mas o motorista nos deixou na entrada do hospital onde meu pai estava esperando para pagá-lo.

Nesse táxi de agora, eu sabia que não seríamos seqüestrados — não somente porque eu era menos boboca do que aos 10 anos, mas porque éramos muitos para ser seqüestrados, e Cross era alto e forte demais. Era um táxi marrom e Martin sentou-se no banco da frente. John deu a volta e sentou-se atrás, Cross abriu a porta e entrou, e eu depois. Fiquei surpresa por ele se sentar no meio; na minha cidade, desde a quarta série, os meninos que eu conhecia chamavam esse lugar de banco da puta.

Os bancos estavam forrados de couro sintético azul, e o táxi cheirava a cigarro e vaporizador com aroma de pinho. Uma árvore de papelão pendia do espelho retrovisor. O rádio estava ligado baixo, sintonizado em uma estação de *big bands,* e havia muita estática. Os limpadores de pára-brisa sibilavam de lá para cá, e no intervalo do sibilo, tudo do lado de fora ficava borrado.

Tinha a mesma consciência de Cross ao meu lado que havia sentido no cinema, mas dessa vez, ao invés de me sentir nervosa em relação a como agir quando o filme acabasse, sentia-me triste porque sabia que o dia estava quase acabando. Voltaríamos à escola, e depois? Era difícil imaginar que de nenhum amigo eu passara a ser amiga de Cross Sugarman. Era um salto grande demais. Além disso, não tinha nenhuma prova de que Cross gostava realmente de mim. Tinha sido gentil porque eu desmaiara. Só isso. Não queria ser como Dede, presumindo uma intimidade, usando o que alguém lhe deu como pretexto para pegar ainda mais.

John inclinou-se à frente, me olhando do outro lado de Cross.

— Acha que biologia vai ser difícil? — perguntou ele.

A prova — ao longo do dia, eu me esquecera dela.

— Provavelmente — repliquei. — Não estudei.

— Tinha planejado estudar ontem à noite, mas quando soube que ia ser feriado surpresa, deixei pra lá.

— Eu também — repliquei sorrindo.

— Feriado surpresa cria essas ilusões. — John recostou-se de novo e sua voz ressoou distante. — Faz com que sinta que tem todo o tempo do mundo, mas antes que se dê conta, o dia acabou. Deveriam nos dar uma semana surpresa.

— Você iria se entediar — disse Cross.

— Que nada, tem milhões de coisas que eu podia fazer.

John ainda falava quando Cross levantou seu braço esquerdo. Primeiro achei que ele ia apoiá-lo no encosto atrás de mim, e senti uma antecipação em meu peito. Mas aí percebi que ele os estava colocando em volta dos meus ombros. Sua mão pegou meu ombro, e houve um leve puxão, um puxão para ele. Cedi. Meu corpo encostou-se no dele: minha perna pressionada na sua perna, meu braço preenchendo o intervalo entre nós dois, o topo da minha cabeça logo abaixo da sua clavícula. O que estava acontecendo me pareceu extraordinário — lá estava eu com o braço de Cross à minha volta, quando Martin ou John poderiam se virar a qualquer momento e ver —, mas ao mesmo tempo também parecia normal. Mais cedo, na lanchonete, como eu tinha desejado ser tocada por Cross, e agora estava sendo; sentia o erguer e baixar de seu peito. E nos encaixávamos, isto é, nossos corpos se ajustavam. Eu não sabia o bastante na época para perceber que isso nem sempre acontece — que às vezes não dá para ficar em certo ângulo com a outra pessoa, o seu peso não se equilibra, seus ossos se projetam.

Cross respondia a John sempre com a voz perfeitamente tranqüila. Uma vez ele disse:

— Tudo bem, mas quando seriam as férias da primavera? — Ainda falavam de uma semana surpresa, e poderiam muito bem estar a uma mesa no refeitório, conversando bobagem. Gostei daquele abismo entre a normalidade do tom de voz de Cross e a anormalidade da situação; tornava o que estava acontecendo entre nós um segredo.

Ele tocou meu cabelo, primeiro tão levemente que pareceu acidental. Depois seus dedos recomeçaram, e vez ou outra, ele roçava o polegar na minha nuca. Meu corpo derreteu inteiro; senti-me grata a ele, e dolorosamente feliz. Do rádio, veio o som de trombetas. A chuva lá fora tornava tudo suave, os pneus girando na estrada, os faróis dos carros, e do outro lado de Cross, John não parava de falar. Desejei que a viajem durasse a noite toda, e enquanto durasse tudo permanecesse exatamente como nesse momento.

Realmente durou, mas só por um certo tempo. E logo o carro virou para atravessar os portões da Ault. Cross inclinou-se entre os dois bancos da frente e, num piscar de olhos, seu braço não estava mais em mim, seus dedos não estavam mais no meu cabelo.

— À esquerda — disse ele ao motorista. — Passando a capela.

Na frente do grupo de dormitórios — não onde eu morava, pois o Broussard ficava no outro lado do círculo — o táxi parou e o motorista acendeu a luz dentro do carro. Pestanejei como se tivesse sido acordada. Não me atrevia a olhar para Cross, de modo que me virei e olhei pela janela, mas tudo o que vi foi a escuridão. Outras pessoas poderiam ver quem estava no carro, e me peguei rezando para que ninguém passasse. Não queria ninguém se perguntando o que eu estaria fazendo em um táxi com Cross, John e Martin.

— Certo — disse Cross, e senti que falava comigo. Relanceei os olhos para ele, e nos entreolhamos por vários segundos. Martin e John estavam saindo do carro.

— Tchau, Lee — Cross balançou a cabeça uma vez.

— Mas o que... — disse eu, e ele se virou. Eu não fazia idéia do que dizer em seguida, e depois de alguns segundos, ele se virou de novo. Por um longo tempo, me perguntei se havia algo que eu pudesse dizer para mudar o resultado da situação. Eu me perguntei por que não dizia uma única frase perfeita, um retângulo estreito, discreto, como uma régua; era-me desconhecida, mas em algum lugar no mundo, ela existia. Quando Cross fechou a porta, a luz dentro do carro se apagou, e vi os três se afastarem. Ouvi risadas quando o táxi deu partida.

No espelho retrovisor, meus olhos encontraram o do motorista. Não tinha olhado para ele antes — era de meia-idade e troncudo, com a barba grisalha por fazer e um boné xadrez.

— E agora para onde? — perguntou ele. Tinha um sotaque de Boston carregado. — Que edifício?

Apontei.

— Aquele.

Quando estacionou de novo, levei um susto ao ver o taxímetro marcando U$ 48.80.

— Tenho de buscar o dinheiro. Prometo que volto logo — disse eu.

Ele sacudiu a cabeça.

— Seu namorado pagou.

— Meu namorado?

— Mas pode pagar de novo, se quiser, não vou impedi-la. — Deu uma risada retumbante.

— Obrigada. — Empurrei a maçaneta da porta.

— Que colégio é este? — perguntou o motorista.

— É uma escola de ensino médio. Chama-se Ault.

— Tudo isso para uma escola de ensino médio? — Deu um assobio de admiração.

— Eu sei — repliquei. — Temos sorte.

Quando entrei no quarto, Sin-Jun e Dede ergueram os olhos da mesa.

— Lee voltou — disse Sin-Jun.

— Pensamos que tivesse morrido — disse Dede.

— Perdi o ônibus — repliquei. — Tive de pegar um táxi.

— Foi tudo bem? — perguntou Dede. — Levou até o fim?

— Oh — repliquei. — Levei. — Puxei meu cabelo e mostrei minhas orelhas, primeiro a direita, depois a esquerda. Aproximaram-se, e desejei ter escolhido brincos mais interessantes. Realmente, não havia muito o que ver.

— Ahh — disse Sin-Jun. — Muito sofisticado.

— A esquerda está vermelha — disse Dede. — Mas tenho certeza de que se lavar com água oxigenada, vai ficar bem.

— O que a água oxigenada faz?

— Não lhe explicaram quando furaram suas orelhas?

— Um homem as furou — disse eu. — Um tipo grosseiro.

— Tem de limpá-las toda noite para que não infeccionem. Faz isso ao mesmo tempo que gira os brincos.

— Girar os brincos?

— Meu Deus, Lee, não lhe disseram nada. Espere. — Dede foi até sua cama, agachou-se, puxou uma caixa de plástico de debaixo e voltou para onde Sin-Jun e eu estávamos, segurando um frasco marrom e várias bolas de algodão.

Virei-me para Sin-Jun.

— Como foi em Boston?

— Boston é bom, mas choveu o dia todo.

— Sim — disse eu. — No shopping também.

— Pronto — disse Dede. — Sente-se.

Sentei-me na cadeira de sua mesa. Sin-Jun sentou-se na mesa de Dede e pôs os pés descalços na cadeira da minha mesa. Dede se pôs do meu lado e enfiou uma mecha de cabelo atrás da minha orelha esquerda. Nossa posição lembrou-me do momento em que fiz os furos, e pensei em contar a elas como tinha desmaiado. Mas ainda não tinha certeza se era uma história engraçada ou esquisita, e se mencionasse o desmaio teria de mencionar Cross.

Dede desatarraxou a tampa da água oxigenada, pressionou uma bola de algodão no gargalo e virou o frasco de cabeça para baixo. Pôs o frasco sobre a mesa e levou a bola de algodão à minha orelha. Delicadamente, friccionou-a ao redor do brinco.

Não podia lhes contar sobre Cross, pensei. Não podia contar porque Dede gostava dele e porque ela não entenderia ou acreditaria, e não podia contar porque eu mesma não sabia em que acreditar ou o que entender. Não era como se ele tivesse me beijado ou me feito declarações. O que podia dizer? Por anos e anos, eu entendia dessa maneira, não somente em relação a Cross, mas a outros garotos também: se não beijam você, é porque não significa nada. O interesse em você é tão insignificante quanto se tivesse acontecido na sua cabeça.

Pensei em como tinha sido me sentar tão perto de Cross no táxi, o peso do braço dele em meus ombros, o calor do seu corpo debaixo de suas roupas. Pensei em como era isso que eu queria, em como, se tivesse isso — simplesmente Cross do meu lado, sem flores, sem poemas, sem a aprovação dos outros alunos, sem pais ricos ou boas notas ou um rosto mais bonito —, eu seria feliz. Era o que, se acontecesse comigo, impediria que me distraísse ou desejasse estar em outro lugar; por si só, seria o bastante. Também pensava que não conseguiria isso — é claro que não — e senti meus olhos se encherem de lágrimas. Quando pisquei, as lágrimas correram por meu rosto.

— Oh, Lee — disse Dede. — Oh, querida. — Sin-Jun inclinou-se à frente e deu um tapinha amoroso em meu ombro. Dede falou: — Acabo em dois segundos. — Tirou o algodão molhado da minha orelha e percebi que acharam que eu estava chorando porque doía.

3. Assassino

PRIMAVERA CALOURA

Conheci Conchita Maxwell na primavera, no primeiro dia de prática de lacrosse. Quando a srta. Barrett nos mandou formar pares e jogar uma bola, vi as garotas à minha volta se virarem umas para as outras, cochichando e balançando a cabeça. Tinha-se tornado um ritual nos esportes e em aula — a hora em que todos se dividiam e eu não tinha ninguém com quem fazer par. O treinador ou professor diria:

— Alguém está sem par? — e eu e uma ou duas outras levantaríamos humildemente nossas mãos.

— Ei — disse uma voz atrás de mim. Virei-me e vi Conchita. — Quer ser minha parceira?

Hesitei.

— Têm dez minutos — gritou a srta. Barrett. — Apenas sintam a bola, lancem e apanhem a bola, sentindo-a.

— Vamos até ali. — Conchita apontou para um canto do campo perto de onde o bosque começava. Embora eu ainda não tivesse aceitado sua oferta, estava claro para nós duas que não receberíamos outra. — A propósito — disse ela —, meu nome é Conchita.

— E o meu, Lee.

— Nunca joguei lacrosse — disse ela, animadamente. Eu tampouco tinha jogado, de fato, tinha comprado o bastão há menos de meia hora, na loja da escola, e cheirava a couro e metal novos, mas não falei nada.

Apesar de Conchita e eu nunca termos nos falado, eu já sabia quem ela era. Na verdade, tenho certeza de que todos na Ault sabiam quem ela era, principalmente pela maneira como se vestia. Era uma menina magricela com uma cabeleira negra curta e armada e a pele escura, e a primeira vez que reparei nela tinha sido no refeitório vários meses atrás, usando tamancos roxos, meias com listras horizontais roxas e vermelhas, calções roxos (podiam ser aqueles de amarrar nos joelhos, não tenho certeza), e uma blusa vermelha com uma imensa gola franzida. O último acessório era uma boina roxa, que ela tinha colocado meio de lado. Na época, eu tinha achado que ela parecia membro de uma trupe de teatro especializada em visitas a escolas elementares. Para a prática de lacrosse, Conchita parecia um pouquinho mais conservadora — estava usando uma camiseta verde-amarelada cavada, short branco, meias três-quartos verde-amareladas, que ela, na verdade, tinha puxado até acima dos joelhos. Aparentemente uma entusiasta do chapéu, exibia um boné de beisebol da Ault com uma aba ainda engomada; o boné fez com que eu me perguntasse se, afinal, ela não estaria tentando se ajustar em vez de sobressair.

Enquanto caminhávamos, Conchita espirrou três vezes seguidas. Pensei em dizer *Saúde!,* mas não disse.

Ela puxou um lenço de papel do bolso de seu short e assoou alto o nariz.

— Alergia — disse ela. Estávamos no começo de abril, logo depois das curtas férias da primavera, uma tarde perfeita de céu azul e sol intenso. — Dê o nome que quiser. Sou alérgica a isto.

Não dei nome nenhum.

— Grama — disse Conchita. — Pólen, cloro, cogumelos.

— Cogumelos?

— Basta comer um e minha pele empipoca e coça toda por uma semana inteira.

— Que saco — eu disse, e senti na minha voz não exatamente desprezo, mas falta de consideração.

Nós nos posicionamos a dez metros de distância uma da outra. Conchita pôs a bola, um globo branco de borracha como o ovo de uma criatura exótica, na rede na extremidade de seu bastão e impulsionou-o à frente. A bola caiu na grama alguns metros à minha esquerda.

— Não diga que não avisei — disse ela.

Peguei a bola com a rede do meu bastão e a arremessei de volta. Caiu ainda mais longe dela do que o seu arremesso para mim.

— Você é fã do Dylan — disse Conchita.

— Hã?

— Sua camiseta.

Olhei para baixo. Estava usando uma velha camiseta do meu pai, azul-clara com as palavras *The Times They Are A-Changin'* (Os tempos estão mudando) escritas com letras brancas na frente. Eu não fazia idéia onde ele a tinha conseguido, mas a usava para correr, e quando vim para a Ault, a trouxera comigo; era muito macia e, por algumas semanas, cheirou à minha casa.

— Você sabe que é uma de suas músicas mais famosas, não sabe? — disse Conchita.

— Sim — repliquei. — Certo. — Na Ault havia tanta coisa que eu não sabia. A maior parte tinha a ver com dinheiro (o que era uma debutante, como se pronunciava Greenwich, Connecticut) ou com sexo (um colar de pérolas nem sempre se referia a uma jóia), mas às vezes tinha a ver com uma informação mais geral sobre roupa, comida ou geografia. Uma vez, durante o café da manhã, em que estavam discutindo sobre um hotel de que eu nunca tinha ouvido falar, alguém disse: "Fica na esquina da 47 com a Lex." Além dos nomes das ruas não significarem nada para mim, passei alguns minutos sem saber direito de que cidade estavam falando. O que tinha aprendido desde setembro era como minimizar minha falta de conhecimento. Se parecia ignorante, esperava também parecer desinteressada.

— Tenho certeza de que já escutou a música — disse Conchita, e começou a cantar. — "Reúna as pessoas por onde você andar, e admita que as águas ao seu redor..." Não me lembro do que vem a seguir... algo como... como... "se vale a pena poupar o tempo que lhe cabe". — Para minha surpresa, ela tinha uma voz bonita, aguda e clara, e espontânea.

— Realmente, me parece familiar — disse eu. Não parecia nada familiar.

— É triste o que aconteceu com Dylan, por causa de sua mensagem tão forte na década de 1960 — disse Conchita. — Não era uma música só para fazer sucesso.

Por que, me perguntei, uma música seria feita para não fazer sucesso?

— Tenho quase tudo dele — disse Conchita. — Se quiser, pode vir ao meu quarto escutar.

— Oh — eu disse. Como não queria nem aceitar nem recusar o convite, respondi: — Aí vai — e lancei a bola. Caiu muito longe dela, e acrescentei: — Desculpe.

Ela correu para pegar a bola, e a arremessou de volta.

— Provavelmente não teremos de ir aos jogos em outras escolas. Soube que quando é um time bom, às vezes a srta. Barrett deixa quem não leva jeito ficar no campus. Nada pessoal, é claro.

— Não sabia disso — falei.

— Talvez seja somente um desejo meu. Mas eu poderia usar esse tempo muito bem.

Para fazer o quê?, pensei. Sabia que Conchita não tinha namorado — somente umas doze pessoas na nossa turma de 75 sempre namoravam, e sempre saíam juntas — e não achava que ela tampouco tivesse amigos. A única pessoa com quem me lembrava de tê-la visto era Martha Porter, uma garota ruiva da minha turma de latim, e que no alto da sua prova a professora tinha escrito — vi porque sentávamos uma do lado da outra — *Saluto, Martha! Mais uma atuação esplêndida!* Na mesma prova, eu tinha recebido um C menos e um bilhete que dizia: *Lee, estou preocupada. Por favor, me procure depois da aula.*

— Lacrosse era originalmente jogado pelos índios huron — disse Conchita. — Sabia disso?

— Sabia.

— Mesmo? Já sabia disso?

A mentira tinha escapulido espontaneamente; quando pressionada, eu achava difícil mentir propositalmente.

— Na verdade — repliquei —, não.

— Remonta à década de 1400. É incrível como se tornou o jogo preferido nas escolas de ensino médio da Costa Leste. Você é de Indiana, não é?

Eu não sabia como ela sabia de onde eu era. De fato, eu sabia que ela era do Texas, mas só porque, além de ler os anuários antigos, lia com cuidado o catálogo atual da escola, onde todos os nomes completos e lugares de nascimento estavam registrados na parte de trás: *Aspeth Meriweather Montgomery, Greenwich, Connecticut. Cross Algeron Sugarman, Nova York, Nova York. Conchita Rosalinda Maxwell, Fort Worth, Texas.* Ou, para mim, *Lee Fiora, South Bend, Indiana.* Entre outras coisas, eu não tinha um nome do meio.

— Aposto como as pessoas não jogam lacrosse em Indiana — disse Conchita. — Mas algumas dessas garotas — balançou a cabeça na direção das nossas companheiras de equipe — jogam desde a primeira série.

— As coisas são diferentes na Costa Leste. — Tentei parecer neutra.

— Isso é pouco. — Conchita riu. — Quando cheguei aqui, achei que tinha aterrissado em outro planeta. Uma noite, serviram comida mexicana no refeitório, e fiquei realmente excitada, mas então o molho era como *ketchup* com cebolas.

Eu me lembrava dessa noite — não por causa do gosto da comida, mas porque tinha espirrado esse mesmo molho na minha blusa e passado o resto do jantar com uma mancha vermelha logo abaixo da clavícula.

— Minha mãe é mexicana — disse Conchita. — A comida dela me estragou.

Isso realmente me interessou.

— Seu pai também é mexicano? — perguntei.

— Não, ele é americano. Conheceram-se no trabalho, quando minha mãe imigrou. E tenho duas meias-irmãs, mas elas são muito mais velhas. São quase adultas.

Pela primeira vez, peguei a bola com a minha rede.

— Boa — disse Conchita. — Gosta daqui?

— Sim, é claro.

— Do que gosta aqui?

— É uma pergunta realmente estranha — respondi. — Você não gosta daqui?

Conchita pareceu tranqüila com minha aspereza.

— Hum. — Apoiou a ponta de seu bastão na relva, como uma bengala. — Não sei se decidimos ser francas. Primeiro, achei que seríamos. Tive a impressão de que você era diferente de todas as outras, mas agora acho que talvez tenha me enganado. — Pareceu, talvez, um pouco triste, mas sem raiva, sem raiva nenhuma. Era bem mais esperta do que eu tinha pensado.

— Como não nos conhecíamos — disse eu —, não sei como você poderia ter *qualquer* impressão a meu respeito.

— Por favor, Lee. Não vai agir como se todos nós não tivéssemos idéias a respeito uns dos outros, vai?

A observação me chocou. Certamente eu tinha idéias sobre outras pessoas, mas Conchita era a primeira que eu conhecia que parecia ter idéias a meu respeito. Além disso, apesar do meu gosto em reunir informação sobre os alunos, nunca tinha revelado o que ficava sabendo às pessoas em questão; sabia que se, digamos, durante o jantar, eu dissesse a alguém com quem nunca tinha falado antes "*É, você tem uma irmã que também estudou na Ault, estou certa? Alice? Que se formou em 1983?*", só faria com que pessoa se afastasse discretamente. Não que eu, pessoalmente, me sentisse desconfortável com a pesquisa de Conchita; eu me senti foi curiosa.

— Está bem — repliquei. — Quais as suas idéias a meu respeito?

Ela poderia ter se esquivado, como eu estava me esquivando, mas não.

— É difícil acreditar que você gosta daqui — disse ela. — Esta é a primeira coisa. — Ergueu o bastão de novo e arremessou a bola, que bateu no solo na metade da distância entre nós duas. — Está sempre andando de cabeça baixa. Ou na hora da chamada, só fica estudando e não conversando, como todo mundo.

Abruptamente, me vi afundando em outro humor. Não recuperei a bola, só fiquei ali com a base do meu bastão contra o meu quadril direito — não era a maneira certa, nem o lado certo, de segurá-lo, fiquei sabendo depois — e olhei fixo para o logotipo do fabricante pintado sobre o alumínio.

— Você parece contemplativa — disse Conchita. — E não consigo ver como alguém contemplativo pode não ter problemas com esta escola.

Sempre achei os momentos em que uma pessoa reconhece você estranhamente tristes; desconfio que o *páthos* desses momentos está na sua raridade, a maneira como contrastam com os encontros casuais diários. Faz com que se lembre de que pode ser diferente, de que não precisa levar a vida toda como um desconhecido, mas que provavelmente levará — esta é a parte mais difícil de suportar.

— Talvez sejamos iguais — disse Conchita.

Ergui os olhos. Não sabia ao certo se queria dar esse salto.

— Sempre achei, tinha certeza de que poderia ser sua amiga — prosseguiu Conchita. — Sabe como é, quando simplesmente sentimos uma coisa? Mas se estou errada, você pode me dizer.

Pensei no dia que ela tinha usado a boina, a lã de um púrpura vivo; se eu tinha notado, certamente outras pessoas também tinham. Então, pensei em como a minha vida na Ault era uma série de interações e fugas de interações em que eu fingia não ligar para o fato de estar quase sempre sozinha. Eu não conseguiria durar muito tempo assim, certamente não pelos próximos três anos. Estava na Ault há somente sete meses, e a minha solidão já parecia fisicamente exaustiva.

Mas aí o apito soou — a srta. Barrett estava nos chamando — e na mudança de atividade, consegui não responder a Conchita.

Na manhã seguinte, Gates estava fazendo a chamada sozinha, quando, quase no fim, Henry Thorpe apareceu e subiu na plataforma. Gates afastou-se para o lado e Henry foi para a frente da mesa, e apesar de ele não ter dito nada, as pessoas começaram a rir — parecia que ele estava imitando a si mesmo fazendo a chamada em outro dia. Muitas vezes, os alunos representavam esquetes como avisos, e ocasionalmente, se a turma do 4º ano tivesse uma prova importante, a prorrogariam representando um bando de esquetes, ou fazendo avisos satirizados; uma vez, cerca de vinte membros do 4º ano apareceram para, um por um, desejar feliz aniversário ao reitor Fletcher.

— Acho que por hoje é isso — disse Henry. — Vou tocar a campainha. — Com gestos exagerados, praticamente em câmera lenta, estendeu o braço para o lado esquerdo da mesa, onde ficava o botão da campainha, mas, antes de apertá-lo, uma figura surgiu da lareira na frente do salão. A pessoa estava vestindo uma toga preta com um capuz preto e segurava uma pistola de água enorme, e quando apontou a arma para Henry, um arco de água foi disparado por cima da cabeça dos alunos sentados às mesas entre a lareira e a plataforma. A água atingiu Henry perto do coração, ensopando sua camisa.

— Ahh! — gritou ele. — Fui atingido! Fui atingido! Eles me acertaram! — Pôs a mão no peito e cambaleou pela plataforma. Olhei para Gates, que estava atrás de Henry, sorrindo como uma irmã mais velha indulgente. Henry, então, deu um passo à frente e caiu de cara na mesa, seus braços pendendo flácidos.

Os estudantes gritavam eufóricos. Não ao meu redor, pois eu estava sentada na frente, com outros calouros, e a maior parte de meus colegas de turma pareciam entender tanto quanto eu o que estava acontecendo. Mas quanto mais ao fundo da sala, mais alto as pessoas gritavam e aplaudiam. A figura na capa preta tirou o capuz — era Adam Rabinovitz, do 4º ano — depois levantou os punhos. Disse, ou foi isso que achei que disse, se bem que estava difícil escutar:

— A vitória é minha.

Eu sabia três coisas a respeito de Adam Rabinovitz, e todas me intrigavam, sem inspirarem qualquer vontade de falar com ele um dia. A primeira era um boato de dois anos antes de eu entrar para a Ault. Freqüentemente, na hora da chamada, faziam comunicados sobre cadernos ou peças de roupas perdidas — *Deixei uma jaqueta verde de lã na biblioteca na segunda-feira à tarde* —, e quando Adam, que estava no 2º ano, subiu à plataforma, certa manhã, e falou com a voz perfeitamente normal: "Na noite passada, Jimmy Galloway perdeu sua virgindade no departamento de música; se a encontrarem, por favor devolvam-na." Então desceu da plataforma, enquanto o Sr. Byden olhava furioso e os estudantes viravam-se uns para os outros em choque e deleitados ao mesmo tempo. Jimmy era companheiro de quarto de Adam, um garoto louro bonito, e me perguntei, embora essa informação nunca fosse incluída quando a história era contada, quem teria sido a garota.

A segunda coisa que eu soube de Adam também tinha a ver, de certa maneira, com sexo. No outono, houve uma exibição de esculturas em gesso no departamento de arte, um projeto conjunto de duas garotas seniores, que usavam lenços em volta do pescoço e argolas de prata nas orelhas, e muito preto, e que provavelmente fumavam, ou começariam a fumar quando fossem para a universidade. Eram *sérias* em relação à sua arte, e talvez por isso tenham recebido autorização para incluir na exposição uma variedade de partes do corpo, inclusive um seio e um pênis. O seio nunca foi identificado, mas, depois de muita especulação, a teoria dominante no campus era a de que o pênis pertencia a Adam Rabinovitz. A terceira coisa que eu sabia a seu respeito, e que tornava as outras duas ainda mais interessantes, era que, aparentemente, tinha a média mais alta da sua turma; de qualquer maneira, foi encaminhado para Yale.

Na plataforma, Henry ressuscitou, e Adam uniu-se a ele.

— Certo, é o seguinte — disse Adam. — O Assassino recomeçou, e é isso que faremos este ano. Se você é estudante, achamos que queira jogar, então, se não quiser, risque seu nome nas listas das turmas na sala do correio hoje ao meio-dia. Se é do corpo docente, achamos que não vai querer brincar. — Nesse ponto, o reitor Fletcher gritou um viva que provocou gargalhadas. — Isso significa que você *quer* brincar, certo, Fletchy? — disse Adam. — Quem acertar Fletchy não se esqueça de que ele é realmente um entusiasta do jogo.

Todos riram ainda mais, e Adam prosseguiu.

— Para os calouros farei um resumo. O objetivo do jogo é vocês matarem seus colegas de turma.

De novo, todos riram, risadas que fizeram esse dia e esse jogo parecer mais antigo do que era; na época, alguns professores e alunos se opuseram ao Assassino, mas foram considerados uma minoria sem senso de humor.

— Como matam é muito simples — prosseguiu Adam. — O jogo começa amanhã à uma da tarde. Verifiquem sua caixa postal ao meio-dia, e encontrarão um pedaço de papel com um nome escrito e várias etiquetas adesivas cor de laranja. O nome escrito é o seu alvo e a pessoa não pode saber que você tem seu nome. Tem de matá-la colando a etiqueta nela sem ninguém ver. Se houver uma testemunha, terá de esperar 24 horas para fazer outra tentativa. Quando seu alvo estiver morto, você assume o alvo da vítima e tem de ficar com suas etiquetas. E nunca se esqueça de que você também é alvo de alguém. Alguma pergunta?

— Quantas lambidas são necessárias para se chegar ao centro de um Tootsie Pop?* — gritou uma menina.

— Depende da sua língua — replicou Adam. — Isso é o melhor que você pode fazer?

— Qual o sentido da vida? — alguém gritou.

O Sr. Byden, que estava do lado de Gates, deu um tapinha no ombro de Henry, que se inclinou e cochichou alguma coisa para Adam.

Adam assentiu com um movimento da cabeça.

— Recebi uma ordem do alto escalão para encerrarmos. Portanto, fiquem alertas, não confiem em ninguém. E se tiverem alguma dúvida, me procurem, ou Galloway ou Thorpe. — Saiu da plataforma e Henry seguiu-o.

— Devia ter dito que aquele que vencer ganha o título de grão-mestre assassino — ouvi Henry dizer, quando passaram por minha mesa. O comunicado seguinte tinha começado, mas eu continuava a observar os dois.

— Ou terão de chupá-lo — disse Adam. — A escolha é deles. — Os dois deram um risinho, e eu sorri, como se a piada tivesse sido dita a mim também.

---

*"Tootsie Pop" é um pirulito cujo comercial de TV, muito famoso e popular, mostra um menino tentando determinar com quantas lambidas se chega ao seu centro. (*N. da T.*)

A essa altura, escutando-os, eu não estava pensando muito no Assassino. O que o comunicado tinha provocado em mim — na época isso não me ocorreu e eu não teria acreditado se alguém mais o sugerisse — era a sensação de que eu queria *ser* Adam Rabinovitz. O interesse que eu sentia por certos garotos, na época, me confundia, porque não era romântico, mas eu não sabia o que era. Agora eu sei: eu queria fazer piadas, provocar o reitor na frente da escola toda, chamá-lo por seu apelido. O que eu queria era ser um pretensioso garoto do 4º ano, seguro de seu lugar no mundo.

Estava deixando o ginásio depois dos exercícios quando ouvi Conchita me chamar. Durante as últimas 24 horas, tinha me lembrado, com constrangimento, da minha atitude arrogante com ela. Esperei que ela me alcançasse, e seguimos pelo pavimento de lajes na direção do círculo.

— Exercício difícil — disse ela.

Eu tinha notado que, quando a equipe corria para a casa de barcos e de volta, Conchita era uma das retardatárias — quando a maior parte de nós começava a retornar, distanciando-se do rio, ela ainda estava indo, andando em vez de correr e respirando com uma bombinha para asmáticos. Por uma fração de segundo, pensei em parar, mas Clara O'Hallahan já estava caminhando do lado dela.

— Quando cheguei ao rio, pensei em me unir à tripulação — disse Conchita. — Viram os timoneiros? Só ficam ali sentados gritando ordens.

— Mas eu soube que seus companheiros de equipe a jogam na água quando vencem uma competição, e me imagino sendo jogada no Rio Raymond. Acabava parindo um bebê de duas cabeças.

Conchita riu.

— Eu não ia parir bebê nenhum, a menos que fosse através de imaculada concepção. — Como se eu não tivesse entendido, ela acrescentou: — Sou virgem, é claro.

Controlei-me para não me virar e olhar para ela. Que tipo de pessoa *apregoaria* sua virgindade?

— Não quer vir ao meu quarto escutar Bob Dylan? — perguntou ela. Tínhamos chegado ao fim do caminho, seu dormitório ficava no lado oeste do círculo, e o meu no lado leste.

— Agora? — eu disse. Uma coisa era sair do ginásio com Conchita, pois seguíamos na mesma direção, e outra coisa completamente diferente era acompanhá-la a seu dormitório, ir a algum lugar com ela.

— Tudo bem, se não puder.

— Não, acho que posso — repliquei. — Se não for demorar.

Ao subirmos a escada no dormitório de Conchita, eu disse:

— Quem são suas companheiras de quarto?

— Meu quarto é individual.

— Pensei que fosse caloura. — Quartos individuais, apesar de não serem desejados, nunca eram designados para calouros.

— E sou — disse ela. — Mas sofro de insônia, por isso fizeram uma exceção. Às vezes passo a noite sem dormir.

— Isso é horrível. — Nunca tinha conhecido um insone da minha idade.

— Cochilo quando posso.

Entramos em seu quarto, e a minha primeira impressão foi que tinha sido mobiliado por alguém que tentara decorar para uma adolescente sem nunca ter conhecido nenhuma. Havia algo desagradavelmente profissional, como o cenário de um programa de televisão: as cortinas rosas franzidas (tipicamente, persianas pendiam das janelas dos quartos), o tapete azul-claro sobre o carpete castanho padrão, o pôster da Torre Eiffel emoldurado, o espelho em forma de coração em uma moldura de vime branca. Havia uma mesinha branca de plástico com um grande prato de balas, um jarro com flores artificiais rosas e azuis, e pufes brancos, um de cada lado. (Toda aquela brancura me causou uma certa impressão, porque em casa minha mãe nunca comprava nada branco, nem móveis nem lençóis nem roupas. Todo ano, até eu completar 12 anos, tinha pedido um par de sapatos de couro brancos para a Páscoa, e todo ano minha mãe recusava dizendo: "Sujam muito rápido.") Sobre a cama de Conchita, seu nome estava escrito em letras correntes rosas de néon; algo no néon iluminado em plena luz do dia me bateu como profundamente depressivo. Na escrivaninha havia um aparelho de som que também era, inacreditavelmente, rosa. Porém o mais notável no quarto, ainda mais do que a decoração, era o tamanho. Não era um quarto de solteiro, era definitivamente um quarto duplo com uma cama no meio.

— Sente-se onde quiser — disse ela, e me sentei em um dos pufes. — Está com fome? Tenho alguma coisa.

— Estou bem.

Ignorando-me, ficou nas pontas dos pés e pegou alguma coisa na prateleira do armário. Quando a baixou, vi que era uma cesta grande com — em pacotes ainda lacrados — batatas fritas, sementes de girassol, nozes-macadâmia, biscoitos de chocolate, biscoitos em forma de bichinhos, e vários saquinhos de chocolate em pó. Até mesmo a arrumação dos alimentos na cesta parecia profissional, e de repente me senti como se tivesse ido a uma reunião para passar a noite na casa de uma amiga, e ninguém mais tivesse aparecido.

— Vou comer só uma bala — disse eu, apontando a mesa. — Mas obrigada.

Enquanto ela punha a cesta de volta no lugar, peguei um caramelo. Todos os papéis de bala, percebi, estavam cobertos com uma camada de pó.

— Tenho de fazer uma coisa — disse Conchita. — É capaz de guardar um segredo?

Fiquei alerta e respondi:

— É claro.

Ela levantou o babado da colcha de sua cama e puxou um telefone.

— Eu não sabia que havia telefone nos quartos — disse eu, se bem que como segredo esse não era dos grandes. Meus preferidos eram os que se referiam a pessoas específicas.

— Mandamos instalá-lo. O reitor Fletcher e a Sra. Parnasset permitiram, mas não posso contar aos outros alunos. Minha mãe convenceu-os de que eu precisava, para o caso de ter uma crise de asma no meio da noite.

— Mas se você tiver uma crise de asma, não vai conseguir usar o telefone.

— Posso discar 911. — Conchita fez uma pausa. — A verdade é que a minha mãe é do tipo superprotetor. Quando vim pra cá, ela tentou falar comigo pelo telefone público, mas ou estava ocupado ou ninguém atendia e ela não podia deixar recado. Mas isso não importa, vou pôr o CD já já. Só tenho de falar com ela rapidinho.

Discou, e passado um momento falou:

— *Hola, Mama.* — Embora eu estivesse tendo aulas de espanhol, não entendi nada do que falou a partir daí, exceto, possivelmente, era difícil saber com certeza, o meu nome. Pensei em quanto não teria custado mobiliar esse quarto; em seguida, pensei em como talvez fosse algo cultural, como mesmo que sua família não fosse muito rica, estava disposta a gastar o que tivesse em objetos que eram valorizados e considerados distintos. Tinha lido recentemente um artigo sobre *quinceañeras*, e achei que provavelmente Conchita teria uma ao completar 15 anos. E talvez até eu seria convidada e — porque seria fascinante e porque aconteceria longe da Ault — iria. Poderia pedir a meus pais a passagem de avião como presente de aniversário e de Natal juntos.

Quando Conchita desligou, eu disse:

— Fala com a sua mãe todo dia?

— Sim, pelo menos uma vez. É muito difícil para ela eu estar longe.

Eu falava com minha mãe aos domingos, quando a tarifa era mais baixa, e nunca nos demorávamos porque eu sempre parecia ligar quando ela estava começando a preparar o jantar ou pondo meus irmãos para dormir. Às vezes, depois de desligar — mesmo quando havia outras garotas esperando para ligar, o que geralmente acontecia —, me sentava na cabine sem fazer nada. Pensava em como meus pais não tinham querido que eu fosse para o internato, em como meus irmãos tinham chorado no dia em que parti, e em como pareciam ter-se adaptado rapidamente à minha ausência. Sabia que sentiam minha falta, mas agora pareciam achar o fato de eu não viver mais em casa muito menos surpreendente do que eu.

Conchita dirigiu-se ao aparelho de som.

— Como prometido — disse ela. — Senhoras e senhores, apresento-lhes o sr. Bob Dylan. — Quando o som do violão se tornou audível, Conchita girou o botão do volume para a direita. Escutei uma voz suave e profunda cantar de maneira sentimental a música "Lay, Lady, Lay". Não era o que eu esperava — era mais suave, mais anasalado. E o mais surpreendente de tudo era que ressoava como música sensual, ou talvez sexual. Dylan cantava sobre um homem de roupas sujas, mas mãos limpas, e sobre como uma mulher na cama era a melhor coisa que um homem já vira.

— Eu gosto — falei.

Conchita baixou o volume.

— O quê?

— Eu gosto.

— Oh. Eu também. — Aumentou o volume de novo.

Por que esperar mais tempo para o mundo começar?, cantou Dylan. *Por que esperar mais tempo pela pessoa a quem ama, quando ela está logo aí na sua frente?*

Lá fora, a luz se transformava do amarelo brilhante da tarde à meia-luz do crepúsculo. Essa era a hora do dia em que me sentia mais triste, em que mais eu acreditava que a minha vida deveria ser diferente do que era, e a música compunha a sensação — eu me peguei desejando poder existir dentro da música, deitada em lençóis brancos enquanto um homem tímido em roupas sujas se aproximava de mim. Eu amaria um homem assim, pensei, ele estaria usando uma camisa de flanela, e eu o puxaria para mim, meus braços o estreitariam com força, o calor da sua pele passando pelo tecido.

Então, a música acabou. Não quis olhar para cima, encarar Conchita; não queria estar, particularmente, no mesmo quarto que ela.

— Esta é outra boa — disse ela. — Chama-se "Subterranean Homesick Blues".

A palavra *homesick*, isto é, saudade de casa, me deu esperança, mas a música parecia política, e eu queria outra de saudade. Conchita pôs mais algumas para tocar, mudando de CDs, às vezes interrompendo uma música. No fim, a que eu mais gostava continuava sendo "Lay, Lady, Lay". Quando eu estava saindo, Conchita disse:

— Pode levar o CD emprestado.

— Não se preocupe.

— Vou gostar que o leve.

— Não tenho aparelho de som — eu disse.

— E suas companheiras de quarto? Dede e Sin-Jun, certo?

Ela realmente tinha pesquisado.

— Dede tem — repliquei. — Mas não somos muito amigas.

Estava com a mão na maçaneta quando ela falou:

— Quer jantar na cidade? Hoje é dia de linguado no refeitório, por isso pensei que se não tiver compromisso...

Se não havia nenhum jantar formal, tínhamos permissão para deixar o campus, mas eu nunca tinha feito isso. A única vez que tinha ido à cidade no fim de semana foi quando pedi a bicicleta de Sin-Jun emprestada e fui à mercearia comprar pasta de dente e biscoito salgado.

— Podíamos comer uma pizza ou ir a um restaurante chinês — disse Conchita.

Eu nunca tinha pisado em nenhum restaurante. De certa maneira, quanto mais passava o tempo sem eu ir, mais eu gostaria de ser convidada; esses lugares pareciam pertencer a outras pessoas, aos alunos do 3º e 4º anos, ou a alunos ricos, ou a alunos com amigos. Mas ali, naquele momento, recebi um convite. Conchita gostava de mim, pensei. Era gentil. Se eu aceitasse sua oferta, poderia fazer as coisas que os outros faziam.

— Vamos comer pizza — disse eu. — Vou pegar a bicicleta e já volto.

— Espere.

Virei-me.

— Não tenho bicicleta — disse ela.

— Nem eu. Peço a de Sin-Jun emprestada.

Ela hesitou.

— Quer dizer, eu não sei andar de bicicleta.

Fiquei sem entender.

— Já fui andando antes. Não é tão longe.

Quando chegamos lá embaixo, seguimos para os portões do campus e viramos para a via de mão dupla.

— Então, nunca aprendeu? — disse eu, e esperei que não percebesse como eu estava espantada. Nunca tinha ouvido falar de ninguém com mais de 5 anos que não soubesse andar de bicicleta.

— Por nenhuma razão especial, se é isso que está perguntando.

— Mas quando era pequena, as crianças no seu bairro não andavam de bicicleta?

— Eu não conhecia as outras crianças tão bem.

Pensei no meu bairro, onde crianças de 8 a 12 anos pedalavam, como eu pedalava sozinha. Íamos e voltávamos do parque, e logo antes de escurecer, quando as luzes da cidade bruxuleavam e o canto das cigarras se intensificava, pedalávamos para casa, suados, com os rostos sujos de poeira.

— Gostaria de aprender? — perguntei.

— Não pensei muito nisso.

Ficamos as duas em silêncio. Então, eu disse:

— Eu podia ensinar a você. Pelo menos, podia tentar.

Ela não respondeu imediatamente, mas senti nela um certo nervoso de felicidade, uma excitação receosa. Não vi seu rosto, pois estávamos uma do lado da outra, mas senti que ela estava sorrindo.

— Não acha que é tarde demais? — perguntou.

— Com certeza não. É uma das coisas que quando se aprende não se consegue acreditar como antes não se sabia. Provavelmente só vai precisar de alguns dias. — Pensei em como ela não ia querer que os outros alunos vissem. — Podia ser na via atrás da enfermaria — prossegui. — De manhã, antes da missa.

Meu primeiro alvo no Assassino foi Devin Billinger, um garoto da minha turma que, na época, não tinha uma importância particular para mim. Na minha caixa postal, encontrei o pedaço de papel com meu nome e o dele e, presa com um clipe, uma folha de etiquetas cor de laranja. À minha volta, outros alunos estavam procurando ruidosamente os papéis com o nome de seus alvos. Era o começo do sexto tempo, e saí da sala do correio e fui para o refeitório almoçar. Estava saindo da escada para o primeiro andar quando, surpreendentemente, dei de cara com o próprio Devin. Assim como eu, ele estava sozinho. Nós nos olhamos, não nos cumprimentamos, e ele se virou para a escada.

Eu ainda estava segurando o papel com o nome do meu alvo e as etiquetas. Retirei uma etiqueta com o indicador e o polegar, e a mantive fixa na ponta do meu dedo. Imediatamente, minhas duas mãos começaram a tremer. Fui para a escada.

— Devin — eu disse.

Ele parou alguns degraus acima e olhou para trás.

— Hã?

Sem falar nada, preenchi o espaço entre nós. Quando ficamos no mesmo degrau, estendi o braço e colei a etiqueta na parte de cima do seu braço esquerdo.

— Está morto — falei, e me segurei para não rir.

Ele olhou para o braço como se eu tivesse cuspido nele.

— Que porra é essa?

— É para o Assassino — repliquei. — Você é o meu alvo.

— Ainda não começou.

— Começou sim. — Estendi o pulso para que ele visse a hora. Eram uma e dez.

— Isso é besteira. — Sua voz soou irritada; possivelmente, mesmo não o conhecendo o suficiente para ter certeza, estava furioso. Olhou para mim cheio de raiva e se virou, como se para continuar a subir a escada.

— Espere — disse eu. — Tem de me passar o seu alvo.

— Não tenho de fazer nada.

Olhamos um para o outro e eu, na verdade, ri. Teoricamente, me aborrecer com Devin Billinger teria me enfraquecido. Ele era um dos seis ou sete garotos da nossa turma conhecidos como garotos banqueiros — a maior parte deles era de Nova York e seus pais trabalhavam com investimentos e corretagem ou ocupavam outras posições que tinham a ver com dinheiro e que eu não conhecia. (Tecnicamente, um garoto banqueiro não precisava ser de Nova York ou ter um pai banqueiro — bastava que parecesse ser.) Mas a raiva de Devin era mais ridícula do que intimidadora; ele me lembrou um menino de 6 anos fazendo beicinho.

— Está pretendendo trapacear? — perguntei.

— Por que é tão correta? É só um jogo.

— Estou apenas obedecendo às regras.

Devin me olhou furioso, depois sacudiu a cabeça. Pôs a mão no bolso, retirou uns pedacinhos de papel amassados e os jogou para mim.

— Pronto. Está feliz?

— Sim, estou — repliquei. — Obrigada.

Na manhã seguinte, quando deveria acontecer a primeira aula de bicicleta de Conchita, nuvens cinza cobriam o céu e o trovão estrondeava a distância. Fiquei na dúvida se ela ia aparecer. Parecia-me alguém capaz de mudar de idéia diante da mera sugestão de tempo ruim. Mas quando cheguei à via atrás da enfermaria, ela estava esperando, usando uma capa de chuva rosa transparente e um chapéu combinando — com uma grande aba atrás, do tipo usado por pescadores, se bem que eu não conseguisse imaginar um pescador de rosa transparente.

Cheguei na bicicleta de Sin-Jun, diminuí a marcha e parei do lado de Conchita. Saí da bicicleta e disse:

— Comece montando.

Ela passou uma perna para o outro lado, os pés no chão.

— Sente-se — eu disse.

Ela relaxou para trás.

— Ponha os pés nos pedais.

— Está segurando?

— Estou, é claro. — Eu estava segurando no bagageiro, e então passei uma mão para o guidom e a outra para a parte de trás do selim. — Assim se sente mais firme?

Ela levantou o pé direito e o pôs no pedal, depois levantou o esquerdo. Mas os pedais tinham presilhas para os pés, e Conchita, ao tentar enfiar o pé, errou e fez o pedal girar várias vezes.

— Desculpe — disse ela.

— Tente de novo.

Na segunda vez, ela conseguiu inserir o pé.

— Tudo certo — eu disse. — Agora empurre para baixo. Usa... acho que usa os músculos da coxa.

Ela empurrou. O pedal direito baixou e o esquerdo subiu, e não aconteceu mais nada.

— Continue — eu disse. — É isso que faz a bicicleta andar.

Ela recomeçou a impulsionar. Seus movimentos continuavam abruptos, mas eram contínuos, e ela estava se deslocando. Corri do lado.

— Tenho a impressão de estar me inclinando para um lado — disse ela.

— E está. Quanto mais rápido for, mais macio fica o movimento.

— Esta é a bicicleta de Sin-Jun, não é? — disse ela. — Você deve se dar melhor com ela do que com Dede, já que não quis pedir seu som emprestado.

— Sin-Jun é mais na dela — repliquei. — Dede é legal, mas não é descontraída.

— O problema de Dede é que ela quer ser Aspeth Montgomery.

Essa observação era exata. Mas também estranha — o tom de Conchita transmitiu uma familiaridade com Dede que estranhei, já que achava que nunca tinham se falado.

— Acha que Dede e Aspeth vão ficar no mesmo quarto no ano que vem? — perguntou Conchita. Embora os formulários só devessem ser entregues no fim de maio, desde as férias da primavera a questão do alojamento tornara-se o assunto do dia.

— Duvido. — Era tudo o que Dede mais desejava, eu sabia, mas na hora H, não acreditava que Aspeth fosse concordar.

— Como alguém pode querer dividir o quarto com Aspeth? — disse Conchita. — Ela é tão mesquinha.

— Você a conhece?

— Oh, há séculos.

Isso parecia impossível. Aspeth vivia no meu dormitório, e não no de Conchita, e mesmo que as duas tivessem feito algum esporte juntas ou assistido a uma mesma aula, Aspeth estava sempre cercada, literalmente isolada do resto da Ault por um grupo de garotas do tipo de Dede. Pensei no cabelo louro e comprido de Aspeth, nas roupas que usava — agora que era primavera, blusas abotoadas, saias cáqui e *espadrilles* brancas ou azul-marinho —, em suas pernas torneadas e bronzeadas, nas poucas sardas no nariz que sempre fazia com que ela parecesse ter passado a tarde jogando ao sol. Então olhei para Conchita na bicicleta do meu lado, sua capa e chapéu de chuva rosa, seu cabelo escuro cheio.

— Não percebi que vocês eram amigas — disse eu.

— Conheço Aspeth desde que nasci. Nossos pais trabalhavam juntos. Fui da sua turma desde o jardim-de-infância.

— Pensei que Aspeth fosse de Connecticut.

— Sua família só se mudou para lá há alguns anos. Antes viviam no Texas.

— E vocês saem muito juntas?

Conchita virou-se para olhar para mim, com uma expressão tímida de divertimento.

— Sim, constantemente. Não nos viu? — E então, disse: — Lee, quando vai parar de bancar a débil comigo? Aspeth e eu fomos amigas quando éramos pequenas, mas ela parou de falar comigo na quinta série, porque virou chique.

Conchita pareceu estar constatando um fato e não ressentida. Acho que ela aceitava a sua posição de marginalizada, que talvez já a aceitasse antes de ir para a Ault, enquanto eu estava perpetuamente esperando que as circunstâncias conspirassem para me tornar amada.

— E Sin-Jun? — perguntou Conchita. — Acha que vocês duas vão continuar no mesmo quarto?

— Talvez. — Eu tinha certeza de que Sin-Jun estava planejando ficar no quarto com a rechonchuda e tagarela Clara O'Hallahan. Imaginava que me deixariam ser a terceira, o que talvez fosse melhor do que ficar sozinha, mas não muito melhor. Assim como ficar num quarto com Aspeth garantiria a Dede o status de pessoa popular *bona fide,* dividir o quarto com Sin-Jun e Clara significaria, pelo menos para mim, a confirmação de que eu era uma das garotas sem graça, chatas, insignificantes.

Tínhamos nos afastado da enfermaria.

— Vamos dar a volta — falei. — Podemos ficar indo e vindo.

Na quarta-feira, depois de matar Devin, eu tinha matado Sage Christensen (ela era do 2° ano, do time de lacrosse), e no jantar, tinha matado Allie Wray, do 4° ano. As duas se surpreenderam quando alvejei-as, mas nenhuma pareceu se importar muito.

— Sou muito ruim nesses jogos — disse Allie ao me passar suas etiquetas e o nome do seu alvo.

Aparentemente, eu levava jeito para o Assassino, e me peguei pensando — era impossível não pensar — se não teria alguma chance de vencer o jogo. E se surpreendesse todo mundo? E se todos os garotos (os garotos estavam sem dúvida mais envolvidos) ficassem tão preocupados em matar uns aos outros que se esquecessem de mim e eu simplesmente permanecesse fora do alcance do radar? Pois, sem dúvida, as qualidades de que geralmente lamentava em mim — minha invisibilidade, minha precaução com os outros — agora me eram úteis. Talvez, no fim, acontecesse a improvável inevitabilidade da vitória, como quando eu jogava copas e, ocasionalmente, vencia.

E mesmo que não vencesse o Assassino, continuaria gostando da vibração extra que gerava no refeitório e no edifício da escola. Alguns lhe diziam quem era o seu alvo, outros guardavam segredo — era como as notas —, e pelo jeito um bando do 2° ano tinha traçado um gráfico imenso, como uma árvore genealógica, que se inseria em um círculo, relacionando todos os jogadores. Mas é claro que esse gráfico tinha de ser atualizado a todo momento, pois as posições das pessoas mudavam de hora em hora. Também ouvi dizer que a sra. Velle, a arquivista, tinha dado o horário de aulas de outros estudantes a Mundy Keffer e Albert Shuman, que eram do 4° ano, e que depois apareceu muita gente na sua sala pedindo horários, e ela recusou. Esperando na fila do café-da-manhã, soube por Richie Secrest, outro calouro, que pelo menos metade do corpo discente tinha sido morto nas primeiras 24 horas. Não me surpreendi — Dede e Sin-Jun tinham sido mortas na noite anterior, eu estava na fila do pão quando ouvi Aspeth dizer a Cross Sugarman:

— Se ouvir mais uma palavra sobre esse maldito jogo, vou gritar.

— Sei, porque já está fora — disse Cross. — Tenha espírito esportivo. (Nessa proximidade com Cross, olhei fixo para o chão, me sentindo desajeitada e sem atrativos por ter saído com Conchita.)

— Não — replicou Aspeth. — É porque é idiota. E porque nesta escola já tem bastante casos perdidos sem precisar disso.

— Claro — disse Cross. — Acredito plenamente em você.

Estavam a menos de um metro de mim, e então, seus pães escorregaram para a parte da frente da torradeira, e eles se foram. Então Cross ainda estava no jogo, pensei, e foi quando tive a idéia: se eu permanecer viva, o jogo vai acabar me levando a ele. Ou ele a mim, o que seria ainda melhor. Cross estar na posse de um pedaço de papel com meu nome, atravessar o campus me procurando, estender o braço e colar uma etiqueta no meu corpo — a possibilidade me deixou quase triste, quase aterrorizada, de esperança. Pela primeira vez desde que tínhamos andado de táxi juntos, mais de um mês atrás, seríamos obrigados a nos falar; ele teria de me reconhecer.

A vida fica mais clara quando guiada por motivos ulteriores; enquanto me dirigia à capela, experimentei um genuíno senso de propósito. Estava a caminho de matar McGrath Mills, de Dallas, aluno do 3° ano, que eu herdara de Allie Wray. Tinha ouvido falar que McGrath era bom em lacrosse, e achei que provavelmente seria mais difícil matar um atleta — havia mais de uma chance de ele permanecer no jogo.

Na noite anterior, tinha decidido que a minha melhor chance seria no movimento de ida à capela de manhã. Portanto, terminaria meu café mais cedo e sairia, sem Conchita, para a capela onde me sentaria em um lugar mais para o fundo. Geralmente, eu me sentava mais na frente, mas sabia que atrás era o territórıo dos garotos dorminhocos dos 3º e 4º anos e dos alunos que usavam a capela para terminar seus deveres de casa. Quando os lugares em volta foram ocupados, fiquei atenta à chegada de McGrath. Às dez para as oito, ele se sentou duas filas à minha frente. Enquanto o sr. Coker, professor de química, falava sobre como, quando ele era pequeno, desenvolvera a paciência observando seu avô durante as pescarias em Wisconsin, eu observava atentamente a nuca de McGrath.

Embora tivéssemos permissão para deixar a capela depois do hino, eu sempre esperava até o padre se retirar para a sacristia. Entretanto, nessa manhã, antes das últimas notas de "Jerusalém" serem cantadas, segui McGrath para a saída. As pessoas se afunilavam nas portas — essa era a razão por que eu geralmente esperava — e se empurravam, fazendo piadas. Parker Farrell, do 4º ano, disse:

— Ei, Dooley, cuidado com as costas!

E outro garoto gritou:

— Parem de segurar meu assassino!

Eram duas pessoas entre mim e McGrath, e consegui passar por uma, depois pela outra. Com a mão direita no bolso, transferi uma etiqueta laranja do papel para o meu dedo. No limiar da capela, McGrath estava a apenas algumas polegadas de mim; ver o tecido da sua camisa pólo vermelha tão perto foi como ver os poros da face de outra pessoa.

Tirei a mão do bolso e coloquei a etiqueta nas suas costas, e não tinha tirado a minha mão quando Max Cobey, do 3º ano, em pé do meu lado, disse:

— Eu vi, qualquer-que-seja-o-seu-nome, garota caloura, e você está detida. Ei, Mills, veja as suas costas.

McGrath virou-se para Max, que apontou para mim.

— Ela acaba de tentar matá-lo — disse Max.

McGrath girou. Eu estava de olhos baixos, vermelha como um camarão; sem levantar o queixo, relanceei os olhos para cima, e vi que McGrath estava sorrindo largo.

— Você? — disse ele.

O grupo avançava, e nós três nos vimos do lado de fora, na frente da capela.

— Está presa — repetiu Max, alto, e apontou para mim. Ele era muito mais alto do que eu. Mas não parecia hostil como Devin tinha sido; mostrava-se simplesmente um entusiasta. Alguns outros garotos do 3° ano, amigos ou de Max ou de McGrath, formaram um círculo à nossa volta.

— Como se chama? — perguntou McGrath. Tinha um sotaque do Sul, a voz levemente nasalada, e tinha tirado a etiqueta da camisa e a fixado no dedo médio.

— Meu nome é Lee.

— Tentou me matar, Lee?

Olhei de relance para os rostos dos outros garotos, depois de novo para McGrath.

— De certa maneira — repliquei, e eles riram.

— Vou dizer o que acho — falou McGrath. — Tudo bem *tentar.* Mas seria errado conseguir. Entendeu?

— Explique a ela — disse um dos outros garotos.

— Vamos recapitular. — McGrath levantou a mão direita, a mão com a etiqueta. — Tentar, tudo bem — disse ele. Levantou a mão esquerda. — Conseguir é errado. — Sacudiu a cabeça. — Muito, muito errado.

— Vou ver se consigo me lembrar.

— Ooh — disse Max. — Ela é espirituosa.

Lá estava eu sentindo uma queda pelos dois, por ele e McGrath.

— Está bem, Lee — disse McGrath ao se virar. — Vou ficar de olho em você.

— Eu também — disse um dos outros meninos, e fingiu estar usando binóculo. Depois sorriu para mim, antes de alcançar seus amigos. (*Simon Thomworth Allard, Hanover, New Hampshire* — nessa tarde, no dormitório, estudei o catálogo da escola até descobrir sua identidade.)

Estava saindo do refeitório naquela noite, levando a bicicleta de Sin-Jun para a próxima aula de Conchita, quando olhei por cima do ombro e vi Edmundo Saldana, um aluno tranqüilo do 2° ano, com quem eu nunca tinha falado. Apesar de vários alunos terem deixado o refeitório assim que saí, eu e Edmundo estávamos sós. Eu estava a cerca de três metros dele.

— Está tentando me matar? — perguntei.

Ele fez uma cara feia, esquivando-se de responder.

Meu coração se acelerou.

— Se tentar, vou gritar — disse eu. — E eles vão se virar. — Indiquei as pessoas à frente. Estava blefando, já que provavelmente não gritaria, porque seria melodramático. Mas talvez gritasse, já que queria tanto permanecer no jogo.

— É tudo tão idiota — disse Edmundo. Ele murmurou as palavras, mas eu estava escutando com atenção. — Não estou tão envolvido, entende?

— Então, *está* tentando me matar? — Mal acreditei que estava certa. Assim que lhe perguntei, me dei conta que ele poderia muito bem estar indo para a biblioteca.

— Não me importo, verdade — murmurou Edmundo. — Você quer viver, não vou matá-la. Não sei por que brincam disso. — Mal me encarava, e me perguntei se não seria armação, fingia não se importar enquanto se aproximava, e então me atingia. Mas quando pensei nas outras vezes que o vi — Edmundo era de Phoenix, era (eu tinha quase certeza) bolsista, e ele e seu companheiro de quarto, um garoto branco rico com espinhas na cara, de Boston, chamado Philip Ivers, aparentemente não faziam nada além de jogar gamão no quarto — talvez Edmundo fosse tímido e evasivo mesmo. Certamente era uma pessoa ainda mais incômoda do que eu.

— Se não se importa, vai me deixar viver? — falei. — Vai se virar e ir embora? Ou vai ficar aí, e eu continuo andando?

— Tanto faz — replicou Edmundo. — Pode continuar andando, tudo bem.

Quando contei a Conchita o que tinha acabado de acontecer, ela disse:

— Edmundo? Edmundo Saldana?

— Sim, por quê?

Ela tinha montado na bicicleta e pedalava comigo segurando — ela realmente tinha progredido, em apenas uma aula.

— Por nada, nada mesmo — replicou ela. — Estou no AME com ele. — AME era a sigla de Aliança das Minorias Estudantis, e eu não sabia praticamente nada sobre o grupo, exceto que se reunia nas noites de sábado.

— Você não tem uma queda por ele, tem? — perguntei.

— Por Edmundo? Está falando sério?

— É que pareceu ter ficado uma tanto excitada quando o mencionei.

— Não acredito em quedas por alguém — replicou Conchita. — Qual a importância disso?

A pergunta não tinha resposta. Qual a importância de ser uma pessoa, qual a importância de respirar?

— Não me diga que gosta de alguém — disse ela. Olhou para mim, virando os braços ao girar a cabeça. A bicicleta caiu para a esquerda e ela rapidamente olhou de novo para a frente. — Quem? Não vou contar a ninguém. Juro.

— Não vou contar a alguém que acha que paixão não tem importância. — Na verdade, nunca tinha falado de Cross para ninguém. Não tinha nem mesmo dito seu nome em voz alta desde o feriado surpresa. Mas tinha pensado nele com tanta freqüência que, às vezes, quando o via, era esquisito — o verdadeiro Cross, Cross andando, Cross falando com seus amigos. Era *ele* a pessoa em que eu sempre estava pensando?

Não falava dele em parte para preservar seu caráter especial, e em parte porque nunca tinha tido alguém a quem falar.

— Não pode dizer a ninguém mesmo — disse eu a ela. — Falo sério.

— Pensei que você sabia que podia confiar em mim — disse Conchita, e pareceu magoada.

— É Cross — falei. — No feriado surpresa...

— Cross? Você gosta de *Cross*?

— Conchita, quer que eu conte ou não?

— Desculpe.

— Foi no feriado surpresa — prossegui. — Acabamos em uma... O que há de tão errado em gostar de Cross? Nem mesmo o conhece, conhece? — Eu me pareci demais com certa pessoa, mas levou alguns segundos para eu perceber que era Dede.

— Ele está na minha turma de matemática — disse Conchita. — Parece legal, mas imaginava você gostando de alguém mais como... talvez como Ian Schulman.

— Nem sei quem é esse.

— É do 3º ano e muito bom em arte. Desenha tiras de quadrinhos e esse tipo de coisa. E usa tênis All-Star preto.

— Tem certeza de que não gosta dele?

— Não tenho tempo para isso — respondeu Conchita. — Considerando-se como eu e Edmundo estamos loucamente apaixonados.

Sem querer, caí na risada.

— Continue — disse ela. — Era o feriado surpresa e depois o quê?

Depois que contei — o shopping, o táxi, Cross passando a mão no meu cabelo —, ela perguntou:

— Ele beijou você?

— John e Martin teriam visto — respondi, e enquanto sugeria que as circunstâncias tinham impedido o nosso beijo, pensei que era por isso que se contavam histórias a outras pessoas: como suas possibilidades aumentam ao serem contadas.

— Espere um pouco — disse Conchita. — Cross tem namorada.

— Ele não a estava traindo — respondi.

Estávamos dando a volta — já tinha perdido a conta de quantas vezes Conchita tinha pedalado para cima e para baixo da via — e por isso era possível ela fixar o olhar em mim sem recear inclinar a bicicleta.

— Não estava mesmo — insisti. — Beijar é trair. Sentar-se do lado de alguém em um táxi não é.

— Acharia isso se fosse Sophie Thruler?

Ela tinha virado a bicicleta completamente, de modo que estava de novo de frente para o norte.

— Vá — eu disse. — Comece a pedalar.

A verdade é que raramente eu pensava em Sophie. Ela era linda, era do 3º ano, e Cross talvez tivesse sido o seu namorado, mas possivelmente ele não tinha para ela a importância que tinha para mim. Se rompessem, acho que em uma semana ela já estaria namorando outro. Mas não queria nem mesmo que rompessem — se Cross não estivesse saindo com ninguém, haveria perigo no olhar de todas as outras garotas, na proximidade delas na capela, na risada delas ao conversarem. Já que estava proibido para mim, que estivesse proibido ao resto da população feminina também.

— Sophie não tem importância — eu disse a Conchita. — A questão é que agora estou torcendo para pegar Cross ou ele me pegar no Assassino.

— Achei que não pudesse controlar quem pegar.

— É verdade, mas o jogo se reduz exponencialmente. — Ocorreu-me por um breve instante a possibilidade de estar usando a palavra *ex-*

ponencialmente de maneira errada e que isso, na frente de Conchita, não tinha problema. Ela não era do tipo que fica julgando. — Quanto mais pessoas eu matar, mais chances terei de pegá-lo.

— Está supondo que ele não será morto por outra pessoa.

— Acho que ele está atento. De qualquer maneira, não está impressionada por eu estar usando o Assassino como meio para um fim? Estou sendo maquiavélica. — No outono, todos os calouros tinham lido *O príncipe.*

— O Sr. Brewster ficaria orgulhoso — disse Conchita. — Imagine só se você se casar com Cross. É capaz de lhe dar um crédito extra.

Olhei para ela, que estava sorrindo. Nós duas estávamos suando da atividade com a bicicleta, e senti, então, como tinha me rendido a Conchita. Éramos amigas. Ela devia ter sentido a mesma coisa, pois disse:

— Tem uma coisa que queria lhe perguntar.

Eu sabia o que ela ia dizer. Mas fingi não saber.

— O quê?

— Pensei que talvez pudéssemos dividir o quarto no ano que vem.

Era fácil imaginar como seria. Na verdade, já tinha imaginado: nosso quarto teria cortinas rosas franzidas, eu comeria toda a sua comida, e escutaríamos Bob Dylan enquanto estudávamos. Não era um cenário horrível de se imaginar, mas me senti inquieta. Incomodava-me o que já tínhamos em comum — a inépcia, a bolsa de estudos — além do que poderíamos passar a ter em comum (receava a minha própria maleabilidade). Eu já nos via no dormitório nas noites de sábado, vestindo o pijama mais cedo, encomendando comida chinesa, jogando bolas de água uma na outra — extrapolando. E não sabia se queria extrapolar. Queria ter namorados, queria que a minha vida fosse melancólica, complexa e doentia, pelo menos um pouco doentia.

— Uau — repliquei. — Não tinha pensado nisso. Teria de examinar algumas coisas antes de responder com certeza.

— Coisas com Sin-Jun?

Assenti com a cabeça.

— E Martha Porter? — perguntei. — Não são muito amigas?

— Martha é o máximo. Mas sua companheira de quarto, Elizabeth, era bulímica, e não retornou depois do Natal. Martha disse que se acostumou a ter um quarto individual e que provavelmente vai pedir um no ano que vem.

Então outras pessoas partilhavam minha ambivalência em dividir o quarto com Conchita. Não me admirei.

— Me diz quando decidir — falou Conchita. — Ainda não há prazo para os formulários. E minha mãe vem a Boston no próximo fim de semana, e eu queria convidar você para almoçar conosco no sábado. Convidei Martha também.

Era estranho, mas embora ficasse a apenas uma hora de viagem, eu nunca tinha ido a Boston — só tinha passado pela cidade no caminho de ida e de volta do aeroporto, no ônibus da Ault. Mas agora, quando lá em casa me perguntassem se gostei da cidade, poderia dar uma resposta de verdade.

— Contei tudo de você para a minha mãe — disse Conchita, e não consegui deixar de me perguntar por que ela me admirava tanto, especialmente quando mais ninguém admirava. Como eu a tinha encantado sem esforço nenhum, ou menos que isso — até mesmo de má vontade? Teria sido a minha falta de interesse? A explicação seria assim tão simples e óbvia?

— Vou tentar corresponder às suas expectativas — falei.

Matando o tempo no quarto antes da última chamada — Sin-Jun não estava, e Dede estava cochilando, o que provavelmente significava que planejava ficar acordada até tarde estudando para uma prova — vi meu reflexo no espelho acima da escrivaninha dela, e me bateu, de repente, que eu não parecia alguém capaz de vencer um jogo que envolvia a escola toda. Não sabia bem com o que aquela pessoa parecia — não comigo. Eu tinha cabelo castanho ondulado, lábios finos, sobrancelhas grossas (não como as de um homem, mas grossas para uma garota), e sabia que tinha um olhar extremamente intenso. "Por que está me olhando?", minha mãe dizia quando estava dirigindo, ou à mesa da cozinha. "O quê? Tem alguma coisa no meus dentes?" Às vezes até mesmo me sentia fazendo isso, inspecionando o rosto da outra pessoa quando estávamos próximas, e era difícil parar — onde mais eu poria os olhos? Seria muito mais estranho se não olhássemos para a outra pessoa.

Cheguei para mais perto do espelho de Dede e examinei minha pele, procurando alguma erupção. Tinha virado a cabeça e estava examinando o lado esquerdo de meu maxilar quando Dede disse com a voz abafada:

— O que está fazendo?

— Nada.

— Se eu não terminar latim — disse ela —, vai tudo por água abaixo.

— Está com sono, Dede — falei. — Volte a dormir.

Antes da hora de se recolher, Sin-Jun e eu estávamos comendo massa de biscoito diante da quitinete. Quando a chamada e os comunicados se encerraram, já tínhamos comido dois terços do saco, e comecei a me sentir enjoada. Amy Dennaker foi ao refrigerador, pegou uma Coca diet e, sem olhar para mim, disse:

— McGrath achou muito engraçado como você tentou matá-lo hoje, na capela. Ele é tão arrogante. — Havia um quê extraordinariamente informal, quase cordial, no tom de voz de Amy. — Sabia que o seu quarto é logo embaixo do quarto de Alexis e de Heidi? — acrescentou ela, e percebi por que sua voz transmitia aquele quê de felicidade: Amy gostava de McGrath.

Passei o saco de massa para Sin-Jun, e ela hesitou.

— Acho que não quero mais.

Amy estava olhando para nós.

— Quer um pouco? — perguntei e, embora fosse de Sin-Jun, estendi o saco.

Amy pegou um pouco da massa com o dedo médio e o indicador e me ocorreu — nunca tinha pensado nisso nem de uma maneira nem de outra — que provavelmente ela era uma pessoa que não lavava as mãos depois de ir ao banheiro.

— Estou com você — disse Amy. — Refiro-me a derrubar McGrath.

Assim, ela teria algo do que gozá-lo, pensei. Não me oporia — compreendia maquinações, a necessidade de uma desculpa.

— O problema é que os amigos dele, agora, vão ficar de guarda-costas — disse eu.

— É verdade — replicou Amy.

— Talvez você consiga entrar pela janela dele quando estiver dormindo — disse Sin-Jun. — À noite, não tem nenhum guarda-costas.

Ri e meus olhos encontraram os de Amy.

— Eu estaria violando o horário de visita — repliquei. — Teria de me apresentar à comissão disciplinar.

— Você não *entraria* lá — começou ela, e então compreendi.

— Oh, fala em enviar uma ameaça? Deixá-lo inseguro? — perguntei.

— Sim, só deixá-lo nervoso. Sei o quê! — disse Sin-Jun tendo um *insight*. — Vamos usar vara de pescar!

— Onde, pelo amor de Deus, vamos achar uma vara de pescar? — Embora o tom de Amy parecesse desdenhoso, lembrei-me de que ela estava nos falando de sua própria vontade.

— Há algumas no porão — disse Sin-Jun. — Eu vi no depósito.

— Sei do que está falando — disse eu. — Nos fundos, perto dos armários. — O porão estendia-se por baixo de vários dormitórios, criando, dizia-se, uma via expressa para estudantes que faziam visitas noturnas ilícitas a membros do sexo oposto. — Não podemos descer lá depois do toque de recolher — falei.

— Pedimos a Madame — propôs Sin-Jun.

— *Pedir* a ela? — disse Amy.

— Não custa tentar — retruquei.

Quando batemos na porta do apartamento de Madame Broussard, ela atendeu rapidamente. Nem Amy nem Sin-Jun disseram nada, e percebi que eu já era a líder por falta de opção.

— Oi — falei. — Temos uma pergunta a fazer. É esquisita, de certa maneira, mas sabe o Assassino? E conhece McGrath Mills? Ele é o meu alvo, e queremos assustá-lo. Só de brincadeira. Sei que já passam das dez, mas estávamos...

— Precisamos descer ao porão e pegar uma vara de pescar — interrompeu Amy. — Por dois minutos. Podemos?

— Para que precisam de uma vara de pescar? — perguntou Madame. De maneira geral, ela pareceu menos surpresa com a nossa aparição à sua porta do que eu tinha imaginado.

— Queremos mandar uma coisa ao quarto de McGrath, um bilhete — falei. — Ele está no quarto embaixo de Heidi e Alexis. Mas não faremos barulho, nem vamos demorar.

— Mas se fizerem isso... — começou Madame, e achei que ela ia dizer: *vocês vão violar o toque de recolher*. Em vez disso, o que ela disse foi: — McGrath vai saber que é o seu alvo.

— Não, ele já sabe — disse eu. — Tentei matá-lo quando saíamos da capela, e um bando de seus amigos viu.

— Outros garotos do 3º ano? — Fiquei atônita: Madame parecia genuinamente interessada.

— Sim — repliquei. — Quase todos garotos do seu time de lacrosse.

— Bem. — Madame balançou sua cabeça uma vez, com determinação. — Acho que vamos dar uma lição a esses meninos.

E então, nós três, Amy, Sin-Jun e eu, a seguimos da sala comum até o porão, e as varas de pescar não estavam onde pensávamos, e fizemos uma pausa, ficamos confusas por um momento, e então eu disse:

— Não *precisamos* de uma vara de pescar. Podemos simplesmente usar uma vassoura ou coisa parecida — e de repente, subíamos os degraus, nos ocultando espremidas ao redor do armário da sala comum, depois atravessando correndo o corredor do quarto de Heidi e Alexis, e enquanto explicávamos de novo a idéia, dessa vez com Madame no grupo, a expressão das duas foi mudando da perplexidade para o divertimento, depois para o entusiasmo, entusiasmo esse que pareceu tão abrupto e tão estranhamente sincero quanto o nosso.

— Sabe, vocês deveriam usar uma fronha — disse Heidi. — Aí poderiam escrever com letras bem grandes. — Remexeu no seu saco de roupas para lavar, e isso me pareceu tipicamente aultiniano, o sacrifício despreocupado de uma fronha em uma brincadeira. Não davam muita atenção ao fato de que fronhas, como tudo o mais, custam dinheiro. Heidi jogou-a para mim, e Alexis me passou um pilot.

Tirei a tampa do pilot e parei.

— O que vou escrever?

Ficamos todas em silêncio, um silêncio carregado, elétrico.

— Sei onde mora — sugeriu Amy.

— Vejo-o quando está dormindo — disse Heidi.

— Sinto o cheiro do seu sangue — disse Amy. — E cheira... — Relanceou os olhos para Madame — *très délicieuse.*

— Não vamos meter o francês nisso — disse Madame.

— Até agora, acho "vejo-o quando está dormindo" a melhor — falei. — Mas não soa Papai Noel demais?

— Estou sempre vigiando — disse Sin-Jun.

Olhamos umas para as outras, nós seis — parecia, com esse número de pessoas, não muito diferente de uma reunião convocada para se tomar uma decisão séria —, e quando Heidi e Amy balançaram a cabeça aceitando, eu disse:

— Ótima. Simples, mas assustadora.

Amy afastou vários livros da mesa de modo que pudéssemos esticar bem a fronha. Então, escrevi, com letras de imprensa: ESTOU SEMPRE VIGIANDO.

— Desenhe um olho — disse Heidi.

Tracei a forma amendoada, a íris e a pupila, os cílios embaixo e em cima.

— Também deve assinar — disse Madame.

Hesitei.

— Meu nome? Ou... o que acham de... — Escrevi: *Com amor, seu assassino*.

— Perfeito — disse Sin-Jun batendo palmas.

Quando prendemos a fronha no cabo da vassoura, ficou óbvio que funcionaria melhor com dois pólos; Alexis correu para buscar um escovão. Heidi levantou a persiana e Amy e eu — eu sabia que ela queria estar diretamente envolvida na gozação, percebia como ela estava ligada em McGrath — nos debruçamos na noite. Eu segurava a vassoura de cabeça para baixo, agarrando a parte antes da cerda e ela segurava o escovão. A luz foi acesa na janela embaixo, o que significava que suas persianas não estavam baixadas. Amy, debruçou-se mais e bateu com o cabo do escovão na parede externa de tijolo.

— Ei! — gritou ela. — Entrega rápida, rapazes.

Passaram-se dez segundos. Fui ficando preocupada achando que nem McGrath nem Spencer, seu companheiro de quarto, iam notar, e minha apreensão, na verdade, não era tanto por eles, mas por nós no quarto, preocupação com nosso plano não dar em nada. E então, escutei passos arrastados lá embaixo, algumas vozes masculinas.

— Ei, Mills — gritou alguém, e alguns segundos depois, o som inconfundível da risada de McGrath. Ele pôs a cabeça para fora da janela e olhou para cima.

— Oi, gato — gritou Amy. (Eu nunca, mas nunca diria *Oi, gato* para Cross Sugarman.)

— Oi, McGrath — disse eu.

— O que diabos está acontecendo aí? — falou McGrath. — Estão malucas.

Outro garoto pôs a cabeça para fora e disse, não para nós, mas para alguém no quarto:

— Isso é um convite explícito.

Atrás de mim, Alexis e Heidi, Sin-Jun e Madame estavam uma do lado da outra. Heidi abriu a outra janela e, passado mais um momento, também estava debruçada para fora.

Então, uma terceira pessoa — parecia haver um grupo de garotos lá embaixo também, pelo menos três ou quatro deles — estendeu a mão e agarrou a fronha.

— Ei! — disse Amy. — Sem tocar!

— Não é o que diz à maioria dos garotos, Dennaker — replicou o garoto que segurava a fronha. Era Max Cobey.

— Dane-se — replicou Amy.

— Quem mais está aí embaixo? — perguntou Heidi.

— Quem mais está aí em cima? — perguntou Max. — Parece uma manada de elefantes.

— Na verdade, é um bando de mulheres incrivelmente ardentes usando apenas fio-dental e batom — respondeu Amy. — E por apenas 99 centavos por minuto, podem ligar e falar com qualquer uma de nós. As telefonistas estão...

— Basta por hoje, Amy — ouvi Madame dizer, e fiquei metade aliviada, metade decepcionada. — Vamos deixar os meninos em paz.

— Temos de ir — gritou Amy. — *Bye-bye*, até mais, *auf Wiedersehen*, adeus.

Começamos a puxar o escovão e a vassoura, e McGrath, que tinha desaparecido no quarto, espichou a cabeça para fora.

— Não vou ficar com isto? — disse ele. — Depois de todo esse assédio?

— Pode ficar — respondi, como se a fronha fosse minha e pudesse abrir mão dela. — Mas vai ter de prometer que a usará esta noite.

— Vou usá-la *todas* as noites — replicou McGrath, e foi a última coisa que ouvi antes de estar de volta ao quarto e a noite ficar lá fora.

Na sexta-feira de manhã, depois da aula de latim, quando pegávamos nossos livros, eu disse a Martha:

— Você vai amanhã, não vai? Com Conchita?

Martha e eu tínhamos nos falado muito raramente antes, e iniciar uma conversa fez meu coração bater forte. Mas seria esquisito irmos a Boston juntas sem nunca termos nos falado, quando tínhamos passado os últimos sete meses sentadas lado a lado na aula de latim. Especialmente quando eu tinha o pressentimento que a culpa por nunca nos falarmos era minha — no primeiro dia de aula, quando eu estava tão amedrontada com a Ault que mal conseguia encarar alguém, Martha tinha dito:

— Nunca estudei latim. Você já?

— Não — eu tinha respondido, olhado para o outro lado e cruzado os braços. Alguns meses depois, Tab Kinkead tinha soltado um pum quando estava em pé diante do quadro-negro traduzindo a frase *Sextus é vizinho de Claudia;* a maioria das pessoas não ouviu, mas quando vi Martha tentando em vão abafar o riso, soube com certeza que havia cometido um erro — ela era alguém de quem eu poderia ter sido amiga.

No corredor, Martha estava dizendo:

— A mãe de Conchita é muito legal.

— Sabe onde vamos comer? — perguntei. As perguntas de logística eram, a meu ver, as melhores perguntas de todas; eram as mais inócuas.

— Vamos nos encontrar no hotel da Sra. Maxwell, portanto devemos ir a algum lugar perto dali — replicou Martha. — Você está no time de lacrosse de Conchita, não está? Ela gosta muito de você.

Senti o que deveria responder — *Conchita é o máximo,* ou *Eu também gosto muito dela* —, mas simplesmente não consegui formar as palavras. A observação de Martha fez com que parecesse, não no mau sentido, uma orientadora de acampamento: generosa e encorajadora, feliz por ver as pessoas entrosadas.

— Que esporte está fazendo? — perguntei.

— Remo, e na verdade esse será o meu único sábado livre durante toda a primavera, por isso estou feliz por ir a algum lugar.

— O remo é tão intenso quanto todo mundo diz?

— É lindo de observar, mas quando estamos no barco, resmungamos e suamos o tempo todo.

— Sempre que vejo alguém remando, penso em Jonas Ault por volta de 1880 — disse eu. — Imagino-o usando um daqueles maiôs e com um bigode de pontas viradas.

Martha riu. Depois, uma de nossas piadas era a que ela ria fácil, que era uma meretriz do riso. Uma coisa que sempre apreciei nela era como fazia com que nos sentíssemos espirituosas.

— Oh, sim — disse ela, assumindo um tom afetado. — Remo é muito civilizado.

— Um esporte de cavalheiros — respondi, e me perguntei por que nunca tinha conversado com Martha antes.

Soube pela lista afixada do lado de fora da sala do reitor Fletcher que McGrath seria o garçom na mesa da sra. Prosek nessa semana, e saber disso me ajudou, quando deitada e ainda acordada, por volta das quatro da manhã, a formular o plano para matá-lo. Como todos os garçons, McGrath chegaria para pôr a mesa vinte minutos antes do início do jantar formal. Decidi que, quando chegasse (e era uma decisão tão excitante, uma idéia tão perfeita, que depois que me ocorreu, não consegui dormir antes de meu despertador tocar às seis e meia), eu o estaria esperando debaixo da mesa para colar a etiqueta na sua perna.

Depois da prática de lacrosse, corri para o refeitório e cheguei às cinco e meia, dez minutos antes de McGrath. Somente cinco ou seis alunos estavam na sala, inclusive o monitor da sala nessa noite, um garoto do 4º ano chamado Oli Kehlmeier. (Ser um dos três monitores do salão era realmente desejável — supervisionavam os garçons do jantar formal, o que significava que podiam dar ordens aos mais novos e flertar com as garotas.) Oli estava ocupado estendendo as toalhas nas mesas — fiquei surpresa ao ver um monitor trabalhando de verdade — e decidi pegar uma toalha de uma pilha perto das portas da cozinha.

Estiquei a toalha sobre a mesa da sra. Prosek, e inspecionei a sala. Ninguém estava prestando atenção em mim. Afastei a cadeira, me agachei, engatinhei para debaixo da mesa, e puxei a cadeira para o lugar. Estava sentada sobre os calcanhares, meus joelhos para a frente, mas essa posição logo ficou desconfortável, e me sentei à maneira índia. Não havia muito espaço para manobra. Meu cotovelo bateu em uma cadeira, e me imobilizei, mas não ouvi nada vindo do lado de fora — nenhuma proclamação de fantasma, nenhum rosto apareceu perguntando o que diabos eu estava fazendo ali — e voltei a relaxar. Alguns pedaços de chiclete, parecendo antigos, estavam grudados na parte de baixo da mesa, e eu sentia o cheiro da mesa e do chão, embora nenhum dos dois cheirasse particularmente a madeira; cheiravam mais a sapatos, como tênis não muito sujos de crianças, ou sandálias de dedo infantis.

Às vinte para as seis, me retesei, esperando McGrath. À medida que os garçons chegavam, eu tinha certeza de que os passos que se aproximavam eram dele. Todas as mesas em volta pareciam ocupadas e com certeza, pensei, eles me veriam, com certeza notariam o tecido azul-claro de minha saia (era vulgar estar sentada no chão, e de saia?), ou veriam minhas sandálias. Mas ninguém se aproximou. Na mesa à direita da minha, o garçom, reconheci a voz, era Clara O'Hallahan, e cantava para si mesma; cantava a música de John Croce "I Got a Name". Um pouco depois, ouvi um garoto dizer:

— Reed estava de mau humor hoje, hein?

— Não pior do que o de sempre — respondeu uma garota.

Esperei alguém mencionar o Assassino, mas ninguém o mencionou. Por fim as vozes todas se misturaram, num zunido cada vez mais ruidoso, interrompido periodicamente pelo tilintar de talheres e copos. Eram dez para as seis. McGrath não se atreveria a faltar a um jantar formal quando seria o garçom, pensei, ou se atreveria? Se faltávamos ao jantar, tínhamos de limpar as mesas, mas se fosse o garçom, eu tinha certeza de que recebia suspensão.

Ele chegou às quatro para as seis; bem antes de ele chegar à mesa, ouvi seu sotaque sulista arrastado e animado. Alguém deve ter comentado seu atraso, porque ele estava dizendo, ao se aproximar: "É o método dos dois minutos. Observe e aprenda." Acima da minha cabeça, ele pôs o que pareceu serem pratos, depois, os talheres. Antes de conseguir colar a etiqueta, ele se foi, e voltou com uma bandeja com copos. Suas panturrilhas estavam a apenas alguns centímetros de mim — estava usando short cáqui, o pêlo da sua perna era louro e grosso — e estava assobiando.

Experimentei dois sentimentos inteiramente distintos nesse momento. O primeiro foi uma alegria perplexa por eu estar realmente prestes a matar McGrath Mills. Quando se está acostumado com a rejeição e o fracasso, como talvez eu estivesse ou acreditasse estar, o êxito pode ser desconcertante, pode lhe fazer hesitar. Às vezes, eu me pegava narrando esse êxito, pelo menos na minha cabeça, para me convencer de sua realidade. E não apenas com triunfos importantes (é claro que a possibilidade de eu ter experimentado um triunfo importante além de entrar para a Ault fosse questionável), mas com pequeninos triunfos, com qualquer coisa que eu estivesse esperando e desejando: *Estou comendo pizza, estou agora saindo do carro.* (E depois: *Estou beijando esse garoto, ele está deitado em cima de mim.)* Fazia isso porque me impressionava acreditar que eu estava realmente conseguindo o que queria; sempre foi mais fácil sentir a falta da coisa do que a coisa em si.

O segundo sentimento que experimentei nesse momento foi triste, um esmorecimento abrupto. Acho que foi o pêlo da perna esquerda de McGrath. Além disso, ele estava assobiando. McGrath era uma pessoa. Não queria ser morto, não sabia que eu estava esperando debaixo da mesa. E pareceu tão injusto pegá-lo de surpresa. De repente percebi que não queria ganhar o jogo. Queria ser admirada, é claro, queria ser reconhecida pela escola toda, mas não poderia dispor de todos os pequenos momentos necessários, só eu e a pessoa que supostamente eu deveria matar. Com Devin, tudo bem, já que ele havia sido um grosseirão, e com Sage e Allie, porque não importava a elas se permanecessem ou não no jogo. Mas McGrath era legal, e parecia se importar, pelo menos um pouco, em permanecer vivo, e tinha sido ridículo não tê-lo eliminado com a oportunidade que tive. E não foi que eu não quisesse. Simplesmente pareceu complicado. A partir de agora, pensei, faria tudo que pudesse para chegar a Cross. Mas não seria diligente, não acharia que o jogo em si tivesse realmente importância. Foi a decisão que tomei ao esticar o braço e colar a etiqueta na perna de McGrath — grudei-a justo do lado da sua tíbia, quase exatamente entre seu tornozelo e joelho. Depois, empurrei a cadeira e saí de debaixo da mesa, apoiada nas mãos e nos joelhos. Olhei para cima, para McGrath, e não pude deixar de me sentir como um cachorro.

A expressão dele, como eu temia, foi de surpresa total. Nem sei se me reconheceu imediatamente. Levantei-me e disse, hesitante:

— Acabo de matá-lo. — E, apesar de McGrath cair na gargalhada, acho que foi por espírito esportivo.

— Essa não — disse ele com seu sotaque sulista. — Você me pegou. Cara, me pegou mesmo. Quanto tempo ficou aí embaixo?

Encolhi os ombros.

— É uma vitória merecida. Ei, Coles, veja quem estava debaixo da minha mesa. Sei, ela andou me vigiando! — McGrath virou-se de novo para mim.

— Lamento — disse eu.

— Não se lamente. Do que se lamentaria? Pegou-me de maneira honesta. Tenho de lhe dar minhas etiquetas, certo? Mas sabe de uma coisa? — pôs a mão no bolso de trás do short, nos bolsos do blazer. — Deixei-as no quarto — disse ele. — Posso dá-las mais tarde? Irei ao seu dormitório e as entregarei em mãos.

— Tudo bem — respondi. — Está tudo bem. — (É claro que ele não estava com as etiquetas. O jogo não tinha importância para ele.)

No mesmo instante, percebi que tinha estragado tudo. Qualquer que fosse a brincadeira que tivesse existido entre nós — eu tinha matado a sua substância. McGrath seria cordial comigo a partir de agora (e eu tinha razão em pensar assim, ele sempre foi cortês, durante todo esse ano até se graduar na Ault), mas a cordialidade seria vazia. Ao matá-lo, eu tinha acabado com a única sobreposição entre nossas vidas. "Assassinou alguém recentemente?", ele perguntaria, meses depois, quando passamos um pelo outro, só nós dois em um corredor do terceiro andar, entre o quinto e o sexto tempo. Ou: "Como vão suas fronhas ameaçadoras?" Ou eu ria ou respondia: "Vão bem", algo assim, breve. McGrath não queria conversar, é claro, não era como se tivéssemos algo a *dizer* um ao outro. Eu sabia disso tudo, conhecia as regras, mas ainda assim nada partia mais o meu coração do que a morte lenta de uma brincadeira partilhada que antes tinha parecido genuinamente engraçada.

No sábado de manhã, esperei no lado de fora do pátio do dormitório; Conchita tinha dito que a sua mãe mandaria um carro nos pegar às onze horas. Fazia dezessete graus, sol, e soprava uma brisa. Pensei em como Martha tinha dito que estava feliz por ter aonde ir; eu também. Vi uma limusine preta do outro lado do círculo, e no círculo, dois garotos jogavam *softball.* Olhei para o céu e fechei os olhos. Quando tornei a abri-los, talvez um minuto depois, a limusine estava na minha frente, e a cabeça de Conchita se projetou na janela de trás.

— Oi, Lee — chamou ela. — Suba a bordo.

Aproximei-me do carro, tentei fazer uma cara normal. Nunca tinha entrado em uma limusine. Dentro, bancos de couro cinza alinhavam-se nas laterais e na parte de trás do carro; uma janela de vidro escuro separava a parte dos passageiros do banco do motorista. Conchita estava usando uma camiseta púrpura, um colete de brim com botões laranja excessivamente grandes, meias brancas e sandálias de palha de salto alto; mais do que o membro de uma trupe, ela parecia uma menina de 4 anos que tivera permissão pela primeira vez de se vestir sozinha. Martha estava vestida normalmente e, para meu alívio, não estava de saia.

— Estávamos decidindo que música vamos ouvir — disse Conchita. — As únicas estações que pegam bem são de *reggae* e... Como é mesmo que você chama, Martha?

— Jazz suave — replicou Martha.

— Voto no *reggae* — falei.

— Achamos que diria isso, mas quisemos ter certeza. — Conchita pressionou um botão, e a janela entre nós e o motorista baixou algumas polegadas.

— Pode sintonizar na primeira estação? — disse ela. — Obrigada. — Sem esperar a resposta, ela apertou o botão, e a janela subiu. Então, percebi, finalmente percebi, que Conchita era rica. E perceber isso confundiu todo o resto que eu sabia dela. Por que tinha de bancar a esquisita? Por que mencionava sua condição de mexicana tantas vezes, por que falava sobre se sentir uma estranha? Se era rica, pertencia à Ault. A equação era simples assim. No fim, ser rico era o que contava mais — mais ainda do que ser bonita. E no entanto, ao pensar nisso, Conchita nunca tinha escondido nada. Seu quarto decorado com cuidado, até mesmo seu guarda-roupa, que era peculiar, mas não parecia barato — eram sinais que eu não tinha querido ver. A minha suposição de que ela era uma bolsista, me dei conta, era ofensiva; era constrangedora. (Constrangedora e, agora, sabendo que tinha me enganado, estava livre para aceitar dividir o quarto com ela. Poderia ceder, tudo bem. Pensar nisso parecia como fazer xixi nas calças quando temos 5 ou 6 anos: um alívio complicado, um alívio ignorado no momento presente.)

— O.k., agora escutem só — estava ela dizendo. — Estava esperando contar para as duas ao mesmo tempo: soube que o sr. Byden namorou Madame Broussard.

— Impossível — disse Martha.

— O sr. Byden, o diretor? — disse eu. — Mas ele é casado.

— Foi há muito tempo — disse Conchita —, mas e se ele ainda tiver uma queda por Madame?

— Como sabe disso? — perguntei.

— Aspeth me contou. O pai dela e o sr. Byden freqüentaram Harvard juntos na década de 1960, e acho que Madame vivia em Boston, na época.

— Imaginem beijar o sr. Byden — disse eu. — Ele faria com que mantivesse três pés no chão. — Essa era a norma para visitas, além do casal ter de deixar a porta aberta. — E o que é realmente obsceno — acrescentei — é pensar no sr. Byden de pau duro.

— *Lee* — disse Conchita, e me ocorreu que eu podia realmente tê-la ofendido.

— Com uma ereção — corrigi. — Seja lá o nome que for.

— *Pare* com isso. — Ela tapou os ouvidos com as mãos.

— Provavelmente tinham nomes um para o outro — disse Martha.

— *Shnookums* — sugeri.

— Docinho de coco — replicou Martha.

— Torta de queijo — disse eu, e sem nenhum motivo, nós duas caímos na risada.

— O quê? — perguntou Conchita. Não que não tivesse ouvido, pois a essa altura já havia destapado os ouvidos.

— Não é... — comecei, e então olhei para Martha e recomeçamos a rir.

— O quê? — Conchita olhava para nós. — O que significa torta de queijo?

Martha enxugou as lágrimas.

— Não significa nada — replicou ela. — Lee acabou de inventar.

— Então por que é tão engraçado?

— Bem... — Martha esforçou-se para manter o controle. — É como, *torta de queijo*?

— Docinho de coco — repeti, e nós duas começamos a gargalhar.

— Martha deixou um garoto pegar em seus seios — disse Conchita.

— Obrigada, Conchita. — Martha pareceu não se perturbar.

— Eu nunca deixaria — disse Conchita. — Pelo menos não antes de me casar e, depois, só faria sexo no escuro.

— Sim, está bem — disse Martha, e seu tom foi afetuoso.

— Já *fez* sexo? — perguntei, e assim que fiz a pergunta, fiquei nervosa. Eu mal a conhecia. Tinha me esquecido de como a conhecia pouco.

— Meu Deus, não! — replicou Martha. — Minha mãe me mataria. — Ela não pareceu achar a pergunta inconveniente. — Conchita, quando um garoto levanta a sua blusa, é só pele — disse Martha. — É gostoso.

— Você deixaria um garoto tocar nos seus seios, Lee? — perguntou Conchita.

— Ia depender do garoto. — Pensei na música "Lay, Lady, Lay", no homem de roupas sujas.

— Estou realmente surpresa — disse Conchita. — Não percebi que você também era promíscua.

Pela terceira vez, Martha e eu caímos na gargalhada.

— *Quem me dera* ser promíscua — disse eu.

— Não diga isso. — Conchita pareceu chocada.

— Estou brincando — falei, e ela pareceu aliviada. Então não resisti dizer: — De certa maneira — voltou a parecer chocada de novo. — Oh, Conchita — eu disse e fui para o lado dela, coloquei um braço em volta dos seus ombros e a balancei para a frente e para trás, durante algum tempo. Ela me pareceu uma menina nesse momento, e encantadora. Tínhamos entrado na Route 128 e algo na velocidade do carro, algo no fato de ser uma limusine, algo na luz do sol e na conversa fez com que me sentisse feliz de verdade. A sensação que sempre tive na Ault de que o que tinha a oferecer era inadequado, de que precisava estar sempre na defensiva, se esvanecia, saindo pelo teto solar aberto.

O hotel ficava perto do Boston Common*; foi o hotel mais luxuoso em que eu já tinha entrado, mas, na época, esse fato não me surpreendeu. Colunas coríntias flanqueavam o saguão, e o mármore verde cobria o piso e o teto. Conchita dirigiu-se ao balcão da recepção e perguntou onde ficava o restaurante, e Martha e eu a seguimos, as três ainda tontas com a viagem, e vi que o pessoal do hotel estava nos olhando, que, para eles, éramos três garotas comuns, e nesse momento ser comum não foi uma coisa ruim. Pelo contrário, o fato de estarmos vestidas de maneira informal e sermos um

---

*Boston Common, em Boston, Massachusetts, é o mais antigo e muito famoso parque público dos EUA. (*N. da T.*)

pouco espalhafatosas, viajando em grupo, representava a idéia de adolescentes, e senti orgulho de nós.

Na sala de jantar, Conchita gritou "Mamãe!", e se jogou nos braços de uma mulher muito bonita e muito gorda. A sra. Maxwell beijou Conchita nas bochechas, no queixo, e logo as duas estavam chorando e falando em espanhol entre si, depois se viraram para nós e pediram desculpas por estarem chorando. A sra. Maxwell estava sentada e não se levantou para nos receber, embora estendesse o braço. Seu braço era moreno, e muitas pulseiras de ouro pendiam de seu pulso.

— Que bom conhecer as amigas de minha filha — disse ela. Quando Conchita me apresentou, a sra. Maxwell disse: — Ah, a fã de Bob Dylan. — Ela usava calças de seda verde-clara e uma blusa do mesmo tecido, com um decote simples e mangas largas. Senti seu perfume à distância. Sua pele era lisa e morena, mais escura do que a de Conchita, e seu cabelo escuro estava preso em um coque.

— Obrigada por ter nos convidado para almoçar — disse Martha.

— Sim, foi muito gentil — disse eu.

Em toda a sala, somente algumas mesas além da nossa estavam ocupadas; na do lado, um homem musculoso estava sentado sozinho. Um garçom trouxe os menus, retângulos de couro compridos com as descrições dos pratos redigidas com letra cursiva. Somente uma das entradas custava menos de 20 dólares e eram legumes grelhados. Foi estranhamente libertador me dar conta de que só tinha 15 dólares no bolso — eu não pagaria, nem mesmo tentaria pagar, porque não podia. Na parte inferior do menu, estava a data, e quando percebi que deviam imprimir um menu por dia, a idéia me pareceu extraordinária. Eu já desconfiava antes, e o dia só reforçou a suspeita de que o dinheiro podia tornar a vida boa, que era possível desejá-lo não por ganância, mas por motivo de conforto, porque permitia mandar buscar sua filha e suas amigas de limusine, comer boa comida em um lugar bonito, ser gorda e ainda assim usar belas roupas. Uma das amigas de minha mãe era quase tão gorda quanto a sra. Maxwell, mas usava calças de moletom e batas estampadas.

A sra. Maxwell disse:

— Gostaria que cada uma me contasse a sua vida. Lee, você primeiro.

Ri. E então contei — comecei com minha mãe indo trabalhar em uma piscina, contei como no jardim-de-infância eu tinha insistido em usar o mesmo par de botas de borracha de caubói marrons por um ano inteiro, como tinha tido um amigo imaginário chamado Pig, que idade eu tinha quando meus irmãos nasceram. Tracei o percurso todo até a Ault. Fizeram perguntas, mas nenhuma opressora, e então chegaram as entradas — todas tínhamos pedido entradas, pois aparentemente era assim que tinha de ser. Em seguida, Martha contou a sua história: como achou que estava morrendo ao perder seu primeiro dente, como tinha sido a melhor em soletrar palavras quando estava na segunda série, todos os dias sem aulas por causa de neve que tinha vivido crescendo em Vermont. Chegaram os pratos principais, e o meu foi galinha assada com purê de batatas e oxicoco. Parecia o Dia de Ação de Graças.

Também teve sobremesa, e pedimos tortas e musses diferentes, uma experimentando a da outra. A mãe de Conchita estava falando sobre coisas da sua cidade, das pessoas que ela conhecia, de um casamento a que ela e o pai de Conchita tinham ido no fim de semana passado.

— E tem uma história engraçada para você, *mi hija* — disse ela. — Contratamos mais um empregado para ajudar Miguel no jardim, e seu nome é Burro.

— É apelido ou nome verdadeiro? — perguntou Conchita, e olhei para Martha. *Mais um empregado para ajudar Miguel no jardim?* repetiu o nosso olhar.

Todas tomamos café, até eu, embora nunca bebesse café na escola, e continuamos a conversar, e se passou mais uma hora, e chegou a hora em que o motorista da limusine veio buscar a mim e Martha; Conchita passaria a noite no hotel com sua mãe. Levantamo-nos e abraçamos a sra. Maxwell antes de partirmos. Quando ela me apertou contra seus seios imensos e inspirei seu perfume, senti uma espécie de amor por ela; como eu tinha sorte por ter me deparado com esse mundo.

Na limusine, assim que o motorista fechou a porta, Martha e eu nos viramos uma para a outra.

— A sra. Maxwell não é legal? — disse Martha.

— Ela parecia realmente querer saber sobre nossa vida.

— Estou tão empanturrada. A musse de lima estava incrível.

— E aquela coisa de chocolate... se eu comesse mais um pedaço, teria de desabotoar a calça.

— E o que achou do segurança? — perguntou Martha. — Que fantástico.

— Do que está falando?

— O cara na mesa do lado. Com o fone de ouvido.

Eu não tinha notado o fone de ouvido, mas era verdade que o homem tinha permanecido ali o tempo todo, e eu tinha achado que era porque estava entretido com a nossa conversa.

— Por que a mãe de Conchita precisa de um segurança? — perguntei.

— Não sei se ela *precisa* de segurança, mas com certeza ela tem um. Não sabe quem são os Maxwell?

Sacudi a cabeça.

— O pai de Conchita é o diretor executivo da Tanico.

Havia uma estação Tanico a três quadras da casa dos meus pais em South Bend — muito tempo antes de nos conhecermos, uma parte da vida de Conchita tinha, aparentemente, se relacionado com uma parte da minha.

— Há toneladas de histórias sobre os Maxwell — disse Martha. — Para começar, acho que o casamento dos pais dela foi um grande escândalo. A mãe tinha sido faxineira no escritório do seu pai. Foi assim que se conheceram.

— Não é possível.

— É. Na época, ele estava casado com outra mulher. A mãe de Conchita tinha, mais ou menos, 19 anos e acabado de emigrar do México, mal falava o inglês. Foi notícia no começo da década de 1970. Quando falei de Conchita para os meus pais, eles reagiram com um "Não é a filha de Ernie Maxwell, é?"

— Por quê? Como é o pai dela?

— Saiu um perfil dele há pouco tempo na *Fortune*. Esse número ficava na biblioteca, até alguém pegá-lo. Parece que o apelido dele é Rei do Petróleo. É de uma família que já está nesse negócio há algum tempo, e já ganharam muita grana, mas dizem que ele é implacável e realmente bem-sucedido. É muito velho, também. Nas fotos da revista, parece ter no mínimo 70, e é baixo e careca. Na verdade, ele e Conchita se parecem. Além do que ele estava usando ceroulas cor de laranja.

— Verdade?

Martha riu.

— Não, Lee. Estava de terno.

— Nunca ouvi Conchita falar nada sobre isso.

— Às vezes ela fala, mas minimiza sua importância. Acho que veio para a Ault por causa disso, para tentar se enturmar. Mas não foi exatamente como ela imaginou.

Mais uma vez, senti impaciência com Conchita, a mesma impaciência que senti ao ver a limusine. Ela podia se adaptar, se quisesse.

— Ela sente muito a falta da mãe — dizia Martha. — Ninguém aqui a mima, o que provavelmente é a razão da sua hipocondria.

— Ela é hipocondríaca?

— Com certeza ela não tem insônia. Meu quarto é do lado do dela, e ela ronca como um motorista de caminhão. Mas não estou dizendo que mente. Sua realidade é diferente da das outras pessoas, mas é por isso que gosto dela.

— Se ela não tem problemas de saúde, por que deixam que tenha telefone, um quarto grande, e tudo o mais?

— Lee — disse Martha —, por favor. — Ela estendeu uma mão e passou o polegar nos outros dedos. — A Ault está provavelmente babando com a idéia de todas as alas de ciência e estúdios de arte que os Maxwell podem construir.

Fiquei surpresa com a maneira como Martha se referia francamente ao dinheiro dos Maxwell, e também depois, quando fui à sua casa em Vermont pela primeira vez, e vi que eles, claramente, também eram muito ricos. Acabei percebendo que há ricos de tipos diferentes. Há os ricos normais, respeitáveis, sobre quem não se pode conversar, e os extraordinariamente ricos, cômicos, nada sutis — como ter o quarto no dormitório decorado por profissionais, ou ir de limusine a Boston para ver a mãe — e de quem se podia falar.

— Nunca dividiu o quarto com Conchita? — perguntei.

Martha fez uma careta — não de asco, mas uma careta culpada.

— Ela falou comigo, mas é meio difícil imaginar.

Relanceei os olhos para a janela; havia um táxi na pista do lado da nossa. Quando olhei de novo para Martha, eu disse:

— Pode parecer muito estranho, mas consegue nos imaginar dividindo um quarto?

— Oh, meu Deus! Pensei nisso o dia todo. — Martha estava sorrindo largo, e eu também, e isso era só em parte por eu não ter de dividir o quarto com Conchita, afinal. Também era porque eu soube naquele momento, ali na limusine que os Maxwell estavam pagando, que dali em diante, enquanto eu estivesse na Ault, nunca estaria sozinha. Martha e eu ficaríamos juntas, a nossa amizade duraria. Senti segurança e alívio. Anos mais tarde, ouvi um pastor em um casamento descrevê-lo como dividindo a tristeza ao meio e duplicando a alegria e não pensei no rapaz que eu estava vendo, nem mesmo em um marido perfeito, imaginário, que poderia encontrar um dia: pensei imediatamente em Martha.

Nessa noite, de volta ao campus, passei por Edmundo e seu companheiro de quarto, Philip, no pátio em frente aos nossos dormitórios.

— Oi, Edmundo — disse eu. — Oi, Philip. — Tentei parecer confiante e controlada. Não queria que eles armassem alguma, como Matt Relman e seu companheiro de quarto, Jasdip Chowdhury, tinham feito, quando Jasdip fingiu não ver Matt matar Laura Bice.

— Oi — disse Edmundo, de novo sem me encarar.

Sua timidez me encorajou.

— Está uma noite bonita, não está? — comentei.

— Não estou mais com o seu nome — disse ele. — Fui morto há alguns dias.

— Por quem? — Minha pulsação disparou. Andava por toda parte desligada, quando podia ter sido eliminada, quando minhas chances de pegar Cross poderiam ser eliminadas a qualquer momento por uma pessoa que não era Edmundo.

— Não posso dizer — replicou Edmundo, e se ele tivesse sorrido, eu teria acreditado que conseguiria fazê-lo me contar (os garotos tímidos, desajeitados, não esperavam ser engabelados por garotas fogosas?), mas o tom de voz e a expressão dele eram sérios. De fato, não parecia que ele quisesse falar comigo. E pude sentir em Phil uma falta de interesse semelhante, até mesmo uma impaciência. Meu status era tão baixo que até mesmo os *nerds* oficiais evitavam minha companhia?

— Por que não pode me contar? — perguntei.

— Porque não. — Edmundo encolheu os ombros.

Nós três ficamos ali, eu olhando para os dois, nenhum dos dois olhando para mim. A pele de Philip estava realmente horrível, coberta, especialmente no queixo, de pústulas com cascas brancas. Se minha pele fosse assim, pensei, teria medo em sair do dormitório. Senti que me enternecia em relação a ele, embora não gostasse de mim, e em relação a Edmundo, por ser algo de bom na vida de acnes horripilantes de Philip.

— Está bem — disse eu. — Não tem importância.

Já tinha aberto a porta do Broussard quando Edmundo me chamou, tornando difícil entender as palavras até a frase ser concluída. O que ele disse foi: "Você se preocupa demais."

Conchita e eu nos encontramos para a aula de bicicleta no domingo ao anoitecer, depois que ela voltou de Boston. Quando a aula acabou, fui com ela ao seu dormitório, levando a bicicleta de Sin-Jun. Martha tinha dito que concordava em esperar um tempo, pelo menos até Conchita levantar o assunto ela própria, para revelar a nossa decisão, mas esconder a notícia me deixou ansiosa. Passávamos pela biblioteca quando eu disse:

— Quero lhe dizer uma coisa. Não é nada tão sério, mas Martha e eu vamos dividir o quarto no ano que vem.

Conchita parou de andar e vi que estava chorando. Toquei em seu ombro.

— Não chore.

Ela ergueu os dois cotovelos ao nível do seu rosto, como se para criar uma barreira entre nós. Alguns garotos vinham da direção oposta.

— Vamos para lá. — Apontei para um banco de mármore circular logo depois da biblioteca. O banco, que havia sido dado pela turma de 1956, tinha a estátua de um querubim no centro, e, pelo que eu sabia, nunca tinha sido usado. — Vem cá — dei um tapinha no mármore do meu lado. — Lamento, Conchita. Realmente. Mas precisa se acalmar.

— E sobre nós dividirmos um quarto? — Seu rosto parecia uma uva vermelha viscosa.

— Nós significa você e Martha ou eu e você?

— Você e eu.

— Acho você uma boa amiga, de verdade. Mas acho difícil dividir um espaço pequeno.

— Você e Martha vão dividir um espaço pequeno.

— Sim, mas... você tem tantas coisas.

— Porque minha mãe é decoradora. Não gosto da maior parte das coisas.

— Além disso, Martha e eu temos muito em comum. Nós nos damos bem.

— Você nunca tinha falado com ela antes de eu apresentá-la.

— Falamos algumas vezes. Na aula de latim. — Eu teria admitido o que ela disse, mas achei correto responder o que, tecnicamente, era a verdade.

— Quando decidiram isso?

— Ontem. Além do mais, Conchita, você tem insônia.

— Decidiram isso na viagem de volta para a escola? Você a convidou, ou foi ela?

— Foi mútuo. Chegamos juntas a essa decisão.

Conchita pareceu estar mais firme. Porém, quando tornou a falar, sua voz tremeu — acho que de esperança.

— Poderíamos ficar as três juntas — disse ela. — Ficaríamos com um quarto triplo.

Podia ter respondido sim. Martha, eu sabia, preferia um duplo, mas eu tinha certeza de que poderia convencê-la a um triplo.

— Não daria certo — disse eu. — Em grupo de três sempre tem briga.

— Não brigamos em Boston.

— Foi só um dia. Mas, Conchita, isso não muda nada. Continuo querendo sair com você. Ficamos amigas sem sermos do mesmo dormitório.

— Não ficamos amigas. — Tirou um lenço de papel do bolso e enxugou o nariz, mas não o assoou. O catarro continuou lá dentro, espalhado nas narinas.

— É claro que somos amigas. — Nunca tinha pensado que chegaríamos a esse momento, eu tentando convencê-la. — Está dando importância demais a isso. Amanhã nem vai se lembrar mais. Vou levá-la ao dormitório. — Levantei-me e olhei para seus ombros magros e caídos. Na luz baça do cair da tarde, notei que os cordões de seu tênis eram listrados de amarelo e laranja. — Conchita, não sei o que quer que eu faça.

— Deixe-me em paz.

Os sinos da capela repicaram uma vez. Eram oito e meia. Pessoas que falavam *deixe-me em paz* nunca falavam a sério, e isso era uma coisa que eu sabia.

— Está bem — repliquei. — Se é o que quer.

Quando matei McGrath, ele me disse que o seu alvo era Alexander Héverd, do 2º ano. Alexander era de Paris e (diziam) viciado em drogas. Era bonito de uma maneira graciosa, mas não feminina. De altura mediana e muito magro, os quadris estreitos, usava jeans — nas noites em que não havia jantar formal — e, em vez de tênis, como quase todos os garotos da Ault, usava sapatos de couro que pareceriam cafonas ou mesmo ortopédicos (tinham solas grossas de borracha) nos pés de outro, mas que em Alexander Héverd se tornavam, de certa maneira, fosse ou não visíveis para você, extremamente bacanas. Eu nunca tinha falado com ele, mas já tinha ficado atrás dele na fila para a comida, e sua voz, com um sotaque apenas muito leve, tinha parecido positivamente segura e possivelmente condescendente. Mas talvez eu tenha achado isso só porque ele era francês.

O problema era que, embora McGrath ter me dito que eu herdara Alexander como alvo, não me deu o pedaço de papel confirmando, tampouco as etiquetas. Eu ainda tinha algumas — de fato, tinha várias folhas delas —, mas parecia ser importante ter o papel com o nome de Alexander. Apesar de ninguém, inclusive Devin, tivesse exigido que eu provasse tê-lo, queria a prova para mim mesma, pois, e se McGrath tivesse se confundido e quem eu tinha de matar era Alex Elison, do 4º ano? Não tinha me dado o pedaço de papel. Na verdade, eu tinha ficado fora do campus quase o sábado todo, mas durante o domingo, na capela, após o almoço — o almoço de domingo que deveria ser o melhor, era geralmente o pior, incluindo com freqüência cordeiro malpassado — e depois, no dormitório, ele poderia ter me encontrado. Finalmente, na noite de segunda-feira, no jantar formal, procurei-o de novo, no local da última e terrível interação, e ele bateu na cabeça e disse que me levaria mais tarde, que definitivamente, não se esqueceria. E não se esqueceu. Matei Alexander no dia seguinte, seguindo-o depois da chamada. Seu alvo era Riley Haddix, também do 2º ano. Enquanto Alexander procurava suas etiquetas (em uma questão de segundos, pareceu tarde demais para lhe dizer que não precisava delas, pareceu que ele podia achar que eu já o fizera perder tempo), me senti gorducha, americana e excessivamente excitada.

Mas tinha de continuar jogando, pois de que outra maneira chegaria a Cross? E a cada dia ficava menos claro para mim quantas pessoas restavam, o quanto eu estava perto e quanto tempo faltava para cada um de nós. Pelo que eu sabia, ninguém tinha feito uma tentativa contra a minha vida desde que Edmundo me contara que havia sido morto. Mas mesmo que a pessoa que o tinha matado não estivesse tentando me matar, o assassino do assassino tentaria, ou o assassino do assassino do assassino. Especialmente o que restava de jogadores — talvez fôssemos quinze, talvez cinqüenta — tinha de ser principalmente auto-seletivo. Por isso eu olhava por cima do ombro enquanto andava, e tentava nunca ficar em espaço aberto sozinha. Porém o que me preocupava mais do que a possibilidade de minha própria morte era a possibilidade da morte de Cross. Talvez ele decidisse que o jogo deixara de ser legal. Talvez se cansasse dele. Normalmente, quando o via pelo campus, gostava de observá-lo, mas mantinha a distância. Mas, um dia, avancei mais, e me sentei à mesa ao lado da dele, no café-da-manhã, de novo na hora do almoço, tentando escutar fragmentos da conversa sobre o jogo. Cheguei até mesmo a sair do refeitório atrás dele (se estivesse prestando atenção, poderia muito bem achar que era meu alvo) e, finalmente, ouvi o que queria. Ele estava cinco metros na minha frente, conversando com John Brindley e Devin Billinger, e falou alguma coisa de que perdi o começo, mas compreendi o final:

— ... a menos que seja alguém que tente me pegar no chuveiro. — Os três riram. — Se me aparecer no chuveiro — dizia Cross —, tudo bem, cara, se valer a pena.

Bingo!, pensei. Cross continuava vivo.

Na aula de latim, Martha me disse que Conchita tinha ido à enfermaria antes do café-da-manhã. Não foi à prática de lacrosse, e não apareceu de novo no dia seguinte. Durante esse tempo, Martha e eu nos consultávamos com freqüência, ou pelo menos eu consultava Martha. A primeira coisa que fiz ao deixar Conchita no domingo à noite sentada lá fora foi ligar para Martha do telefone público no Broussard. (Se eu fosse ao dormitório delas me arriscaria, é claro, a esbarrar com Conchita.) Tinha sido estranho — na verdade, excitante — precisar falar ao telefone com alguém que também estava no campus.

— Ela está com muita raiva mesmo — disse-me Martha na segunda-feira.

E quando perguntei:

— De nós duas ou só de mim?

— Principalmente de você — respondeu ela. — Ela não está raciocinando direito, porque se sente magoada, mas vai superar. — Como sempre, já que se tratava de Martha, não soou insensível.

Depois de Conchita faltar à segunda prática, fui à enfermaria atrás dela, e a enfermeira disse que tinha voltado ao dormitório. Em frente à sua porta, ouvi música tocando, que poderia ser Dylan. Bati e Conchita disse:

— Entre.

Era evidente que ela estava esperando outra pessoa — quando viu que era eu, apertou os lábios e franziu a testa, como uma criança fazendo cara feia.

Apontei para o som.

— Boa música.

— O que você quer?

— Estava preocupada com você.

— Antes ou depois de roubar a minha melhor amiga? Mas a verdadeira questão é se você me usou o tempo todo para chegar a Martha ou se aproveitou uma oportunidade assim que a teve.

— Conchita. — Eu não pretendia, mas acabei sorrindo.

Ela me olhou furiosa.

— Não estamos em uma novela de TV — disse eu. — Roubar amigas não é uma coisa que acontece na vida real.

— Como sabe? Nunca teve amigas antes de mim.

— Não é verdade. — Pensei em Sin-Jun. Depois, pensei em Heidi e Alexis, com quem eu não falava desde a noite da fronha. Tinha certeza de que elas não contavam.

— Superestimei você — disse ela. — Achei que era inteligente e correta. Mas na verdade é superficial e convencional. Não tem uma identidade, por isso se define por meio de com quem passa seu tempo, e fica apreensiva na dúvida de estar passando o tempo com a pessoa errada. Tenho pena de Martha porque estou certa que ela não faz idéia de quem você é. Se

Aspeth Montgomery lhe dissesse que queria ser sua companheira de quarto no próximo ano, você largaria Martha no mesmo instante.

Mais uma vez, escutando a análise de Conchita, senti a fisgada da verdade, e o antigo alívio, um alívio que beirava a gratidão, por alguém me reconhecer. Mesmo com tantas deficiências, alguém me reconheceu.

— Por que não tenta ser uma pessoa melhor? — disse ela, e, mais baixinho, acrescentou: — Ainda poderíamos dividir um quarto. Eu a perdoaria.

— Não aceita minhas desculpas se eu não dividir o quarto com você?

— Se tudo o que quer é que eu aceite suas desculpas, aceitarei. Pronto. Aceitei.

— Vai voltar para o lacrosse?

— Faltar ao lacrosse não teve nada a ver com você. Havia realmente muito pólen no ar. — Desviou os olhos de mim. — Preciso tomar um banho.

Eu tinha saído para o corredor quando ouvi a sua porta se abrir de novo, e senti sua mão nas minhas costas, simultaneamente. Achei que ela estava tentando me abraçar por trás — cheguei mesmo a pensar que me abraçaria sexualmente, que talvez Conchita estivesse apaixonada por mim — e soube, e soube no fundo da minha mente, que ela estava me matando.

Virei-me.

— Você está morta. — Sua voz ressoou desafinada, de maneira alguma satisfeita. Pensando retrospectivamente, acho que me matou não porque isso lhe desse prazer, mas porque não fazê-lo — consentindo em me isentar quando tinha sido tratada como a tratei — a teria feito sofrer. Mais tarde, tentei juntar as peças, mas como não pude falar com ela, minha impressão da situação ficou incompleta. O que descobri foi que tinha conquistado Edmundo, e que quando soube que ele era o meu assassino, o tinha matado para me proteger — tinha matado Edmundo antes do fim de semana, quando ela estaria fora do campus e não poderia ser morta. Estava conspirando para eu vencer, e depois, parou de conspirar. Ou quem sabe não foi mais complicado do que isso, quem sabe não matou ainda mais pessoas para chegar a mim e me oferecer proteção. Na época, pareceu importante compreender os elos entre nós, a cronologia dos eventos, mas logo isso deixou de ser importante. Nunca mais participei do Assassino depois desse primeiro ano, embora o jogo fosse disputado anualmente enquanto estive na Ault. Não sei direito quando foi abolido, ou talvez ainda seja jogado, com um nome diferente: Pique-Cola com Adesivos. Ou Eliminação. É o tipo de coisa sobre o que deixamos de saber assim que saímos daquele lugar. Mas antes mesmo de partir, perdi o interesse; tornei-me uma das pessoas que achavam o jogo ridículo e chato.

Mas naquele ano, no corredor, olhei para Conchita, procurando uma evidência de que ela estava brincando, ou de que anularia minha morte. A possibilidade deveria existir, já que era tão errado, na minha opinião, ser ela a me matar. O Assassino não tinha nada a ver com nós duas. Tinha a ver com Cross, e que tipo de coração Conchita teria se fosse capaz de atrapalhar, sem remorsos, a paixão de outra garota por um garoto? Só se justificaria se ela gostasse do mesmo garoto, senão estaria absolutamente errada.

E vi sinais — em seus olhos e ao redor de sua boca — de que mudaria sua decisão, mas somente se eu dividisse o quarto com ela e, de certa maneira, Conchita era inocente, pois não acho que soubesse que mudaria a situação, ou, se soubesse, sabia que eu não concordaria. Isto é, ela não estava me chantageando. Nossa amizade tinha acabado. Talvez pudesse ser resgatada, mas só se ela tivesse uma razão para estar ressentida comigo, sem que me fizesse ficar ressentida com ela. Posso imaginar que esse tipo de assimetria poderia ter criado um equilíbrio frágil, que requeresse o perdão de somente uma de nós. Mas em vez disso, nosso ressentimento se sustentava mutuamente, como uma parede erguida com força igual dos dois lados opostos.

Hoje me parece que fiquei em grande dívida com Conchita; embora involuntariamente, ela me deu Martha. Ela literalmente criou as circunstâncias que me permitiram conhecer Martha. Mas Conchita também fez algo maior e mais difícil de quantificar: lembrou-me de que eu sabia como travar amizades. Por isso, devo-lhe muito, mas, na época, achei que, me matando, ela tinha se vingado. Achei que não lhe devia absolutamente nada.

Mais uma coisa aconteceu nessa semana estranha. Foi no sábado à noite, antes de eu contar a Conchita que dividiria o quarto com Martha, antes de ela me matar e de dizermos coisas negativas e irretratáveis uma para a outra: Conchita aprendeu a andar de bicicleta.

Nessa noite, quando fui para trás da enfermaria, Conchita estava sentada no gramado de pernas cruzadas. Saí da bicicleta, e ela jogou uma perna por cima dela. Segurei no bagageiro.

— Certo — disse eu. — Pronto. — E comecei a correr quando avançamos.

Ela relanceou os olhos por cima do ombro.

— Meu pai quer conhecê-la também — disse ela.

Imaginei Ernie Maxwell baixote e careca — ainda não tinha visto uma foto sua — e pensei em como era estranho dizer *meu pai* e estar me referindo a alguém de que outras pessoas tinham ouvido falar.

— Vou gostar de conhecê-lo — repliquei. Uma mecha de cabelo caiu nos meus olhos e ergui a mão para prendê-la atrás da orelha. De repente, Conchita se distanciou de mim e me dei conta de que não estava segurando a bicicleta. Ela estava andando sozinha, deslizando à frente em perfeito equilíbrio. Continuei a correr, tentando transpor o espaço entre nós, mas, sem o meu peso, ela tinha ganhado velocidade.

— Ei, Conchita — disse eu. — Não se assuste, mas não estou segurando a bicicleta. Está andando sozinha.

Imediatamente, ela puxou os freios e pôs os pés no chão.

— Você estava indo tão bem — lamentei — Devia ter continuado. Vou ajudá-la a começar de novo. — Ocorreu-me que talvez não acontecesse de novo, pelo menos não imediatamente. Mas foi tudo bem. Ela tinha progredido. Tendo conseguido uma vez, saberia que era capaz.

— Você está segurando, não está? — disse ela.

— Sim, estou. Agora pedale.

Eu estava segurando, mas de maneira bem solta, e tirei as mãos assim que ela ganhou velocidade. Ela prosseguiu pedalando, e eu parei, e ela se distanciou.

— Lee! — gritou ela. — Você largou! Tenho certeza de que largou!

— Sim, mas você está bem, veja só.

— Vou parar. Tudo bem? Estou parando. — Parou e se virou, como sempre fazia, escorregando do selim e arrastando a bicicleta do lado.

— Agora volte — gritei. Ela estava a cerca de 20 metros e achei que as pessoas nos ouviriam gritar. Aí, também pensei: *E daí?*

— Dou a partida?

— Sim — respondi. — Exatamente como quando estou do seu lado.

Mesmo dessa distância, pude vê-la inalar e exalar várias vezes, depois erguer os ombros.

— Você pode — gritei.

E então, lá estava ela pedalando na minha direção; estava vibrando. O vento empurrava para trás seu cabelo preto, e quando chegou mais perto vi que as juntas de suas mãos estavam brancas. Bati palmas.

— Uau! — gritei. — Você conseguiu! — Ela passou direto por mim. — Vejam só ela! Ninguém segura Conchita Maxwell!

Ela levantou a mão direita, talvez para acenar para mim, e a bicicleta oscilou, ela rapidamente baixou a mão. Fiquei com a respiração suspensa, mas ela recuperou o equilíbrio. Ela estava bem, melhor do que bem. Ela estava ótima. Enquanto observava suas costas curvadas ficarem cada vez menores, me senti feliz por mim mesma e feliz por ela. Tinha ensinado Conchita a andar de bicicleta — era incrível. E esse foi um sentimento, talvez o único em nossa breve amizade, que nunca se tornou amargo.

4. Enigma

OUTONO DO 2º ANO

Em momentos ociosos durante as aulas de inglês, costumava olhar para o broche da srta. Moray e especular sobre como ela o havia adquirido. Era de prata, na forma de um livro aberto, as páginas achatadas como um cabelo ondulado caindo dos dois lados. Ela usava o broche três ou quatro dias na semana, e eu me perguntava se haveria alguma lógica nisso. Imaginava o broche como tendo sido presente de seus pais — da mãe, especialmente — ou quem sabe de um catedrático ou professor do ginásio que quis desejar-lhe sorte nessa carreira árdua e valorosa. Ou talvez fosse de um antigo vizinho, ou de um parente. Não havia sido dado por um amigo ou namorado, disso eu tinha quase certeza — quando chegou na Ault para dar aula como professora interna, ela tinha 22 anos, o que não parecia tão jovem já que eu estava com 15, mas com certeza jovem demais para receber um acessório antiquado de alguém da sua idade. Broches ficavam bem em mulheres na faixa dos 40, talvez na faixa dos 30, mas antes disso, o normal seria preferir brincos e colares.

Quando entrei na sala de aula da srta. Moray em setembro, a primeira coisa que notei foi que Cross Sugarman, em quem eu passara horas e horas pensando, não estava lá. Como eu tinha inglês no último tempo do dia e como Cross não estava em nenhuma das minhas outras aulas até agora, sua ausência exacerbou o meu medo de não vê-lo mais esse ano, de provavelmente nunca nos falarmos, e de que ele definitivamente não se apaixonaria por mim. A segunda coisa que notei foi a frase escrita com giz no quadro-negro: "*A literatura é um machado para o mar congelado dentro de nós.*" — *Franz Kafka.* A terceira coisa em que reparei foi uma espécie de caos acontecendo nos fundos da sala, perto de uma das janelas paladianas abertas. Darden Pittard estava segurando um tênis no alto e vários outros estudantes sentados à comprida mesa retangular gritavam opiniões.

— Basta matar — disse Aspeth Montgomery.

E a minha companheira de quarto no 1° ano, Dede, disse:

— Mas vão deixá-la louca.

— E daí? — replicou Aspeth. — Vai estar morta mesmo.

Norie Cleehan, uma garota do Colorado de pele muito clara, cabelo castanho comprido e voz suave, disse:

— Deixe-a em paz, Darden. Não está fazendo mal a ninguém.

Sentei-me no lugar vazio ao lado de Norie. Era uma abelha, eu vi — essa era a origem de todo o caos.

Do outro lado da mesa, Dede, que tinha girado a cadeira para ver Darden, olhou por cima do ombro, e nossos olhares se encontraram.

— Oi, Lee — disse ela. — Como foi o seu verão?

Hesitei, procurando sarcasmo ou hostilidade na pergunta.

— Foi bom — repliquei devagar. — E o seu?

— Incrível. Fui a...ai! Tira isso daqui! Tira isso! — A abelha tinha acabado de zumbir no ouvido direito de Dede, e volteava no ar, ao redor de sua cabeça. A abelha voou para trás dela, que gritou: — Onde está? Para onde foi?

Do seu lado, Aspeth ria histericamente.

— Peguei — disse Darden, mas quando avançou, a abelha escapou de sua mão na minha direção. Houve um zumbido difuso diante do meu rosto. Sem pensar, juntei as mãos diante do meu nariz, e quando senti uma ferroada e depois uma ardência, soube que a tinha pego. O que não sabia era o que fazer a seguir. A sala se silenciou.

Passados vários segundos, Darden disse:

— Porra, Fiora. Nada mau — e, ao mesmo tempo, a professora entrou.

— Vou fingir que não escutei — disse ela, e sorriu largo, e deu para ver a impressão em que ela mergulhava a sala, todos nós vendo-a da mesma maneira: *Ela é legal,* pensamos. A *professora de inglês interna é muito maneira!* Não era exatamente bonita — tinha um nariz curvo, discretamente chato, sobrancelhas castanhas que pareciam ainda mais grossas e escuras do que eram porque seu cabelo, até o queixo, era louro —, mas era cooperativa e tinha espírito esportivo. Usava uma blusa de algodão de mangas curtas, uma saia de brim transpassada, não usava meias e calçava tamancos. Sua barriga da perna era musculosa, pernas de alguém que tivesse praticado hóquei na grama, em Dartmouth. Todo outono, Ault recebia três ou quatro internos, recentemente graduados, que vinham para dar aula e treinar durante um ano.

Ela se dirigiu à cabeceira da mesa e tirou uma pasta de dentro de uma sacola azul acamurçada.

— Sou a srta. Moray — disse ela. — E não pensem em me chamar de sra. Moray, pois essa é a minha mãe.

Todos riram.

— Estou aqui para ensinar inglês para o 2º ano — prosseguiu ela. — Portanto, se não são alunos do 2º ano nem estão aqui para ter aula de inglês, aconselho que usem esta oportunidade para escapulirem rapidamente.

Darden levantou-se, e houve mais risos, então ele voltou a se sentar.

A srta. Moray esticou o pescoço.

— Certo, rapaz esperto. É o primeiro de quem quero saber o nome.

— Meu nome é Darden Pittard.

Ela examinou a lista de chamada.

— Uau. É um nome muito assonante. Quem sabe o que é assonância?

Dede levantou a mão.

— É algo como *rápido, o raio risca o céu e ribomba*?

— Quase. Mas isso é aliteração, é consonante. Assonância é a repetição de sons de vogais, como D*ar*den Pitt*ar*d. Resumindo, Sr. Pittard, o senhor leva a poesia aonde quer que vá.

— Tenho um nome assonante — disse Darden. — Gosto disso, cara.

Eu me perguntei se estabelecer uma relação com Darden era um movimento estratégico por parte da srta. Moray — Darden era um dos garotos mais populares da turma do 2º ano. As pessoas gostavam dele genuinamente, e acima disso, gostavam do fato de gostarem genuinamente de um cara grande e negro do Bronx.

— Bom — disse a srta. Moray. — Agora o resto de vocês...

Não consegui suportar mais tempo. Levantei um pouco minhas mãos juntas e disse:

— Desculpe, mas posso ir ao banheiro?

— Por que não foi antes?

— Só quero lavar as mãos — repliquei, e a turma caiu na risada. Não acho que estivessem rindo de mim, não exatamente, e eu não estava constrangida, mas sentia o constrangimento pairando no ar. Matar uma abelha com as mãos desprotegidas poderia ser considerado, por meus colegas de turma, rude ou esquisito, como espalhar requeijão nas panquecas no refeitório, ou carregar seus absorventes pela escola durante o dia e depois, à noite, jogá-los fora no seu quarto, duas coisas que, diziam, uma garota chamada Audrey Flaherty, do 3º ano, e que tocava violoncelo, fazia. Não queria me tornar a versão de minha turma de Audrey.

Enquanto meus colegas abafavam o riso, o olhar da srta. Moray percorreu a sala. Pareceu, por alguns segundos, confusa, e em seguida, abruptamente, resoluta.

— Pode esperar até o fim da chamada. — Voltou a olhar para a lista. — Muito bem, Oliver...

— Desculpe, mas serei muito rápida, e a campainha ainda não tocou. — Eu me levantei. O desejo de lavar minhas mãos, de eliminar a prova, era como um anseio físico mórbido.

Nossos olhos se encontraram de novo — percebi na expressão da srta. Moray que ela estava concluindo que eu era uma pessoa muito diferente da que eu era na verdade, a palhaça da turma, uma causadora de problemas — e, enquanto nos olhávamos, a campainha soou.

— Sim, tocou — disse a srta. Moray. — Sente-se. E o resto de vocês não se esqueçam de esvaziar a bexiga antes da aula.

Meus colegas riram — uma professora tinha usado a palavra *bexiga* — e eu senti uma onda de raiva.

— Muito bem — estava dizendo a srta. Moray. — Oliver Amunsen... onde está você?

Oliver levantou a mão.

— Pronunciei certo?

Oliver assentiu com um movimento da cabeça.

— Norie Cleehan?

— Presente — respondeu Norie com sua voz baixa.

Quando a srta. Moray chamou meu nome, respondi:

— Aqui. — Ela me encarou, balançou a cabeça uma vez, como se registrasse uma informação: *O nome da garota irritante é Lee Fiora.*

Aspeth falou baixinho.

— Levanta a mão, Lee.

Ignorei-a; minhas mãos, que estavam quentes e coçando, continuavam juntas no meu colo, debaixo da mesa.

— Ora — disse Aspeth —, deixa a gente dar uma olhada.

— Algum problema? — A srta. Moray estava olhando para nós duas, e fixou os olhos em mim.

— Não — repliquei.

— Tem alguma coisa que gostaria de partilhar conosco?

Ninguém falou, e percebi que esperavam por mim.

— Bem — eu disse —, é isto. — Levantei meus braços, abri as mãos e mostrei uma mixórdia de líquido escuro coagulado e pedacinhos de asas e minúsculos tufos de pêlo preto e amarelo; havia um inchaço vermelho na palma da minha mão esquerda onde eu tinha sido picada. Comumente, é claro, achei que era melhor permanecer indistinguível, mas o gesto continha uma certa teatralidade irresistível, e uma inevitabilidade. Às vezes, sentimos o que as pessoas querem de nós, e nos sacrificamos, nos arriscamos a parecer estranhos ou desagradáveis, para entretê-las.

Como a audiência de uma *sitcom*, a turma prendeu a respiração e o riso.

— O que é isto? — perguntou a srta. Moray.

— Matei uma abelha.

Ela emitiu um ruído que precisei de alguns segundos para identificar como um suspiro de irritação.

— Está bem — disse ela. — Vá lavar suas mãos e volte. — Sua irritação me surpreendeu. Achei que tudo ficaria bem entre nós depois que soubesse qual era o problema.

De pé diante do espelho acima da pia do banheiro, senti, por baixo da minha sensação de agitação por ter irritado uma professora no primeiro dia de aula, uma felicidade vaga e inesperada, e tentei entender por quê. Recapitulei a seqüência de eventos e então me lembrei — depois de matar a abelha, Darden Pittard tinha me chamado pelo sobrenome. Tinha dito: "Nada mau, Fiora." E soara natural, como se eu fosse como qualquer outra garota, alguém com quem um garoto poderia casualmente ser cordial. Esse era o tipo de quase-elogios que eu guardava.

Quando retornei à sala, Dede estava dizendo:

— ... e o meu livro preferido é *Marjorie Morningstar** porque é justamente uma história em que a gente pode interagir. Ah, e sou de Westchester County.

Enquanto Aspeth anunciava qual o seu livro preferido e de onde era, tentei pensar no que diria quando chegasse minha vez. *Jane Eyre,* talvez — durante o verão, em South Bend, eu o tinha lido inteiro em 24 horas, embora isso tivesse tanto a ver com o fato de eu estar entediada quanto de ter gostado do livro. Mas parecia que Aspeth tinha sido a última. Ou a srta. Moray tinha se esquecido de mim ou não estava a fim de me ouvir falar.

— Muito bem — disse ela. — Agora quero que prestem atenção a...

— Srta. Moray? — disse Aspeth. — Antes de prosseguir, poderia dizer de onde é e qual o seu livro preferido?

— Por que quer saber? — O tom da srta. Moray foi, se isso era possível, coquete: satisfeito, mas reticente.

— Nós dissemos os nossos — replicou Aspeth.

— Aha — disse a srta. Moray. — Uma revanche.

— Queremos ter um *insight* de sua personalidade — disse Darden.

— Cresci em Dubuque, Iowa, que fica lá no Norte, e fui para a Universidade de Illinois competir pelo time da Universidade de Iowa. — Ela levantou um braço, e uns dois garotos riram. Então ela não tinha jogado hóquei por Dartmouth, pensei, e então, ao saber que era de Iowa, reconheci nela um certo estilo de Meio-Oeste. Era evidente em suas roupas, especialmente a saia de brim, e também em seus gestos. Ela não estava completamente à vontade, percebi, e assim que pensei isso, também pensei *É claro que não.* Além de ser o seu primeiro dia como professora na Ault, era o seu primeiro dia como professora, ponto final. Foi nesse momento que reparei em seu broche; usava-o no lado direito da blusa, logo abaixo da clavícula. — Especializei-me em literatura — prosseguiu ela. — Membro da Phi Beta Kappa**... isso é só para fazer o meu cartaz. — Ela riu, e ninguém riu com ela. Na Ault, ninguém fazia seu próprio cartaz; além do mais, não pense que

*Romance escrito por Herman Wouk, em 1955, que conta a história de uma mulher que quer ser atriz. (*N. da T.*)

**Sociedade americana honorária, fundada em 1776, de estudantes universitários ou graduados selecionados com base no alto desempenho acadêmico. (*N. da T.*)

saber disso iria fazer com que tudo ficasse bem. — É difícil escolher um livro como preferido — continuou a Srta. Moray —, mas provavelmente seria *My Antónia*.

Vi Dede escrever *My Antónia* no seu caderno.

— De quem é? — perguntou ela.

— Quem vai dizer a... — A srta. Moray relanceou os olhos para a lista de chamada. — Dede quem escreveu *My Antónia*?

Ninguém respondeu.

— Vocês sabem, não?

De novo, silêncio.

— Não me digam que alunos de uma instituição de elite como é a Ault não sabem quem é Willa Cather. Achei que vocês deveriam ser os melhores e mais brilhantes. — A srta. Moray riu de novo, e apesar de eu não gostar muito dela, me senti mortificada. Esse era outro passo errado, falar da Ault como um artigo de revista faria, ou alguém da cidade, alguém que trabalhasse na mercearia ou na barbearia.

— Willa Cather escreveu *O Pioneers!*? — perguntou, por fim, Jenny Carter. — Acho que a minha irmã teve de ler isso em Princeton.

— Quer dizer que sua irmã *leu* o livro — disse a srta. Moray. — Cather é uma das principais escritoras deste século. Todos deveriam ler pelo menos um livro dela. — Indicou o quadro-negro atrás do meu lado da sala, onde a frase de Kafka estava escrita. Ocorreu-me que ela tivesse chegado antes, entrado na sala, escrito a frase, e saído de novo. — Quantos de vocês repararam na frase ao chegar? — perguntou.

Alguns, eu não, levantaram a mão.

— Quem quer lê-la em voz alta?

Dede manteve a mão levantada. Depois que a leu, a srta. Moray disse.

— Quem concorda com Kafka? — E fiquei desorientada. Na Ault, nunca tinha participado muito de discussões em aula; outra pessoa sempre expressava minhas idéias, geralmente de uma maneira mais inteligente do que eu teria feito, e com o tempo, quanto menos eu falava, menos parecia ter o que dizer. Quase no fim da aula, a srta. Moray disse qual seria o dever de casa: ler as primeiras trinta páginas de *Walden**, e na segunda-feira seguinte,

**Walden*, ou *Walden: a Life in the Woods*, é uma das obras de não-ficção americanas mais famosas, de Henry David Thoreau e publicada em 1854; o autor viveu mais de um ano às margens do lago Walden, próximo a Concord, Massachusetts, para escrever essa crítica social. (*N. da T.*)

escrever duzentas palavras sobre o lugar a que íamos para refletir sobre a nossa vida.

— Sejam criativos como... — disse ela, e enquanto falava, a campainha tocou. — Nossa! — interrompeu-se. — Será que acham que temos problema de audição? Como eu estava dizendo, sejam criativos. Se não existe um lugar a que vão para refletir, inventem um.

Alguns assentiram balançando a cabeça.

— Estão dispensados até amanhã.

Todos nos levantamos, pegamos nossas mochilas, e eu olhei o chão em volta da minha cadeira para ver se não tinha deixado cair alguma coisa. Ficava em pânico com a possibilidade de deixar cair um pedaço de papel em que tivesse escrito todos os meus desejos privados e humilhações. O fato de tal pedaço de papel não existir, de eu nem mesmo ter um diário ou escrever cartas, exceto as leves, atentas, falsamente animadas, à minha família (*Perdemos para St. Francis no futebol, mas acho que venceremos o jogo no sábado; estamos trabalhando auto-retratos na aula de arte, e a parte mais difícil para mim é o nariz),* nunca diminuiu o meu pavor.

Fui uma das últimas a deixar a sala, e quando cheguei ao corredor, Darden, Aspeth e Dede estavam alguns passos à minha frente. Andei mais devagar, aumentando o espaço entre nós. Todos estavam rindo quando desapareceram na escada, e esperei a porta se fechar atrás deles antes de abri-la de novo.

Estava de pijama na frente do fogão, aquecendo a sopa de galinha com macarrão, quando Tullis Haskell apareceu na sala comum. Passava um pouco das nove da noite desse sábado, e todo o resto do dormitório — na verdade, praticamente o campus todo — estava no primeiro baile do ano letivo. Sentada na escrivaninha, eu tinha conversado com Martha enquanto ela se vestia, fechando a pulseira, passando brilho nos lábios. O fato de ela não ter tentado me convencer a ir fez com que eu sentisse uma pontinha de decepção, mas sobretudo um grande alívio, a sensação de que finalmente, na Ault, eu tinha feito uma amiga que me entendia. Depois que ela saiu, escutei os ruídos do dormitório — água correndo, rádios, as vozes das outras garotas — irem silenciando até cessarem completamente. Então vesti a calça do meu pijama de algodão azul-claro e uma camiseta velha, desci para a sala comum, liguei a TV, e despejei o conteúdo da lata de sopa na panela. Não era ruim passar a noite de sábado sozinha. Na verdade, era tudo uma questão de expectativas, e no meu segundo ano na Ault, eu sabia não esperar muito. Como caloura, às vezes pensava que se minha tristeza fosse intensa o bastante, atrairia magneticamente um garoto bonito ao meu quarto para me confortar, e isso servia de incentivo, quando sozinha, para me deitar e chorar. Mas meus esforços nunca resultaram em nada e, finalmente, percebi que o tempo passava mais rápido se estivesse fazendo alguma coisa, como assistir a TV ou ler uma revista. Além disso, o meu nebuloso desejo por um garoto tinha se restringido a um desejo específico por Cross Sugarman, e ele estaria no baile, e mesmo que eu me contorcesse, chorasse e ficasse repetindo o seu nome, ele continuaria no baile.

Estava mexendo a sopa quando ouvi uma voz masculina dizer "Olá", e quando me virei, Tullis estava na entrada da sala comum.

— Oi — respondi. Tullis era do 4º ano e no show de talentos do inverno anterior tinha tocado "Fire and Rain" no violão. Sentada na platéia (tinha ido ao show de talentos porque podia observá-lo passivamente, assistindo a outras pessoas agirem com entusiasmo, sem precisar, como num baile ou torcida, demonstrar entusiasmo), eu tinha experimentado uma evolução de sentimentos fortes em relação a esse garoto — Tullis — em quem eu nunca tinha reparado antes. Primeiro, ele pôs um banco no palco, depois desapareceu, e ressurgiu carregando seu violão, que pendia de uma tira azul e amarela. Quando atravessou o palco, um garoto gritou: "Faz uma serenata pra mim, Haskell!", e Tullis não demonstrou a menor reação. (Seu rosto era sério e ligeiramente vulnerável, como se tivesse acabado de acordar de um cochilo; ele tinha uma expressão pensativa e usava um rabo-de-cavalo de cerca de 15 centímetros de comprimento, o que era raro para um garoto da Ault.) Assistindo-o no palco, me perguntei se seus colegas de turma gostavam ou não gostavam dele, e enquanto me perguntava isso, senti aquela afinidade que sinto com todos os excluídos indignos — não com as pessoas definitiva e completamente desajeitadas ou feias (que, na Ault, eram poucas), mas com as pessoas que, para mim, poderiam ter sido tanto populares quanto impopulares e que acabavam — por opção? a opção desempenharia um papel? — na periferia. Tullis se sentou, dedilhou o violão algumas vezes e, sem dizer nada, começou a tocar. Reconheci a música antes de ele cantar e a afinidade que eu tinha sentido foi acrescida de outra coisa, algo mais distante de solidariedade e mais próximo de afeição. Ele compreendia a tristeza, eu tinha certeza, pois quem escolheria apresentar "Fire and Rain" sem compreender a tristeza? Tentei decidir se o achava bonito, e enquanto ele tocava, pensei, *talvez seja*, e um pouco depois pensei, *sem dúvida ele é.* Na segunda estrofe, eu estava imaginando como algo aconteceria entre nós, como um dia, em breve, cruzaríamos na sala do correio e eu, timidamente, elogiaria a sua apresentação (apresentação que estava, quando imaginei essa cena, antes da metade), e ele timidamente me agradeceria, e começaríamos a conversar e logo, inevitavelmente, formaríamos um casal. Aconteceria simplesmente, e então sempre teríamos um ao outro e o resto da Ault pareceria distante: sentaríamos juntos na capela e namoraríamos na ala de música e eu iria à casa da sua família no dia de Ação de Graças — tinha uma vaga impressão de que ele era do Maine — e depois da refeição à tarde, daríamos uma volta em uma praia rochosa, olhando para a água, eu estaria usando a jaqueta de caça de seu avô falecido, e nos daríamos as mãos enquanto ele me dizia pela primeira vez que me amava. No palco, Tullis manteve os olhos baixos, e quando chegou ao verso "Doces sonhos e máquinas voadoras em pedaços no chão", ergueu os olhos solenemente e senti uma mudança na platéia; relanceei os olhos primeiro para um lado, depois para o outro, e vi que todas as garotas na minha fila, e nas outras, estavam extasiadas. Comecei a entrar em pânico. Sermos nós dois solitários era uma coisa, mas se todo um bando de garotas disputava sua atenção, não tinha esperança. Que proposta eu poderia fazer que me distinguisse sem parecer grotesca? Não poderia; era impossível. A música acabou e, quando o auditório explodiu, a intensidade maior da explosão foi claramente feminina. Tullis levantou-se e fez uma mesura, e como os aplausos continuaram, acenou e saiu do palco. Na minha frente, Evie Landers virou-se para Katherine Pound e disse: "Nunca percebi que Tullis era sensual." *Não!*, pensei. *Não!* Depois, abruptamente, pensei. *Tudo bem, tudo bem, Tullis. Saia com outra garota e não comigo. Eu poderia cuidar de você, fazer você feliz, mas se não acredita, então não posso convencê-lo.* Na hora da chamada nessa noite, continuavam falando sobre ele, e alguém disse, "Isabel tem tanta sorte", e me lembrei, de repente, assim como tinha me lembrado de que Tullis era do Maine, de que ele saía com uma garota baixinha e bonita chamada Isabel Burten. A essa altura, apesar de só se terem passado algumas horas, meu transbordamento de emoções pareceu ridículo. Era como se eu tivesse visto um estranho no aeroporto e o tivesse abraçado, confundindo-o com um parente — Tullis não era alguém que eu teria amado ou por quem eu teria sido amada; pelo amor de Deus, nós nunca tínhamos sequer nos falado! E de maneira estranha, no começo da semana seguinte, realmente passei por ele na sala do correio, em uma hora em que não havia quase ninguém, em que eu poderia ter dito alguma coisa sobre sua apresentação sem ficar acanhada, mas em vez disso não falei nem senti absolutamente nada.

Ao vê-lo na sala comum sete meses depois, continuei sem sentir nada, ou quase nada — eu realmente queria estar usando sutiã. E fiquei feliz por estar preparando sopa de galinha, o que era inócuo. Tinha a idéia de que quanto mais condimentada a comida, mais incriminadora seria para a garota — um sanduíche submarino com carne e queijo e cebola, por exemplo, que eu podia mas nunca teria comprado na Raymond's House of Pizza, na tarde de domingo, quando alguém no dormitório organizava um pedido, seria absolutamente constrangedor.

— Sabe cortar cabelo? — perguntou Tullis.

— O quê?

— Cabelo — disse Tullis. Pôs o indicador e dedo médio do lado e os moveu, abrindo e fechando.

Olhei surpresa para ele. Achei que me pediria para procurar alguém lá em cima e, embora eu tivesse certeza de que o dormitório estava vazio, estaria pronta para ir e verificar, só para ser cortês.

— Seu cabelo? — perguntei. — Ou o de outra pessoa?

— O meu. Estou meio... — encolheu os ombros, depois pôs o braço para trás e puxou seu rabo-de-cavalo — cheio disso.

Pensei em minha experiência: no jardim-de-infância, tinha cortado o cabelo de uma boneca e me sentido profundamente satisfeita ao fazer isso, apesar de a boneca ter ficado horrível e minha mãe não ter gostado nada da história. Também, aos 9 anos, quando minha mãe se recusou a deixar a mulher do Easy Cuts cortar meu cabelo em camadas porque estava comprido demais, ao chegar em casa, me tranquei no banheiro e fiz as camadas eu mesma. Também não ficou particularmente atraente. Mas cortar o cabelo de Tullis — a estranheza da situação me atraiu.

— É claro — repliquei. — Vou cortar seu cabelo.

— Bárbaro. — Sorriu, e pensei que, se soubesse que receberia esse sorriso, teria dito sim antes de ele concluir a primeira pergunta.

— Quer fazer isso aqui? — Indiquei a sala comum, com a lareira, televisão, dois sofás laranja, duas cadeiras azuis, uma estante embutida na parede e, do lado da quitinete, uma mesa redonda com várias cadeiras de madeira.

— Aqui está ótimo — respondeu Tullis. — Tem tesoura?

— Tenho. Se bem que não uma profissional, isto é, especialmente para cortar cabelo.

— Tudo bem. E acho que vamos precisar de uma toalha. Quer que eu vá buscar uma? Estou no Walley's. — Então foi por isso que ele acabou dando nessa sala comum: porque o nosso era o dormitório feminino mais próximo do dele. Ocorreu-me que cortar cabelo talvez fosse uma das coisas, como assar biscoitos de chocolate ou segurar um bebê, que todos os garotos achavam que todas as garotas sabiam fazer. Se ele realmente achava isso, era uma atitude gentil — e não seria eu a revelar que ele estava enganado.

— Posso buscar uma lá em cima — disse eu. Só tinha as minhas toalhas, que lavava nas máquinas no porão, mas Martha, como a maioria dos alunos, contratava o serviço de lavanderia. Toda terça-feira de manhã, deixavam as toalhas usadas, junto com o resto de roupa suja, em um saco amarelo com seu sobrenome impresso, nos degraus de entrada do seu dormitório. Quando saíam da capela, havia um novo saco aguardando com as toalhas e roupas da semana anterior, agora limpas. Essa transformação mágica ocorria com o pagamento da taxa de 3 mil dólares ao ano. Quando meu pai tinha visto o preço, em uma das muitas correspondências que a Ault lhe enviara no verão antes de eu me matricular, disse que por metade daquilo por estudante, usando apenas um tábua de bater roupa e uma barra de sabão, abandonaria minha mãe e irmãos e se mudaria para Massachusetts comigo para lavar a roupa de todos os alunos da escola.

Desliguei o fogo da sopa, e corri lá para cima. Em nosso quarto, peguei uma toalha ainda no plástico (Martha não ia se incomodar de me emprestar, e, de qualquer maneira, não usava todas as toalhas durante uma semana), a tesoura na gaveta da minha mesa e minha escova em cima da cômoda. Além disso, enquanto estava lá em cima, vesti um sutiã. Pensei em mudar a blusa, mas Tullis podia reparar e achar que eu estava tentando impressioná-lo;

podia achar que eu era pateta o bastante para imaginar que tudo que seria preciso era de um traje diferente. Desci a escada de dois em dois degraus ao voltar à sala comum.

— Por que não se senta aqui? — Puxei uma das cadeiras de madeira para a frente da TV, para que ele ficasse assistindo a algum programa enquanto eu cortava. Ele se sentou e pus a toalha sobre seus ombros, dei a volta, de modo que ficássemos frente a frente, e ajeitei bem as pontas para que não sobrasse nenhum espaço entre a toalha e o seu pescoço. — Solte o rabo-de-cavalo — eu disse, e ele soltou. Examinei-o. Nossos rostos deviam estar a cerca de meio metro de distância, o meu um pouco mais acima do dele. Normalmente eu me sentia embaraçada quando tão perto de um garoto — imaginava que meus poros deviam estar lhe parecendo enormes, minha pele manchada —, mas não era esse o caso. Em pé diante de Tullis, senti-me indiferente, praticamente uma profissional. — Quer manter a mesma forma, e apenas mais curto, ou quer um corte mais típico de garoto, mais junto à cabeça em toda a volta?

— O que você faria?

— Não acho que você queira curto demais. — *Porque,* pensei, mas não disse, *eu não saberia como fazer.* — Mas pode acompanhar mais a forma de sua cabeça. — Fui para trás dele de novo e comecei a escovar seu cabelo. Era castanho-claro com mechas mais claras, não tão macio quanto o de uma menina, mas ainda assim bonito. Passei meu braço por cima de seu ombro direito e, com a ponta dos dedos, toquei debaixo do seu queixo. — Fique com a cabeça reta. — Imediatamente, ele levantou a cabeça e jogou os ombros para trás. Ergui a tesoura e cortei uma mecha. Houve um certo prazer físico no ato, o cabelo no metal, o som e a sensação do corte. Dei-me conta de que não sabia o que fazer com o que tinha cortado. — Espere um segundo — eu disse, e peguei alguns jornais na lata de lixo e os espalhei perto da cadeira. Deixei a mecha cair sem fazer ruído, e estendi a mão para outra.

— Acha que é preciso molhar meu cabelo? — perguntou ele.

Isso não tinha me ocorrido — por que não tinha me ocorrido? Mas pareceu que, a essa altura, se o mandasse molhar o cabelo, minaria a minha credibilidade.

— Não, está bem assim — repliquei. — Posso cortar com ele seco.

Passado um momento, ele falou:

— Sempre me perguntei por que, no barbeiro, eles sempre molham. Em que isso ajudaria?

Atrás dele, tentei tirar o sorriso da minha voz.

— É só porque as pessoas preferem assim — falei. — Acham que isso facilita. Mas, na verdade — acrescentei, ficando cada vez mais ousada —, pode confundir, fazer o cabelo parecer mais comprido do que é, e se acabar cortando mais do que se pretendia. — A declaração foi, de fato, verdadeira, mas eu não fazia idéia de onde a tinha tirado; provavelmente de uma revista.

Não falamos por vários minutos. De início, não cortei mais do que um centímetro de cada vez, de modo que ficasse todo regular, depois, mais um centímetro. Mas ele queria tudo, cortar tudo, tinha dito, e *estava* terrivelmente comprido, de modo que o meu método não se mostrava particularmente eficiente. Em um único corte, tirei oito centímetros, e ao fazer isso, senti o júbilo do irreversível. Percebi que Tullis estava absorto no programa na televisão, que era sobre a busca da ilha perdida de Atlântida. Passaram-se mais alguns minutos. Ele tinha agora uma fração do cabelo com que acordara de manhã. Ocorreu-me que uma mudança tão drástica chamaria a atenção de outros alunos para o seu corte e ele poderia dizer que tinha sido eu. *Lee Fiora?*, diriam. *Como aconteceu isso?* Ou talvez apenas *Quem é ela?* Era possível que a notícia do evento chegasse a Cross Sugarman.

— Por que não espera até segunda-feira e vai à cidade cortar? — perguntei.

— Sabe quando uma idéia entra na sua cabeça e você se diz "Por que esperar?" É que estava na hora. É como sinto.

Hesitei, depois disse:

— Por que não foi ao baile?

— Baile?

— No centro estudantil.

Ele riu.

— Sei onde acontecem. Não é a minha, entende?

— Entendo. — Depois de uma pausa, acrescentei: — Nem a minha.

— Fui nos primeiros anos, mas é sempre igual.

— Sim, também acho. — Sem nunca ter ido a nenhum baile, não tinha como saber, mas achei que podia concordar. — Pronto — disse eu. — Está bem curto.

Ele pôs a mão para trás e fez um arco com o polegar e o indicador, como se para pegar o rabo-de-cavalo, mas tudo o que seus dedos circundaram foi o ar.

— Porra.

— Está bom?

— Não, sim, está bárbaro. — Friccionou a ponta dos dedos algumas vezes no lugar em que seu couro cabeludo e seu pescoço se encontravam. — Exatamente o que eu queria. Só que fica diferente.

— Ainda falta dar o acabamento. Ponha os ombros de novo para trás.

Ele fez o que mandei e recomecei a tirar as pontas. A parte de que eu estava menos segura era o cabelo que crescia do topo de sua cabeça — de que comprimento deveria deixá-lo? Fui para a sua frente de novo, meu corpo entre ele e a TV, e pus para trás o cabelo que caía nos dois lados do rosto.

— Quer franja? Quer, não quer?

— Quero?

— Acho que ficaria meio esquisito sem franja.

— Tudo bem, então. É legal.

— Feche os olhos.

Fechou, e por vários segundos, fiquei olhando para o seu rosto. Havia sardas no nariz e bochechas que não eram visíveis a distância, e, no lado direito do queixo, uma espinha quase curada, que ele tinha espremido, aparentemente, três ou quatro dias antes. Também no queixo, havia um pêlo dourado ao redor da ponta, e um pouquinho acima da boca. Senti uma ternura, quase um sentimento protetor, em relação a ele que me surpreendeu. Foi estranho lembrar ter pensado sentir uma queda por ele, se bem que eu soubesse que uma paixonite desse tipo, uma paixonite falsa, como se toda paixonite, por definição, não fosse falsa, pudesse nascer de novo com uma distância razoável. Mas ali, com ambos posicionados tão próximos, ele me fez lembrar: era parecido demais comigo para que eu pudesse amá-lo.

Continuei cortando, e cada vez que me afastava um pouco para avaliar meu progresso, pensava *Nada mau.* Talvez eu realmente levasse jeito para cortar cabelo.

Por fim, eu disse:

— Abra os olhos. Acho que acabei.

— Tem algum espelho por aqui?

— No banheiro. — Apontei para a porta do lado da cabine telefônica, e o segui, ficando atrás dele.

— Uau — disse ele, e meu coração apertou, mas então ele sorriu. Passou a mão na cabeça. — Ei, bom trabalho — disse ele. — Muito obrigado.

Sorri de volta para ele.

— Foi um prazer.

— Tenho de lhe pagar.

— Oh, Deus. — Sacudi a cabeça. — É claro que não. — A idéia era humilhante, inquietantemente próxima de ser paga por, digamos, passar o aspirador no quarto de um companheiro de dormitório.

— Mas, sabe? — disse Tullis. — Você se importa de raspar minha nuca? Seria muito abuso?

De fato, o pedido me lisonjeou.

— Posso buscar meu barbeador — acrescentou ele.

— Vou usar o que eu tenho. Tudo bem. — O barbeador no meu pequeno balde de toalete que estava lá em cima era de plástico rosa. Enchi uma caneca de água na pia da cozinha e coloquei a caneca e o sabão em cima da televisão. Tullis voltou para a cadeira, montando nela e, portanto, ficando de costas para a televisão. Molhei os dedos na água, esfreguei-os no sabão e os passei no seu pescoço. Assim que toquei sua pele, com seu rosto virado para o outro lado, tornou-se possível de novo eu me imaginar tendo uma queda por ele. Não falamos absolutamente nada enquanto eu espalhava a espuma, passava a lâmina na sua nuca, retirava-a, molhava-a na água, tornava a pôr na sua nuca. "Argumentos de que a Atlântida era a ilha de Thera", dizia o narrador na televisão, "são sustentados pela evidência de uma erupção vulcânica em Thera no ano 1500 a.C., que fez com que a maior parte da ilha submergisse no mar." O que Tullis estava pensando?, me perguntei. Qual a sensação que experimentava com o toque dos meus dedos? Mas tinha dúvidas de que fosse uma garota que os garotos vissem dessa maneira. Somente no táxi com Cross eu tinha tido uma prova de que alguém poderia me olhar de outra maneira.

Quando fiquei certa de ter raspado todo o pêlo do seu pescoço, passei meus dedos na sua pele, e estava muito macia.

— Pronto — eu disse, e minha voz ressoou comum. — Terminado.

Ele passou a mão na nuca.

— Obrigado — disse ele. — Eu podia ter tentado fazer isso, mas provavelmente teria me cortado umas dez vezes. — Levantou-se e pôs a cadeira de volta no lugar, e eu fiz uma trouxa com os jornais e a enfiei dentro da lata de lixo. Senti que ele iria embora no próximo minuto. Até agora, eu tinha torcido para ninguém retornar ao dormitório porque eu não queria ter de explicar o que estava acontecendo; se tudo isso levantasse dúvidas, Tullis poderia mudar de opinião. Além do mais, senti que Tullis e eu estávamos desenvolvendo um tipo de relação (não intensa, eu sabia, não era como se agora fôssemos ficar amigos) e não queria que fosse interrompida. Imaginava uma das garotas do dormitório se colocando no meu caminho, falando com a voz esganiçada: "Tullis, não *acredito* que a deixou cortar tanto! Tullis, ficou *maluco*!" Mas agora que o corte estava concluído e ele estava para ir embora, senti uma pontinha de decepção por ninguém ter visto acontecer. Eu me dei conta de que tinha gostado dessa personificação, e não me importaria com uma platéia. Era como quando Tim, o mais novo dos meus dois irmãos, nasceu, e minha mãe deixava eu levá-lo lá para fora e empurrá-lo no carrinho de bebê, e sempre pensei — tinha 11 anos — se os meninos da minha turma, alguns dos quais moravam perto, pudessem me ver, com certeza desenvolveriam imediatamente uma paixão por mim, já que eu era tão maneira, tão adulta. Quer dizer, tomar conta do meu irmão bebê? Na rua, sozinha?

Despejei a água ensaboada no ralo e pus a caneca na pia. Ainda estava segurando a lâmina. Pensava em guardá-la, não para usar, não para fazer o que quer que fosse com ela, mas apenas deixá-la na caixa de papelão debaixo da minha cama, onde eu também guardava cadernos e dissertações velhas, e programas das atuações da escola. Mas Tullis podia notar se eu não a jogasse fora, poderia parecer esquisito, poderia parecer meio Audrey Flaherty. Joguei-a no lixo.

— Obrigado mais uma vez — disse Tullis.

— Tudo bem.

Ele tinha se aproximado da pia, e ficamos olhando um para o outro. Apertamos as mãos.

— Vejo um grande futuro para você — disse ele. — Salões por todo o país. E celebridades como clientes.

Revirei os olhos.

— Seria uma excelente aplicação da minha educação na Ault.

— Podia ser pior. Certo. A gente se vê. — Ele estava a alguns pés da porta quando se virou. — Realmente, lamento. Isso é terrível. Mas o seu nome... o seu nome é...?

— Lee — repliquei. — Lee Fiora.

— Certo, é isso. — Balançou a cabeça. — É que a Ault é tão pequena, mas quando se chega ao 4º ano...

— Não tem problema — disse eu.

— Está bem. Obrigado, Lee. — Sorriu largo e, de novo, achei que ele tinha o sorriso mais bonito do mundo. Também, pensei, eu tinha feito um corte de primeira para ele. Como isso tinha acontecido, estava além da minha capacidade de compreensão.

Ele já ia se virar, quando falei:

— Na verdade...

— Oh, desculpe, sou Tullis... — disse ele.

— Sei quem você é. Só queria lhe dizer, bem, sei que já faz tempo, mas queria lhe dizer que achei, quando tocou no show de talentos do ano passado, muito bom.

Ele continuava sorrindo. Eu adoro garotos, pensei. Todos eles.

Quando saiu, acenou como tinha feito antes de deixar o palco, depois de cantar "Fire and Rain".

O lugar a que Dede ia para refletir sobre a vida, segundo sua redação para a aula de inglês, era uma cadeira à janela, no patamar entre o primeiro e segundo andares na casa de sua família em Scarsdale. Darden disse que refletia enquanto estava no metrô, e Aspeth disse que refletia durante o verão, sempre que remava o escaler de seu avô, em Long Island Sound. (Eu acreditava que Aspeth passava o verão em Long Island, e que o seu avô tinha o barco e, até mesmo, que saía no barco, mas não sozinha — a minha observação me dizia que gente bonita e rica raramente ficava só.) Martin Weither escreveu sobre como refletia ao usar o banheiro, o que fez a turma rir, e depois, Jeff Oltiss disse a mesma coisa, e a turma não riu tanto, porque ele não era tão legal quanto Martin, e porque foi o segundo a dizer isso.

Ninguém se ofereceu quando a srta. Moray perguntou se alguém queria ler a redação em voz alta, portanto ela chamou Dede, depois, Darden, que estava do lado de Dede, disse que leria, e a fila prosseguiu ao redor da mesa. Depois de Jeff, seria a minha vez. À medida que a progressão de leitores se aproximava de mim, meu coração foi se acelerando, e o calor se espalhando por meu rosto. Estava apreensiva com a minha redação — tinha dúvidas se estava bem escrita e, com certeza, não era engraçada — porém, mais do que isso, a expectativa de pessoas me observando e escutando era demais para mim. E quando chegou a minha vez, vi que não conseguiria. Simplesmente não conseguiria. Sabia que a minha voz tremeria e arfaria, e que a minha consciência disso só exacerbaria o problema até minha inquietação tornar fisicamente impossível suportar mais um segundo. Pareceria que o momento se dobraria sobre si mesmo, embora eu não soubesse direito o que um momento dobrado sobre si mesmo acarretaria — combustão espontânea, talvez, ou quem sabe o piso se dobraria e seríamos todos enrolados como ingredientes em um sanduíche feito com pão árabe.

— Passo — disse eu. — Podemos fazer isso, certo?

— Por que quer passar? — perguntou a srta. Moray.

— Simplesmente prefiro.

A srta. Moray deu um suspiro, como se eu estivesse tentando consumir o tempo de aula com minha indecisão — como se ela não tivesse feito parecer que ler em voz alta era opcional.

— Todos leram — disse ela. — Se não ler, não será justo.

Não tive certeza de já ter ouvido um adulto tentar defender um argumento alegando injustiça. Mas se eu desafiasse de novo a srta. Moray, sabia que isso, o que quer que fosse, se tornaria sólido e palpável, seria um problema, algo que as pessoas comentariam depois que a aula tivesse terminado.

Olhei para a minha redação, que eu tinha digitado na noite anterior no computador de Martha.

— "Refletir sobre a vida é uma parte importante na tomada de decisões e na compreensão da ética e valores da pessoa" — comecei, e minha voz quase não era audível. — "Muitas pessoas, como Henry David Thoreau, têm um lugar especial aonde vão, um lugar silencioso e tranqüilo. Para mim, esse lugar é no..." — Então, minha voz falhou por completo. Abruptamente, compreendi por que tinha hesitado tanto. — Não posso ler isso.

— Está indo bem — disse a srta. Moray.

Não olhei para ela nem para meus colegas, embora os sentisse me observando.

— Pode recomeçar, se quiser — disse a srta. Moray, e sua voz transmitiu uma bondade que não possuía antes.

— Não — repliquei.

— Lee, ninguém está julgando você. Precisa ficar à vontade lendo seu trabalho porque fará isso muitas vezes este ano.

Não falei nada.

— Pode me dizer por que não quer ler?

Senti, então, não que eu *fosse* chorar, mas que poderia; a possibilidade tinha passado a existir. O melhor era falar o menos possível.

A srta. Moray suspirou de novo, mas foi um suspiro diferente, não o impaciente de antes.

— Não precisa ler hoje — disse ela. — Mas no futuro, esteja preparada para ler o que tiver escrito, seja o que for, e isso vale para todos vocês. Sem exceção. Norie, é a sua vez.

No fim da aula, a srta. Moray disse:

— Lee, quero falar com você antes de sair.

Guardei meus livros e permaneci na minha cadeira, a mochila fechada sobre a mesa. Segurei a redação no meu colo, preparada para entregá-la. Afinal, não importava muito o que ela pensasse — achava que os professores eram como os médicos, imparciais em seus julgamentos.

Quando a sala se esvaziou, a srta. Moray sentou-se na minha frente. Ela estava usando uma gola rulê cor de lavanda e um blazer preto — já tinha esfriado — e o broche em forma de livro preso na lapela esquerda do blazer. Debaixo do seio esquerdo havia uma linha horizontal curta, medindo uns dez centímetros de comprimento, de giz branco, que eu tinha certeza de que ela não notara; além disso, sua pele estava um pouco oleosa, especialmente nos dois lados do nariz.

— Quero que leia sua redação em voz alta — disse ela. — Agora. Para mim. Entendo que fique relutante em ler para a turma, mas é algo que terá de superar.

Continuei calada.

— De qualquer maneira, vou lê-la — prosseguiu ela. — A menos que prefira não entregá-la e levar zero. — Era óbvio, pela maneira como disse isso, que não considerava essa alternativa nem remotamente provável. Mas não era uma má idéia. Geralmente, o meu medo se baseava em uma hipótese, e uma conseqüência específica real, qualquer conseqüência, quase sempre parecia menos severa do que qualquer série amorfa de eventos da qual eu sentisse necessidade de me defender. Um zero em uma redação que provavelmente contava para cinco por cento da minha nota total no semestre não era tão grave.

— Posso levar um zero — repliquei. Era definitivamente a melhor opção: a essa altura, eu tinha chamado atenção demais para a redação, e ela poderia fazer perguntas, poderia não ser imparcial. Minha redação talvez tivesse parecido neutra, mas eu tinha estragado tudo.

Ela estreitou os olhos.

— Mas você fez o trabalho.

— Sim, mas depois mudei de idéia.

A srta. Moray abriu a boca como se fosse falar, depois a fechou, depois a abriu de novo.

— Quero que leia para mim — disse ela. — Não vou lhe dar outra opção.

Eu nunca discutia contra absolutos.

— Está bem — respondi, e vi que ela ficou surpresa. — Devo começar agora?

— Agora. Leia. — Sua voz demonstrou entusiasmo. *Não, não,* pensei. *Continuamos no mesmo momento em que estávamos antes.*

Coloquei a redação sobre a mesa.

— "Refletir sobre a vida é importante para se chegar a conclusões e compreender sua ética e valores. Muitas pessoas, como Henry David Thoreau, têm um local especial aonde vão, um local silencioso e tranqüilo. Para mim, esse lugar é a loja do meu pai. A loja do meu pai chama-se Central dos Colchões. Fica em South Bend, Indiana. Quando eu morava em casa, não ia à loja nos dias de semana por causa das aulas. Mas ia nos fins de semana. Nos fundos da loja tem um escritório, e atrás do escritório, um depósito com muitos colchões. É nesse lugar que reflito, porque é tranqüilo e confortável, e posso me deitar em todos os colchões, cujas pilhas às vezes chegam quase até o teto. O melhor desse lugar é que posso escutar outras pessoas falando, especialmente meu pai, porque ele fala alto. Posso escutar meu pai e outras pessoas, como os fregueses e o pessoal de vendas, e saber que não estou só, mas sem ter de participar da conversa. Nesse lugar, penso sobre vários assuntos, tais como que profissão gostaria de seguir, universidade, política. Acredito que refletir é muito importante para se desenvolver como pessoa e compreender suas prioridades."

Ergui os olhos.

— Pronto.

— Tenho de admitir que não faço a menor idéia do que a inibiu tanto. É exatamente o que estou procurando. E ler para mim não foi tão ruim, foi?

Encolhi os ombros.

— Gostei especialmente da parte de ser capaz de ouvir a voz do seu pai.

O fato de a srta. Moray estar sendo tão gentil — piedosamente gentil — indicava que, apesar de sua má impressão anterior, tinha percebido que tipo de pessoa eu era: de maneira nenhuma sarcástica.

— Simplesmente não entendo por que não a quis ler antes — disse ela.

Isso, na verdade, tinha sido a minha principal preocupação — que ela percebesse imediatamente. O fato de não perceber foi tanto um alívio quanto me fez considerá-la menos.

— Deve estar achando que iniciou este curso com problemas — disse ela. — Mas quero que saiba que estou completamente aberta. Todos na minha turma que demonstram disposição para trabalhar se saem bem. Além disso — acrescentou ela e, para o meu horror, piscou realmente o olho. Estávamos sozinhas na sala! Como eu deveria reagir? Será que ela não percebia que não era um filme sobre um internato, em que aluno e professor têm um breve arroubo de camaradagem e, então, há um corte para outra cena, com o aluno jogando futebol ou o professor de bicicleta voltando para seu chalé no extremo do campus? Não, continuávamos na mesma sala, as duas tendo de respirar e falar depois da desgraça de sua piscadela.

— Tenho de admitir um carinho especial por uma companheira do Meio-Oeste — prosseguiu ela. — Parece que não somos muitos na Ault.

Tentei sorrir.

— Disse que é de Indiana, não?

— Sim — repliquei. — De South Bend.

— Sabe, namorei um rapaz que foi criado lá — disse ela. — Evan Anderson. Você o conhece? — Riu com um tom de censura a si mesma, como se para mostrar que sabia como isso era improvável.

— Acho que não. — Empurrei minha redação para o seu lado da mesa, me levantei, e peguei minha mochila.

Quando eu estava saindo, ela disse:

— Ei, Lee.

Da porta, me virei.

Ela se levantou, pôs os ombros para trás, curvou os dois braços, fechou os punhos e os lançou à frente:

— Confiança! — disse ela.

De novo, tentei sorrir, mas não posso afirmar o quanto fui convincente. Atravessando o prédio vazio da escola e retornando ao dormitório, pensei em como a Ault era cansativa, com toda a conversa e caras que se tinha de fazer: atenta! inquiridora! Relaxei a cara, mas então vi alguém dez metros à minha frente, surgindo do pátio. Era Charlie Soco, do 4° ano, outro com quem eu nunca tinha falado. Relanceei os olhos para ele e vi que não estava me olhando. Então baixei meus olhos, e quando nos aproximamos um do outro, deslizei a mochila no ombro e abri o fecho eclér do bolso da frente, como se estivesse procurando alguma coisa. Desse modo, quando nos cruzamos, evitei dizer olá.

Algumas pessoas comentaram comigo o corte de cabelo de Tullis e, um dia, na hora do almoço, Aspeth e Dede estavam falando sobre isso quando me sentei. Esperei que reconhecessem meu papel nessa história, mas nenhuma das duas reconheceu.

— Ele ficou dez vezes melhor — dizia Aspeth.

— Lee — disse Emily Phillips, que estava sentada do meu lado —, não foi você que cortou o cabelo dele?

Quando assenti com a cabeça, Dede falou:

— Você?

Assenti de novo com um movimento da cabeça.

— Mas você nem conhece Tullis.

É verdade que desde o começo do ano escolar, sempre que estávamos na aula de inglês, Dede era perfeitamente cortês, às vezes até mesmo amável. Mas não consegui evitar me deleitar ao ver sua excitação.

— Ele me pediu para cortar — disse eu.

Dede estreitou os olhos.

— *Sabe* cortar cabelo? — Se eu tivesse escondido dela essa habilidade durante o ano que moramos no mesmo quarto, percebi ela pensando, o que mais deveria ter ocultado? *Sou trapezista,* queria dizer. *Falo suaíli.*

— É claro que sei — respondi.

— Pode cortar o meu? — pediu Nick Chafee, que estava sentado à cabeceira da mesa.

— Claro.

A boca de Dede pendeu aberta, como acontecia quando ela ficava confusa ou se sentia ultrajada. Nick Chafee não era bonitinho, mas era reputado como muito rico, e estava na cara que Dede teve dúvidas de minha capacidade de interagir com ele sem ser supervisionada.

— Pode ser hoje à noite, depois do jantar? — perguntou Nick. — Irei ao seu dormitório.

— Ou eu ao seu. — Nunca tinha pisado na sala comum de um dormitório masculino. Mas pude ver como meu tom foi espontâneo, e isso porque Dede estava observando, porque desafiar suas expectativas era irresistível. Se eu a encarasse, com certeza cairia na risada e demonstraria que estava fingindo. Concentrei-me com força na mordida de meu sanduíche quente de atum e queijo.

Emily Phillips disse:

— Pode cortar o meu também?

Antes de eu ter tempo de responder, Dede disse:

— Está louca? Cabelo de homem e de mulher são completamente diferentes.

— Só quero tirar as pontas — replicou Emily.

— Não tem problema — disse eu. De fato, seria bem mais fácil do que o que tinha feito em Tullis. — Posso cortar o seu hoje à noite também.

— Na verdade, tenho uma prova de francês amanhã, mas o que acha de quarta-feira à noite?

Por acaso, eu tinha prova de espanhol na quinta-feira. Não que isso realmente importasse — nunca me saí bem em nada, de modo que era melhor usar meu tempo para cortar cabelos do que para estudar.

— Não acredito — disse Dede.

— Quer que eu corte o seu?

— Não! — replicou ela, e todos à mesa riram.

Ao longo das várias semanas seguintes, passei a cortar o cabelo de cada vez mais gente, talvez de umas 25 pessoas no fim de outubro. Certas coisas que tinha feito com Tullis tornaram-se hábito — nunca molhar o cabelo antes, sempre mandar fechar os olhos quando ficava na frente deles, e, claro, nunca cobrar. Pelo campus, as pessoas, de repente, passaram a falar mais comigo, especialmente professores e garotos. O próprio Tullis sempre me cumprimentava afetuosamente, dizendo meu nome. Uma vez, quando eu atravessava correndo o ginásio para ir ao campo de futebol, Reynolds Coffey, o monitor sênior, gritou: "Ei, Lee, onde está sua tesoura?" E outra vez, quando eu saía do refeitório, depois de um jantar formal, o reverendo Orch, o capelão, que era completamente calvo, segurou o meu braço e disse: "Pelo que ouvi dizer, srta. Fiora, estou perdendo, por não poder contratar seus serviços."

Nessas situações, eu me mostrava sempre modesta, mal respondia. Mas quando se tratava de um corte de cabelo de verdade, sentia uma confiança que nunca tinha experimentado em nenhuma outra situação desde que chegara na Ault. Às vezes, nem mesmo fazia o corte que tinham pedido, fazia aquele que eu achava que ia ficar bom — cortava mais alguns centímetros, por exemplo — e a pessoa ficava intrigada (não com raiva, nunca com raiva, apenas intrigada), mas todo mundo sempre gostava. Aprendi a usar um barbeador elétrico, que números correspondiam a que comprimentos, e embora fosse algo que um garoto pudesse fazer sozinho, alguns preferiam que eu fizesse por eles. Oliver Amunsen disse:

— Confio mais em você do que em mim mesmo.

Nas minhas mãos, sob meus dedos, as cabeças das pessoas pareciam quentes e vulneráveis, e eu experimentava a sensação de que poderia ter cortado o cabelo delas com os olhos fechados, somente pelo toque. Eu nunca ficava nervosa; na verdade, experimentava a suspensão de qualquer sensação consciente. Quase sempre conversava um pouco com eles, raramente o tempo todo, e nunca me preocupava se estava falando demais ou se o silêncio entre nós era constrangedor. Depois de a pessoa sair, quando eu ficava só, limpando os pêlos com aspirador de pó ou vassoura, tinha uma sensação de realização. Estava orgulhosa de minha habilidade. Embora normalmente eu achasse o orgulho, fosse do que fosse, repugnante, aceitava esse, pois cortar cabelo era um ato neutro, nada do que se vangloriar. Era como ser bom em desamarrar nós ou em ler mapas.

Terminamos *A cabana do Pai Tomás* no dia anterior às apresentações do nosso grupo. O dever tinha sido escolher uma cena importante do livro, dizer por que tinha importância e representá-la. Minhas parceiras foram Norie Cleehan e Jenny Carter, e fizemos a passagem em que Cassy e Emmeline se escondem no sótão e fingem ser fantasmas para assustar Simon Legree; eu fui Legree.

Depois, o único grupo que restava era o de Darden, Aspeth e Dede.

— Temos de vestir os trajes — comunicou Dede.

— Ótimo — disse a srta. Moray. Ninguém mais tinha se dado o trabalho de se fantasiar.

Deixaram a sala e, enquanto esperávamos, uma energia liberal, frívola, pairou no ar: tínhamos nos levantado e conversado com um sotaque sulista mal imitado, dado tapinhas uns nos outros no final de cada apresentação. Durante uma onda de aplausos, eu tinha achado que provavelmente estávamos fazendo tanto barulho quanto uma dessas turmas que ouvíamos no corredor — geralmente quando se está fazendo prova de matemática —, isto é, gritando e rindo como se estivessem em uma festa.

— Tenho de admitir que não fazia idéia de que, nesta turma, houvesse tantos talentos como atores — disse a srta. Moray.

Aspeth enfiou a cabeça na sala.

— Temos de avisar uma coisa — disse ela. — Vai ser uma interpretação moderna. Pode ser, não?

A srta. Moray assentiu com a cabeça.

— É lógico.

— É a parte em que os escravos de Shelby se reúnem na cabana de Pai Tomás e Mãe Chloe. — Aspeth só estava visível do pescoço para cima. — Acontece enquanto o sr. Shelby está na casa-grande transferindo a posse de Pai Tomás e Harry para Haley.

— E por que essa cena é importante?

— Estamos mostrando o senso de comunidade que os escravos têm e como Pai Tomás é seu líder e se unem à sua volta quando sabem que está partindo.

— Ótimo. Podem começar.

— Só mais um segundo.

Aspeth desapareceu e a porta se fechou com um estalo. Um minuto depois, Darden a escancarou e entrou, Aspeth atrás dele. Ele usava um chapéu de feltro colocado de lado, óculos escuros excessivamente grandes, vários colares — de ouro, prata, pérolas — e uma capa de chuva vermelha comprida, apertada nos ombros, que reconheci ser de Dede. Na mão direita, levava uma bengala. Dede usava uma combinação de seda cor creme, na altura dos joelhos, e Aspeth o *top* listrado de um biquíni (listras rosas, verde menta e azul-claro) e uma saia de jogar tênis; as duas garotas estavam de salto alto.

— Que *ménage*! — gritou Darden. Jogou o punho no ar e o girou para a frente algumas vezes, depois inclinou a cabeça para trás, na direção de Dede e Aspeth. — Este não é o trio mais bonito que já viram? — De várias partes da mesa, ouvi risadas e alguém, talvez Oliver, gritou: "É isso aí, *brother*!" Como em resposta, Aspeth e Dede ergueram os queixos, moveram a cabeça pela platéia e piscaram os olhos.

Os três escorregaram e colearam a extensão do quadro-negro, até ficarem entre o extremo da mesa e as janelas. Darden inclinou-se à frente e projetou o queixo na direção de Jenny Carter.

— Vai dar um pouco de amor ao Grande Pai Tomás, docinho?

Jenny olhou para ele de modo surpreso e divertido ao mesmo tempo. Seu olhar se desviou para a srta. Moray, e quando eu também olhei, a professora estava apertando os olhos como se estivesse confusa. Uma confusão que eu partilhava. Eu não estava literalmente compreendendo nada do que Darden, Aspeth e Dede estavam fazendo, que princípio unificador estava por trás de suas roupas e gestos estranhos, o jargão de Darden. Senti que a maior parte da turma compreendia. Jenny fez um biquinho e beijou Darden.

— Obrigado, gata — disse Darden. Deu um passo para trás e Aspeth e Dede se recolocaram cada uma de um lado dele, os braços dados, olhando para ele, acariciando seu ombro ou sua testa. — Meus amores, sabem por que estamos aqui nesta noite — disse Darden. — E o paizinho tem de ir embora, mas vocês sabem que ele sempre estará olhando por vocês. Não é nada fácil quando o patrão Shelby...

— Parem — disse a srta. Moray, e sua voz ressoou alta e brusca. Foi estranho ouvir uma voz normal. — Chega. Sentem-se os três. Mas antes vão trocar essas roupas.

Darden, Aspeth e Dede olharam para ela em silêncio. Sua postura já era diferente — os braços de Aspeth estavam dobrados, não tocavam em Darden — e nenhum deles estava sorrindo.

— Nós só estávamos... — começou Dede.

— Vão — interrompeu a srta. Moray. — Depressa.

Passaram rápido por nós de volta ao corredor. Em sua ausência, o resto de nós se entreolhou, desviou o olhar, se entreolhou de novo; Chris Graves encostou a cabeça na mesa. Quando Darden, Aspeth e Dede voltaram, sentaram-se sem falar.

— Alguém gostaria de explicar o que era isso? — perguntou a srta. Moray.

Ninguém respondeu. Eu não sabia se ela se dirigia a todos nós ou somente a eles, e também não sabia se ela estava realmente pedindo uma explicação — se, assim como eu, ela não tivesse entendido — ou se estava pedindo uma justificativa.

— Realmente — disse a srta. Moray. — Estou curiosa... curiosa em relação ao que *possivelmente* teria feito vocês três pensarem ser relevante ou apropriado retratar Pai Tomás como um cafetão e as outras escravas como prostitutas.

É claro. Eu era uma idiota.

— Pai Tomás é uma figura de *Cristo* — disse a srta. Moray. — É um herói.

Darden estava de olhos baixos, e Aspeth olhava para o outro lado da sala, a expressão apática, os braços cruzados de novo. Ver Aspeth ser repreendida era estranho, e não, como eu teria imaginado, agradável. Eu teria realmente sentido pena dela, se não se mostrasse tão impassível diante dos comentários da srta. Moray; ela parecia, mais do que tudo, entediada. Dos três, somente Dede estava olhando para a srta. Moray.

— Estávamos sendo criativos — disse Dede.

A srta. Moray sorriu com sarcasmo.

— Criativos como?

— Como, estávamos... bem, só achamos que... traçar um paralelo com os dias atuais seria engraçado.

— Vou dizer uma coisa — falou a srta. Moray. — E é uma lição que pode servir a vocês todos no dia, não tão distante, em que estiverem lá fora, no mundo real. Na próxima vez que forem *criativos*, na próxima vez que acharem *graça*, devem parar e pensar como seu comportamento parece às outras pessoas. Porque para mim, não pareceu nada além de racismo.

Então todo mundo olhou para ela, até mesmo Darden e Aspeth. Não existia racismo na Ault. Ou existia, é claro que existia, mas não assim. Os estudantes vinham de todos os tipos de formação cultural, com pais que tinham emigrado do Paquistão, Tailândia, Colômbia, e alguns tinham famílias que ainda moravam fora — só no meu dormitório, havia garotas de Zimbábue e Letônia. E ninguém nunca as tinha tratado com desrespeito, ninguém era rejeitado por não ser branco. O racismo me parecia coisa do tempo da geração dos meus pais, algo que não havia desaparecido completamente, mas que tinha saído de moda, como cintas ou bolo de carne.

— Não estávamos sendo racistas — disse Aspeth. Sua voz não transmitia nada da ansiedade de Dede, do desejo ansioso de Dede de corrigir alguma coisa. Aspeth sabia que estava certa e a única questão era se valia a pena demonstrar isso a um ser inferior como a srta. Moray. — E como poderíamos estar sendo? Darden é negro — disse ela.

Foi algo ousado e possivelmente inadequado de se dizer — Darden ser negro, em nosso ambiente pós-racista, não era algo a ser comentado.

— Esta é a sua defesa? — disse a srta. Moray. — Que Darden é...? — Até mesmo ela parecia incapaz de dizer que ele era negro, o que afirmou o poder de Aspeth. Mas então, a srta. Moray recuperou o controle. — Ouça — disse ela. — Racismo internalizado continua a ser racismo. Sentir vergonha de si mesmo *não* é uma desculpa.

Relanceei os olhos para Darden, que estava de novo de olhos baixos. Ele inspirou, expirou e sacudiu a cabeça. Não achava que ele sentia vergonha de si mesmo, e certamente não queria que sentisse — *eu* tinha vergonha de mim mesma, e não era o bastante? Havia necessidade de sermos muitos?

— Também há o tema... — disse a srta. Moray, mas Darden a interrompeu.

— Cometemos um erro — disse ele. — Que tal deixarmos isso como está? — Estava olhando para a srta. Moray. Sua boca formando uma linha firme. Nesse momento, ele me pareceu adulto: sua voz grave, seu tamanho, e sua sensatez, pareciam querer a situação resolvida mais do que se ver livre da responsabilidade. Desejei ser amiga dele, para que, depois da aula, pudesse lhe dizer que tinha ficado impressionada com o seu comportamento, e não parecesse simplesmente que estava compreendendo o seu lado bom.

A srta. Moray hesitou. Antes tinha parecido que estava simplesmente nos avisando, mas era uma saída relativamente cômoda.

— Muito bem — disse ela, finalmente. — Mas farei mais uma observação: não foi apenas ofensivo em termos de estereótipos raciais o que vocês encenaram. Também estou profundamente, mas profundamente perturbada com o sexismo da interpretação. E, não, o fato de serem mulheres não faz com que seja fácil para vocês se tornarem objetos. A nossa cultura ensina às mulheres que o mais importante em nós é a aparência, mas não temos de aceitar essa idéia. Podemos exibir o nosso corpo ou optar pela integridade e auto-respeito. — A voz da srta. Moray tinha se tornado aguda, também soou um tanto veemente, e vi Aspeth revirar os olhos para Dede. Ela não deveria ter usado a palavra *mulheres*, pensei. Todas nós na sala, exceto a própria srta. Moray, éramos garotas.

Nesse mesmo dia, mais tarde — as notícias do que tinha acontecido se espalharam rapidamente, e até Martha insistiu comigo para saber detalhes —, eu estava no vestiário, quando ouvi Aspeth falar sobre isso de novo.

— Rá, rá, rá — disse ela. — Vamos queimar nossos sutiãs.

No dia seguinte, enquanto esperávamos a campainha soar, a srta. Moray disse:

— Quem está louco para aprender? — Depois, fingiu ser uma garota animadora de torcida, agitando as mãos, gritando I-N-G-L-Ê-S! Que palavra é essa? Inglês! — Não tínhamos garotas animadoras de torcida na Ault, e ela estava fazendo piada para demonstrar que nos perdoava. Não parecia se dar conta de que ela própria não tinha sido perdoada.

Certa tarde de sábado, no começo de novembro, Martha e eu estávamos lendo no quarto. Ela estava à sua mesa, e eu, deitada de costas na minha cama, na parte de baixo do beliche, segurando o livro de história européia ocidental, até que minhas mãos ficaram dormentes. Então fechei os olhos e coloquei o livro aberto sobre meu rosto, as páginas pressionadas em minhas bochechas, enquanto esperava a sensação de formigamento passar. À medida que a tarde passava, o tempo de leitura se reduzia e o tempo de olhos fechados se alongava. Foi durante um desses últimos intervalos que ouvi Martha se levantar e, me pareceu, vestir uma jaqueta. Ergui o livro.

— Vou à cidade — disse ela. — Quer alguma coisa?

Sentei-me na cama.

— Talvez eu vá.

— Só preciso fazer umas coisinhas.

Embora desse a impressão de não querer que eu fosse, não achei que esse fosse o caso. A sensação que ela me passava — sensação que não experimentava com ninguém, exceto, às vezes, com meus pais — era de eu ser uma companhia excelente, de que praticamente não existia nenhuma situação que não ficaria melhor com o complemento de minhas observações incisivas e sagacidade hilariante.

— Martha, não sabe que não precisa se envergonhar por comprar pomada para hemorróidas? — disse eu.

Ela sorriu.

— Prometo que quando sofrer de hemorróidas você será a primeira a saber. — Fechou o zíper da sua mochila.

— Martha, por que você... — comecei e, ao mesmo tempo, ela falou.

— Vou cortar o cabelo. — Acrescentou: — O que ia perguntar?

— Nada — respondi. — Vai cortar o cabelo?

— Não se sinta ofendida. Eu acho realmente que você corta muito bem. Estou sendo franca.

— Não estou ofendida. — De fato, não estava certa de que era verdade. — Mas por que está agindo de maneira tão estranha?

Ela deu um suspiro e, ainda pondo a mochila nas costas, sentou-se à sua mesa. Com uma voz arrependida, perguntou:

— Estou?

— Está.

— É que acho engraçado — disse ela. — Por que corta o cabelo do pessoal?

— Por que corto o cabelo deles? Sei lá. Por que está me perguntando?

Não estávamos brigando. Na verdade, era difícil me imaginar brigando com Martha porque ela era a pessoa mais incapaz de ser irritada que eu conhecia. Mesmo nesse momento, ela parecia, se assim posso dizer, triste. No entanto, senti uma tensão incomum entre nós duas.

— Estou perguntando porque... ah, sei lá.

— Fale — eu disse. — O que quer que seja, fale.

Ela fez uma pausa.

— Acho que corta o cabelo das pessoas, principalmente dos garotos, como uma maneira de ter um contato com eles sem precisar se aproximar realmente.

— Refere-se a contato físico ou apenas contato social?

— Bem. — Ela refletiu sobre a pergunta. — Acho que os dois.

— Então sou uma pervertida?

— Não! Oh, não, Lee, não foi isso o que eu quis dizer. É perfeitamente normal querer estar perto das pessoas. — O objetivo de Martha era ser professora dos clássicos, mas às vezes eu a imaginava mais como uma terapeuta ou, possivelmente, diretora de escola elementar. — Mas é como se estivesse fazendo um favor às pessoas, e o que ganha com isso? Ninguém nunca a ajuda a limpar. Não é uma troca de igual para igual. E só acho que você merece coisa melhor.

Baixei os olhos para as minhas coxas na cama.

— Pode ficar amiga, digamos, de Nick Chafee — disse Martha. — Isto é, se estiver a fim. Pessoalmente, não acho Nick grande coisa. Mas cortar cabelo não é o melhor que você pode fazer.

Eu acreditava que Martha acreditava no que dizia. Se Nick Chafee acreditava, já era outra história.

— Talvez eu esteja dando importância demais a isso — prosseguiu Martha.

— Não, agradeço por você dizer o que acha. — Engoli em seco. — Verdade.

Martha levantou-se.

— Simplesmente me sinto melhor indo ao cabeleireiro na cidade. Não precisa fazer nada por mim.

— Mas ficaria feliz em cortar o seu cabelo — disse eu.

— Eu sei. — Ela estava perto da porta, com a chave de sua bicicleta na mão. — Obrigada.

— Martha — falei quando ela saiu para o corredor.

Ela se virou.

— Todo mundo acha isso de mim? Que corto cabelo para... — Queria dizer, *para poder falar com garotos embora seja uma fracassada*, mas Martha odiava quando eu insultava a mim mesma.

— É claro que não. — Ela sorriu largo. — As pessoas estão ocupadas demais pensando em si mesmas. — (Nunca ninguém me tranqüilizou mais do que Martha; antes das provas, ela me garantia que eu passaria e, antes do jantar formal, que minhas roupas estavam boas, e antes de eu ir passar o Natal ou o verão em casa, me tranqüilizava dizendo que meu avião não cairia. Tranqüilizava-me dizendo que ninguém tinha me visto tropeçar à saída da capela, que eu seria feliz na faculdade, que não tinha importância eu ter derramado *root beer** em seu futon, e que eu não tinha mau hálito. E se eu duvidasse, ela inclinava seu rosto e dizia: "Tudo bem, respire em mim. Vá em frente, não me importo." Às vezes ainda penso: *O que cheguei a lhe dar em troca?*) — Vou ficar fora umas duas horas — disse Martha. — Não vá jantar sem mim, está bem?

Assenti com um movimento da cabeça.

— Eu veria que tinha cortado o cabelo. Mesmo que saísse sem avisar, eu saberia, quando voltasse.

— É, bem — disse ela e sorriu largo —, lembre-me de nunca entrar para a espionagem.

Ao observá-la sair, minha mente disparou para um tempo futuro, em que não partilharíamos um quarto, em que nossas vidas cotidianas não se misturariam. O pensamento fez com que eu me sentisse sendo afogada. Então pensei: *Está sendo ridícula, ainda temos quase mais três anos juntas,* e voltei a respirar. Mas eu sabia, sempre soube — e infeliz como tantas vezes me sentia, o conhecimento nunca me fez sentir melhor, pelo contrário, parecia a pior parte — que a nossa vida em Ault era apenas temporária.

A srta. Moray estava no quadro, nos mostrando como dividir um verso de um poema em sílabas tônicas e átonas, quando senti Dede cutucar minha coxa. Virei-me, mas ela estava olhando para a frente.

*Bebida não alcoólica feita de raízes. (*N. da T.*)

Alguns segundos depois, senti outro beliscão. Olhei para baixo e vi que ela estava me passando um pedaço de papel. No alto, reconheci a letra de Aspeth. Dizia: "Dê sua nota." Embaixo, havia uma tabela, com *Vestido,* depois *Sapatos,* depois *Maquiagem,* em uma coluna, e na outra, estava escrito *Aspeth,* depois *Dede,* e depois *Lee.*

Nas células adjacentes ao seu nome, Aspeth tinha escrito, para *Vestido*, "3,4". Para *Sapatos,* "6,0". Para *Maquiagem,* "0,8", e tinha acrescentado, as palavras espremidas na célula: *Alguém pode fazer o favor de dizer a essa mulher que a moda do delineador já passou HÁ MUITO TEMPO?* Dede, nesse meio-tempo, tinha dado a *Vestido,* 2,8, a *Sapatos,* 6,2, e a *Maquiagem,* 1. Embaixo do comentário de Aspeth, ela escreveu: *Concordo!,* que era o resumo mais apropriado e sucinto que eu podia imaginar da relação entre as duas.

A srta. Moray retornou à mesa, e deixei a folha de papel intacta no meu colo, como um guardanapo. Mas a verdade era que me senti acuada com ele. Sim, havia coisas de que eu não gostava na srta. Moray, mas que tinham pouco a ver com suas roupas. E além disso, será que Aspeth e Dede não percebiam que palavras escritas eram uma cilada? Um pedaço de papel podia escorregar de um caderno, voar por uma janela, ser tirado do lixo e desamassado, enquanto uma observação incriminadora em uma conversa não tinha peso e era invisível, contestável mais tarde.

Ainda assim, como eu podia deixar de participar? Tinham estendido um convite, e se eu recusasse, certamente nunca mais fariam outro. Quando Jeff Oltiss começou a ler alto o poema de Emily Dickson que começava: "The most triumphant Bird I ever knew or met/Embarked upon a twig today",* pus a caneta sobre o papel e, por cima das três células que aguardavam minhas notas, escrevi: "Tudo ofuscado pelo broche — realmente estonteante!" Antes de pensar duas vezes, devolvi o papel para Dede.

Depois da aula, fiquei à toa, como sempre. Na escada, Aspeth olhou de relance para trás — ela e Dede estavam a cerca de quatorze metros de mim — e nossos olhares se encontraram.

— Muito bem lembrado, o broche, Lee — disse ela. Tinha parado de andar, de modo que Dede também, e as alcancei. — Será que ela roubou da

*Em uma tradução literal: "O pássaro mais magnífico que já conheci/Embarcou hoje em um galho."

avó? — prosseguiu Aspeth. — A partir de agora, os acessórios também passam a ser uma categoria.

— Com certeza — disse Dede.

— Lee — disse Aspeth. — Queria lhe perguntar uma coisa.

O pavor me assaltou. Talvez ela fosse dizer: *Já beijou um garoto?* Ou: *Que marcas de carro seus pais têm?*

— Pode cortar o meu cabelo? — perguntou ela.

— Oh — repliquei. — É claro. — O meu alívio foi tão grande com a brandura da pergunta que só depois de concordar me lembrei da conversa com Martha. Não que tivesse sido conclusiva, mas me fez hesitar.

— Como hoje não há jantar formal, vamos marcar às seis — disse Aspeth. — Assim vai dar tempo de jantar depois, antes que encerrem.

Nas noites em que não havia jantar formal, Martha e eu jantávamos às seis, assim que as portas se abriam, e geralmente eu estaria morta de fome desde as cinco e quinze. Havia um grupo de pessoas com quem nos sentávamos, outros alunos do 2º ano que chegavam cedo. A maior parte era de bobalhões, e eu estava começando a participar ocasionalmente da conversa, ao invés de ficar simplesmente esperando até alguém dizer algo que precisasse de uma resposta. Mas ainda assim — era Aspeth.

— Às seis está ótimo.

Bati à porta três minutos depois das seis, tendo chegado às cinco, esperado até as seis em ponto, decidido que seis em ponto era provavelmente pior do que chegar cedo, e esperado mais alguns minutos. Do lado de fora, ouvi música, e tive de bater várias vezes até Aspeth atender. Ela estava usando uma camiseta, um cardigã vermelho com botões bem pequeninos em forma de estrela, e estava de calcinha. Seu cabelo louro comprido estava molhado, penteado para trás. Fez uma cara de desculpas para mim, depois correu a desligar o som, deixando a visão de seus quadris dourados livre: coxas finas, lisas, as curvas do traseiro em uma — por um momento me surpreendeu, e então fez todo o sentido, como a escolha tanto era clássica quanto sexy — calcinha de algodão branca. A música no aparelho de som era os Rolling Stones, e me ocorreu que Aspeth era o tipo de garota para quem se escreviam músicas de rock. Como Dede suportava ficar à sua volta? Embora só estivéssemos nós duas ali, eu me senti como sua acompanhante.

Depois que ajustou o som, ela disse:

— Só dois segundos. Pensei que meus jeans secariam, mas acho que não secaram — e aí apalpou em várias partes um jeans que pendia na cadeira da sua mesa. — De modo que tenho de vestir o outro. — Ergueu o segundo jeans do topo de uma cesta de roupa suja, vestiu-o e o abotoou ao redor de sua barriga chata. Enquanto ela fazia isso, senti minha própria insignificância — como eu era alguém na frente de quem ela podia pavonear-se de calcinha e mexer conspicuamente na roupa suja, e não porque fôssemos íntimas, mas porque ela não se importava com o que eu pensasse. Enquanto eu ficava ensaiando coisas que diria — *Dá para acreditar em como esfriou?* — antes de rejeitá-las como artificiais ou chatas, ou como o tipo de coisa que um garoto com queda por ela diria para começar uma conversa.

Olhei em volta. Apesar de eu e Aspeth termos ficado no mesmo dormitório no ano anterior, eu nunca tinha entrado no seu quarto. Sua companheira de quarto agora era uma garota de Biloxi chamada Horton Kinnelly — Dede quis ser a sua companheira de quarto no 2° ano, e chegara até a acreditar que seria, mas acho que ninguém mais acreditara — e nas duas camas desfeitas havia edredons com estampa floral. (Como sempre, os edredons floridos me lembravam Little Washington.) A iluminação para o Natal, nesse momento acesa, estava presa no alto ao longo das paredes, e na parede no lado norte, tinham pendurado uma imensa tapeçaria laranja e verde. Acima de uma mesa, havia um monte de cartões-postais e um mapa do Tibete, e em cima da outra, havia uma flâmula de feltro que dizia "Ole Miss"* em letras brancas. Nas terceira e quarta paredes, havia vários pôsteres imensos em preto e branco — um de John Coltrane, outro de Jim Morrison, magro, sem camisa, olhando fixo (a maioria das garotas tinha pôsteres de naturezas-mortas do Museu de Belas-Artes de Boston) — assim como colagens de fotos que eram o lugar-comum em todos os quartos de garotas: retratos de você e de seus amigos com boinas de lã, esquiando, ou em trajes de banho na praia; de você e seus amigos em trajes formais, antes de um baile; de você e seus amigos de uniforme de ginástica da Ault, os braços pendendo dos pescoços uns dos outros depois de vencerem um jogo. Havia computadores nas duas mesas, e dois aparelhos de som, e em toda

*Como é chamada a Universidade do Mississippi. (*N. da T.*)

parte, cadernos, compêndios, catálogos e uma combinação de perfumaria barata e cara: uma bisnaga comprida com creme para as mãos, talco, vários tubos dourados de batom, aromatizante bucal, um frasco de perfume Chanel (eu nunca tinha visto nada Chanel na vida real), uma caixa de *band-aids*, e no chão, em frente à porta, havia uma japona cinza forrada de cetim em que Aspeth pisou — pisou com seu sapato — quando saíamos do quarto. Além disso, deixou as luzes acesas, natalinas e outras, assim como a música. Seguindo-a pelo corredor — antes do corte de cabelo buscaríamos mais alguém, mas ou eu não tinha entendido quem era ou ela não tinha dito —, senti-me superestimulada e vagamente irritada. O quarto que eu dividia com Martha parecia tão silencioso e sem graça, nossas vidas pareciam tão tranqüilas e sem graça. Eu me perguntei se Aspeth já teria nascido bacana, ou alguém a teria ensinado a ser, alguém como uma irmã mais velha ou uma prima.

— Então, com quem vamos nos encontrar? — perguntei. Aspeth andava rapidamente e eu estava alguns passos atrás dela.

Ela respondeu, mas achei que tinha ouvido errado, por isso repeti:

— Quem?

Ela se virou.

— Por quê? Não gosta dele ou algo parecido?

— Não — respondi. — Só que não entend... você disse Cross? Como Cross Sugarman?

Ela deu um sorrisinho.

— Como *o* Cross Sugarman? O *famoso* Cross Sugarman? Qual é, gosta dele?

— Não — repliquei, mas me lembrei de que quanto mais veemente eu fosse, mais óbvio ficaria que eu estava mentindo. — Mal o conheço — acrescentei.

— Eu lhe disse que ia cortar cabelo e ele respondeu: "Tenho de ver isso." Daí falei que passaríamos para buscá-lo.

Nos últimos dois meses, eu tinha estado na sala comum de quase todos os dormitórios masculinos. A maior parte exalava um cheiro estranho e estava coberta de caixas de pizzas, e quanto mais garotos, mais desagradáveis se tornavam, com as mãos nas calças, em posturas relaxadas, falando e rindo de algo provavelmente sobre sexo, me lançando olhares de relance para ver se eu tinha ou não tinha entendido suas observações cifradas e se tinham me ofendido ou não. Ou então estavam jogando algum jogo, lançando a bola de basquete de modo que viesse na minha direção e eu tivesse de me desviar da pessoa de quem estava cortando o cabelo, ou talvez o jogo fosse ainda mais inventivo, talvez chutassem uma caixa de pizza e tentassem não deixá-la tocar o chão quanto mais ia furando. A TV estava sempre ligada e sintonizada em algo irritantemente alto ou muito chato ou, no caso do domingo em que cortei o cabelo de Martin Weither enquanto ele assistia à corrida de carros modificados e incrementados, as duas coisas. Sempre antes de ir ao dormitório masculino eu me arrumava, às vezes usava emprestado um perfume de Martha, mas quando estava lá, me sentia completamente irrelevante ou, o que era até mesmo pior, uma intrusa. Garotas sempre gostavam de ter garotos por perto, mas sempre tive a impressão de que os garotos preferiam ficar entre si, falando de garotas de uma maneira ávida, que, eu desconfiava, achavam mais gratificante do que a presença real de uma garota. Mas, de maneira estranha, nos antros inóspitos, desagradáveis, de meus colegas do sexo masculino, deslocada como me sentia, eu nunca realmente queria ir embora; às vezes prolongava o corte, cortando mechas isoladas, fingindo estar finalizando. (Depois de terminado, era inconcebível eu permanecer ali, eu simplesmente *ficar à toa*. Talvez outras garotas pudessem, mas eu precisava de uma razão.) Eu queria estar, acho, porque a maneira como os garotos agiam, sua maneira rude, seu prazer em atos físicos tais como lutar e arrotar, a maneira como tudo era barulhento e desorganizado a ponto de parecerem desajeitados — tudo isso talvez fosse preferível, mais verdadeiro e mais vivo, do que como as meninas eram. Pelo menos, parecia preferível a como eu era, tentando parecer bonita, inteligente, quando estava exatamente tão cheia de desejos repulsivos quanto qualquer um deles.

Na sala comum do dormitório de Cross, um bando de gente estava sentada nos sofás, comendo hambúrgueres e batatas fritas, bebendo de copos de papel imensos — alguns deviam ter persuadido um professor a levá-los de carro ao McDonald's e encomendar para o dormitório todo. Geralmente quando eu chegava a uma sala comum de garotos, ficava à porta, esperando alguém me ver e oferecer ajuda. Quando cheguei com Aspeth, Mike Duane, um grande jogador de futebol do 4º ano, levantou-se imediatamente e veio na nossa direção.

— Tudo bem? — perguntou ele e puxou Aspeth dando-lhe um abraço apertado. Eu nunca, literalmente nunca, tinha sido abraçada por um garoto da Ault.

— Diga a Sug para vir até aqui — disse Aspeth.

— Vou chamá-lo — disse outro garoto e saiu aos trambolhões para o corredor.

— Cara, Aspeth, por que você sempre vem procurar Sug? — disse Mike. — Por que não me procura?

Aspeth riu.

— Sente-se solitário?

— Quero uma garota quente, é por isso que estou solitário. — Ele continuava com o braço em volta do ombro de Aspeth, e começou a esfregar suas costas. Eu não ia querer que Mike Duane me tocasse dessa maneira. Em sua força rude, sua pele vermelha e barba espigada, havia algo potencialmente assustador. — Devia ter vindo... — começou Mike e então, ouvi Cross dizer:

— Oi, Aspeth. — Balançou a cabeça para mim. — Lee. — Meu coração batia furiosamente.

— Vamos logo com isso — disse Aspeth. — Estou morta de fome. — Na verdade, eu também estava: o cheiro de comida enchia a sala comum e, ao invés de cortar o cabelo de Aspeth, o que eu mais queria era pegar um saco de batatas fritas, escapulir dali e comê-las sozinha. Mas Cross tinha acabado de aparecer, e preferia estar na presença de Cross do que qualquer outra coisa. — Lee, aonde vamos? — perguntou Aspeth.

— Qualquer lugar. — Não foi a cabeleireira que respondeu, mas o meu eu normal, hesitante e inseguro. — Podemos ficar aqui.

— Aqui está fedendo — disse Cross. — Vamos para o porão.

Mike Duane deu outro abraço em Aspeth e, depois, nós duas seguimos Cross para fora da sala comum. No porão, entramos em uma sala grande de chão de concreto, iluminação fluorescente e janelas horizontais estreitas próximas ao teto; a sala estava vazia, exceto por uma máquina automática de refrigerantes, duas máquinas de lavar e duas de secar.

— Acaba de me ocorrer — disse Cross — que provavelmente vai precisar de uma cadeira, não vai? — Virou-se e desapareceu escada acima.

Também precisávamos de uma toalha para pôr sobre os ombros de Aspeth e jornais para espalhar no chão, mas ele já tinha ido.

Aspeth bocejou.

— Estou exausta. Fiquei acordada até as três da manhã, na noite passada.

— Uau — disse eu. Mas Cross requeria tanto da minha atenção e ansiedade que não restava mais nenhuma para Aspeth. Esse intervalo de tempo foi ocupado pela ausência dele, antes que retornasse com a cadeira.

— E na noite anterior, até as duas.

Eu estava me perguntando até onde ela remontaria em seu horário de sono quando Cross reapareceu. Estava carregando uma cadeira de madeira e pernas de metal, segurando-a pelo espaldar, de modo que as pernas projetavam-se no ar e o assento apoiava-se em seu ombro. Parecia uma maneira bem masculina e atraente de carregar uma cadeira. Ele a colocou em frente à máquina de refrigerantes e Aspeth se sentou.

— Vai cair cabelo em você — eu disse. — É melhor tirar a suéter.

Ela fez o que mandei — portanto até mesmo com Aspeth eu tinha essa autoridade peculiar — e a passou para Cross.

— Que linda — disse ele fazendo uma voz aguda e feminina, e amarrou os braços da suéter sobre seus ombros. O gesto me horrorizou.

— O vermelho com certeza é a sua cor — disse Aspeth.

— Obrigado, fofa — replicou ele no mesmo tom de voz de antes.

Senti um desejo urgente de que ele tirasse a suéter e parasse de falar dessa maneira. Seu comportamento não era engraçado e o tipo de graça que estava tentando fazer era extremamente comum, e pouco convincente. Além do mais, eu sabia que Cross não agiria dessa maneira se estivesse só comigo, que sua representação era por causa de Aspeth. Antes, eu tinha sentido uma esperança secreta de que ele quisesse observar o corte não por causa dela, mas por minha causa. Era menos difícil do que deveria ser acreditar que Cross sentia exatamente o mesmo em relação a mim do que eu em relação a ele. Nem sempre eu acreditava nisso, mas havia vezes — no intervalo das aulas, por exemplo, quando quase colidíamos na escada, e então ficávamos ali, no patamar, por alguns segundos, cara a cara, sem nos movermos, antes de prosseguirmos em direções opostas. Se fosse tudo normal, ele não diria algo como *oi,* e não podia ser um sinal promissor o fato de ele não dizer nada?

— Quero todo do mesmo comprimento, só que mais curto — disse Aspeth.

Cross riu — uma risada normal, masculina, graças a Deus.

— Como pode ser mais curto se quer do mesmo comprimento?

— Nisso está o paradoxo — replicou Aspeth. Era algo que o pessoal na Ault dizia muito, uma espécie de lema que usavam desde que eu chegara no ano anterior. A primeira vez que eu tinha ouvido um de meus colegas de turma, Tom Lawsey, usar a expressão, houve um quê constrangedor, a novidade inventada, como se tivesse feito cirurgia no nariz e, depois, fingido que não. Mas a expressão era tão comum que parei de reparar nela e uma vez — não na Ault, mas em casa, no verão, quando minha mãe me perguntou como eu pretendia fazer a massa do biscoito de chocolate quando não tínhamos ovos — até mesmo eu a usei. (É claro que não se tratou bem de um paradoxo. Resolvi o problema indo pedir emprestado na casa dos Orshmidt.) Outra coisa que durante algum tempo foi popular dizer, na minha turma mais do que no resto da escola, foi a palavra *pátina*. Tinha ganhado popularidade na aula de História Antiga, termo que passou da película verde que se formava sobre o bronze ou cobre para algo vagamente sujo — movendo as sobrancelhas ou lambendo os lábios, diriam (não para mim, é claro, mas para outras garotas): "Você tem uma bela pátina." Mas *pátina* definitivamente não tinha tido o mesmo poder de *Nisso está o paradoxo*.

Eu disse a Cross:

— Aspeth quis dizer que quer todos os fios de um mesmo comprimento, e todos mais curtos.

Cross olhou para mim perplexo. Provavelmente ele tinha entendido.

— Exatamente — disse Aspeth. — Viu, Sug, Lee entendeu.

Do saco de plástico que eu carregava desde que tinha saído do meu quarto quase meia hora antes, tirei a tesoura e uma escova de cabelo (não a minha — logo depois de cortar o cabelo de Tullis, comprei uma para uso geral, que eu nunca limpava nem ninguém nunca tinha perguntado se eu limpava). Fui para trás de Aspeth e escovei seu cabelo ainda molhado. Seu xampu cheirava a nozes e flores e, de novo, percebi por que garotos gostavam de garotas como ela.

— Quantos centímetros? — perguntei.

— Estou pensando em dez ou doze.

— Tem certeza? — Normalmente eu gostava de cortar o máximo possível, gostava do corte drástico. Mas Aspeth tinha um cabelo tão extraordinário que era como se eu estivesse prestando um desserviço a toda a comunidade Ault. — Vamos começar com oito e ver como fica.

— Mais comprido embaraça mais. Talvez você devesse raspar a minha cabeça.

— Ficaria bem com a cabeça raspada — disse Cross.

Era mais assim que eu me lembrava dele, como podia flertar falando de uma maneira comum — como, de fato, o flerte estava na discrepância entre seu tom calmo e sincero e a natureza improvável do que estava dizendo.

— Perfeito — disse Aspeth. — Tire tudo. Deixe-me careca.

Levantei uma mecha e cortei, depois examinei a sala e vi, como já esperava, que não havia nenhuma lata de lixo. Deixei o cabelo cair no chão.

Cross deu a volta e ficou do meu lado.

— Pô! — disse ele. — Oh, meu Deus! Vai ficar careca, Aspeth. — Eu tinha cortado menos de oito centímetros, mas Cross mexia com ela; ele não sentia nada por mim.

— Cale a boca — disse Aspeth. Provavelmente ela também gostava dele. A palavra oficial, como me foi transmitida por Dede no ano anterior, era de que Cross e Aspeth eram "bons amigos", e, de fato, quando calouros, os dois saíam com outras pessoas, mas as duas relações tinham acabado; Cross e Sophie Thruler tinham rompido em outubro. Se Cross e Aspeth se gostavam, pensei, realmente deviam sair. Seria um fato nada surpreendente.

— Não sei não... — disse Cross. — Está pondo uma tremenda confiança em Lee, e, Lee, quais são suas credenciais?

Eu estava curvada, e ergui o rosto para olhá-lo. Sua expressão estava serena. Por vários segundos, eu não falei nada, e o senti absorver minha própria expressão, seu sorriso desaparecendo, e senti que uma compreensão passou entre nós — *Não sou uma ninguém, não sou um nada, não existo como uma tábua onde ricochetear suas piadas* —, mas como posso ter certeza? Talvez ele pensasse que não me ocorria nada a dizer.

— Lee cortou uma tonelada de cabelo — disse Aspeth. — Foi ela que cortou o de Tullis.

— Grande coisa. — Cross deu a volta e ficou, de novo, de frente para Aspeth.

Ela levantou a cabeça, provavelmente de maneira subconsciente, para encará-lo. Eu poderia ter baixado sua cabeça, mas não baixei. Estava me rendendo a ela; na verdade, sentia um desejo perverso de ajudar a união dos dois. Quase não me importava a maneira como Aspeth estava fingindo que éramos aliadas, nós duas contra Cross, meninas contra menino.

— E o corte de Tullis ficou incrível — dizia ela. — Por isso.

— Por isso? Nossa, Aspeth, você realmente devia pensar em ser advogada. Nanny-nanny-boo-boo vai ser a próxima?

Havia algo repulsivo em observar Cross flertar; era francamente pessoal, como vê-lo limpar comida do dente.

— Grude a cabeça na titica. — E os dois riram. Então ela disse: — Não é assim? Nanny-nanny-boo-boo grude sua cabeça na titica. — Dessa vez, disseram em uníssono, e coisas ditas em uníssono, assim como piscadelas, faziam minha pele formigar, e tive de reprimir o impulso de fugir do porão. Eram perdedores! Eram mais patetas do que eu! O truque, é claro, seria me lembrar disso na hora da chamada quando os visse distantes, impenetráveis.

— Aspeth — disse eu. Eles continuavam a rir, e eu tentei mudar de assunto. — Acha que a srta. Moray vai usar aquelas botas amanhã?

— Vocês também têm a srta. Marinada?

— Lee e a srta. Moray se odeiam — disse Aspeth. — Têm travado altas batalhas.

Isso era verdade?

— Você participou da história do cafetão? — perguntou Cross.

— Não, mas elas se desentenderam outras vezes — disse Aspeth.

— Lee, eu não sabia que você era tão... — Cross fez uma pausa e nos olhamos, e pensei que, dependendo do que ele dissesse a seguir, talvez se manifestasse um flash do outro Cross, daquele que eu achava gostar. — ... irada. — Não foi um flash.

— Não sou. — Provavelmente pareci irada nesse momento, mas não liguei.

— Marinada não foi a primeira escolha, certo? — disse Cross.

— Cale-se — disse Aspeth.

— Achei que todo mundo sabia.

— Quer calar a boca? — Então, Aspeth pareceu pensar melhor, aparentemente pensar em mim, pois acrescentou: — Está bem, Lee, não pode contar isso a ninguém, mas a srta. Moray foi um acréscimo de última hora ao corpo docente. Acho que tinham contratado outra para ser a interna de inglês, uma mulher superinteligente, formada em Yale, negra e tudo, eles estavam excitadíssimos com isso. Mas na última hora, em agosto, o noivo dela, que vive em Londres, contraiu um câncer testicular e ela foi ficar com ele. Isso deixou-os desconcertados e ficou difícil encontrar uma substituta. Aí entra em cena a srta. Moray, que por uma grande coincidência quer nos dar aula, mas não tem emprego para o outono. Então a contratam e mais ou menos dois dias depois ela vem de carro de Dakota do Sul.

Nenhum de nós falou — eu tinha até mesmo parado de cortar o cabelo de Aspeth — e então Cross disse:

— Câncer nas bolas. Urgh.

— Como você sabe? — perguntei a Aspeth.

— Renny me contou. — Renny Osgood era o professor de marcenaria, um rapaz na faixa dos trinta que havia se graduado na Ault e depois, caso único no corpo docente da escola, não cursou uma faculdade. Sua beleza era muito comentada no jornal dos estudantes, e corria o boato de que teria tido um caso com uma garota do 4º ano alguns anos antes, embora ninguém nunca tenha ficado sabendo do nome dela; de qualquer maneira, ele realmente mantinha "amizade" com algumas alunas atuais, e Aspeth era uma delas. — Ela está fora de sua liga aqui — prosseguiu Aspeth. — Não somente como professora, mas como treinadora também. Dá para ver que é uma atleta decente, mas não tem experiência em hóquei na grama. Nem mesmo sabe o nome das jogadas.

É claro que a srta. Moray não tinha experiência em hóquei na grama — quase ninguém o jogava no Meio-Oeste. Tive um vislumbre dela, em setembro passado, tomando conhecimento de que tinha sido contratada pela Ault, fazendo as malas às pressas e partindo para o leste. Imaginei-a dirigindo sozinha, mudando as estações de rádio quando a estática interferia, passando a noite em um motel onde podia ficar à porta do quarto e ver uma plantação sem-fim de soja, só interrompida por um cartaz de respeito à vida ou uma torre de depósito de água. De Iowa (não de Dakota do Sul) ela provavelmente teria tomado a I-80 para Cleveland, depois a 90 — essa era a rota que meu pai e eu tínhamos seguido quando ele me levou para a Ault.

— Ela teve sorte — disse Aspeth. — É uma droga de professora. Mas a Ault não tinha alternativa.

Mas ela não era uma droga de professora quando foi contratada. Nunca tinha ensinado antes. E quem era Aspeth para decidir que ela agora era uma droga? Continuava inexperiente. Raramente desejei não participar de uma fofoca, mas me bateu que eu realmente não precisava saber que a srta. Moray tinha sido a segunda escolha.

— Pronto — eu disse a Aspeth. — Terminado.

Aspeth levantou-se e passou as mãos no cabelo, uma mão de cada lado da cabeça. Fiquei um pouquinho desapontada ao perceber como eu tinha sido cuidadosa — embora o piso sob a cadeira estivesse coberto de cabelo, praticamente nenhum pêlo tinha se espalhado na camiseta de Aspeth. Ela virou-se para Cross.

— Como estou?

— Feia — replicou ele.

Aspeth mostrou a língua para ele, mas não estava nada feia. Ela consultou o relógio.

— Droga — disse ela. — Só faltam quinze minutos para fechar o refeitório.

Dirigiu-se à escada e Cross a seguiu. Não sei se era para eu ir junto. Além do que, havia a questão da limpeza.

— Ei, Aspeth — chamei.

— O quê? — respondeu ela, sem se virar.

— Tem muito cabelo no chão.

Ela olhou por cima do ombro.

— Nem tanto assim.

Era tanto que dava para fazer uma peruca.

— Será que vocês podem, pelo menos, levar a cadeira de volta? — eu disse.

— Oh, sim. — Cross voltou, pôs a cadeira no ombro e, dessa vez, o movimento não teve nenhum charme.

— Obrigadão, Lee — disse Aspeth, e os dois desapareceram.

Olhei do cabelo no chão para a escada. Podia ser cabelo de Aspeth, mas continuava a ser sujeira deixá-lo ali. No fim, voltei à sala comum, peguei uma vassoura e uma pá de lixo, varri, joguei o cabelo no lixo — enquanto fazia isso, me ocorreu uma fantasia de transportá-lo para o outro lado do campus e despejá-lo na cama de Aspeth, mas provavelmente seria considerado uma indisciplina, e mesmo que não, era algo altamente Audrey Flaherty —, e depois guardei a vassoura de volta no armário do dormitório. A sala comum tinha se esvaziado, e havia algumas batatas fritas abandonadas na mesa diante dos sofás. Pensei em comê-las — afinal, tinha perdido o jantar —, mas seria muito Audrey Flaherty, também. Martha estava certa, pensei no caminho de volta ao meu dormitório. E era isso, a última vez: estava me aposentando de cortar cabelos.

O exercício sobre *Song of Myself** foi escrever a respeito de algo que tinha importância para nós, e defender uma posição, e nos dias anteriores à entrega do trabalho, nada me ocorria.

— Pena de morte — propôs Martha, a caminho do jantar formal.

— Eu seria contra ou a favor?

— Lee!

— Suponho que contra.

— Seria contra porque discrimina as minorias e as pessoas pobres. A maioria esmagadora de pessoas que são condenadas à pena de morte são homens negros sem instrução. Além disso, um bando de gente no corredor da morte acabou se revelando inocente. — Martha sabia desse tipo de coisa porque seu pai era advogado e porque ela era, de maneira geral, mais séria e mais bem informada do que eu. A informação que flutuava no meu cérebro dizia respeito, por exemplo, ao nome do Shih-Tzu de estimação (Petunia) de um ator famoso, ou por que uma modelo tinha recentemente sido enviada para a clínica de reabilitação (por anorexia, com boatos adicionais de que cheirava cocaína).

— A pena de morte é um bom tópico — repliquei. — Mas talvez não para mim.

— Podia falar sobre assistência social ou aborto.

— Dede vai falar sobre aborto.

— Está bem, então pintar as unhas dos pés: é contra ou a favor?

— Perfeito — respondi. — Você é um gênio. — Ficamos em silêncio ao passarmos pela capela. Eu me sentia muito menos solitária e as coisas estavam

*"*Song of Myself*" ("*Canto a Mim Mesmo*"), poema de Walt Whitman, incluído em seu livro de poemas Leaves of Grass (*Folhas de Relva*). (*N. da T.*)

muito melhores para mim agora que dividia o quarto com Martha. — Ei — eu disse. — E se eu fizer algo sobre as orações na escola? Poderia comparar as escolas públicas e particulares e dizer algo como é legal em lugares como esta escola porque todos que estão aqui vieram por escolha própria. Mas não é tão legal na escola pública, porque e se você for judeu ou budista?

— Parece bom — disse Martha. — Não é fantástico, já que não é um assunto que a apaixone, mas parece bom.

Quando entregamos os trabalhos, para o meu alívio, a srta. Moray não obrigou ninguém a ler em voz alta. Deveriam ter um mínimo de 800 palavras, incluindo nome, data e as palavras: "Inglês, 2º ano, srta. Moray", e o título. O meu devia ter 802. Imaginei que não nos faria ler em voz alta porque eram longos demais, mas quando os devolveu na semana seguinte, quis que os lêssemos.

— Acho bom que saibam o que seus colegas pensam — disse ela. — Norie, por que não começa?

Parecia ter se esquecido de devolver minha redação, e levantei a mão, mas ela não me chamou, de modo que a baixei. Não ia interromper as apresentações; seria melhor esperar minha vez. A redação de Chris foi sobre a importância dos esportes nas escolas; a de Aspeth foi sobre como viajar expandia seus horizontes; de Dede foi como ela tinha se tornado a favor do aborto. (Desde o dia em que ela tinha me passado o papel com as notas, não me sentava, intencionalmente, do seu lado, mas a observava, para ver se ela e Aspeth repetiam aquilo, e tinham repetido, diariamente. Estavam longe demais para eu conseguir ler o que escreviam, mas no dia em que a srta. Moray usou uma saia *kilt,* complementada com um alfinete imenso, sabia que a arrasariam — saia *kilt* era outra idéia do internato de que somente uma estranha teria.) A dissertação de Jenny foi sobre como a sua melhor amiga na segunda série tinha morrido de leucemia, o que não parecia corresponder exatamente a uma forte convicção, mas foi tão triste que achei que merecia um A de qualquer maneira.

Eu estava do lado de Jenny, e quando ela terminou de ler, a srta. Moray disse:

— Jeff, pode ler.

— Srta. Moray? — disse eu.

— Você não vai ler — replicou ela. — E sabe exatamente por quê.

— Seu rosto estava rubro. Senti os outros alunos me olhando e me virei para Jeff, como se para lhe dar minha bênção para que continuasse, como se fizesse alguma idéia do que estava acontecendo. A única coisa que pude imaginar é que teria sido algo relacionado à minha recusa de ler na segunda semana de aula.

Quando a campainha tocou, a srta. Moray disse:

— Bem, amanhã continuamos. Darden e Martin não se esqueçam de trazer as dissertações. Lee, espere, e o resto está dispensado.

Depois que todos se foram, ela pegou alguma coisa — minha dissertação — embaixo do livro de anotações e a empurrou por cima da mesa para mim. Deslizou até a metade do caminho e estancou, mas ao meu alcance. Relanceei os olhos para a srta. Moray antes de me inclinar para pegá-la, e algo em sua expressão me paralisou.

— Poderia suspendê-la pelo trimestre, se quisesse — disse ela. — Sua falta de respeito por mim como professora e sua falta de respeito por esta turma... me deixa pasma, Lee. Não sei se isso é algo que possamos corrigir.

Esperei para ver se havia mais, e quando parecia quase definitivo que não, falei rapidamente:

— Desculpe, mas não sei bem do que está falando.

Ela ergueu as sobrancelhas em descrédito, mas sustentei seu olhar. Quanto mais tempo sustentasse, imaginei, mais chances teria de convencê-la de minha ignorância. Ela foi a primeira a desviar o olhar, e quando o fez, peguei a redação. O título que eu havia escolhido, e que agora tinha, acima, um F vermelho no meio de um círculo, era "Oração Não É uma Boa Idéia em Escolas Públicas". Do lado do título eu tinha escrito: "Não é um assunto que tenha realmente importância para mim, mas acredito que satisfaça o tema da dissertação." Essa observação estava cercada por uma confusão de escrita em vermelho que examinei, embora nem todas as palavras estivessem legíveis: *Então por que se deu o trabalho de escrever sobre isso?! Não entende... sua loquacidade e total falta de consideração por... porque essa redação, o propósito único de que...*

Ergui os olhos.

— Não quis dizer que não dava importância a tudo. Só quis dizer que não me importava com *isso*.

— Não faz sentido.

— Só estava dizendo a verdade.

— Então, por que não escolheu outro tópico?

— Não me ocorreu nenhum.

— Não há nada que lhe desperte um forte sentimento? Aqui está, nesta escola incrível, com todos os privilégios, e não consegue pensar em nada que tenha importância para você. O que pretende fazer de si mesma? — Esperou e me dei conta de que era uma pergunta que eu deveria responder.

— Refere-se a carreira? Talvez... — Tinha me ocorrido que talvez eu gostasse de ser professora, mas certamente isso pareceria suspeito. — Talvez advogada — repliquei.

Ela emitiu um som de zombaria.

— Advogados defendem alguma coisa. Acreditam em alguma coisa. Pelo menos, os bons advogados. — Cruzou de novo os braços. — Não sei o que fazer com você, Lee. Não a entendo. Você é um enigma. Tem aproveitado alguma coisa vindo às minhas aulas?

— É claro.

— O quê?

— Não sei o que está perguntando especificamente.

— Estou perguntando se aproveita alguma coisa vindo às minhas aulas. É uma pergunta muito simples.

Nenhuma de nós falou, e à medida que o silêncio se alongava, me sentia cada vez mais distante da última coisa que ela tinha dito. Talvez eu pudesse mudar de assunto completamente, responder a um tópico diferente — poderia dizer: *E é por isso que papagaios são realmente bons bichos de estimação.* Ou: *Por que sempre quis conhecer o Novo México.* Ao pensar nisso, me pareceu um pouco absurdo, um pouco arbitrário, ser esse o tipo de conversa que estávamos tendo; discutir com a srta. Moray parecia inorgânico.

Mas não podia dizer aquelas coisas. Seria esquisito. Ela pensaria que havia algo errado comigo, algo mais errado do que ela já achava.

— Gosto de ler — disse eu. — Acho interessante.

— Que livro é o seu preferido? — Mal conseguia acabar de falar e ela já esbravejava outra pergunta.

— Gosto de, hum, *Song of Myself.*

— Do que gosta nesse poema?

— Não... — Fiz um som involuntário de engolir. Não estava prestes a chorar, mas pareceu que sim, e imediatamente a expressão da srta. Moray se abrandou. — Não sei — disse eu. — Das palavras.

— Gosto de Whitman, também — disse ela. — Por isso o escolhi.

Estava olhando fixo para mim — com menos hostilidade do que antes, mas olhando — e desviei o olhar, para o quadro-negro, para a janela, para o tampo da mesa. Quando voltei a olhar para ela, seu olhar não tinha vacilado.

— Pode viver a sua vida sem compromissos — disse ela. — Pode ser uma pessoa que sempre diz não, que não se interessa, não se entusiasma, impassível demais para fazer parte das coisas. Ou, num certo ponto, pode dizer sim. Pode desenvolver interesses, assumir uma posição, comunicar-se com os outros. Vejo como não fala com seus colegas de turma antes ou depois da aula. Querem ser seus amigos. Dede e Aspeth querem ser suas amigas e espero que chegue o momento em que lhes dê essa chance.

Senti os cantos da minha boca se contorcerem. Sorrir nesse momento seria a pior coisa que eu poderia fazer; a enfureceria. Mas ela estava tão *errada*. Estava enganada em relação a tudo; e sua visão errada, embora absurda, era lisonjeira. Eu não era despreocupada, não era desinteressada, Aspeth certamente não queria ser minha amiga, e eu era uma das pessoas menos legais que eu mesma conhecia — tudo o que fazia era observar os outros alunos e sentir curiosidade em relação a eles, me sentir deslumbrada com suas futilidades e arrasada pelo abismo intransponível entre nós, minha terrível falta de espontaneidade, minha incapacidade de descontrair. E nada me provocar um sentimento forte? Sentia intensamente todas as coisas — não somente minha interação com as pessoas, sua postura e suas inflexões, mas também seu mundo físico, o cheiro do vento, as luzes na ala de matemática, o volume exato do rádio no banheiro, se ligado enquanto eu escovava os dentes. Tudo no mundo, eu gostava ou não gostava, queria mais ou menos, queria acabar ou continuar. O fato de não ter opinião sobre, por exemplo, as relações entre os EUA e a China não significava que eu não sentia as coisas. Quanto a ser um enigma, era mais difícil dizer porque eu não sabia o significado da palavra. Mas com certeza a procuraria no dicionário quando voltasse ao dormitório.

— Está me ouvindo? — perguntou a srta. Moray.

— Sim.

— Quer dizer, está *compreendendo* o que estou dizendo?

— Sei. Eu... eu entendo. — Ela queria mais de mim. Queria que eu falasse tanto quanto ela, que me abrisse. Mas eu não tinha nada a dizer. Eu não era o que ela achava que eu era, exceto naquele momento, com ela, porque tinha me inventado. — Quer que eu reescreva a dissertação? — perguntei.

— Não se trata da dissertação. Sim, a dissertação me irritou um bocado, mas... sei que pode parecer dramático, mas há muita coisa em jogo aqui, trata-se da sua vida. De fazer alguma coisa da sua vida. Quero que não se esqueça desta conversa.

Por que ela tinha me escolhido?, eu me perguntei. O que na minha conduta a tinha provocado?

— Quero que hoje seja o dia em que você decidiu dizer sim. — Bateu na mesa. Foi uma batida de excitação: sua fúria tinha desaparecido. E me fez pensar em Aspeth. Se Aspeth tivesse assistido a essa cena, imitaria esse gesto depois, imitaria o seu fervor. Mesmo sem saber a razão, fiquei feliz pela srta. Moray me escolher como objeto de sua preocupação porque eu contaria só para Martha e não espalharia isso pela escola. — Vai ser hoje o dia? — perguntou ela.

Engoli em seco.

— Está bem.

— Não parece segura.

Eu deveria dizer *Sim!* — gritar, na verdade —, mas não disse. Não que não estivesse disposta a satisfazê-la, mas não estava disposta a mentir. Ela realmente pensava que se eu gritasse entusiasticamente isso significaria alguma coisa? Não estava um pouco velha para acreditar que uma pessoa poderia transformar seu ponto de vista no intervalo de dez minutos? Antes, seus comentários tinham me parecido um mal-entendido, mas tinham tido uma certa relação, mesmo em sua inexatidão, com a minha vida. Essa parte da sua apresentação não tinha absolutamente nada a ver comigo; ela estava agindo como um técnico de futebol ou um orador profissional. Eu tinha tido essa idéia antes, mas nunca explicitamente e nunca com tristeza ao invés de desdém. Ao olhar para o seu rosto agitado, esperançoso, pensei: *Você não é tão inteligente assim.*

Ela veio ao meu dormitório nessa noite, batendo à porta por volta das nove horas. Martha estava na biblioteca, e eu estava comendo biscoitos e lendo *Glamour*. Não esperou que eu abrisse a porta; girou a maçaneta ela mesma e entrou. Vê-la no limiar foi tanto surpreendente quanto perfeitamente natural — desde que saíra da sua sala, minha cabeça zunia continuamente com fragmentos da nossa conversa, e a sua presença pareceu meramente a manifestação física do que eu já estava imaginando.

— Não estou interrompendo, estou? — disse ela.

Parei de mastigar.

— Não.

— Vou dizer o que quero. — Dava para sentir a energia transmitida por seu corpo: tinha tido uma idéia, tinha decidido alguma coisa, tinha atravessado rapidamente o campus e seu ar frio. E como contrastava com a minha inércia, minha má postura, as migalhas na minha camiseta. Ajeitei o corpo.

— Quero que corte o meu cabelo — disse ela. — Eu lhe darei uma nota por isso. Vai compensar a redação. A nota que eu lhe der pelo corte substituirá o F.

Olhei para ela e me senti, de repente, extremamente cansada.

— O que acha do trato? — disse ela.

— Hum, está bem. — É claro que voltava atrás na minha promessa de parar de cortar cabelos. Ela era minha professora, e eu não tinha escolha, porém mesmo que tivesse sido outra pessoa, um estudante, eu não teria dito não, e não disse durante os poucos meses seguintes. Por um tempo eu ficava dizendo sim e então, dizia: *Que tal daqui a alguns dias?* E não levava adiante, e às vezes dizia: *Sabe, seu cabelo parece complicado e não quero estragar tudo.* Ainda assim, a última vez que cortei já estava no 3° ano.

A srta. Moray sorriu largo.

— Vai ver como não é nenhum favor de minha parte. Meu cabelo precisa urgentemente de um corte.

Hesitei.

— Quer que eu corte agora?

— Seria ótimo. Trouxe os instrumentos. — Tirou da bolsa uma escova e uma tesoura; de todas as pessoas de que cortei o cabelo ela foi a única que providenciou as coisas. — Achei que isso seria o bastante. Devemos ir para o banheiro?

Não tinha me ocorrido, mas fiquei aliviada com a sugestão, pois não ficaria à vontade com ela no meu quarto.

Levei uma cadeira para o banheiro e a coloquei no chão ladrilhado entre os boxes e a série de pias. A srta. Moray sentou-se. Fiquei atrás dela, segurando uma das toalhas de Martha. Seria estranho colocá-la nela, ajeitá-la em seus ombros ou tocar no seu pescoço. Fui para a sua frente e lhe dei a toalha.

— Tome — disse eu. — Para que não caia cabelo na sua roupa.

— Ah — disse ela. — Bem pensado. Excelente atendimento, srta. Fiora. Devo molhar o cabelo?

— Não é preciso. — Atrás dela, disse a mim mesma que todo cabelo era igual. Eu podia fingir que ela era outra pessoa.

Ela curvou o pescoço para a frente. Vi que tinha uma verruga, uma minúscula bolha marrom logo abaixo do couro cabeludo, e senti um impulso de asco. Sentia o cheiro de seu cabelo, um cheiro humano distinto, não o perfume do xampu de Aspeth. Por todo o alto da cabeça da srta. Moray, o cabelo estava amontoado em cachos mais escuros, parecendo umedecidos. Ou não o lavara recentemente, ou era muito oleoso — provavelmente, para ser justa, era oleoso, porque a pele de seu rosto também era oleosa. Comecei a escová-lo. Seu cabelo era grosso, mais grosso do que parecia, o que significava que o corte levaria mais tempo. Mas tomaria cuidado, não me apressaria. A situação exigia eficiência — o fato de eu ser capaz de fazer isso bem tornava fazê-lo bem uma obrigação.

Não falamos. Acho que ela teria gostado de falar, mas não a encorajei e com o passar dos minutos, senti que ela ia se acalmando, acomodando-se no acalanto de sua própria quietude. Cortei atrás, do lado direito, do lado esquerdo, depois na frente e me certifiquei de que ficasse uniforme. Escovei mais uma vez, para ver se havia pontas. Nove e quarenta e cinco, depois nove e cinqüenta, e ouvi as pessoas retornando ao dormitório para se recolherem às dez. O que pensava a srta. Moray enquanto eu cortava o seu cabelo? Ela tinha 22 anos então — descobri isso mais tarde nesse ano porque, em março, ela nos comprou bolinhos pelo seu vigésimo terceiro aniversário — e sua mente era uma cidade que eu ainda não conseguia imaginar.

Porém mais tarde, consegui; pude vê-la em um estágio claramente identificável de sua vida. Era uma jovem que tinha se mudado sozinha para uma parte diferente do país, e devia estar extremamente consciente de todos esses fatores — de que era jovem, de que era mulher, de que estava só; sua felicidade, se é que era feliz (não faço idéia de se a srta. Moray era feliz), devia ter parecido muito tênue. Por isso, pensando retrospectivamente, tenho quase certeza de que ela comprou o broche de prata para si mesma. Ter feito isso teria sido o ato de alguém que se esforçava muito. Nas tardes em que costumava olhar para ele, preso em suas blusas de botões ou suéteres de gola rulê, com ela sentada na cabeceira da mesa ou em pé diante do quadro-negro, quando pensava em todas as maneiras como poderia ter obtido o broche, essa possibilidade não me ocorria. Achar isso teria sido insuportavelmente deprimente, teria parecido patético (é, evidentemente, uma marca da minha própria juventude na época o fato de se esforçar com tanto afinco me parecer tão triste, como se o mundo não fosse cheio de tristezas muito maiores) e poderia ter provocado em mim uma simpatia genuína e contínua, em vez de meras aflições intermitentes.

Quando o corte foi concluído, a srta. Moray virou-se de um lado e de outro, diante do espelho.

— Excelente, Lee — disse ela. — Entendo por que comentam tanto. — Antes de sair, ficamos nos olhando no corredor do lado de fora do banheiro, e ela disse: — Realmente, não tenho como lhe agradecer. — Percebi que ela estava pensando em me abraçar, e desejei que não o fizesse.

Não gostaria de vê-la hoje, não gostaria de lhe pedir desculpas ou agradecer-lhe, não creio que tenha influenciado a minha vida de nenhuma maneira duradoura, como os melhores professores supostamente fazem. Mas algo dela me assombra: talvez seu misto de bravata e sinceridade, talvez o mistério do que aconteceu com ela em seguida (pelo que sei, ninguém da Ault manteve contato com ela depois que partiu), talvez somente seus erros, porque cometeu tantos.

Pelo corte de cabelo, como eu sabia que faria, ela me deu um A.

5. Fim de semana dos pais

OUTONO DO 3º ANO

Quando entrei no refeitório, percebi que estava silencioso e vazio como em uma manhã de domingo, embora, na verdade, passasse das seis da tarde de uma sexta-feira. Na seção em que os alunos do 3º ano se sentavam, somente uma mesa estava ocupada, e assim mesmo pela metade. Sentei-me, minha bandeja entre Sin-Jun e Nick Chafee, o louro, não especialmente bonito, cujos avós tinham iniciado os museus Chafee na Filadélfia e em São Francisco. Do outro lado da mesa, estava Rufina Sanchez e Maria Oldega, as únicas garotas latinas na nossa turma além de Conchita, e que dividiam o quarto e eram melhores amigas. Rufina tinha o cabelo preto comprido e desgrenhado, lábios grossos e sobrancelhas escuras, espessas, arqueadas sobre olhos grandes, e usava jeans apertados e camisetas justas. Maria não era tão bonita, era menos graciosa, embora também usasse roupas justas. Além disso, não se mostrava deferente com Rufina, e não falava menos em grupo, algo que sempre me impressionou.

Quando me sentei, virei-me para Sin-Jun.

— Seus pais não vieram este ano?

Ela sacudiu a cabeça.

— Longe demais.

— Imagino, especialmente se já vieram antes — disse eu. Quando vieram de Seul no nosso primeiro ano na escola, os pais de Sin-Jun tinham me levado para jantar no Red Barn Inn, que aparentemente era o único restaurante entre o campus da Ault e Boston que a maioria dos pais era capaz de agüentar. O salão tinha se enchido de famílias Ault, e muitos dos pais pareciam se conhecer independentemente de seus filhos; deixavam-se ficar uns nas mesas dos outros, dirigiam-se uns aos outros em tom brincalhão. Quando o sr. ou a sra. Kim falavam comigo, eu sentia dificuldades em me concentrar no que estavam dizendo por sobre a algazarra ao fundo, e quando eu respondia às suas perguntas sobre de onde eu era e se gostava da Ault, não sabia se minhas respostas faziam sentido. A sra. Kim tinha o dente da frente preto, batom vermelho brilhante, e comeu aproximadamente um décimo da comida em seu prato e não mandou embrulhar o resto para levar. O sr. Kim estava ficando calvo e cheirava a água-de-colônia e cigarros. Os dois falavam um inglês fluente, com forte sotaque, e eram ambos pequenos. Como a maioria dos pais da Ault, eram ricos — o pai de Sin-Jun era dono de uma cadeia de fábricas de tênis —, mas coreanos ricos, estrangeiros ricos, o que não era a mesma coisa que serem ricos da Nova Inglaterra ou de Nova York. A maior parte dos outros pais se parecia: os pais eram altos, magros, cabelos grisalhos, sorrisos tristes, e usavam terno. O cabelo das mães era louro-acinzentado e usavam faixa em volta da cabeça, brincos de pérola e pulseira de ouro, suéteres pretas com botões dourados sobre saias xadrezes compridas, ou então — as esqueléticas — terninhos bege ou carvão com lenços de seda ao redor do pescoço. (Além disso, as mães tinham nomes que eu achava difícil imaginar que tivessem trabalhado de verdade alguma vez na vida: Fifi, Tinkle e Yum.) Além de todos jantarem no mesmo restaurante, hospedavam-se no mesmo hotel, um Sheraton luxuoso na I-90; alugavam quartos separados para seus filhos. Dizia-se que aqueles que ali ficavam, que era a maioria da meninada da escola, se embriagava e acabava nadando nua na piscina interna, ou transando no corredor do lado da máquina de gelo. Os Kim não tinham me convidado para ficar no Sheraton, mas, francamente, eu não teria ido mesmo — Sin-Jun e eu provavelmente teríamos ido para nossas camas e ficado deitadas no escuro, escutando pelas paredes os ruídos dos outros se divertindo. No 2° ano, Martha me convidou para ir ao Red Barn Inn jantar com seus pais, e eu fui, mas quando me convidou no ano seguinte, declinei, e foi só então que me dei conta de como odiara aquilo o tempo todo.

— Meu pai pensou em vir, mas minha mãe diz que a viagem de avião a deixa muito cansada — replicou Sin-Jun.

— Quando se vem da Ásia é pior do que ir do Ocidente para o Oriente — disse Nick. — Quando voltei de Hong Kong, dormi por quase uma semana.

Não respondi à observação de Nick, nem ninguém mais respondeu. Acabei de cortar meu espaguete, larguei a faca, e enrolei a massa com o garfo.

— Lee — disse Maria, e ergui os olhos do prato. — Seus pais também não vieram?

— Vão chegar amanhã. — Imediatamente fiquei apreensiva com a possibilidade de alguém perguntar por que estavam vindo mais tarde, pois, afinal, o chá de boas-vindas oferecido pelo diretor tinha acontecido nessa tarde, e eu não ia querer admitir que estavam vindo de carro, e não de avião, de South Bend. ("Essa distância toda?", alguém poderia perguntar. "Quanto leva, doze horas?" e eu teria de revelar que, de fato, eram dezoito.)

— Mas têm de chegar depois do fim do jogo — disse Rufina. — Nenhum pai ou mãe podem ver. — Embora estivéssemos no 3° ano, Rufina, Maria e eu ainda jogávamos futebol JV.

— É a primeira vez que seus pais vêm, não é? — disse Sin-Jun.

— Além de quando comecei aqui — repliquei, embora somente meu pai me tivesse trazido.

— Legal — disse Nick. — Estou feliz por meus pais não virem. Meu irmão foi para a Overfield, e é o fim de semana dos pais lá também.

— Eles gostam mais do seu irmão? — perguntou Rufina.

— O motivo oficial é o fato de ele ser calouro e este ser o seu primeiro fim de semana com os pais. Não estou me queixando. — Nick sorriu largo. — Verdade.

Todos riram, inclusive eu — durante o tempo na Ault, tinha percebido que era um ato de agressão não reagir a uma situação em que todo mundo estava reagindo, um pedido de atenção —, mas me senti surpresa. Como Nick não se sentia culpado? Não era uma traição insultar pessoas de que era íntimo em frente de pessoas de quem não era íntimo? Nos seriados e em filmes, uma antipatia tranqüila por seus pais era a norma — homens tinham pavor a ir para casa no Natal, mulheres discutiam irritadas com suas mães a respeito de planos de casamento —, mas essas cenas não tinham nada a ver com a minha própria experiência. Conhecia tão bem meus pais; eles eram tão reais para mim: o som do seu carro entrando na alameda, o cheiro do aromatizante bucal de minha mãe, o roupão vermelho de minha mãe e a marca de seu queijo cottage, a maneira como meu pai arrotava o alfabeto e carregava meus irmãos, cada um debaixo de um braço, escada acima. Como poderia falar deles casualmente a menos que não estivesse pensando neles realmente e apenas nas palavras *minha mãe* e *meu pai*?

— Sabe por que gosto do fim de semana dos pais? — disse Maria. — Porque a comida é muito melhor. Não isto — apontou para o macarrão mole que sobrava num molho aguado em seu prato —, mas amanhã, o almoço vai ser uma delícia.

Rufina bufou.

— E então todos os pais poderão dizer: *Ault cuida tão bem de seus alunos. Estou tão feliz por termos decidido enviar o nosso filhote para cá.* — Rufina estava falando com seu sotaque normal mas com uma modulação esnobe. O efeito geral fazia-a parecer alegremente ridícula, não ressentida como eu desconfiava que pareceria se fosse eu a gozar a Ault. Virou-se para Maria e falou com sua voz normal: — Acha que vão servir aqueles *brownies* de novo? *Eram* deliciosos.

— Fomos ao chá do sr. Byden — explicou Maria.

— Até sermos expulsas por estarmos de jeans — acrescentou Rufina, e se entreolharam e caíram na risada.

Eu, é claro, não tinha ido ao chá; era para receber os pais e eu ainda não tinha nenhum dos dois no recinto. Nunca fui amiga de verdade de Rufina ou Maria, mas sempre senti uma admiração idealizada pela maneira como pareciam não se importar com o que as pessoas achavam delas. Não pareciam se sentir nem gratas pelos privilégios da Ault — as duas eram bolsistas, e uma bolsa de estudos, em sua essência, não era um presente? — nem veneravam suas convenções. Mas elas eram duas e eu, uma só, e não se pode agir de maneira irreverente sozinha, não mesmo. Além do mais, enquanto minha aparência ainda dava para passar, sua etnicidade tornava definitivo seu status de estrangeiras.

— Ei — disse Nick. — O meu irmão acaba de me mandar este CD do Pink Floyd. Estão a fim de ir ao centro do grêmio escutá-lo?

— Talvez — replicou Maria.

— E você? — Nick olhou para Rufina e me perguntei, pela primeira vez, se ele não estaria interessado nela. Certamente ele não ia querer ser seu namorado — os garotos da Ault quase nunca saíam com garotas da minoria; quando isso acontecia, eram meio palermas e alguma garota asiática ou índia, nunca uma negra ou latina, e definitivamente nunca nenhum dos garotos mais ricos. Mas talvez Nick achasse Rufina bonita, talvez isso explicasse a sua presença ali. Porque era, de fato, meio estranho Nick Chafee estar com um grupo de garotas como nós. Mesmo sem seus pais terem ido, ele deveria estar no Red Barn Inn com os pais de um amigo.

— Quer, *chica*? — perguntou Maria, e cutucou o braço de Rufina.

— Ai — disse Rufina. Maria cutucou-a de novo, e ela disse: — Pára com isso ou vou relatar abuso de companheira de quarto. — E deu uma gargalhada, com a boca aberta. A intensidade da risada excedeu tanto a conversa que a provocou que me dei conta de que Rufina deveria estar feliz. Nunca tinha pensado nela como feliz, e não tive certeza disso quando aconteceu, se o seu humor era temporário ou permanente. Eu me perguntei se ela gostaria da Ault. À parte suas queixas, sentiria a escola como sendo seu lugar? Lembrei-me de súbito de, no nosso primeiro ano na Ault, me sentar do seu lado no ônibus na volta de um jogo em outra escola. Era começo de novembro, um dia sombrio, de céu cinzento, e como o placar tinha sido apertado — a partir do segundo tempo, a Ault passou a perder por um gol somente —, o técnico tinha nos mantido no banco durante toda a partida. De início, conversamos um pouco, e torcemos por nossa equipe, às vezes nos levantávamos, andávamos por ali, e nos esticávamos, para nos mantermos preparadas para o caso de sermos chamadas, mas fazia tanto frio que, passado algum tempo, só ficamos ali sentadas — Maria e umas duas outras garotas tinham vindo para o banco também — e nos aconchegamos sem falar. Quando o jogo acabou, não me importei por termos perdido. No ônibus de volta, eu ainda de uniforme, me sentei do lado de Rufina, e o meu corpo pareceu se aquecer e se expandir. Durante a viagem, com as árvores marrons e desfolhadas, a relva morta, o céu quase branco, dos dois lados da estrada, consegui me entregar ao momento, a esse intervalo de tempo. No campus, teria de enfrentar o caos do vestiário (como não tinha jogado, pareceria desnecessário tomar banho, mas não queria que as pessoas me vissem não tomando uma chuveirada) e depois o caos do jantar, e depois o tempo vago a ser preenchido no dormitório antes de se deitar. Não seria um sossego que me deixasse desnorteada, pois estaria onde deveria estar, e alguma coisa, nem que fosse o nosso retorno ao campus, teria sido realizada, e tudo o que eu tinha de fazer era esperar; no meu quarto, eu era responsável por mim mesma, as escolhas eram minhas. Recostei a cabeça no espaldar do banco e escutei o som do ônibus, a crepitação intermitente do rádio do motorista, as vozes das poucas garotas que não estavam dormindo ou lendo, um vestígio de uma música, não reconhecível, que o *walkman* de alguém tocava. O ônibus me parecia ser o melhor lugar no momento onde estar — não um lugar fantástico, não estava *me* divertindo, mas teria dificuldades em nomear algum lugar melhor. Então, do meu lado, senti um estremecimento, e quando me virei, vi que Rufina estava chorando baixinho. Ela olhava pela janela, e só pude ver parte do lado esquerdo do seu rosto, que estava vermelho e manchado da maquiagem; na época, quando ela entrou para a Ault, usava muita maquiagem, mesmo durante os jogos — rímel e delineador preto e púrpura. Seu punho direito estava na frente da boca, e ela arfava ligeiramente. Há quanto tempo estava chorando? E eu deveria dizer alguma coisa ou fingir que não havia notado?

Estiquei o pescoço na direção oposta, olhando o corredor de lá para cá. Ninguém mais fazia idéia. Ouvi Rufina fungar, e antes de tomar uma decisão consciente, tinha tocado seu braço com a ponta dos dedos.

— Quer que chame a srta. Barrett?

Ela negou sacudindo a cabeça.

— Quer um lenço de papel? — Na verdade, era um guardanapo que tirei da mochila aos meus pés. Eu o tinha usado quando comi um sanduíche de peru na viagem de ida, e estava com alguns pedaços amassados e manchas de mostarda.

Ela retirou o punho de frente da boca, engoliu, virou-se para mim, e estendeu a mão, a palma para cima. Quando nossos olhos se encontraram, a sua expressão foi tão triste que desejei que o guardanapo estivesse limpo. Ela inclinou a cabeça, assoou o nariz, e voltou a olhar pela janela. Estávamos passando por um agrupamento de sempre-verdes, obscurecidas pelo crepúsculo que se aproximava, quando ela disse:

— Só queria saber se tudo será sempre assim.

Não foi o que eu esperava. Primeiro, não esperava que a sua voz soasse tão controlada, e esperava que fosse mais específica sobre o que a estava incomodando: *sinto saudades do meu namorado* (tinha ouvido falar que ela saía com alguém em San Diego, um rapaz mais velho que estava no exército) ou *não acredito que a srta. Barrett não deixou que jogássemos.* O que eu podia responder ao que ela havia dito? Ou eu não fazia idéia do que estava falando ou entendia exatamente, e considerando-se essas duas opções, queria que a última fosse a verdadeira, mas se eu fizesse outra pergunta, então não seria. Se a fizesse explicar, nem que fosse só um pouco, significaria que eu não tinha entendido nada.

Respirei fundo.

— Não — repliquei. — Acho que não.

Esperei para ver se uma de nós diria mais alguma coisa. Ela continuava a olhar pela janela, e eu também olhei, e vi que tinha começado a nevar.

Agora, tinham se passado dois anos, Rufina não usava maquiagem; o cabelo, antes puxado para trás em um rabo-de-cavalo, agora ficava solto; ela falava muitas vezes espontaneamente, mesmo na frente de meninos como Nick. Pensei se eu também teria mudado desde o primeiro ano. Certamente não tão positivamente — estava menos ingênua, um pouco menos ansiosa, porém mais gorda, tinha engordado cinco quilos nos dois últimos anos, além de minha identidade parecer definida. No começo, tinha imaginado que poderia passar por estranha e sonhadora, como se ficasse sozinha por opção, mas agora era mais uma garota de aparência comum que andava a maior parte do tempo com sua companheira de quarto (de aparência também comum), que não namorava, não se destacava nos esportes ou nas matérias acadêmicas, não participava de atividades proibidas, como fumar ou escapulir do dormitório à noite. Agora eu era mediana e Rufina, feliz. E ela era sexy também — ou nem sempre tinha tido essas curvas e pele dourada ou eu é que não tinha reparado antes. Eu me perguntava se ela sentiria estar perdendo tempo na Ault, ficando presa em Massachusetts durante os anos em que era bela.

— Devia escutar — Nick estava dizendo para ela, e então se dirigiu a Sin-Jun e a mim. — Vocês também deviam.

— Sabe que não temos nada melhor a fazer — Maria disse a Rufina.

— Tenho trabalho — replicou Rufina, o que era realmente extraordinário: o fato de Nick parecer estar dando em cima de Rufina e ela o estar rejeitando. Não que ele estivesse *realmente* dando em cima dela, eu sabia.

— Eu também — eu disse e me levantei. Nick estava sendo surpreendentemente gentil, mas não conseguia imaginar que ele quisesse realmente que eu fosse ao centro do grêmio. — Divirtam-se — eu disse de uma maneira que esperava ser afetuosa.

É claro que hoje me pergunto de onde tirei a idéia de que, para você participar de uma reunião, as outras pessoas têm de realmente, mas realmente querer que esteja lá, e que qualquer coisa que não o entusiasmo ardoroso da parte delas significa que você é um incômodo. De onde tirei a idéia de que ser um incômodo era um problema tão grave? Às vezes, hoje, penso em todas as oportunidades que perdi — ir à manicure na cidade, assistir TV em outro dormitório, participar de uma guerra de bolas de neve — e em como a recusa passou a ser um hábito para mim, e que chamaria a atenção se aceitasse. Uma vez, quando estava no 2º ano, à mesa do almoço, Dede estava organizando um grupo para ir a um restaurante antes da cerimônia da primavera. Ela rodeou a mesa apontando para cada um de nós e contando, e quando chegou a mim, disse: "Está bem, você não, porque nunca vai aos bailes." E era verdade, mas teria ido ao restaurante, teria usado um vestido, tomado o ônibus fretado, me sentado com colegas de turma à uma grande mesa redonda em um salão com um guardanapo vermelho imenso no colo. Teria bebido Sprite com canudinho, comido pãezinhos quentes e rosbife e sobremesa; tudo isso teria sido exeqüível. Mas no momento em que Dede tinha passado direto por mim, como eu poderia ter explicado isso?

E havia mais uma coisa, mais uma razão para eu não ir ao centro do grêmio com Nick. Eu acreditava que se o encontro casual com alguém tivesse sido bom, era melhor não repeti-lo durante o máximo de tempo possível, para não arriscar estragar a interação anterior. Por exemplo, se fosse quarta-feira e houvesse uma palestra depois do jantar, e você e sua companheira de quarto tivessem uma conversa inesperadamente divertida com os garotos sentados do seu lado. Digamos que a palestra estivesse chata e durante o tempo todo, trocassem cochichos e caretas; então, a palestra se encerraria e todos deixariam o edifício da escola. Quarenta minutos depois, digamos que você, sozinha, sem o escudo de uma companheira de quarto, estivesse na biblioteca, do lado do fichário do catálogo, e um dos garotos passasse, também sozinho — o que você deveria fazer? Simplesmente se cumprimentarem balançando a cabeça poderia parecer hostil, seria uma confirmação da anomalia de ter partilhado alguma coisa durante a palestra, e já estariam retrocedendo a seus papéis usuais. Mas provavelmente seria pior parar e conversar. Os dois se sentiriam compelidos a prolongar a alegria anterior, mas agora não haveria mais palestra de que debochar, seriam apenas os dois, abertamente sorridentes, os dois querendo prover o dito espirituoso com que a conversa poderia se concluir satisfatoriamente. E depois, se, onde ficavam as estantes, se esbarrassem *de novo*? Seria terrível!

Essa apreensão fez com que eu passasse um bocado de tempo me escondendo, geralmente no meu quarto, depois de alguma conversa agradável com alguém. E havia regras para a apreensão, praticamente matemáticas em sua consistência: quanto menos conhecesse a pessoa, maior a pressão para na segunda vez ser especial e encantador, se foi isso que achou que pareceu na primeira vez; geralmente era sobre reforço. Também: quanto menos tempo desde o primeiro encontro, maior a pressão; daí a agonia palestra-a-biblioteca. E finalmente: quanto melhor a interação original, maior a pressão. Freqüentemente, minha ansiedade precedia o fim da interação — eu só queria que terminasse enquanto gostássemos um do outro, antes de a situação mudar.

Quando deixei a mesa, Rufina disse:

— Divirta-se com seus pais.

Meus pais — tinha me esquecido deles. Fui à cozinha, levando meu prato e talheres, e senti um nó na barriga. Quando decidiram vir, imaginei como seria a visita, as coisas no campus que eu queria mostrar para eles, mas agora que estavam para chegar, sua presença iminente parecia uma interrupção, até mesmo uma inconveniência. Não que eu não gostasse de estar com meus pais, mas não estava finalmente me sentindo mais à vontade na Ault, jantares como esse não eram uma prova de minha adaptação crescente? Tinha entrado no refeitório sozinha e apesar de Nick estar lá, tinha participado da conversa, comido espaguete — durante todo o meu primeiro ano na Ault, não tinha me atrevido a comer macarrão em público — e esses não eram sinais de progresso? De repente me ocorreu que meus pais poderiam ficar confusos comigo, a versão Ault de mim, para quem comer espaguete era um ato de ousadia. Na sexta série, em South Bend, ganhei o primeiro lugar em um concurso de comer torta no carnaval da escola elementar. Eu tinha devorado a torta sem usar as mãos, pego o troféu dourado de plástico na forma de um vaso com alças, vomitado em uma lata de lixo, e seguido diretamente para o U-Turn, brinquedo em que minha amiga Kelli Robard e eu nos sentamos em um compartimento enjaulado que girava e se sacudia. Mas eu tinha mudado desde então. Estava diferente. E independentemente do que os meus pais achassem, este — o meu ego Ault — era agora o meu ego verdadeiro.

Lá fora estava escuro e frio. As estrelas brilhavam e a lua quase cheia estava luminosa. Os dois dias seguintes seriam o clima perfeito de fim de outubro, ensolarados, mas não quentes, e por todo o campus as folhas estavam douradas e vermelhas. Durante os últimos dois anos, o tempo tinha sido o ideal para o fim de semana dos pais, o que não era de admirar; a Ault sempre me pareceu uma pessoa que sempre tinha o que queríamos.

E não me ressentia dessa boa sorte institucional — pelo contrário. Sentia-me grata por ser uma cidadã sua. Embora pessoalmente nem sempre conseguisse o que queria, continuava a fazer parte do universo privilegiado da Ault; eu agora falava a sua língua, conhecia o seu aperto de mão secreto. Meu senso de adaptação talvez nunca tenha sido tão aguçado quanto nessa noite, e não sei se o identifiquei então — mais tarde, se tornou óbvio —, mas certamente o *timing* não foi coincidência. Foi porque meus pais estavam chegando e porque eu sabia que eles não faziam parte desse universo. Acho que isso sempre ocorre por contraste — semelhante a como somente quando estamos doentes nos perguntamos por que, durante os meses e meses sadios, nunca valorizamos a saúde.

Primeiro, me sentei nos degraus de pedra que levavam à entrada do lado norte do edifício da escola, porque meus pais chegariam pelo portão a cinqüenta metros. Tinham dito que chegariam por volta das nove. Às seis dessa manhã, enquanto ainda estava na cama, o telefone público, na sala comum, tocou e eu disparei escada abaixo para atender, sabendo que os pais de mais ninguém ligariam tão cedo. Tinham acabado de passar por Pittsfield, Nova York, minha mãe disse, meu pai estava tomando um café, e mal podiam esperar para me ver.

Eu estava usando uma saia de algodão xadrez na altura do joelho, através da qual sentia o frio dos degraus, e uma suéter de lã azul-marinho, botas de cano curto sem meias, e estava lendo meu livro de física, ou, pelo menos, ele estava no meu colo. As aulas de sábado tinham sido canceladas e praticamente ninguém estava acordado. Era uma manhã fria e ensolarada, e a bruma estava dissipando o imenso círculo de relva e, além dos edifícios, para além dos campos de esportes. Pensei nas coisas que faria nesse dia, se meus pais não estivessem vindo — correndo ou fazendo um piquenique. (É claro que essas idéias eram falsas. Eu não gostava muito de correr, e nunca tinha feito um piquenique — o que eu faria, correria para a cidade e compraria uma baguete?)

Tentei pensar no que meus pais queriam do fim de semana. Estava planejando mostrar-lhes o campus, e sei que minha mãe gostaria de conhecer Martha. Meu pai era mais complicado. Parecia tão mais fácil entrar no seu mundo — freqüentar sua loja, ajudá-lo a limpar o quintal ao anoitecer, pegar uma cerveja na geladeira e levar para ele enquanto assistia ao jogo (durante anos eu e meu irmão Joseph brigamos para ver quem ia abrir a garrafa) — do que esperar que entrasse no meu. Quando eu estava na escola, não mantínhamos contato nem por telefone nem por carta. Ele tinha me escrito somente uma vez, durante meu tempo na Ault, três vezes se contarmos os cartões de Páscoa que todos eles assinavam, enquanto minha mãe me escrevia mais ou menos de duas em duas semanas. Suas cartas eram repletas de informações e chatas ao mesmo tempo — *Encontrei casualmente a sra. Nielsen e Bree no shopping na semana passada, perguntaram sobre você. Bree disse que tem um professor chamado Pertoski (será que se escreve assim?) de matemática e que é muito severo, eu disse que achava que você nunca o tinha pego* — e geralmente depois de achar um envelope dela na minha caixa postal, não o abria imediatamente; às vezes até mesmo desencavava um em minha mochila, que estava ali há três ou quatro dias. Mas quando os abria, lia cada palavra e guardava todas; parecia vil, me entristecia, colocar um papel com a letra da minha mãe no lixo.

Quanto às minhas cartas para os meus pais e os vários comentários que eu fazia ao telefone — eram mentiras. Afinal, a Ault tinha sido idéia minha. Tinha preenchido o pedido de inscrição na velha máquina de escrever da minha mãe, e as únicas partes em que meus pais tinham ajudado foram os formulários de ajuda financeira. Depois, não somente consegui ser chamada por várias escolas, como também receber ofertas de bolsas de estudo; a maior foi a da Ault, e não tive outra escolha a não ser aceitar. Por que teria me dado o trabalho de me candidatar se não quisesse ir? Mas era óbvio que meus pais sempre viram o colégio interno mais como uma "oportunidade" do que um plano definitivamente bom. E portanto nunca pude expressar minha infelicidade pare eles — nem no começo, quando era mais intensa, nem depois em sua forma diária mais diluída. Mesmo acreditando que eu gostava da Ault, meu pai diria vez ou outra: "Por que não volta para casa e vai para a Marvin Thompson?" Ou, depois de lhe contar sobre o apelido: "Ainda não se cansou desses bobocas de Massachusetts?" E talvez eu não estivesse tão infeliz assim, se estava tão determinada a permanecer.

Às dez para as nove, me ocorreu que os meus pais tinham perdido esse portão e ido ao outro, e então estariam rodando o campus me procurando. Na minha cabeça, eram como João e Maria indo para a floresta, e era preciso que eu agisse como guardião deles. Desci correndo os degraus e atravessei a alameda em direção ao outro portão. Dessa vez fiquei do lado de fora, onde certamente não deixaria de vê-los. A menos, é claro, que tivessem chegado, se confundido, e estivessem nesse exato momento batendo à porta de um dormitório masculino.

Por vários minutos, me apoiei em uma coluna de tijolos com uma bola de concreto no alto. Minha mente tinha desviado para outra coisa que não a chegada deles quando ouvi uma buzina. Estavam a seis metros de distância, três metros, e então do meu lado em seu — nosso — Datsun empoeirado. Minha mãe baixou a janela do lado do carona, e do lado do motorista, meu pai gritou "Eiaaaa!", e minha mãe sorriu gigantescamente e pôs a cabeça e braços para fora, eu avancei e me curvei, e enquanto nos abraçávamos, senti um certo constrangimento, nossos rostos unidos, minha bochecha empurrando a armação de plástico de seus óculos grandes, antes de eu me lembrar de que era a minha família e de que todas as regras usuais de constrangimento não cabiam.

— Lee, você está maravilhosa — disse a minha mãe, e meu pai sorriu.

— Não me parece tão bem — disse ele.

— Oh, Terry — replicou minha mãe.

Um Saab prateado estacionou atrás do carro dos meus pais e ficou ali, sem buzinar.

— Têm de sair daqui — disse eu. — Vou entrar. — Abri a porta de trás e quando entrei, cheirava abafado e azedo. Havia uma embalagem vazia do Burger King no banco, e várias latas de refrigerante no chão. Não consegui evitar uma comparação com o tipo de comida que os pais de Martha traziam no carro desde Vermont: sopa de legumes em garrafas térmicas, pão integral e frutas cortadas que comiam com talheres de casa. Atrás do banco traseiro estavam as duas malas de meus pais, quadradas e grandes, azul-claras, imitando couro. Quando eu e Joseph éramos pequenos, fazíamos essas malas de abrigos, me lembrei de repente de mim mesma acolchoando seu interior com cobertores, depois entrando nelas e puxando a tampa, que se tornavam telhados que sustentávamos com a cabeça. A recordação me encheu de uma estranha e antecipada exaustão — tudo relacionado aos meus pais, até mesmo a sua bagagem, me lembrava de algo, ou me fazia sentir de certa maneira.

Meu pai acelerou e atravessamos os portões da Ault. Fazia mais de dois anos que ele me levara para lá. Fez menção de virar à esquerda como tinha feito da outra vez, e eu disse:

— À direita, pai. Tem um estacionamento depois do refeitório. — De fato, havia outro estacionamento à esquerda, atrás do edifício da escola. Mas esse tinha mais tráfego de pedestres, mais alunos veriam o carro dos meus pais. Meu constrangimento em relação ao Datsun era algo que eu antecipara, algo com que eu tinha de viver, mas que não admitia — uma noiva seguindo em direção ao altar com o nariz coçando.

— Querida, onde é o seu dormitório? — perguntou minha mãe.

— Não dá para ver daqui. Fica depois daquele arco.

— É tudo tão bonito. — Ela olhou para trás e sorriu, e percebi que sua observação pretendia ser um elogio a mim, como se eu merecesse crédito pela aparência da Ault.

— Agora, a direita de novo — disse eu.

A essa hora do dia, havia muito lugar no estacionamento. Meu pai estacionou em uma das vagas e desligou o carro. Olhou para a minha mãe, depois para mim.

— Vamos ficar no carro e ver se nossos traseiros ficaram grudados para sempre no banco?

Normalmente, eu teria rido — em geral, meu pai me fazia rir um bocado —, mas em vez disso, respondi rapidamente:

— Obrigada por terem vindo, por terem dirigido por uma distância tão longa.

— Querida, fomos nós que quisemos — replicou minha mãe, enquanto saíamos do carro. — Não ligue para o seu pai. Primeiro preciso ir ao banheiro e, depois, queremos que nos mostre tudo.

Entramos no refeitório pelos fundos, e os conduzi aos banheiros. No lado de fora do banheiro feminino, experimentei de novo um desconforto em relação a deixá-los sozinhos, mesmo que por um breve momento. Talvez fosse melhor ficar com meu pai no corredor, porque era ele que tinha mais probabilidades de se meter em confusão — poderia provocá-la, de certa maneira, ao passo que minha mãe apenas seria desajeitada —, mas também estava com vontade de ir ao banheiro. E, realmente, eu não estava sendo ridícula? Acompanhei minha mãe, e entrei no boxe do lado do dela. Quando colocava o papel higiênico no assento ela soltou um longo e suspirante pum e começou a urinar.

— Lee, vamos conhecer Martha? — perguntou ela.

— Eu estava pensando em levá-los para dar uma volta no campus, e depois dar uma passada no dormitório. Ao meio-dia, tem o almoço, e o meu jogo de futebol é às duas.

— Diz de novo com quem vai jogar.

— Gardiner.

— *Gardener,* foi o que disse? Como *garden,* jardim de flores?

— Não. Pronuncia-se da mesma maneira, mas se escreve diferente.

— Por que tem esse nome?

— Mãe, não faço a menor idéia. É só uma escola em New Hampshire. — Ela não respondeu, e, sentindo-me desprezível, acrescentei: — Provavelmente é o sobrenome de alguém.

Ela deu a descarga — conversar com ela demandava tanta atenção que eu ainda nem começara a fazer xixi — e então, foi a minha vez. Ouvi-a lavando as mãos e então ela falou:

— Querida, vou procurar seu pai. — Talvez ela também se preocupasse em deixá-lo sozinho.

Quando saí do banheiro, estavam olhando os desenhos em pastel emoldurados na parede.

— Algum deles é seu? — perguntou minha mãe. — Lavou as mãos, querida?

— É claro.

— Sua mãe receia que pegue vermes dos riquinhos WASP* — disse meu pai.

---

*Sigla para *White, Anglo-saxon, Protestant*, (branco, anglo-saxônico, protestante), como se conhece a classe alta norte-americana. A palavra *wasp* também significa "vespa", "maribondo". (*N. da T.*)

Era uma piada familiar — em casa, ao voltarmos da igreja e minha mãe mandar eu e meus irmãos lavarmos as mãos, meu pai dizia: "Sua mãe receia que peguem vermes católicos" — mas a versão de agora me surpreendeu; surpreendeu-me meu pai saber o que WASP significava.

— Oh, pare com isso, Terry — disse minha mãe.

Eu me perguntei se ela também saberia.

— Nenhum dos desenhos é meu — disse eu. — Não tenho aula de arte neste semestre.

(Meus pais não eram do tipo — como a mãe de Conchita Maxwell — que sabiam todas as aulas que eu tinha, e como eu passava meu tempo.)

— Podem ver onde eu como — falei. — É por aqui. — Seguiram-me até o salão de jantar. As janelas chegavam quase até o teto — aproximadamente quinze metros — e a luz do sol irradiava-se por todas as vidraças no lado leste da sala. No lado sul, dois degraus levavam a uma plataforma sobre a qual estava colocada uma mesa extremamente comprida — era onde o diretor se sentava durante os jantares formais e onde os alunos do 4º ano se sentavam o resto do tempo — e atrás da mesa, pendia o escudo da escola do tamanho de um barco a remo. Cobrindo quase todo o restante da parede, ficavam painéis de mármore branco com o nome de todos os monitores seniores desde 1882. No salão principal do edifício da escola, havia painéis de madeira com o nome de todos de todas as turmas, mas os dos monitores eram especiais; havia menos nomes, e tinham sido entalhados e depois pintados de dourado. Todas as mesas já estavam preparadas para o almoço, e o pessoal da cozinha estava distribuindo os guardanapos, dobrados de forma a parecerem leques. Virei-me. — Vou mostrar a capela.

Nenhum dos dois se mexeu.

— São como os nossos copos. — Minha mãe estava apontando para a parede atrás da mesa do diretor.

— Sim, o emblema da escola. — No primeiro Natal que passei na Ault, tinha dado a eles um conjunto de quatro copos de uísque compridos da loja da escola. Minha mãe os punha na mesa de jantar quando eu ia para casa — e como éramos cinco, um sempre ficava com um copo diferente —, mas tinha dúvidas se ela os usava quando eu não estava lá.

— E o que são as outras coisas na parede?

— São listas de quem... — Minha mãe não saberia o que era monitor.
— Uma espécie de presidentes de turmas — falei. — Todos os que foram presidentes de turma em seu último ano aqui.

— Podemos olhar?

Estreitei os olhos para ela.

— Não vai conhecer nenhum deles.

— E daí? — disse meu pai.

Eu e ele nos entreolhamos.

— Não estou dizendo que não podem — repliquei. — Só não entendo por que querem vê-los. — Meu pai continuou a me olhar. — Está bem — falei. Atravessei o salão de jantar, e os ouvi me seguirem.

Mas — é claro que era verdade e é claro que tinha me esquecido — reconheceram alguns dos nomes. Reconheceram três deles: um graduado dos anos de 1930 que havia se tornado vice-presidente do EUA, um dos anos de 1950, que se tornara chefe da CIA, e, do fim da década de 1970, um ator de cinema. Eu tinha lhes falado antes sobre esses ex-alunos, e outros, não necessariamente monitores seniores, que se tornaram famosos. Para as pessoas de fora da escola, era a existência de graduados famosos — e não, digamos, o teste pelos quais os alunos atuais tinham sido admitidos — que parecia validar a Ault. Na minha cidade, se os amigos dos meus pais sabiam algo sobre o lugar em que eu estudava, esse algo não era a sua localização nem mesmo seu nome; eram os nomes das celebridades que tinham se graduado antes de mim.

Ficamos nós três do lado da mesa do diretor, os pescoços esticados.

— Tem uma garota aqui que é filha de um senador — disse eu. Não sabia por que estava revelando isso, talvez porque poderia lhes interessar e porque sabia que eu não estava sendo muito agradável.

— Qual é o nome? — perguntou meu pai.

— Tunniff. Ela é de Oregon.

— Eu não me importaria em conhecer um senador neste fim de semana.

Virei bruscamente minha cabeça para encará-lo, mas ele continuou olhando para a parede. Embora pudesse sentir meu olhar, sua expressão continuou plácida. Era impossível dizer se estava falando sério ou brincando — se estava dizendo isso porque sabia que ia me chatear ou porque não fazia a menor idéia.

— Vamos indo, se querem ver o campus todo — falei.

Fomos para a capela, que estava vazia exceto por alguém praticando órgão. Na nave, ficamos olhando para o teto abobadado 30 metros acima — na verdade, 31 — e meu pai disse:

— Puxa. — Enquanto olhavam, me ocorreu que se pareciam menos com personagens de um conto de fadas do que com turistas na Europa. (Não que eu já tivesse estado na Europa, mas a Ault nos familiarizava com a qualidade inferior que cercava certos fenômenos, mesmo que não estivéssemos familiarizados com os fenômenos em si — turistas europeus, grupos de cantores a capela, mulheres de meia-idade judias com voz rouca, *joggings* vistosos e unhas compridas pintadas.)

— É aqui que reza por seus pecados, Flea? — disse meu pai.

— Onde rezo pelos seus — repliquei. — Eu não peco.

Ele sorriu largo, e senti que eu também sorria.

— E sua mãe? — perguntou ele.

— Ela também não peca — respondi.

— Eu não peco — falou minha mãe junto comigo.

— Viu? — disse eu. — Se nós duas pensamos assim, deve ser verdade.

— Pelo contrário — replicou meu pai. — Se o que aconteceu hoje de manhã entre sua mãe e o Burger King não foi gula, então não sei o que foi.

— Terry, nem comi a última panqueca — disse minha mãe.

— Sabe de uma coisa, pai? — disse eu. — Você tem de tomar cuidado para não pagar mico.

— Para você não virar uma macaquinha?

— Sou completamente humana. — Baixando a voz, acrescentei: — Porque nós todos sabemos que sou filha do sr. Tonelli.

— Oh! — disse minha mãe. — Vocês dois são nojentos. — O sr. Tonelli, que estava com uns oitenta e poucos anos, morava na casa atrás da dos meus pais. Sua mulher tinha morrido alguns anos antes, mas mesmo quando estava viva, todos estávamos convencidos de que ele era apaixonado por minha mãe.

— Soube da última? — disse meu pai.

Sacudi a cabeça.

— Saíram juntos.

— Que bobagem. — Minha mãe adiantou-se alguns passos à nossa frente, pegou um livro de hinos e o folheou.

— Aonde foram?

— Pergunte a ela.

— Aonde, mãe?

— O sr. Tonelli não está dirigindo por causa de seu glaucoma e me pediu para levá-lo e buscar um jantar no Szechwan Garden. Só isso.

— Com certeza não é só isso. — Meu pai continuava sorrindo.

— Houve um mal-entendido. Achei que estava pedindo para eu buscar a comida, mas ele quis ficar lá. E realmente, não tive outra escolha a não ser ficar com ele, e então, ele insistiu para eu pedir alguma coisa...

— *Insistiu* — meu pai repetiu. — Nisso, seu marido e filhos estão em casa esperando para jantar com ela, mas quando o sr. Tonelli *insiste...*

— Lee, comi um prato de camarão fabuloso — disse minha mãe. — Sabe que não sou tão fã de peixe, mas o sr. Tonelli o sugeriu, e estava simplesmente delicioso.

— Veja como ela está tentando mudar de assunto — disse meu pai.

— Despediu-se de você com um beijo? — perguntei.

— Oh, vocês são revoltantes — disse minha mãe. — Você é pior do que o seu pai. — Meu pai e eu sorrimos afetado um para o outro. Esses eram os melhores momentos com minha família, quando estávamos mexendo uns com os outros ou sendo obscenos. Falávamos de diarréia à mesa de jantar; depois de comermos um prato com alho, meus irmãos aproximavam seus rostos dos meus e tentavam respirar na minha boca; e quando Joseph, uma vez, foi expulso do ônibus por cantar uma música sobre o escroto, meu pai ficou tão deliciado que o fez anotar a letra. (Era cantada com a melodia da "Colonel Bogey March"* — *Escroto: é só um saco de pele! Escroto: segura seus testículos em...*) Na Ault, eu nunca mencionava essas coisas, certamente para mais ninguém além de Martha. E a família de Martha, aparentemente, nunca mencionava esse tipo de coisa um para o outro. Uma vez, ela me disse que nunca tinha ouvido sua mãe arrotar. A maneira como minha família se comportava tanto parecia autêntica como indecorosa — outra versão do meu ego verdadeiro, talvez o mais verdadeiro de todos, mas que eu me

*"Colonel Bogey March" é uma das marchas mais conhecidas, composta em 1914 pelo tenente F.J. Ricketts (1881-1945), maestro de banda militar que publicou essa e outras de suas composições sob o pseudônimo de Kenneth Alford. Tornou-se de tal modo popular que muitas paródias e versos satíricos foram escritos para a sua melodia. (*N. da T.*)

esforçava por ocultar. Apenas alguns meses atrás, quando eu e Martha almoçamos em uma mesa de garotos, eles estavam especulando por que um colega de turma sempre perdia a hora do café-da-manhã, e um deles traçou um círculo com o polegar e outros dedos e jogou a mão para a frente e para trás. Um outro, um garoto chamado Elliot, virou-se para mim e disse em um tom não inamistoso: "Sabe o que isso significa, Lee?" Eu sabia o que isso significava? Ele falava sério? Tinha sido criada em uma casa em que o meu pai gritava escada acima, para os meus irmãos de 6 e 13 anos: "Parem a punheta e desçam para o jantar!" Mas quando Elliot me perguntou, eu realmente corei, como se até mesmo a minha fisiologia estivesse conspirando na mentira de minha conduta convencional.

Meu pai estalou os dedos.

— O que acham da gente dar o fora daqui?

Minha mãe recolocou o livro de hinos no pequeno nicho no espaldar do banco, e nos dirigimos para a porta da frente, e ao fazermos isso, colidimos com a esguia Nancy Daley, do 4º ano, capitã das equipes de *squash* e de tênis, com seus pais a reboque. Nós seis ficamos, digamos, como numa quadra antes de o juiz apitar o início da partida, e então eu disse:

— Oi. Estes são meus pais. — Relanceei os olhos para eles, atrás de mim. — Mamãe e papai, esta é Nancy Daley.

Minha mãe estendeu a mão.

— Muito prazer, Nancy. — Meu pai também apertou a mão dela.

Meu coração batia forte — a questão era que eu nunca tinha falado com Nancy antes. Literalmente. E só a tinha apresentado porque não me ocorrera outra coisa a fazer, porque de repente, com os pais presentes, o protocolo da Ault parecia absurdo: poder viver anos na mesma pequena comunidade com pessoas, poder saber seus nomes e seus segredos (no 2º ano, Nancy tinha transado, na ala de música, com Henry Thorpe, então do 4º ano, e enquanto transavam, Henry tinha aberto a janela da sala de aula, estendido a mão, pego um pouco de neve, levado para dentro, e passado nos seios dela), e mesmo sabendo disso, quando cruzávamos no campus — como devia ser, se nunca tivesse conhecido a pessoa — não nos falávamos nem sorríamos; possivelmente nem mesmo nos olharíamos nos olhos. Certamente nem Nancy nem eu teríamos trocado nenhuma palavra se nossos pais não estivessem ali. E esse disparate não me ofendia filosoficamente —

era só que eu sabia que meus pais achariam estranho, e saber disso tinha me deixado em pânico. (Mas, realmente, que importância tinha o que meus pais achavam estranho? Por que tinha de convencê-los? Eram as pessoas da Ault que eu queria convencer.)

Minha mãe estava apertando as mãos dos pais de Nancy.

— Sou Linda Fiora — eu a ouvi dizer.

— Sou Birdie Daley — respondeu a mãe de Nancy.

E meu pai seguiu o exemplo.

— De onde vocês são? — perguntou ele.

— Princeton — replicou a mãe de Nancy. Ela estava usando uma saia de seda castanho-avermelhada e uma suéter da mesma cor, e o Sr. Daley estava de terno. Meus pais estavam mais bem-vestidos do que estariam em um sábado, meu pai de calças cáqui e blazer cáqui (certamente, como não era um conjunto, ficava meio esquisito), e minha mãe de uma suéter vermelha de gola rulê e jaqueta com capuz sem mangas, de tecido canelado cinza. Ao telefone, eu tinha explicado, com hesitação, à minha mãe que a maioria dos pais se vestia bem; não tinha me sentido capaz de dizer que deveriam estar bem-vestidos, mas ela tinha entendido.

— Somos de South Bend, Indiana — disse meu pai. — Chegamos ainda há pouco, há mais ou menos uma hora, e estamos felizes pacas de estar aqui.

Os Daley riram, ou pelo menos os pais de Nancy sim. A própria Nancy deu um sorriso desmaiado.

— Também é do 3º ano? — minha mãe perguntou a Nancy.

Nancy sacudiu a cabeça.

— Do 4º ano.

— Oh, nossa! — disse minha mãe, como se estar no último ano fosse tão raro quanto uma pérola negra ou uma perereca em extinção.

— Temos de ir — eu disse. — Até mais. — Não olhei para Nancy, e esperei que ela percebesse que não olhando eu reconhecia que os cumprimentos eram meramente fortuitos e que eu não falaria com ela de novo, que talvez até mesmo, para compensar minha transgressão, faria de tudo para *não* falar com ela.

— Tenham um bom fim de semana — gritou o sr. Daley quando estávamos indo.

Lá fora, percebi que estava segurando a manga da suéter de minha mãe, puxando-a. Soltei a mão e examinei o círculo e os outros edifícios — havia muito mais gente andando por ali — e fui tomada de pavor diante do pensamento de ter de completar esse tour, e ainda mais de suportar o resto do fim de semana. Eles partiriam depois do *brunch* na manhã seguinte, dali a apenas 22 horas, e por aproximadamente dez dessas horas, estariam em seu hotel. Portanto doze horas. Mas doze horas eram uma eternidade! Se deixássemos o campus, seria diferente. Se fôssemos para Boston, por exemplo — em Boston, ficaríamos bem, poderíamos visitar o aquário ou andar no Freedom Trail* ou nos sentarmos em um restaurante, tomar uma sopa tradicional de mariscos; até deixaria minha mãe bater uma foto minha, bem ali, na mesa.

Mas estávamos na Ault; o melhor era avançar para o momento seguinte. No caminho para o meu dormitório, minha mãe perguntou:

— Martha vai estar lá agora?

— Deve estar.

— Os pais dela vão estar lá?

— Eles chegaram ontem, por isso devem estar, agora, no hotel.

— Onde eles ficam?

Hesitei.

— Não sei.

— O pai de Martha é médico, não é?

— Não, é advogado.

— Por que achei que era médico?

— Não sei. — Isso também era uma mentira. Ela achava isso porque o pai de Dede era médico.

— Não deixe de nos apresentar ao pai e à mãe de Martha no almoço. Quero lhes agradecer a gentileza com você.

Não respondi. Suas perguntas, seus pequenos esforços — ela não sabia que o povo do Leste não liga para isso? Gentileza não era uma virtude para eles. Lembrei-me de conversar com ela uma vez sobre isso, durante minhas férias no Natal do ano anterior. Eu estava à mesa da cozinha, lendo o jornal, e ela estava diante da pia, com suas luvas amarelas de borracha, lavando as panelas. Queria saber se era verdade que as pessoas de Massachusetts não

*Freedom Trail, uma unidade do Boston National Historical Park, é uma via quase toda de construções de tijolos vermelhos, que leva a dezesseis importantes locais históricos. (*N. da T.*)

eram tão cordiais quanto as de lá. Respondi que era um estereótipo, mas que, como a maioria dos estereótipos, continha um fundo de verdade (essa declaração era, *verbatim*, algo que ouvira recentemente de um aluno do último ano, que dirigia o grupo de debate, em um jantar formal quando fomos designados para a mesma mesa). Depois falei que isso não me incomodava muito, a falta de cordialidade, que a gente se acostumava. Na época, o assunto tinha feito eu me sentir inteligente e adulta, isto é, conversar com minha mãe não sobre como os Matzers tinham, finalmente, pintado sua casa, ou como Bree Nielsen tinha engordado, especialmente no rosto — não, não fofocas, mas uma idéia, um *conceito*. A caminho do dormitório, me perguntei se minha mãe se lembrava da nossa conversa.

Bati na porta do quarto que Martha e eu dividíamos, para o caso de ela estar se trocando.

— Entre — gritou ela, mas antes que eu pusesse a mão na maçaneta, minha mãe tinha se adiantado, puxado seus óculos para a ponta do nariz, e perscrutava, por cima deles, as fotografias coladas na nossa porta. Apontou, seu dedo tocando na foto em que Martha e eu estávamos lado a lado, em uma piscina, nos segurando na borda de modo que somente nossos braços, ombros e cabeças molhadas eram visíveis.

— Onde foi tirada?

— Na casa de Martha.

— Estava quente o bastante para nadar?

— Foi logo depois do início das aulas neste ano.

— Não é o seu maiô listrado, é?

— Estava usando um de Martha.

— Achei que não se parecia com o listrado, mas...

— Podem entrar — gritou Martha de novo.

— Só dois segundos — respondi. — Olhei para a minha mãe. — Mais alguma pergunta? — Eu não fui sarcástica, não completamente, mas quando seus olhos se arregalaram, soube que a tinha magoado.

— Deve ser bom ter uma piscina — disse meu pai. Disse isso como tinha dito que não se importaria em conhecer um senador, e senti minha irritação se transformar, de certa maneira, em uma raiva genuína.

Abri a porta. Martha estava sentada no *futon*, dobrando a roupa da lavanderia e a colocando no baú que usávamos como mesa, e ao entrarmos no quarto, ela se levantou. Com meus pais atrás de mim, alarguei as narinas e girei os olhos. Martha sorriu com a minha expressão, mas aí o sorriso mudou para os meus pais, e ela veio em nossa direção com os braços estendidos.

— Que bom finalmente conhecer vocês — disse ela. Apertou suas mãos, perguntou como tinha sido a viagem, e o que estavam achando da Ault.

— É tudo tão bonito — replicou minha mãe.

Martha assentiu com a cabeça.

— Às vezes, andando por aqui, tenho vontade de me beliscar, já que não consigo acreditar estar vivendo em um lugar tão bonito. — Era verdade? Eu sentia isso, mas Martha estava mais acostumada com luxo do que eu. Talvez ela estivesse sendo apenas amável: verdadeiramente amável, não como Nancy.

— Martha, Lee nos contou que você acaba de ser eleita para o comitê de disciplina — disse minha mãe. — Que grande honra.

— Obrigada — disse Martha.

— Ela não foi eleita. Foi escolhida pelo diretor.

— Foi o que eu quis dizer — falou minha mãe. — Acho fantástico. Seu pai deve estar realmente orgulhoso.

Por vários segundos ninguém falou.

— Ele não freqüentou a Ault também? — disse minha mãe, mas sua voz soou enfraquecida pela dúvida. — Achei...

— Não, ele freqüentou — replicou Martha. Como minha mãe tinha sabido dessa parte? Quando eu tinha lhe contado? E por que ela tinha sentido a necessidade de trazer o assunto à baila? Então era daí que vinha a minha tendência a acumular informação sobre outras pessoas, se bem que, pelo menos, era sensata o bastante para não mencioná-la na frente delas. — Mas é realmente engraçado — Martha estava dizendo —, porque meu pai não teve um bom tempo aqui. Foi quando a escola era só de garotos, e acho que na época havia muitos trotes. Quando chegou a hora de eu me inscrever em um internato, a reação foi mais ou menos do tipo "pode ir para qualquer lugar, menos a Ault". E foi o lugar de que acabei gostando mais.

— Fico feliz em saber que Flea não é a única a desobedecer a seus pais — disse o meu pai.

Martha riu.

— Flea? — repetiu ela. — Nunca me contou isso. — Ao meu pai, ela disse: — Não consigo imaginar Lee sendo desobediente.

— Então, você tem uma imaginação muito fraca, Martha.

Ao ouvir isso, ela riu com vontade. Quase seria pior Martha gostar dos meus pais do que não gostar. Se gostasse, eu ficaria esperando, durante o tempo em que estivéssemos juntos, por todo o resto do fim de semana, que sua impressão positiva se rompesse. Não que *devesse* se romper, não que eu pensasse mal de meus pais, mas se um de meus colegas de turma gostasse deles, até mesmo sendo Martha, provavelmente seria — e eu podia ver isso agora, observando-a falar com eles — porque pareciam "diferentes", ou talvez "autênticos". Justamente por serem desgrenhados, porque meu pai usava expressões pitorescas, porque tinham vindo de Indiana de carro. Mas todos que vissem meus pais como fofos, certamente se decepcionariam. Meu pai, em particular, tinha suas próprias idéias e apetites, e não era um cordeiro em um zoológico de animais de estimação, que não morderia.

— Martha, você não joga futebol, joga? — disse minha mãe.

Martha sacudiu a cabeça.

— Hóquei na grama.

— Foi o que pensei. Também vai jogar hoje à tarde?

— Todo mundo tem jogo hoje — falei.

— O jogo da Martha vai ser na mesma hora do seu, Lee? Martha, adoraríamos ir assistir a você — minha mãe fez o sinal de aspas com os dedos — em ação.

— É muita gentileza da parte de vocês — disse Martha. Era difícil imaginar seus pais sugerindo que gostariam de assistir a um de meus jogos, e impossível imaginá-los fazendo isso nos primeiros dez minutos em que nos conhecíamos.

— Meu jogo é às duas e meia, e o seu, Lee?

— Por essa hora também. E são em lados opostos do campus. Lamento, mamãe, mas acho que não vai ver Martha jogar, a menos que prefira assistir ao jogo dela.

— É uma idéia — disse meu pai.

— Sr. Fiora — disse Martha. — Seja gentil. — Então ela realmente tinha decidido que gostava dele. Tínhamos de sair do quarto o mais rapidamente possível.

Meu pai sentou-se na ponta da minha mesa e pegou uma revista feminina.

— Fico feliz em ver que anda estudando, Lee. Ah, o que temos aqui... — Folheou a revista e a levantou para que a víssemos. Atravessando as duas páginas, em letras vermelhas imensas, a manchete dizia: "Oh, é isso aí! Como ter o melhor orgasmo."

— Isso é grosseiro, papai — disse eu. — Largue a revista.

— Grosseiro? Que revista é esta? — Ele estava sorrindo largo e achei que talvez fosse agora o momento em que a situação mudaria: quando meu pai se revelaria a Martha como pervertido. (Não que fosse; só que esse seria o momento em que ele pareceria ser.)

— Vamos ver a escola — insisti. — Vamos.

— Hum-hummm, sexo? — leu meu pai. — Todos estivemos lá. É claro que os primeiros meses de uma relação são uma maravilha, mas logo...

— Papai — interrompi. — Pare.

— Logo vai estar usando *jogging* para dormir, e ele aparando o pêlo do nariz na sua frente. Tem de enfrentar a verdade...

— Estou indo — disse eu. Abri a porta, não consegui nem mesmo olhar para Martha.

Então ouvi mamãe dizer:

— Terry, ela quer nos mostrar o resto da escola. Martha, vai ter de nos perdoar... — A porta foi fechada. Recostei-me na parede, os braços cruzados, e esperei por eles. Quando apareceram, a expressão do meu pai era a de um menino culpado, como se tivesse feito algo inadequado, mas encantador. Virei-me e comecei a andar.

— O quê? — disse ele, e então, à minha mãe: — Qual o problema? A revista era dela.

Permaneci alguns passos à frente deles enquanto descíamos a escada, atravessávamos a sala comum, e saíamos do edifício. Senti minha mãe tentando acompanhar meu passo. Ainda atrás, ela disse:

— Lee, Martha é um amor. Sei que já me contou antes, mas ela tem irmãos ou irmãs?

— Tem um irmão.

— Ela é mais velha ou mais nova?

— Mamãe, que importância tem isso?

— Bem, Lee, para mim tem — replicou ela baixinho, e em seguida, nada baixinho, meu pai falou:

— Veja como fala com sua mãe.

Relanceei os olhos por cima do ombro.

— Veja como você fala comigo.

— O que disse?

Quarenta metros adiante, a varanda em frente à escola estava cheia: homens de blazers azul-marinho, uma mulher em um traje xadrez rosa, uma mulher com um chapéu de palha verde com uma aba imensa. Eram quase dez horas, e o céu estava sem nuvens, completamente azul. As vozes dos pais ressoavam dessa distância como o zunzum de um coquetel.

— Lee? — disse meu pai. Seu tom era de raiva fria, mas por baixo da frieza, eu o conhecia muito bem, havia um quê de excitação. Era típico do meu pai não se acanhar em nenhum lugar ou situação. Ia querer acertar isso comigo ali? Na frente de toda aquela gente? É claro. Tudo bem.

— Não é nada — repliquei.

Ele ficou em silêncio por alguns segundos, depois disse, mais calmamente do que antes:

— Nada. Sei, serei nada.

Na varanda, meu pai pegou crachás para eles dois enquanto eu e minha mãe esperávamos do lado da mesa de refrescos; ela pegou um pão doce e um suco de laranja.

— Não quer mesmo um pouco? — Estendeu o copo de plástico para mim pela terceira vez. — Feito na hora.

— Já disse que acabei de escovar os dentes — repliquei.

Nenhum de nós falou muito enquanto percorríamos o edifício da escola — a sala principal com fileiras e fileiras de mesas, algumas das salas de aula, o auditório onde os conferencistas convidados falavam (Martin Luther King, Jr., tinha falado uma vez na Ault, o que era algo que os guias do tour contavam aos candidatos em potencial; o que não deviam dizer era que, na época que King tinha feito a visita, não havia nem um único aluno negro na escola.) Minha mãe fez perguntas, e eu as respondi nem muito rápido nem me estendendo demais. Eu me peguei pensando em outra coisa que não o momento presente, primeiro no jogo de futebol, como eu sem dúvida participaria, pois a srta. Barrett colocava todo mundo em campo quando era fim de semana dos pais, depois pensando em Cross Sugarman. Minha paixão por ele não tinha acabado, é claro, na noite em que cortei o cabelo de Aspeth. Durante 24 horas, tinha pensado que não gostava nem um pouco dele, e então nos cruzamos no refeitório e de repente voltei a gostar dele exatamente com a mesma intensidade. Na véspera, à tarde, eu o tinha visto com seus pais. Ele estava de paletó e gravata e quando nossos olhos se encontraram, ele tinha erguido o queixo ligeiramente em reconhecimento, o que geralmente não era uma coisa que fizesse. E achei que era por causa dos seus pais, como, de certa maneira, a presença deles nos aproximava mais, ou salientava o que tínhamos em comum — que éramos os dois alunos da Ault e que todos aqueles adultos altos, bem vestidos, que agitavam o campus, não eram.

Na sala do correio, meu pai disse:

— Então é aqui que chegam minhas cartas? — e vi que tinha me perdoado, ou pelo menos que estava disposto a fingir que tinha.

— Mal tenho espaço para todas elas — repliquei. — Talvez precisem me dar uma segunda caixa postal.

— Contanto que não lhe cobrem um extra — disse meu pai.

E então, estava na hora do almoço. Voltamos rápido para o refeitório, mas dessa vez, estava lotado. O sr. Byden fez algumas observações e os pais riram, e o reverendo Orch rezou, e nos sentamos. Havia galinha assada, salada de macarrão com azeitonas pretas e pimentão vermelho, e pãezinhos. Cada um de um lado meu, meus pais atacaram a comida.

— Não está com fome? — disse minha mãe.

— Estou. — Peguei um pouco da massa, que estava macia e oleosa.

Quando procurávamos um lugar onde nos sentar, não vimos Martha nem seus pais, o que foi um alívio, e localizei algumas cadeiras vazias em uma mesa em que dois calouros magricelas de óculos estavam com seus pais. Em seguida, juntou-se a nós a sra. Hopewell, uma das professoras de arte, que tinha o cabelo fino desgrenhado e olhos lacrimosos, e que geralmente usava um guarda-pó manchado de tinta sobre a roupa — para o almoço, ela estava usando um vestido estampado com batique — e que, diziam, fumava maconha com seu marido, um carpinteiro que não dava aulas na Ault e não estava no almoço. A sra. Hopewell era tratável, a mesa toda era tratável — estar cercada de gente cuja opinião não me interessava, era uma sorte.

Enquanto meus pais falavam com os pais dos garotos — os meninos se chamavam Cordy e Hans, e um deles, não me lembrava qual, era um prodígio em matemática —, inspecionei a sala até localizar Cross. Ele e os pais estavam à mesa com seu companheiro de quarto, Devin, seus pais, o reverendo Orch, e o dr. Stanchak, diretor do departamento dos clássicos.

— Ei. — Meu pai estava com os dedos em concha e de lado em frente à sua boca. — Aquele é o senador? — Meu pai fez um sinal com a cabeça para a mesa do nosso lado. — O cara com o nariz de alcoólatra.

— Meu Deus, pai!

Ele não estava sussurrando, nem mesmo falando baixo. Ele riu.

— É ele? Parece expansivo.

— Não faço idéia de quem seja — repliquei. — Mas Robin Tunniff não está sentada nessa mesa, por isso duvido que seja o pai dela.

— Bem, onde ela está?

Relanceei os olhos para as mesas à nossa frente — os Sugarman e o reverendo Orch estavam rindo com animação —, depois me virei e olhei para o outro lado do salão.

— Não sei — repliquei.

— Jura?

Olhei nos olhos dele, porque dessa vez eu podia.

— É claro que juro.

Mas então, quando me levantei para buscar a sobremesa no balcão onde geralmente ficavam as saladas, e que agora continha *cookies, brownies* e uma grande cafeteira em cada extremo, vi Robin e, do seu lado, um homem que de outra maneira passaria despercebido, usando uma gravata estampada com pequenas bandeiras americanas. Estávamos só meu pai e eu — minha mãe, depois de comer a massa do meu prato, tinha se declarado cheia — e me pareceu deliberadamente indelicado negar-lhe a visão. Essa seria a minha concessão pelo fim de semana, o gesto que provava que, afinal, eu não era uma filha imprestável.

— Papai — murmurei, e o cutuquei.

Ele estava colocando creme em seu café, que escorreu da borda da xícara para o pires.

— Quer? — disse ele.

— Não — disse eu. — Rápido. Aquela coisa que estávamos falando... nariz de alcoólatra. Agora é de verdade. — Olhei para trás, para o pai de Robin Tunniff, e senti meu pai acompanhar meu olhar. — A gravata — falei.

— Nossa.

Ficamos em silêncio no meio da barulhada, olhando para o senador Tunniff, e senti meu amor por meu pai. Essa era uma das melhores coisas sobre a família, como conhecíamos bem uns aos outros.

Ele então pôs a xícara sobre o pires e se dirigiu à ponta do balcão. Logo estava longe o bastante para que eu puxasse a manga do seu blazer, se bem que, mesmo que não estivesse, provavelmente eu não puxasse.

— Oh, Deus — eu disse, e uma mãe que estava sentada perto ergueu os olhos, e nossos olhos se encontraram, mas ela não falou nada. Comecei a andar, e me detive de novo alguns passos atrás dele.

— ... um grande admirador seu — o ouvi dizer, e apertaram-se as mãos, o senador e meu pai.

Meu pai estava de costas para mim. Eu só conseguia ver o rosto do senador, e Robin impassível entre os dois. O senador parecia amável. Falaram por uns trinta segundos, depois apertaram-se as mãos de novo, e o meu pai pôs a palma da sua mão esquerda no braço do senador. O senador riu, e desejei nunca ter ido para a Ault, ou ter nascido outra pessoa, ou, no mínimo, que eu perdesse a consciência imediatamente, mas não de uma maneira que fosse vergonhosa, desmaiando e caindo no chão — como se simplesmente apagasse.

Quando se afastou do senador, meu pai quase esbarrou em mim. Sua expressão era de uma vivacidade confusa, e me perguntei se realmente tinha tido alguma importância para ele ter conhecido esse homem, se ele não tinha feito isso só para me irritar e constranger. Fez um gesto por cima do ombro com o polegar.

— Bom sujeito.

Fiquei sem fala. Ou pelo menos, nesse contexto, o melhor era reprimir minha fúria até estarmos sozinhos.

— Vou voltar para a mesa — disse eu.

— Vou pegar um café. E leve um *brownie* para a sua mãe, pode ser?

— Ela não quer nada.

— Confie em mim, ela vai querer um *brownie*. — Deu um risinho afetado, e me ocorreu que talvez meu pai não me compreendesse, que se me entendesse estaria arrependido. Tinha feito de propósito, mas ainda assim estaria arrependido.

De volta à mesa, os pais de Cordy tinham se levantado para ir embora, e a sra. Hopewell e os pais de Hans já tinham ido. Não sei se os pais de Cordy tinham esperado meu pai e eu voltarmos, ou se teriam ido de qualquer maneira, deixando minha mãe sozinha à mesa, olhando em volta com seus olhos arregalados. Odiei todos eles nesse momento, os alunos e professores indiferentes, os pais sem consideração, e a minha própria família, por confiar, de certa maneira, na gentileza que não era extensiva.

Enquanto comíamos a sobremesa, a sala se esvaziou. Meu pai dividiu um *cookie* em dois e molhou uma metade no seu café.

— Conte a sua mãe sobre o meu novo amigo.

— Conte você.

— Quem? — perguntou minha mãe. — Do que estão falando?

— Papai acaba de abordar o pai de Robin.

Minha mãe pareceu confusa.

— Sabe a garota que é filha de um senador? — disse eu. — Bem, papai foi até ele e puxou conversa.

— Foi você que me apontou ele — disse meu pai. Seu tom continuava alegre.

— Não teria apontado se soubesse que ia incomodá-lo.

— Incomodá-lo? Lee, pelo amor de Deus, ele é uma figura pública. Gosta de conhecer pessoas.

— Não tem idéia do que ele gosta! — gritei. — Nunca o viu antes. Nunca ouviu falar dele. E aí está ele, tentando passar um fim de semana normal com sua família, e você finge...

— Precisa se acalmar. — O tom de meu pai deixou de ser animado. Virou-se para a minha mãe e disse, como se eu não estivesse presente: — Ele é importante de verdade. Não é um impostor.

Minha mãe assentiu balançando a cabeça, e observei os dois, meu corpo todo tenso.

— Você é louco. — Tomei o cuidado de falar calmamente.

Meu pai olhou para mim.

— O que foi que disse?

— Você é completamente louco. Falou com esse homem por dois segundos, depois agiu como se fossem velhos amigos. Porque quis fazer isso? Acha que prova alguma coisa ter falado com ele?

— Não estou entendendo aonde quer chegar — disse meu pai. Molhou a outra metade do *cookie* no café.

Eu já tinha respirado fundo antes de continuar a falar, mas enquanto o observava, senti uma repentina redução de velocidade, um puxão desse instante em que flutuávamos. Ele me olhava com ansiedade, segurando o *cookie* um pouco acima da xícara, e o terço do *cookie* que estava manchado de um marrom mais escuro do café começava a se decompor, ameaçando cair no líquido embaixo. Parecia aflitivo, parecia insuportável, eu estar ciente disso e ele não. Parecia aflitivo ele gostar de *cookie* doce molhado no café, que isso fosse uma delícia para ele. As pequenas recompensas que nos concedemos — acho que talvez não exista nada mais triste.

E não era que eu o achasse realmente louco. Mas contanto que eu sentisse o impulso de convencê-lo de que estava agindo como tal, nossos papéis não eram confortadoramente consolidados? A pior coisa seria reconhecê-lo como um homem de 39 anos possuindo certas virtudes e certas fraquezas, fazendo seu caminho como só ele sabia.

— Só acho... — Mas o que eu achava? — É como pedir o autógrafo de alguém — falei, e percebi que a indignação tinha desaparecido da minha voz. — Para que isso? Não compreendo por que as pessoas agem assim.

— Talvez não — replicou meu pai. — Mas tem de admitir que muita gente discorda de você.

— O filho dos Orschmidt tem uma coleção enorme de autógrafos — disse minha mãe. — Sharon me contou que no verão passado, quando foram a Los Angeles, conseguiram um do... Lee, você sabe quem é, é um grande astro. Oh, sou horrível com nomes, mas Sharon disse que o ator falou como se estivesse falando com você e comigo.

Nós três ficamos em silêncio.

— Então — falei por fim —, o sr. Orschmidt continua a usar peruca? — Pronto. Eu tinha cedido.

— Lee, não acho bonito falar assim — disse minha mãe. — O sr. Orschmidt é um homem muito agradável.

— O fato de ele usar peruca não significa que não seja agradável — disse eu.

— Querida, realmente não acho que ele apreciaria esse tipo de conversa. Nos dias de hoje, as pessoas não costumam discutir assuntos privados.

— No passado, quando a sua mãe era menina e os dinossauros vagavam pela Terra — disse meu pai. — Certo, Linda? — Era sempre assim: atravessávamos o momento, como um rio agitado, nas costas de minha mãe.

— Oh, pare com isso — disse minha mãe. Mas estávamos bem, estávamos indo bem, chegaríamos à outra margem.

Quatro minutos antes do fim do primeiro tempo, a srta. Barrett me pôs para substituir Norie Cleehan — eu era zagueira —, depois me tirou de novo quatro minutos após o começo do segundo tempo. Durante meu tempo no jogo, o Gardiner tinha marcado dois gols.

Sentei-me do lado de Maria.

— Onde estão seus pais? — perguntou ela.

Apontei para o outro lado do campo. Alguns pais tinham levado mantas ou cadeiras de lona de armar, mas os meus estavam sentados no chão. Meu pai, provavelmente, estava arrancando folhas do gramado e as soprando fazendo um som de assobio. Era outro de seus truques que antigamente me impressionavam tanto.

— Uau — disse Maria. — Mamãe e papai Fiora. Aposto que estão felizes.

— Talvez.

— Estão muito felizes. Parecem estar dizendo: "Querida, viu Lee tirar da número vinte? Estou orgulhoso de Lee."

Se viesse de qualquer outra pessoa, a observação pareceria um deboche, mas Maria era pior no futebol do que eu. Também era zagueiro, e, no campo, movia-se preguiçosamente; às vezes, quando o atacante do time adversário passava, ela estancava e apenas o observava se aproximar do gol, como se ela, Maria, não fosse um participante, e sim mero espectador. Essa tendência deixava a srta. Barrett apoplética.

— Seus pais vão levá-la para jantar? — perguntou Maria.

Confirmei com a cabeça. Quando minha mãe tinha dito: "Papai e eu queremos levá-la a um lugar bonito", mencionei um restaurante chinês porque eu sabia que por *bonito* ela não queria dizer, por exemplo, o Red Barn Inn.

— Vai ser ótimo — disse Maria. — Sair do campus.

— Quer vir? — perguntei. Falei antes de pensar, porque parecia ser o que Maria estava insinuando. E também porque — certamente isso era ofensivo, mas verdadeiro — um restaurante chinês também lhe pareceria bonito.

— É claro — respondeu ela. — Rufina também? — Rufina estava jogando na posição de meio-de-campo, seu rabo-de-cavalo comprido balançando enquanto ela corria pelo campo.

— Sim, é claro — disse eu.

— Ei, veja! — disse ela. — Estão acenando para você.

Era verdade — meu pai e minha mãe acenavam. Iam gostar de Maria e Rufina, achei, e gostariam de eu ter convidado amigas para irem juntos, e meu pai se sentiria generoso levando nós todas; meus pais sempre tinham me encorajado a levar outras crianças à minha casa. Levantei a mão e acenei de volta.

À tarde, levei meus pais ao motel. Perderamos o jogo por sete a dois, e no fim havia me ocorrido que o técnico do Gardiner tinha mandado seu time parar de marcar gols. Isso teria sido decente e típico do internato, já que todos os pais estavam assistindo.

Minha mãe e eu nos sentamos no carro enquanto meu pai preenchia o registro. Ficariam no Raymond Travel Lodge, que eu havia encontrado para eles semanas antes nas páginas amarelas; o quarto, que o hotel não garantia como para não fumantes, custaria 39 dólares.

— Você jogou esplendidamente — disse minha mãe.

No banco de trás, eu ri. Ainda estava de uniforme, o cabelo puxado para trás.

— O que foi? — perguntou minha mãe. — Jogou sim. — E riu também. — Jogou!

— Que gol do Gardiner, enquanto eu estava no campo, você gostou mais? Do primeiro ou do segundo?

— As garotas do outro time eram grandes — disse minha mãe. — O que a minha delicada Lee podia fazer?

Ficamos as duas caladas, e foi um silêncio tranqüilo, relaxado; tendo passado o almoço e o jogo, as coisas pareciam que iam ficar bem.

— Oh, veja. — Minha mãe bateu na janela que estava fechada. — Não são lindos? — A seis metros, no alto de um galpão, dois sabiás estavam empoleirados e girando. — Parece que estão oferecendo uma festa e esperando que todos cheguem.

— Mas estão preocupados que ninguém vá — disse eu.

— Oh, mas agora... — Um pardal pousou no telhado. — O primeiro convidado — disse minha mãe.

Os animais sempre agradavam minha mãe — sempre que estávamos na estrada e passavam vacas e cavalos, ela dizia a meus irmãos ou a mim: "Vejam." Ela dizia o mesmo quando passávamos por quedas de água ou quando estávamos atravessando pontes, especialmente se eu estivesse lendo.

— Lee, seu pai e eu estamos tão contentes por conhecer a Ault — disse ela.

Nesse momento, meu pai surgiu da entrada. Pela forma de seus lábios, parecia estar assobiando.

— Eu também — repliquei.

Maria e Rufina, quando eu bati na porta do seu quarto, já estavam prontas. Rufina usava saia e suéter, e Maria, calça preta e uma blusa tipo chemise. Minutos antes, sem tomar banho, eu tinha finalmente mudado o uniforme de futebol e vestido um jeans. No meu quarto, encontrei um bilhete de Martha: *Meus pais querem conhecer os seus! Onde vocês estão? Ligue para mim, no Sheraton, à noite!* Meus pais estavam esperando no carro, e amassei o bilhete e joguei fora.

— Vocês estão bonitas — eu disse a Maria e a Rufina. — Mas, quer dizer, não vamos... — Talvez tivessem imaginado que eu as estivesse convidando para o Red Barn Inn. — É que vamos ao Golden Wok — eu disse. — Tudo bem?

Olharam uma para a outra, depois para mim.

— Claro — disse Maria. — Parece ótimo. — Tive certeza que tinham pensado que iríamos ao Red Barn Inn.

No carro, minha mãe perguntou de onde eram e se gostavam da Ault.

— Não, realmente não — disse Rufina. — Um bando de esnobes.

Como ela tinha coragem de fazer a queixa mais previsível, e como conseguia fazer isso tendo ficado bonita? (E ela continuaria os estudos em Dartmouth, e Maria, na Brown. Eu não sabia disso, na época, é claro, mas se tivesse sabido, a minha perplexidade teria sido ainda maior. Se a garota era bonita e ia para uma das melhores universidades dos EUA, o que poderia incomodá-la?)

— Tenho de concordar — disse o meu pai. — Hoje senti pena de um sujeito que achei que estava com problema no pescoço. Aí percebi que não, que o seu nariz é que era empinado.

— Isso é o comum — disse Rufina. — E os filhos são piores do que os pais.

— Nada como herdar um monte de dinheiro para achar que realmente o merece — disse meu pai.

Eu me enrijeci. A palavra *dinheiro* me dava arrepios. Além disso, a observação do meu pai era provavelmente algo que o padre de sua igreja tinha dito no sermão, ou algo que o meu pai tinha lido na *Reader's Digest*.

Mas Rufina apenas disse:

— É isso mesmo.

— Maria, e você? — disse minha mãe. — Gosta da Ault?

— Às vezes sim, às vezes não — replicou Maria. — Depende do dia.

— Vocês estavam no almoço? — perguntou o meu pai. — Que pândega, hein?

Gargalharam e olhei pela janela. Por que ele tinha de se esforçar tanto? Ninguém esperava tanto dos pais.

— O que é pândega? — perguntou Maria.

— Diga a ela, Flea. — No espelho retrovisor, pude ver meu pai sorrindo largo.

— É só um evento grande, cheio e tumultuado — respondi.

— É hilário — disse Rufina. — Não vou me esquecer dessa.

No jantar, Rufina pediu camarão com molho de lagosta, e para compensar, embora duvidasse que meu pai percebesse que era para compensar, pedi legumes variados. Rufina e Maria pediram refrigerante, o que nunca fazíamos — em restaurantes, sempre pedíamos água —, mas provavelmente não era justo criticá-las por isso; a maioria das pessoas no mundo pediam refrigerantes nos restaurantes. Quando chegaram nossos biscoitinhos da sorte, cada um leu o seu: *Você gosta de esportes, cavalos e jogo, mas não em excesso; Seu sorriso charmoso será sua proteção; Será o melhor!* O jantar não tinha sido um desastre, realmente, todos tinham gostado uns dos outros, mas ainda assim tinha sido um erro convidá-las. Eu tinha precisado ficar alerta o tempo todo, esperando.

De volta ao campus, quando as estávamos deixando, antes de eu saltar, Maria saiu do carro, mas Rufina continuou dentro.

— Foi bom o jantar — disse ela, e deu um tapinha na barriga chata.

— Foi muito bom conhecê-las — disse a minha mãe.

Rufina olhou para mim, para o meu pai, para a minha mãe, e de novo para mim.

— Estão... estão no Sheraton, certo?

— No quê? — perguntou meu pai.

— Pensei que... — Rufina fez uma pausa. — Eu disse a Nick que o encontraria lá.

Nick?, pensei. *Nick Chafee?* Então, como era sempre em momentos de surpresa genuína que eu mais me esforçava para agir de maneira descontraída, eu disse:

— Nós a levamos. Não é onde meus pais estão, mas não tem problema.

— Alguém pode me dizer o que está acontecendo aqui? — falou meu pai.

— Rufina precisa de uma carona até um hotel — respondi. Virei-me para ela. — Tudo bem. Podemos levá-la.

— Esperem só um segundo — disse meu pai. — De que hotel estão falando e quem é esse Nick?

Rufina fez menção de falar, mas a interrompi.

— Ela precisa ir ao Sheraton, que é onde muitos pais ficam. E Nick é da nossa turma, e não é que ela vá ficar num quarto com ele, não é, Rufina?

Rufina confirmou balançando a cabeça. É claro que ela ia ficar num quarto com Nick.

Meus pais tinham se virado para olhar para nós. O cotovelo direito do meu pai pendia do assento. Maria tinha desaparecido no escuro.

— E devo acreditar nisso? — disse meu pai. Ele não parecia irritado, e sim ligeiramente divertido.

— É verdade — disse Rufina. — Vou ficar com um grupo de amigas minhas e de Lee.

— Não precisa de autorização para ficar fora do campus?

— Preenchi um formulário no escritório do reitor hoje de manhã.

— Papai — disse eu. — Você não é o pai dela. Simplesmente deixe-a lá. Não é da sua conta.

— Não é da minha conta?

Nesse ponto, se eu fosse Rufina teria saído do carro. Com ou sem carona, eu não teria querido essa proximidade com a briga de outra família. Mas eu não era Rufina — ela ia para o Sheraton, beber, provavelmente, e ficar com Nick Chafee. E com o fato de se divertir como recompensa, nossa discussão era apenas um desvio a ter de suportar. Eu nunca tinha ficado com ninguém, bêbada ou não, mas até mesmo eu sabia como, quando se gostava de um garoto realmente, todos os incidentes diários tornavam-se menores e desapareciam. Ficava-se quase sempre na expectativa de revê-lo, e voltava-se a isso com um esforço de memória quando chateada ou ansiosa, como a recordação de algo bom.

— Não sei bem quando passou a ser sua responsabilidade decidir o que é da minha conta — disse meu pai.

Agora não, pensei — será que não via que não era da nossa conta? Éramos apenas o veículo que levaria Rufina pela noite aos braços do garoto que a esperava.

— Terry. — Minha mãe sacudiu a cabeça ligeiramente. Depois, mexeu a boca dizendo-lhe alguma coisa. Acho que disse "*Depois*". Ela sabia qual o nosso papel ali.

— Falo o que quero no meu próprio carro — replicou meu pai, mas enquanto falava, saiu do estacionamento para a alameda, e avançamos. Ainda não sei se ele consentiu em ir por mim, ou por Rufina, ou por minha mãe.

Ao voltarmos para a via principal, eu disse:

— É na 90. Sabe como pegar a 90?

Meu pai não respondeu, e minha mãe disse:

— Seu pai sabe porque é por onde viemos.

Podia ter sido pior, pensei — se tivéssemos parado em um posto de gasolina e perguntado a direção.

Durante o resto da viagem, que durou quase vinte minutos, ninguém falou. No carro escuro, na estrada escura, não estávamos necessariamente em Massachusetts — poderíamos estar em qualquer lugar. Meu pai e minha mãe, eu e essa garota bonita e desconhecida do outro lado do banco — por um minuto, não consegui me lembrar do seu nome. O que estava fazendo conosco? Fazia sentido o resto de nós estar junto no carro, mas a presença dela parecia peculiar e intrigante.

Então, a sensação desnorteadora passou. (*Rufina* — é claro.) Quer dizer que ela e Nick estavam envolvidos; parecia ridículo eu não ter percebido antes. A beleza levava a melhor sobre a raça, aparentemente. Ou minha crença sobre raça e namoro na Ault estava simplesmente equivocada? Ou eu estava, de maneira geral, certa, mas errada em achar que um padrão era uma regra? É claro que sempre haveria exceções. Às vezes — com muita freqüência, se bem que somente quando eu fiquei mais velha esse fato parou de me surpreender — as coisas realmente eram o que pareciam ser. Um garoto e uma garota flertando, e então a revelação de que estavam juntos — só eu mesma ficaria surpresa com essa notícia.

Quando deixamos Rufina, ela atravessou as grandes portas de vidro automáticas, além das quais havia um tapete cor-de-rosa, uma mesa com um imenso vaso com dezenas de flores, um candelabro acima das flores. Demos a partida e não falamos durante a viagem de volta tampouco.

Na alameda do campus, meu pai desligou o motor, mas deixou os faróis acesos. Eram quase onze horas, hora do toque de recolher aos sábados, apesar de somente uma parte dos alunos dormir nos dormitórios nessa noite.

Meu pai pôs as mãos em cima do volante.

— Não irei... — começou ele, e sua voz ressoou esganiçada por ter ficado calado durante tanto tempo. Pigarreou. — Não irei à capela ou ao *brunch* amanhã — disse ele. — Eu a verei no Natal, Lee.

— Está brincando? — disse eu.

— Terry! — disse minha mãe.

— Estou falando muito sério. — Não olhou para nenhuma de nós duas.

— Querido, por que... — começou minha mãe.

— Não preciso — interrompeu ele — me sujeitar a esse tipo de tratamento. Da parte de ninguém, especialmente da minha filha de 16 anos.

— Não foi... — falei, mas ele me cortou. Provavelmente tinha planejado o que dizer durante o caminho de volta. Sua voz estava firme, irada e calma ao mesmo tempo. — Não sei o que aconteceu com você, Lee, mas vou lhe dizer uma coisa. Você é uma decepção. É egoísta, fútil e não tem respeito nem por sua mãe nem por mim, e estou envergonhado de você. — *Por sua mãe nem por mim,* pensei. Mesmo nesse momento, foi o que pensei. — Quando começou na Ault — prosseguiu meu pai —, disse cá comigo como deveria haver um bando de adolescentes que se achariam os tais por virem para um lugar como esse. E também pensei em como estava feliz por Lee ter uma boa cabeça. Bem, eu estava enganado. E agora eu digo que cometemos um erro permitindo a sua vinda. Talvez sua mãe não pense assim, mas não foi para isso que dirigi dezoito horas.

Ninguém disse nada, e minha mãe pegou um lenço de papel e assoou o nariz. Às vezes, quando minha mãe chorava, eu era contagiada por suas lágrimas, e agora eu realmente não queria me deixar influenciar.

Engoli em seco. Havia muitas coisas que eu poderia ter dito naquela hora, e a que escolhi foi:

— Não pedi que viessem.

— Lee! — A voz de minha mãe foi angustiada.

Abruptamente, meu pai desatou o cinto de segurança, abriu a porta e saiu do carro, abrindo também a minha porta.

— Saia — vociferou ele. — Já.

— Não.

— Mandei sair do carro.

— O carro é da mamãe também.

Meu pai me olhou com fúria, sacudindo a cabeça; obviamente não restavam palavras para expressar sua repugnância.

— Muito bem — disse eu. Saí, cruzei os braços e fiquei encarando-o. — Pode dizer o quanto sou terrível. Mas talvez devesse pensar em como age. Acha que é engraçado me envergonhar e dizer coisas estranhas na frente de meus amigos, e quando eu me chateio, fingir que não fez nada?

— Envergonhar você? Foi isso que fiz ao levar essas garotas para jantar?

— Oh, está bem. Sai para um jantar e eu devo ignorar como age o resto do tempo.

— Não sabia que tinha lhe pedido para ignorar alguma coisa. Tenho 39 anos e estou muito bem comigo mesmo, Lee. E isso é muito mais valioso do que o que posso dizer de você. E tem uma coisa que não tenho necessidade de fazer, que é me justificar.

— Melhor para você — repliquei. — Parabéns.

E então — não me lembro de nenhuma previsão disso, somente uma consciência atônita de que já tinha acontecido — ele levantou a mão direita e me deu um tapa no rosto. Sua mão estava quente, e meu rosto ficou quente, e as lágrimas correram por minhas bochechas, mas acho que só porque doeu tanto. E o que fiz, antes de encarar meu pai, antes de dizer uma palavra ou levar a mão ao rosto, foi olhar em volta. Estávamos perto da capela, e a cerca de trinta passos, iluminado ao passar por um poste de luz, estava um colega de turma chamado Jeff Oltiss. Nossos olhares se encontraram. Sua expressão, especialmente pela distância, era indecifrável, mas, achei, não hostil. Eu não o conhecia bem — tínhamos freqüentado a aula de inglês da srta. Moray, no 2° ano, mas só isso — nunca mais nos falamos, e durante o resto do meu tempo na Ault, pensava nele como a pessoa que tinha visto meu pai me esbofetear. Se esbarrasse com ele hoje, em São Francisco ou Nova York — poderia estar casado, com filhos, ser um astrofísico ou um contador —, isso seria tudo que significaria para mim: a pessoa que me viu ser esbofeteada por meu pai. Ainda na Ault, quando cruzávamos no refeitório ou no ginásio, não nos falávamos, não nos cumprimentávamos, mas eu sentia que um reconhecimento palpitava entre nós. Ele sabia.

Desviei os olhos dele, e me virei para o meu pai.

— Você é um babaca — disse eu, e estava soluçando.

— E você uma canalhinha ingrata. — Bateu a porta de trás, entrou na frente e, antes mesmo de fechar a porta, ouvi a voz da minha mãe, mas não entendi o que disse — e acelerou. Então, desapareceram. Para voltar ao meu dormitório, teria de seguir Jeff ao passar pela arcada que levava ao pátio. Em vez disso, andei na direção contrária, para o círculo. Ali, na extensão de relva, com árvores somente na orla, olhei em volta para todos os edifícios parcialmente iluminados, depois para as estrelas cintilando no alto. Lá, no círculo, a situação não era tão ruim. Dentro, na luz, cercada por móveis, revistas, travesseiros e fotos — aí então, seria ruim.

Quando o telefone tocou de manhã cedo, eu já esperava a ligação. Pulei da cama, desci correndo a escada até a sala comum, e empurrei a porta da cabine telefônica.

— Lee — disse minha mãe, mas não conseguiu falar de tanto que chorava.

— Mãe — falei. — Mãe, desculpe. Quero que voltem.

— Seu pai está fechando a conta — disse ela. Respirou fundo várias vezes. — Quer sair cedo. Mas, Lee, espero que saiba que ele a ama muito e que tem muito orgulho de você. Espero que saiba disso.

— Mãe... — Meu queixo começou a tremer, meus lábios a se franzirem.

— Desejamos muito este fim de semana, e sinto que tenha sido assim.

— Mãe, a culpa não é de vocês. Mamãe, por favor. Por favor, não chore. — Mas eu também estava chorando. Não sei se o barulho de suas próprias lágrimas permitiu que notasse. — Por que não voltam? — disse eu. — Mesmo que papai não venha. Você vai gostar da capela.

— Lee, não posso. Ele quer partir. O que quero que faça é que ligue para ele daqui a alguns dias, e se desculpe. Sei que ele também está errado, não devia ter batido em você, isso me deixou muito triste... — Estava arfando de novo.

— Tudo bem — respondi. — Não doeu. Verdade, mamãe, não doeu.

— Tenho de ir, Lee. Amo você. Está bem? Amo você. — E então desligou, e fiquei segurando o fone, escutando coisa alguma. Quando voltei para o quarto, vi no despertador de Martha que ainda não eram seis e meia.

Mais tarde, quando nos referíamos a isso — não havia nada que acontecesse à minha família que não se transformasse em piada ou anedota —, tornou-se o fim de semana no inferno, quando não ficou claro quem havia agido com mais atrocidade, se eu ou meu pai. Na versão de minha mãe, tudo se resumia ao fato de Lee estar vendo uma daquelas revistas de mau gosto de que ela gosta e seu pai ter começado a implicar, e então, sabe como duas pessoas geniosas reagem. Além disso, ela sempre perguntava por Rufina e Maria, tanto em suas cartas quanto ao nos falarmos, chamando-as de "as garotas espanholas", ou "a garota com namorado e a outra."

Foi a última vez que meu pai me bateu — tinha feito isso antes, mas tinham sido palmadas e não tapas, e só quando realmente meus irmãos e eu estávamos terríveis e desobedecendo teimosamente —, e isso também assinalou o começo de um longo período em que não chorava na frente de meus pais.

Quando estava na faculdade, sempre tive telefone no quarto, e meu pai ligava com freqüência — acho que o sistema de telefone pago da Ault tinha lhe parecido uma chatice — e, às vezes, ele nem mesmo deixava um recado de verdade, mas sim uma única frase absurda na secretária eletrônica ou piadas. (*Como faz um Kleenex dançar?* Ou, no Dia das Bruxas, *Lee, por que bruxas não podem ter filhos?)* Minhas companheiras de quarto, é claro, o achavam muito engraçado. Mais tarde, depois de me graduar na universidade, ele comprou um celular, e me ligava diariamente. Sempre falei com ele, mesmo no trabalho, mesmo quando estava ocupada, e sempre deixei que fosse ele a encerrar a conversa. Não que eu achasse que assim me redimiria daquele fim de semana, ou por ter ido para a Ault. (Como eu entenderia, tendo me candidatado aos 13 anos, que você tinha a vida inteira para deixar a sua família? Ou talvez ter ido para a Ault foi que me tornou o tipo de pessoa que sempre, por causa dos estudos, depois trabalho, ficou longe.) Não, não era que eu achasse que *pudesse* me redimir, mas sim lhe mostrar que estava tentando. Quanto à minha mãe: nunca me castigou, sequer me repreendeu. E por causa disso, como ao contrário do meu pai, nunca pediu que eu retribuísse, tornou o que lhe devo impagável. Era um oceano, ou todo um planeta frio.

Uma vez, quando visitei meus pais, bisbilhotei o quarto do meu irmão Tim. Parei diante de seu quadro de avisos, e reparei em um crachá — um retângulo cor creme com uma fita vermelha afixada no alto e uma imagem do emblema da Ault no canto esquerdo. *Timothy John Fiora,* estava escrito, e embaixo, *irmão de Lee,* e depois do meu nome, o ano em que me formei. Na época que tinha sido escrito, essa data correspondia a quase dois anos no futuro; quando eu estava no quarto do meu irmão examinando-a, tinham-se passado mais de dez anos, e Tim tinha concluído o ensino médio e começado o *Community College.** O que me surpreendeu foi o nome do meu irmão não ter sido escrito com a letra da minha mãe, mas com a do meu pai. Teria pego o crachá extra ao buscar o seu e o de minha mãe, escrito o nome de Tim (provavelmente teria feito um para Joseph também), e o passado para a minha mãe para trazê-lo a Indiana? Ou, durante todo

*Universidade do governo que oferece somente os dois primeiros anos do curso. (*N. da T.*)

aquele sábado na Ault, o carregou, enfiado no bolso de seu blazer cáqui, tomando cuidado ao se sentar para não amassá-lo? E na viagem de volta, o teria guardado em um lugar seguro, talvez no porta-luvas ou no banco, do seu lado? Viajaram de volta sem fazer escala, eu soube mais tarde, e meu pai dirigiu o caminho todo. Tinham planejado parar perto de Erie, mas minha mãe adormeceu, e ele decidiu prosseguir. Um pouco depois da meia-noite, minha mãe despertou assustada. O motor estava desligado e meu pai estava sentado do seu lado, estalando as juntas, olhando pelo pára-brisa.

— Onde estamos? — perguntou minha mãe.

— Estamos em casa — respondeu meu pai.

6. Townie

INVERNO DO 3º ANO

A ambulância levou Sin-Jun ao pronto-socorro no começo da noite, quando o jantar formal tinha se iniciado. De fato, quando Tig Oltman e Daphne Cook a encontraram — Tig e Daphne eram do 2º ano e moravam no mesmo dormitório —, estavam a caminho do refeitório. Abriram a porta do quarto a tempo de ver Sin-Jun, na soleira em frente, cair no chão, enrolando a língua, um braço pressionando o abdômen como se tivesse dobrado a blusa para cima para carregar um monte de pedras, ou quem sabe grãos de milho, e tentasse evitar derrubar tudo.

Era quarta-feira, e depois do jantar formal, houve uma palestra para a escola toda — proferida por uma mulher negra que era coreógrafa de um grupo de dança — e Martha e eu estávamos entrando no auditório quando a sra. Morino, diretora do dormitório de Sin-Jun, nos parou. Quando penso no incidente, em todo o resto desse inverno — estávamos, então, no fim de fevereiro —, esse é o momento de que me lembro. Martha e eu conversávamos animadamente sobre nada, e eu não perdia Cross Sugarman de vista, que estava vários metros à nossa frente, atenta a onde ele e seus amigos se sentariam, de modo que eu e Martha nos sentássemos perto, mas não o bastante para que pensasse que era intencional. Então, a sra. Morino se aproximou, e achei que ela estava acenando só para nos dizer alô — por que ela acenaria para nos cumprimentar se estávamos a apenas alguns metros de distância, quando nem Martha nem eu nunca a tínhamos tido como professora ou técnica, e mal a conhecíamos? — e levei um susto quando ela parou na nossa frente e pegou minhas mãos.

— Tenho uma notícia desagradável — disse ela.

Senti uma onda de terror. Minha mente retrocedeu imediatamente para identificar algum possível erro que eu tivesse cometido, portanto senti alívio — alívio que logo pareceria vergonhoso e insensível — quando ela prosseguiu:

— Sin-Jun está no hospital. Tomou comprimidos. Os médicos lhe fizeram uma lavagem estomacal. E seu estado agora é estável, acabo de vir de lá, mas ela continua muito frágil.

— Ela está doente? — relanceei os olhos para a entrada. Cross tinha desaparecido no auditório, estavam quase todos já sentados, e as luzes estavam se apagando. Olhei de novo para a sra. Morino, surpresa por ela estar nos atrasando. Eu ainda não tinha percebido que não assistiria à palestra.

— Ela tomou *comprimidos* — repetiu a sra. Morino, e continuei sem entender, e acho que isso teve mais a ver com a idéia que eu fazia de Sin-Jun do que com minha ingenuidade, embora talvez fosse um pouco de cada.

Então, Martha, que percebeu que eu não tinha entendido, disse:

— De propósito, Lee.

— Quero levar você ao hospital — disse a sra. Morino. — Ela está um pouco aturdida, mas seria bom para ela ver um rosto familiar.

Sin-Jun tinha tomado comprimidos *de propósito*? Tinha tentado se matar? Mais do que chocante, a idéia me parecia impossível. Sin-Jun não era nem mesmo infeliz. Certamente não era uma suicida.

Engoli em seco.

— E Martha também vai?

— Vamos esperar um pouco — replicou a sra. Morino. — Não quero sobrecarregar Sin-Jun. Entende, não entende, Martha? Você pode entrar. — A sra. Morino inclinou a cabeça na direção do auditório. — E, Lee, nós vamos por aqui. Meu carro está bem em frente. — Ela começou a andar e eu a segui. Olhei para trás. Martha continuava do lado de fora do auditório, uma expressão de perplexidade contorcendo suas feições. Quando nossos olhares se encontraram, ela ergueu a mão se despedindo, e me senti como um reflexo seu — acenei de volta, também perplexa.

Ao longo da década seguinte, a palestrante, a coreógrafa, recebeu cada vez mais atenção nacional — o grupo de dança enfocava muitas questões políticas, especialmente raciais — e artigos sobre ela eram regularmente publicados em revistas. Nunca vi seu nome sem me sentir um pouquinho nauseada, exatamente como me senti ao saber que Sin-Jun tinha tomado comprimidos: aquele tipo de apreensão desorientada que se sente quando se sabe que algo ruim aconteceu, mas ainda não se conhecem todos os detalhes.

*

A sra. Morino tinha uma caminhonete azul-marinho. Adesivos aromatizados estavam afixados no porta-luvas e o banco estava coberto de pêlo de cachorro. A sra. Morino ensinava geometria e o sr. Morino, história americana — ele também nunca tinha sido meu professor —, tinham três filhos cujos nomes eu não sabia, o mais velho parecia ter mais ou menos 6 anos. Às vezes, víamos as crianças no refeitório, chorando, agarrados a uma caixa de flocos de cereal ou se arrastando pelo chão. O rádio no carro da sra. Morino estava sintonizado em uma estação de clássicos e com o volume baixo, audível somente quando não estávamos falando. Como estava escuro, eu sentia mais que via a passagem dos campos e bosques.

— Vou lhe perguntar uma coisa — disse a sra. Morino. — Sin-Jun alguma vez ficou deprimida quando dividiam o quarto?

— Acho que não.

— Chegou a falar em se machucar?

— Não.

— Ficava chateada com alguma coisa?

Tentei me lembrar se a tinha visto chorar, e me veio um momento relacionado a uma nota em uma prova de inglês. Eu estava do lado de sua mesa e lhe dei um tapinha nas costas, e ao fazer isso, vi a nota, escrita em azul no alto da primeira página — era um B menos, nada pior do que a maioria de minhas notas em inglês ou qualquer outra matéria. Eu sabia, embora tenha certeza de que não foi ela que me contou, que no ano anterior a ir para a Ault, ela tirou o primeiro lugar em um concurso de matemática e ciências na Coréia, tendo sido a primeira garota a ganhá-lo.

— Ela se preocupava com suas notas — respondi. — Afora isso, não.

Era verdade que, mesmo quando dividíamos o quarto, Sin-Jun e eu nunca tínhamos trocado confidências. Mas quando se vive junto, é impossível *não* conhecer a pessoa: quando Sin-Jun acordava de manhã, seu cabelo negro colava atrás, seu rosto era pálido, ela não conseguia manter uma conversa por mais de quinze minutos; seu lanche preferido eram aquelas ervilhas-secas crocantes e condimentadas que vinham em sacos de papel laminado, além de qualquer coisa caramelada; temia principalmente cobras, até mesmo imagens delas; e a pessoa que ela amava mais era a sua irmã Eunjee, quatro anos mais nova, que ainda morava com seus pais em Seul. Mas eu achava que isso talvez fosse só boato e não verdade. E, é claro, nos dois anos em que fomos companheiras de quarto, nossas vidas foram se distanciando cada vez mais. No 2° ano, Sin-Jun tinha começado a dividir o quarto com Clara O'Hallahan, e eu com Martha, e não ficamos mais no mesmo dormitório.

— Aconteceram mudanças recentes na vida de Sin-Jun? — perguntou a sra. Morino. — Com sua família ou aqui?

— Acho que não.

— Problemas com professores ou outros alunos?

— Clara não saberia melhor do que eu? — (Estaria eu demonstrando não ser uma boa amiga? Eu *não era* uma boa amiga?)

— Teoricamente, sim — replicou a sra. Morino. — Mas Clara é muito desligada. Ela foi na ambulância e está agora com Sin-Jun.

Parecia que não havia muito mais a dizer. Não se tratava de apenas bater um papo, e estava claro que eu não podia responder a suas perguntas. Durante o trajeto, minha mente alternou entre a consciência da experiência nada natural de estar no carro da sra. Morino e a especulação sobre Sin-Jun, especialmente sobre a aparente certeza da sra. Morino de que ela havia tomado aspirinas demais (era aspirina, obviamente, o que ela tinha tomado) de propósito. Até onde eu sabia, a sra. Morino não tinha cogitado outra possibilidade. E então, com isso em mente, fui distraída pelo fato físico de estar sentada do lado de uma professora. Onde tinha sido criada, me perguntei, e quantos anos tinha quando se casou com o sr. Morino? Com base em sua aparência e na idade de seus filhos, achei que teria 30 e tantos. Enquanto calculava, minha mente voltou a Sin-Jun. Tinha ela alguma vez dito ou feito alguma coisa que indicasse uma capacidade para o suicídio? Quis apenas chamar a atenção? Não tinha parecido assim, particularmente.

Tentei me lembrar da última vez que a tinha visto, e foi tão vago quanto me lembrar da roupa que tinha usado no dia anterior ou do que havia comido no jantar. Ao chegarmos no hospital, fomos direto para a entrada principal, portas envidraçadas automáticas sob um pórtico bastante iluminado. Era um hospital pequeno, de somente três andares, o que pareceu confortador — com certeza, se Sin-Jun corresse grave perigo, eles a teriam transportado para Boston de helicóptero.

Dentro, a luz era branca, refletindo o piso de linóleo branco. Nós nos registramos na recepção e pegamos um elevador até o terceiro andar, depois atravessamos portas duplas e passamos pelo posto das enfermeiras. Assim que abrimos as portas, um gemido tornou-se audível, uma espécie de pranto louco, e me perguntei se não estávamos na ala de doentes mentais. Mas aí, pensei, tudo o que a sra. Morino tinha dito era verdade. Sin-Jun tinha tentado o suicídio e, agora, estava no hospital. Não que eu tivesse suspeitado de que a sra. Morino estivesse mentindo, mas era difícil acreditar que alguma coisa tinha acontecido, ou estava acontecendo. As grandes ocorrências na vida, as sérias, sempre tinham sido, para mim, impossíveis de ser admitidas, pois nunca *pareciam* grandes ou sérias. No momento, tem-se de fazer xixi ou seu braço coça, ou o que as pessoas estão dizendo lhe parece melodramático ou sentimental, e fica difícil não rir com ironia. Você tem um senso do que esse tipo de situação deveria ser — para começar, muito intensa — e não é. Mas então pensa retrospectivamente, e *foi;* aconteceu.

Quase todas as portas estavam abertas, e passamos pelos quartos, e dava para ouvir a risada da claque e as vozes altas da televisão. De repente, me lembrei: a sexta-feira passada. Foi quando falei com Sin-Jun pela última vez. Tínhamos ido juntas para o almoço, depois da aula de química, e conversado sobre as férias da primavera, que aconteceriam em março. Ela disse que ia ficar com uma tia em San Diego. Nada chamou a atenção nessa conversa, nem mesmo um olhar de relance ou uma inflexão. Eu me perguntei se ela já estaria planejando isso, ou se tomar os comprimidos tinha sido uma decisão impulsiva. E mais uma vez, pensei, por quê? Não tinha uma vida boa? Não era popular, mas tinha amigas — certamente era impossível imaginar alguém não gostando dela. E antes de mais nada, estava indo bem na escola. Surpreendentemente, seu inglês continuava imperfeito, mas era evidente que compreendia tudo. E seus pais, que eu tinha conhecido quando éramos calouras, tinham me parecido legais, e mesmo que não fossem, estavam tão longe. Poderia ter sido a distância? Ou saudades de sua irmã? Mas não fazia sentido tampouco; não se tomam comprimidos porque se sente saudades de casa.

Quando entramos no quarto, Sin-Jun estava no leito e o colchão estava erguido, de modo que ela estava quase sentada. Ela olhava fixo para a frente sem nenhuma expressão no rosto, e usava a veste azul-clara do hospital, e a pele ao redor da sua boca estava, como a sra. Morino tinha me avisado, manchada com um pó preto do carvão que os médicos tinham usado para lavar seu estômago. Mas não era ela que chamava a atenção — era Clara, fonte do pranto que eu ouvira antes. Clara estava soluçando tão francamente e descuidadamente quanto um bebê: sua cara estava coberta de pontos rosas e as lágrimas corriam; seu nariz estava escorrendo, sua boca estava aberta, com fios de baba entre os lábios, e de sua boca, saía um choro sem palavras, às vezes sustentado, às vezes interrompido com arquejos entrecortados, que eram grotescos e fascinantes ao mesmo tempo. Estava sentada em uma cadeira do lado direito do leito de Sin-Jun, inclinada à frente, com as duas mãos apertadas na borda do colchão, e como este estava pelo menos 30 centímetros acima da cadeira, a postura de Clara parecia a de uma suplicante. Sin-Jun parecia ignorá-la completamente.

Por sobre o barulho considerável, a sra. Morino gritou:

— Veja quem eu trouxe! — Pôs o braço ao redor de meus ombros e sorriu largo.

— Oi! — gritei.

Sin-Jun não olhou para nenhuma de nós duas.

Talvez eu devesse abraçá-la, talvez não. Avancei e pus a mão no colchão aos seus pés, e finalmente ela ergueu o olhar.

— Oi, Lee. — Pareceu cansada, mas nada emocionada, nada constrangida, pesarosa ou arrependida.

— Fico feliz em ver você — gritei. Sin-Jun tinha levantado a voz, e eu pude escutá-la bem, mas não consegui conter meu próprio impulso para gritar.

Evidentemente, a sra. Morino sentiu o mesmo.

— Vou voltar correndo para o campus — gritou. Estava agora esfregando as costas de Clara. — Preciso pôr as crianças na cama. Lee e Clara, quando o sr. Morino me trouxer para passar a noite com Sin-Jun, as levará de volta. Está bem? Está bem assim?

Ninguém respondeu nada.

— Nós as levaremos de volta ao dormitório a tempo do toque de recolher — prosseguiu a sra. Morino. — E, Sin-Jun, queremos que fique boa. Pode fazer isso por nós?

Depois que ela saiu, Clara realmente parou de chorar e ofegou ligeiramente, como se recuperando o fôlego. Senti o mesmo alívio que sinto quando um bebê se cala, e também a mesma premonição desagradável de que não é a conclusão do acesso, mas somente um hiato.

— Há quanto tempo estão neste quarto? — perguntei.

— Não sei — replicou Clara, e cada palavra saiu trêmula e alongada.

Eu queria perguntar *Há quanto tempo está chorando?* Ficar tão dramaticamente afetada parecia exaustivo e Clara era uma garota pesada — com certeza não sustentaria esse esforço indefinidamente.

Relanceei os olhos para Sin-Jun. Quando nossos olhares se encontraram, quase me assustei. Ela me olhou de uma maneira tão desesperançada, tão exausta, que pareceu desdenhosa. Tive a suspeita, então, de tê-la subestimado. Talvez, no passado, eu não tivesse lhe dado crédito de ter opiniões ou insatisfações — por ser como eu. É claro que não havia nada que eu pudesse fazer por ela. Ainda não acreditava que tivesse pretendido morrer, mas, sim, tinha tomado os comprimidos de propósito; afinal, possuía a força de vontade necessária para isso.

— Vou passar a noite aqui – comunicou Clara. — Você não pode me impedir.

Sin-Jun virou a cabeça e se dirigiu a ela pela primeira vez desde que eu tinha chegado.

— Não vai ficar no hospital.

— Vai ter de deixar. Não vou embora.

— O sr. Morino está vindo para nos levar para o toque de recolher.

— *Toque de recolher?* — Clara me olhou com fúria. — Sin-Jun quase *morreu* esta noite e você só pensa no toque de recolher?

Nem mesmo a referência explícita à morte — espantosamente inadequada, na minha opinião — provocou alguma reação em Sin-Jun.

— Sin-Jun, *você* quer que a gente fique? — perguntei.

— Quero dormir — replicou Sin-Jun. Relanceou os olhos para Clara. — Vá para a escola.

— Não! Não. Não vou. Vou ligar para os Morino agora mesmo e dizer que vou ficar. Ficarei em uma cama de armar, como a sra. Morino. Vou ficar. Está me ouvindo? — Levantou-se e se dirigiu à porta, mas de maneira tão hesitante como se Sin-Jun fosse saltar da cama e impedi-la. Eu estava aos pés da cama, e quando Clara passou, recuei. Não queria, quando cambaleou resmungando, ter contato físico com ela.

Depois que se foi, o quarto pareceu tranqüilo. Senti alívio e, ao mesmo tempo, receio de ficar a sós com Sin-Jun. Sentei-me na cadeira de Clara —

me levantaria quando ela voltasse — e Sin-Jun e eu não falamos. Finalmente, eu disse:

— Sin-Jun, gostaria de não ir para a Ault?

Ela encolheu os ombros.

— Não tem de ir, certo? Se disser a seus pais que não quer ficar aqui, eles não vão obrigá-la a ficar.

— Não preciso contar nada aos meus pais. A sra. Morino já ligou para eles e meu pai vai chegar amanhã.

Embora eu não tivesse pensado sobre isso antes, fazia sentido a intervenção dos pais. De fato, fiquei um pouco surpresa ao sermos deixadas, pela sra. Morino, sozinhas, sem nenhum adulto, mesmo por pouco tempo. Como saberíamos como agir sozinhas?

— Clara está bastante abalada, hein? — disse eu, e acrescentei rapidamente: — Todos nós nos preocupamos muito com você, Sin-Jun. — Parecia, achei, que estava lendo alto um cartão de votos de restabelecimento. Mas vi que lágrimas brotavam nos olhos de Sin-Jun. Ela pestanejou, e as lágrimas deslizaram por suas pálpebras.

— Ora — falei. — Desculpe.

Ela sacudiu a cabeça.

— Sin-Jun?

Abriu a boca, mas não falou imediatamente, e senti, simultaneamente, o impulso de provocar suas palavras e o impulso de reprimi-las. Sempre achei que queria saber um segredo, ou um evento para deslindar — queria que minha vida começasse —, mas nesses raros momentos em que parecia que algo podia realmente mudar, o pânico me atacava.

— Não precisa falar nada — disse eu. — Deixe-me... pelo menos buscar um pouco de água.

Ela enxugou os olhos com as costas da mão.

— Deve estar com sede. — Disse e saí depressa do quarto. Quando encontrei um copo de plástico — alguém no posto das enfermeiras me deu um — e o enchi de água, Clara retornou ao quarto. Coloquei o copo na mesa do lado do leito de Sin-Jun e vi que já havia um copo pela metade, com um canudinho.

— O sr. Morino disse que tudo bem você ficar? — perguntei a Clara.

— Por que não diria? — Clara pareceu ligeiramente mais recomposta. Pelo menos não estava mais vazando fluido, e Sin-Jun também não estava chorando.

Consultei o relógio. Eram oito e meia, o toque de recolher era às dez; provavelmente os Morino só viriam daqui a uma hora, no mínimo.

— Tenho de descer — eu disse. — Não quero fazê-los esperar.

Nem Clara nem Sin-Jun pareceram prestar atenção.

— Não vou deixá-la só — Clara dizia, e percebi que era somente uma questão de tempo até a comporta reabrir.

— Sin-Jun, espero que fique bem — disse eu. — Está bem? Vou... — Avancei, me inclinei e a abracei. Ela não retribuiu o abraço, e pareceu, em meus braços, frágil e sem peso. — Tchau — falei. — Está bem? Tchau.

— Tchau, Lee — disse ela finalmente.

Não me despedi de Clara ao sair, e Clara não se despediu de mim.

Eu estava em tal desespero para sair logo do hospital que, ao chegar ao térreo, apesar da longa espera à minha frente, saí e fiquei no pórtico, os braços cruzados, atenta ao estacionamento. O campus ficava a cerca de oito quilômetros, mas se não estivesse escuro, teria ido a pé.

Estava escuro, e frio também. Levei aproximadamente um minuto para voltar para dentro e me sentar do lado de uma máquina de refrigerantes na área de espera. Queria estar no dormitório, de camisola, debaixo de lençóis limpos e cobertores.

Não estava com a carteira, não tinha dinheiro comigo. Se tivesse, tomaria um refrigerante, pensei, e depois: mas se Sin-Jun não tivesse querido morrer, seria plausível acreditar que ia querer parar ali? Os comprimidos deveriam ter sido uma decisão impulsiva, uma questão de *isso não; tudo menos este momento.*

Então, Sin-Jun também — nunca tinha suspeitado. Provavelmente não teria mudado o curso dos eventos, se tivesse. Afinal, não eram tópicos que discutíamos com outras pessoas; como dizer a alguém como é isso? Era possível tramar coisas que se queria, mas em certos momentos a luz mudava ou o tempo se retardava — aos domingos, em particular, o tempo diminuía seu ritmo e, ocasionalmente, nas tardes de sábado, se não tivesse jogo — e você percebia que tudo era realmente nada. Tudo não passava de uma eternidade e o que você conseguia ou deixava de conseguir não fazia diferença, e então o que restava? O detestável quarto familiar onde se vivia, seu rosto e corpo horríveis, a censura das outras pessoas, como eram imperturbáveis, como você pareceria, se tentasse explicar, meio esquisita e chata, e nada original. Por que suas vidas prosseguiam tão facilmente? Por que tinha de convencê-los e eles precisavam ser convencidos e não o contrário? Não que, é claro, você fosse conseguir se tentasse.

E então, no jantar, falávamos sobre o quê? Professores ou cinemas ou férias da primavera. Era só o que se fazia; você socializava, você *interagia*. E as coisas que dizia, da capela ao edifício da escola, sua mochila, provas, eram uma ponte sobre um rio do que você sentia realmente. A meta era: aprender a ignorar o que estava embaixo. Ótimo se conhecesse alguém que era igual a você, mas tinha de saber que nada do que a outra pessoa fizesse faria você se sentir melhor em relação a nada disso. De uma maneira estranha, as tentativas de suicídio me pareciam — não pensaria assim quando caloura, mas pensava agora, dois anos depois — ingênuas. Não chegavam a nada, o drama que ativavam não poderia ser sustentado. No fim, havia sempre a sua vida regular, e ninguém podia lidar com isso a não ser você.

Alguém se aproximou da máquina de refrigerantes, e imediatamente esperei que fosse logo embora. Quando se virou, disse:

— Oi. — E eu balancei a cabeça sem sorrir.

— Você está bem? — disse ele. Era jovem e estava com uma menina pequena.

— Estou bem.

— Parecia que alguma coisa estava perturbando você.

Não respondi nada.

— Não quis me intrometer — disse ele rapidamente. Depois: — Não está me reconhecendo, está? Desculpe, eu devia ter... Aqui está. — Estava usando uma camisa de flanela de manga comprida sobre uma camiseta de decote em V, e entre as duas, pendia um cordão com um crachá de plástico. Com o cordão ainda em volta do pescoço, estendeu-me o crachá; com seu outro braço, segurava a menina, que nos observava impassivelmente, e sua lata de Pepsi ainda fechada.

O homem estava a cerca de dois metros de distância e tive de me levantar e inclinar para ler o crachá. Por um breve momento, pensei em não me levantar, mas me levantei ainda assim, por curiosidade mais do que por polidez, e fiquei feliz por ter feito isso. *Escola Ault,* dizia o crachá. O emblema da Ault estava sobreposto à insígnia, e em um canto estava um instantâneo do sujeito sorrindo e projetando o queixo, como se estivesse brincando com o fotógrafo; embaixo da foto, lia-se: *David Bardo, Serviço de Alimentos.*

— Desculpe — disse eu. — Você me é familiar, mas não sei... — Minha voz sumiu.

— Equipe da cozinha.

— É claro. — E ele realmente parecia familiar, naquela maneira vaga de alguém em que nunca reparamos antes. Pensei em como tinha agido friamente, e me senti envergonhada. Porque, sim, eu era alguém que seria rude com um estranho, especialmente se fosse um homem que me abordasse em local público; mas nunca seria rude com um membro da equipe da Ault. As pessoas que não estão familiarizadas com colégios internos provavelmente imaginavam o oposto, que os alunos fossem arrogantes com os zeladores, secretárias, mas não era assim — duas vezes nos últimos cinco anos, a turma de formandos tinha dedicado o anuário a Will Koomber, que era o chefe da equipe de jardinagem, e que tinha um bando de admiradores. Will era um negro na faixa dos 60, do Alabama, e que diziam passar a maior parte do tempo drogado, o que contribuía para a sua popularidade. Os garotos, particularmente, gostavam dele — eram vistos durante o dia lá fora, perto da palha para a proteção dos arbustos recém-plantados, enquanto Will agachado trabalhava com a pá, e ficavam dizendo coisas como: "Como vai sua garota, Will?" ou "Você está sempre ligado nos tiras, hein?" A verdade é que ouvi-los me deixava nervosa — as brincadeiras me pareciam tão precárias, parecia tão fácil para um estudante dizer alguma coisa ofensiva, e para Will, reagir ou não ser capaz de reagir —, mas também acreditava que Will e os garotos da Ault se gostavam de verdade. Era eu que me preocupava demais com isso, não eles. Sempre que eu passava por Will, especialmente se estivesse sozinha, ele soltava um breve comentário na terceira pessoa — "Ela está na maior pressa", ou "Saia bonita a que ela está usando hoje" — e eu baixava a cabeça e sorria, querendo expressar minha gratidão por ele falar comigo também, e não somente com os caras atléticos e as garotas bonitas.

Mas o pessoal da cozinha era outra história, de certa maneira. A maior parte dos alunos parecia não conhecê-los, ou pelo menos eu não os conhecia. Sempre que eu estava no refeitório, ficava absorta pelo pensamento de que comida escolheria, ou onde me sentaria, e não prestava atenção a nada além de minhas próprias circunstâncias. Enquanto ali, em frente a David Bardo, tentava me lembrar de outras pessoas que trabalhavam na cozinha, me ocorreram principalmente categorias demográficas: as mulheres na faixa dos 20, as mulheres na faixa dos 50 (na minha mente, todas elas, nos dois grupos, tinham olhos azuis e cabelo louro, que usavam preso em redes ou toucas brancas, todas elas obesas, com braços roliços claros). Em uma sala úmida adjacente à cozinha, garotos adolescentes lavavam a louça depois do jantar. Freqüentemente escutavam *heavy metal* no último volume e sempre que eu colocava meus pratos sujos no carrossel diante dessa sala, ficava admirada de terem permissão para tocar esse tipo de música, e nesse volume. A maior parte desses garotos era magricela, tinha a pele feia e a cabeça raspada, e um era muito gordo, a pele no alto das bochechas deixava-o vesgo. O chefe — sabia-se disso porque ele usava um daqueles chapéus altos de cozinheiro — parecia estar na faixa dos 40, com uma barba loura. Às vezes, ele ficava no extremo da fila, logo depois das entradas fumegantes atrás das barreiras de vidro, e fazia observações que pareciam sugestões de um garçom prestativo em um bom restaurante, mas cujo tom sempre tinha um quê de hostilidade: "Devia experimentar o linguado hoje", ou "Se não pegar um timbale de beringela, não vai saber o que está perdendo." (É claro que ninguém *queria* linguado ou timbale de beringela — queríamos cachorro-quente e queijo quente.)

E então, ali estava David Bardo. Estava provavelmente na faixa dos 20, não era alto — talvez medisse 1,70m —, mas era grande, peito e ombros largos. Tinha o cabelo escuro cortado rente e o rosto corado com barba por fazer. Parecia alguém capaz de jogar hóquei no gelo em um lago congelado, ou teria um caminhão e saberia consertá-lo se quebrasse.

— É, reconheci você logo — estava ele dizendo. — Pensava, conheço ela, é da escola. De que ano, do segundo?

— Terceiro.

— É isso, já estava lá quando comecei em janeiro do ano passado. De onde você é?

— Indiana.

— É bem longe. Mas alguns vieram da Califórnia, certo?

— Acho que sim.

— Eu bem que gostaria de conhecer. Tenho um amigo que está morando em Santa Cruz e que diz que não volta mais. Já esteve lá?

— Não. — Não sei por que gostaria de ter estado, gostaria de corresponder ao que eu imaginava ser a idéia que ele fazia de um aluno da Ault: para começar, viajado.

— Estou pensando em ir no verão, em julho ou agosto. Pegar a estrada e passar algumas semanas lá.

Apesar de eu não ter nada em particular a responder, tentei parecer interessada.

— Nunca viajou para a outra costa de carro?

Neguei sacudindo a cabeça.

— Eu já — disse a menina, de repente, e David Bardo e eu rimos. Ela parecia ter uns 2 anos, com seu cabelo ondulado louro e brincos em forma de coração.

— Gosta de viajar de carro? — perguntei a ela. — Vai a Califórnia com seu pai?

— Não, não — disse David Bardo. — Kaley não é minha filha. Você não é minha filha, é, Kaley? — Ele olhava para a menina, passando o polegar em sua bochecha. Depois voltou a olhar para mim. — Ela é minha sobrinha. A mãe dela está com problemas de asma.

Minha expressão deve ter sido estranha.

— Não, ela está bem — falou ele. — Já foi medicada e só está repousando um pouco. Não é, Kaley? Mamãe está descansando? Isso acontece duas, três vezes ao ano.

Mas não tinha sido à notícia da asma que eu reagira; tinha sido à notícia de que a menina não era sua filha, a suspeita repentina de que a idade dele estaria mais próxima da minha do que eu tinha pensado. Pensei se não teria parecido que eu tinha flertado com ele, e um sentimento incômodo me dominou; a conversa tinha de ser encerrada.

— Por que está no hospital? — perguntou ele. — Se posso perguntar.

Pensei em Sin-Jun, dois andares acima, escorada no colchão em sua bata azul.

— Não precisa responder, se não quiser — acrescentou ele.

— Vim ver uma amiga que está doente.

— É duro. — David Bardo sorriu com a boca fechada, um sorriso triste, e o canto de seus olhos franziu. — Hospitais são horríveis, não são? Ei, precisa de uma carona para a escola ou outro lugar?

— Os Morino estão... alguns professores estão vindo me buscar. Mas obrigada. — Olhei pela janela, podia ver um pouco além da entrada iluminada. Enquanto olhava para fora, senti que David Bardo estava me observando. Olhei de volta para ele e, por vários segundos, nenhum de nós falou. Então, talvez só para romper o silêncio, eu disse:

— Eu devia... — Indiquei com um gesto o lugar em que estava sentada antes, uma cadeira vazia cercada de outras cadeiras vazias, como se alguma coisa ali exigisse a minha atenção.

— É claro — disse ele. — Bem, foi um prazer conhecê-la. Exceto que não nos conhecemos oficialmente, hein? Sou Dave. — Ele estendeu a mão.

Às dez e vinte — isto é, vinte minutos depois do toque de recolher —, os Morino ainda não tinham aparecido. Procurei um telefone público e, quando o achei, me lembrei de que estava sem dinheiro. Tampouco tinha um cartão — quando ligava do dormitório para casa, ou telefonava a cobrar ou ia pondo moedas enquanto falávamos — e certamente não subiria de novo para pedir emprestado a Clara ou Sin-Jun. Fui à recepção e quando perguntei se podia telefonar, uma mulher com uma trança loura branca respondeu que havia um telefone público no corredor.

— Eu sei — repliquei. — Mas não tenho dinheiro. E prometi que não ia me demorar.

Ela sacudiu a cabeça.

— Nada de ligações para fora.

A mulher baixou os olhos para escrever alguma coisa, e embora eu não soubesse o que fazer em seguida, sua falta de cooperação foi estranhamente satisfatória. Quando uma situação fugia do meu controle, quando eu esgotava todas as possibilidades, me tornava inocente.

Retornei ao vestíbulo e ainda não tinha alcançado as cadeiras quando vi David Bardo — Dave — e sua sobrinha e uma mulher que achei ser sua irmã. A irmã era magra, cabelo castanho comprido, e estava usando jeans e uma camisa de flanela parecida com a de Dave. A garotinha parecia ter adormecido nos braços de Dave, a cabecinha pendendo para um lado.

Quando nos aproximamos, Dave sorriu.

— Ainda aqui?

Balancei a cabeça.

Ele tinha parado, e eu também, mas sua irmã continuara a andar.

— Está tudo bem? — disse ele.

Na verdade, o que eu ia fazer? Passar a noite no hospital? Eu podia ser inocente, mas isso não abrandaria a infelicidade de dormir no vestíbulo de espera.

— Sabe quando me ofereceu carona antes? — disse eu. — Pois bem, se ainda puder, quer dizer, se não for dar trabalho demais...

Ele me observava com um olhar vagamente divertido, e senti o mesmo acanhamento que havia sentido na nossa primeira conversa, uma combinação de desconforto — estava ele olhando para algo em particular, teria uma marca de caneta na minha bochecha ou havia alguém atrás de mim fazendo caretas? — e lisonja. A sensação de lisonja vinha do fato de ele estar prestando atenção em mim; eu existia como uma pessoa específica em pé na sua frente, não uma garota genérica.

— Se precisa de carona, não tem problema — disse ele. — Ei, Lynn.

A irmã se virou; tinha continuado a andar em um passo vagaroso, de modo que só estava a mais ou menos três metros de nós.

— Espere — disse ele. — Temos mais um passageiro. Esta é Lee. Lee, esta é minha irmã, Lynn.

— Oi. — Hesitei, sem saber se apertaríamos as mãos, e enquanto hesitava, ela se virou de novo e continuou a andar.

No estacionamento, Dave abriu o carro e pôs a menina em uma cadeirinha para criança. E nisso, ela acordou, choramingando mesmo antes de abrir os olhos.

— Ei, Kaley — cantarolou Dave. — Está tudo bem, Kaley. Está tudo bem.

O lábio inferior de Kaley, que estremecia, sossegou; tornou a fechar os olhos e levou o polegar à boca. Dave relanceou os olhos por cima do ombro — ele estava do lado da porta de trás aberta, e eu, atrás dele — e quando nossos olhares se encontraram, ele piscou e ergueu o próprio polegar.

— Melhor do que um pirulito. — Virou-se de novo, e enquanto apertava o cinto em volta da cadeirinha de Kaley, de costas para mim, senti que eu estava prestes a sorrir afetadamente. Mas para quem eu poderia sorrir assim ali, no estacionamento escuro do hospital? A que platéia eu estava tentando expressar minha compreensão de que uma piscadela, independentemente do contexto, era sempre sedutora?

Quando olhei para a irmã de Dave, que estava perto do carro, vi, para meu espanto, que ela estava fumando. Nossos olhares se encontraram. Ela deu uma longa tragada, jogou o cigarro no chão e o pisou. Então, se aproximou do carro e abriu a porta de trás do outro lado.

— Espere — disse eu. — Eu me sento atrás, e você, na frente.

— Não tem importância — replicou ela, e entrou no carro.

Dave fechou a porta de trás, do lado de Kaley — era um Chevy Nova marrom claro com uma capota marrom escura e a ferrugem carcomendo a lataria em volta dos pneus — depois abriu a porta da frente. Como havia um carro estacionado do lado, não tinha espaço suficiente para eu entrar com ele na minha frente. Ficamos olhando um para o outro.

— Devo me afastar? — perguntei.

— Parece boa idéia.

— Por aqui? — Apontei atrás de mim.

— Aqui. — Pôs as mãos sobre meus ombros e me empurrou, não com força, e somente com as mãos, para o outro carro. Então passou, depois parou e relanceou os olhos para trás. — Tudo bem?

Tudo o que eu precisava responder era *tudo bem* ou *sim*. Mas fiquei calada, estava estupefata. Queria que o instante se repetisse, o instante em que suas mãos estavam em meus ombros e em que ficamos tão próximos. Queria que fosse somente nós, sem sua irmã ou sobrinha, e quem sabe quando estivéssemos ali ele se inclinasse à frente, inclinasse a cabeça na direção da minha ou simplesmente pressionasse seu corpo contra o meu. Ele pareceria sólido, forte e quente, e quando eu agarrasse seu braço, meus dedos pareceriam pequenos e finos, como os dedos de uma garota que tivesse namorado.

Engoli em seco.

— Sim — falei. — Tudo bem.

No carro, ele mexeu no aquecedor enquanto dirigia, e sua irmã disse:

— Eu disse que não ia funcionar.

— Estou vendo.

— Lenny vai consertar no fim de semana, mas se continuar mexendo, vai piorar.

Enquanto ela falava, um sopro de ar foi expelido dos respiradouros na frente.

— Ah! — gritou Dave. — É um milagre!

— Um milagre a que você nunca prestou atenção.

— Fiz funcionar, não fiz? — Olhou para ela pelo espelho retrovisor, e pareceu não defensivo, mas animado. Virou-se para mim. — Sua professora não apareceu, hein? Isso não é legal.

— Ela tem um bando de filhos. Talvez as coisas tenham se complicado em casa.

— Então você gosta dessa escola?

Essa foi, possivelmente, a pergunta mais complicada que eu poderia ter imaginado. Senti que não poderia responder sem explicar toda a minha vida.

— É claro — repliquei.

— O pessoal é legal.

Foi difícil entender se estava perguntando ou comentando.

— Alguns — disse eu.

Ele riu.

— Tem uma garota — disse ele, e senti meu coração apertar. Pronto, ele ia confessar uma paixão. — Ela tem o cabelo louro, meio ondulado. E simplesmente... — Sacudiu a cabeça. — Ninguém a suporta. Ela fica lá, e diz como a comida é horrível. É como, alô, estamos ouvindo. Não somos surdos.

Ri, para disfarçar meu desconforto com o *não somos*. Provavelmente foi de propósito, mas não poderia afirmar.

— A maioria de vocês, no entanto, não é tão ruim — prosseguiu Dave. — Lynn trabalhou na escola, também.

— Mesmo? — falei. — Quando você... — Ao me virar para olhar para ela, vi que ela e Kaley estavam dormindo.

Dave relanceou os olhos para trás também.

— Ela está exausta — disse ele. — É difícil para ela com Kaley. Mas, sim, foi Lynn que me conseguiu o emprego. Ela me recomendou. É provável que eu trabalhe lá por mais um ou dois anos, pelo menos até eu me formar.

— Espere. Você está no ensino médio ou na faculdade?

— Poxa, isso é insultante. É brutal.

— Isso significa faculdade?

— Pareço ter 15 anos, hein?

— Não. — Foi preciso um esforço para eu dizer o que disse em seguida, porque era admitir algo que me era incômodo admitir (*Eu olhava para você, eu prestava atenção, você também é uma pessoa específica para mim*); me tornava cúmplice. — Não parece 15 — falei baixinho.

— Quantos anos pareço?

Hesitei.

— Vinte?

— Vinte e um. Mas, sim, estou na East Rock State, em Rivertown.

Balancei a cabeça como se tivesse ouvido falar dela.

— Estou pensando em me especializar em negócios, de modo a manter minhas opções em aberto. Depois, provavelmente, College of Fairfield. É isso o que estou pensando.

— Para faculdade de pós-graduação?

— Para o meu bacharelado. Faço os dois primeiros anos na East Rock e depois transfiro os créditos.

— É claro. — Não que eu não estivesse familiarizada com o *community college*, meus primos o freqüentavam. Mas não estava acostumada com isso no contexto da Ault.

— Você vai para onde? — perguntou ele. — Harvard?

— Sim, com certeza.

— Você parece ser muito inteligente. Só deve tirar A.

— Provavelmente irei a um lugar como... — Interrompi-me. Quando Martha ou eu achávamos que tínhamos nos dado mal em uma prova, dizíamos: *Bem que eu podia me candidatar agora a UMass**. Mas invocar a UMass como último recurso seria claramente uma má idéia. — Uma escola para cachorros — completei de maneira brilhante.

— O quê? — Dave olhou para mim.

— Como um centro de treinamento de animais — repliquei.

— Você tem um cachorro?

— Não, não, *eu sou* o cachorro.

Ele olhou de novo para mim, e foi um olhar de que sempre me lembrei, muito depois dessa noite e de deixar a Ault. Ele estava confuso e registrando

*Abreviação oficial para a Universidade de Massachusetts. (*N. da T.*)

um novo dado que era o seguinte: eu era uma garota que, mesmo brincando, diria *sou o cachorro*. Foi uma boa lição para mim. Aconteceu antes de eu parar de insultar a mim mesma tão promiscuamente, e nunca parei completamente, mas ainda assim... foi uma boa lição.

Naquele momento, tudo o que ele disse foi:

— Você é o cachorro, hein?

E então, como eu sabia ter cometido um erro e queria sair de onde o havia cometido, falei:

— Eu não diria isso se sua irmã estivesse acordada, mas não acho que o ar que está saindo seja quente.

Ele pôs a mão.

— Não é quente?

— Não parece.

Com a mão esquerda ainda no volante, ele se inclinou; quando pôs a mão na frente da ventilação, seu braço passou por cima do meu colo e sua cabeça ficou a apenas alguns centímetros da minha. Eu poderia facilmente tocar em seu cabelo.

— Merda — disse ele, e se sentou direito de novo. (Eu não tinha receado, quando ele se inclinou para o lado, que o carro perdesse a direção; ele parecia extremamente competente, e não tenso a ponto de provocar um acidente. Ou se tivesse, se acalmaria depois, não ficaria irritado nem em pânico.) Ao girar os botões, ele disse: — Pelo menos sei de que lado você está. Protegendo-me de Lynn, não?

— Acho que sim.

— Deve estar com muito frio. Está com frio?

— Estou bem.

— Quer... — hesitou por uma fração de segundo, depois balançou a cabeça na direção do banco entre nós. — Pode vestir minhas luvas que estão aí.

— Oh... — Meu impulso, como sempre, foi declinar educadamente, mas ele pegou uma e passou-a para mim. Era de náilon, imensa e acolchoada, uma luva para cortar madeira durante uma tempestade de neve. Calcei-a.

— Viu? — disse Dave. — Aquece, não?

Mas a estranha intimidade de calçar sua luva estava me oprimindo. Mal conseguia falar, certamente não conseguiria falar sobre o fato de estar usando sua luva, e não consegui calçar a outra.

— São à prova de água — disse ele, e no meu desespero para mudar de assunto, falei impulsivamente:

— Acha estranho as pessoas irem para internatos?

— Acho que depende — replicou ele. — Deixar sua casa quando é tão jovem... Eu mal sabia me vestir quando comecei o ensino médio.

— Alguns garotos da minha turma ainda mal sabem se vestir sozinhos — disse eu, mas quando Dave riu, e ele ria vigorosamente, pensei em meus colegas de turma, e a maior parte deles se vestia bem, e a maior parte dos guarda-roupas, na verdade, eu tinha memorizado por não outra razão a não ser que os via, todos eles, o tempo todo. Na Ault, sempre senti que não conhecia realmente os garotos da minha turma, mas ao pensar neles, ali dentro do carro de Dave Bardo, me pareceram tão familiares quanto meus irmãos.

Tínhamos atravessado a cidade e descíamos a colina que dava no campus; pelo pára-brisa, vi o contorno escuro do campanário da capela. Supostamente discutiríamos que entrada ele usaria e onde me deixaria, mas relutei em levantar o assunto, assim como tinha relutado em falar sobre estar usando sua luva; chamaria atenção demais para o que estava acontecendo exatamente.

Ele virou para o portão sul e à direita para o estacionamento do refeitório. Até mesmo entrou numa vaga antes de dizer:

— Ih, espere, onde é o seu dormitório? Vou levá-la.

— Aqui está bem — disse eu. — Muito obrigada. — Eu já estava com a mão na maçaneta.

— Tem certeza?

— Absoluta. Obrigada. — Saí do carro. — Tchau. Obrigada.

Ele sorriu.

— Você é muito educada.

Seria falso dizer que só quando atravessei o campus, somente depois de ser tarde demais para me virar, percebi ainda estar usando sua luva.

A sra. Morino aproximou-se quando a chamada estava terminando e disse:

— Sinto muito em relação à outra noite. — Eu já sabia pela sra. Elwyn, a diretora do meu dormitório, que eles não tinham me esquecido. A sra. Morino tinha entendido, ao falar com Clara, que eu também queria passar a noite no hospital, por isso só tinha retornado depois das onze.

— Tudo bem — disse eu. — Como está Sin-Jun?

— Quase como era antes. Na verdade, gostaria que você ajudasse seu pai a trazê-la para a enfermaria hoje à tarde.

Quem a vigiaria para se certificar de que não tentaria isso de novo? Uma enfermeira?

— Não sabemos se ela vai ficar na Ault — disse a sra. Morino. — O sr. Byden, seus pais e eu vamos conversar com ela, mas nesse meio tempo, seria muito bom se você pudesse passar pelo quarto dela e fizesse uma mala com coisas que ela possa precisar na enfermaria.

— Clara não sabe o que ela ia querer levar?

A sra. Morino deu um suspiro.

— Acho que você não sabe que Clara e Sin-Jun não estão se dando bem.

Isso não me surpreendeu particularmente. No primeiro ano, quando Clara também vivia no dormitório da Broussard, eu tinha tentado ficar longe dela desde o começo. E não porque ela era alguém que obviamente nunca seria popular, ou pelo menos não somente por causa disso; também porque ela me irritava. Era pálida, usava o cabelo louro escuro na altura do queixo, dividido ao meio e franjas espessas. Era grande, especialmente nos seios e coxas, e costumava usar jeans desbotados e afunilados, e saias compridas e desleixadas. Em seu comportamento, havia um quê desligado e inocente, algo lento e não descontente, e eram essas qualidades que eu achava tão irritantes. Mas não acredito que a maior parte das pessoas concordasse; ela era do tipo sobre o qual quase todo mundo diria: *Não faria mal a uma mosca.* Minha verdadeira frustração com Clara, acho, era que ela se fazia passar por insegura, quando na realidade não era.

No toque de recolher, se acabasse se sentando do seu lado, ela começaria a falar como se já estivesse conversando com a pessoa antes e tivesse sido interrompida ou a pessoa feito uma pergunta. Fazia isso com qualquer uma — eu, Aspeth, Amy Dennaker, até mesmo com Madame Broussard. O aspecto que definia as histórias de Clara era ela não fornecer um contexto, e a gente, por medo de estimulá-la, não perguntar. Podia, por exemplo, contar um incidente da turma: "Eu nem mesmo sabia que o teste era hoje. Eu disse a Shelly, 'Ele nos avisou que o teste seria hoje?' e ela respondeu que não. E no começo do ano, lembro-me claramente dele dizendo, 'Não dou testes sem avisar...'" Enquanto ela prosseguia, eu pensava: "*Shelly? Quem é Shelly? Alguém com o nome de Shelly freqüenta a Ault?*"

Clara também cantarolava para si mesma audivelmente e naturalmente; dava para ouvi-la quando estava lavando o rosto na pia do lado, no banheiro, antes de se deitar. Nunca consegui deixar de pensar que com isso ela queria provocar algum tipo de reação — um elogio à sua voz, talvez, ou perguntar que música estava cantando. Ou talvez quisesse passar por indiferente e excêntrica. Ao mesmo tempo, coexistindo com o meu sentimento de que seu canto era de certa maneira agressivo, também a via como genuinamente ignorante. Era concebível que estivesse cantando só porque queria cantar, porque ela *era* indiferente e excêntrica. E essa possibilidade era o que mais me fazia detestá-la.

Naquela tarde, fiquei cara a cara com ela do lado de fora do quarto que partilhava com Sin-Jun; ela estava segurando uma xícara de chá.

— Vim buscar a mala dela — disse eu.

— Para quê? Sin-Jun vai voltar para casa? — Sua voz soou frenética, e tive uma visão dela se debulhando em lágrimas ali mesmo.

— Ela vai para a enfermaria. A sra. Morino não falou com você?

— Acho que não. — A petulância de Clara era preferível ao seu choro, mas só um pouco.

— Devo levar algumas roupas para ela — falei. — Posso entrar?

Clara não respondeu, mas passou na minha frente e empurrou a porta. Eu a segui. Não tinham um beliche, como eu e Martha, mas duas camas de solteiro com uma mesinha no meio. A colcha de Clara era estampada com grandes rosas vermelhas, pêssego e laranja, e a de Sin-Jun era a mesma do nosso primeiro ano, azul-marinho com debrum verde. Ocorreu-me que a última vez que ela estivera no quarto tinha sido na noite em que tomara os comprimidos.

— Onde está a mochila? — perguntei.

Clara apontou para debaixo da cama, e deixou que me ajoelhasse para pegá-la eu mesma. Portanto esse seria um projeto solo, pensei, e quando me levantei de novo, abri a gaveta de cima da cômoda, que adivinhei ser a de Sin-Jun porque reconheci a perfumaria arrumada em cima: a loção coreana para mãos com a imagem de um bebê no frasco, o perfume que sempre achei que cheirava a *grapefruit*. Senti, ao erguer a roupa íntima de Sin-Jun (tinha me esquecido de que ela não usava sutiã) e colocá-la na mochila, que Clara me observava atentamente. Quando fechei a gaveta de cima, ela disse:

— Esqueceu-se dos pijamas.

— Onde estão?

Clara abriu de novo a gaveta, e tirou uma camiseta cinza sem mangas e uma cueca samba-canção, e passou tudo para mim. Depois, recuou de novo e cruzou os braços.

Vi gaveta por gaveta, e não nos falamos. Coloquei vários produtos da perfumaria na mochila.

— O xampu vai derramar nas roupas — disse Clara. — Deve sempre carregar esse tipo de coisa em um saco plástico.

— Não vamos para tão longe assim — repliquei. Examinei o quarto, me perguntando o que mais Sin-Jun podia querer e me dei conta de que devia lhe comprar um presente. — Acho que é isso — disse eu. — A menos que pense em mais alguma coisa.

Clara estava me observando com desconfiança.

— Você não veio ao nosso quarto nem uma só vez durante este ano todo.

— E?

— E não sei por que está agindo como se você e Sin-Jun fossem íntimas.

— Não estou.

— Ela mudou desde o tempo em que foram companheiras de quarto. Aposto que não sabe um monte de coisas sobre ela.

— Clara, a sra. Morino me *pediu* para vir aqui. Eu deveria ter dito não?

— Eu só acho que você está sendo falsa.

— Bem, lamento que pense assim. — Esta era uma coisa Ault de dizer, ostensivamente diplomática ainda que totalmente distante. Mas eu sentia mesmo um quê de simpatia por ela. Como eu reagiria se, digamos, Dede usurpasse de repente o meu papel na vida de Martha? Não que eu estivesse tentando fazer isso com Sin-Jun. Simplesmente tinha acontecido.

— Espere — disse Clara. — Dê isto a ela. — Jogou um coelhinho branco empalhado para mim. Não o agarrei, tive de pegá-lo no chão. — E diga-lhe para não tomar daiquiri de pêssego em excesso. Ela vai entender. — De uma maneira estranha, me identifiquei mais com Clara nesse momento do que em qualquer outro. Seu rosto estava corado e tenso, me olhando fixo. A maneira como ela geralmente parecia — desligadamente satisfeita — tinha desaparecido.

*

Quando cheguei ao edifício da escola, onde a sra. Morino me dissera para encontrar o sr. Kim, um sedã cor creme estava esperando em frente. O sr. Kim saiu do carro, encerrou uma ligação em seu telefone celular — foi o primeiro celular que vi na minha vida — e apertou minha mão sobriamente. Eu o tinha visto duas vezes antes: a primeira, durante o fim de semana dos pais, quando eu e Sin-Jun éramos companheiras de quarto, e a segunda vez, mais tarde, no mesmo ano, quando o sr. Kim esteve em Boston a negócios e veio ao campus. Nas duas vezes saí para jantar com os Kim, e nas duas vezes o sr. Kim tinha me encorajado a pedir carne e, não vendo por que não, eu tinha aceitado. O sr. Kim era dois ou três centímetros mais baixo do que eu, esguio, usando um terno cinza com camisa branca, sem gravata, e uma capa de chuva bege que não parecia capaz de aquecê-lo; sua pele era morena e seu cabelo estava rareando, especialmente na frente, onde havia apenas alguns fios, que davam a impressão de ter sido penteados com brilhantina.

Dentro do sedã, os bancos eram de couro claro e o carro já estava aquecido; sempre me esquecia de como eram bonitas as coisas muito caras. Partimos do campus e passaram-se muitos minutos sem que nenhum de nós dois falasse. Frases flutuavam na minha cabeça — *Como foi o seu vôo? Quando chegou?* —, mas fazer essas perguntas me parecia ser evitar o assunto que importava. Se bem que levantar o assunto que importava não coubesse a mim.

Lá fora, as árvores estavam desfolhadas e esquálidas, e a estrada estava coberta da neve enlameada da semana anterior. Eu realmente gostava da desolação do inverno; era a estação em que não há problema em ser infeliz. Se um dia eu me matasse, eu pensava, seria no verão.

— Se você não gostasse da Escola Ault — começou o sr. Kim (então, ele estava pensando mais ou menos na mesma coisa) —, contaria a seu pai e a sua mãe?

— Talvez não. Não ia querer que os meus pais se preocupassem, porque não podem fazer muito.

Nenhum de nós falou por quase um minuto, e então, o sr. Kim disse:

— Contaria à professora ou ao diretor?

— Provavelmente contaria à minha companheira de quarto. — Reconheci que isso, de certa maneira, parecia uma traição a Sin-Jun.

O sr. Kim não respondeu e o silêncio de antes desceu outra vez.

Depois de parar no estacionamento do hospital, eu disse:

— Os hospitais na Coréia são diferentes dos daqui?

— Nas cidades grandes, são iguais. Nas aldeias, não são tão modernos.

— Também é inverno lá, não é? As estações coincidem com as daqui?

— Sim — replicou ele. — As estações são as mesmas.

Dentro, nos registramos e pegamos o elevador.

— Qual a sua estação preferida? — perguntei.

Ele ficou em silêncio, e então, finalmente, disse:

— Quando Sin-Jun era pequena, nós a levamos a uma festa uma noite. A casa dos nossos amigos tinha muitas janelas. Enquanto jantávamos, a mulher do meu amigo me disse: "Veja." Sin-Jun estava à janela. Como a noite estava escura, ela via seu reflexo na vidraça. Mas não entendia que era o seu próprio reflexo o que via. Pensava ser outra menina. Quando acenava, a outra menina acenava. Quando sorria, a outra sorria. Começou a dançar e a outra menina dançou. Sin-Jun estava tão feliz. — O sr. Kim não pareceu alegre nem triste. Pareceu simplesmente confuso. — Ela estava de tal modo — disse ele — encantada.

O elevador tinha chegado ao terceiro andar, parando, caindo um pouco, e senti que as portas estavam para abrir. Estávamos os dois olhando em frente. Homens adultos, os pais dos outros, eram tão estranhos — freqüentemente eu não entendia direito o que faziam em seus trabalhos durante o dia, e certamente não compreendia o que ocupava suas mentes. Podiam implicar com você ou fazer perguntas, podiam até mesmo, na escola elementar, ser seu técnico de futebol, mas a sua atenção sempre parecia momentânea, antes de se voltarem ao que realmente lhes interessava. E você *queria* que a sua atenção fosse momentânea — aqueles que não tinham parecido repulsivos. Mas agora a situação parecia se inverter, como se o sr. Kim estivesse me pedindo alguma coisa. Mas se estava, o que eu poderia dar? O pai de outra pessoa podia grelhar seu hambúrguer, encher o pneu da sua bicicleta, tirar sua mala do carro, mas o que você poderia fazer por ele? Não seria presunçoso — supondo, especificamente, sua carência e vulnerabilidade — oferecer conforto?

Quando as portas do elevador se abriram, eu disse:

— Realmente acho que ela vai ficar bem.

De fato, Sin-Jun não parecia particularmente bem. Ao sair do hospital, seu pai passou-lhe sua capa — não tinha me ocorrido pegar uma em seu quarto — e Sin-Jun reagiu com irritação, em coreano (foi a vez em que a vi mais animada desde que tomara as aspirinas). Não vestiu a capa nem mesmo a segurou, de modo que o sr. Kim a colocou sobre os ombros dela. Ele virou-se para mim e disse em inglês:

— Você fica aqui com Sin-Jun enquanto busco o carro. — Quando ele estava além do pórtico, Sin-Jun também saiu. Eu a segui.

— Acho que o seu pai quer que esperemos lá dentro.

Ela me lançou um olhar hostil.

— Preciso de ar.

Era difícil saber como lidar com ela. Meu impulso foi agir como se ela estivesse fisicamente doente — de certa maneira, me surpreendi ao vê-la vestida e nos esperando ao lado do posto das enfermeiras, e depois, me surpreendeu ela simplesmente estar em pé e andar, ao invés de empurrada em uma cadeira de rodas — mas outro lado meu não a viu em absoluto como doente. Tive vontade de pegá-la pelos ombros e mandar que voltasse ao normal. Sua falta de afeto me pareceu absurda, uma paródia de uma adolescente mal-humorada. É claro que eu não a agarraria pelos ombros, se bem que não tanto por não ser conveniente quanto por, em sua nova encarnação, eu achar Sin-Jun intimidadora. Podia imaginá-la tendo pensamentos depreciativos a meu respeito. Ela havia feito uma coisa intrépida e dramática, algo que o pessoal na escola estava comentando. A psicóloga da escola estava visitando todos os dormitórios, começando pelos femininos, conversando com os estudantes na hora da última chamada — Sin-Jun tinha provocado essas reuniões, a calada e condescendente Sin-Jun — e outros alunos que sabiam que eu já havia dividido um quarto com ela, tinham me procurado para saber mais detalhes do que havia acontecido. As garotas, pelo menos, fingiam preocupação (*Ela está bem?* Ou: *Que coisa horrível!*), enquanto as observações dos garotos eram mais frias: *Foda. Por que ela fez isso? Sempre foi maluca?* Mas era o seguinte: nem as garotas nem os garotos pareceram completamente indiferentes. O fato de Sin-Jun ter tomado comprimidos tornou-a interessante. Estava se tornando — eu podia sentir isso acontecer — um fenômeno, mais uma história. Não era mais um ato de desespero, ou pelo menos não um desespero desordenado e piegas. E agora que Sin-Jun estava sendo, pela maior parte da comunidade Ault, respeitada (certamente, embora ainda não tivesse retornado ao campus, ela podia sentir esse respeito; certamente, quando se é bacana, sempre se está ciente, pelo menos um pouco, de sua condição de bacana), eu a temia; talvez ela me achasse palerma.

— Quer jogar cartas hoje à noite? — perguntei.

Sin-Jun negou sacudindo a cabeça.

— Ou amanhã — acrescentei. (Eu *era* palerma, ela tinha toda a razão em pensar assim.)

Ela estava um pouco à minha frente, atenta ao estacionamento, e eu não podia ver o seu rosto.

— Está feliz por deixar o hospital? — perguntei.

Ela deu de ombros.

— Sabe como esteve mal? Ainda se sente tão mal? Ou se sente melhor? — Como ela com certeza não estava me ignorando, eu pude fazer essa pergunta. Eu ficava confortável no mundo com uma única pessoa sentimental de cada vez, e se ela tivesse chorado ou feito confidências, eu teria ficado atenta sem me envolver muito, confortando suavemente.

— Estou bem — disse ela.

— Houve momentos em que me senti deprimida.

Sin-Jun olhou diretamente para mim.

— Você é depressiva?

— É claro — repliquei, e achei que estava mentindo. Minha depressão, se é que podia ser chamada assim, era sempre muito efêmera. Era possível eu sair dela dando uma volta com Martha ou escutando um sermão na capela ou até mesmo — isso tinha de ser a prova de que não era grave — assistindo à televisão. — Há coisas que me deprimem — disse eu.

— Que coisas?

— A Ault é estressante — repliquei. — Há muita pressão. — Esse era o tipo de queixa que os estudantes faziam, mas era uma asneira. Nem uma única vez em três anos eu tinha pensado: *Estou sob muita pressão.*

— Notas — disse Sin-Jun. — São elas que a preocupam?

— Não tanto quanto deveriam.

Ela olhou para mim sem qualquer expressão no rosto, e não soube se ela não tinha certeza de que eu tinha feito uma piada ou se não tinha achado graça na piada. Abruptamente, lembrei-me de nossa primeira semana na Ault, morando no dormitório da Broussard. Certa noite, nós duas tínhamos nos aprontado cedo demais para o jantar formal — quando somos novos em um lugar, há sempre muito tempo a preencher —, de modo que nos sentamos em nossas camas, e ficamos esperando. Nessa época, eu era tímida até mesmo com Sin-Jun; eu ainda não tinha determinado as hierarquias de uma maneira que a classificasse como inofensiva.

Não tenho certeza de onde Dede estava — talvez no banho —, mas o quarto estava silencioso, a não ser pelo sistema de ventilação na janela e os sons do lado de lá das persianas. Eu nem mesmo ainda tocava minhas músicas, com medo de que meu gosto revelasse algo humilhante. Decidi que queria dizer a Sin-Jun "*Gosto da sua saia.*" Mas às vezes falar é tão difícil! É como estar de pé, parada, e então, correr a toda velocidade. Fiquei ensaiando a frase na minha cabeça, buscando defeitos.

Finalmente, falei:

— A sua saia é bonita. Gosto de *pois.*

Ela sorriu, e a suavidade de seu sorriso me deu quase certeza de que ela não fazia idéia do que era *pois.*

— Sabe o que é *pois?* — perguntei. — São as bolinhas. Como... bem, aqui. — Levantei-me e apontei para a sua saia.

— Ahh — disse ela. — *Pois.*

— Tenho meias de *pois* — eu disse. Busquei-as na gaveta de cima da cômoda e as estendi. — Está vendo?

— Muito delicado — disse ela. — Também gosto.

Sentei-me de volta na cama, encorajada, e disse:

— Você tem roupas bonitas.

Eu tinha realmente notado que Sin-Jun tinha uma Levi's, e tinha especulado se as teria em Seul ou se teria comprado esperando se inscrever na Ault.

— Pode me perguntar outras palavras, se quiser — acrescentei.

E ela, às vezes, perguntou depois disso — geralmente palavras que tinha ouvido, mas não sabia como soletrar e portanto como procurar em seu dicionário inglês-coreano: *centípeda* ou *procrastinar.* Porém a maioria das vezes, eu ficava surpresa por ela saber o significado de palavras como *abacaxi, sarcasmo, lua-de-mel.* Eu tinha me perguntado se a Ault seria muito mais difícil para Sin-Jun por ela ser realmente uma estrangeira e não apenas por não estar familiarizada com o lugar. Ou se seria mais fácil porque a moeda não era a sua. Talvez isso tornasse possível ver seus dramas com mais distância, até mesmo não lhes dar importância.

Exceto que, enquanto estávamos no estacionamento do hospital, parecia evidente que ela levava a sua vida na Ault a sério, que não a via como a sua vida americana ou como a sua vida escolar, mas sim como sua vida de verdade.

— Sin-Jun — disse eu.

Ela se virou.

— Tenho uma coisa a lhe dizer. É um recado de Clara. Ela disse para você não tomar daiquiris de pêssego demais.

Sin-Jun olhou para mim penetrantemente, perscrutando minha expressão.

— Sabe o que significa, não sabe? — perguntei.

— Sim.

— Não quero ser intrometida, mas o que está acontecendo entre você e Clara?

— Não está acontecendo nada.

— Não estou dizendo que ela é má pessoa — falei. — Só que aposto que é do tipo difícil de se conviver.

Sin-Jun estendeu a mão e apertou a minha. O sr. Kim tinha estacionado o carro na nossa frente e estava saindo do banco da frente.

— Vamos parar de falar sobre isso — disse Sin-Jun.

Depois de deixarmos as coisas de Sin-Jun na enfermaria, o sr. Kim comunicou que nos levaria ao Red Barn Inn para jantar. Eram quatro e meia da tarde. No caminho, ele acendeu um cigarro — na Ault, nunca víamos um adulto fumar — e ao chegarmos ao restaurante, nós três pedimos carne. O sr. Kim comeu a metade do seu prato, Sin-Jun não comeu quase nada, e eu comi tudo, cada pedacinho, até só restar gordura e osso.

Na noite seguinte, depois que o refeitório tinha praticamente esvaziado, fui à cozinha. A luva de Dave Bardo era um chumaço no bolso direito, da frente, do meu jeans.

— Com licença — eu disse a uma jovem que estava colocando o celofane sobre uma bandeja de pêras cortadas ao meio. — Dave Bardo não está aqui, está?

— Ele foi botar o lixo fora. Sabe onde fica a lixeira?

Quando ia saindo da cozinha, ela disse:

— A escada logo ali. — Apontou para uma porta rosa-claro que eu nunca tinha notado. Tinha uma janela redonda na parte de cima e uma grade de linhas finas cruzando a almofada. Quando a abri, me vi no topo de uma escada flanqueada de tijolos brilhantes. Havia um quê de ginásio ali, e o cheiro também era diferente. Experimentei a sensação estranha de não estar na Ault; nenhuma outra parte do campus, inclusive o ginásio de verdade, parecia silencioso assim.

Ao pé da escada, havia outra porta, e ao empurrá-la saí para a noite de inverno, no alto de degraus de concreto mais curtos, e Dave estava lá embaixo, de camiseta e avental. Dava para ver os músculos de seus braços, o pêlo de seus braços — era castanho escuro, como o de um homem adulto, mas nada nojento.

— Oi — eu disse.

— Oi.

Quando falamos, nossa respiração foi visível.

— Estava procurando você — disse eu.

— Fui difícil de ser encontrado? — Sorriu, e foi aquele sorriso pachorrento, meio esperançoso. Ver esse sorriso foi como saber que eu tinha me lembrado de algo exatamente como era.

Não, é claro, que essa afirmação me deixasse menos aturdida.

— Tome. — Puxei a luva do bolso e a estendi.

Ele estreitou os olhos. Havia uma luz no canto do telhado do refeitório, e outra acima da porta de onde eu acabara de surgir, mas o escuro ainda tornava objetos escuros indistintos.

— É a sua luva — falei. — Levei-a por acaso quando me deu carona do hospital.

— Não tem problema. Tinha um pressentimento de que ia devolvê-la. Como vai?

— Bem.

— Só bem?

Não sabia o que responder.

— Sabe, o purê de hoje estava muito bom — disse eu.

Ele riu.

— Obrigado.

— A sua irmã está melhor?

— Sim, já está boa de novo. Falo para ela para ir devagar, mas sabe como é para mães solteiras.

— Minha amiga também está melhor — disse eu. — Acabei voltando ao hospital ontem, para ajudar seu pai... Na verdade, não sei. É uma longa história. Não está com frio, assim, sem casaco?

— Estou bem — replicou ele. — Você também está sem casaco.

— Mas estou de suéter. — Estendi um braço, meus dedos segurando o punho, como se para provar o que dizia.

— É uma bonita suéter — disse ele. — É *cashmere*? — Pronunciou certo a palavra, mas a disse brincando, como se nunca a tivesse usado antes. E na verdade, a suéter era de lã sintética. Mas ele supunha — eu havia sentido antes e agora tinha certeza — que eu era rica, que eu era uma das autênticas alunas da Ault. Talvez isso explicasse a atenção que me dava.

— Não sei do que é — respondi.

— Parece macia.

— Acho que sim. — Eu continuava com o braço estendido, e percebi, segundos antes de acontecer, que ele ia me tocar, ou na suéter, e me dar conta disso fez eu sentir o sol nascendo dentro de mim, e como essa era, sem dúvida, uma sensação boa, é difícil explicar por que retirei o braço. Por um breve momento, sua mão pairou onde meu braço tinha estado, e meu rosto queimava; não consegui olhar para ele. Quando finalmente consegui, ele estava me olhando curiosamente.

— Ouvi que talvez neve — eu disse alto. — Soube disso? É o que estão dizendo para mais tarde, hoje à noite.

Ele continuou a me olhar.

— Por isso é bom estar com sua luva de novo — falei. — Para o caso de precisar tirar neve da alameda. — Quis dizer *desculpe*. Mas é difícil retificar um erro tácito falando. Quase sempre só faz piorar as coisas. — Você devia entrar — disse eu, e nenhum de nós dois se mexeu.

— Vou lhe dizer uma coisa — falou ele, por fim. — O purê não estava bom. O que viu no jantar... foi um purê muito ruim.

— Não achei nada ruim.

— Quer experimentar um purê de verdade?

O que eu devia responder?

— Já foi ao Chauncey's? — perguntou.

Na verdade, sim, já tinha ido, quando estava no 2º ano. Era, até onde me lembrava, indistinto — melhor que uma lanchonete, mas não elegante.

— Acho que nunca fui — respondi.

— Podíamos ir.

— Agora?

— Agora eu não posso. Estou trabalhando.

— Certo. É claro.

— Que tal amanhã? Amanhã é sábado, não é?

— Tenho certeza de que tenho alguma aula. — Estava pensando demais. Estava pensando que sábado tinha um peso que sexta não tinha. Tínhamos aulas no sábado, portanto sexta ainda era uma noite de escola, mas sábado era puro fim de semana. Se eu saísse com Dave em um sábado à noite, certamente seria um encontro.

— E domingo? — disse ele. — Domingo é a minha folga.

O que eu tinha de fazer era ficar calma. Tinha de saber que palavras dizer em seguida, me concentrar somente na tarefa imediata à minha frente e não me entregar à sensação de que esse momento era uma flor monstruosa se contraindo e se estendendo, um botão geométrico púrpura e verde como se vê em um caleidoscópio.

— Domingo está bem — disse eu. — Encontro você aqui.

— No estacionamento?

— É meio difícil encontrar meu dormitório — falei. — E são estranhos sobre permitir a entrada de rapazes.

— Saquei. Que tal às sete? Sete está bem?

Assenti com a cabeça.

— Vai ser o melhor purê da sua vida. Poemas foram escritos sobre esse purê.

Por você? Tive vontade de perguntar, para mexer com ele. Mas não pude, pois minha ansiedade estava explodindo, a flor estava girando infinitamente.

— Tenho de estudar — Ao descer os degraus, poderia ter roçado nele. Mas havia tantos artifícios que eu desconhecia na época, tantos gestos que eu achava que nos prenderiam e que representariam promessas. Virei de lado de modo que não nos tocássemos.

Quando fiquei do seu outro lado, ele se virou e deu um tapinha no meu ombro.

— Não vai furar, Lee.

Isso é o quero dizer ao meu eu de 16 anos. Diga *Vou tentar.* Diga *Não vou fazer nada que você não fizesse.* Não está lhe prometendo nada!

— Agora você tem sua luva de volta — foi o que eu disse.

Quando contei a Martha o que tinha acontecido, ela gritou:

— Você tem um encontro! — e pulou da cadeira para me abraçar.

— Mas é no domingo.

— E daí? — Apontou para mim e disse cantando: — Tem um encontro com Dave Bardo, tem um encontro com Dave Bardo.

Queria que ela parasse. E não porque tivesse receio de que se contássemos muito com isso, poderia dar azar. Era mais porque soava esquisito, parecia difícil de entender.

— Mal o conheço — disse eu.

— Aí está. Sai para jantar e o conhece.

— Por que ele me convidaria para sair?

— Lee, não posso ler a mente dele. Talvez ele a ache bonita.

Eu me retraí. Essa possibilidade não era lisonjeira para mim; era aterradora. Havia outras coisas que um cara podia achar de mim, e não estaria totalmente errado — simpática, leal, talvez interessante. Não que eu fosse sempre qualquer uma dessas coisas, mas em determinadas situações, era concebível. Mas ser vista como bonita era estar fundamentalmente equivocado. Primeiro de tudo, eu não era bonita, e além disso, não me cuidava como garotas bonitas faziam; eu nem mesmo era uma garota feia que passa por bonita com esforço e por associação. Se um cara achava que meu valor estava na minha aparência, significava que ele ou tinha se iludido e acabaria se decepcionando ou que seus padrões eram muito baixos. O que eu queria saber sobre Dave era: tinha reparado em mim antes do hospital ou eu tinha despertado seu interesse durante essa conversa? Mas por que ele teria me notado antes ou por que eu teria despertado o seu interesse naquele momento? Eu era o melhor que ele podia conseguir?

— Não sei, não — repliquei. Eu me imaginei sentada em frente de Dave em uma mesa no Chauncey's, e então, ao estender a mão para pegar o pão, derrubando meu copo de água. O pior seria quando ele me tranqüilizasse dizendo que não tinha problema. E não melhoraria nada se *ele* derrubasse um copo. Não seria um consolo ele, ou qualquer outro, dizer baixinho, com um sorriso significativo, só para mim (de fato, baixinho e com um sorriso significativo só para mim seriam as partes mais insuportáveis). *Sabe, também estou nervoso*. Ou, *não sei o que estou fazendo, tampouco*. Ele devia ser simplesmente competente e ficar calado: isso seria o ideal.

— Do que exatamente tem medo? — perguntou Martha.

— Eu sei. Sou estranha.

— Não, não é. Responda à pergunta. Do que tem medo?

Tinha medo de que Dave tivesse escolhido o Chauncey's porque achava o lugar bonito, quando não era. Tinha medo de que ele contasse uma anedota, ostensivamente, para a garçonete, mas na verdade para mim, e eu ficasse o tempo todo preocupada se seria realmente engraçada e, se não, se seria capaz de dar a risada que convinha. Para compensar, não querendo perder a parte final, começaria a sufocar o riso na metade. Tinha medo de que, mesmo que passasse creme antes de sair do dormitório, sentisse a pele ao redor da boca descascando, e essa suspeita seria outra conversa por baixo da que estávamos tendo, um murmúrio contínuo que aumentaria de volume enquanto sentados ali. Exigiria cada vez mais a minha atenção, a maior parte da minha atenção, depois quase toda ela, e logo antes de eu ir ao banheiro me certificar (como se, trinta segundos depois de voltar, não fosse recomeçar a me perguntar se estava descascando tudo de novo), inclinaria a cabeça, desviaria o queixo, de modo a evitar que me olhasse de frente. Era preciso muito esforço para se sentir à vontade com outra pessoa, esse era o problema, e que garantia havia de que valeria a pena?

— Os primeiros encontros são desajeitados — disse Martha. — Mas depois de estarem saindo por seis meses, vai olhar para trás e pensar como era engraçado quando não se conheciam.

— Então, devo ir?

— Claro que deve ir. E deve usar sua suéter de gola rulê porque faz seus seios parecerem grandes.

— Urgh — repliquei.

— Se meus peitos parecessem tão grandes quanto os seus nessa suéter, eu a roubaria de você. — Martha mexeu as sobrancelhas de maneira lasciva, e pensei como gostar de um garoto era o mesmo que acreditar que queria saber um segredo — tudo era melhor quando se era rejeitada e pudesse se sentir atormentada pela curiosidade e solidão. Mas o momento em que algo acontecia era traiçoeiro. Era tão *cansativo* ter de se preocupar se sua cara estava descascando, ou ter de rir de histórias que não tinham graça. Tudo o que eu realmente queria era, eu achava, ficar pelo dormitório à toa, com Martha.

Martha tinha ido à biblioteca e eu estava sentada à minha mesa, estudando álgebra — ou mais precisamente olhando as páginas do livro na minha frente sem, na verdade, absorver nada — quando Adele Sheppard, do 4º ano, enfiou a cabeça no quarto.

— Telefone — disse ela, e se foi fechando a porta.

Fiquei tensa. Sexta-feira não era noite de ligação dos meus pais. E se fosse Dave querendo papear? (Ele teria conseguido o número? Parecia improvável.) Ou, pior ainda, se fosse a sra. Morino ou uma enfermeira para falar sobre Sin-Jun? Tinham errado em deixá-la retornar ao campus, e ela tinha encontrado uma navalha, ou amarrado um lençol em um cano perto do teto. Mas quando peguei o telefone, era a própria Sin-Jun.

— Lee, tenho um favor a pedir — disse ela. — Vou embora no domingo com meu pai.

— Para sempre?

— Talvez sim.

— Lamento. Ou você... está contente?

— Talvez seja melhor estar em casa. O favor que peço é que pegue o meu passaporte. Está na gaveta do meio da minha mesa. Pode fazer isso?

— Sim, claro. Precisa dele hoje à noite?

— Amanhã está bem. Lee, agora tenho barriga. Sabe por quê?

— Você não tem barriga.

— Está cheia de caramelos. Comi um saco todo.

— Parece uma delícia — disse eu, e de repente senti como tinha sentido falta de Sin-Jun, como ainda sentia saudade dela nesse momento.

Por causa da correria nos sábados entre o término das aulas da manhã e o início dos jogos à tarde, o refeitório não oferecia um almoço de verdade, mas servia guarnição para sanduíches, frutas e *cookies* em uma mesa comprida, e podia-se comer ali ou colocar o que quisesse em um saco marrom e levá-lo para o ônibus. Eu tinha um jogo na própria escola, por isso não precisei me apressar. Preparei um sanduíche de peru e fui me sentar a uma mesa com Dede, que também estava no meu time de basquete, Aspeth, que jogava *squash*, e alguns garotos. Sentada ali, senti o alívio do fim de semana se apossar de mim. Até mesmo me senti bem em relação ao jogo — íamos jogar contra Gordon, que havíamos derrotado em dezembro passado por mais de vinte pontos.

Tinha acabado de dar uma mordida em uma batata frita quando senti uma mão em minhas costas, e me virei — me virei calmamente, presumindo em um nível abaixo da consciência que era Martha ou outra pessoa comum — e quando vi que era Dave Bardo, o horror que me dominou fez meu corpo enrijecer. Seu rosto acima do avental estava corado e suado, e a transpiração corria de sua testa.

— Lee — disse ele. — Ouça.

Eu estava entre Dede e Devin Billinger; para ver Dave, tinha me virado para a esquerda e espichado o pescoço, e Dede tinha se virado para a direita, e também olhado para ele. Provavelmente todo mundo na mesa estava olhando para ele — para nós —, mas eu não ia conferir.

— Lynn precisa do carro amanhã — disse ele. — Podemos adiar?

Passaram-se alguns segundos para eu me dar conta de que era uma pergunta que requeria uma resposta.

Engoli em seco.

— Tudo bem.

— Qualquer outra noite da semana que vem está bem. Não vou trabalhar na terça nem quinta, mas se não der para você nessas noites, Sandy está me devendo um turno, por isso pode ser qualquer uma.

— Está bem.

— Isso significa que noite?

— Não... não sei. — Percebi que minha voz estava enfraquecida e sem emoção.

— Está tudo bem? — disse ele. — Você está... — Interrompeu-se e seus olhos se dirigiram à mesa.

— Estou bem — repliquei.

Quando seu olhar voltou para mim, ele falou — pareceu sarcástico, a única vez que percebi sarcasmo nele:

— Tudo bem, então. Entendi. Não quis interromper. A gente se vê por aí, Lee.

Quando foi embora, virei-me para a mesa. Sem olhar para ninguém e com a mão trêmula, peguei outra batata frita.

— Quem era o seu namorado? — perguntou Aspeth.

— Ele não é meu namorado.

— Tem certeza? Parecia que sim.

— Ah, sim — disse Devin. Estava respondendo a Aspeth, não a mim, mas a situação estava insuportável. Minha mente se acelerou: outras pessoas descobririam. Cross Sugarman, que era o companheiro de quarto de Devin? E o que fariam com isso? Que palavras usariam para especular sobre a ligação de Lee Fiora com o rapaz da cozinha? Mas a verdadeira pergunta era, o que tinha me feito imaginar que isso *não* aconteceria? Por que tinha presumido que Dave sabia que devíamos ser cautelosos?

— Pelo menos diz o seu nome — insistiu Aspeth, e me senti rubra, enjoada e desesperada para esse momento passar logo.

Do meu lado, Dede disse:

— Este atum está rançoso.

— Não leu o cartaz? — disse Devin. — *Coma e o risco é seu.*

— Ha, ha — disse Dede. — Tão engraçado.

Depois, antes do nosso jogo, Dede me procurou no vestiário e disse:

— Está saindo com aquele cara? — Quando respondi que não, ela prosseguiu: — Tenho certeza de que ele é legal, mas você é aluna da Ault. Sua vida é aqui, não em uma pista de boliche em Raymond ou seja lá onde pretende ir com ele. Pode achar que sou esnobe, mas só estou dizendo a verdade. Não acho que você queira se isolar do resto do nosso círculo. — Não respondi nada. — E é o que vai acontecer — prosseguiu Dede. — As pessoas vão falar que está namorando um *townie*. — Foi isso o que Dede me disse no vestiário, mais tarde. Mas, no refeitório, foi ela que mudou o rumo da conversa. E sei que nas duas vezes — às vezes eu fingia o contrário, mas Dede não era má — ela estava tentando ajudar. E mesmo que estivesse errada, mesmo que estivesse só em parte errada, não estava me dizendo nada que eu já não soubesse.

Depois do jogo, fui ao quarto de Sin-Jun de novo e fiquei feliz por Clara não estar lá. Encontrei o passaporte onde ela tinha dito que estaria e fui até a enfermaria, meu cabelo molhado congelando no frio. Tentei não pensar na conversa com Dave, tentei ser apenas um corpo no mundo, avançando por entre árvores e edifícios, debaixo do céu vespertino que escurecia. A partir de agora, pensei, passaria por superfícies sem deixar marcas, sem me envolver. Depois de ter estado em um lugar, não deixaria nenhuma prova.

Em parte me sentia aliviada por não sair com Dave na noite seguinte, nem nunca. Em parte, sentia raiva dele por ter me abordado publicamente, por fazer com que eu agisse de maneira rude. (Então, o tempo todo, tinha imaginado que conspiraríamos para que nossa relação acontecesse à parte, à noite, atrás dos edifícios? Tinha sido um acaso de sua parte e não discrição — tinha?) Em parte, é claro, me sentia envergonhada. Mas a minha vergonha, sendo a maior e mais autêntica das minhas emoções, requeria uma atenção mínima; era uma pedra no meu estômago e permaneceria comigo.

Não, o alívio era o mais imediato. Nessa época da minha vida, nenhuma conclusão era uma má conclusão. Alguma coisa terminava, e você parava de desejar e de se preocupar. Refletia sobre seus erros, sentia-se embaraçado com eles, mas a caixa estava selada, a porta estava fechada, você não estava mais imerso no meio perturbador.

Na enfermaria, registrei-me com a mesma enfermeira que estava de plantão quando o sr. Kim e eu tínhamos levado Sin-Jun três dias antes.

— Vocês, garotas, são boas amigas — disse a enfermeira. — Não tem como ela ficar solitária com tantas visitas.

Bati na porta de Sin-Jun, girei a maçaneta e então, simplesmente fiquei ali, olhando. As duas estavam na cama, se contorcendo, agarrando-se, arfando — estavam vestidas e, se não estivessem, eu realmente acho que teria desmaiado — e Clara estava em cima. Como Clara era muito maior e como eu nunca tinha participado de algo assim, a primeira coisa que pensei foi: *Ela não está esmagando Sin-Jun?* Clara estava lambendo o pescoço de Sin-Jun e Sin-Jun estava agarrando as costas de Clara, e a cama estava se sacudindo enquanto se atracavam. Outra coisa que pensei por um tempo foi que o sexo era sempre frenético. Eu teria imaginado, se tivesse dado realmente atenção a isso anteriormente, que seria diferente ver duas garotas em vez de uma garota e um garoto, mas na verdade não era. Gostaria de dizer, nesse ponto, que todos somos *voyeurs*, mas talvez diga que eu, claramente, sou uma *voyeur*. Estava observando uma noite concentrada. Quem teria imaginado? Até mesmo com Clara envolvida, ficou demonstrado que sexo era sexy.

Clara ficou de joelhos, baixando o rosto do pescoço de Sin-Jun para seus seios, para seu umbigo e justo no momento em que ela levantava a blusa de Sin-Jun e expunha sua pele nua, Sin-Jun virou a cabeça para o lado, abriu os olhos, encontrou meu olhar, e deu um grito. Clara recuou e as duas olharam surpresas para mim — Sin-Jun pareceu assustada e furiosa, e Clara, desorientada.

— Desculpe — disse eu. — Desculpe, só vim...

— *Aigo!* — gritou Sin-Jun. — *Negar-ra!* Saia! Saia!

— Desculpe — repeti. Joguei o passaporte no chão e corri para o corredor e de lá para fora da enfermaria. Como era estranho, pensei, que o primeiro ano, quando fui consumida pelo significado de minha obsessão por Gates Medkowski, eu não fizesse idéia de que a minha própria companheira de quarto não apenas pensava em beijar garotas, mas que realmente beijava. Quando a imagem de Sin-Jun e Clara voltaram à minha mente mais tarde naquele dia, como aconteceu repetidamente, o sentimento que experimentei foi o de ter assistido a um filme, que uma cena de tal paixão (como mais posso chamá-la?) certamente nunca teria sido representada em lugar nenhum no campus da Ault.

Não revi Sin-Jun antes de ela partir com seu pai, e achei que talvez nunca mais tornasse a vê-la. Mas estava enganada; ela retornou no outono seguinte para o 4º ano, o último ano. Nesse verão, entre os 3º e 4º anos, recebi uma carta dela, o endereço da casa de meus pais em Indiana impresso com sua letra cuidadosa em um envelope internacional azul-claro. Minha mãe sugeriu que eu guardasse o envelope para o meu livro de recortes, esquecendo-se, eu acho, de que eu não tinha um livro de recortes.

Sabe que tive uma relação amorosa com Clara, mas terminou, dizia a carta. *Não vou dividir o quarto com Clara no próximo ano. Espero que não conte a ninguém o que viu.*

Assinou *sempre sua amiga, Sin-Jun,* e desenhou uma carinha sorridente do lado de seu nome. E quando nos revimos em setembro, nossa relação foi, surpreendentemente, igual à que tinha sido antes de ela tomar as aspirinas, o que quer dizer que nos tratávamos com afeição e nunca falávamos de algo consistente. Porém mais tarde — Sin-Jun foi uma das poucas colegas de turma com que mantive contato depois da Ault —, quando ficou claro para todo mundo, menos para seus pais, que ela era lésbica (usava o cabelo curto e espigado e argolas de prata em uma orelha), soube da história toda. Tinha sido ela que perseguira Clara. Estávamos sentadas no terraço em Seattle, no apartamento que Sin-Jun dividia com sua namorada, Julie. Sin-Jun trabalhava, então, como neurobiologista em um laboratório na periferia da cidade. Nunca tínhamos conversado assim, francamente, sobre alguma descoberta; acho que foi porque nos tornamos adultas separadamente — na universidade e depois — e certos tópicos passaram a ser comuns e não proibidos.

— Mas por que Clara? — perguntei.

— Ela era minha companheira de quarto — replicou Sin-Jun. — Era conveniente.

Quase ri. A essa altura — ela tinha sido uma das primeiras da nossa turma —, Clara estava casada e com um filho. Ela e seu marido tinham se conhecido na Universidade de Virgínia; ele era do oeste da Virgínia, que foi para onde se mudaram depois de casados, de modo que ele pudesse supervisionar as minas de carvão da família. A foto deles no *The Ault Quarterly* mostrava Clara, suas curvas em um vestido longo e véu, do lado de um rapaz louro e corpulento, de fraque.

Sin-Jun sempre achou, o tempo todo, disse ela, que Clara era heterossexual. Mas também tinha percebido que era maleável, e quanto mais tempo durava o envolvimento — tinha começado logo depois do Natal —, mais Sin-Jun se sentia culpada. No entanto, quando tentou encerrar a relação, Clara tinha ficado histérica.

— Ela disse que me amava demais — disse Sin-Jun. — Mas acho que ela gostava era de sexo.

Comecei a rir — não consegui evitar — e Sin-Jun também riu. Ainda assim é difícil para mim deixar de sentir uma certa admiração por Clara. Não tenho tanta certeza de que ela meramente gostasse de sexo. Acho que era também um pouco corajosa.

Não falei mais, depois daquele almoço, com Dave Bardo, e por todo o resto do 3º ano, evitei-o completamente. Evitei até mesmo encontrar seu olhar, o que não foi tão difícil. Mas no fim da primavera, senti um ímpeto de remorso ou talvez o remorso que senti o tempo todo se expandiu. Comecei a espreitar atrás do balcão. No começo de junho, seus braços estavam bronzeados — devia ter passado um tempo fora — e parecia estar sempre mexendo com outros membros da equipe. Nunca olhava para mim, e me ocorreu que talvez tivesse uma razão para ter sido tão fácil ignorá-lo nos últimos meses. Quando comecei o 4º ano, ele não estava mais trabalhando na Ault, mas sua irmã, Lynn, tinha retornado. Várias vezes me senti tentada a lhe perguntar para onde ele tinha ido — talvez tivesse ido para a Califórnia, e gostado tanto que tivesse ficado por lá —, mas receei lembrar-lhe quem eu era.

Hoje penso que teria sido melhor se Dave soubesse que eu era bolsista; ele teria entendido por que eu tinha agido daquela maneira. (Aspeth Montgomery poderia ter saído com ele, e tudo bem, teria sido uma aventura. Mas o carro dos meus pais não era muito melhor do que o seu Chevy Nova.) É claro que eu não imaginava, na época, ser possível ter uma relação de verdade com nenhum garoto. Achava que, em virtude de ser eu, estava desqualificada.

Nada disso justifica como agi. Eu estava errada, estraguei tudo — de que outra maneira posso dizer? Mas aprendi muito com Dave. Mais tarde, depois de tudo o que aconteceu comigo e Cross Sugarman, até mesmo vi Dave como um treinamento para Cross, como uma preparação. Ele me deixou preparada assim como Conchita tinha me preparado para a amizade com Martha; há pessoas que tratamos da maneira errada, e depois, ficamos preparados para tratar outras pessoas da maneira certa. Talvez isso pareça mercenário, mas me sinto grata a essas relações experimentais, e gosto de pensar que todos esses eventos — com certeza, inconscientemente — tenham servido de preparação para as outras pessoas.

Ou talvez eu esteja enganada e Dave não foi tão redutivo ou simbólico como um caminho para Cross. Talvez Dave fosse simplesmente ele mesmo, e tudo tivesse sido diferente. Se sua irmã não tivesse precisado do carro naquele domingo, e se tivéssemos ido em frente com o nosso encontro como planejado — talvez tudo dependesse disso.

Eu tinha imaginado as maneiras como o nosso jantar poderia ter dado errado, mas e se, no éter de minha imaginação onde existe o nosso encontro horrível também existe um bom encontro? Nós nos encontramos atrás do refeitório. Ele está usando uma suéter de lã, está relaxado, falando descontraidamente. Ele faz gentilezas como segurar a porta enquanto entramos no restaurante, mas nada que me deixe em pânico: não está usando colônia em excesso, não escorrega no gelo no estacionamento, não tenta usar seu próprio garfo para me dar a sobremesa. Embora não seja um restaurante elegante, há velas na mesa. A luz bruxuleia. A comida é boa. Nenhum de nós dois fala demais ou fica calado demais, e talvez algumas vezes até mesmo rimos, e é uma risada de verdade. Passo a noite toda pensando que o que importa é se nos beijaremos no final; não percebo que o que realmente importa é eu ter entrado nesse mundo, que vou compreender muito mais cedo (isto é, muito mais cedo nessa vida imaginária do que na minha vida real) o que é namorar — não necessariamente algo complicado. Não obsessão ou nada, amor ou desinteresse. Há um terreno no meio. Às vezes, no inverno, especialmente, é bom se vestir melhor e sair de noite com outra pessoa.

7. Limpeza da Primavera

PRIMAVERA DO 3º ANO

Martha foi indicada para monitora sênior em uma reunião das turmas durante o intervalo de aulas da manhã, no fim de maio do nosso 3º ano, mas eu não estava presente porque tinha sido chamada à sala do reitor Fletcher para discutir o minha iminente reprovação em matemática. Na verdade, esbarrei com Martha logo depois da campainha anunciar o fim do intervalo da manhã — estávamos no corredor do terceiro andar, ela a caminho da aula de História da Arte e eu da aula de Espanhol, e ela falou:

— O que Fletcher disse?

Sacudi a cabeça.

— Conto depois.

— Foi tão grave assim?

— Não — repliquei.

Martha olhou para mim.

— Foi grave, de certa maneira — falei.

— Deve se encontrar com Aubrey hoje à noite, certo? — Aubrey era o meu tutor de matemática e, de maneira humilhante, considerando-se que éramos do 3º ano, um calouro.

Concordei com um movimento da cabeça.

— Faça com que lhe explique de novo o sistema de coordenadas polares. Ele precisa ser mais claro.

— Martha, não é por culpa de Aubrey que não aprendo.

O segundo toque da campainha, que significava *Deviam agora estar sentados, com o caderno aberto e a caneta na posição,* soou. Martha se retraiu.

— Quero falar mais disso depois — disse ela. — Mas tente não se preocupar demais.

Assenti com a cabeça

— Fale alguma coisa.

— O quê?

Ela riu.

— Está bem, isso vale. É melhor eu ir. — Então logo estava descendo o corredor às pressas para a sua aula de História da Arte. Quando empurrei a porta da sala da aula de Espanhol, o peso da porta e o meu pavor pareceram a mesma coisa.

Mas Martha não tinha mencionado a indicação. E, de fato, só fiquei sabendo disso por Nick Chafee, no almoço:

— O que acha de sua companheira de quarto?

— De maneira geral? — perguntei.

Nick olhou para mim como se eu tivesse dito alguma coisa extremamente peculiar, o que eu não achava que tivesse feito.

— Não — respondeu ele. — Por ter sido indicada.

— Indicada para quê? Não está querendo dizer que Martha foi indicada para monitora sênior.

— Ela foi.

— Fala sério?

— É isso aí — replicou ele. — Calma. — Era o tipo de coisa que eu odiava ouvir, especialmente de um garoto. *Minha voz pode se erguer uma meia oitava,* pensei em lhe dizer, *mas não há necessidade de me proteger — não vou dar um pulo da minha cadeira para abraçá-lo, nem mesmo darei gritinhos agudos de deleite.* No entanto, se eu fosse capaz de um dia dar gritinhos agudos de deleite, esse teria sido o momento.

Ser monitor sênior, até mesmo ser indicado para isso, não era pouca coisa. Todo ano eram eleitos dois monitores, um garoto e uma garota. (A escola tinha sido forçada a ter dois — uma norma que teve início na primavera antes do meu primeiro ano na Ault —, pois quando só tinha um, era sempre um garoto.) Além de fazer a chamada de manhã, os monitores seniores conduziam o comitê disciplinar, e depois da graduação, seus nomes eram gravados nos painéis de mármore branco que ficavam no refeitório, e as letras eram pintadas de dourado. Para mim, os painéis eram a melhor parte; eles também tinham, por acaso, intrigado meus pais quando eu os tinha levado ao refeitório no ano anterior. Outro bônus era que os monitores seniores sempre iam para Harvard. Dois anos antes, quando o pedido de Driscoll Hopkins havia sido diferido, todo mundo ficou chocado, mas então, ela foi aceita durante a admissão regular.

A indicação de Martha não deveria ser uma surpresa — era inteligente, digna de confiança e simpática com todo mundo, além de ser representante da turma no comitê disciplinar desde o começo do 3º ano — mas, de fato, foi extraordinário. Porque a questão era a seguinte: Martha não era *bacana*. Era exatamente o tipo de garota que passava despercebida, não recompensada pela Ault. E ser monitora era a maior recompensa da Ault, um selo de aprovação que, aparentemente, estabelecia a pessoa para o resto da vida. (Seu nome ficaria na parede do refeitório *para sempre*. Em *dourado*.) Em parte, ser monitor sênior era tão desejável porque, assim como ser monitor dos anos anteriores, não era possível buscar a posição. Não era permitido que se candidatasse a uma eleição. Ao invés disso, tinha de ser indicado, e seria de mau gosto e transparente que seus amigos íntimos o indicassem, por isso, basicamente, tinha de esperar que uma indicação caísse do céu, e que depois fosse endossada. E uma vez indicado, não se faziam discursos nem se espalhavam cartazes. De fato, a expressão *fazer campanha* era usada como uma acusação, não diferente de *vá tomar no cu*. Essa aversão desesperada de parecer querer alguma coisa, ou pior ainda, de persegui-la, permaneceu comigo por anos depois de deixar a Ault. Quando me formei na faculdade, meu pai me disse estar preocupado por eu não expressar entusiasmo bastante nas entrevistas para empregos, e o comentário me chocou. Entusiasmo era uma coisa que deveria ser exposta? Mas não era um tanto repulsivo, não parecia o mesmo que cobiça e carência? É claro que você queria o emprego, pensei, e o entrevistador devia saber disso, pois por que outra razão iria ao seu escritório?

— Quem são os outros indicados? — perguntei a Nick.

— Aspeth — respondeu. — E Gillian, é claro.

Mas essas indicações eram previsíveis: Aspeth era a mais bonita da nossa turma, e Gillian Hathaway era a líder atual eleita, tendo sido monitora nos 2º e 3º anos. Havia um quê discretamente competente em Gillian, em todos os aspectos: era boa em esportes, especialmente hóquei, de gramado e de gelo, era suavemente atraente, era inteligente o bastante, e, o mais extraordinário, ela nunca, na sala de aula, durante as refeições ou em jogos, mostrara-se nervosa ou desconfortável. Nos meus primeiros anos na Ault, todas essas qualidades tinham me impressionado, e então, recentemente, um mês antes, acabei me sentando, na hora do almoço, a uma mesa com Gillian e seu namorado, Luke Brown. Era o sétimo tempo, tarde para o almoço, e só cheguei ao refeitório às duas horas. Eles eram os únicos do 3º ano ali, e me preocupei que tivessem marcado um encontro e que eu estivesse me intrometendo. Mas sua conversa sugeriu o contrário: primeiro, falaram por vinte minutos direto sobre cães de caça *retriever* cor de mel e labradores — não sobre cães específicos de estimação de sua infância, mas sobre raças, qual a mais inteligente e por que as duas sofriam displasia das ancas (eu não fazia idéia do que era displasia das ancas na época e não perguntei). Essa discussão foi seguida por outra sobre esquiar e se era possível sentir a diferença entre homem real e de neve, depois uma sobre como, apesar de os pneus de neve do jipe do irmão de Luke terem frisos diferentes, ele nunca ter tido problemas com eles. Além do fato de eu não ter nada a dizer sobre esses assuntos, não conseguiria falar, pois estava em estado de choque. Eram sempre chatos assim? Como podiam conversar dessa maneira com alguém com que saíam há um ano? Não prefeririam discutir pessoas, ou coisas com que estavam preocupados, ou eventos simples que tinham ocorrido desde a última vez que tinham se visto? Talvez Gillian sempre parecesse à vontade, pensei, porque não estava particularmente interessada no mundo, porque não questionava seu lugar nele. Essa possibilidade fez com que gostasse um pouco menos dela, sentimento acentuado alguns dias depois no jantar, quando as pessoas estavam discutindo o escândalo recente do governador de Massachusetts ter empregado uma estrangeira ilegal como babá. Ouvi Gillian dizer, com uma risada:

— A esta altura, alguém espera que liberais *não* sejam perfeitos hipócritas? — Ela não se lembrou da possibilidade de nem todos os presentes partilharem sua opinião, e pensei: *Você tem 16 anos. Como já pode ser republicana?* Talvez a única razão para eu já ser uma democrata foi que uma das minhas recordações mais antigas era a de meu pai interrompendo a TV com insistência durante a posse de Reagan, mas ainda assim — eu não gostava de Gillian Hathaway. E agora que era a adversária de Martha para a monitoria, talvez até mesmo a odiasse.

— Então Aspeth, Gillian e Martha — disse eu. — São essas as garotas? Só três?

— A reunião foi meio apressada — replicou Nick. — Quer saber os garotos?

— Sim.

— Eu.

— Fala sério?

— Obrigada, Lee. É lisonjeiro.

— Não, só que... nunca sei quando não está brincando.

— Ei, John — disse Nick. — Fui indicado para monitor sênior?

John Brindley, do outro lado da mesa, ergueu os olhos.

— Chafee, não tem como eu votar em você.

Os dois riram, e Nick replicou:

— Não preciso do seu voto porque tenho o de Lee. Ela diz que quer ser a administradora da minha campanha, também. Não é, Lee? — Ele me cutucou com o cotovelo ostensivamente, para que John visse (na Ault, não existia, é claro, essa coisa de administrador de campanha). Se estivéssemos sozinhos, Nick nunca teria me cutucado, nunca teria tocado em mim. Às vezes, me sentia lisonjeada como esse tipo de provocação — era, afinal, uma forma de atenção — e às vezes ficava ressentida com a maneira como esses garotos me incluíam com acessório nas conversas uns com os outros: a assistente do mágico que entra na caixa, é serrada ao meio, e tem de rir para a platéia enquanto, acima dela, o mágico faz piadas e gesticula extravagantemente.

— Que outros garotos foram indicados? — perguntei.

— Deixe eu ver. — Nick contou nos dedos da sua mão direita. — Pittard, Cutty, Sug, Smith e Devoux.

Essas indicações, assim como as de Aspeth e Gillian, não eram de admirar. Eram todos garotos banqueiros, exceto Darden Pittard, mas ele era o monitor do 3º ano, a contraparte masculina de Gillian. Ele e Cross — Sug — eram os que tinham mais chance de vencer. Certamente meu voto iria para um deles: Darden porque eu o respeitava sinceramente, e Cross por causa da minha paixonite. O que era certo era que eu não votaria em Nick Chafee.

Depois da prática de remo, Martha levantou pesos, e quando voltou ao dormitório, no fim daquela tarde, já estava quase na hora do jantar formal.

Eu estava sentada no *futon*, lendo, e Martha estava de costas para mim procurando roupas no armário.

— Mandei minha blusa de manga curta para lavar? — perguntou ela.

— Qual?

— A azul.

— Eu a estou usando.

Martha virou-se.

— Posso tirá-la — disse eu.

— Tudo bem. — Virou-se para o armário e pegou uma camiseta rosa com debrum rosa no decote e mangas.

Levantei-me.

— Verdade, Martha, posso tirá-la. — Por incrível que pareça, embora eu usasse suas roupas o tempo todo, isso nunca tinha acontecido. E podia oferecer-lhe alguma minha, mas ela não usava minhas roupas, o que não era um fato que discutíamos.

— Não seja ridícula. — Enfiou a camiseta pela cabeça, puxou-a para baixo, depois levantou um braço e cheirou a axila. — Fresca como a brisa de uma montanha. — Pegou uma saia branca com verde e espirais rosa, e sem tirá-la do cabide, a segurou na cintura. — Fica bom? Quero que acabe de contar o que Fletcher...oh, Lee, que lindo!

Ela tinha notado, finalmente — a coroa de papel que eu tinha feito usando o papel do seu computador, seu adesivo e meus pilots. Desenhei imensas pedras preciosas púrpura, verde e vermelho, e nas linhas amarelas ao redor da base e das pontas triangulares escrevi em preto: *Martha Porter, Monitora Sênior e Rainha do Mundo.*

Ela pôs a coroa na cabeça.

— Fica bem em mim?

— Perfeita. Devia usá-la no jantar. — De fato, eu teria ficado horrorizada se ela a usasse no jantar. Seria exatamente o que as pessoas esperavam, a evidência da nossa alegria feminina boboca pela indicação inesperada de Martha. — Isso é tão incrível — falei.

— Foi bom ser indicada, mas não vou vencer.

— Pode vencer. — Talvez eu devesse ter sido mais veemente, mas provavelmente não venceria, e eu não gostava de ser falsa com ela. Ser falsa com qualquer outra pessoa não tinha problema, contanto que houvesse uma com que fosse verdadeira.

— Estou achando que será Gillian — disse ela. — Tem muita gente que não gosta de Aspeth.

— E se for você e Cross, e vocês tiverem uma porção de reuniões tarde da noite, e ficarem juntos o tempo todo?

Martha riu.

— Não sou eu que estou apaixonada por Cross. Mas sabia que foi ele que me indicou? Estranho, hein?

Ao contrário de Cross e eu, Cross e Martha freqüentavam muitas aulas juntos, e às vezes ela me contava coisas dele. *Devin derrubou o bico de Bunsen de Cross na aula de química, hoje, e a mesa pegou fogo.* Ou, *Cross vai ver o irmão em Bowdoin no fim de semana.* Mas a minha impressão era a de que não tinham uma interação direta.

— E Conchita apoiou a indicação — acrescentou Martha. Isso não foi tão estranho quanto possa parecer. Conchita e eu raramente nos falamos depois do primeiro ano, mas ela e Martha permaneceram amigas.

— Talvez Cross goste de você — disse eu, torcendo para que minha voz não revelasse o quanto horrível eu achava essa possibilidade.

— Por favor. — Martha sorriu largo. — Temos de ir ao jantar — prosseguiu ela. Retirou a coroa e a pôs sobre sua mesa. — Um dia vai conhecer um cara que a amará tanto que a fará pensar algo como "por que perdi todo o meu tempo na escola sofrendo por um pateta egocêntrico?"

— Tudo bem, mas em primeiro lugar — respondi, e me vi tomando gosto pela conversa. Falar dessa maneira era um arrimo para meus sentimentos, fazia Cross existir na minha vida embora nunca nos falássemos. — Em primeiro lugar, por que acha que ele é egocêntrico, e em segundo, se vou achar que perdi tempo, quer dizer que ele nunca vai gostar de mim?

Lá fora, outros estudantes também estavam indo para o jantar, os cabelos molhados, as garotas usando blusas de cores suaves, saias estampadas de flores, e *espadrilles*, os garotos de camisa branca ou azul-clara, gravata, blazer e calça cáqui. Na Ault, a noite era sempre a melhor hora.

— Ele é apenas convencido — replicou Martha. — Sabe que é bonito, sabe que é bom em esportes, sabe que as garotas gostam dele. Mas e daí? Grande coisa.

— Eu não acho que seja convencido — disse eu. — Não acho mesmo.

— Bem, com certeza não é inseguro. E qual foi a outra pergunta? Ah, sim, se acho que você e "Purple Monkey" vão se amar? — Purple Monkey era como chamávamos Cross sempre que falávamos dele fora do nosso quarto. — Deixa eu ver na minha bola de cristal — Martha fez com as mãos como se estivesse segurando algo redondo. — Lee, vocês não se falam. Se quer que alguma coisa aconteça, devia tentar conversar com ele.

— Mas não acho que ele queira conversar comigo — retruquei. — Duvido que ele sinta um grande vazio em sua vida. — A leveza tinha desaparecido da conversa, a sensação da possibilidade que surge ao se falar hipoteticamente. Eu me senti afundando. E Martha não refutou o que eu tinha dito.

Em vez disso, falou:

— Ainda não me contou o encontro com Fletcher. E desta vez não mude de assunto.

Agora que a matemática tinha sido introduzida, me afundei de vez. Estávamos apenas indo jantar, e embora fosse uma noite quente de maio, embora o sol além das pistas de esportes tivesse tornado o céu rosa e laranja, haveria fígado, quando chegássemos ao refeitório, eu seria designada para uma mesa de garotos do 3° ano que não se dariam o trabalho de disfarçar seu debate sobre se Aspeth Montgomery estava usando sutiã, Martha não seria eleita monitora sênior, Cross nunca ia querer que eu fosse sua namorada; coisas como as condições do tempo ou certas músicas eram capazes de, às vezes, me fazer esquecer isso, mas eu continuava a ser eu mesma.

— Fletcher disse que a sra. Prosek lhe contou que minha média neste momento é 58 — repliquei. — E perguntou se meus pais falaram comigo depois de receberem a carta na metade do período. Respondi que eles me mandaram estudar.

De fato, o que o meu pai tinha dito era: "Com uma nota dessas, acho que não tem ido às aulas." Quando expliquei que não tinha faltado sequer uma vez durante o ano inteiro, ele disse: "Então é o quê? Está usando drogas antes das aulas?" Depois disso, minha mãe tirou o telefone dele e falou: "Lee, lembra-se de quando a sra. Ramirez disse que você era a melhor aluna de matemática que ela já tinha tido?" O que era uma coisa que eu realmente lembrava, mas que, como salientei à minha mãe, tinha sido na quarta série primária.

— A parte mais estranha com Fletcher... — fiz uma pausa.

— O quê? — disse Martha.

— Ele disse: "Você sabe que é uma parte importante da comunidade Ault", ou alguma besteira parecida, e depois: "Mas estamos seriamente preocupados. Se não for capaz de melhorar suas notas, talvez seja a hora de pensar se a Ault é o lugar certo para você." — Ao dizer isso, minha voz falhou.

— Oh, Lee — disse Martha.

Engoli em seco. Estávamos passando pela capela, ainda a 40 metros do refeitório. *Balcão de saladas,* pensei. *Guardanapo. Cubo de gelo.* Quando engoli de novo, sabia que não ia chorar.

— Não têm fundamentos para limpá-la na primavera* — disse Martha.

— Oh, não — disse eu. — Fletcher nunca mencionou que me limpariam.

Martha virou-se, e ao sentir seu olhar, também me virei.

— Pense bem — disse ela. — Foi isso o que ele quis dizer, mesmo que não tenha usado essas palavras.

Dessa vez, não senti o tremor que antecede as lágrimas. O que senti foi um choque em meu peito.

— Não era eu que estava lá — prosseguiu Martha. — Mas juro que nenhum professor nunca diz "Estamos pensando em limpá-la na primavera." Isso é o que os alunos dizem.

Pensei de repente em todos que tinham sido "limpados" desde que eu começara na Ault. No meu primeiro ano, tinha sido Alfie Howards, também calouro que estava sempre desgrenhado — papéis caíam de sua mochila, sua camisa ficava para fora da calça, seu nariz escorria, e ele chegava sempre atrasado em todos os lugares. Quando os outros alunos, acabando o café-da-manhã, estavam indo para a capela, ele estava indo para o refeitório, passando, no sentido contrário, por aquela massa de gente. Para começo de conversa, ele não deveria estar na Ault — não deveria estar vivendo sem seus pais —, mas era da quarta geração na Ault; por essa razão, apesar de todo o resto, fiquei surpresa quando foi "limpado". Outra que teve o

***Spring-cleaning* significa "faxina da primavera", a limpeza geral da casa quando o inverno se encerra, e é usado pelos estudantes ao se referirem à expulsão de alunos por baixo rendimento ou outros motivos graves. (*N. da T.*)

mesmo destino de Alfie, no mesmo ano, foi Maisie Vilayphonh, uma garota metade finlandesa, metade laociana, do 3º ano, de quem diziam que os pais eram espiões. Maisie, ouvi dizer, tinha sido de vários colégios internos desde a idade de 7 anos; falava seis idiomas; uma vez, encomendou, de um catálogo, uma máquina de massagear os pés de mil dólares, deixou-a na sala comum depois de usá-la duas vezes, esqueceu-se dela até o resto de água virar uma gosma nojenta e então jogou a coisa toda no lixo. Mas não foi esse o motivo para ela ser "limpada". O boato que corria era que a escola soube que ela estava usando cocaína, mas nunca a pegaram em flagrante, apesar da responsável por seu dormitório, a sra. Morino, passar por seu quarto, casualmente, várias vezes, perguntando se Maisie tinha visto o gato da família Morino, ou querendo se certificar de que ela já sabia que haveria, no domingo, as vésperas na capela, ao invés da missa de manhã.

Esse, na verdade, foi o fator definidor da limpeza, o que a distinguia da expulsão comum — que não acontecia na primavera, como o nome indica, mas durante o verão, depois do término do ano escolar. E não era necessariamente por um grande motivo — nunca pegaram Maisie cheirando —, porém mais por um acúmulo de pequenos motivos.

A partir do meu 2º ano, duas pessoas tinham sido limpadas: uma caloura chamada Lenora Aiko, do Havaí, que supostamente dormia o dia inteiro e ficava acordada à noite, falando ao telefone público (e pulando para dentro da cabine sempre que alguém tentava usá-lo, insistindo que estava esperando uma ligação), ou então assistindo a infomerciais na TV e preparando bifes no *grill* da sala comum; e outra colega minha, embora eu mal a conhecesse, uma garota semi-interna chamada Kara Johnson. Kara era bonita de uma maneira desgraciosa, selvagem, pálida e muito magra, cheirando a cigarro, sempre usando delineador preto e jeans também preto, embora jeans colorido fosse proibido no edifício da escola. (Uma vez, ouvi uma professora mandar que fosse ao dormitório e se trocasse, e ela respondeu que não podia porque era semi-interna. A professora mandou que ligasse para os seus pais e mandasse um deles lhe trazer outra calça, e ela respondeu que também não podia porque eles trabalhavam.) Kara e eu estávamos na mesma turma de espanhol, e ela nunca estava preparada, nunca tinha feito as traduções ou a leitura, embora às vezes tentasse provar o contrário. (Eu, por outro lado, sempre fiz o dever de casa, até mesmo de matemática. Só que o fazia, com freqüência, mal.) Algumas vezes, vi Kara no lado de fora da biblioteca logo depois do toque de recolher, ao que parece esperando que seu pai ou sua mãe fossem buscá-la, e um garoto do 3° ou do 4° ano conversando com ela. E dava para perceber, pela postura deles, que o garoto dava muito mais importância à conversa do que Kara. Ela passava a impressão de ser alguém com a vida complicada, quase sempre preocupada ou brigando com um garoto ou contando uma mentira, e primordialmente por ser *sexy*, essas circunstâncias tinham um certo grau de *glamour*. Mas uma das noites em que a vi esperando no mesmo lugar, ela estava só, fazia frio, e apesar de não estar chovendo, havia algo na maneira como abraçava a si mesma que me lembrou das vezes que minha mãe e eu dávamos banho no nosso cachorro King, antes de ele ser atropelado por um carro — era um *terrier* escocês — e de como com seu pêlo grudado ficava estremecendo e parecia da metade do seu tamanho anterior, e de como a sua imagem assim era insuportavelmente triste; a única razão por que eu ajudava minha mãe a lavá-lo era que eu não queria que ela tivesse a experiência da tristeza sozinha. Acho que ninguém realmente se importou por Kara ter sido limpada. Ela não tinha feito amizade com nenhuma garota, e embora fosse paquerada por garotos, não parecia ser o tipo de pessoa em que eles pensariam muito quando ausente.

Em todos os anuários havia uma página com o cabeçalho: "Perdidos, mas não esquecidos", com fotos dos alunos que poderiam, mas não tinham se graduado naquele ano. O retrato de Alfie — eu o vi quando, caloura na universidade, recebi no outono, pelo correio, o meu anuário da Ault — mostrava-o aos 14 anos, idade com que tinha deixado a Ault; foi como se, ao contrário de nós, ele nunca tivesse se tornado mais velho. O retrato de Kara estava ligeiramente fora de foco e a mostrava se virando, de modo que três quartos de seu rosto ficassem visíveis — seus olhos amendoados, seu queixo estreito de raposa e boca séria. Havia mais quatro pessoas na página: Little Washington, George Rimas e Jack Moorey, que saíram, respectivamente, em abril do nosso 2° ano e em novembro do 4° ano, quando foram pegos bebendo, duas vezes (por violações relacionadas ao álcool, cigarro, maconha e produtos farmacêuticos, assim como escapar das visitas — isto é, infrações menores —, tinha-se duas chances; para drogas mais pesadas, trapaça, mentira, que eram infrações graves, tinha-se somente uma chance); e Adler Stiles, que não tinha retornado depois das férias de inverno no nosso 3º ano. Pessoas como Adler, que saíram por vontade própria, eram enigmáticas para mim; quase as admirava. Não importa o quanto infeliz eu fosse ali, a Ault nunca seria um lugar a que eu pudesse dar as costas.

Martha e eu tínhamos chegado ao refeitório, e a entrada estava apinhada de gente. A possibilidade de eu ser limpada — de que eu pudesse ter qualquer coisa, até mesmo isso, em comum com Alfie Howards ou Maisie Vilayphonh ou Kara Johnson — era completamente estranha. Era uma idéia que eu achava impossível absorver ali, entre tanta gente. Precisava pensar sobre aquilo sozinha.

— Não estou querendo apavorá-la — dizia Martha. — Mas se foi isso que Fletcher quis dizer, você tem que saber.

— Sim, é claro.

— Mas não podem tratá-la como se fosse um mau elemento — disse ela. — Porque você não é.

Tínhamos cruzado o limiar do refeitório, e estava na hora de nos separarmos e vermos para que mesa havíamos sido designadas. Martha estava olhando para mim.

— Dividir e conquistar — disse eu, porque uma de nós sempre dizia isso antes de um jantar formal. E funcionava. Martha sorriu, eu sorri também, de modo que o nosso humor parecia o mesmo. Não acho que a estivesse enganando. E lá estava acontecendo aquela coisa em que a cena à minha frente me puxava para trás, ou talvez fosse eu que me retraía. Tudo se tornou imenso e distante ao mesmo tempo, algo ocorrendo muito longe — um borrão de alunos elegantemente vestidos dirigindo-se às suas mesas cobertas de toalhas brancas e travessas de prata com tampas de prata. Talvez, vários meses depois, quando estivesse matriculada na Marvin Thompson High School, em South Bend, me sentasse em minha cama, uma noite, fazendo meu dever de casa, e essa fosse a imagem de que me lembraria, o momento exato em que soube que tinha perdido meu lugar na Ault.

Na biblioteca, a caminho de me encontrar com Aubrey, vi Dede pela porta envidraçada da sala de periódicos. Sua cabeça estava baixa olhando uma revista, e eu não tinha intenção de parar, mas então ela ergueu o olhar. *Ei,* fez com a boca, e acenei. Cometi o erro de sustentar seu olhar, e ela ergueu um dedo, fez com a boca *Espere,* pôs a revista sobre uma mesa, e abriu a porta.

— Não é uma loucura, sobre Martha? Fiquei completamente chocada. — Sua voz estava animada e perfeitamente cordial.

— Não é assim *tão* chocante — repliquei. — Martha seria uma boa monitora.

— É claro, ela é "responsável". — Dede fez as aspas com os dedos, sugerindo que eu não fazia idéia de que... de que na verdade Martha não era responsável? Ser responsável não era uma qualificação? — Mas ela não tem chance — prosseguiu Dede.

Quando a própria Martha tinha dito a mesma coisa algumas horas antes, tinha me parecido simplesmente a verdade; ouvindo Dede, a previsão soou injuriosa.

— Não pode saber quem vai ganhar — disse eu.

Dede deu um sorrisinho, e tive vontade de esbofeteá-la. Nosso antagonismo sempre tivera uma certa intimidade fraterna; uma vez, no primeiro ano, quando estávamos discutindo cara a cara, Dede tinha realmente estendido o braço e puxado o meu cabelo, e a imaturidade do gesto fez com que eu caísse na gargalhada. Ela tinha dito, quase com acanhamento: "O quê? O quê?" E começado a rir também, e, depois, não conseguimos continuar brigando. Dede e eu éramos o oposto uma da outra e às vezes, eu achava, incomodamente semelhantes — ela fingia entusiasmo, eu fingia indiferença; ela se grudava em gente como Aspeth Montgomery e Cross Sugarman, eu decidi não falar com eles durante todo o semestre.

— Tenho certeza de que acha que Aspeth já venceu — falei. — Mas, francamente, vou ficar surpresa se for assim. — *Não use a palavra* puta, pensei, seria ir longe demais. — Ela é apenas... — fiz uma pausa. — Basicamente, é uma puta.

— Desculpe? — disse Dede. — Será que ouvi direito?

— Não digo que *eu* acho que ela é uma puta — repliquei. — Não vamos discutir semântica. — Quando eu estava na Ault, achava que atribuir desavenças à semântica parecia inteligente. — Dede, não quero ser rude, mas a sua adoração por Aspeth está ficando um tanto constrangedora.

Ela me olhou furiosa.

— Sabe o que você é? — Percebi que ela cavava fundo, procurando um insulto particularmente mordaz. — Você é exatamente a mesma de quando éramos calouras.

*

Aubrey estava esperando no gabinete em que geralmente nos encontrávamos; pela janela, eu o vi mascando uma caneta de plástico, a cabeça virada para o teto. Não estava fazendo nada estranho, mas a sua postura era tão claramente a de uma pessoa que pensa estar sozinha, que me senti embaraçada por ele. Bati na janela antes de abrir a porta.

Aubrey tirou a caneta da boca e se sentou direito.

— Lee — disse ele, e balançou a cabeça uma vez. Em todas as vezes, Aubrey se comportou com absoluta seriedade. Devia ter sido criado dessa maneira, ou talvez fosse uma compensação pelo fato de, aos 14 anos, medir pouco mais de um metro e meio e pesar cerca de 45 quilos. Tinha o cabelo castanho cheio e um nariz pequenino e arrebitado, sobre o qual se espalhavam pequeninas sardas. Também tinha mãos minúsculas e nos dedos anelares, unhas pontudas. Sempre que o observava escrever equações, me perguntava se os garotos, quando tinham seus saltos de crescimento, sempre cresciam proporcionalmente ou havia a chance de uma parte do corpo — por exemplo, as mãos — não receberem a mensagem e permanecerem como estavam, vestígios do ego menor? Eu tinha certeza de que Aubrey era mais inteligente do que eu, não somente em matemática, mas em tudo, e que ele acabaria se tornando, digamos, um corretor da Bolsa, e ganharia muito dinheiro.

Quando me sentei na cadeira do seu lado, e tirava da mochila meu caderno, livro e calculadora, falei:

— Como vai, Aubrey?

— Estou bem, obrigado. Gostaria de ver seu dever de casa para amanhã.

Deslizei meu caderno para ele — tinha escrito, com lápis, *Página 408, revisão do capítulo, todos os problemas.*

Aubrey abriu o livro e leu para si mesmo, balançando a cabeça. Depois se virou para mim.

— Entendeu o que estão pedindo no primeiro?

Examinei o problema.

— Mais ou menos.

— Por que não começa, e eu a ajudarei se tiver dificuldades.

Continuei a olhar para a página 408, ou pelo menos a olhar na direção da página 408. Que eu era ruim em matemática não era segredo — desde que chegara na Ault, tinha ficado um ano atrás de meus colegas de turma. A maioria dos calouros tinha geometria; e quatro outros, reforço em álgebra. Nesse ano, no curso preparatório para cálculos, eu era a única do 3º ano em uma turma do 2º ano. Mas ainda ninguém, inclusive Aubrey, parecia ter percebido como era tênue a minha compreensão de matemática. E o curso preparatório para cálculos tinha sido o pior — não é exagero dizer que eu não compreendia praticamente nada do que tínhamos estudado desde setembro. Eu tinha ficado para trás durante a primeira ou duas primeiras semanas de aula e nunca tinha me recuperado. Sim, a situação era principalmente culpa minha, mas o problema era que tudo se baseava em tudo o mais; em duas semanas no semestre, tinha sido tarde demais. As páginas do meu livro pareciam um mapa da Rússia com todas as aldeias e cidades escritas em cirílico. Não é que eu não acreditasse que fizessem sentido, só que, pessoalmente, não tinha a menor idéia do que significavam.

— Lee? — disse Aubrey.

— Sim, não sei bem. Não tenho bem certeza por onde começar. — Ergui o olhar e o dirigi à janela à nossa frente. Estava escuro, por isso eu estava olhando para o meu próprio reflexo; se estivesse claro, eu teria tido uma boa visão da entrada da enfermaria. Uma tarde de domingo, no inverno, tinha visto Aspeth Montgomery aproximar-se da enfermaria, hesitar diante da porta, depois se virar sem entrar. Essa inversão tinha me consumido pelo resto de minha sessão com Aubrey.

— A seção cônica tem seu foco na origem, certo? E tem de satisfazer estas condições. — Aubrey apontou para onde o livro dizia: *parábola, diretriz $y = 2$.* — Então, o que quer fazer?

Um silêncio se impôs, e assim se manteve.

— Quer descobrir o que é y, certo? — disse Aubrey.

— Sim.

— Como isso... faz sentido?

— Sim. — Balancei a cabeça. — Exatamente.

— E então, insere isto aqui.

— Certo — repliquei.

— Por que não tenta fazer o seguinte?

Por um tempo fiquei olhando para o problema, fiquei realmente. Mas logo me peguei pensando em Gillian Hathaway, e se ela e seu namorado Luke diziam *Eu te amo* um para o outro. Como podíamos saber que amávamos alguém? Era uma premonição, como um cheiro bom que não conseguimos identificar com certeza, ou chegava uma hora em que tínhamos uma prova? Seria como entrar numa casa e depois de cruzar um determinado limiar, esbarrar com o amor e nunca mais poder recuar? Talvez entrasse em outros quartos, brigasse ou até mesmo rompesse, mas estaria sempre no outro lado, o do amor, depois e não antes. O meu interesse em casais parecia antropológico — até mesmo gostando de Cross, até mesmo querendo ouvir Martha dizer que me imaginava namorando ele, eu não conseguia nos imaginar juntos. Não como uma presença diária um na vida do outro, duas pessoas que conversavam, transavam e se sentavam lado a lado na capela. Quando pensava em Sin-Jun e Clara — e fazia isso freqüentemente —, o que mais me intrigava era como tinham sido um casal enquanto viviam no mesmo quarto. Como sabiam quando namorar e quando simplesmente se sentar à mesa e fazer o dever? Não tinha sido intenso demais, cansativo demais estar sempre perto da pessoa que você queria impressionar, ou alguém familiar demais? Talvez tanta intimidade fizesse com que você perdesse a esperança de impressionar o outro e ficasse ali limpando a cera do ouvido, sem se importar em parecer bonita. Mas não se perdia alguma coisa lá também? Se o que as pessoas chamavam de intimidade era isso, não me atraía muito — parecia estar lutando com o outro por oxigênio.

Em voz alta, eu disse:

— Acha Gillian bonita?

— Lee, por favor, se concentre — disse Aubrey.

— Gillian Hathaway — disse eu. — Não Gillian Carson.

— Ela é bonita. Se eu fosse você, começaria isolando *x* neste. E que informação estão lhe fornecendo sobre *x*? — Mas Aubrey estava corando, um tom quente de rosa que surgiu no seu rosto e desceu para o pescoço.

— Muito bonita ou mais ou menos bonita? — perguntei.

Ele se virou para mim.

— Não vou fazer o dever para você.

— Não pedi que fizesse.

— E se não compreender esses conceitos não vai passar no exame final.

— Na verdade, é melhor do que isso — repliquei. — Se não passar no exame, serei limpada.

— Do que está falando?

— De quando expulsam a gente, mas esperam...

— Sei o que é limpeza da primavera — interrompeu ele. Fiquei um tanto impressionada: eu só tinha ficado sabendo depois de retornar das férias do 1º ano e Alfie e Maisie já terem saído. — Quem lhe disse isso? — perguntou Aubrey.

— Fletcher me chamou à sua sala hoje.

— Isso é horrível.

— Não é culpa sua.

— Eu sei — replicou Aubrey com uma certeza tal que me deu vontade de anular a isenção. — O que está planejando fazer? — perguntou ele.

Apertei os olhos. Estava certa de que ele não tinha muito respeito por mim, mas continuava a ser uma pergunta.

— Bem, a escola perto da casa dos meus pais chama-se Marvin Thompson.

— Não — disse ele. — Lee. — Estendeu sua pequena mão para o meu braço, mas então a deixou pairando ali. Acho que teve medo de me tocar. Retirou a mão e disse: — Quer dizer, o que quer fazer em relação ao exame? Como quer se preparar?

— Não sei se tem importância como me preparo — repliquei. — Isto é, tenho de ser realista. — Pareceu, de certa maneira, uma confissão. — *Você* acha que posso passar? — perguntei.

Ele ficou em silêncio por vários segundos e, finalmente, disse:

— Se estiver disposta a trabalhar muito.

Foi pior do que se tivesse respondido simplesmente não. Pois eu passaria o tempo sentada em uma cadeira com o livro de matemática na minha frente, mas trabalhar realmente — a única chance que eu tinha era começar do início do livro. Sempre tinha gostado da parte nos filmes em que um projeto, ou mesmo a vida inteira de uma pessoa, aparecia junto: a montagem, feita para elevar a música, onde se viam as crianças enérgicas de várias culturas colocar de lado as diferenças e consertar a casa do velho, endireitar as persianas, pintar a fachada, cortar a grama, limpar o canteiro de flores; ou a mulher de uns 20 anos que finalmente perdeu peso, dançando em aulas de aeróbica, enxugando a testa enquanto pedala a bicicleta ergométrica, com uma toalha ao redor do pescoço, e então, por fim, ela surge do banheiro limpa, acanhada, mas bela (é claro que ela não fazia idéia de quanto estava bonita), e a sua melhor amiga a abraça antes de ela sair para um encontro ou uma festa que seria o seu triunfo. Eu queria ser essa pessoa, e queria que o período de tempo em que eu ficaria melhor transcorresse da mesma maneira suave, com a sua própria trilha sonora alegre. Mas aprender os fundamentos do cálculo seria penoso e triste. Além disso, podia não dar certo. A única razão para a minha média ser tão alta quanto 58 foi que, em março, a sra. Prosek tinha me deixado fazer um projeto especial para um crédito extra, e eu tinha apresentado uma lista de mulheres matemáticas, seguida da época e seus feitos: *Hypatia da Alexandria, nascida em 370 d.C., inventora do astrolábio, morreu quando uma turba cristã a atacou com cacos de cerâmica; Emilie du Châtelet, nascida em 1706, aristocrata francesa e autora de* Institutions de Physique, *namorou Voltaire.* A última era a própria sra. Prosek. Colei uma foto sua, retirada do catálogo da escola, no cartaz e escrevi do lado: *Valerie Prosek, nascida em 1961, professora do curso preparatório para cálculos e inspiração a jovens estudiosos da matemática em todos os lugares.* A sra. Prosek tinha pendurado a lista em sua sala de aula, acima do quadro-de-giz, e me dado um A+.

— Se eu fosse trabalhar muito — disse eu —, por onde começaria?

— Não vai doer revisar alguns rudimentos das equações. Posso criar alguns problemas para você. — Aubrey anotou várias seqüências de números no meu caderno, depois o empurrou para mim. O primeiro problema era:

$$3x - y = 5$$
$$2x + y = 5$$

Não deveria ser difícil, eu sabia. Ele próprio tinha dito que era o básico. Mas eu não fazia idéia do que fazer. E admitir a minha ignorância seria revelar como eu estava atrasada.

— Na verdade — disse eu —, estou pensando em... Desculpe, fiz você escrever estes... mas talvez seja melhor eu me concentrar no dever para amanhã. Porque isso já vai me tomar um tempão, não acha?

Aubrey hesitou.

— Vou levar esses problemas para o dormitório e trabalhá-los lá — prossegui. — Obrigada. — Voltei-me de novo para o livro e li em voz alta o problema seguinte: — *Escreva a fórmula da decomposição da fração parcial...*

Talvez assim, se Aubrey ouvisse minha voz, pareceria que eu estava participando. E funcionou, senti que ele cedia. Todas as nossas sessões eram assim — o aquecimento, a persuasão, a parte em que Aubrey capitulava e fazia o dever para mim, depois de declarar que não. Mas mesmo assim, era tudo tão lento, com ele relatando seu progresso, me fazendo perguntas, esperando enquanto fazia conjecturas, muitas das quais nas categorias erradas — a resposta que Aubrey procurava era *um fator quadrático irredutível* e a resposta que dei foi *sete*.

Apesar de às vezes eu atazaná-lo, ou agir com preguiça, tinha percebido logo no começo como Aubrey gostava mais de mim tentando, mas não acertando nada. Ou talvez: não acertando nada, mas tentando. De qualquer maneira, a reação da outra pessoa era a única coisa que contava para mim — números me eram indiferentes, mas uma pessoa exalava calor e respirava, algo potencialmente instável. Freqüentemente eu me atrapalhava com as pessoas, é verdade, mas raramente porque as estava interpretando errado; mas sim porque ficava nervosa ou porque podia ver claramente demais que não era o que elas queriam. E, de fato, em ser inadequada eu excedia todos. Eu podia falhar em ser o que os outros buscavam, mas como falência, os satisfaria plenamente — podia ser obsequiosa ou truculenta, triste ou séria ou absolutamente calada. Se eu fosse conjecturar, diria que Cross sabia que eu gostava dele, e que ao não tentar falar com ele, às vezes cruzando o olhar com ele e esperando um pouco para desviá-lo, eu estava agindo exatamente da maneira como acharia que uma garota que gostava dele mas que não era retribuída deveria agir. E eu podia ser limpada na primavera, mas seria capaz de sair com todos do meu lado — Aubrey, Martha, sra. Prosek e até mesmo o reitor Fletcher, todos eles pesarosos e solidários.

A reunião para a escolha de dormitórios, reunião que eu tinha achado que ocorrera quando a minha turma tinha indicado os monitores seniores, aconteceu no dia seguinte. No intervalo das aulas da manhã, todos os alunos do 3º ano se reuniram nas primeiras filas do auditório, e o reitor Fletcher sentou-se na ponta do palco balançando as pernas. Fez o mesmo discurso dos últimos anos — era impossível acomodar todo mundo etc. etc., e acrescentou que, como alunos do último ano, seríamos nós os responsáveis pelo espírito dos dormitórios. Quando a reunião se encerrou,

Martha foi checar sua correspondência e eu comecei a preencher nossos formulários; tínhamos decidido permanecer no dormitório da Elwyn. Ao pressionar o papel na minha coxa, escrevendo o nome Martha e depois o meu, ocorreu-me que talvez esse fosse um ato fútil — se eu não retornasse à Ault, certamente não havia por que preencher o pedido de quarto. Mas como eu podia não retornar? Sobre o que eu iria pensar se não fosse uma aluna da Ault? Na Marvin Thompson High School, o piso da cafeteria era de linóleo amarelo-mostarda e com pintas pretas e cinza; os times de esportes eram chamados de Vikings e Lady Vikings; atualmente havia um debate sobre se devia ser permitido garotas grávidas freqüentarem as aulas quando seu estado se tornava evidente.

— Sempre achei que os quartos no Elwyn cheiravam a mijo de gato, mas acho que isso não incomoda você e Martha.

Quando ergui o olhar, Aspeth Montgomery estava sentada do meu lado, na verdade sentada tão perto que senti um constrangimento físico que geralmente sentia só com garotos — meus poros pareciam abertos demais, me perguntei, a pele ao redor da minha boca estava descamando porque eu tinha me esquecido do bastão de manteiga de cacau no dormitório e estava lambendo os lábios demais? Quando meu olhar encontrou o de Aspeth, de nervoso, lambi-os de novo.

— Nunca notei isso — repliquei.

— Bem, você viveu com aquele peixe no seu quarto no Broussard, também, antes de Little ser expulsa. Deve estar acostumada a cheiros repulsivos.

Não falei nada.

Depois de um tempo, ela disse:

— Soube que acha que eu não seria uma boa monitora.

Cheguei a pensar que Dede talvez repetisse meus comentários para Aspeth, mas isso tinha me parecido muito previsível — infantil e vingativo exatamente da maneira como eu achava que Dede agia — e portanto decidi que ela não repetiria. As pessoas raramente fazem o que se espera que façam.

— Não está negando — disse Aspeth. — Deus, Lee, você não se envergonha. — Inclinou-se para trás, o braço esquerdo pendendo sobre o banco, e não pareceu com raiva, mas sim divertida. Como não tinha nada a fazer no intervalo da manhã, foi me atazanar.

— Dede provavelmente contou a coisa fora do contexto — disse eu.

— Acha?

— O que você quer, Aspeth? — perguntei. — Por que se importa com o que eu disse a Dede?

Aspeth pareceu reconsiderar. Retirou o braço do banco, aprumou o corpo, e cruzou as pernas.

— Martha acha realmente que vai ser eleita? — perguntou ela, e a qualidade indolente e provocadora tinha desaparecido da sua voz.

— O que está fazendo? Campanha? — falei.

Seu rosto assumiu momentaneamente uma expressão estranha — uma recomposição de suas feições para formar a mesma expressão que tinham formado antes — e percebi que campanha era exatamente o que ela estava fazendo.

— Martha não vai vencer — disse ela. — O que vai acontecer é o seguinte. Cerca de metade da turma vai votar em Gillian, talvez um pouco menos. E um pouco mais da metade vai votar em mim, exceto, digamos, um décimo da turma, que vai votar em Martha. Entende o que quero dizer? Ela vai ter meus votos. O que significa que Gillian vai vencer.

Não consegui deixar de sorrir.

— Acaba de dizer que são votos de Martha, e não seus. São de Martha.

— Não entendeu. Quer que Gillian seja a monitora?

Dei de ombros.

— É claro que não. Gillian é detestável. Mas os idiotas da nossa turma vão votar nela porque foi monitora no 2° e no 3° ano, e são todos vaquinhas de presépio do *status quo*.

— Por que não gosta de Gillian? — perguntei. Gillian e Aspeth participavam mais ou menos do mesmo grupo de amigos, e nunca tinha ouvido falar de algum atrito entre elas.

— E quem gosta? — replicou Aspeth. — Gillian é um saco. — Durante a nossa conversa, Aspeth não baixou a voz nem por um momento, apesar de dezenas de nossos colegas estarem ainda por ali, na frente do auditório. Senti uma certa admiração pela intrepidez de seu despeito. — A única pessoa mais chata do que Gillian é Luke — prosseguiu Aspeth. — Ela provavelmente cai no sono quando estão transando.

Tive um desejo breve de que Aspeth perguntasse o que eu achava de Gillian. para que pudesse expressar meu assentimento. Mas ela não perguntou.

— Martha precisa desistir da eleição — disse Aspeth. — Não tem nada a perder. Se tivesse uma chance de vencer, então seria diferente, mas acho que estamos de acordo que não tem.

Mais uma vez, não consegui deixar de me impressionar com a pureza do ar superior de Aspeth, sua completa falta de interesse em engambelar ou subornar. Martha devia abandonar a competição simplesmente porque Aspeth era Aspeth; e pela mesma razão, Aspeth deveria ser eleita.

— Talvez você devesse falar com Martha pessoalmente — disse eu.

— Por quê? Acabo de falar com você. — Aspeth descruzou as pernas. Tinha as pernas mais longas da nossa turma, pernas fantásticas, e estava usando uma saia cáqui que acabava 15 centímetros acima de seus joelhos — e se levantou. Evidentemente, seu assunto comigo tinha acabado. Estava para ir embora, mas chegou para mais perto de mim e se inclinou. Seu cabelo louro mel caiu diante do meu rosto, e quando ela pressionou um dedo na folha de papel no meu colo, senti a ponta do seu dedo na minha coxa. — Vou pensar melhor no mijo do gato — disse ela. Virou-se para me olhar, e nossos rostos ficaram tão perto que não sei como não pensei em beijá-la. Bateu os dedos algumas vezes, sorriu sugestivamente, e disse: — Só um conselho amigo. — Depois que se foi, o cheiro do seu xampu ficou no ar. Eu sabia que xampu ela usava porque Dede usava o mesmo, embora seu perfume não se fixasse no cabelo de Dede como no de Aspeth. Quando eu estava na Ault, esse xampu era o cheiro da popularidade; depois que me graduei, tornou-se o cheiro da própria Ault. Certa tarde, depois do trabalho, quando eu tinha 20 e poucos anos, estava em uma loja de conveniência e estendi um frasco na direção de uma amiga e disse:

— Acho que este é o xampu mais cheiroso do mundo.

Ele me lançou um olhar intrigado e replicou:

— Então compre um.

Na época, pensava ter superado meu ego Ault, no entanto, a sugestão foi reveladora; ao pagar pelo frasco no caixa, experimentei a mesma sensação fraudulenta que se experimenta na primeira vez em que se compra uma bebida alcoólica ao se completar 18 anos.

*

Depois do almoço, quando eu e Martha saíamos do refeitório, vi a sra. Prosek trinta metros à nossa frente, andando sozinha. Segurei o cotovelo de Martha e parei de andar.

— Espere — pedi. — Vamos deixar que ela se afaste mais.

Nesse exato momento, a sra. Prosek olhou por cima do ombro. Ao nos ver, fez sinal para eu me aproximar.

— Ela me ouviu? — perguntei.

— Seria impossível.

— Seria muito estranho.

— Vá até ela, está esperando você. — Martha me empurrou um pouco. — Vai ficar bem. — Depois que dei alguns passos, ela acrescentou: — Respire fundo.

— Estava mesmo querendo vê-la — disse a sra. Prosek quando fiquei do seu lado. — Como vão as coisas?

— Vão bem. — Enquanto andávamos, olhei-a de soslaio.

— Sei da sua conversa, ontem, com o reitor Fletcher — disse ela —, se é isso que quer saber. Estou curiosa para saber como está se sentindo.

Não respondi — francamente não sabia o que dizer —, mas quando o meu embaraço com o silêncio venceu minha confusão sobre o que responder, falei:

— Bem.

Foi então a vez da sra. Prosek ficar calada.

O problema era que a sra. Prosek não era apenas a professora do curso em que eu estava levando bomba, cuja nota baixa podia resultar na minha expulsão — também era a minha orientadora e, até recentemente, mesmo durante os primeiros meses de notas baixas em matemática, a nossa relação sempre fora amigável. Eu a conhecera no primeiro ano, porque ela era a técnica dos times de basquete. Não se mostrava pessoalmente ofendida quando perdíamos um jogo, como alguns dos outros técnicos, mas de alguma maneira a fizemos prometer que se algum dia chegássemos a vencer, ela daria três cambalhotas ali mesmo na quadra — tinha sido ginasta na universidade — e ela deu; foi no dia em que jogamos contra Overfield. Depois que se levantou e ficou ali um tanto instável, com o cabelo para um lado e o outro time nos olhando boquiaberto, a sra. Prosek disse: "Realmente devia ter vestido outro sutiã." Nos dias em que jogávamos fora da escola, em vez de irmos de ônibus, íamos de van dirigida pela sra. Prosek, e na volta ela nos levava ao McDonald's.

Havia duas coisas que eu admirava profundamente nela, e uma reforçava a outra. A primeira era que ela parecia liberal — era, embora na época eu não compreendesse perfeitamente o significado da palavra, uma feminista — e não era nem beligerante nem apologética ao expressar seus pontos de vista. Uma vez, dirigiu uma van com alunas para o comício em favor do aborto em Boston (não fui porque estava no primeiro ano e achei que talvez não fosse para ir) e ela não usava maquiagem e, aos domingos, usava uma faixa azul que prendia seu cabelo crespo para trás. A segunda coisa sobre a sra. Prosek que me impressionava era que tinha um marido extremamente bonito. Seu nome era Tom Williamson, trabalhava em Washington como redator de discursos para um senador democrata, e não aparecia muito, exceto nos fins de semana, mas às vezes surgia para um jantar formal de terno e gravata, ou eram vistos correndo juntos, e as garotas se cutucavam: *Lá vai o marido gracinha da sra. Prosek.* Ela própria era atraente, mas não bela, nem mesmo, provavelmente, o que a maioria das pessoas chamaria de bonita, e eu ficava admirada com isso — ela não ser bela e ele amá-la, ela ser inteligente e ter opiniões próprias e ele amá-la, darem a impressão, pela maneira como conversavam ou se tocavam casualmente, não particularmente de maneira romântica (o braço dele no espaldar da cadeira dela com os dedos roçando seu ombro, a cabeça inclinada na sua direção, quando ela falava alguma coisa enquanto desciam os degraus cheios de gente, ao saírem do refeitório depois do jantar), de que ele a amava muito e ela retribuía seu amor.

— Não vou mentir — disse a sra. Prosek. — Estou preocupada com você. Você e Aubrey elaboraram um plano de estudo?

— Mais ou menos. Mas acho... não entendo como, se o exame já é daqui a uma semana, por que Fletcher esperou até ontem para me ameaçar com a limpeza?

Queria que ela refutasse que Fletcher tivesse feito tal ameaça. Mas ela disse:

— Está me dizendo que você teria agido de maneira diferente se tivesse sabido quais seriam as conseqüências?

— Não — respondi, e percebi como tinha soado defensiva.

— Lee. — A sra. Prosek colocou a mão em meu ombro. Eu me enrijeci, e ela retirou a mão. Tínhamos chegado à entrada do edifício da escola e nos detivemos, como se tivéssemos feito um acordo de não levarmos essa conversa para dentro do prédio.

Olhei para ela com o que esperei serem olhos abertos e receptivos; o enrijecimento tinha sido involuntário.

— Apenas se concentre na matemática. Quero que se familiarize com as funções exponenciais e logarítmicas. Certo? Atravessaremos as outras pontes quando chegarmos a elas.

Fácil para você dizer, pensei, e foi desagradável sentir animosidade em relação à sra. Prosek. Começando no outono e continuando até março, tinha freqüentado sua casa nas tardes de domingo, depois que o marido dela partia para passar a semana em Washington. (Se bem que uma vez ele ainda estava lá e atendeu a porta e disse, embora não nos conhecêssemos: "Olá, Lee", e eu me senti excitada demais para fugir.) A sra. Prosek e eu revíamos o material, e ela preparava sopa ou chilli vegetariano, e me oferecia um pouco. Quando falávamos de matemática, eu tentava, por respeito, me concentrar, mas quase sempre me distraía, como acontecia com Aubrey. No entanto, ficava completamente atenta quando o assunto derivava para um comentário recente na capela ou um artigo no *The Ault Voice,* ou especulação sobre outros alunos e professores. A sra. Prosek nunca expressava sua opinião pessoal, freqüentemente sacudia a cabeça quando eu criticava alguém, mas geralmente estava sorrindo ao fazer isso, e eu percebia que ela me achava interessante. Talvez, afinal, não fosse o seu marido bonito, sua atividade política nem capacidade esportiva que me fizessem gostar dela — talvez fosse apenas porque ela me achava interessante e que, na sua presença, ainda mais do que na de Martha, eu *me sentia* interessante. E então, em uma tarde, logo depois das férias da primavera, ela pareceu desanimada, ficava voltando à matemática quando seguíamos em outra direção. Quando cheguei, ela disse que estava com dor de cabeça, e eu achei que era por isso, mas depois de talvez meia hora — eu estava explicando por que achava que o sr. Corning estava apaixonado pela diretora do meu antigo dormitório, Madame Broussard —, a sra. Prosek disse:

— Lee, quero lhe dizer uma coisa. Tenho de mandar uma carta a seus pais. Consegui não mandá-la no semestre passado, já que você recebeu o C na metade do período, e a situação estava melhorando. Mas agora, estou realmente preocupada.

Quis tranqüilizá-la dizendo que meus pais não eram daqueles que ficavam malucos com uma carta assim, mas não tive certeza de que essa era a questão. Mas ainda assim, naquela hora, não fiquei realmente em pânico por causa da minha nota. O que senti foi vergonha por ter fofocado tão tranqüilamente, por ter ficado tão à vontade à sua mesa de jantar. Pensara que ela estava encantada comigo, quando na verdade eu era uma má aluna consumindo o seu tempo livre, fazendo comentários inadequados sobre seus colegas.

— Sua nota no semestre passado foi D — disse a sra. Prosek. — Isso não lhe deixa muita alternativa. Se for reprovada no semestre, será reprovada no ano. E está sendo reprovada agora. Sua nota foi 49.

Eu sabia que estava indo mal, mas um 49 era pior do que eu imaginava.

— Vou fazer um trato com você — disse ela. — Vou oferecer a mesma opção a todos os alunos, mas... — ela não terminou porque não precisava: *é por você que estou fazendo isso.* O trato era fazer um trabalho para um crédito extra, e foi por isso que preparei a apresentação das mulheres matemáticas. E a sra. Prosek riu quando viu que eu a incluíra, mas as coisas não eram mais as mesmas entre nós. Em seu apartamento, na tarde em que me contou que eu tinha tirado 49, ela não tinha, como geralmente fazia quando eu ia embora, confirmado que nos encontraríamos no domingo seguinte. Eu podia ter perguntado na aula, nessa semana, mas não perguntei — não queria sobrecarregá-la —, e como não perguntei, não fui no domingo seguinte. Na aula de segunda-feira, cruzamos o olhar quando eu me sentava, e ela apertou os lábios como se fosse falar alguma coisa, mas não falou; de qualquer maneira, havia outros alunos em volta. Continuei a vê-la quase diariamente, é claro, mas fora da aula, só de passagem ou em grupo — quando esquentou em abril, ela ofereceu um almoço ao ar livre para todos os seus orientandos.

Diante do edifício da escola, eu disse:

— Mas, quer dizer, não sou um mau elemento, sou?

— É claro que não.

— Sei que não sou boa em esportes, ou que não sou, digamos, um *trunfo* para a Ault. Mas não desrespeito as regras. Parece que, talvez, eu devesse merecer o benefício da dúvida. Não entendo por que esse exame tem de ser o que vai definir se fico ou não.

Ela deu um suspiro.

— Não sei de onde tirou a idéia de não ser um trunfo para a escola. Você tem tantos defensores quanto qualquer outro. Além disso, espero que entenda que ninguém está tentando ser punitivo. Mas, Lee, você está um ano atrás da maioria de seus colegas em matemática. A escola tem requisitos, e para obter o diploma daqui a um ano você tem de satisfazê-los. Que garantia temos de que a situação não se repetirá em cálculos? De certa maneira, não acho justo insistir em mantê-la em uma situação com que tem muita dificuldade de lidar.

— Não vai acontecer com cálculos — falei.

— Não?

— Se eu tivesse de fazer de novo, seria diferente — repliquei. — Sei que seria.

Ela ficou de novo em silêncio, depois falou:

— Também acho que sim. Acho que deixamos a situação escapar do nosso controle. Mas tem de ver que nossas preocupações são acadêmicas, não pessoais. — Ela estreitava os olhos por causa do sol, ficando difícil discernir sua expressão quando disse: — Na verdade não acho que eles vão limpá-la.

A primeira coisa que me ocorreu foi: *eles?* Talvez, quando ocorresse, ela não pudesse me salvar, mas não era uma mentira agir como se não pudesse ter evitado que a situação chegasse a esse ponto? Certamente, se ela quisesse, poderia me dar um D; poderia se esquivar e nunca discutir isso, nem mesmo comigo.

A segunda coisa em que pensei foi que tinha de contar a Martha — ao contrário do que ela tinha dito, evidentemente professores também usavam a expressão.

As aulas se encerraram nessa sexta-feira, e durante a semana anterior não fizemos muita coisa; em latim, a sra. Pfaff levou pratos de Rice Krispie feito por sua filha de 10 anos, e em espanhol, assistimos a novelas na TV mexicana. Nos dormitórios, alguns já tinham começado a fazer as malas, o que eu odiava fazer — via as paredes nuas e superfícies vazias como lembretes indelicados de como tudo era transitório, de como era ilusória a idéia de que qualquer daquelas coisas nos pertencia.

Depois do término das aulas, vi Aubrey todas as noites, até mesmo no sábado, e me peguei praticamente ansiando por nossos encontros. Sem aulas, os dias pareciam se estender além do necessário, como elásticos velhos; era bom ter algumas horas estruturadas. Além disso, o tempo estava bonito, o que sempre me deixava louca. Soube de alunos que nadavam no rio, corriam juntos, pedalavam para a cidade para tomar sorvete. Participar de tais atividades teria sido como exibir alguma coisa com ostentação; mesmo que não estivesse estudando de verdade, causaria melhor impressão mais tarde, depois de ser reprovada no exame, se ficasse no dormitório.

Na noite de quarta-feira, véspera do meu exame de matemática, na varanda do lado de fora do refeitório, votamos nos monitores do 4º ano. Nenhum membro do corpo docente estava presente, somente Gillian e Darden, que distribuíram, eles mesmos, os pedaços de papel. Depois, foram eles que contaram os votos.

— Posso imaginar Gillian enchendo a urna de votos falsos — eu disse a Martha, ao voltarmos ao dormitório.

— Ela seria expulsa — replicou Martha. — O risco não vale a pena.

— Em quem você votou? — perguntei.

— Aspeth, é claro. Ela é uma líder natural.

— Ha, ha — repliquei. — O que quero realmente saber é em quem votou dos garotos.

— Oh. Darden. Votou no seu amor, Cross?

— Martha — sussurrei. Jenny Carter e Sally Bishop estavam andando atrás de nós.

— Desculpe, quis dizer Purple Monkey. Venha, vou me desculpar com você. Suba. — Ela tinha avançado para a minha frente e se agachado de costas para mim. — Suba a bordo — disse ela por cima do ombro.

— Subir nas suas costas? — falei sem entender.

— Vou levá-la para um passeio no marthassauro.

— Bebeu ou coisa parecida?

— Não, a menos que alguém tenha colocado álcool na máquina de suco no jantar. Vamos.

Virei-me para olhar Jenny e Sally, depois esperei elas passarem.

— Oi — falei, e as duas sorriram. — Acho que sou pesada demais — disse eu a Martha.

— Ainda não viu isto? — Martha flexionou um braço: estava usando uma camiseta de algodão vermelha sem mangas com o decote festonado e seu bíceps se projetou. Ela era três centímetros mais baixa e mais magra do que eu, mas com certeza mais forte.

— Está bem — concordei. — Prepare-se. — Dei um passo à frente e passei os braços em volta dos seus ombros. Quando ela se levantou, firmou minhas pernas, que se encaixaram nos seus braços. Ela cambaleou um pouco, e dei um gritinho involuntário, mas depois ela se firmou.

— Aonde quer ir? — perguntou. — Você diz.

— Boston?

Martha fez o som de um ronco.

— Certo, entendi. Que tal Bombaim? — tentei dizer isso com o sotaque indiano.

— Muito melhor.

— E que tal a Mãe Rússia? — tentei, com o mesmo grau de sucesso, usar o sotaque russo, e Martha riu. — À minha *datcha*! — gritei e bati os joelhos nos flancos de Martha. — *Vamonos!*

Ela tentou galopar, mas estava rindo demais. Parou, curvou-se, comigo ainda nas suas costas, e ficou assim, com os ombros se sacudindo. Sentir a sua risada me fez rir também.

— A Paris *fin de siécle* — gritei, e Martha respondeu, arfando:

— Acho que você cuspiu no meu cabelo.

Foi sem dúvida meu ato público mais estranho na Ault; as luzes ainda estavam acesas, e as pessoas estavam nos degraus do lado de fora da biblioteca, jogando futebol no círculo. Para a minha surpresa, ninguém pareceu prestar atenção em nós duas. Martha endireitou o corpo, e eu disse:

— Estou estrangulando você?

— Está, mas tudo bem.

No pátio, em frente à entrada do Elwyn, deslizei de seus ombros.

— Obrigada pela carona — disse eu. — A propósito, está tão estranha.

— Eu sei. A culpa é dos meus pais.

— Estou falando sério — disse eu. — Está muito louca.

— Lee, todo mundo está louco. Juro.

— Não acredito — respondi.

— Mas tenho razão — replicou ela.

Quem sabia o que ia acontecer, quando subimos os degraus da entrada do Elwyn, com a votação ou o exame de matemática? As conseqüências prováveis não estavam a nosso favor; pairávamos naquele espaço rarefeito antes da resolução, quando as cartas ainda podiam, mas provavelmente não estariam a nosso favor. Geralmente eu queria apenas saber o final. Nesse momento, entretanto, o suspense não me incomodou tanto. Era uma noite quente de primavera; pelo menos por mais algum tempo, era quase bom saber como tudo isso terminaria.

Depois da capela, quando todo mundo se encaminhava ao edifício da escola para a chamada, Aubrey surgiu do lado de Martha e disse:

— Tenho uma coisa para você. — Olhou para Martha, e ela disse:

— Vou deixar vocês dois a sós. A gente se vê na capela, Lee.

Aubrey me passou um envelope em papel manilha com o meu nome em letras de imprensa maiúsculas.

— É a resposta do exame? — perguntei.

Ele pareceu pasmo.

— Estava brincando — disse eu. Puxei o cartão, escrito à mão, que dizia na frente, com a letra alongada e fina, dos meninos: BOA SORTE! dentro, dizia: *Espero que faça uma boa prova, Lee! De Aubrey.* Ele não tinha, como teria feito uma garota, decorado a página com estrelas, flores ou balões.

— Não me tomou muito tempo. — Estava ruborizado. — Tem alguma pergunta a fazer?

— Acho que não. Mas obrigada... gostei do cartão, Aubrey. — Eu realmente gostei, e me senti um pouco perplexa. Era o tipo de coisa que eu faria para alguém com quem tivesse passado a noite e não fazendo o meu dever de matemática. Mas ninguém nunca tinha escrito um cartão assim para mim.

— Quando estiver isolando uma variável, lembre-se de dar um passo de cada vez. Só vai conseguir ficar confusa, se tentar resolver as duas variáveis simultaneamente.

Estávamos no gabinete reservado ao estudo. Como era um calouro, Aubrey tinha uma mesa para a chamada; meus colegas de turma e os do último ano ficavam atrás, ou se sentavam nas caixas de madeira que cobriam os radiadores ao longo da parede.

— Obriga por sua ajuda, Aubrey — disse eu.

Ele não se mexeu imediatamente.

— Acho que é isso, não? — falei.

Ele continuou sem se mexer e, como eu não sabia mais o que fazer, estendi minha mão. A chamada começava. Apertamos as mãos.

Ele permaneceu perto da porta escutando os comunicados — a Aliança da Minoria Estudantil estava tendo um jantar de fim de ano no centro de atividades na noite de domingo, e, além disso, a sra. Morino esperava que todos parabenizássemos Adele Sheppard pelo prêmio de cidadania que acabara de receber do Raymond Long-Term Care Center, onde era voluntária, semanalmente, desde o 2° ano. Quando o sr. Byden deu um passo à frente — ele ficava logo atrás dos monitores durante a chamada, e quando fazia um comunicado, geralmente era o último — senti uma acelerada repentina do meu coração. Ele ia anunciar quem tinha ganhado a eleição; tinha certeza disso. No ano anterior, ele tinha feito o comunicado no jantar formal, mas me dei conta de que a votação deveria ter sido realizada antes, pois não haveria mais jantares formais este ano.

Ele pigarreou.

— Como sabem, a votação para todos os anos foi realizada ontem. Tenho a satisfação de anunciar o resultado. — Enquanto ele comunicava as primeiras séries, procurei Martha com os olhos e a vi recostada na parede mais distante. Tentei atrair seu olhar, mas ela estava olhando para o sr. Byden. Busquei em volta os outros indicados e vi Darden, em pé, próximo. Sorria de uma maneira suave, tranqüila, e sua expressão era agradável, e eu soube que ele sabia que tinha ganhado; senti uma certa aflição por ele, ter de estar ali na frente de todo mundo agindo como alguém com espírito esportivo.

— Finalmente — disse o sr. Byden —, para a turma do 4° ano... — Antes de prosseguir, algumas pessoas à minha volta vaiaram. O sr. Byden sorriu secamente. — Para a futura turma do 4° ano — repetiu ele —, congratulem seus novos monitores, Cross Sugarman e Martha Porter.

A sala explodiu. Todos à minha volta pareciam gritar e bater as mãos celebrando — por que, me perguntei, era aceitável, quando a decisão tinha sido anunciada, demonstrar que se importava com ela, mas errado fazer isso de antemão? —, e eu aplaudia também, mas não me sentia exultante. A verdade era que nem mesmo me sentia feliz. Eu estava atordoada. Martha tinha vencido? *Martha?* Tinha sido fácil torcer por ela porque era minha companheira de quarto, porque mesmo que mais ninguém reconhecesse, Martha era fantástica — porque éramos uma paródia dos super-heróis, heróis com identidade secreta, nós duas. Exceto que, evidentemente, *nós* não éramos.

Olhei novamente para Darden, que continuava a bater palmas efusivamente, ainda sorrindo, embora um músculo em seu maxilar, um pouco abaixo de sua orelha, estivesse se contorcendo.

— Darden. — Ele não me ouviu, e repeti: — Darden.

Ele se virou.

— Lamento que não tenha vencido — disse eu. Era falso, já que tinha votado em Cross.

Ele sacudiu a cabeça.

— Nada tão grave. Ei, foi legal, a sua companheira de quarto, hein?

Tentei sorrir.

— É tudo muito louco. — Darden e eu ficamos ali por alguns segundos, os dois com falsos sorrisos, e então, ao mesmo tempo, nos viramos para os fundos da sala. Foi fácil localizar Cross por causa de sua altura, mas tanta gente estava cercando Martha que não consegui vê-la. Na plataforma, o sr. Byden tinha recomeçado a falar, mas acho que ninguém prestou atenção.

Se eu fosse uma boa amiga, uma boa pessoa, teria aberto caminho por nossos colegas de turma e abraçado Martha. E isso, o momento de congratulá-la, teria sido facilmente controlável. O meu medo era do que viria a seguir — sua descrença atordoada, a transparência de seus sentimentos vindo à tona. Além disso, como eu poderia lhe assegurar que merecia a vitória. Ou o pior de tudo — que ela talvez estivesse simplesmente *feliz*. Talvez ela quisesse apenas desfrutar o momento, adivinhar quem votou e não votou nela, antecipar como seria ser monitora. E esses não seriam impulsos irracionais — com quem seu ego presunçoso e exuberante poderia estar se não com sua companheira de quarto? —, mas achei que não teria capacidade para agüentá-los. Saí da sala; não olhei em volta, de modo que não sei se alguém me viu.

Embaixo, na ala de matemática, entrei em uma sala de aula vazia — não a da sra. Prosek, mas outra, em frente à dela — e não acendi as luzes. Comecei a virar as páginas do meu livro. Era tarde demais, mas me fez bem estar fazendo alguma coisa.

Eram oito e quarenta e cinco. Pegaríamos a prova na sala de aula da sra. Prosek às nove, poderíamos levá-la ao gabinete de estudos ou ao nosso quarto, e a devolveríamos por volta do meio-dia; em pouco mais de três horas, estaria terminado, o meu destino teria sido selado. Depois, eu faria alguma coisa para Martha — um cartão ou compraria flores na cidade. E a essa altura, ela estaria mais calma. Ela estava para fazer uma prova de história, que certamente diluiria esse momento, e talvez, depois disso, conversaria sobre sua eleição com outra pessoa, a pessoa com que estivesse retornando ao dormitório. Quando nos reencontrássemos, ela poderia me passar sua reação como um pacote pronto: um único quadrado de lasanha em um Tupperware em contraste com uma cozinha repulsiva com molho de tomate espalhado nas bancadas. E eu não teria precisado estar lá enquanto ela arrumasse tudo.

Quando Martha tinha sido escolhida pelo sr. Byden para o comitê disciplinar, fiquei feliz por ela — não era grande coisa, no sentido de que era uma distinção piegas, se bem que ainda assim uma distinção, e a congratulei sinceramente. E outras coisas — o verão antes de iniciarmos o 3° ano, quando ela começou a sair com um amigo do seu irmão, Colby, a coreografia da atração dos dois tinha me fascinado; durante umas duas semanas, tinha falado com Martha à noite, ao telefone, interpretando o comportamento de Colby, aconselhando-a, como se eu soubesse alguma coisa sobre a mente dos garotos. Por vários dias, depois que ela me contou que tinham se beijado, senti impulsos intermitentes de alegria, e sempre precisava de um minuto para me lembrar de que não era comigo, mas com Martha que algo bom tinha acontecido. E sempre ficava feliz por ela quando tirava boas notas — ela estudava muito e as merecia.

Mas ser monitora — parecia um pouco arbitrário. Antes de Cross tê-la indicado, nunca tínhamos falado nisso, era uma coisa que, pelo que eu sabia, ela nunca tinha nem mesmo considerado. E então tinha simplesmente acontecido, sem ela ter se esforçado. E finalmente — e se eu tivesse sido indicada para monitora sênior? E se eu tivesse ido à reunião, naquele dia, ao invés de ao escritório do reitor, e minha presença tivesse feito alguém, até mesmo, quem sabe, Cross, pensar: *Por que não Lee?* E se tivesse sido eu o fator imprevisível e não Martha? Talvez as pessoas também gostassem de mim secretamente, ou me respeitassem, ou me vissem como uma alternativa para Gillian ou Aspeth. Não era impossível. Porque, na verdade, essa reviravolta nos acontecimentos não tinha pretendido mais a derrota das duas do que a vitória de Martha? Se eu tivesse sido eleita, seria a contraparte de Cross, nos falaríamos diariamente, nos sentaríamos lado a lado na mesa em frente da escola toda. Com a prova de que as pessoas acreditavam em mim, eu seria diferente, confiante; seria finalmente capaz de relaxar. E certamente não seria limpada — como a Ault poderia limpar uma monitora sênior?

Mas eram pensamentos desprezíveis; só tê-los na minha cabeça já era constrangedor. Agora, sabia que era generosa somente quando não queria o que a outra pessoa procurava ou não acreditava que a pessoa realmente conseguiria obtê-lo. Era o oposto do que eu aspirava — na hora da verdade, eu queria ser leal e franca, confiável, humilde. Ao invés disso, era ambiciosa e invejosa.

A chamada tinha acabado. Ouvi as pessoas nos corredores da ala de matemática. Tive a impressão de que ser limpada podia, de uma maneira terrível, ser mais fácil do que ver Martha se tornar monitora.

Eram onze e meia quando Martha voltou para o quarto, e eu estava deitada no *futon*, de bruços, comendo pedaços rançosos de *tortilla* frita. Minha cabeça pendia para fora do *futon*, de modo que as migalhas caíssem no chão, e a posição fazia o sangue correr para o meu rosto. Além disso, como tinha desistido de fazer a prova depois de tentar por cerca de quinze minutos e passado mais de uma hora soluçando aos prantos, me sentia desidratada e ligeiramente rouca.

— Oi — disse eu. — Parabéns pela monitoria. — Não foi como eu tinha planejado. Tinha planejado compensar gritando *Procurei você por toda parte!* Mas estava feito, tinha dito o que tinha dito.

Martha olhou para a minha mesa, onde a prova estava aberta na segunda página, depois olhou de volta para mim.

— O que você está fazendo?

A pergunta pareceu óbvia.

— Fazendo um lanche — respondi finalmente e lhe estendi o saco. — Quer um pouco?

Ela pegou a prova e a folheou. Eu tinha assinado meu nome debaixo do juramento da Ault, na primeira página, que era o mesmo que aparecia em cada prova: *Com a minha assinatura, declaro por meio desta que não prestei nem recebi qualquer ajuda neste teste...* Na página seguinte, eu tinha completado o primeiro problema, com que a sra. Prosek iniciara a prova claramente para relaxarmos. Tinha escrito alguns números sob o problema seguinte, e depois, apesar de não ter nada a ver com o que o problema estava pedindo, eu tinha escrito a equação quadrática, só para o caso de vir a precisar dela mais adiante. Depois disso, da segunda à sétima página, não tinha escrito nada. Ao se aproximar do fim, a expressão de Martha oscilou entre confusão e desânimo.

— Certo — Ela consultou seu relógio de pulso, depois colocou a prova de volta na mesa. — Não vai devolvê-la assim.

— Não vou?

— Meu Deus, Lee, o que está acontecendo com você? Não percebe o que está em jogo aqui? Antes de mais nada, sente-se.

Obedientemente me sentei.

— Limpe a boca — disse ela. Quando limpei, migalhas se soltaram na minha mão.

Ela pegou de novo a prova.

— Venha cá — disse ela, e quando fiquei de pé na frente dela, apontou para a cadeira. Quando me sentei, ela pôs a prova na minha frente, aberta na segunda página.

— Sabe um pouco disso, certo? Aqui onde pede para escrever a equação... sabe como fazer, não sabe?

Hesitei.

— É como, está vendo esta diretriz *y* é igual a dois... Lee?

Olhei para ela.

— O que está acontecendo? — perguntou ela.

— Não posso fazer os problemas. — Minha voz soou quase sem alteração, não trêmula, com certeza não chorosa.

— Mas fez o primeiro.

— Olhe bem, Martha. É álgebra.

— Então, vai desistir? Vai entregar estas páginas todas em branco?

— Não há razão para fazer mais.

— E o crédito parcial?

— Acho que não entendeu — disse eu. — Não sei como fazer estes problemas. Poderia escrever alguma coisa, mas seria sem sentido.

— Não acredito.

Pelo seu tom, não tive certeza de se não acreditava literalmente ou se apenas queria dizer que estava irritada.

— Chega pra lá — disse ela, e nunca a tinha visto tão irritada.

Mexi-me até ficar sentada só na metade da cadeira, e ela se sentou na outra. Pegou uma folha solta de papel que estava em cima do meu dicionário, viu que estava escrito de um lado e o virou. (O que estava escrito era uma lista de palavras do vocabulário em espanhol, uma folha de estudo que eu estava planejando usar, mas nem me atrevi a protestar.)

— Me dá sua máquina de calcular — disse ela.

Começou pelo segundo problema, anotando a equação a lápis na folha solta. Achei que ela não podia estar fazendo o que parecia estar fazendo. Mas estava. Logo se tornou claro — ela com certeza estava.

— Não sei se é uma boa... — comecei.

— Não fale comigo — interrompeu ela. — Temos menos de meia hora.

Quando passou para o terceiro problema, ela disse:

— Comece a copiar e me arranje mais papel.

Abri a gaveta da mesa — e tivemos de nos inclinar para trás — e tirei um caderno de espiral. Depois que o passei para ela, disse:

— Mas não vai parecer suspeito se muitos estiverem certos?

— Vai tirar um C ou C menos. Não vou conseguir terminar tudo mesmo e, de qualquer maneira, estou colocando alguns erros.

Depois disso, não falamos mais. Só houve o som dos nossos lápis, e uma vez, depois que cometeu algum erro, o som dela dizendo "Droga!" antes de começar a apagar. Era ela que ficava consultando o relógio e eram menos de cinco para o meio-dia quando Martha disse:

— Precisa entregar. — Tinha chegado à sexta página.

Levantei-me, segurando a prova, e ao chegar à porta, não consegui deixar de olhar para trás.

— Martha...

— Vá — replicou ela, e estava olhando para a parede em frente à mesa. — Entregue.

Quando retornei ao dormitório, Martha tinha ido almoçar, e ficou fora do quarto pelo resto da tarde, até depois do jantar. Quando finalmente voltou, levantei-me ao vê-la entrar.

— Martha, obrigada, muito obrigada.

Ela levantou a mão e sacudiu a cabeça.

— Não consigo, Lee. Desculpe, mas simplesmente não consigo.

Fiquei em silêncio.

— Está bem — disse eu —, é realmente fantástico você ser monitora sênior. Estou extremamente orgulhosa de ter uma companheira de quarto tão competente. — A parte mais estranha foi que, a essa altura do dia, era verdade. A manhã, quando fugi depois da chamada, parecia ter sido meses atrás; à tarde, a idéia de Martha como monitora já se tornara comum.

— Obrigada. — Martha parecia extremamente cansada. Durante as últimas horas, em sua ausência, imaginei-a celebrando sua vitória, possivelmente com Cross: dando saltos mortais ou sendo coberta de confete. Essas possibilidades agora pareciam altamente improváveis.

— Não parece tão exultante — falei.

— Foi de certa maneira um dia longo.

Olhamos uma para a outra. Foi muito difícil não agradecer de novo, ou pedir desculpas.

— Acho que vai ser realmente uma boa monitora — comentei. — Vai ser justa.

Então, o rosto de Martha se franziu e ela começou a chorar. Levou uma mão às sobrancelhas como se protegesse o rosto do sol, só que sua cabeça estava voltada para o chão.

— Martha?

Ela sacudiu a cabeça.

Atravessei o quarto e pus a mão em suas costas. O que podia dizer, o que mais podia fazer? Tínhamos simplesmente de esperar, deixar passar mais tempo do momento em que ela escrevera as respostas da minha prova. Porque, percebi, para ela esse não era o dia em que havia sido eleita monitora, mas o dia em que tinha trapaceado. E não creio nem mesmo que tenha sido o fato de que podia perder muito: se fôssemos pegas, ela não seria monitora, é claro, mas seria expulsa. Nós duas seríamos expulsas. E como daria o que falar já que Martha também era membro do comitê disciplinar. Mas medo das conseqüências, eu tinha certeza absoluta, não era o motivo de seu choro.

Foi revelado que Martha tinha vencido a eleição por maioria esmagadora, como se diz. Tinha se aproximado dos garotos indicados, mas nem um pouco das garotas. Eu não sabia o que isso significava — Martha afinal era bacana? Essa coisa de bacana no fim das contas tinha menos importância do que eu imaginara? Depois de nos graduarmos, as letras do seu nome seriam gravadas no mármore no refeitório, depois pintadas de dourado.

Também não estou certa do que significa não ter sentido nenhuma culpa em relação à Ault como instituição, ou a ninguém especificamente — à sra. Prosek, certamente não ao reitor Fletcher —, exceto a Martha. No dia seguinte, na saída da capela, alguém bateu no meu ombro. Ao me virar, a sra. Prosek sussurrou, com um enorme sorriso no rosto: "Setenta e dois." Simplesmente balancei a cabeça sem fingir nem surpresa nem prazer. Nesse momento, senti que ela me perdoaria, que agora que tinha passado, as coisas entre nós poderiam retornar ao que eram antes. Mas que importância tinha, depois que a precariedade do nosso vínculo tinha sido revelada? Uma coisa era uma pessoa, que realmente não me conhecia, agir distante, outra completamente diferente era alguém que passara a me conhecer e depois se retirava. Além disso, não tinha certeza se continuava a respeitá-la. Tinha a impressão de que ela poderia ter me defendido com mais empenho, ou falado comigo mais francamente, mas tinha agido à maneira Ault, preocupada em se abster e com o decoro. E talvez eu não devesse ter ficado surpresa — afinal, durante aquelas tardes em seu apartamento, fui eu, e não a sra. Prosek, quem falava mais. No outono seguinte, requisitei um professor de física de 62 anos, o sr. Tithrow, para meu orientador.

Aubrey — pobre Aubrey, com sua paciência pedante e infinita — continuou a me dar aulas particulares de cálculo, e minha nota em matemática nunca mais foi inferior a C. Também nesse último ano, Aubrey não cresceu. Cresceu mais tarde — quando eu estava no segundo ano da faculdade e ele no último ano na Ault, recebi um exemplar da publicação trimestral para ex-alunos que incluía uma foto dele com outros membros da equipe de lacrosse, e ele parecia medir no mínimo 1,80m. Estava bonito, embora suas feições não tivessem conservado nenhum vestígio de sua antiga delicadeza; era como se um homem tivesse irrompido de dentro de seu ego de menino, já completo, com barba por fazer.

Sua beleza me pareceu irônica por causa de outra coisa, algo que aconteceu no dia em que me graduei na Ault. Depois da cerimônia de graduação, todo o corpo docente e, do lado, todos os formandos, se alinharam no círculo. Então, todas as outras séries se enfileiraram em frente, como dois times apertando as mãos depois de um jogo, mas com vinte vezes mais gente. Dessa maneira, cada formando despedia-se de um não formando, independentemente de se se conhecessem ou não; depois que os alunos do 3º ano passaram, foi a vez do corpo docente. O processo levou horas, e houve muitos abraços e choro. Quando Aubrey veio me cumprimentar, abracei-o — eu ainda era muito maior do que ele — e lhe agradeci efusivamente. O fato estranho de finalmente eu ter-me formado me deixou esfuziante. Ele balançou a cabeça solenemente e disse:

— Vou sentir falta dos nossos encontros, Lee. — E ao me passar um envelope selado, acrescentou: — Leia depois. — Como eu não estava curiosa com o que dizia e como estava distraída, só o li vários dias depois. Era um cartão — mais um cartão — com a toga desenhada e dentro, as palavras: *Parabéns, graduada!* Embaixo, Aubrey tinha escrito: *Gostaria de expressar que alimento fortes sentimentos de amor por você. Não espero nada em troca e não precisa responder, mas queria lhe dizer isso. Boa sorte na sua vida. Você é extremamente atraente.* Foi o cartão mais bonito que já recebi, e nunca respondi. Durante algum tempo, pensei em responder, mas só que não fazia idéia de que palavras uma garota por quem um garoto tinha uma paixão não retribuída usaria em uma carta a esse mesmo garoto. Mas guardei o cartão. Ainda o tenho.

Quanto a Martha — nunca entendi, quando eu era aluna da Ault, por que ela gostava de mim tanto quanto eu dela. Ainda hoje, não tenho certeza. Não podia retribuir nem metade do que ela me dava, e esse fato deveria ter destruído o equilíbrio entre nós, mas não destruiu, e não sei por que não. Mais tarde, depois da Ault, eu me reinventei — não da noite para o dia, mas gradativamente. A Ault me ensinou tudo que eu precisava saber sobre atrair e afastar pessoas, que medidas exatas deviam ser de confiança e autodesvalorização, humor, revelação, indagação, até mesmo, por fim, de entusiasmo. Além disso, a Ault foi a platéia mais severa que já enfrentei, a ponto de, às vezes, depois, eu me pegar persuadindo pessoas com uma facilidade decepcionante. Se Martha e eu tivéssemos nos conhecido quando eu tinha, digamos, 22 anos, não seria difícil acreditar que ela viesse a gostar de mim. Mas ela tinha gostado antes de eu me tornar digna de estima. Isso é o que me confunde.

No primeiro mês do 4° ano — tínhamos conseguido o melhor e maior quarto do dormitório da Elwyn, com três janelas de frente para o círculo —, Martha e eu quebramos dois espelhos de corpo inteiro no espaço de uma semana. Havia um aquecedor debaixo das janelas, e colocamos o primeiro espelho em cima dele, entre duas janelas, e uma brisa atravessou as persianas e o derrubou no chão. Então fomos à cidade, compramos outro espelho, e o colocamos no mesmo lugar, e conseguimos ficar surpresas quando também caiu e se estilhaçou. Martha pendurou o terceiro espelho atrás da porta, e o deixamos ali quando nos formamos.

Mas me lembro do dia em que o segundo espelho se quebrou. Tínhamos nos esbarrado no ginásio depois dos exercícios e voltado ao dormitório juntas, e quando abrimos a porta do quarto, o vimos imediatamente.

— Merda — disse eu.

— Como somos idiotas — disse ela.

Ela levantou o espelho e o escorou, mas não em cima do aquecedor. Tinha se partido em dezenas de lugares, e alguns pedaços tinham caído e permaneciam no tapete, estilhaços irregulares, na forma do Tennessee ou da Carolina do Norte. Eu estava em pé atrás dela, e olhamos o nosso reflexo nos pedaços restantes; seus olhos, nariz e boca me eram tão familiares quanto os meus próprios.

— Quatorze anos de azar — falei, e pareceu um espaço de tempo incomensurável, não apenas em extensão, embora parecesse longo, mas em termos de como nossas vidas mudariam. Em quatorze anos, nós duas teríamos 31 anos. Teríamos um emprego, e poderíamos estar casadas e com filhos, poderíamos estar morando em qualquer lugar. Seríamos, por definição, mulheres adultas.

Martha foi a amiga mais íntima que já tive; na época, eu estava, como sempre, absorta no momento presente (esperava pedir emprestado sua saia envelope amarela para o jantar formal), e era jovem demais para entender como fatos simples como a geografia e o tempo podem separar as pessoas. São razões que não me ocorreram ao me perguntar, enquanto olhava nossos reflexos no espelho estilhaçado, se alguma coisa, até mesmo o azar, seria o bastante para conservar nosso vínculo durante todos os anos futuros.

8. Beijar e beijar

4º ANO

Cross Sugarman voltou para mim na quinta semana do nosso último ano na Ault. Era sábado, e Martha estava com uma prima em Dartmouth, tentando descobrir se ia querer se candidatar a uma vaga lá. Eram quase três horas quando a porta do nosso quarto se abriu; tinha me deitado horas antes. Acho que Cross deve ter ficado ali por um minuto, seus olhos se acomodando ao escuro do quarto. Foi quando acordei. Ver uma figura alta na soleira fez meu coração se acelerar — é claro —, mas eu já sabia então que as coisas estranhas que acontecem em uma escola interna geralmente acontecem à noite. Além do mais, como nenhuma porta nos dormitórios tinha tranca, estava acostumada a pessoas invadirem o quarto.

Devo ter me mexido, pois Cross disse:

— Oi. — Ele disse isso num tom rouco, quase sussurro, em uma voz meio irreal, diferente da fala real, menos em volume do que na intenção.

— Oi — respondi. Ainda não tinha certeza de quem era.

Ele deu um passo à frente e a porta se fechou atrás dele. Sentei-me na cama de baixo do beliche, tentando ver seu rosto.

— Posso me deitar? — pediu ele. — Só por um minuto.

Foi quando percebi quem era, mas continuei desorientada por causa do sono.

— Está passando mal? — perguntei.

Ele riu. Ao mesmo tempo, tirou os sapatos e se acomodou na minha cama, debaixo das minhas cobertas, e me peguei me retraindo para a parede. Houve um instante em que pude sentir seu cheiro — cheirava a cerveja, desodorante e suor, o que quer dizer que, para mim, era um cheiro perfeito — e pensei, *Oh, meu Deus, é mesmo Cross.* Parecia a coisa mais improvável do mundo.

Estávamos da seguinte maneira: eu deitada de costas, olhando para a parte de baixo do colchão de Martha e ele, deitado de lado, olhando para mim. O álcool em seu hálito evocava pontos de ônibus, velhos com roupas sujas e olhos injetados, mas como eu tinha 17 anos, era virgem e passava nove meses ao ano em um campus de edifícios de tijolos e colinas arborizadas e campos de esportes adoravelmente ceifados, evocava, para mim, bailes de verão em *country clubs*, vidas com segredos maravilhosos.

— Gosto da sua cama — disse ele.

Como isso tinha acontecido? Por que ele estava ali? E se eu fizesse alguma coisa errada e ele fosse embora?

— Mas — acrescentou — um tanto quente. Espere. — Empurrou as cobertas, levantou o tronco, cruzou os braços, tirou a suéter e camiseta pela cabeça, e as jogou no chão. — Pronto. Muito melhor. — Quando se deitou e puxou de novo as cobertas, o alívio me dominou — tinha receado que ele estivesse indo embora, mas agora (estava sem camisa!) parecia que ia se acomodar. — Então — disse ele —, é isso que é Lee Fiora.

Desde o nosso primeiro ano, mal tínhamos nos falado e eu tinha imaginado milhões de conversas para nós. Agora eu sabia, estava descobrindo, que nenhuma delas tinha sido a certa.

— Sim — disse eu —, provavelmente não é tão excitante quanto ser você. — Imediatamente, me perguntei se o comentário teria parecido que eu estava fazendo charme ou estava insegura.

— Oh, tenho certeza de que ser você é *muito* mais excitante. — (Então: eu tinha feito charme.) — O tempo todo — prosseguiu Cross — perguntei a mim mesmo por que a minha vida não era nem metade tão maneira quanto a dessa garota Lee.

— Muita gente faz essa mesma pergunta — repliquei, e quando ele riu, foi a melhor coisa que já tinha me acontecido. Eu estava achando a situação estranhamente controlável, talvez por causa de sua estranheza: porque estávamos a sós, porque era meio da noite, porque eu nunca tinha previsto ou planejado isso.

— Ei, Lee — disse ele.

— O quê?

Talvez quatro segundos tivessem se passado quando entendi que não era para eu dizer nada. Era para eu ter virado a cabeça, e se tivesse feito isso, ele teria me beijado. A consciência disso pareceu impossível e definida ao mesmo tempo. Ao mesmo tempo fiquei feliz por não ter virado e receosa de ter perdido minha única chance.

Ele deu um suspiro, exalando o hálito de cerveja. (Gostei do seu hálito de cerveja — ainda gosto desse hálito em homens adultos, por causa de Cross.)

— Então Martha está em Dartmouth, hein?

— Como sabe?

— Vejamos. Talvez porque eu fale com ela mais ou menos dez mil vezes ao dia.

Era verdade, pois eram monitores. Ao longo do verão, eu tinha me perguntado se, quando todos retornassem à escola, a relação entre eles não afetaria meu contato com Cross, mas parecia que não. Dirigiam a chamada juntos, é claro, e muitas vezes, quando eu estava com Martha, à mesa no refeitório ou saindo da capela, Cross se aproximava, mas em geral falavam rapidamente, ou então falavam tanto que se afastavam. Nesses momentos, eu sentia um ciúme repulsivo, e nojo por mim mesma por sentir ciúmes da minha melhor amiga, que não sentia nenhum ciúme.

Na cama com Cross, era difícil deixar de pensar que talvez sua ligação com Martha *tivesse* afetado seu contato comigo — talvez tivesse feito se lembrar de mim, todas aquelas vezes em que tinha falado com ela e nem mesmo relanceado os olhos na minha direção.

— Sabe o que acho? — disse Cross. — Acho que Martha lhe conta todos os segredos da monitoria. Aposto que sabe tudo que acontece nas reuniões disciplinares.

— É claro que não — repliquei. — Seria uma violação das normas.

— Sim, ainda assim.

— Conta tudo a Devin?

— Devin não liga para isso. Mas você provavelmente se interessa.

— Por que eu me interessaria e Devin não?

— Você simplesmente se interessa — replicou Cross. — Tenho certeza. Acha que não a conheço?

— Não vejo como poderia, já que não fala comigo há, digamos, quatro anos.

— Três. De fato, menos de três anos, pois o feriado surpresa foi na primavera.

Acho que meu coração parou, só por alguns segundos. Ele se lembrava — nem mesmo tentou esconder que se lembrava — e sabia que eu também me lembrava.

Eu podia ter tentado me estender sobre ou ilustrar a confissão, mas ele disse:

— Por exemplo, tenho certeza de que Martha contou todos os detalhes sobre Zane.

Arthur Zane tinha sido pego algumas semanas antes, no primeiro mês de aula, não bebendo ou drogado, mas por ter entrado na casa do diretor no fim da tarde, enquanto todo mundo estava praticando esporte, e experimentado roupas da sra. Byden. A parte do arrombamento foi a contada na hora da chamada; tentaram ocultar a parte das roupas.

— Duvido que eu saiba mais sobre Arthur do que qualquer outra pessoa — disse eu. (Ele tinha usado até mesmo a meia de seda e o batom da sra. Byden. Embora tenha saído da escola, não tinha sido propriamente expulso — foi sua primeira transgressão e, além disso, Arthur era da terceira geração Ault —, mas sim incitado a procurar um lugar em que se sentisse mais à vontade. "O que significa isso?", tinha perguntado, e Martha tinha respondido: "Significa que o sr. Byden estava apavorado com o fato de Arthur ser o primeiro aluno da história da Ault a sair do armário." Martha e eu, na época, supúnhamos que se travestir era o mesmo que ser gay, e que Arthur era a única pessoa gay que conhecíamos — a essa altura, ainda não reconhecia Sin-Jun como *realmente* gay.)

— Não é uma boa mentirosa — disse Cross. — Nunca ninguém lhe disse isso?

Senti os cantos dos meus lábios se erguerem.

— Mas há uma questão crucial — prosseguiu ele. — Ele foi pego em um vestido preto tomara-que-caia ou um vermelho bordado de lantejoulas?

— A sra. Byden nunca usaria um vestido vermelho de lantejoulas — falei. Era verdade. Usava geralmente saia pregueada comprida e jaquetas de lã.

— Então acha que foi de tomara-que-caia preto? Tem certeza, não quer mudar sua resposta?

— Não estava vestindo apenas uma saia de veludo cotelê marrom e uma blusa?

— Você é uma mentirosa — disse Cross. — Martha conta tudo para você. Eu sabia.

— Não me conta nada.

— Conta tudo.

— Está bem — disse eu. — Mas se a sra. Byden tivesse mesmo um vestido vermelho de lantejoulas e um preto tomara-que-caia, qualquer travesti que se preze escolheria o vermelho de lantejoulas. — Ao dizer isso, senti uma pontada de culpa: chamar Arthur de travesti não era o comentário mais cruel que eu podia fazer sobre ele, mas tampouco era gentil. Mas o que hoje me impressiona é que eu não fazia idéia do quanto me entregaria ao serviço do flerte. Esse era só o começo! Por anos e anos, haveria tantas coisas que faria por um cara que não faria na minha vida usual — piadas que normalmente não contaria, lugares a que normalmente não iria, roupas que normalmente não usaria, bebidas que normalmente não beberia, comida que normalmente não comeria ou que normalmente comia, mas que não comeria na sua frente. Tenho 24 anos, e se eu e o rapaz de quem gosto estamos com um grupo de pessoas, e quem está dirigindo está bêbado e os cintos de segurança estão enfiados no banco, eu viajo com eles assim mesmo, pois, evidentemente, o que quero do rapaz vale mais a pena do que qualquer outra coisa que eu queira ou em que acredite. Tem de ser, certo?

Cross ficou em silêncio. Eu me perguntei se, depois de tudo isso, ele não teria achado engraçada minha piada sobre travestis. Depois, me perguntei se ele não teria adormecido.

Foi quando, de uma maneira não diferente de naquela noite de chuva no táxi, três anos antes, começou a passar a mão no meu cabelo. Punha os dedos no alto da minha testa e os corria para trás, alisando meu cabelo no travesseiro, depois voltava os dedos para a minha testa. Várias vezes, o deslizar da ponta de seus dedos pelo meu cabelo — acho que nada mais na minha vida pareceu tão puro, bom, sem complicação. Eu não podia falar porque receava que, se falasse, começasse a chorar ou ele parasse. Fechei os olhos.

Depois de um longo tempo, ele disse:

— Tem o cabelo bonito. Muito macio. — Passou as costas da mão pela linha do meu maxilar, sobre meus lábios. — Está acordada?

— Mais ou menos — murmurei. Foi um esforço falar.

— Posso beijá-la?

Meus olhos se abriram.

Eu estava, é claro, obcecada por beijos. Pensava em beijar em vez de verbos em espanhol, em vez de ler o jornal ou escrever cartas aos meus pais ou prestar atenção durante os passes na prática do futebol. Mas imaginar e ter Cross do meu lado querendo me beijar eram duas coisas diferentes. Eu não sabia beijar. Beijar me aterrorizava, como uma coisa real que se fazia com a outra pessoa, e nada seria mais humilhante do que beijar Cross mal.

Ele tinha se erguido e se apoiava em um cotovelo.

— Não fique nervosa. — Inclinou-se e beijou minha bochecha. — Viu?

Quando os seus lábios finalmente tocaram os meus, me fizeram pensar na casca de uma ameixa.

— Pode me beijar também — disse ele.

Franzi os lábios na direção dele; estávamos nos beijando. Era um trabalho mais difícil do que tinha imaginado, e menos agradável imediatamente. De fato, parecia intrigante, mais do que gostoso — nos mexermos, sobrepondo partes molhadas e secas de nossas bocas e rostos, a suave acidez de sua boca (parecia tão *pessoal* estar sentindo o gosto da boca de Cross), e também a maneira como era difícil não ter consciência do momento como acontecia, não querer parar e reconhecer isso, mesmo se somente pelo riso. Não achei beijá-lo engraçado, mas não pareceu assim tão sério, tampouco, não tão sério como queríamos dar a entender.

Ele se levantou e se contorceu sobre mim, de modo que suas pernas ficaram uma de cada lado dos meus quadris, e se equilibrou nos joelhos e na palma de suas mãos. Teve uma ereção, percebi, e fiquei ligeiramente chocada. Tinha ouvido falar, é claro, que todos os garotos só queriam sexo, que se masturbavam sem parar, e que qualquer um deles faria isso com qualquer garota, mesmo que fosse feia. Mas eu existia fora desse mundo; ninguém nunca tentava fazer nada comigo.

Exceto que, agora, Cross estava tentando. E a sua ereção era por minha causa ou só pela situação? E se fosse eu — deveria fazer sexo com ele? Não me parecia uma boa idéia.

Sobre a minha camisola, ele segurou meus seios, apertando um, depois pressionando seu rosto nele, chupando o bico pelo algodão. Na hora, realmente ri — parecia ridículo, como se eu o estivesse amamentando —, mas Cross parece que não reconheceu o som da risada, o que provavelmente foi melhor.

— Gosta disso? — perguntou ele.

Se tivesse gostado muito, não teria sido capaz de admitir. Mas porque apenas gostei — com certeza não gostei mais do que de ter suas mãos no meu cabelo —, respondi baixinho:

— Sim.

Ele estendeu o braço para a bainha da minha camisola — era branca, na altura da barriga da perna, o tipo de camisola que as garotas usavam na Ault — e se pôs a levantá-la (estava pretendendo tirá-la de mim completamente?). Eu me enrijeci.

— Tudo bem — disse ele. — Quero fazer com que seja bom para você.

— Por quê?

— Por quê? — repetiu ele. — Que pergunta é esta?

Então, tinha dito a coisa errada; na verdade, tinha sido somente uma questão de tempo.

— Não importa — disse eu.

Achei que ele me pressionaria, que diria, *Não, o quê?*; quase não fazia idéia de como ia ser. Mas ele passou a mão na minha barriga, no meu osso ilíaco esquerdo, desceu por minha coxa, depois subiu de novo para a minha barriga. A camisola estava erguida até a minha cintura, sobre minha calcinha, e eu sabia o que ia acontecer em seguida — era tudo uma combinação de suspense e não suspense.

Ele usou dois dedos, e arqueei as costas, como se tentasse ajudá-lo a encontrar alguma coisa dentro de mim. Estava tudo úmido e quente. Abruptamente, fiquei à sua mercê, sentia como as coisas tinham se alterado e queria mais, mas era tão bom que quase não me importava. Não sei quanto durou, só que me fez sentir furiosamente ansiosa, ávida e em extâse. Então, terminou, e estávamos nos beijando de novo, e beijar foi mais fácil dessa vez, era algo a que estávamos voltando. Em seguida, fomos nos acalmando cada vez mais, e percebi que ele não tentaria fazer sexo comigo (e como isso teria me desapontado, quando eu já tinha decidido que não queria?), e ele ficou deitado com a cabeça no meu peito, sobre o meu coração; suas pernas deviam estar pendendo no pé da cama. Seu corpo pesava sobre o meu, quase pesado demais, mas não totalmente. Consegui me ajeitar debaixo dele. Isso também foi uma coisa que só soube mais tarde, como alguns rapazes nunca descansam seu peso todo em você, e como Cross fez com que parecesse seguro — seguro de que eu era forte o bastante e seguro de que eu queria isso, e eu queria. Pus as mãos em seus ombros e acariciei suas costas.

Depois de um longo tempo, ouvimos um carro passar lá fora. Podia ser o vigia noturno, patrulhando o campus — passavam das quatro horas — ou um professor voltando para casa tarde ou partindo cedo. Quem quer que fosse, impôs a realidade e o momento se rompeu.

— Tenho de ir — disse Cross. Nenhum dos dois falou mais nada, e ele não se mexeu imediatamente. Olhei para a sua cabeça. Levemente, bem levemente, subia e descia ao ritmo da minha respiração.

Quando acordei de manhã, passaram-se alguns segundos até eu abrir os olhos, quando me lembrei que alguma coisa boa tinha acontecido, mas não conseguia saber o que era. Então pensei, Cross. Abri os olhos. O quarto estava claro — eram pouco menos de nove horas, e o serviço de domingo na capela, que era obrigatório, seria às onze — e tudo parecia tão comum: as mesas, os pôsteres, o *futon*, o baú que servia de mesa, coberto de revistas, canetas, fitas cassete, um saco aberto de biscoitos de chocolate e uma laranja apodrecida. Não havia nenhuma evidência de Cross em lugar nenhum — tinha pensado que se ele esquecesse a camisa ou a suéter, eu não diria nada, mas ele tinha se lembrado de levar as duas — e comecei a escorregar para aquele estado familiar de desconfiança e desorientação. Era como quando eu devia me encontrar com pessoas na biblioteca e, ao chegar, não estivessem lá, ou eu iria ao seu quarto e no momento antes de bater à porta, eu pensasse: *Será que imaginei termos marcado alguma coisa?* Às vezes, não conseguia nem mesmo retornar ligações, porque, antes de mais nada, eu me convenceria de que tinha inventado a ligação do outro.

Mas Cross *tinha* estado ali. Sabia que tinha. Virei-me na cama, meu corpo estava dolorido, e essa sensibilidade era a prova. E parecia que eu deveria ficar feliz com o que tinha acontecido — finalmente tinha beijado um garoto, esse garoto tinha sido Cross —, mas quanto mais esse sono, e a noite, me escapavam, mais estranho parecia o incidente. Quem tinha sido a garota que permitira Cross meter seus dedos dentro dela, depois se contorcido e gemido debaixo dele? Certamente não poderia ter sido eu. Queria falar com Martha, mas ela só voltaria à noite.

A maioria dos alunos faltava ao café-da-manhã aos domingos, mas Martha e eu sempre íamos. Chegávamos por volta das nove, e comíamos bem devagar, e muito, e partilhávamos os vários jornais com o punhado de colegas que apareciam. Entre os que sempre iam estava Jonathan Trenga, que reivindicaria as seções sérias do *The New York Times* — seus pais eram advogados em Washington, D.C., e independentemente do que estivesse acontecendo no mundo, de que países com nomes impronunciáveis estivessem em guerra, de que crise de energia ou do mercado estivesse se desenrolando, Jonathan não só era versado no assunto como tinha opiniões sólidas sobre o que precisava ser feito. Uma vez perguntei:

— Mas você é republicano ou democrata?

E Jonathan respondeu:

— Sou progressista socialmente, mas conservador em relação às finanças.

E Doug Miles, um jogador de futebol que também ia ao café-da-manhã aos domingos, mas que só lia a seção de esportes e ignorava todo mundo, ergueu a cabeça e disse:

— É como ser bissexual?

O que achei realmente engraçado, se bem que achasse Doug um perfeito idiota.

Havia também o companheiro de quarto de Jonathan, Russell Woo, que também não era de falar muito, mas cuja presença era mais agradável do que a de Doug. Por motivos que eu não conseguia precisar — não passavam de olhares de relance —, tinha a impressão de que Russell estava apaixonado por Martha, o que disse a ela, baseada nos encontros semanais, quando saíamos do refeitório, e ela sempre negava. Conhecia pouco Russell, só sabia que era de Clearwater, Flórida, mas às vezes desejava que estivesse apaixonado por mim, para que eu o visitasse lá, nas férias da primavera.

Os outros alunos do último ano que apareciam regularmente eram Jamie Lorison, o garoto que, quando éramos calouros, apresentou, na aula da sra. Van der Hoef, o trabalho sobre a Arquitetura Romana, antes do meu; Jenny Carter e sua companheira de quarto, Sally Bishop; e, nos dias em que se levantava cedo para estudar, Dede. Nesses dias, ela usava óculos e calça de moletom azul-marinho, o que eu achava curioso, já que era tão vaidosa no resto do tempo, e embora não houvesse muita gente para vê-la nas manhãs de domingo, não era o mesmo que *ninguém*.

Nunca me vesti bem para o desjejum, mas tampouco me vestia bem o resto do tempo. Nessa manhã, depois de lavar o rosto e escovar os dentes — aos domingos, eu raramente tomava banho —, vesti o jeans, uma camiseta de manga comprida, e uma jaqueta felpuda. Então, fiquei ali no quarto, completamente vestida, sentindo a ausência de Martha. Teria ido ao refeitório sozinha, sem pensar em me preocupar muito, se não fosse o que tinha acontecido na noite passada. Mas seria apropriado ir como se tudo continuasse igual? Tudo continuava igual? Talvez sim, afinal.

Fui lá para fora, e quanto mais me distanciava do dormitório, mais fortemente sentia que nada era igual. Meu desconforto crescia à minha volta como fumaça. Ao chegar ao refeitório, no último minuto estanquei; não consegui entrar. E se, por coincidência, esse fosse o domingo em que Cross apareceria para o desjejum? E se ele me visse assim, à luz do dia (por que não tinha tomado banho, por que era naturalmente tão desleixada?), e se ele se surpreendesse ao se lembrar de que eu não estava mais bonita, e se concluísse que tinha cometido um erro? Ou talvez o que tinha acontecido não fosse nada sério para ele, nada que merecesse ser considerado um erro. Isso era o que mais eu queria saber, se significava alguma coisa ou nada. Dei meia-volta e caminhei para o dormitório, cada vez mais depressa, e enquanto me apressava — de repente pareceu importante não somente eu não esbarrar com Cross, como não esbarrar com ninguém, nem mesmo com um professor —, realmente senti falta de meu antigo ego, o ego que existira até a noite anterior. Eu ia ao café-da-manhã aos domingos com Martha e conversava ou não com outros alunos, me servia duas vezes de panquecas, e isso não me importava. Durante as primeiras semanas desse ano, meu último ano na Ault, tinha me sentido calma como nunca me sentira nessa escola. Não houvera pressão, não ficara tentando preencher as expectativas de ninguém. Ou sim — o tempo todo, é claro, tentara impressionar Cross —, mas nos momentos em que eu tinha certeza que ele não estaria notando, eu tinha sido capaz de relaxar. Tinha sido tudo acrobacias na minha cabeça. E agora alguma coisa importava, havia alguma coisa para eu estragar.

No dormitório, voltei para a cama porque as cobertas eram uma proteção, meus olhos fechados eram uma proteção. Na horizontal e enroscada, podia relaxar, podia até mesmo lembrar fragmentos da noite anterior e sentir um pinguinho de felicidade de novo — sua voz, sua mão no meu cabelo, como nada o tinha feito hesitar exceto (e então me acovardei, pensando nisso) quando eu tinha perguntado: *Por quê? Por que quer fazer com que seja bom para mim?* Só precisava escurecer de novo, me dei conta, o dia luminoso e imperdoável tinha de passar: refeições em que se mastigava a comida, telas de computadores, cordões de sapatos, e todas as conversas terríveis e vazias, mesmo aquelas de que não estava participando e tinha de simplesmente escutar, esperando se encerrarem. Mas à noite, era possível dispensar tudo o que era desagradável ou irrelevante. Era você e a outra pessoa, sua pele quente, como um podia fazer ser bom para o outro. (*Tinha* sido bom para Cross? Eu podia ter me esforçado mais, provavelmente, só que não saberia direito como.)

Estava na cama quando os sinos bateram dez horas, e ainda achava que iria à capela, ou pelo menos não tinha decidido não ir, mas então os sinos bateram onze horas, e não me surpreendi. Tinha deixado de ir à capela — pela primeira vez.

Eram duas da tarde quando me levantei da cama, e foi porque estava com vontade de fazer xixi. Comi um pacote de biscoitos salgados, retirando-os de seu invólucro opaco, abri o livro de história, sentei-me no *futon*, olhando o quarto e pensando em Cross. Às cinco horas, Martha ainda não tinha voltado, o que significou que eu não iria jantar. Na sala comum, coloquei água para ferver, e estava em pé do lado do fogão quando Aspeth Montgomery entrou. Ela não morava no dormitório da Elwyn, mas sim no do lado, da Yancey, e às vezes passava para visitar outra aluna do último ano, Phoebe Ordway.

— Sug foi ao seu quarto na noite passada? — perguntou ela. Nada teria me surpreendido mais, nem mesmo se tivesse pedido emprestado meu sutiã de ginástica.

— O quê?

— Quando ele disse que ia, era tipo três da manhã. E eu disse, primeiro, comporte-se. Elas devem estar dormindo profundamente. E além disso, Martha vai ficar danada se você aparecer. Quer dizer, acho uma excelente idéia. Tomara que *os dois* sejam flagrados e o sr. Byden cague nas suas calças. Está fazendo *yakisoba*?

— Cross ia ver Martha? — falei com hesitação.

— Oh, não foi? Ótimo. — Fez menção de sair. — Então esqueça.

Normalmente nesse ponto da conversa eu teria me calado, especialmente com Aspeth, que me fazia sentir desajeitada antes mesmo de abrir a boca. Mas o meu interesse foi mais forte.

— Não entendo o que vocês estavam fazendo às três da manhã — disse eu.

— Estávamos jogando pôquer. Um bando de garotos apareceu, e Devin e Sug ficaram de porre, é claro. Então Sug comunicou que ia se encontrar com Martha. Falei, não está levando a sério demais essa coisa de monitoria?

Mas Cross sabia que Martha estava em Dartmouth, tinha sido ele que havia mencionado isso. Talvez tivesse se esquecido e só se lembrado de novo ao chegar, ao ver sua cama vazia. Mas eu tinha quase certeza de que ele sabia o tempo todo. (Nunca lhe perguntei, tive muitas oportunidades, e certamente queria saber, mas não podia perguntar porque o que eu queria realmente saber era a resposta de uma pergunta bem mais importante, e que sempre receei já saber a resposta. Você só força a definição de uma pessoa porque não é sua, porque não pode.)

— Sua água está fervendo — disse Aspeth, e quando tirei a panela do fogo, ela estava subindo a escada para os quartos. — Não vai ter enxaqueca com o *shoyu* — gritou ela.

É claro que Aspeth sabia jogar pôquer — provavelmente cinco garotas no campus sabiam, e não era nem um pouco de admirar que ela fosse uma delas. Era provável, também, que fosse boa, que vencesse os garotos e desse a sua risada Aspeth ao pegar o dinheiro deles. E o pior, se eu fosse um garoto, Aspeth era o tipo de garota bonita, maliciosa, inacessível, de que eu gostaria; certamente não encontraria uma garota passável e depois olharia fundo dentro dela para ver todos os aspectos que a fizessem valer a pena.

O errado do que havia acontecido entre mim e Cross — agora, eu percebia. Não se tratava de um erro em termos morais, mas de uma mancada, algo que precisava de uma explicação: um passarinho em uma mercearia, uma descarga que não dispara, aquele momento em que espera um amigo que vem buscá-la, abre a porta e percebe que não é o carro de seu amigo; a pessoa que está dirigindo é um estranho, e, agora, você tem de pedir desculpa.

Meu encontro com a sra. Stanchak era no último tempo do dia. Já tinha me encontrado com ela antes — na Ault, a orientação para a faculdade tinha início na primavera do 3º ano —, mas esse seria, aparentemente, um encontro definitivo, aquele em que eu lhe apresentaria a lista de universidades a que estava me candidatando.

Sentei-me na cadeira do lado da sua mesa, ela abriu a pasta de papel, baixou os óculos sobre o nariz — as lentes eram retangulares, com armação azul de plástico, e estavam presas a uma corrente ao redor do seu pescoço — e espiou a capa dos papéis. Sem erguer o olhar, disse:

— Como está sendo este ano para você, Lee? Teve um bom começo?

— Muito bom.

— Como vai a matemática?

— Acabo de receber um B menos.

— Sério? — Ergueu os olhos e sorriu. — Isso é fantástico. Continua a se reunir com Aubrey?

Confirmei com um movimento da cabeça.

A sra. Stanchak estava com 60 e poucos anos, era casada com o dr. Stanchak, diretor do departamento de clássicos. Tinha o tipo de cabelo que eu gostaria de ter quando chegasse à sua idade — mais ou menos 10 centímetros de comprimento, quase branco, e arrepiado, como se tivesse viajado em um conversível, embora não desse a impressão de usar gel. Era um pouco rechonchuda, e seu rosto estava marcado por rugas profundas e bronzeado, mesmo no inverno. Durante as férias, ela e o dr. Stanchak viajavam a lugares como China ou Ilhas Galápagos. Tinham três filhos que haviam freqüentado a Ault — o caçula tinha se graduado há dez anos —, e nos retratos que vi, os três eram louros e incrivelmente bonitos. Eu gostava da sra. Stanchak, de fato havia algo nela de que eu gostava muito, mas sempre que estava na sua sala, pensava quase continuamente, mesmo durante as vezes em que era eu que falava, em como as pessoas sempre mencionavam que se era a ela que você tinha sido designado, a Ault não devia estar planejando apoiar sua inscrição para uma universidade. O outro orientador, o sr. Hessard, estava na faixa dos 40, um professor de inglês alto e sardônico — a sra. Stanchak não dava aulas e trabalhava só meio expediente, como orientadora — e tinha cursado Harvard, enquanto a sra. Stanchak tinha freqüentado o College of Charleston, na Carolina do Sul, que não era um lugar a que a Ault enviaria alguém. (Sabíamos onde todo o corpo docente tinha se graduado, e as notas que tinham recebido, porque estava listado no catálogo da escola.) Evidentemente, comentários sobre o sr. Hessard como alternativa à sra. Stanchak circulavam toda primavera, logo antes de os alunos do 3º ano descobrirem a que orientadores tinham sido designados, e toda primavera, os outros professores tentavam calá-los. Na aula de história, quando o reitor Fletcher ouviu o pessoal discutindo o assunto, disse:

— Essa besteirada de novo não!

E Aspeth, que estava na sala, replicou:

— Fletchy, estou chocada com a sua linguagem.

Mas então, quando fomos divididos, Martha ficou com o sr. Hessard, assim como Cross, assim como Jonathan Trenga, e quase todos os outros da nossa turma que pareciam ser inteligentes ou venerados. A única pessoa remotamente inteligente encaminhada à sra. Stanchak foi Sin-Jun, mas eu não tinha certeza de que a Ault se importava com que universidade a aceitaria, contanto que ela não tentasse de novo acabar com a vida antes da graduação. A parte mais estranha das designações foi que, na verdade, fiquei surpresa em não ser encaminhada ao sr. Hessard. É claro que pensava o pior de mim mesma, mas... não realmente. Estava sempre esperando confirmar que estava enganada.

A sra. Stanchak anotou alguma coisa antes de se virar para mim.

— Vamos dar uma olhada na sua lista.

Passei-a para ela, que a examinou. Não emitiu nenhum som afirmativo enquanto lia. Finalmente disse:

— Minha principal preocupação é que não se resguardou com nenhuma alternativa segura. Um lugar como Hamilton, eu diria que é uma boa aposta para você. Mas quando falamos de Middlebury ou Bowdoin, podem ser mais complicados.

— E Brown?

— Lee. — Ela estendeu a mão, tocou no meu braço, depois recostou-se e ergueu os óculos para a cabeça, aninhando-o no cabelo fofo. — Vai adorar a universidade. Sabe disso? *Adorar.* E porque tem mais escolas maravilhosas por aí do que nós duas podemos contar. Mas se der ouvidos a algumas pessoas aqui, vai pensar que existem cerca de oito boas escolas. Estou certa?

Estava absolutamente certa. O número era oito, porque Penn e Cornell eram membros da Ivy League*, mas Stanford e Duke também poderiam ter sido.

*Penn (University of Pennsylvania) e Cornell University são membros da Ivy League. (*N. da T.*)

— É uma tolice — disse a sra. Stanchak. — E sei que você sabe que é uma tolice.

— Então acha que não consigo entrar para a Brown*?

— Sabe o que acho? Candidate-se à Brown. Vá em frente. Por que não? Mas quero que pense em outros lugares também. Pediu o catálogo do Grinnell College de que falamos? Grinnell é uma escola fabulosa. E Beloit, também.

— Em que estado ficam?

— Grinnell é em Iowa, e Beloit, em Wisconsin.

— Não quero ir para uma escola no Meio-Oeste — disse eu. — Gosto mais daqui.

— Lee, quero que se sinta bem com as decisões que tomar. Mas preciso que coopere comigo, e isso significa dar uma segunda olhada em alguns lugares.

— E se eu escrever um bom ensaio para a Brown?

Ela deu um suspiro.

— Lee — disse ela, nunca tinha escutado o meu nome ser proferido com mais simpatia, e senti minha garganta endurecer, um poço atrás dos meus olhos. — Quase foi reprovada em cálculo — disse ela. — Você tem de enfrentar os alunos daqui, seus próprios colegas de turma, que tiram A seguidamente e fazem 1.600 pontos. Depois tem de enfrentar os melhores alunos de escolas por todo o país. E ainda nem tocamos no assunto da ajuda financeira. Não vou colocá-la numa situação em que se decepcione. Lee?

Não falei.

— Aonde quer que vá, a escola terá *sorte* em ter você — disse ela, e me debulhei em lágrimas.

No primeiro jorro, pensei em Cross — de qualquer maneira tinha pensado nele durante quase o dia inteiro, quase o tempo todo desde que tinha saído do meu quarto um pouco menos de 36 horas atrás — e parecia que eu estava chorando simultaneamente por não ter recebido notícias dele, porque talvez nossa relação tivesse sido casual e única e ele nunca mais viesse a tocar no meu cabelo ou se deitar em cima de mim, porque eu não tinha realmente apreciado enquanto acontecia e, finalmente, porque Cross, sendo monitor, iria provavelmente para Harvard e a sra. Stanchak estava tentando nos separar me mandando para o distante Wisconsin. Desesperada,

*Brown University, em Rhode Island, também membro da Ivy League. (*N. da T.*)

pensei que precisava de mais uma chance com Cross, e que se me desse essa chance, eu entenderia a situação. Ficaria grata a ele sem demonstrar minha gratidão de uma maneira repulsiva.

A sra. Stanchak me passou uma caixa de lenços de papel e disse:

— Pegue quantos quiser. — Minhas lágrimas não pareciam desconcertá-la nem um pouco. (Mais tarde, quando contei a Martha sobre o choro na sala da sra. Stanchak, ela disse: "Oh, já chorei duas vezes com o sr. Hessard. É como um rito de passagem.") — É um momento difícil — disse a sra. Stanchak. — Eu sei.

Pelo menos por um minuto, ficamos ali me ouvindo fungar. Durante esse tempo, consegui ter uma fantasia de que a sra. Stanchak me perguntaria por que *realmente* eu estava chateada, e quando eu lhe contasse, ela responderia dizendo alguma coisa sensata e verdadeira sobre Cross, e a situação. Acho que os adultos se esquecem de como os adolescentes têm fé neles, como estão dispostos a acreditar que eles, em virtude de serem adultos, conhecem as verdades absolutas, ou que verdades absolutas são sempre reconhecíveis. Mas então, pela janela da sra. Stanchak, vi Tig Oltman e Diana Trueblood caminhando com seus bastões de hóquei para o ginásio, e me lembrei de como seria insensato confiar em alguém na Ault além de Martha. Não havia nada em particular a respeito de Tig e Diana que tivesse me feito pensar nisso, nada que me fizesse desconfiar deles especialmente, era só que — eles existiam. Não poderiam, literalmente, escutar, mas se tivesse um momento de vulnerabilidade na Ault, alguém sempre descobria. Depois que uma coisa saía da sua cabeça, perdia-se a privacidade.

Relanceei os olhos de novo para sra. Stanchak, que estava esperando pacientemente, e, de repente, tive dúvidas de que ela tivesse grandes verdades a transmitir.

— Desculpe — disse eu.

— Não se desculpe — disse ela. — Não se preocupe comigo. Quero que pense em você.

Ocorreu-me dizer-lhe que praticamente não fazia outra coisa.

Ela me passou a lista de universidades.

— Quero que reveja isto — disse ela. — Pense um pouco nelas por alguns dias. Discuta-a com seus pais. Faça um longo passeio. E tente não se ater demais a rótulos. Vai fazer isso por mim?

— Não quero ir para a Brown por causa de seu prestígio — falei.

A expressão em seu rosto sugeria tanto que não estava acreditando em mim quanto não me culpava por mentir. Mas eu estava mentindo só em parte.

— Quero ir para a Brown porque atrai gente interessante — continuei. — E porque fica no nordeste, e não tem exigências de matérias. — Eu queria ir para a Brown porque se eu fosse para lá significaria que eu seria uma pessoa merecedora de estar lá. E também porque, se eu fosse uma pessoa que merecesse estar lá, e se isso fosse oficial, significaria que tudo daria certo.

— São bons motivos — disse a sra. Stanchak. — Sabe o que quero que faça, e estou me impondo a mesma tarefa? Quero que descubra cinco outras escolas que também se encaixem nessa descrição. Mas não se esqueça de que os formulários de ajuda financeira federal estarão disponíveis em novembro, e seus pais precisam entregá-los em janeiro. E você sabe que não vai se candidatar antes disso. Ficou claro?

Assenti com a cabeça. Era meio surreal falar tão abertamente sobre dinheiro quando eu estava acostumada a considerar esse o pior tópico possível. Era como ir ao ginecologista, o que comecei a fazer na universidade — como me sentia constrangida e apologética com o fato de minha vagina ficar na cara do médico e como isso era ao mesmo tempo libertador e esquisito pensar que na verdade não havia nada a esconder, que era justamente para expor minha vagina que eu estava lá.

— Pode ficar aqui um pouco, se quiser se recompor — disse a sra. Stanchak.

— Está tudo bem. — Levantei-me. Eu estava envergonhada por ter chorado, e queria sair da sala enquanto ainda tinha os olhos vermelhos, porque talvez Cross me visse e pensasse que tinha chorado por algo que importava, e então eu pareceria intrigante. — Obrigada, sra. Stanchak.

— Obrigada a *você*, Lee. Sabe por que estou lhe agradecendo?

Sacudi a cabeça negando.

— Porque é você que vai se fazer ser aceita em uma universidade.

Naquela manhã, eu tinha recebido uma notificação do reitor Fletcher me repreendendo por ter faltado à missa de domingo e me instruindo a me apresentar no refeitório às cinco da tarde para passar pano nas mesas, o que era basicamente a limpeza antes do jantar. Depois do treino de futebol, fui do ginásio, ainda com o cabelo molhado, para o refeitório. Nunca tinha recebido essa tarefa antes, e talvez fosse a única aluna do último ano que podia fazer essa afirmação, incluindo Martha. No caminho, o ar cheirava a folhas queimadas e o campus estava iluminado por aquela luz âmbar que só se vê no outono, e senti, como tantas vezes senti na Ault, que não era digna daquilo e ao mesmo tempo que a beleza ao meu redor não era realmente minha.

Logo antes de entrar no refeitório, ouvi a voz de Cross, senti uma onda de choque, e pensei em ir embora. Não deveria ter ficado chocada — além de ser o monitor do 4º ano, Cross era um dos três monitores do refeitório, e evidentemente era a sua noite de plantão.

Entrei e cerca de vinte alunos estavam limpando as mesas e colocando as toalhas. Cross estava segurando uma folha de papel e uma caneta, e rindo, enquanto falava com dois colegas do mesmo ano. Mesmo quando eu estava a um ou dois metros de distância, ele pareceu não reparar em mim.

— Com licença, Cross — disse eu.

Ele olhou, e os dois garotos também.

— Em que posso ajudá-la? — perguntou ele, a voz não completamente cordial.

— Tenho de limpar as mesas. — Fiz um gesto na direção do papel em sua mão. — Pelo menos, acho que tenho. Recebi uma notificação de Fletcher.

Cross olhou para o papel.

— Não percebi que era uma delinqüente — disse ele, e seu tom foi mais relaxado. — Vocês, rapazes, ao trabalho — disse ele aos dois. — E nada de sujeira. — Um deles fez o gesto de se masturbar enquanto se afastava.

— Ei! — disse Cross. — Um pouco mais de respeito, Davis. — Mas também estava rindo.

Depois que se foram, ele disse:

— Queria um pretexto para falar comigo?

— Não! Faltei à missa.

— Só estava brincando. — Relanceou os olhos para o seu relógio. Seu cabelo estava molhado, também, e enquanto ficamos ali, tive a idéia bizarra de que havíamos tomado banho juntos. Meu rosto enrubesceu. — Ouça — disse ele. — O jantar só vai começar daqui a quarenta minutos, e já tem muita gente aqui. Pode ir embora.

— Tem certeza?

— Vou retirar seu nome da lista, se é isso que a preocupa.

— Então, eu vou?

— A menos que não queira.

— Não, eu quero. Quer dizer, eu não quero. Obrigada. — Virei-me, e ao fazer isso, ele me tocou de leve entre o quadril e as costas, e eu soube que algo mais aconteceria entre nós. Não simplesmente que eu quisesse, mas aconteceria. Porque ele pôs a mão tão embaixo. Se tivesse sido mais no alto, poderia ter significado *Sem ressentimentos?* ou meramente *A gente se vê por aí.* Mas como foi, na base da minha coluna, até mesmo eu reconheci nisso algo potencial e vagamente territorial. Olhei para trás, mas ele já estava falando com alguém.

— O fato de ele tê-la deixado ir não é um mau sinal. — Martha estava em pé de frente para o espelho de corpo inteiro, escovando o cabelo, e eu sentada no *futon.* — Não percebe isso porque nunca precisou passar pano nas mesas, mas é, de certa maneira, humilhante. Especialmente para alunos do último ano. Por isso não foi por não querer ter você perto que a dispensou. Foi mais por estar sendo gentil.

— Ele não falou nada da outra noite — disse eu. — Nem uma palavra.

— O que deveria dizer? Tinha mais gente lá.

— Talvez nem se lembre porque estava bêbado.

— Lembra-se sim. — Martha largou a escova e ergueu o frasco de perfume. Borrifou um pouco o ar e se pôs na bruma: um truque que aprendi com Dede no primeiro ano e passei para Martha. — Na verdade, não parece que ele estivesse tão bêbado. Um bando de caras não consegue, sabe, levantar aquilo quando beberam demais.

— Mesmo?

— O álcool deprime o sistema nervoso central.

— Isso já aconteceu com Colby? — Martha e Colby estavam juntos há mais de um ano. Ele estava no terceiro ano da Universidade de Vermont, e se falavam uma vez por semana, às segundas-feiras, e escreviam um para o outro e passavam as férias juntos, e ela tinha feito sexo com ele (a primeira vez dela) no sexto mês de sua relação, depois de irem a uma clínica em que ele fez o teste para AIDS, já que havia tido relações com duas namoradas anteriores. Ele era alto e bonito e gostava de Martha, mas também era pálido, tinha o nariz adunco e era, pelo menos na minha opinião, sem graça. Quando Martha estava em casa, faziam coisas juntos, como pedalar 70 quilômetros ou se revezar lendo alto suas passagens favoritas de *A Odisséia*. Eu não sentia ciúmes.

— Colby não bebe muito por causa do remo — replicou Martha. Olhou para mim. — Você realmente não devia se estressar com isso.

— Não estou. — Joguei as pernas sobre o baú e olhei para a barriga das minhas pernas em meias pretas, meus pés em sapatos sociais pretos. Eu me perguntei se não seriam sapatos grosseiros. Ultimamente, um bando de garotas estava usando saltos mais grossos.

— O que quer que aconteça? — perguntou Martha. — Diga a verdade.

Eu queria ser a pessoa a quem Cross contava as coisas. Queria que ele me achasse bonita, queria que se lembrasse de mim pelas coisas de que eu gostava — pistache, suéteres com capuz e a música de Dylan "Girl from the North Country" — e queria que ele sentisse a minha falta quando nos separássemos. Queria que ele sentisse, quando estivéssemos juntos na cama, que não poderia imaginar nada melhor.

— Pode imaginá-lo sendo meu namorado? — perguntei.

Martha estava vestindo sua jaqueta, de costas para mim, quando respondeu:

— Não. — E como não podia ver meu rosto, acho que não percebeu como fiquei espantada. Quando se virou, eu estava tentando não parecer surpresa nem magoada. — Tenho certeza de que, se quiser ficar com ele de novo, vai conseguir — disse ela. — Mas a impressão que tenho, a partir dos breves comentários que faz, é que está realmente empenhado em que este seja o seu último ano. Duvido que queira se amarrar. Além do quê, você e Cross? — Fez uma careta como se estivesse sentindo um mau cheiro. — Vê isso acontecendo?

— Se não consegue imaginar eu e Cross juntos, por que acaba de me dizer para pensar no que quero? — Tentei falar com a voz normal, apenas curiosa. Essas foram, tranqüilamente, as piores coisas que Martha já tinha me dito, mas se ela percebesse, se sentiria péssima e deixaria de ser franca.

— Não estou dizendo para ser passiva. É isso o que me preocupa em você, a impressão de que está deixando tudo nas mãos dele. Você realmente devia expressar o que quer, e se ele não conseguir lidar com isso, o problema é dele.

— Mas por que devo ir atrás de uma coisa que você tem tanta certeza de que não vou conseguir?

— Não tenho certeza de nada. Como poderia ter? Mas alimentou uma paixão por Sug durante quase o tempo todo que está aqui. Ele se aproximou, ficaram juntos, e agora há uma chance, e você deve a si mesma ver o que acontece. E não sou cética porque acho que não é boa o bastante para ele. Antes de mais nada, você é boa demais. Só não sei se ele se dá conta disso.

— Então o que devo dizer a ele? E quando?

— Ele não é tão difícil de ser encontrado. Vá ao seu quarto na hora de visita.

— Eu nunca iria ao quarto de Cross.

— Então espere até vê-lo no campus, e diga-lhe que quer falar com ele.

— Para dizer o quê?

— Lee, não existem palavras mágicas. — Martha calçou sapatos iguais aos meus, e meu ressentimento em relação a ela se intensificou repentinamente. A maior parte do tempo, eu adorava tê-la como companheira de quarto, adorava a clareza e a proximidade de uma única melhor amiga. Mas em raros momentos, exatamente pela mesma razão, sentia-me presa por minha dependência dela, derrubada por seu pragmatismo e franqueza. Se eu tivesse escolhido Dede para minha melhor amiga e se estivesse tendo essa conversa com ela (e se, é claro, ela própria não abrigasse há anos uma paixonite por Cross), então, nesse momento, Dede maquinaria planos e intrigas. Ela não me rebaixaria como Martha estava fazendo.

E além disso, por que era certo, por que era miseravelmente razoável Martha ter um namorado e eu não, ela ser monitora sênior e eu não ser ninguém? Eu não era nada literalmente, nem monitora de capela ou editora do anuário ou capitã em um esporte (Martha também era capitã no remo). No verão depois do fim do 3° ano, dei uma olhada na lista da turma procurando alguém similarmente sem distinção e me deparei com somente mais duas pessoas: Nicole Aufwenschwieder e Dan Ponce. Os dois eram menos que chatos — eram praticamente invisíveis.

No refeitório, antes de nos separarmos e procurarmos nossas mesas, Martha disse:

— Dividir e conquistar — e a detestei por ser tão comum e afortunada, quando a maioria das pessoas na Ault eram afortunadas e afortunadas ou comuns e comuns.

Quando Cross veio pela segunda vez, achei que era porque ondas de desejo se manifestavam em meu corpo e atravessavam o pátio entre os nossos dormitórios. Era sábado — cerca de uma hora, acho, porque Martha já tinha ido se deitar. Geralmente ela ficava de pé até mais tarde do que eu, estudando, depois me acordava quando apagava a luz para conversarmos. Quando Cross apareceu, isso já tinha acontecido, e nós duas dormíamos.

Dessa vez, acordei quando ele já estava agachado do lado da minha cama, com a mão no meu braço.

— Lee — ele estava sussurrando. — Lee, sou eu. — Abri os olhos e sorri, e não foi um sorriso intencional. Antes mesmo de ele subir na cama, curvou-se e me beijou na boca, e ficamos nos beijando sem parar, e percebi que beijar era isso, que era *por isso* que as pessoas gostavam — a perfeita viscosidade das línguas. Não tive certeza do momento exato que ele se abaixou sobre mim.

Quando senti sua ereção, me contorci debaixo de seu corpo até que ficasse entre minhas pernas, passei as pernas ao redor de sua cintura. Ele se pressionou contra mim com tal força que achei que rasgaria minha calcinha (se bem que, quem estava se importando com minha calcinha?). Ele tirou a camisa, e sua pele estava quente, macia e lisa.

Acho que foi ele que escutou Martha primeiro, a tensão das molas de seu colchão em cima. Ela não disse uma palavra, mas Cross e eu nos paralisamos, e, então, ela desceu a escada do beliche. Saiu do quarto.

— Ela ficou puta? — perguntou Cross quando a porta se fechou. Nesse momento, claramente, ela não era sua co-monitora. Era minha companheira de quarto.

E se estivesse puta, eu não me importava. Estar assim com Cross era tudo o que eu queria. O que eu devia responder? Às vezes, na nossa vida, somos egoístas; simplesmente somos.

— Não se preocupe — respondi.

E paramos de falar. A certa altura, percebi que eu mesma estava gemendo como tinha visto em filmes, e não acreditei que um ruído desse estivesse dormente dentro de mim durante todo esse tempo.

Passado algum tempo, eu disse:

— Por que não falou comigo no refeitório, na segunda-feira?

— Falei com você — replicou ele.

— Não de verdade — disse eu.

— Suas bochechas estavam vermelhas — disse ele, e então não lhe perguntei mais nada sobre isso.

Mais tarde, quando ainda não estava claro mas menos escuro, mais próximo da manhã do que da noite, e percebi que ele estava para ir embora, eu disse:

— Não vai contar a ninguém sobre isso, certo?

Ele ficou em silêncio por alguns segundos.

— Certo.

— Quando nos virmos na escola, agiremos de maneira normal — falei.

— O que significa agir de maneira normal? — Pareceu que se divertia, talvez, ou quem sabe em dúvida.

— Não vou me aproximar e beijá-lo no café-da-manhã — repliquei. — Se é disso que está com medo.

De novo, ficou calado.

— Certo — disse ele, então.

— Ou não é que eu espere que me traga flores. — Eu quis fazer parecer como se fosse um absurdo. É claro que Cross não me traria flores, mas não pareceu absurdo demais. Teria sido melhor ter dito: *Não que eu espere que me compre um colar de diamantes.*

— Mais alguma coisa? — perguntou ele.

— Não estou querendo ser estranha.

Sua voz não revelou nenhum sinal de diversão quando, finalmente, ele disse:

— Eu sei.

De manhã, quando eu estava me vestindo, Martha disse:

— Não acho que seja uma boa idéia ele vir dessa maneira.

— Desculpe. Está muito chateada?

— Acordar com o ruído de você e Sug se beijando e depois ter de dormir na sala comum não é a minha preferência, não mesmo. (Pareceu mesquinho de sua parte, pensei, não considerar o fato de que esse era o primeiro cara que eu tinha beijado. Eu não tinha permissão ou pelo menos um pouco de tempo para aprender como agir? E de qualquer maneira, isso tudo não fazia parte de colégios internos, escutar sua companheira de quarto ofegar e suspirar com um garoto?) Mas o verdadeiro problema — prosseguiu Martha — é que se ele for pego aqui, posso ser implicada. Não posso dizer a ele o que fazer, mas *sou* responsável por mim mesma.

Não falei nada.

— Ele pretende voltar? — perguntou ela.

— Não sei — repliquei. — Provavelmente. — E dizer isso me fez um bem tão grande que quase superou o desagradável da conversa com Martha. Não sorri, mas somente porque me esforcei para não sorrir.

— Percebe por que isso me deixa em uma posição delicada? — perguntou Martha.

— Sim.

— Tecnicamente, eu deveria denunciá-la só poı saber que está violando o horário de visita. Ninguém realmente esperaria que eu agisse assim, acho, mas falo com o sr. Byden ou com Fletchy praticamente todos os dias. E eles supõem que eu esteja sendo honesta. Não é você que participa de todas essas reuniões com eles e os encara e fala sobre a integridade da escola.

— Martha, já que disse que sim, entendo por que isso a coloca em uma posição delicada.

Martha deu um suspiro.

— Sei que você gosta muito dele.

Nenhuma de nós falou por alguns instantes.

— Está dizendo que ele *não* pode vir? — perguntei finalmente.

— Não me force a agir como mãe. Não é justo.

— Mas é o que está dizendo, certo? Que prefere que ele nunca mais ponha os pés aqui? — Martha teria sido sempre tão rígida?

— Espere um pouco — disse ela. — Tenho uma idéia. Podem usar o quarto para semi-internos.

Imediatamente, me senti resistente, embora fosse difícil saber por quê. Cada dormitório tinha um quarto para semi-internos, geralmente menor do que um quarto de verdade, com apenas uma cama, uma ou duas mesas. O do nosso dormitório era a três portas do nosso, e a única estudante semi-interna designada ao dormitório da Elwyn era Hillary Tompkins, do 3º ano, e que não aparecia por ali com freqüência.

— Eu teria de pedir a Hillary? — perguntei, e Martha realmente riu.

— Talvez devesse pedir a Fletchy também — replicou ela. (Antes desse ano, eu tinha tido a impressão de que ela sempre o chamava de reitor Fletch, e Cross, de Purple Monkey, e não Sug. Agora ela parecia Aspeth.)

— Acho que isso significa não — disse eu.

— Duvido que Hillary fosse se importar — disse Martha. — De qualquer maneira, isso não seria assim tão freqüente, não é?

Por que ela achava que não seria assim tão freqüente?

— Estamos brigando? — perguntou Martha.

— Não — repliquei rapidamente. Em seguida, eu disse: — Não poderíamos. Martha e Lee *nunca* brigam. — Não sei bem se era o que pensavam de nós, mas sim o que eu pensava. Como seniores, Martha e eu éramos um dos quatro pares de garotas, em nossa série, que estavam juntas há três anos. Os garotos permaneciam juntos, mas garotas não.

— Mas soube que Martha é uma puta — disse Martha.

— Na verdade, Lee é a terrível das duas — repliquei. — Totalmente insegura, e se queixa o tempo todo. E é tão negativa. Não suporto gente negativa.

— Quando a vida dá limões à gente negativa, deviam fazer limonada — disse Martha.

— Pessoas negativas deviam transformar a cara feia em sorriso — falei. — Ei, Martha?

Ela olhou para mim.

O que outra pessoa teria dito? *A sua amizade significa muito para mim. Amo você.* Martha e eu nunca tínhamos dito *Amo você* uma à outra; eu achava que as garotas que diziam isso, especialmente as que diziam o tempo todo, eram exibidas e superficiais.

— Estou feliz por não estar irritada comigo — falei.

Foi como estar caminhando por uma calçada em um bairro do subúrbio e pisar em um determinado pedaço do pavimento e o pedaço se desfazer e eu cair numa negritude com estrelas brancas cintilando à minha volta. Estava esperando me chocar de volta, na mesma calçada em que tinha começado, gaios azuis pousados em um poste telefônico, o irrigador borrifando um pátio no outro lado da rua, e eu com talvez um corte no joelho ou uma contusão no braço — prova de que *alguma coisa* tinha acontecido, mas menos do que eu havia imaginado. Mas nunca aconteceu. Simplesmente, continuei caindo.

Em parte, tinha a ver com o fato de que, nas noites em que Cross aparecia, eu não dormia muito. As coisas sempre pareciam estranhas. Além de eu estar comendo menos. Não estava comendo nada, e não porque eu fosse anoréxica, mas apenas porque comida, como quase tudo o mais, agora parecia irrelevante. Era voraz em relação a algumas coisas, como abacate, a ponto de pegar a bicicleta de Martha, ir até a cidade, e comprar quatro. Deixava-os amadurecer no peitoril da janela, descascava-o com o canivete de Martha, e os comia feito maçãs. Sorvete de baunilha também — esses alimentos pareciam, de certa maneira, puros, deslizavam por minha goela abaixo ao invés de ficarem presos em meus molares. Já pratos quentes, por outro lado, me davam vontade de vomitar.

Minhas notas, na verdade, melhoraram. Isso porque eu fazia o dever de casa, conseguia me concentrar porque minha vida não se resumia ao dever; na verdade, isso não tinha importância, era apenas alguma coisa que eu tinha de fazer para agir normalmente. De modo que me sentava, abria os livros e lia ou memorizava as equações — o que quer que fosse —, ao passo que antes eu me sentava e ficava olhando para o teto, pensando em coisas do tipo se teria de me dar um nome do meio quando fosse para a universidade ou, se meu corpo exalasse um cheiro crônico, alguém me diria?

A terceira vez que Cross apareceu, estava quase deitado sobre mim, nossos braços entrelaçados (surpreendeu-me como era tudo desordenado, e como essa era uma das partes boas: como nossos corpos não se moviam suaves e precisos, como no nado sincronizado, mas que permaneciam nossos corpos — o braço continuava a doer se o peso da outra pessoa se distribuísse de maneira errada, o nariz poderia se chocar com a clavícula do outro, e essa falta de jeito fazia eu me sentir à vontade, como se Cross e eu fôssemos amigos), quando eu lhe disse:

— Não podemos ficar aqui. Não podemos... — e ele me interrompeu me beijando. Insisti: — Não, Cross, verdade... — e então nos beijávamos mais, até que ouvi Martha se mexer e eu disse: — Venha. Levante e venha comigo.

Pisar no corredor iluminado foi terrível. Eu o tinha empurrado da cama, o puxado ao atravessar o quarto, mas quando abri a porta, tínhamos perdido o contato físico, e estar na luz, sem nos tocarmos, foi horrível; senti falta dele, e também me senti constrangida por ele estar atrás de mim. Será que meu cabelo estava espigado, e Cross veria como sou realmente na luz? Certamente não me viraria, para encará-lo e lhe mostrar.

— Espere — ele murmurou enquanto me seguia, e abri a porta do quarto das alunas semi-internas. O quarto tinha uma janela, a persiana estava levantada, e a luz de um poste lá fora possibilitava que enxergássemos. Sobre a cama, havia um saco de dormir e me deitei sobre ele, depois ergui o corpo e estendi a mão para Cross, e logo ele estava de novo sobre mim, com sua calça cáqui e seu cinto, os botões da camisa, meu rosto do lado do seu pescoço, logo abaixo de sua orelha esquerda, sua barba por fazer, como era bom sentir seu cheiro, como estava sempre quente e como eu gostava de estar com ele. Já naquela época, reconhecia a tristeza de outra pessoa deitada sobre você. Sempre partiriam (o que mais alguém faria, simplesmente ficar deitado ali para sempre?) e essa era a parte triste. Sempre sentimos a perda iminente.

Parecia-me, e me pareceu por muito tempo, que era isso amar um garoto — sentir-se consumida. Acordava pela manhã pensando: *Amo tanto você, Cross.* Saber que outras pessoas não considerariam amor o que acontecia entre nós — é claro que não — me dava mais certeza. Quando ele chegava à noite, com um tapinha no meu ombro, e descíamos o corredor até o quarto das semi-internas, indo finalmente de novo para a cama, nossos corpos se sobrepondo um ao outro, meus braços ao redor de suas costas — essa era uma das vezes que não lhe dizer que o amava requeria muita força de vontade. E também quando ele estava para ir embora. Eu o amava tanto! Mais tarde, com outras pessoas, eu pensaria: *Amo mesmo? É assim que se sente? Pessoas diferentes sentem o amor de forma diferente?* Mas com Cross, nunca me admirava. Não havia nele nada de que eu não gostasse. Outros, no futuro, talvez também fossem altos, mas magros como garotas, e escutassem música clássica, bebessem vinho, gostassem de arte moderna e me parecessem afeminados. Ou teríamos muito a nos dizer para preencher uma noite, poderíamos ir a um jogo de beisebol, mas nunca deixava de ser um esforço. Ou seus dedos eram — não curtos e grossos, mas não longos e seguros. Se eu beijasse esses rapazes, me perguntaria se isso não acabaria se revelando uma obrigação, se eu não estaria avançando em uma situação de que, mais tarde, teria de me livrar. Não que não fossem *atraentes*, não eram *maçantes*. Mas nunca pensei no que Cross não era, nunca tive de explicar ou defendê-lo para mim mesma, nem mesmo me importava com o que falávamos. Não era uma concessão.

Ou talvez, para ele, fosse. Mas nunca para mim.

Se as pessoas perguntassem, o que não muitas faziam, eu responderia que estava ficando no campus por todo o fim de semana prolongado para trabalhar as requisições para as universidades. Na verdade, ficava na escola porque lá era o lugar de Cross. Ele saía, é claro — eu sabia, não porque conversássemos sobre isso, mas porque tinha escutado uma conversa no refeitório, de que ele e alguns outros garotos iriam a Newport ficar com a mãe e o padrasto de Devin —, mas pelo menos a escola era o lugar em que ele tinha estado e para o qual voltaria, enquanto a casa de Martha, em Burlington, onde eu passava os fins de semana prolongados desde o primeiro ano, seria apenas uma digressão; tudo o que eu faria seria esperar a hora de ir embora.

Martha ia pegar o ônibus, ônibus em que estive com ela tantas vezes, e, no quarto, logo antes de embarcar junto com outros estudantes da Ault para Boston, onde seriam deixados na South Station, ela me encarou.

— Tem certeza de que não quer vir? — perguntou ela. — Prometo não distraí-la.

— Vai ser melhor para mim ficar aqui — repliquei. — Mas dê um abraço nos seus pais.

Martha olhou para mim.

— Você está bem, não está? Não há nada errado?

— Vá — falei e a abracei. — Vai perder o ônibus.

Fiquei aliviada quando vi os ônibus darem a partida. Sozinha no quarto, me deitei no *futon*, sem ler, sem dormir, sem nem mesmo fechar os olhos, e pensei em Cross. Pensei nele de outra maneira, é claro, mas era quando eu estava fazendo coisas, e quando tentava pensar nele à noite, geralmente adormecia; mas deitada sozinha no *futon* foi quase como meditar. Tudo o que havia acontecido entre nós, cada comentário que ele tinha feito, cada maneira como me tocava, eu agora pensava por mais tempo do que tinha durado quando aconteceu.

Por algum tempo, fiquei feliz por estar escurecendo, feliz pelo campus estar praticamente vazio — as únicas pessoas que ficavam durante um fim de semana prolongado eram os que não tinham sido convidados para ir a algum lugar, ou eram pobres demais para viajar, ou as duas coisas. Havia um fim de semana prolongado a cada semestre, e quando era caloura, fiquei no campus por três seguidos, se bem que era difícil me lembrar de como os tinha passado — lendo revistas, provavelmente, e esperando a hora das refeições, e me sentindo isolada. Mas talvez esse tenha sido o começo da minha sorte, talvez, a partir de então, eu fosse conseguir o que mais queria, se bem que não estivesse certa de que desejasse algo mais do que eu desejava Cross.

Passou três semanas aparecendo, e quase fizemos sexo. Algumas noites antes, nós dois tínhamos tirado a roupa toda, e seu pênis tinha se impulsionado contra mim, sem machucar, como se fosse algo que eu quisesse. Eu tinha aberto as pernas para ele, e nenhum dos dois falou, porque se um de nós falasse, só poderia ser para reconhecer o que estava acontecendo.

Finalmente, eu disse:

— Você...

Ele estava beijando o meu ombro. Ele não disse nada, mas eu podia senti-lo escutando com atenção.

O momento se estendeu. Ele se ergueu para olhar para mim. Minhas mãos estavam cada uma de um lado do seu tórax, mas fiquei constrangida e puxei meus braços, como se para impedir uma bola de bater no meu peito. Ele moveu meus braços, primeiro um, depois o outro. Gostava disso nele, como não deixava eu me esquivar da situação. O fato de parecer que recomeçávamos tudo a cada vez não significava que eu o estivesse testando. Era mais uma necessidade de uma prova: *Você quer estar aqui; você quer me tocar.* Nesses momentos, quando eu ficava rígida ou embaraçada, ele dizia: "Nada de timidez", e se entocava em mim, e *timidez* parecia uma palavra generosa demais para isso.

— Eu o quê? — disse ele. Estava sorrindo.

O que eu poderia um dia dizer que se igualasse ao rosto de Cross em cima do meu, o sorriso de Cross? Embaixo, os golpes eram mais suaves agora, mas nós dois não parávamos de nos mexer.

Ele acomodou-se de novo em mim e disse:

— Você tem o cabelo mais macio do mundo. — O que foi um elogio que adorei. Como eu não podia controlá-lo, parecia autêntico, não como se eu estivesse usando perfume e ele dissesse que era bom.

Ele estava separando mais minhas pernas, começando a entrar, e senti um vislumbre não da dor verdadeira, mas de uma dor antecipada. Mas não percebi que estava resistindo até ele dizer:

— O que foi? — Depois: — Tudo bem — o que pensei, por uma fração de segundo, ser sua maneira de me tranqüilizar, de dizer tudo bem se eu não quisesse ir até o fim. Mas não foi o que ele quis dizer. Continuava a abrir minhas pernas com as suas.

— É só que não acho... — falei e ele se interrompeu. Foi bom ele parar, e também um relaxamento. Quis dizer que lamentava, mas sabia que não devia. — Não é que eu não queira — falei.

— Isso significa que você quer?

Baixinho, respondi:

— Sim.

— Então qual é o problema? — perguntou suavemente, não de maneira acusatória.

Não respondi.

— Está com medo que doa?

Às vezes, eu me perguntava se Cross sabia o quanto eu era inexperiente; essa pergunta indicou que sabia ou que, pelo menos, sabia que eu era virgem.

— Vou bem devagar — disse ele.

— Não temos preservativo.

— Sei que teve essa coisa de educação sexual. Mas posso retirar a tempo. Vou tomar cuidado.

O motivo não era realmente não termos preservativo. Mas era difícil explicar por que *era* realmente. E era difícil acreditar que esse momento estava acontecendo — que Cross estava tentando me persuadir a fazer sexo e eu estava me recusando. Não parecia, como eu podia ter imaginado, satisfatório; pelo contrário, parecia estranho e precário.

— Podemos fazer outra coisa — disse eu.

Ele não respondeu. Mas a energia, com esse único comentário, tinha mudado. Eu tinha estado no alto da gangorra, empoleirada no ar, e então havia batido com um ruído surdo embaixo; estava acocorada no chão, chamando Cross.

— Quero que seja bom para você — falei, e só me dei conta depois de ter falado de que as palavras eram as mesmas que ele havia dito na primeira vez que tinha ido ao meu quarto. Se ele replicasse *Por quê?*, só poderia ser de propósito, um eco da nossa conversa anterior, e eu acharia o máximo. Eu gostaria que assistíssemos a filmes ruins juntos, que fôssemos ao boliche juntos, que comêssemos demais e contássemos histórias constrangedoras. Eu teria achado que tínhamos o mesmo senso de humor, o que não tínhamos; Cross me deu muito, mais do que muito; isso não é uma queixa.

— Quero fazer você... — Não consegui dizer a palavra *gozar*.

— Gozar? — completou ele.

Fiquei calada. Em todas as vezes que ficamos juntos — ele aparecia mais ou menos de três em três noites, cinco vezes até agora, e no tempo entre suas visitas eu sempre me convencia de que tinha sido a última vez, de que ele não retornaria — ele nunca tinha gozado. Eu tinha segurado seu pênis somente uma vez, e esse foi outro momento em que eu não fazia a menor idéia do que estava fazendo. Todos esses anos lendo revistas femininas, e não conseguia nem mesmo me lembrar do fundamental de uma masturbação — eu tinha simplesmente passado meus dedos dobrados em sua extensão. Eu estava deitada de lado, e ele começou a passar a mão nas minhas coxas e quadril, depois os dedos desceram e me penetraram, e pareceu perturbador (certamente essa noção vai provocar o riso em outras pessoas), tinha parecido até mesmo caótico, duas atividades terem acontecido ao mesmo tempo. Eu tinha me perguntado se ele estava tentando me avisar que estava farto da minha mão. Afastei-a e virei meu corpo para perto dele e ele disse: "Gosta de ficar perto, não?" Eu estava sempre afastando o saco de dormir como se ficasse entre nós, ou me certificando de que tocávamos em todos os pontos quando, de lado, nos enganchávamos um no outro. E eu tinha a impressão de que ele também queria o mesmo, mas a verdade era que não havia nada em Cross ou em Cross comigo de que eu tivesse certeza. Tinha pensado em perguntar a Martha sobre Cross nunca ter gozado, mas receei que a explicação revelasse uma inadequação em mim tão humilhante que era melhor não partilhar isso nem mesmo com ela — não era uma piada como os garotos do ensino médio geralmente gozavam rápido? Além disso, suspeitei que Martha e Cross reprovariam a revelação de detalhes íntimos. Se isso incomodasse somente um deles, eu poderia contar a Martha, mas imaginar a força dobrada da censura deles me deteve.

— O que está dizendo? — perguntou Cross.

Não respondi, mas compreendi como agora teria de ir até o fim com o que eu só tive certeza de estar propondo ao perceber em sua própria voz que era assim que ele estava entendendo. Teria de ir até o fim porque ele me forçaria, não porque estivesse tentando me mostrar que eu estava testando a sua paciência, mas porque realmente eu estava testando a sua paciência. E de qualquer maneira, tinha sido eu a trazer à baila o assunto.

— Venha — disse eu, e mudei de posição, portanto ele também. Ficou deitado de costas e eu me ajoelhei, deixando o cabelo cair no meu rosto, como se assim ocultasse como meu estômago pareceria sob esse ângulo. Era bem diferente estar nua em cima do saco de dormir de Hillary Tompkins, no escuro, mas não um breu, de estar nua embaixo. Abri minhas pernas acima dos joelhos dele. Depois foi como quando temos de fazer uma apresentação em aula, e sentisse que precisava de um sinal oficial para começar, como o apito em uma competição, mas ao invés disso, todo mundo fica simplesmente esperando por você e a coisa mais oficial que pode acontecer é dizer *Certo* algumas vezes: "Certo, a guerra dos franceses contra os indianos, também conhecida como a Guerra dos Sete Anos, teve início em 1754..."

Até mesmo disse, "Certo". Depois me curvei e, ao fazer isso, pensei que provavelmente existiam mulheres que faziam isso à luz do dia, o traseiro exposto, meneando para o teto, e como eu nunca seria uma delas. Esperava, sem me dar conta de que antecipava tal evento em minha própria vida, que seria diferente do que era: algo maior do que, sob circunstâncias normais, alguém jamais poria na boca. Parecia difícil respirar. Não gostei — não gostei mesmo. Mas então, no próprio desconforto, senti uma espécie de nobreza — uma afinidade com todas as garotas que tinham feito isso antes de mim em garotos de quem elas gostavam (pensei em Sophie Thruler, a namorada de Cross, no primeiro ano), uma afeição por mim mesma por me dispor a fazer isso, uma afeição por Cross por ser a pessoa em quem eu faria isso. Fez-me sentir uma adulta, como, mais tarde, beber vinho, antes de gostar do paladar.

Ele pôs as mãos em meus ombros, de leve, e ocasionalmente pegava um de meus seios, o golpeava involuntariamente — nunca tinha pensado nele como cauteloso antes, mas agora se mostrava indefeso como nunca o tinha visto — e arfava e gemia de uma maneira desigual, às vezes aguda, que me assustou. Eu me perguntei se todos os garotos fariam barulho assim. E fiquei feliz por Cross, que nunca me causaria repulsa nem me insultaria, fosse o primeiro que eu via dessa maneira. Se tivesse sido outro garoto que parecesse menos bacana ou menos experiente, talvez o tivesse julgado, atribuindo essa reação à sua impopularidade ou inexperiência.

No meio — até então fazia com a minha boca o que tinha feito, da outra vez, com a minha mão, um movimento regular para cima e para baixo —, realmente me lembrei de uma dica em uma revista: *Trate seu pênis como um sorvete delicioso*. Retirei minha boca, escorregando-a, e comecei a lamber os lados, balançando e virando minha cabeça. Passou-se menos de um minuto e Cross estremeceu uma vez e, então, um líquido quente e leitoso espalhou-se por meu peito. Se tivesse gozado na minha boca, eu teria engolido; com certeza, teria. Ele estendeu o braço e me puxou para cima, e quando me deitei em seu peito, ele acarinhou minhas costas, apertou meu traseiro e braços, beijou minha testa.

— Foi uma grande chupada — disse ele, e me senti mais orgulhosa do que se tivesse tirado um A em matemática. Seria possível eu ter um dom particular? Se tivesse, seria como cortar cabelo (exceto que melhor), e o fato de eu não achar o ato especialmente agradável seria irrelevante. Quando somos realmente bons em alguma coisa, simplesmente a fazemos, porque seria um desperdício não fazê-la. No instante seguinte, é claro, me perguntei se Cross não estaria apenas querendo fazer com que me sentisse bem, mas no instante seguinte a esse, pensei que o fato de Cross tentar fazer eu me sentir bem era por si só motivo de felicidade.

O episódio tinha sido no começo dessa semana. A primeira noite do fim de semana prolongado, enquanto eu estava deitada no *futon*, a recordação continuava vívida e densa; ainda não sabia quantas vezes nos dias seguintes eu retornaria a isso até que se desgastasse e diluísse, um exercício mental em vez de interação física com outra pessoa.

Estava completamente escuro — tinha começado a escurecer às quatro e meia — e me ocorreu simplesmente ir dormir, mas despertei às onze e meia da noite, desorientada e com fome. Levantei-me, acendi a luz, baixei as persianas, e senti a primeira pontada de solidão, a primeira suspeita de que ter ficado no campus havia sido um erro. Liguei o computador de Martha e cliquei na minha pasta de ensaios e, dentro, no arquivo intitulado "inscr. na Brown". Fiquei olhando para o parágrafo incompleto que eu tinha escrito na semana anterior: *Minha qualidade mais incomum é que sou do Meio-Oeste, ainda que more na Nova Inglaterra há três anos...* Desejei que, nesse momento, ao invés de estar de frente para a tela do computador, estivesse deitada com Cross, que ele estivesse levantando minha camisola ou com a mão dentro da minha calcinha.

Sem nenhuma razão particular, minhas costas doíam e eu senti sede; não estava com nenhuma disposição de escrever um ensaio. Fechei o arquivo e a pasta, e coloquei a tela em espera; depois do jantar, possivelmente, eu me sentiria mais inspirada.

Os únicos seniores no refeitório eram Edmund Saldana e Sin-Jun, sentados a uma mesa com alguns alunos do 3° ano — três garotos negros (havia quatro garotos negros em todo o 3° ano) e Nicky Gary, uma garota pálida com o cabelo ligeiramente ruivo que diziam ser uma cristã nascida de novo, isto é, que encontrara a religião depois de uma experiência espiritual forte; o mais estranho é que seus pais não tinham renascido, e ela era sozinha. Os garotos eram Niro Williams, Derek Miles e Patrick Shaley. Nas outras mesas, havia uma representação maior de calouros e alunos do 2° ano, e a uma quarta mesa estavam professores que passariam o fim de semana prolongado no campus.

O que me surpreendeu quando olhei em volta, e de que tinha me esquecido desde o ano como caloura, era que a Ault em fins de semana prolongados não era realmente a Ault — não ficava cheia e agitada, não havia gente por quem me sentia fascinada e inibida. Ao invés disso, eram edifícios esvaziados. Não havia nada capaz de surpreender e entreter durante aqueles dias. (Acostumei-me a temer, e não estava completamente enganada, que era assim com o resto do mundo. Quase nunca tinha importância escovar ou não o cabelo antes de pegar o carro para ir à mercearia, raramente se trabalhava em um escritório em que se importava com o que mais de duas ou três pessoas achavam de você. Na Ault, importar-se com tudo era exaustivo, mas também estimulante.

Quando me sentei, Niro e Patrick estavam conversando animadamente sobre um videogame, e ninguém mais falava sobre qualquer coisa. Sin-Jun e eu falamos brevemente — também ela estava trabalhando nas requisições para as universidades, e tinha decidido se candidatar primeiro a Stanford —, mas a nossa conversa esgotou-se logo, e alguns minutos depois, antes de eu acabar de comer, ela se levantou para sair. Sentada ali com Edmundo e Nicky, e os garotos do 3° ano, pensei que devia ter ido para Burlington com Martha. Experimentei uma sensação antiga e desagradável de não ter importância para ninguém ali presente, e pareceu difícil acreditar que a sensação pudesse retornar tão abruptamente, embora eu não soubesse de onde estava retornando. E então me dei conta de quanto minha idéia de mim mesma tinha mudado. Provavelmente tinha mudado lentamente, começando com Martha se tornando minha amiga na primavera do primeiro ano e, talvez, só mudando de novo significativamente no mês de maio anterior a ela ser eleita monitora e eu a companheira de quarto da monitora. Tinha mudado mais uma vez nas últimas semanas, depois de beijar Cross pela primeira vez. Eu me sentia — não bacana, era difícil me imaginar bacana e popular, mas uma pessoa em relação à qual eu me sentiria intrigada quando no primeiro e no segundo ano. O que queria dizer, talvez, que um calouro ou aluno do segundo ano atual poderia ficar intrigado comigo. Se bem que nunca tivesse percebido nenhuma evidência dessa possibilidade, além do que pessoas intrigantes não ficavam na escola durante o fim de semana prolongado; no mínimo, iam para Boston.

Havia também a questão de ninguém saber que Cross e eu estávamos nos encontrando. Ou não oficialmente, mas também tomei consciência, nesse momento, de como estava contando com que o segredo fosse revelado, porque na Ault segredos sempre eram desvendados. O companheiro de quarto de Cross, Devin, tinha de saber, ou talvez uma garota no meu dormitório tivesse ido ao banheiro no exato momento, por volta de quinze para as cinco da manhã, em que Cross estava saindo. (Tinha de ser Cross a vazar a informação; não podia ser eu.) Não que tivesse sido dissimulada ao pedir a Cross que não comentasse nada do que estava acontecendo. Era só que eu presumia que as pessoas acabariam sabendo por fatos básicos sem uma discussão explícita.

Existia a possibilidade de Niro, Patrick e Edmundo não ligarem, é claro, mas parecia mais provável que não soubessem. Porque se soubessem, certamente demonstrariam de alguma maneira, certamente demorariam mais o olhar em mim quando eu me sentasse. Depois da primeira vez que Cross apareceu, aquilo tinha parecido tão incerto, e eu tinha imaginado que se as pessoas ouvissem falar de algo sobre isso, tudo o que pensariam seria: *Ela?* Mas estava durando, tinha sido uma coisa que Cross estava escolhendo, e não arbitrária. E saber disso não mudou a minha maneira de agir, mas com certeza afetou o lugar na ordem social em que me via; agora o meu comportamento regular parecia gracioso e charmoso. Podia ter deixado que o interesse de Cross em mim me subisse à cabeça, mas vejam — eu era humilde como nunca. Não me sentei, de uma hora para a outra, do lado de Aspeth Montgomery na capela nem esperei ser convidada a ir a Greenwich com ela.

— Pode passar o ketchup? — perguntou Derek Miles.

Hesitei.

— Está logo ali — disse ele.

Passei-lhe o frasco. Ele não fazia idéia. Sem dúvida não era uma notícia que circulava pela escola, portanto a única pergunta que restou foi se era notícia em algum nível — notícia no meio de seniores, notícia no círculo de amigos de Cross. Aspeth Montgomery sabia? Se não sabia, ninguém sabia. E não, pensei, ela não sabia. Não sabia porque, se soubesse, teria contado a Dede, e se Dede soubesse, me confrontaria; não conseguiria se conter.

Quando voltei ao dormitório, a única luz era a que eu tinha deixado acesa no meu quarto. Dormi doze horas nessa noite, e o mesmo nas duas noites seguintes, esperando Cross voltar. No domingo à tarde, a sra. Parnasset nos levou em sua van ao shopping de Westmoor. Sin-Jun e eu assistimos a um filme sobre uma família do subúrbio cujo filho caçula morre, e tudo no filme me lembrava Cross, ou mais exatamente, me fazia pensar nele e continuar pensando em coisas a respeito dele que nada tinham a ver com o filme. O jantar de domingo foi de frios. A temperatura nessa noite caiu abaixo de zero pela primeira vez desde o inverno anterior. E então já era segunda-feira de novo; Cross e todo o resto retornaram à escola.

Fizemos sexo alguns dias depois porque foi inevitável, porque, agora que ele tinha retornado ao campus, eu queria tudo dele, ele todo, porque o amava, porque tinha medo de perdê-lo, porque era bom ou, pelo menos, porque tudo até aquele momento tinha sido bom, e era isso que vinha a seguir. A realidade, é claro, foi que a dor me fez apertar seu braço logo abaixo dos cotovelos e arquear o pescoço para trás até o alto da cabeça se pressionar contra o colchão. Fiquei surpresa por ele não ter se oferecido para parar, mas talvez isso tenha sido bom porque, se ele tivesse, eu teria aceitado a oferta, e simplesmente adiado a dor. Ele tinha levado um preservativo, e depois foi ao banheiro e pegou toalhas de papel para enxugar o sangue das minhas coxas. As toalhas de papel estavam quentes e pensei em como, nas pias do dormitório da Elwyn, a água quente sempre demorava para sair e como ele devia ter esperado.

Nós dois estávamos suando e, enquanto deitados ali, ainda mais pegajosos; o saco de dormir de Hillary era de algodão xadrez, não de náilon, que supostamente não absorveria umidade. Mas a nossa viscosidade realmente não tinha importância, nem minha barriga contra seu quadril — coisas que antes me embaraçavam, já não me embaraçavam mais. Era como se o meu tempo todo na Ault, até aquele momento, eu tivesse passado em uma preocupação frenética, tempestuosa, e que agora tudo tinha terminado e tudo o que sentia era uma calma profunda; era difícil acreditar que a sensação não seria permanente. Sexo de verdade não era tão diferente do sarro mais casual como eu tinha imaginado, mas não era exatamente igual, tampouco — depois, parecia que alguma coisa tinha terminado ao invés de apenas se esvaído gradativamente. Agora, a cada referência a revistas, filmes ou conversas, poderia assentir, ou pelo menos, ao escutar outras pessoas, não precisaria desviar o olhar para que não enxergassem dentro dele e vissem que eu realmente não entendia. Poderia discordar, mesmo que não o fizesse em voz alta.

Ele acariciou meu cabelo, e não havia nada que eu quisesse dizer ou quisesse que ele dissesse; eu não esperava nada desse ato. A sensação dolorida deixou-me sem saber quando poderia ter relação de novo, mas não era um dolorido grave. Era como depois de fazer uma caminhada, por ser uma coisa que ficou feliz em fazer. Dois dias depois, peguei minha primeira caixa de pílulas anticoncepcionais na enfermaria, o que fez com que me sentisse tão diferente de mim mesma, que não me surpreenderia se, ao olhar no espelho, visse uma divorciada de 40 anos, mãe de dois filhos, uma vaqueira, uma instrutora de aeróbica em um navio de cruzeiro no Caribe. A parte real era estar na cama com Cross.

Antes e depois de me envolver com Cross Sugarman, ouvi milhares de vezes que um garoto, ou um homem, não pode fazer você feliz, que você tem de ser feliz por si mesma antes de poder ser feliz com outra pessoa. Tudo o que posso dizer é que gostaria que isso fosse verdade.

Em novembro, comecei a assistir a seus jogos de basquete; ele nunca aparecia na noite antes de um jogo. Sentava-me no alto da arquibancada, muitas vezes do lado de Rufina, que ia porque Nick Chafee também jogava. Os jogos de sábado à noite lotavam — eu fazia Martha ir comigo —, mas nos jogos à tarde, outros estudantes tinham seus próprios jogos, de modo que a maioria dos espectadores eram pais que moravam perto, professores, ou jogadores do time que representava a escola. Estava livre para ir porque todos os seniores podiam cortar um esporte e eu cortara o meu nesse inverno. A parte mais estranha era que eu realmente tinha jogado basquete durante os últimos três anos, mas quando assistia Cross jogar, era como um jogo novo; quase como se o esporte fosse uma novidade para mim, e entendi, pela primeira vez na minha vida, por que as pessoas gostavam.

Para jogos na própria escola, usavam uniformes brancos com debrum cor de romã; Cross, que jogava no centro, era o número seis. Usava tênis preto de cano alto e suas pernas eram longas nos shorts brancos, seus braços claros e musculosos na camiseta de malha.

Durante os meus próprios jogos de basquete, eu ficava sempre meio adormecida, prestando menos atenção ao outro time do que se meus shorts estavam se levantando ou se os pedaços de galinha do almoço estavam se revolvendo no meu estômago. Mas durante os jogos de Cross, ficava alerta ao esporte em si: o som rangente dos tênis dos jogadores, o apito dos juízes, a maneira como os jogadores e os técnicos protestavam contra faltas de que discordavam. Nos jogos de sábado à noite, as pessoas nas arquibancadas à minha volta gritavam: “Vamos lá, Ault!” ou, se Cross estivesse com a bola, diziam: “Sug! Sug! Sug!” Eu nunca torcia — sob a iluminação feérica, no meio da multidão excitada, sempre me sentia tensa e ligeiramente nauseada — e, de início, fiquei surpresa em ver como as pessoas se envolviam. Ou, talvez, com o pouco que ocultavam o seu envolvimento.

Então me dei conta de que ali, nos esportes, tudo bem demonstrar que algo tinha importância para você. Talvez porque, de fato, não tivesse importância, tudo bem se colocar naquilo — se colocar soava quase irônico —, mas então você realmente tinha se colocado naquilo e se importava com aquilo, e continuava tudo bem. Ficavam com raiva — uma vez vi Niro William receber uma falta técnica e sair da quadra sem passar a bola para o juiz — e tudo bem ficar desapontado e tudo bem tentar. Podia grunhir ou tropeçar, contorcer o corpo e fazer caras ferozes quando estava tentando tirar a bola de alguém e tudo isso não tinha problema. Quando disputaram com a Hartwell, rival da Ault, os times mantiveram uma diferença de dois pontos praticamente o jogo todo, e, então, Hartwell fez oito pontos no último minuto e meio. Quando a campainha soou, olhei para Cross e fiquei pasma ao ver que estava chorando. Desviei o olhar por reflexo, depois olhei de volta. Seu rosto estava amassado e vermelho, e estava enxugando os olhos e sacudindo a cabeça, mas não correndo para o vestiário ou tentando esconder isso de qualquer outra maneira. Darden Pittard estava em pé na frente dele, depois Niro se juntou a eles, e Darden falava — parecia estar dizendo alguma coisa gentil — com as mãos no braço de Cross.

Nos esportes estava a verdade, concluí, a verdade tácita (como mais rapidamente nos danamos quando começamos a falar, como sempre parecemos pequenos e inglórios), e foi difícil acreditar nunca ter percebido isso antes. Compensavam a inércia e abnegação; confirmavam que sim, há gradações de habilidades e valor e que todo mundo sabe quais são (ao ver aqueles garotos que foram substituídos dois segundos antes do fim do tempo, pensaria em como as técnicas de garotas nunca eram assim tão sem coração); mostravam que as melhores coisas do mundo eram ser jovem, forte e rápido. Disputar um jogo importante de basquete de uma escola de ensino médio — algo que eu mesma nunca tinha feito, mas que podia afirmar — fazia com que soubesse o que era estar vivo. Quantas coisas na vida adulta podem se comparar a isso? Com certeza há marguеritas, ou não há deveres de casa, mas há também *bagels* velhos sob luzes de néon na sala de conferências, há a espera pelos bombeiros, conversando bobagens com seu vizinho chato.

Uma vez, também no quarto tempo de uma final, Cross fez um arremesso de detrás da linha de três pontos, e quando a bola entrou na cesta, seus colegas de equipe o cercaram, dando tapinhas no seu traseiro, erguendo as mãos para baterem nas dele. Ninguém na arquibancada olhava para mim como olhavam para Rufina quando Nick fazia uma cesta (até os professores olhavam de relance para ela; mas não tenho certeza se sabiam que estavam fazendo isso). Cross não me pertencia, e, ao vê-lo na quadra, compreendi que mesmo que fosse o meu namorado continuaria a não me pertencer.

Não sei se Cross notava que eu ia aos seus jogos. Eu não mencionava isso porque receava que parecesse uma violação do nosso acordo, ou grudento ou simplesmente público demais. E ele nunca falava dos jogos, se bem que quando ganhavam e ele aparecesse (nunca aparecia quando perdiam e só às vezes quando ganhavam), se mostrava mais ousado do que habitualmente, da maneira que somos levadas a acreditar que os meninos são quando temos 11 anos — que tirarão suas roupas, a apalparão e a esmagarão contra si. Mas a verdade era que eu sempre quis ser esmagada e apalpada. Mais tarde, quando tentei imaginar como podia ter estragado as coisas, me ocorreu o seguinte: que eu resistia tão raramente que não tornara difícil o bastante para ele. Talvez ele tenha se decepcionado. Talvez fosse como reunir suas forças e arremessar seu corpo contra uma porta que acredita estar trancada, e a porta se abrir facilmente — não estava trancada — e você fica ali olhando para o quarto, tentando lembrar o que achava que queria.

Quando caloura, tinha ido para casa no Dia de Ação de Graças, e nunca mais depois dessa vez — somente três semanas se passaram do feriado de Ação de Graças ao Natal, e a passagem de avião era cara. ("Amamos você", meu pai disse certa vez, "mas não tanto assim.") Na casa de Martha, no feriado de Ação de Graças, como nos outros anos, ficamos acordadas até tarde assistindo a filmes, acordamos às onze da manhã e comemos torta de abóbora no desjejum. Sobre as duas camas de solteiro no seu quarto, havia lençóis brancos de percal duzentos fios e edredons brancos que eu sempre receava sujar com a caneta, e nos armários e *closets* havia peças extras de tudo — toalhas, papel higiênico, caixas de cereal; havia até mesmo uma geladeira extra no porão. Muitas vezes me perguntei, quando visitava a casa dos Porter, se a revelação de seu modo de vida seria transitória ou se, um dia, eu moraria numa casa tão bonita, se seria tão fácil para mim ser generosa com outras pessoas como eles eram comigo. Parecia realmente genuíno não ter importância a sra. Porter precisar preparar uma porção extra de sopa de lagosta porque eu estava lá, ou comprarem mais uma entrada para a apresentação do coral na sua igreja (eu pagar minha própria entrada, muito menos minha porção de sopa de lagosta, não era uma possibilidade que alguém chegasse a cogitar). Havia outros na Ault em relação a quem eu tinha um pressentimento, alunos de famílias mais pobres do que a minha, e que provavelmente ganhariam, quando adultos, muito mais do que eu — seriam cirurgiões ou corretores de ações. Mas ganhar muito dinheiro não parecia algo que eu fosse capaz de controlar; eu tinha chegado à Ault, mas não tinha certeza de se iria adiante. Não era inteligente ou disciplinada como aqueles estudantes, eu não era *motivada*. Aparentemente, sempre conheceria vidas desse tipo sem vivê-las; não podia confundir familiaridade com direito de posse.

No dia de Ação de Graças, os primos de Martha também estavam presentes, e Ellie, que tinha 8 anos e inexplicavelmente gostava de mim, se agachou atrás de mim no sofá, trançando meu cabelo. Quando isso ficava chato, ela pegava uvas na travessa de queijos e tentava me persuadir a abrir a boca para que as jogasse dentro, e eu cedi algumas vezes, quando os adultos, Martha e seu irmão não estavam olhando. Eu gostava de Ellie porque ela me lembrava meus irmãos. O sr. Porter, usando um avental com a frase *Beije o cozinheiro*, trinchou o peru, se bem que, pelo que eu sabia, a sra. Porter e sua irmã é que tinham preparado tudo. Todos nós comemos muito; depois da sobremesa, comi purê de batatas de novo e, extraordinariamente, Martha também.

Foi um bom dia de Ação de Graças; achava uma sorte eu ter conhecido Martha e sua família, ser a sua companheira de quarto. Mas durante todo o tempo, pensei em Cross.

O comunicado de que Martha tinha sido aceita em Dartmouth chegou em 14 de dezembro e lhe preparei um cartaz, e quando as pessoas foram felicitá-la, ela agiu como tinha feito ao ser eleita monitora: ligeiramente embaraçada, como se em vez de cumprimentá-la tivessem lhe dito que a tinham visto, de manhã, pôr o lixo fora, usando roupão. No dia seguinte, Cross foi aceito em Harvard, e quando apareceu duas noites depois, sua reação ao fato foi de uma polidez desinteressada. Quando o felicitei e ele replicou “Obrigado” — foi, de fato, tudo o que disse —, percebi como eu não era uma pessoa com quem discutiria algo tão trivial e pessoal como universidade. Com que tipo de colegas acabaria dividindo o quarto, em que área se especializaria, se teria oportunidade de jogar basquete lá — era mais provável que conversasse sobre esses tópicos com Martha do que comigo. As coisas que ele me contava eram de poucas palavras e anedóticas: aos 3 anos, tinha sido reprovado na prova para uma escola particular porque tinha dito que um elefante tinha cinco patas (tinha achado que a tromba contava); quando tinha 11 anos, tinha pedido doces, no Halloween, no edifício em que morava em Nova York, e uma mulher no quarto andar tinha atendido a porta de combinação preta e saltos altos (ela não tinha nenhuma bala para dar, portanto deu a ele e a seu amigo um saco aberto de biscoitos de chocolate). Essas histórias me faziam sentir protetora e venerada, e também distante dele.

O ritual de leitura da Bíblia e cânticos foi na noite de véspera do início do feriado do Natal, e Cross e Martha foram dois dos três Reis Magos. Os monitores seniores sempre representavam os Reis Magos, e um terceiro sênior, um sênior que se destacava, era selecionado para se juntar a eles. Não foi surpresa para ninguém Darden Pittard ser o escolhido. Quando todo mundo se levantou para cantar o cântico natalino, os três desceram o corredor central da capela usando túnicas e coroas, e segurando seus presentes (Martha tinha sido designada para levar o incenso). Nessa mesma noite, mais tarde, quando Cross e eu estávamos deitados na cama de Hillary Tompkins, eu lhe disse:

— Você estava bonito de coroa. — Não foi o tipo de coisa que geralmente dizíamos, mas ficaríamos sem nos ver por duas semanas, e eu tinha certeza de que não me daria mal com isso. Já tínhamos feito sexo duas vezes nessa noite, e havia entre nós aquele ar de generosidade e afeição que nasce quando estamos prestes a nos separar. — Aposto que não sabe que também sou atriz — prossegui. — Na quarta série primária, minha turma representou uma peça sobre Cristóvão Colombo indo para a América, e eu fui a estrela.

— Fez a rainha Isabel?

— Não! — Esmurrei seu ombro. — Fiz Colombo.

— Verdade?

— Por que é tão difícil acreditar? Fui bem. Usei calções amarrados nos joelhos.

— Tenho certeza de que estava bem — disse Cross. — Só que achei que um menino representaria Colombo. — Pressionou os lábios na minha orelha. — Mas deve ter ficado muito sexy de calções.

Mais tarde, eu me lembraria dessa como a nossa melhor noite. Não por ter sido extraordinária, mas justamente por não ter sido — por não ter sido emotiva ou sentimental, por, apesar de fazermos sexo, também, de certa maneira, termos sido amigos.

No dia seguinte as aulas se encerraram ao meio-dia, e embarquei no ônibus para Logan na frente da casa do sr. Byden. Quando o ônibus deu a partida, olhei pela janela e pensei: *Não, não, não.*

No aeroporto, na fila para despachar minha bagagem, me senti mais consciente do que nunca de ser uma estudante de escola preparatória. Minha idade, minhas roupas, os livros na minha mochila, provavelmente até mesmo minha postura — todas essas coisas eram sinalizadores, símbolos da minha condição de membro de uma subcultura, a que me sentia pertencendo somente quando estava longe. Depois que despachei a bagagem, fui ao banheiro, passando pela comprida parede de espelhos do terminal, o meu reflexo pareceu um gigante ao cubo usando minhas roupas.

Geralmente eu ia em seguida comprar um sorvete e tomava-o diante de uma prateleira de revistas, lendo, e logo antes de embarcar, compraria uma — um exemplar grosso, que deliberadamente não tinha lido na loja. Havia outros alunos da Ault no terminal, é claro, e ao nos cruzarmos, nos reconhecíamos, geralmente não nos falávamos, e eu não ficava com eles. Como caloura, sentia-me intimidada demais — um bando de estudantes sempre se sentava no fundo de um restaurante que vendia ensopado de frutos do mar ou rosquinhas, fumando e falando alto, e agora que eu estava mais velha, continuava intimidada, pelo menos pelos fumantes, além de não estar particularmente interessada; eu *gostava* de tomar sorvete e ler revistas sozinha.

Mas não cheguei a atravessar a porta da sorveteria quando senti alguém bater no meu ombro. Virei-me.

— Quando é o seu vôo? — Era Horton Kinnelly, companheira de quarto de Aspeth, que era de Biloxi. — Deveria voltar conosco. — Balançou a cabeça na direção do restaurante das rosquinhas e ensopado de frutos do mar. No alto da entrada, reparei pela primeira vez nas letras laranja de néon formando as palavras *Hot n'Snacks.*

— Está bem — repliquei sem pensar. Horton olhava para mim, mas nós duas fingíamos que eu não tinha tentado recusar o convite, e acrescentei: — certo, é claro. Está logo ali?

Ela assentiu com a cabeça.

— Eu, Caitlin e Pete Birney, e outras pessoas. Já falou com Pete Birney? Morro de rir com ele.

— Vou em um segundo.

Assim que ela se afastou e entrei na sorveteria, me dei conta de que não ia comprar nada. Para quê? Para ficar comendo na frente deles? Ou empurraria tudo goela abaixo antes? O que Horton estava querendo comigo? Ao longo dos anos meu caminho tinha cruzado várias vezes com o de Aspeth, mas praticamente nunca com o de Horton.

Entrei na *Hot n'Snacks* e os vi sentados, como já esperava, no fundo — não somente Horton, Caitlin Fain e Pete Birney, porém mais dois ou três alunos da Ault rindo na névoa de fumaça. Aproximei-me do grupo de cadeiras que circundavam duas mesas pequenas que haviam sido juntadas. Simultaneamente todos ergueram o olhar para mim.

— Oi, Lee — disse Horton, e achei que ela puxaria uma cadeira para mim, já que era a anfitriã, mas ela se virou de volta para Pete. Peguei uma cadeira em outra mesa e a coloquei entre Suzanne Briegre, do 3º ano, que tinha o cabelo preto liso e comprido, e Ferdy Chotin, também do 3º ano, que ainda usava aparelho nos dentes, mas que tinha se classificado nacionalmente no tênis. Os dois fizeram algo mais que balançar a cabeça e menos que sorrir. Todos estavam discutindo uma mulher em um filme, que usava botas e chapéu de caubói e mais nada. (Escutando a conversa, pensei: era isso que Cross queria, uma garota de botas e chapéu de caubói? Sua pele seria tesa e bronzeada, e ela nunca ficaria confusa com a mecânica da chupada. Uma ladainha nervosa começou na minha cabeça: O que ele estava fazendo comigo? O que ele estava fazendo comigo, por que estávamos juntos?)

Nesse meio-tempo, eu observava meus colegas com uma espécie de admiração por possuírem um repertório de comportamentos tão vasto. No campus, compareciam à capela e entregavam dissertações; ali, acendiam cigarros e agiam com irreverência. E nem eram populares ou bacanas, não como Horton. Sabia que Caitlin não pretendia fazer sexo antes de se casar, mas ali estava ela, relaxada, violando tranqüilamente as normas da escola, mostrando um outro lado seu, enquanto eu era sempre eu mesma. Eu não tinha o impulso, simplesmente porque não saberia lidar com ele, de agir no aeroporto de maneira diferente de como agia na Ault. E a única vez que eu fumara tinha sido na casa de Martha, quando estávamos no 2° ano. Tínhamos então decidido fumar um cigarro cada uma, mas ela apagou o seu depois de duas tragadas, proclamando-o horrível; eu continuei, só para praticar. Tinha praticado, agora percebia, para uma situação como a de agora. Mas isso tinha sido há muito tempo e incompleto, e não aceitaria um cigarro se me fosse oferecido porque, à luz do dia, na frente de meus colegas de turma, que eu mal conhecia, seria quase tão grave quanto beijar em público.

— Ela não era morena — estava dizendo Horton —, seu cabelo estava descolorado. — Continuavam a falar da mulher de botas e chapéu de caubói.

— Nada disso — disse Ferdy, bem devagar, e sorrindo largo.

— Horton — disse Pete, que era do 3° ano e tinha vencido o Assassino no ano anterior. E quando Horton olhou para ele, Pete deu um tapinha na têmpora. — Não estamos falando disso aqui.

Horton ficou olhando para Pete por um segundo, depois fez uma expressão de nojo.

— É um homem indecente, sr. Birney — disse ela, e todos riram.

— Só estamos brincando — disse Pete. — Não fique chateada. Está chateada?

Horton olhou furiosa para ele sem responder nada. Então, por fim, falou a meia-voz:

— Talvez.

— Talvez! — exclamou Pete, e quase pensei que ele gostava de Horton, mas devia ter sido mais um número do seu repertório: flertar entusiasticamente com ela quando estavam no mesmo lugar, mas não teria demonstrado menos entusiasmo com outra garota bonita. Começaram a conversar, e desejei estar tomando sorvete sozinha, e me perguntei se já estaria sentada ali há tempo bastante para ir embora sem chamar atenção.

Nesse momento, Horton debruçou-se sobre a mesa, estendendo um maço de cigarros.

— Quer um?

Sacudi a cabeça.

— Não, obrigada.

— Por causa dos seus pais? — disse Horton. Tinha posto um cigarro na boca e levou um isqueiro de plástico rosa à ponta. O isqueiro era barato e bacana ao mesmo tempo. Mas como Horton tinha percebido isso? O que impedia que fosse simplesmente de mau gosto? — Sempre digo a meus pais que o restaurante estava tão cheio que não tive outra escolha a não ser me sentar na parte reservada aos fumantes — disse ela.

— Ou — disse Suzanne, animando-se — diz que seus amigos estavam fumando, mas você não. Vai parecer franca denunciando seus amigos.

Sorri sem vontade.

— Horton — disse Pete. — Se me der o que acabou de acender, acenderei outro para você.

— Certo, *isso* faz muito sentido.

— Não, faz. Por que...

Parei de escutá-los. Ele queria que a sua boca tocasse onde a boca de Horton tinha tocado. Queria que se passasse alguma coisa entre eles, dedos se roçando, um se debruçando na direção do outro. Em alguns aspectos, os garotos eram mais transparentes do que as garotas — com garotos, era dar em cima e luxúria, era esforço. Com grande parte das garotas, parecia simplesmente receber, ou não receber, ao invés de tentar. Era dizer *sim* ou *não*, mas não *por favor,* não *vamos, só desta vez.*

Estava na mesa há menos de dez minutos e esperei mais quinze para me levantar e ir embora — pegar o avião, eu disse. Todos me desejaram Feliz Natal, e esperei para ver se Horton tinha algo a dizer, mas não tinha; fiquei com a impressão de que tinha sido chamada, sancionada por ela, sem nenhum motivo particular. Ou tinha sido chamada por algum motivo particular que ninguém poderia expressar — porque agora, eu estava ligada a Cross. Havia uma porção de momentos que eu apontaria como indicando que ninguém sabia; nessa tarde, no aeroporto, o convite de Horton para ir à sua mesa foi uma das raras vezes em que achei que talvez todo mundo soubesse.

*

No espaço encerrado do carro, no caminho do aeroporto para casa, pensei que minha mãe com certeza perceberia uma diferença em mim — não necessariamente que eu tivesse feito sexo, mas algo por aí. Mas se ela perguntasse, eu não contaria nada. Nunca tinha sido uma garota do tipo que faz confidências à mãe, principalmente porque minha mãe nunca tinha parecido alguém completamente segura do que fazer com uma informação partilhada por mim.

— Mary McHay beijou um garoto de 14 anos na Associação Cristã de Moços, nesse verão — disse à minha mãe no primeiro dia da minha sexta série.

— Beijou? — perguntou minha mãe em tom moderado. — Um garoto de 14 anos não é um pouco velho para ela? — Foi tudo o que disse: não quis saber mais sobre o garoto, ou da natureza do beijo (tinha, na verdade, envolvido a língua), ou se eu também tinha a intenção de beijar garotos de 14 anos. Acho que era um misto de timidez e distração, embora as coisas que a distraíssem fossem sempre maternais, como o fato de ela precisar tirar a lasanha do forno; não que sua mente estivesse dominada por questões não relacionadas à nossa família. Basicamente, não considerava minha mãe de muita ajuda, não como a mãe de Kelli Robard, que escutava a mesma estação de rádio que nós e conhecia as marcas das roupas e o nome dos garotos bonitos da sexta série. Minha mãe era uma presença benevolente, mas desinformada. Na quarta série, quando lhe perguntei o que era tesão, ela respondeu sinceramente: "É esticar bastante um elástico."

E ela freqüentemente ainda me surpreendia com o que sabia, ou pelo menos intuía, mas não comentaria a não ser se pressionada. Minha mãe era, em muitos aspectos, o que eu aspirava ser — uma pessoa que não fazia comentários ou opinava, não porque conseguisse reprimir seus instintos, mas porque não tinha esses instintos.

No carro, ela disse:

— Estou tão feliz por tê-la a salvo, em casa. Seu pai ligou para dizer que o tempo estava ruim na Costa Leste, e estou realmente feliz por você não ter se atrasado. — A estrada, o Datsun de meus pais e a minha própria mãe, tudo parecia exatamente igual ao que era no começo de setembro, quando parti. Isso tanto era tranqüilizador quanto desorientador — a mesmice, às vezes, parecia anular a Ault, ou fazer com que parecesse algo com que eu tivesse sonhado.

— Como as coisas ficaram em matemática? — perguntou minha mãe.

— Eu não sabia tudo no exame final, mas provavelmente vou receber um B menos pelo semestre.

— Querida, isso é fantástico.

— Ou talvez um C mais.

— Sei que está se esforçando.

A observação pareceu falsa, mas não a corrigi.

— Ontem à noite fiz *cookies* para Tim e Joe levarem para suas professoras, e tripliquei a receita e acabei fazendo demais. Pensei, Lee tem a quem puxar. Não seria justo esperar que você tivesse boa cabeça para números, quando eu não tenho.

— Suponho que vamos passar a noite de Natal na casa dos Pauleczk.

— Sim, Lee, vamos, e sei que não gosta, mas...

— Não, tudo bem.

— Querida, o sr. Pauleczk tem sido um esteio para o seu pai, e acho que é importante...

— Mãe, já disse que tudo bem. — O sr. Pauleczk era dono de uma porção de motéis entre South Bend e Gary, e sempre comprava os colchões com meu pai. Durante anos, fomos à sua casa depois da missa do galo, para a sobremesa e bebidas quentes, mas nem Joseph nem eu tínhamos comido ou bebido nada na casa dos Pauleczk desde o meu 2° ano na Ault, quando encontrei um fio comprido de cabelo cinza em um pedaço de bolo de chocolate e cereja. (Joseph tinha 14 anos, três anos mais novo do que eu, mas Tim continuava a comer na casa dos Pauleczk porque só tinha 7 anos e não sabia de nada.) Depois disso, só o cheiro da casa deles já me dava vontade de vomitar. A sra. Pauleczk sempre perguntava se a Ault era uma escola católica, e quando lhe disse que não, ela replicou:

— Episcopal? — depois se virou para a minha mãe. — A escola de Lee é episcopal, Linda? — Seu tom de voz sugeria que talvez eu tivesse ocultado esse segredo sórdido de meus pais até Janice Pauleczk em pessoa deixar as coisas claras.

Minha mãe, à sua maneira suave e risonha, sempre respondia algo como:

— Deixam Lee ir à igreja seis dias por semana. Não se pode querer mais do que isso!

Mas nesse ano — realmente, quem se importava com o que Janice Pauleczk pensava? E qual seria o grande problema de se sentar algumas horas em sua sala de estar? —, eu tinha a felicidade em outro lugar. Cross me beijava à noite, e isso tornava suportável todas as partes de minha vida que não tinham nada a ver com ele. Ocorreu-me que eu deveria ser um bocado mais rabugenta antes de Cross, muito mais insatisfeita. Saber a fonte da nossa felicidade nos torna pacientes. Percebe-se que grande parte do tempo estávamos simplesmente esperando a situação passar, e que a pressão acabou; não mais esperamos que toda interação faça realmente algo por nós. E querendo menos, somos mais generosos — sem dúvida, nesse Natal, eu planejava ser mais generosa com todo mundo que eu visse em South Bend e, especialmente, com minha família.

Passamos pelo supermercado perto de casa, pela tinturaria e por uma locadora de filmes. Também isso sempre acontecia em South Bend — me impressionava como era sem graça, como eu tinha me acostumado com os edifícios de tijolos e o pavimento de lajes da Ault, sua torre gótica, os consoles de mármore e as garotas louras. Fora da Ault, as pessoas eram gordas, ou usavam gravatas marrom, ou pareciam de mau humor.

Estacionamos na alameda da casa, e, ainda no carro, vi que minha mãe tinha prendido um cartaz na porta de tela externa, parcialmente bloqueando a guirlanda na porta de verdade: *Bem-vinda para o Natal, Lee!* Nos cantos do cartaz, ela tinha desenhado raminhos do azevinho.

— Que lindo — disse eu.

— Sabe que não sou grande artista. Pedi a Joe que fizesse para você, mas ele foi ao Danny's, de modo que é isso que está vendo.

— Você é a nova Leonardo Da Vinci.

— Estou mais para Leonardo Da Ninguém.

E então senti, na trivialidade das nossas palavras, uma espécie de pressão crescente que, certamente, resultaria em uma explosão, se não abríssemos as portas do carro. Ela sabia que eu tinha feito sexo. Também sabia: que tinha sido com alguém que não me amava. Minha mãe não estava com raiva, mas achava que eu merecia coisa melhor. Oh, claro, a Ault era um lugar de fantasia e eu sempre me impressionaria com isso, mas não via que eu também era especial? *Não sou especial assim, mamãe,* disse eu, e ela replicou *Sim, você é, Lee. Talvez não veja isso, mas eu vejo*. Não estávamos realmente falando, sequer estávamos nos olhando quando saímos do carro e eu peguei minha mala no banco de trás. E falamos, mas para discutir se eu precisava de ajuda para carregar a mala, e a discussão durou vários segundos mais do que precisávamos para chegar à porta da frente.

— Não quero que se machuque — disse ela.

— Sou forte — repliquei.

Quando o momento passou, concluí que tinha inventado nossa conversa, mas nessa noite, depois de ter lhe desejado boa-noite — meus irmãos e eu beijávamos nossos pais na bochecha toda noite antes de ir para a cama —, ela voltou ao meu quarto. Estava usando seu roupão vermelho sobre sua camisola (até onde me lembrava, ela usava uma camisa cinza do Notre Dame que batia nas canelas; ao contrário do meu pai, ela não nutria nenhuma simpatia particular por esportes, portanto ou ele tinha lhe dado o camisão ou ela o descobrira na liquidação do shopping) e segurava um rolo de papel higiênico, acho que para levar ao banheiro lá de baixo. Ficou à porta do meu quarto e disse:

— Trouxe seus sapatos bonitos?

— Trouxe, é claro.

Ela continuou lá.

— Sabe como usar preservativos, não sabe, Lee?

— Do que está falando?

— De camisinha, acho que é assim que todo mundo diz.

— Meu Deus, mãe.

— Só estou perguntando se eles lhe ensinaram a usá-la.

— Sim — repliquei. Por eles devia ter-se referido à Ault, e a Ault dava educação sexual? Dava, em uma série de quatro reuniões noturnas, que ocorriam no inverno do 2° ano. O encontro chamava-se Human Health, ou H.H., isto é Saúde Humana, que a maioria das pessoas pronunciava com duas respirações pesadas. Não me forcei a pronunciá-lo de jeito nenhum, de modo que não me constrangesse arfando na frente de outras pessoas ou parecesse uma estraga-prazeres por não arfar na frente dos outros. Nesse meio-tempo, nem meu pai nem minha mãe tinham me fornecido qualquer educação sexual de verdade, exceto quando eu tinha 10 anos e receberam amigos para jantar — talvez os amigos tenham comentado como os garotos logo se interessariam por mim —, e meu pai tinha vociferado:

— Ela permanecerá virgem até completar 30 anos! Nada de "se" ou "mas" a esse respeito. E, Lee, nunca deixe ninguém lhe convencer que sexo oral não é sexo.

— Terry! — minha mãe tinha dito, mas acho que ela se constrangeu mais em relação aos convidados do que por preocupação comigo. Meus pais não pareciam sequer imaginar que eu não sabia o que eram virgens ou sexo oral.

Em pé à porta do meu quarto, segurando o papel higiênico, minha mãe disse:

— Sabe que não a estou acusando de nada.

Eu só queria que ela fosse embora. Sua conversa sobre isso, em seu roupão velho, fazia o sexo parecer, francamente, repugnante. E não repugnante de uma maneira intrigante, simplesmente nojento de uma maneira diária, da maneira doméstica. Era como o cheiro da merda de alguém perdurando no banheiro enquanto você escova os dentes.

— Confio em você, Lee — disse minha mãe.

— Mãe, eu entendi.

— Mas não sou idiota. Sei que hoje é diferente do que quando eu tinha a sua idade.

Se eu falasse, diria alguma coisa do tipo *Sorte a sua.*

— Só quero que tome cuidado — disse ela, e fez uma pausa. Então, acrescentou: — Se decidir se dar. (Minha mãe era tão desajeitada! Como precisei de tanto tempo para perceber como ela era tão desajeitada?) É isso o que eu queria dizer, querida.

— Certo, mãe.

— Deixe-me lhe desejar boa noite de novo — disse ela, e entrou no quarto e me beijou.

Quando se foi, pude respirar, pude pensar sem isolá-la do pensamento, e percebi que tinha sido injusta agindo como se o que ela estivesse dizendo fosse estranho ou despropositado. E o fato de ela ser uma mãe que havia aceitado essa charada, ao invés de pedir a minha colaboração, só fez agravar meu comportamento. Ou talvez ela tivesse querido fingir, também. Talvez ela não quisesse saber, talvez ficasse tão horrorizaaa quanto eu, se, de repente, eu começasse a descrever Cross. De fato não partilhávamos um vocabulário que possibilitasse uma conversa desse tipo; era tarde demais para lhe contar qualquer coisa.

Quando desci para a cozinha na manhã do dia 24, Joseph disse, quando eu me servia do cereal:

— Não se esqueça de deixar espaço para Chez Bola-de-cabelo hoje à noite.

— Isso foi anos atrás — disse minha mãe.

— Ei, Linda — disse meu pai.

Ela olhou para ele.

— O que é?

— Tenha um Natal cabeludo, muito cabeludo — replicou ele.

Na missa do galo, como era meia-noite, como a igreja cheirava a incenso e os cânticos me lembravam de mim mesma mais jovem, como lá fora estava frio e escuro, desejei que Cross estivesse no banco do meu lado, de modo que pudéssemos nos dar as mãos ou eu pudesse me recostar nele. Eu não o teria agarrado de uma maneira que os outros notassem; só queria que ele estivesse ali, de modo que me sentisse segura da presença dele. Imaginei-o com seu irmão, irmã e seus pais em Manhattan — sua família provavelmente era do tipo que tinha uma árvore só com luzes brancas e enfeites de vidro — e como todos eles provavelmente bebiam uísque juntos e se davam de presente não tubos de meias e chaveiros de plástico, mas carteiras de couro e gravatas de seda.

O Natal passou, o réveillon passou. Não tinha deixado amigos em South Bend, e fiquei em casa com Tim, comendo pizza e assistindo a filmes que ele tinha escolhido. Joseph ia sair com amigos, e meus pais iam todo ano a uma festa no outro lado da rua. Antes de saírem, minha mãe exclamou festivamente: "Ponham salaminho na pizza!", que era um de seus comentários que, em parte, soava meio engraçado, e em parte me dava vontade de chorar — a noção de minha mãe do que era extravagante e digno de celebração, sua atenção a se eu estava celebrando, sua delicadeza comigo. Então, finalmente, chegou a véspera do dia em que eu retornaria a Ault; para mim, tinha sido uma verdadeira contagem regressiva.

Era sábado e uma garota da turma de Joseph estava dando uma festa por seus 15 anos em um rinque de patinação. Às dez horas, fui com papai buscar Joseph, porque meu pai tinha perguntado se eu não queria ir, e embora normalmente eu tivesse respondido não, estava partindo dali a menos de 24 horas. Além disso, não tinha planejado ser mais generosa nessas férias?

O rinque ficava a vinte minutos da nossa casa. Meu pai estacionou na entrada do edifício largo e baixo. O estacionamento era enorme e estava cheio pela metade. Alguns garotos estavam à toa diante das portas de vidro, usando chapéu, mas não casaco.

— Está vendo ele? — perguntou meu pai. Antes de eu ter tempo de responder, prosseguiu: — Droga — e estacionou o carro sem movê-lo da frente da entrada nem desligar o motor. — Mandei que esperasse na porta.

— Vou buscá-lo — falei. Se o nosso pai fosse atrás de Joseph, a parte humilhante seria o tom dele, mais do que suas palavras, seu mau humor, e como você sentia que os outros tinham pena de você porque seu pai parecia egoísta; como podiam entender que o que ele era realmente era um pai que não se importava com o que parecesse? O que não deixava de ser uma forma de egoísmo, mas longe de ser do tipo mais extremo.

Lá dentro estava escuro, com uma bola de discoteca tremeluzindo acima do rinque. Fiquei na entrada, observando as pessoas passarem, e, de início, não vi Joseph. Então me virei e o localizei em um banco amarrando os sapatos, com um garoto do lado. Fui até ele.

— Depressa. Papai está esperando.

— Ele marcou às dez e quinze.

— São dez e quinze. Já passaram das dez e quinze.

— E o que acha que estou fazendo? Não seja tão escrota.

— Foda-se — repliquei, e quando os olhos do outro garoto se arregalaram, me perguntei se não me parecia com meu pai. Mas Joseph e eu éramos pares, eu não estava sendo agressiva com ele. Não passava de uma briguinha padrão.

Joseph virou-se para seu amigo.

— Precisa de carona?

— Não, vou ao Matt's.

— Está bem. A gente se vê, cara.

Quando estávamos longe o bastante para o outro garoto escutar, eu disse:

— Você não teria oferecido carona ao seu amigo se soubesse como papai está mal-humorado. Onde esse garoto mora?

— Em Larkwood.

— Fica a vinte minutos lá de casa.

— Antes de mais nada, são dez minutos, e não é surpresa você não saber, já que não mora aqui. Em segundo lugar, os Petrashe me levam a todo lugar. Devemos muito à sua família.

— Devemos muito à sua família? — repeti. — Andou assistindo a filmes sobre a máfia?

Estávamos do lado de fora, e eu andava atrás dele, por isso chegou primeiro ao carro, e abriu a porta da frente.

— Não vai se sentar aí — disse eu.

— Oh, mesmo? — Ele entrou. — Oi, pai — eu o ouvi dizer. — Desculpe o atraso.

Bati na sua janela e ele me olhou furioso e fez com a boca: "Sente-se atrás."

Sacudi a cabeça.

Ele baixou a janela.

— Papai mandou você entrar atrás — disse ele. — Está agindo como uma idiota.

Brevemente, considerei a hipótese de chamar um táxi e pedir ao chofer para ir diretamente ao aeroporto. Mas isso não era viável. Estava sem a carteira, sem a passagem, sem as roupas e livros de que precisava levar de volta à Ault. Abri a porta de trás e entrei. Estava morta de ódio.

— Problema com a tranca aí atrás? — disse meu pai. Seu tom era animado e sarcástico, seu mau humor aparentemente tinha passado.

— Joseph não devia ir na frente — falei.

— É justo eu vir na frente — replicou Joseph sem se virar. — Você veio na frente.

— Sim, exatamente. Vim buscá-lo, seu babaca.

— Oh, papai precisou de ajuda para dirigir? Aposto que o ajudou de montão. É realmente uma excelente motorista pelo que ouvi falar. — Ele riu: a piada era que apesar de eu ter completado 17 anos em junho passado, ainda não tinha carteira de motorista, e meu pai também riu.

— Vou lhe dizer uma coisa, Flea — disse meu pai. — Quando chegarmos, vou estacionar, e eu e Joseph entraremos em casa e você vai poder se sentar na frente o quanto quiser.

Dessa vez gargalharam, e os odiei. Odiei-os porque pensaram que eu era alguém a quem podiam gozar e insultar, porque provocaram o pior em mim e isso pareceu tão familiar, pareceu como a verdade — fez com que a minha vida na Ault parecesse um simulacro. *Isso* era o que eu era, fundamentalmente: uma pessoa insignificante, com raiva, impotente. Por que me importei com quem se sentaria na frente?

Não falei pelo resto do trajeto, e eles conversaram sobre a festa de aniversário — Joseph contava mais coisas aos meus pais do que eu —, depois a conversa mudou para o time de basquete na escola rival de Joseph. Todos os nomes que mencionaram pertenciam a garotos que eu não conhecia mais, ou não tinha conhecido. Na metade do caminho, meu pai olhou pelo espelho retrovisor, me encarou — desviei o olhar imediatamente.

— Tenho de admitir, Joseph — disse ele —, que nunca achei a contribuição de sua irmã à conversa tão fascinante. — Os dois riram, especialmente Joseph.

Ao chegar, saí do carro com o motor ainda ligado, bati a porta e entrei em casa. No meu quarto, tirei o casaco e fui para a cama vestida, sem escovar os dentes nem lavar o rosto, e chorei lágrimas de raiva que resultaram não em arquejos agudos, mas em períodos sustentados de silêncio marcados por acessos sibilantes. Minha mãe bateu talvez quinze minutos depois, murmurando meu nome, e quando fingi estar dormindo, ela abriu a porta, mas não entrou no quarto.

— Boa noite, querida — disse ela, e talvez soubesse que eu estava fingindo.

É claro que eu me tornaria o que era — sendo parte dessa família, todos corriam o risco de serem gozados, o humor (o humor do meu pai) estava sempre mudando, e não havia nenhuma situação em que se pudesse confiar ou se acomodar. A gozação deles era natural e devastadora ao mesmo tempo, e podia ser por qualquer coisa. De modo que não era de admirar que eu nunca tivesse querido que Cross me visse nua.

Odiava-os porque achavam que eu era igual a eles, porque, se tivessem razão, significaria que eu tinha desapontado a mim mesma, e porque, se estivessem errados, significaria que os tinha traído.

Provavelmente eu tinha começado a pensar seriamente nas flores do Dia dos Namorados meses antes — mesmo durante o 2º e o 3º ano, eu já me perguntava se haveria alguma chance, a mais remota possibilidade, de Cross me enviar uma flor, e evidentemente nunca houvera — mas depois do retorno das férias de inverno, tornou-se uma idéia fixa.

Todo ano, acompanhado de bilhetes, eu recebia um cravo rosa de Sin-Jun e um cravo branco (admirador secreto) de Martha, com um bilhete que dizia, com sua letra indistinguível, algo como: *De seu ardente homem misterioso*. No 2º ano, também recebi um cravo rosa de Dede, o que imediatamente me fez desejar ter lhe enviado um também, e outro rosa da minha orientadora, a sra. Prosek, um dos poucos membros do corpo docente que participava da troca; muitos deles reprovavam isso abertamente. Nunca recebi uma rosa, que representava, é claro, o amor, e custava 3 dólares contra 1 dólar e 50 centavos do cravo. A troca levantava fundos, organizada pelo ASC, o Ault Social Committee, um clube supervisionado anualmente por garotas bonitas do 3º ano que planejavam bailes e dirigiam a festa da primavera. Nesse particular, havia um aspecto previsivelmente imperfeito e excitante: a quem quer que você enviasse uma flor, qualquer mensagem que escrevesse no bilhete, as garotas ASC veriam. Processavam todos os formulários, e era natural que, quanto mais íntimo de seu núcleo social fosse o doador ou o receptor de uma flor em particular, maior o interesse despertado pela flor. Portanto não havia nada realmente secreto em relação a enviar um cravo do admirador secreto.

Por volta da meia-noite, quando o Dia dos Namorados começava, membros do ASC (tinham permissão especial para ficarem fora depois do toque de recolher, tinham trabalho a fazer!) entregavam as flores a cada dormitório em grandes baldes marrons, as flores desprendendo um ar frio como a comida na seção refrigerada de uma mercearia, os bilhetes grampeados nas hastes, mas nunca de maneira que nenhum outro a não ser o destinatário pudesse abri-lo e lê-lo. A idéia era você se deparar com as flores de manhã; mas a realidade era que, na maioria dos dormitórios, as flores eram manuseadas desajeitadamente à meia-noite e quinze. Geralmente eram remexidas por alguém como Dede, uma pessoa insegura de quantas receberia e incapaz de ocultar essa ansiedade. Uma pessoa como Aspeth, por outro lado, entraria, na manhã seguinte, relaxadamente na sala comum logo antes da capela, para pegar as que haviam lhe mandado, e não dava para afirmar se ela tinha esperado tanto tempo porque queria que todos vissem a quantidade que recebia ou porque isso realmente não tinha muita importância para ela. No meu primeiro ano na Ault, Aspeth tinha recebido — receei que essas cifras permanecessem comigo até muito depois de ter me esquecido da data da Batalha de Waterloo ou o ponto de ebulição do mercúrio — seis cravos rosa, 11 cravos brancos, 16 rosas vermelhas, 12 das quais de um aluno do 2º ano chamado Andy Kreeger, que nunca tinha falado com ela.

No começo de fevereiro do meu 4º ano, pensei tanto na troca de flores que, quando o formulário apareceu na minha caixa postal, foi uma surpresa ele chegar em um momento em que, de fato, a troca de flores *não* era a coisa mais importante na minha cabeça. Uma vez comigo, o formulário pareceu imediatamente incriminador, como se, em vez de ser o formulário genérico distribuído para todo mundo, fosse um que eu já tivesse preenchido. Enfiei-o rapidamente na minha mochila.

No quarto, à noite, Martha disse:

— É como se fosse o último ano em que eu estivesse fazendo isso. Não parece?

— Acho que sim — disse eu, e fiz uma pausa. — Acha que eu deveria mandar um para Cross?

— Se quiser.

Eu estava compondo meu pensamento seguinte — eu me sentia atada e inarticulada quando se tratava desse assunto —, quando Martha acrescentou:

— Eu provavelmente vou.

— Vai o quê? Mandar uma flor a Cross?

Ela confirmou balançando a cabeça.

— De que cor?

Ela começou a rir.

— Vermelha, é claro. Lee, o que acha?

Não achei graça. E me admirei de ela não perceber isso.

— Então vai lhe mandar um cravo rosa?

— Não quer que eu mande? Se não quer, não mando.

Era assim que ela sempre me desarmava, com sua franqueza e flexibilidade. Deixava eu escolher, e, então, teria sido eu a ter feito a escolha.

— Não, é claro que deve mandar — repliquei. — Já que trabalham juntos e são amigos. — O que eu estava fazendo era tranqüilizá-la em relação a Cross, e como tínhamos chegado a esse ponto? Abruptamente, não quis mais conversar.

Na noite em que o alarme de incêndio soou — isso também foi no começo de fevereiro —, Cross e eu tínhamos adormecido, e escutei o terrível grito da sirene, abri os olhos em pânico, primeiro por não estar entendendo o que estava acontecendo, e em seguida por entender. Cross já tinha saído da cama aos trambolhões e pegava suas roupas. No escuro não completamente escuro, seu pênis balançava, suas coxas e peitos eram pálidos. A verdade era que eu nunca tinha realmente olhado para o seu corpo nu, que mesmo quando tivera chance, desviara o olhar (eu não tinha certeza de se o pênis era uma coisa que eu gostaria de ver), e não estaria olhando nesse momento se o quarto estivesse claro e o alarme não estivesse soando. Essas distrações, o fato de *ele* ter se distraído, me permitiram. Então nossos olhares se encontraram e ele disse:

— Levante-se. — Acho que ele gritou, mas sua voz mal era audível acima do alarme. Eu me levantei. Já estava de camisola; às vezes, embora ele não gostasse de que fizesse isso, eu vestia a camisola depois de fazermos sexo. Ele fechou sua calça, e vestiu a camisa e a suéter. Estendeu a mão para a maçaneta, e então olhou para trás e gritou: — Vamos. — Na soleira da porta, hesitou, virando a cabeça para cima e para baixo do corredor. À direita era o meu quarto e de Martha, mais dois outros quartos, o banheiro, a porta da saída de incêndio que eu não sabia aonde ia dar. À esquerda, mais quartos e a escada para a sala comum. Atrás de Cross, examinei o corredor, e extraordinariamente ainda não havia ninguém. Cross foi embora. Ele seguiu reto, descendo em disparada o corredor, empurrando a porta de incêndio e pensei: *Oh, meu Deus!* E me dei conta de que o alarme de incêndio continuava a disparar, que ele não podia desligá-lo, e a porta ainda não se fechara totalmente atrás dele quando Diana Trueblood e Abby Sciver emergiram de seu quarto, as duas usando um moletom felpudo sobre a camisola.

O que senti, ali em pé, foi abandono. Cross não poderia ter sido mais rude disparando daquela maneira, sem se despedir, sem me dar um beijo rápido nem mesmo tocar minha bochecha ou ombro.

O corredor ficou cheio, e por cima da cabeça de Diana e Abby, eu e Martha nos entreolhamos — ela tinha saído do quarto, me visto, dado meia-volta e aparecido de novo, dessa vez com um casaco e tênis. Quando me passou essas coisas, ergueu as sobrancelhas: *Onde está Cross?* Sacudi a cabeça. *Não fomos pegos.*

Lá fora, a sirene silenciou imediatamente, como se o som fosse envolvido em um cobertor. O ar estava gélido. Ficamos agrupadas na entrada do Elwyn, nossa respiração visível, e algumas garotas estavam descalças, e alguém então estendeu uma suéter no chão e as garotas colocaram os pés ali, se apertando umas contra as outras. A sra. Elwyn chamou nossos nomes e verificou sua lista; as garotas se queixavam e praguejavam com as vozes roucas, mas havia também um quê de festividade no momento — treinamentos de incêndio eram sempre um pouquinho festivos.

Grupos similares ao nosso estavam na entrada de outros dormitórios. Todos os dormitórios do nosso lado do círculo tinham se esvaziado, e podíamos olhar os quartos onde as luzes estavam acesas e as persianas suspensas, e ver pôsteres de pessoas, suéteres nas prateleiras do alto de armários abertos. Entre os garotos no lado de fora do Barrow, procurei Cross e o encontrei, em seu casaco preto bufante — tinha dado tempo de ele ir até seu quarto. Estava falando com Devin e alguns outros garotos, e me senti momentaneamente confusa. Ainda há pouco estávamos deitados na mesma cama, nós nos conhecíamos? Ele estava a apenas 15 metros de mim, mas podia muito bem existir um lago profundo entre nós.

Havia na rapidez com que escapulira do dormitório algo quase ofensivo. Deixou de ser visto por segundos, o que significava que não se deixara ser visto; era como se ele estivesse a noite toda em sua própria cama. O que eu desejava era que tivesse ficado tão desorientado quanto eu, que não tivesse pensado em usar a porta de emergência (eu não teria pensado em usar a saída de incêndio) e tivesse descido a escada principal comigo, nós dois acanhados e distantes enquanto as outras garotas olhavam para nós, e então ele teria se esgueirado para seu dormitório, e talvez não fosse pego por um professor, ou talvez eu quisesse que fosse pego, quisesse que nós dois fôssemos pegos — não seríamos expulsos porque violar o horário de visitas era uma infração menor, mas todo mundo ficaria sabendo. Meu arrependimento cresceu e se encrespou, como faz o arrependimento no meio da noite. Tudo tinha acontecido tão rapidamente, a chance de ter provocado um resultado diferente ainda era muito recente. Depois, quando fomos autorizados a entrar, depois de eu ir dormir no quarto com Martha e acordar de manhã, pensei que naquele momento lá fora não havia sido tarde demais. Podia ter ido até ele, podia ter criado uma razão ou simplesmente feito uma cena; podia ter chorado. Era como estar de porre, daquele jeito que raramente você está; tão de porre a ponto de fazer o que você quer fazer, porque você ainda se sente controlado pelo seu próprio sentido do que é racional e certo, mas no dia seguinte, de ressaca, você percebe o quanto estava de porre. Você teve uma janela de oportunidade. Se a tivesse usado, provavelmente teria se constrangido, mas não a usando perdeu algo irrecuperável.

Quando o alarme soou, estava muito frio e a maioria das pessoas não estava de casaco. Algumas das garotas à minha volta tinham começado a uivar para o céu, como lobos.

— Deixem-nos entrar — gritou Isolde Haberny a ninguém em particular.

— Só queria que isso acabasse — disse Jean Kohlhepp; não estava se mostrando, disse isso francamente.

Hoje, penso: *Jean! Jean! Seu desejo foi realizado.* O treinamento de incêndio acabou, e tudo o mais também. Acreditamos poder selecionar o que passou rapidamente? Hoje, mesmo as partes chatas, mesmo quando estava congelando lá fora e metade das meninas estava descalça — tudo isso foi há muito tempo.

Não prestei muita atenção na hora da última chamada, duas noites depois, quando vi Hillary Tompkins, de quem o saco de dormir eu sentia como sendo meu, com o esperma ressequido de Cross espalhado sobre ele. Hillary raramente ia ao dormitório à noite, mas eu sabia que haveria uma prova importante de Química na manhã seguinte, e se cheguei a presumir alguma coisa, foi que Hillary tinha ficado para estudar.

Então ela levantou a mão durante os comunicados, e quando a sra. Elwyn chamou-a, ela disse:

— Ontem, no meu quarto, achei uma calcinha, e que não está *limpa*.

As outras garotas riram, e Hillary estava quase sorrindo, mas também parecia sinceramente irritada.

— Joguei-a fora — prosseguiu ela —, de modo que acho que alguém aqui vai ficar com menos uma calcinha. Não faço idéia de como chegou até lá, mas por favor tenham algum respeito e não joguem suas calcinhas endurecidas nos quartos de outras pessoas.

Gina Marquez, do 2º ano e uma agitadora, gritou:

— Ouçam! Ouçam! — e se pôs a bater palmas, e quase todo mundo a acompanhou. Meu rosto estava em brasa, e tremores de ansiedade dispararam em meu peito. Relanceei os olhos para Martha, que não estava aplaudindo nem sorrindo. Mas também não estava olhando para mim, e seus olhos não demonstravam simpatia. Martha era o tipo de pessoa que nunca deixaria sua calcinha por aí, ao passo que eu era do tipo que achava que não deixaria, mas que, na verdade, deixaria. O treinamento de incêndio, a postura de Martha parecia dizer, não era desculpa.

— Era fio-dental? — gritou Gina.

E a sra. Elwyn disse:

— Tenham modos, meninas.

Não era um fio-dental. A calcinha era branca com luas e estrelas; as luas eram azul-prateadas e as estrelas eram pequenas e amarelas.

Tinha decidido com bastante antecedência que, na véspera do Dia dos Namorados, não ficaria acordada até tarde para futucar o balde com as flores. Iria dormir e, de manhã, o que quer que estivesse lá, estaria. Afinal, era especialmente impróprio para um sênior demonstrar ansiedade.

Tinha mandado cravos cor-de-rosa a Martha e a Sin-Jun, e, no fim, também um para Cross. Não me arrisquei a enviar-lhe um cravo branco ou uma rosa, mas não suportei não mandar nada. No cartão, escrevi: *Feliz Dia dos Namorados! Com amor, Lee.* Certamente aliviaria um pouco a pressão do meu desejo.

E então, às três da manhã, acordei pela quarta vez, no meio de sonhos repetitivos com flores — que ele não havia mandado nenhuma, que havia me mandado mas que eu não tinha encontrado água onde colocá-las, que tinha enviado uma dúzia de rosas a Aspeth, cada uma delas grotescamente enorme, um buquê de dois metros e meio. Fui ao banheiro, e quando estava lavando minhas mãos, me olhando no espelho acima das pias, sabia que faria o que estava planejando o tempo todo.

A sala comum estava clara — suas luzes, assim como as do corredor, sempre ficavam acesas a noite toda —, mas silenciosa. Havia dois baldes de plástico e, ao vê-los, meu coração vacilou; como era inquietante a pergunta que eu fazia há tanto tempo ser realmente respondida. Meus dedos tremeram quando me aproximei, e olhei em volta, só para me certificar de que ninguém estava escondido. Em pé, diante dos baldes, peguei uma flor, depois outra e mais outra. Primeiro as toquei delicadamente, sem querer deixar nenhuma evidência de minha busca, mas logo estava afastando-as, empurrando para o lado de qualquer maneira as que tinham os nomes de outras pessoas na frente do bilhete. Até agora, todas. Quando encontrei meu nome, minha busca tinha assumido uma qualidade de farra. E o bilhete era de Martha — estava em volta de uma rosa —, mas não o abri, porque reconheci sua letra. Não havia mais nada para mim nesse primeiro balde.

Fui para o segundo, que continha metade das flores, e verifiquei primeiro as rosas. E então vi meu nome, todas as letras maiúsculas, em tinta azul, e senti uma alegria doida, um contentamento sem controle. Comecei a abri-lo, e como demorou — embora deva ter levado menos de um segundo — e eu estava excitada, emocionada, tremendo de gratidão, pensando: *Finalmente, finalmente, finalmente.* E essas emoções transbordavam quando vi que a flor não era de Cross, mas de Aubrey — de Aubrey? *Aubrey?* — e então, ao mesmo tempo, vestígios de minha felicidade anterior que me faziam pensar: *Talvez Cross seja o meu namorado agora, talvez o tenha convencido nos últimos meses, levou algum tempo, mas ele percebeu que tenho coisas boas dentro de mim,* mas também porque eu tinha percebido a verdade — era como as corridas no basquete, como na última, em que disparamos quadra abaixo, com uma tal velocidade que não dá para parar de imediato quando o treino é encerrado —, eu pensava: *Por que diabos Aubrey me mandaria uma rosa?* Mas ele só estava no 2º ano, não passava de um menino, e provavelmente não sabia como funcionava essa troca de flores. O cartão dizia: *Fez muito progresso em matemática. Bom trabalho! De Aubrey.*

Minha alegria, nascida e morta sem ninguém ver, foi humilhante; era humilhante eu ser alguém que me importava tanto com coisas pequenas. E essa decepção era um bom teste, mas ainda assim, depois de cavoucar as flores restantes, consegui de novo ficar desapontada ao ver que Cross não tinha me mandado nada. Ninguém além de Martha e Aubrey — nem mesmo Sin-Jun. E tive o desejo de desfazer o que tinha acabado de acontecer. Mesmo que os resultados fossem os mesmos e eu continuasse tendo recebido só duas flores, por que não podia me levantar de manhã como uma pessoa normal, me lembrar de que era o Dia dos Namorados, passar pela sala comum a caminho do café-da-manhã, pegar calmamente minhas flores e colocá-las em um vaso em meu quarto, e esquecer a coisa toda?

Acabou sendo pior do que imaginei. De manhã, descobri que Martha tinha recebido sete flores — nos outros anos, antes de se tornar monitora, ela nunca tinha recebido mais de quatro — e uma era de Cross. Colocou todas as nossas em um mesmo vaso, e não falamos sobre isso, exceto seu comentário: "Seu bilhete foi engraçado." Mas não perguntou se Cross tinha me enviado uma flor nem me contou que ele tinha lhe enviado uma. Eu tinha descoberto mexendo nos bilhetes eu mesma, quando ela não estava no quarto. A flor que ele mandara era um cravo rosa, como eram todas que recebeu. Ainda assim. Não se tratava de Cross não ter mandado flores. Tratava-se de não ter mandado para mim.

O que aconteceu em seguida — quase no fim de fevereiro — foi que Cross machucou o tornozelo. Depois que o Dia dos Namorados acabou sem comentários, exceto ele ter dito quando nos cruzamos casualmente: "Obrigado pela flor", um período de oito dias se passou sem que ele aparecesse. Quando o vi no refeitório na oitava noite, fiquei a um metro dele e passei olhando direto em frente. Não sei se quis lhe mostrar que me importei ou não me importei, mas de qualquer maneira deu certo; ele me acordou no quarto e fomos para o quarto de Hillary, e não dissemos nada, nenhum dos dois, sobre a sua ausência. Não senti que tivesse a ver com o cravo que mandei; o cravo, ficou demonstrado, não pareceu ter importância.

Eu me perguntei se o equilíbrio entre nós estava mudando. Não que algum dia as coisas tivessem chegado a ser equilibradas — eu estava apaixonada por ele, e ele era inescrutável para mim —, mas esse desequilíbrio tinha tido seus próprios padrões, e também sua clareza.

Comecei a sentir, ultimamente, que devia me retirar um pouco. Não fui a três de seus jogos de basquete seguidos, e por isso não estava lá quando rompeu o ligamento do tornozelo. Estavam jogando contra o Armony, cujo pivô media 2,15m. Cross subiu para um arremesso, recebeu uma falta — o pivô do Armony bloqueou seu arremesso — e caiu sobre o seu tornozelo. Acabou tendo de ser levado ao hospital, onde lhe enfaixaram o tornozelo e lhe deram muletas; obviamente, com menos de três semanas para as férias da primavera, ficou fora da temporada.

Soube disso tudo horas depois, quando juntei os fragmentos de conversa sobre a seqüência de eventos, durante o jantar, e de Martha, que tinha sido informada do incidente pelo sr. Byden, porque decidiram adiar uma reunião do comitê disciplinar programada para essa noite. Ao escutar meus colegas de turma no jantar, senti uma pontada inicial de receio de ele ter se machucado gravemente. Quando percebi que não, experimentei uma sensação de territorialidade — o infortúnio também não pertencia a mim?

— Ele já voltou do hospital? — perguntei. Foi a primeira coisa que falei, e somente as duas pessoas sentadas mais perto de mim se viraram. Uma delas era Dede e a outra era John Brindley, que também estava no táxi naquela vez no 1º ano.

— Acho que já está no dormitório — replicou John. — Vai passar por lá?

De início, não tive certeza de que estava falando comigo. Considerando-se minha ligação com Cross, a pergunta foi perfeitamente razoável. Mas como a ligação era invisível, a pergunta era esquisita. Por que diabos eu iria ao quarto de Cross Sugarman? Mal nos conhecíamos.

— Por que Lee iria ver Sug? — disse Dede, e John olhou para o espaço entre nós duas. *O que você sabe?* Tive vontade de perguntar. Se ele fosse um grosseirão, um cara que gostasse de fazer insinuações, com certeza teria revelado mais. Mas John era legal, e possivelmente a pergunta tinha sido casual.

— Nenhuma razão em especial — replicou ele.

E eu disse, tentando parecer indiferente:

— Talvez eu passe. — Senti Dede olhando assustada para mim, mas não a encarei.

Durante um certo período, depois do jantar, planejei ir. A pergunta de John tinha me dado permissão — afinal, tinha sido ele a levantar a idéia da minha visita. Às oito e cinqüenta e cinco, já que a visita começava às nove escovei os dentes, passei perfume, me olhei no espelho, e me sentei à minha mesa. Como eu iria ao dormitório de Cross? Quem estaria lá — supostamente Devin estaria — ou e se Cross estivesse apenas à toa na sala comum, talvez tivesse pedido uma pizza e assistisse TV, e os outros garotos não entenderiam a razão da minha presença, e havia uma boa chance de nem mesmo Cross entender. De modo que ou não se mostraria francamente rude, mas arredio, ou cordial, tentando me deixar à vontade, e essa tentativa seria o pior — o esforço de tudo isso. E quais eram as chances de ele estar um pouco tonto, mas claramente alegre por me ver, de se achegar aos poucos, quando eu me sentasse no sofá do seu lado, pondo o braço em volta dos meus ombros, de nenhum de nós dois precisar explicar nada, exceto eu perguntar como vai seu tornozelo? As chances eram infinitesimais. Curvei-me na cadeira e apoiei a testa nas mãos. Desejá-lo dessa maneira era excruciante. E era excruciante ele sempre estar tão perto. O ano todo tinha sido assim, a proximidade dos nossos dormitórios, o conhecimento de que eu, literalmente, em menos de um minuto, poderia me levantar e sair do quarto e encontrá-lo e tocá-lo, mas que, na verdade, não podia fazer tudo isso, me deixava louca. Nenhuma paixonite é pior do que a paixonite num colégio interno; a universidade é maior e mais diluída, e no escritório, pelo menos à noite, um dá trégua ao outro.

Era insuportável saber que agir seria um erro, saber que meus próprios impulsos não eram confiáveis. Eu só queria que fosse madrugada e que ele aparecesse (de muletas, com certeza não ia aparecer tão cedo) e se deitasse sobre mim, e que eu parasse de querer tudo o que queria quando ele não estava perto. Quando penso em Cross hoje, grande parte do que me lembro é esse senso de espera, de contar com a sorte. Não podia ir ao seu quarto — estava decidido. E isso significava que, para lhe transmitir minha preocupação com seu estado, teria de esbarrar com ele no corredor, quando poucos ou nenhum estudante estivesse por perto, e quando fizesse isso, tinha de rapidamente intuir seu humor para descobrir que ajustes deveriam ser feitos de modo que pudéssemos continuar nos vendo.

Hoje percebo: eu transferia todas as decisões a ele. Mas não era o que parecia! Na época, parecia tão claro que as decisões *eram* dele. Existiam regras; que não eram nomeadas mas eram inalteráveis.

*

Fui à peça com Martha, e quando Cross surgiu no palco — a peça era *Hamlet*, e depois que ele tinha sido forçado a deixar o basquete, havia sido designado para o papel de Fortimbrás, que anteriormente a sra. Komaroff, a professora de teatro, tinha simplesmente cortado — todo mundo riu. Não esperávamos vê-lo como Fortimbrás; a questão era ser Cross Sugarman de muletas, em um casaco de vison antigo. A essa altura, ele não vinha ao meu quarto há nove dias.

Os papéis de Hamlet e Ofélia foram representados por Jesse Middlestadt e Melodie Ryan. Jesse era um sênior de Cambridge, magro, corado e nervoso. Era alguém de quem as garotas gostavam sem se apaixonarem por ele — eu sempre ficava contente quando ficava em sua mesa no refeitório porque ele falava um bocado *e* divertia — e alguém de quem, para surpresa minha, os garotos também pareciam gostar. Melodie era do 3º ano, tinha o cabelo louro e ondulado comprido, com bico-de-viúva, e grandes olhos azuis. Eu sabia que ela era considerada muito atraente, e quando a via, sempre pensava nela quando caloura saindo com um sênior chamado Chris Pryce e como, segundo os boatos, os dois tinham feito sexo anal. Nunca ficou claro para mim se tinham feito isso uma vez ou várias; de qualquer maneira, sempre que ela aparecia no palco, eu pensava: *Mas não dói?* Ficava pensando se ela tinha querido isso também ou se só tinha cedido a Chris.

Na cena anterior à de Ofélia se afogando, Melodie e Jesse se beijavam, e senti inveja deles, de como, porque representavam, tinham ficado à vontade se beijando publicamente, como durante as semanas de ensaio tiveram esse beijo com que contar. Todo dia, sabiam que iam tocar outra pessoa, e que isso não dependia de nada externo; não tinha importância o que fizessem ou deixassem de fazer.

Eu devia ter me inscrito em teatro, pensei, mas para isso também já era tarde demais.

No mesmo dia que fui rejeitada pela Brown e aceita pela Mount Holyoke e pela Universidade de Michigan (a essa altura, eu já tinha sido aceita pela Beloit, rejeitada pela Tuffs, e ainda tinha uma rejeição por vir da Wesleyan), esbarrei com Cross do lado de fora da sala de aula do reitor Fletcher. O último tempo do dia tinha acabado e nós dois estávamos sozinhos.

— Oi — disse ele. — Parabéns por Michigan.

Não imaginava como ele sabia.

— Acha que vai para lá?

— Provavelmente. — Eu, com certeza, iria, e a razão, que eu não discutira com ninguém, exceto a sra. Stanchak e meus pais, era que o custo seria bem menor do que em uma universidade particular, além de estarem oferecendo ajuda financeira parcial. Mount Holyoke era mais perto de Boston, mas não tão perto, e na época eu sabia, sem precisar dizer a mim mesma nem a mais ninguém — que estava tudo acabando. As partes da Ault que não tinham a ver com Cross estavam acabando, e as partes que tinham, e se eu não era uma garota com quem ele falasse na frente das outras pessoas, certamente não era uma garota por quem ele atravessaria o estado para ver, ou hospedasse em seu dormitório em Harvard. Tudo isso tornava uma conversa sobre universidade completamente irrelevante. Horas antes, quando abri as três cartas, eu me importei muito — chorei, é claro, com a rejeição da Brown, antes de minhas próprias lágrimas se tornarem sacais —, mas com Cross na minha frente, isso parecia distante. Era março, freqüentávamos a Ault, e nossas vidas depois disso eram tão distantes quanto um bazar em Marrocos.

Fiz um gesto para as suas muletas.

— Está doendo?

— Na verdade, não — replicou ele, de uma maneira que me fez pensar que o oposto é que era a verdade. Seu tom foi otimista; não conseguia imaginá-lo se queixando do que quer que fosse que o estivesse chateando e, francamente, eu tinha dificuldades em imaginar o que o chatearia, se bem que evidentemente deveria haver coisas que o aborrecessem. Pela primeira vez, ocorreu-me que talvez tivesse sido rude, talvez eu tivesse, de certa maneira, sido negligente, não tendo entrado em contato com ele logo que se machucou. Tive uma breve e vívida recordação — por que não tinha pensado nisso antes? — de como tinha sido bom quando desmaiei no shopping quando éramos calouros.

— Lamento que tenha acontecido — disse eu.

— Não a culpo.

— Não, quis dizer...

— Sei o que quis dizer. Estou brincando.

Olhando para ele, quis, mais uma vez, dizer como o amava. Como eu podia querer dizer isso mesmo à luz do dia? Lá fora, o som de um garoto gritando alguma coisa, depois, outro gritando de volta. Eram três da tarde, aquela calmaria depois das aulas e antes dos exercícios físicos. Não posso dizer que fiquei surpresa quando ele espichou a cabeça na direção da sala.

— Quer entrar?

Minha pulsação se acelerou e senti o peso em minha barriga, tanto de excitação quanto de ansiedade. Calmamente, respondi:

— É claro.

A porta da sala não estava completamente fechada, e ele a empurrou com a ponta da muleta direita, depois fechou-a, ainda usando a muleta. Era um dia cinzento, e a luz cinza atravessava as janelas; Cross não acendeu as luzes. Era uma sala com uma mesa retangular comprida, e ele puxou duas cadeiras, colocando uma de frente para a outra, e depois que se sentou em uma, achei que a outra fosse para mim; depois percebi que era para seus pés. Fiquei sem saber o que fazer, esperando ser dirigida, e odiei minha própria passividade afetada. Terá dito o que disse em seguida porque sabia que eu queria ser mandada, ou já tinha decidido antes de entrar na sala?

De qualquer maneira, eu disse:

— Devo me sentar no seu colo?

E ele replicou:

— Se quiser.

É claro que perguntei: "Estou machucando?", e ele disse: "Não, de jeito nenhum", e achei que estava tudo bem, que ele queria apenas me abraçar, como eu queria abraçá-lo, mas nos beijávamos há menos de um minuto quando ele disse:

— Se quiser me chupar, seria bom demais.

O piso era de madeira-de-lei, e meus joelhos doeram quase que imediatamente. E eu não quis apoiar meu peso sobre suas coxas porque — porque enquanto fosse, para ele, uma experiência agradável, merecia desfrutá-la inteiramente; minha postura não precisava ser preocupação sua.

E agora, não havia dúvida: eu tinha visto o seu pênis, eu o estava vendo nesse exato momento. Tão forte era o meu desejo de ele não ver o meu corpo que, às vezes, eu tinha imaginado que ele sentia o mesmo; mas claramente não. Por que tirar as roupas não envergonhava as outras pessoas? Ao baixar a calça de veludo cotelê e a cueca não pareceu nem um pouco sexy; me fez pensar nele cagando. E que alunos se sentariam nessa cadeira no dia seguinte, sem fazer a menor idéia de que o traseiro nu de Cross tinha se apoiado nela? E o peso quente e azedo impulsionado na minha boca, a pressão da sua mão na parte de trás da minha cabeça — era disso que eu sentira falta nas últimas semanas, era isso que me fora negado?

Com um grande gemido, ele tirou da minha boca e se espalhou por minha suéter (era de lã marrom amarelado); enquanto ainda não estava prestando atenção, esfreguei o esperma com a manga, já imaginando pedir a Martha para mandar a suéter com as outras roupas para lavar a seco. Eu me levantei e me afastei, querendo ir embora — no meu dormitório, era sempre ele que nos separava, e eu era quem o deixaria ficar para sempre — e o desagradável do momento pareceu algo a que se segurar; se eu pudesse mantê-lo, nunca mais ficaria à sua mercê.

Ele tinha levantado a calça, mas ainda não afivelado o cinto. Ainda sentado, ele disse:

— Vem cá — e eu estava com dúvidas e irritada, e me aproximei hesitante. Então, ele passou os braços em volta da minha cintura e pressionou o rosto em meus seios, abraçou-me forte e meus olhos se encheram de lágrimas. Não havia outra coisa a fazer a não ser pôr minhas mãos em seus ombros, tocar seu cabelo; ele sempre dizia como o meu cabelo era macio, mas a verdade, que eu nunca lhe disse, era que o dele também era.

As férias de primavera foram como haviam sido as do Natal, exceto que a casa ficava vazia durante o dia, pois as férias dos meus irmãos já tinham acontecido. No silêncio, eu ficava assistindo à TV, sem tomar banho e, às vezes, em momentos especialmente patéticos, abrindo o anuário da Ault de meus pais, que eu tinha certeza de nunca ter sido usado para nada, para olhar as informações sobre Cross. Era uma coisa que eu já tinha, é claro, feito tantas vezes no campus, que a visão de seu nome e endereço havia perdido sua potência há muito tempo.

Quando via amigos da família, o que eu tentava fazer o mínimo possível, eles me felicitavam por Michigan, e ao aceitar seus cumprimentos, tornava-se real para mim que era lá que eu passaria os próximos quatro anos. No sábado antes de retornar à Ault, minha mãe e eu fomos de carro a Ann

Arbor, onde fazia -3° e as calçadas ainda estavam cobertas de gelo. Caminhamos pelo campus frio e ela me comprou um moletom com capuz, embora eu tivesse dito que não precisava. Retornamos a South Bend à noitinha, porque meu pai dissera que tudo bem se passássemos a noite em um hotel, mas que não seria à sua custa.

Foi ele que me levou ao aeroporto, e, de novo, me senti extremamente aliviada por estar partindo. Abraçou-me do lado do carro, me deu uma nota de 5 dólares para o almoço, depois foi embora. Depois de eu registrar minha mala, atravessei o terminal chorando. Quando você vai para um colégio interno, deixa a sua família, não de uma vez só, mas em várias vezes, não é como quando você está na universidade, porque então já está mais velha e, de certa maneira, espera-se que se separe de seus pais. Chorei porque me sentia culpada, e porque minha culpa era muito indulgente. Em uma loja que vendia garrafas de água, cartões de aniversário e camisetas com *Indiana* escrito em uma letra enfeitada, a menos de vinte minutos da casa de minha família, senti tantas saudades deles que me vi tentada a ligar para a minha mãe no trabalho e pedir que viesse esperar o avião comigo; ela ficaria alarmada, possivelmente nervosa, mas viria. Mas então, ela saberia com certeza o que provavelmente só suspeitava — como eu estava confusa, como os iludira durante os últimos quatro anos.

Eu me sentiria melhor ao embarcar, melhor ainda quando chegasse ao campus. Mas enquanto estivesse na cidade deles, pareceria um erro eu ter deixado minha casa, um erro de julgamento.

Recebi o comunicado do escritório do diretor mais de um mês depois das férias da primavera. Estava escrito no papel de carta oficial do sr. Byden, com o emblema da Ault no alto, embora o bilhete em si, que não parecia garantir tal formalidade, consistisse somente de duas frases: *Gostaria de lhe falar. Por favor peça à sra. Dershey que marque uma hora para nos encontrarmos.* Um pavor gélido me dominou. Então era isso ser pega — é claro, no fim, tinha sido pega. E não parecia romântico ou aventureiro. Era quase uma hora da tarde, e eu estava sozinha, quando sempre imaginara que eu e Cross seríamos pegos juntos. Talvez eu tivesse sido denunciada e Cross não — talvez outra garota (Hillary Tompkins seria o meu primeiro palpite) tivesse dito que me vira com um garoto não identificado.

Subi direto da sala do correio para o escritório do sr. Byden; seria melhor saber logo o estrago. E também ser tranqüilizada — provavelmente eu não seria expulsa, mas essa era a primeira coisa que eu queria confirmar.

Quando a sra. Dershey me viu, disse:

— Sobre o artigo, certo? Espere só um momento. — Levantou-se e bateu na porta da sala do sr. Byden. Olhei pela janela, que dava para o círculo gramado. Do outro lado do círculo, logo em frente ao edifício da escola, ficava o refeitório, e vi pessoas saindo do almoço. Sentindo-me exatamente como tinha me sentido ao saber, no 3° ano, que podia ser expulsa (como abruptamente a sua vida pode sair dos trilhos, e como pareceu repulsivamente familiar ao acontecer), localizei Martha andando com Sin-Jun; embora não distinguisse seus rostos, reconheci o cabelo preto de Sin-Jun e a blusa de Martha, que era uma *chemise* rosa.

— Lee — disse a sra. Dershey. — Ele pode vê-la já.

O sr. Byden estava à sua mesa.

— Entre. Entre — disse ele. — Não se acanhe. Por favor, sente-se enquanto termino.

O sr. Byden tentava ser acessível aos alunos — no meu 2° ano, vestiu-se de Papai Noel para a última chamada antes do Natal, e ensinava ética em um curso opcional toda primavera — mas continuava me intimidando, e eu sempre conseguira evitar uma conversa de verdade com ele. Sabia o meu nome porque fazia questão de memorizar o nome de todos os novos alunos no primeiro mês de aulas. Sempre que cruzávamos, desde o meu primeiro ano, ele dizia: "Oi, Lee", ou "Boa-noite, Lee", e eu me sentia tentada a lhe dizer que me esquecesse, que tudo bem se ele usasse o espaço de seu cérebro para reter, digamos, o número do telefone de algum aluno rico.

Sentei-me de frente para a sua mesa, em uma cadeira forrada de brocado listrado azul e vermelho e braços de madeira. Outra cadeira igual à minha estava a poucos metros, e atrás de mim — examinei a sala enquanto o sr. Byden escrevia — havia um sofá e uma mesinha de cerejeira e várias poltronas. Havia também uma lareira, com um console de mármore branco, e, em cima, um retrato de Jonas Ault, de cerca de 1860. Eu nunca tinha estado no escritório do sr. Byden, mas reconheci o retrato do catálogo da escola. Jonas Ault, como ouvimos na capela todo ano no Dia do Fundador, tinha sido capitão de um navio-baleeiro, o caçula rebelde de uma família rica de Boston. Uma noite, antes de ele partir para uma viagem marítima, sua filha Elsa pediu que ficasse em casa, e Ault recusou. No mar, os homens se depararam com uma tormenta tão severa que Ault jurou, enquanto o navio balançava e as ondas quebravam nas amuradas, que se conseguisse retornar à costa vivo, encerraria seu comércio baleeiro. Ele e seus homens sobreviveram, mas quando retornou ao porto, soube que, três dias antes, Elsa tinha falecido de escarlatina. Em sua memória, fundou a Escola Ault. (Não Academia Ault — como meus pais, às vezes, a chamavam, mas o nome correto era Escola Ault.) Embora a história possuísse um fim de certa maneira romântico, o que eu me perguntava era por que Ault tinha fundado um colégio de meninos em memória da filha? Mesmo se ela não tivesse morrido, teria precisado esperar até completar 104 anos para poder freqüentá-la.

— Muito bem — disse o sr. Byden. — Agradeço ter vindo sem demora. Se tiver paciência comigo, gostaria de lhe fazer umas perguntas, e depois serei mais claro sobre o motivo por que a chamei aqui. Parece razoável?

— Sim — repliquei. Em seguida, acrescentei —, senhor. — Quis ser respeitosa, mas vindo de mim, a palavra ressoou quase sarcástica. Os alunos sulistas que eu conhecia falavam *senhor* e *senhora* sem o menor esforço.

— Veio para cá como caloura, certo?

Não foi a pergunta que eu esperava. Confirmei com um movimento da cabeça.

— E como caracterizaria a sua experiência na Ault? Em termos gerais, e lembre-se de que não há uma resposta certa.

Isso, eu sabia, não era verdade.

— Gosto daqui — disse eu. Querendo dizer *Não me expulse. De preferência nem mesmo me suspenda.*

— Fale-me de detalhes especialmente significativos.

Talvez eu *não estivesse* em seu escritório por causa de Cross. Certamente não era dessa maneira que a maioria das suspensões eram conduzidas. E ao pensar nisso, me ocorreu que se eu fosse ser suspensa, provavelmente não seria pelo sr. Byden, mas pela sra. Elwyn, ou possivelmente pelo reitor Fletcher.

— Simplesmente diga o que primeiro vier à sua mente — disse ele.

Relanceei os olhos para a janela e vi vários alunos do 4º ano, inclusive Martha e Sin-Jun, deitadas no círculo. Desde as férias da primavera, mesmo antes de ficar realmente quente, havia sempre seniores sentados ou deitados em grupo no círculo; era como um esforço maciço voluntário que completassem em turnos. Eu nunca tinha feito isso porque sabia que faria me sentir visível e como se estivesse perdendo tempo. Nunca tinha me incomodado ficar no dormitório, escutando música, olhando para o vazio, mas perder tempo sozinha parecia menos com perder tempo e mais com manter meu desespero sob controle.

Olhei para o Sr. Byden. O evento significativo da minha experiência na Ault, como via naquele momento, era Cross.

— O mais significativo da minha experiência na Ault tem sido meus amigos — disse eu.

— Tem a ver com morar em dormitórios, não tem? — disse o sr. Byden. — Desenvolve-se uma intimidade.

— E Martha e eu dividimos o quarto há três anos, o que é bom.

— Acredite-me, sei tudo sobre você e Martha. Ouvi coisas excelentes sobre vocês duas.

De quem?, pensei.

— E sobre os estudos? — disse ele. — Houve um certo probleminha com o curso preparatório para cálculos, não foi?

Senti um novo arroubo de pânico — talvez o nosso encontro fosse sobre isso, pensei, talvez depois de todos esses meses tivessem descoberto que trapaceei —, mas o sr. Byden estava sorrindo. A sua expressão parecia dizer *Matemática... não é chato?*

— As coisas foram melhores este ano — respondi. — Consegui assumir o controle.

— E vai para a Universidade de Michigan, se não estou enganado.

Assenti com a cabeça.

— Excelente instituição — disse ele. — Uma das escolas estaduais realmente eminentes.

Sorri para ele sem dizer nada. Fora da Ault, você fingia ter sorte de ir para a Universidade de Michigan e talvez, dependendo de com quem estava se comparando, realmente tinha. Mas o sr. Byden e eu sabíamos que, dentro da Ault, isso não era uma sorte.

— Sente-se preparada para a universidade? — perguntou ele.

— Sim, com certeza. Tive uma excelente educação. — Isso, de fato, era verdade.

— Algumas aulas preferidas?

— História no 3º ano, com o reitor Fletcher, foi fantástico, e no 2º ano, história com o Sr. Corning. Gosto muito de ciência ambiental também. A sra. McNally foi a minha professora. Na verdade, todos os meus professores aqui foram bons. Eu é que nem sempre fui muito bem em algumas matérias.

O sr. Byden riu.

— Ninguém é perfeito, certo? Mas sei que contribuiu muito para este lugar, Lee, à sua própria maneira.

O que diabos ele queria de mim, me perguntava, e nesse momento, ele disse:

— Vou direto ao assunto. *The New York Times* pretende fazer uma matéria sobre a escola.

— Uau.

— Bem, certamente é uma oportunidade, mas a atenção da mídia é sempre uma faca de dois gumes. É sensato abordar qualquer situação desse tipo com uma certa cautela, especialmente nos dias de hoje, quando o público em geral não está tão encantado com a idéia de escola preparatória. O *Times* é um jornal de primeira linha, é claro, mas às vezes a mídia tende a simplesmente reforçar os estereótipos existentes em vez de aproveitar o tempo para contar a verdadeira história. Entende o que estou querendo dizer?

— Acho que sim.

— Todos nós na Ault somos extremamente orgulhosos da escola, e quando o *Times* vier fazer as entrevistas, queremos que falem com alunos capazes de transmitir esse orgulho. Não estou dizendo, se me perdoa a expressão, que nós queremos iludi-los. Estamos procurando alunos que possam fornecer uma visão da escola equilibrada e verdadeira ao mesmo tempo. A pergunta que lhe faço é: posso convencê-la a ser um desses alunos?

— Oh — repliquei. — É claro.

— Excelente. Bem, o ângulo da história como foi descrito para mim é a face em mutação dos colégios internos americanos, com a Ault funcionando como um dublê de Overfield, Hartwell Academy, St. Francis etc. O que estão dizendo é, esses lugares não são mais enclaves para os filhos de homens dos ricos. Temos garotas, temos negros, temos hispânicos. Apesar de sua reputação, os colégios internos são um reflexo da sociedade americana.

— Então devo falar como uma garota?

— Como uma garota, ou em nome de qualquer de suas afiliações.

Eu me perguntei se ele acharia que havia mais em mim do que via — que talvez eu fosse apalachiana.

— Tem algo específico que devo dizer?

O sr. Byden riu largo. Ainda penso nesse sorriso, às vezes.

— Apenas a verdade — replicou ele.

Cross tinha me procurado somente uma vez desde as férias da primavera, mais ou menos duas semanas antes da minha conversa com o sr. Byden. Ao retornar à escola, esperei-o na primeira noite, porque era o que *eu* queria; me esquecia sempre de que o fato de eu querer alguma coisa não era o suficiente para fazer aquilo acontecer. Com o passar dos dias, eu o esperava menos enquanto pensava tanto ou mais nele — a primeira coisa que me ocorria ao acordar de manhã era que mais uma noite se passara sem sua visita. Durante o dia, tanto quanto possível, eu ficava de olho nele. Estava sem muletas e no café-da-manhã, ou na capela, se ele faltasse ao café, ou na hora da chamada, se ele tivesse faltado à capela — não tinha como não estar presente à hora da chamada, já que Martha e ele é que a faziam —, eu registrava o que estava vestindo, e então, pelo resto do dia, ficava procurando a camisa listrada de vermelho e branco ou o paletó preto felpudo; era como se suas roupas conferissem uma personalidade ao dia. Não falava com ele, mas me tranqüilizava vê-lo; se estivesse a duas mesas da minha na hora do almoço, pelo menos não estava na casa de barcos fazendo sexo ao ar livre com Aspeth.

No começo, o meu medo foi Cross estar usando as férias da primavera como um rompimento e nunca mais me procurar. Se aparecesse, portanto, seria desproporcionalmente tranqüilizador, representaria mais do que uma única visita. E então, ele veio, e nada foi bem. Senti logo como estávamos distantes, como eu estava tensa e francamente atenta e como ele estava longe. Fizemos sexo, e ele demorou a gozar — muito mais tempo, pareceu, do que qualquer vez antes —, e depois dava para sentir que ele queria ir embora. Mas não foi e, então, nós dois adormecemos, e despertei com ele dando um tapinha e se despedindo. Estava de pé, já vestido, e passava pouco das três. Eu não devia ter adormecido, pensei, ou, pelo menos, deveria ter acordado junto com ele, de modo que o impedisse de se levantar. Não usando a persuasão, é claro, mas distraindo-o fisicamente — dando-lhe uma razão para ficar.

Estava inclinado sobre mim com uma mão em meu ombro. Estendi o braço para a sua mão, ele deixou que a pegasse, apertou minha mão uma vez, depois a largou.

— Ainda é cedo — disse eu. Não estava sussurrando, minha voz estava queixosa e enrouquecida por causa do sono.

— Tenho de ir. — Foi tudo o que disse; não disse o motivo.

Minhas perguntas vociferaram. *Por onde andou? O que eu fiz? Vai voltar? Por favor, volte, porque não sei se vou resistir se não voltar.* Essa visita foi experimental, me perguntei, e o meu comportamento o decepcionou?

— Está bem? — disse ele, e ajeitou o saco de dormir em volta dos meus ombros, e deu mais um tapinha no meu braço. É claro que não estava nada bem. Mas ele se foi assim mesmo, e quando fiquei sozinha, pensei em quantas vezes tinha me perguntado se as coisas não iam bem conosco, se eu não o agradava mais, se ele havia perdido o interesse. Todas as vezes, tinha reprimido o impulso de perguntar, e fiquei feliz por ter reprimido, porque talvez perguntar acelerasse o fim. E porque — entendo hoje — não é preciso perguntar. Quando acaba, você sabe.

A repórter do *The New York Times* chamava-se Angela Varizi. Ao ouvir a palavra repórter, pensei em um homem na faixa dos 50, grisalho e careca, em um terno escuro, mas quando entrei na sala de aula do reitor Fletcher, onde ela entrevistava os alunos, pareceu ter menos de 30. Estava sentada à cabeceira da mesa, e ao se levantar para apertar a minha mão, vi que usava jeans — uma violação das normas da escola relacionadas às roupas usadas no edifício Avet —, botas de caubói e blusa branca tipo *chemise*. Seu cabelo liso estava puxado para trás em um rabo-de-cavalo, e tinha uma falha entre os dentes da frente. Não era bonita, mas havia algo franco e intenso em seu rosto — não parecia se depreciar por não ser bonita. Ao apertar minha mão, o aperto foi firme.

Estava perdendo o meu segundo tempo de aula para ser entrevistada. Sabia, por um memorando enviado pelo sr. Byden, que Angela Varizi tinha se encontrado com Mario Balmaceda, do 2º ano, antes de mim, e que depois seria a vez de Darden Pittard.

— Sente-se — disse Angela Varizi.

Uma imagem passou por minha cabeça, a de estar chupando Cross nessa mesma sala e me retraí, se bem que não saberia dizer se de nojo ou de saudade.

Sentei-me no lado da mesa em frente à que havíamos estado naquele dia.

— Vai ter mais alguém aqui? — perguntei. — Não outros estudantes, mas um professor para se certificar de que eu não fale nada negativo?

Angela Varizi riu.

— Você fala coisas ruins com freqüência?

— Às vezes, sim.

— Gosto de você — disse ela. — E a resposta é não. Ou a direção confia em vocês ou os examinaram muito bem de modo que eu não falasse com nenhum insatisfeito. Bem, primeiro vamos nos livrar dos detalhes práticos. Você é sênior, não é?, e está aqui há quatro anos?

— Sim.

— Lembre-me de onde você é.

— South Bend, Indiana.

— Isso. Tenho me encontrado com tantos alunos que estou começando a embaralhar os perfis, mas agora me lembro de você.

Quem tinha dado o meu perfil a Angela Varizi, me perguntei, e o que exatamente dizia?

— Você vai para a Universidade de Michigan, não é isso? Parabéns.

— Bem, me candidatei à Brown, mas quase fui reprovada em pré-cálculo no ano passado, por isso não esperei realmente ser aceita.

Ela assentiu com a cabeça, anotando rapidamente alguma coisa em seu caderno.

— Está anotando isso? A entrevista já começou?

— Lee, no momento em que fala com um repórter, está sendo entrevistada.

— Achei que usavam gravadores.

— Alguns usam, mas muitos de nós que trabalhamos para jornais preferimos não usar. Nossos prazos são quase sempre muito apertados e não temos tempo de transcrever fitas.

— Desculpe fazer tantas perguntas — disse eu.

— Pergunte o que quiser. A propósito, pode me chamar de Angie. Deixe-me lhe perguntar uma coisa. Como seus pais se sentem em relação a você ir para a Universidade de Michigan?

— Estão felizes. Vou estar bem mais perto de casa.

— Foram alunos da Michigan?

— Não. Meu pai foi para Western Indiana e minha mãe começou a universidade, mas não terminou, porque se casaram.

— O que seus pais fazem?

Fiz uma pausa.

— Desculpe por continuar fazendo perguntas, mas realmente não entendo o que meus pais têm a ver com o artigo.

— O negócio é o seguinte. Você e eu vamos conversar e conversar, o artigo vai ser publicado, e eu vou ter citado você em um ou dois parágrafos. Você vai pensar: por que Angie deixou de fora todos os outros meus *insights* brilhantes? Muito do que pergunto é para contextualizar, não vai entrar no artigo, mas o informará, se não soa muito pretensioso.

— Minha mãe é contadora em uma firma de seguros. E meu pai está no ramo de vendas.

— O que ele vende? — A cabeça de Angie estava baixa, e ela estava escrevendo de novo. Sua voz soava neutra, como se fosse reagir da mesma maneira independentemente do que eu dissesse.

— Colchões — repliquei. — Ele vende colchões.

Ela não arfou, nem pôs a mão no peito. Simplesmente disse:

— E ele trabalha... em uma cadeia ou uma loja independente?

— É uma franquia, da qual ele é o dono.

— Entendo. Fale-me de seus irmãos.

— Meu irmão Joseph tem 14 anos e o meu irmão Tim, 7.

— Eles também vão para colégios internos?

— Acho que não. Joe está na idade em que comecei aqui. Isso não é tão comum para as pessoas de onde vim.

— Por que veio?

Eu tinha desenvolvido duas respostas para essa pergunta, que variava dependendo da audiência. Decidi dar as duas a Angie.

— Esta é uma escola bem superior à escola pública de ensino médio a que eu iria em South Bend — repliquei. — Os recursos aqui são incríveis: o nível do corpo docente e o fato de as turmas serem pequenas permite que receba toda atenção individual, e seus colegas são realmente motivados. — Ao falar assim, imaginei que essa seria a observação que Angie citaria. Até agora, tinha sido a minha declaração mais eloqüente. — A outra razão é que eu fazia uma idéia de certa maneira idiota, típica dos meus 13 anos, do que era um colégio interno — prossegui. — Formei-a a partir de programas de televisão e da revista *Seventeen*, e os achava realmente glamourosos. Portanto pesquisei e me candidatei. Meus pais acharam estranho, mas quando fui aceita, permitiram que eu viesse.

— Assim, sem mais nem menos? Não precisaram ser convencidos?

— Sim, precisaram. Mas a nossa vizinha, a melhor amiga de minha mãe, a sra. Gruber, é professora e achou que era uma grande oportunidade, e ficou do meu lado. No fim, meus pais disseram que eu podia decidir.

— Tudo isso quando você tinha 13 anos?

Confirmei com um movimento da cabeça.

— Nada mau. Você devia ser muito mais madura do que eu com essa idade. Agora vou lhe perguntar o seguinte. Não é segredo que colégio interno é extremamente caro.

Senti-me corar, meu coração se acelerar. Parecia impossível que ela fosse perguntar o que estava para perguntar. Seria simplesmente tão... *óbvio*.

— A Ault custa, o quê?, 20 mil por ano? — prosseguiu Angie. — O que me pergunto é até que ponto o custo interferiu quando seus pais permitiram que viesse.

Minhas bochechas estavam em brasas.

— A pergunta a incomoda? — perguntou ela.

— As pessoas aqui não se... — Fiz uma pausa. — Dinheiro não é discutido.

— Não se discutir abertamente dentro de casa!

— Mas é por isso — disse eu. — As pessoas têm tanto que não precisam mencioná-lo.

— Vê diferenças entre os que têm e os que não têm?

— Na verdade, não. Nunca usamos dinheiro em espécie para nada. Para comprar livros ou pegar ônibus para Boston, basta preencher um cartão com seu número de matrícula.

— E seus pais pagam a conta?

— Sim.

Nossos olhares se encontraram. Queria que eu dissesse algo que ela já sabia. E eu ainda não entendia que só porque você consegue reconhecer o que a outra pessoa quer e só porque essa outra pessoa é mais velha e mais poderosa do que você, não precisa lhes dar.

— Para mim, é um pouco diferente — falei. — A questão é que sou... eu sou bolsista. — Em quatro anos, as únicas pessoas com quem eu tinha falado sobre isso tinham sido a sra. Barinsky, que trabalhava no departamento de admissões e ajuda financeira, e a sra. Stanchak. Nunca tinha discutido isso nem mesmo com Martha. Ela sabia, eu presumia, mas não que eu tivesse dito qualquer coisa a respeito. — Meus pais pagam minhas despesas — prossegui. — Mas só pagam, acho, 4 mil de custo com a instrução este ano.

— Entendi. — Angie balançou a cabeça várias vezes, e eu fiquei confusa. Tinha quase certeza de que ela já sabia. — É um verdadeiro tributo a você.

— Até onde sei, a escola, antes de mais nada, se arrepende da decisão de ter me admitido. Fui muito bem na escola elementar, na verdade, até a 8ª série. Quando vim para cá, comecei a ter problemas acadêmicos.

— Não estava bem preparada?

— Não exatamente. Foi mais que... parei de me sentir capaz. Era tão... não me destacava em nada aqui. Como se ninguém esperasse que eu fosse um astro.

— Vamos nos ater um pouco mais na questão da ajuda financeira. Percebo que não é o seu tópico preferido. Estou pensando se você não acharia que o corpo docente demonstra favoritismo em relação aos alunos ricos.

— Não, não mesmo.

— Não mesmo?

— Há um professor jovem que é amigo desses garotos da minha turma, que freqüentaram, todos eles, a mesma escola em Nova York, antes de virem para cá. São chamados de garotos banqueiros, são todos bonitos, sabe?... Ricos. O professor leva-os ao McDonald's, ou ao jogo dos Patriots, e as pessoas acham meio estranho porque a maioria da turma só fica sabendo depois que aconteceu. Mas não acho que o professor é amável com os garotos banqueiros *porque* eles são ricos. É o técnico de futebol de quase todos eles, e é assim que os conhece.

— Por que são chamados de garotos banqueiros?

— Porque os pais trabalham para bancos. Quer dizer, não todos, mas é como parece.

— Garotos banqueiros é com letra maiúscula ou minúscula?

Olhei surpresa para ela.

— Vai colocar isso no artigo? Por favor, não coloque.

— Vamos continuar falando e ver o que mais descobrimos. Vou lhe contar uma história. Estudei em Harvard.

Achei que tinha lhe contado sobre ter sido rejeitada pela Brown e me senti envergonhada.

— Diz que não há diferenças entre estudantes que têm dinheiro e os que não têm, mas isso não bate com minha própria experiência — disse ela. — Venho de uma família da classe trabalhadora de New Jersey e, na faculdade, tive de fazer empréstimos sem fim. E os alunos de Harvard, especialmente os internos, tinham uma atitude em relação ao dinheiro que eu nunca tinha visto. No primeiro ano, minha companheira de quarto comprou um casaco preto de lã com uma gola de veludo preto. Era lindo. Não sou muito ligada em roupas, mas cobicei esse. Uma semana depois de tê-lo comprado, ela o perdeu. Esqueceu-o em algum lugar. Sabe o que ela fez?

Sacudi a cabeça.

— Voltou à loja e comprou outro igual. Assim. O mais surpreendente foi que fiz um comentário sobre passar as dívidas para o papai, só para mexer com ela, e ficou furiosa. Levei muito tempo para perceber que, certo, o que ela realmente estava fazendo era infligir seu próprio desconforto a mim.

Olhei pela janela. A luz do sol caía nos galhos de uma faia próxima.

Quando voltamos a falar, a voz de Angie soou mais suave.

— Essa história lhe lembra alguma coisa?

— Uma vez, quando eu estava no 2° ano... — falei, e me interrompi.

— Continue. Pode parecer estranho, Lee, mas é extremamente importante.

— No 2º ano, tive uma professora de inglês de quem as pessoas não gostavam muito. Um dia, eu estava com outros alunos, depois da aula, e um deles, uma garota, disse alguma coisa sobre a professora ser CMB. Estavam falando sobre as roupas da professora.

— O que significa CMB?

— Foi o que pensei. Mais tarde perguntei à minha companheira de quarto, e ela, que nunca diria algo desse tipo, pareceu constrangida. Disse que não tinha certeza, mas achava que significava classe média baixa. — Martha sabia o que significava, eu podia ter dito que ela simplesmente ficou acanhada ao me explicar. Quando lhe disse porque estava perguntando, ela respondeu: "Aspeth é tão ridícula."

— Inacreditável — disse Angie.

— As pessoas aqui não são obviamente esnobes, mas a idéia que fazem do que é normal... Bem, outra coisa de que me lembro, não sei bem por que, é que podemos pegar o ônibus para Boston aos sábados, quando não temos jogo. E o reitor, antes de deixarmos o campus, enfatiza que todas as normas da escola continuam em vigor, e então, quando o ônibus retorna, no fim do dia, ele revista, aleatoriamente, as bolsas. Uma vez, no ano passado, o ônibus estava para nos pegar em Boston, e esbarrei com algumas garotas do lado do Fanueil Hall. Eram do meu dormitório. Estávamos todas em uma loja de roupas, e uma das garotas tirava coisas das prateleiras e as levava à caixa registradora sem experimentá-las. Perguntei a uma delas: "Ela não quer ver se vestem bem?". E ela respondeu: "Só está comprando coisas para envolver a bebida." Ela não disse *bebida*, mas foi ao que se referia. Foram provavelmente 100 dólares de roupas.

Angie sacudiu a cabeça.

— Que tipo de bebida ela comprou?

— Provavelmente vodka. É a que não dá para sentir no hálito, não é?

— Percebo que você não bebe.

— Não.

— Acha que ser bolsista a deixa menos predisposta a violar as normas?

Pensei em Cross e me senti um pouco ofendida — por que exatamente Angie pensava que eu *era* menos predisposta a violar as normas da escola? Mas tudo o que respondi foi:

— É possível.

— E os outros bolsistas? Bebem ou fumam?

— Realmente não penso nas pessoas como bolsistas e não bolsistas.

— Não sabem quem recebe ajuda e quem não recebe?

— Sabemos. Mas ninguém fala disso.

— Então como sabem?

— É possível saber pelos quartos, se têm ou não aparelhos de som, ou se as garotas têm colchas floridas nas camas, ou se têm retratos com moldura prateada. Simplesmente pela qualidade do que têm. E suas roupas: todos encomendam roupas dos mesmos catálogos, de modo que se vê um bando de gente de suéteres idênticas, e sabe-se exatamente quanto custam. E coisas como poder mandar sua roupa para o serviço de lavanderia ou lavá-las nas máquinas nos dormitórios. Ou mesmo nos esportes, quanto custa o equipamento. Hóquei no gelo é muito caro, já o basquete não é tanto.

— Posso supor que você não tem uma colcha florida nem molduras prateadas?

— Tenho uma colcha florida. — Tinha pedido uma de aniversário quando fui para a Ault. Quanto a molduras prateadas e tudo o mais... Martha era o meu disfarce. — Tem mais uma coisa — disse eu. — Provavelmente o sinal mais evidente de quem recebe ajuda financeira e quem não recebe seja a raça. Ninguém fala disso, mas sabe-se que pessoas de certas minorias quase sempre são bolsistas.

— Que minorias?

Hesitei.

— Você pode adivinhar.

— Não vai me ofender, Lee.

— Bem, negros e latinos. Basicamente. Pessoas de outras minorias, como asiáticos ou indianos, geralmente não são bolsistas, e negros e latinos geralmente são.

— Então como pode dizer que um aluno branco é bolsista?

— Tenho dúvidas se há muitos deles — repliquei. — Muitos de nós. — Por um momento, não me ocorreu ninguém do 4° ano, além de mim, e então me lembrei de Scott LaRosa, que era de Portland e capitão do time masculino de hóquei no gelo. Tinha um rosto pálido e cheio, e o sotaque do Maine, era também grande e confiante. Na nossa turma, não me lembrei de mais ninguém.

— Por que acha que tão poucos brancos recebem ajuda financeira?

— Não acrescentamos diversidade à escola. E há muitos estudantes brancos que *podem* pagar.

— Parece que passou um bocado de tempo aqui se sentindo excluída.

Antes, essa observação talvez tivesse me provocado lágrimas — ela *percebeu* —, mas agora pareceu simplesmente parte da conversa. Além do mais, embora eu quisesse que Angie Varizi gostasse de mim, eu não tinha certeza absoluta se gostava dela.

— É claro que me senti excluída algumas vezes. Mas isso era de se esperar, certo? — Sorri. — Sou uma zé-ninguém de Indiana.

— Sente-se diferente da sua família quando vai para casa?

Lá fora, uma brisa soprou e ouvi as folhas da faia farfalharem

— Seria deprimente se me sentisse, não acha? — repliquei. Fiquei em silêncio por um instante. Então falei: — Lembra de quando falamos por que vim para a Ault? E mencionei duas razões? Bem, há mais uma. É meio difícil explicar, mas provavelmente é a razão principal. — Respirei fundo. — Quando eu tinha 10 anos, minha família partiu de férias para a Flórida. Foi muito importante, algo que meus pais nunca tinham feito. Era verão e viajamos de carro. Ficamos em Tampa Bay, e um dia, estávamos dando uma volta de carro, talvez tenhamos nos perdido, e acabamos dando num bairro de casas imensas. Não era como um condomínio novo, as casas pareciam antiquadas. Muitas eram de telhas brancas, com janelas de sacada e pórticos com cadeiras de balanço e grandes gramados e palmeiras altas. Na frente de uma casa, um menino e uma menina, provavelmente irmãos, estavam jogando futebol. Eu disse ao meu pai, eu estava na idade em que não se percebe a diferença entre uma coisa de mil dólares e outra de um milhão de dólares, bem, eu disse: "Devíamos comprar uma casa dessas." Eu as achei bonitas, e que a minha família seria feliz em uma igual. Meu pai começou a rir e disse: "Não, não." Eu estava, me lembro, no banco da frente, do lado do meu pai. Minha mãe estava atrás com meus irmãos porque Tim era bebê. Senti-me perto do meu pai naquele momento, achando que tivera uma boa idéia. Meu pai disse: "Lee, pessoas como nós não vivem em casas assim. Essas pessoas mantêm seu dinheiro em contas em bancos suíços. Comem caviar no jantar. Enviam seus filhos a colégios internos." E eu lhe disse... — Tudo tinha dependido realmente disso? Tinha sido essa a razão de me tornar o que eu era, a razão para eu ter me candidatado à Ault? De certa maneira, não poderia ter sido, porque era pequena demais. Mas talvez o mais importante sempre sejam as pequenas razões, conversas que quase não teve ou de que ouviu somente uma parte. — Eu disse ao meu pai: "Enviam suas filhas a colégios internos?"

— Uau — disse Angie.

— Quando me candidatei à Ault e a outros lugares, duvido que meus pais se lembrassem dessa conversa. E não reavivei sua memória, obviamente.

— Estava pronta para negociar alto — disse ela.

— Não sei se colocaria assim. Quer dizer, eu tinha 10 anos na época.

Percebi que estávamos chegando ao fim da entrevista. Durante partes dela, meu coração tinha se acelerado, minhas bochechas ruborizado, havia algo excitante em conversar com ela, como se eu tivesse esperado muito tempo para dizer essas coisas. Mas pensar na minha família no carro, nenhum de nós sabendo que dali a quatro anos eu deixaria minha casa, me fez sentir triste e vazia.

— Ouça, Lee — disse Angie. — Você me deu muitas informações importantes. Não tenho como agradecer sua sinceridade. — Entregou-me um cartão de visita, e a parte que dizia *The New York Times* estava com o mesmo tipo de letra da parte de cima do jornal. — Ligue se quiser fazer alguma pergunta.

Quando saí da sala, passei por Darden Pittard no corredor.

— O que me espera? — perguntou ele.

— Foi meio esquisito — repliquei.

— Bom esquisito ou mau esquisito?

Cinco minutos antes eu teria respondido bom esquisito, mas um sentimento estranho estava se expandindo em mim. Tinha contado a Angie Varizi um bocado a meu respeito, e era difícil dizer por que, exceto que ela havia perguntado.

— Não sei — repliquei. — Apenas esquisito.

Durante o intervalo entre o terceiro e o quarto tempo, encontrei Martha no lugar em que costumávamos nos reunir, do lado do quadro do boletim do serviço da comunidade na sala de correio. Outros alunos passaram por nós.

— Como foi? — perguntou ela. — O cara era legal? — Desembrulhou uma barra de cereal e a partiu em dois, dando uma parte para mim. Recusei sacudindo a cabeça.

— Era uma mulher — respondi. — Acho que era legal, mas fiquei com a impressão de ter falado demais. Perguntou um monte de coisas sobre custo do ensino etc. e tal. — O mais estranho era que quanto mais eu pensava nisso, menos me lembrava do que tinha dito.

— Verdade? — A boca de Martha estava cheia, o que fez sua voz sair truncada, mas percebi por suas sobrancelhas erguidas que estava surpresa. Ela engoliu.

— Por que ela quis saber sobre isso?

— Não faço idéia.

Olhamos uma para a outra. Certamente havia uma conversa que Martha e eu poderíamos ter tido em algum momento durante o tempo juntas sobre as diferenças entre nós, mas como não a tivemos, era demorada demais para começarmos agora.

— Parece aleatório — disse ela.

— Acha que eu devo me preocupar?

Martha sorriu.

— Não. Aposto que foi a entrevista preferida do dia.

Quando acabava, não havia necessidade de perguntar, você sabia, e ainda assim — continuava a ser pego sem defesa; seu senso da situação podia estar em desacordo com o seu desejo de um determinado resultado. Nesse sábado à noite, quando eu estava sentada na beira de uma das banheiras, de camiseta e short, raspando as pernas, Martha entrou no banheiro.

— Achei que estaria aqui — disse ela.

— Oi. O baile não acabou, acabou?

— Não, mas está quente e chato. Sabe Aspeth?

— Refere-se a Aspeth com quem estudamos há quatro anos?

Martha mordeu o lábio inferior.

— Ela e Sug são bons amigos, certo?

— Martha, o que está querendo dizer?

— Estavam dançando juntos. Muito.

Uma inquietação começou a subir do meu estômago para o meu peito.

— Eles não costumam dançar juntos?

— Acho que nunca reparei. Mas havia algo óbvio hoje à noite. Nenhum dos dois estava dançando com mais ninguém. E então foram para o bar e ele se encostou na grade. — Eu conhecia o bar, sabia qual era a grade. Tinha atravessado o centro acadêmico várias vezes, mas somente durante o dia, quando ficava silencioso e parecia empoeirado. — E ela estava apoiada nele.

— De frente para ele? — perguntei.

— Não, não. Os dois estavam olhando para fora. Acho que os braços dele estavam em volta da cintura dela. — Até esse momento, Martha tinha ficado perto da parede azulejada. Então se aproximou e se acomodou na beira da banheira do meu lado. — Lamento, mas achei que ia querer saber.

Olhei para as minhas pernas raspadas pela metade.

— Aspeth é uma idiota — disse Martha. E havia muitas coisas que Aspeth Montgomery podia ser, mas idiota não estava entre elas.

Depois disso, fiquei alerta. E era verdade que Cross e Aspeth estavam quase sempre juntos, mas talvez não mais do que sempre estiveram. Era fim de maio, e quando o tempo melhorou, seniores passaram a ficar constantemente lá fora, no círculo, um grupo cada vez maior — depois do almoço, durante os tempos livres e nos fins de semana —, e mais de uma vez em que passei e fingi não estar olhando, distingui Aspeth gritar "Eu não!" Ou "Isso é tão obsceno!" Por que nunca me juntei a eles? Eu queria, mas depois que me aproximasse, chegaria aquele momento insuportável, quando ficaria à margem do grupo, eles ergueriam os olhos protegendo-os do sol com a mão em concha, e se perguntariam por que eu estava ali. Havia alguma coisa que eu teria de dizer, havia um lugar na grama em que eu me sentaria, uma postura que eu assumiria. Para as outras pessoas, essas decisões pareciam naturais, não eram decisões; para mim, nunca deixaram de ser decisões.

Não podia afirmar nada, se bem que, e pensei isso permanecendo vigilante, estivesse protegendo a mim mesma. Então, no último número do ano do *The Ault Voice*, do lado do editorial com o título "Shorts xadrezes serão permitidos no edifício da escola", as Notas incluíam a frase: "C.S. e M.R.: *Sugar daddy* está cantando uma nova melodia." Números novos do *The Ault Voice* eram distribuídos uma vez por mês na hora da chamada, e esses momentos eram extraordinariamente silenciosos, com a maioria dos alunos lendo durante os comunicados; vários professores sempre nos repreendiam, mandando que parássemos de ler o jornal naquele momento, mas ninguém obedecia. Eu também lia durante a chamada, mas evitava ler as Notas em público porque estava sempre apavorada — ou, quem sabe, esperançosa — com a possibilidade de haver uma menção a Cross e a mim, e de alguém me observar lendo-a. Isso quer dizer que somente nessa noite li a frase, e, mesmo antes de compreendê-la, me senti inundada por um misto nauseante de choque e reconhecimento. Fiquei atônita além de não me surpreender nem um pouco. E Martha, como sempre, não estava por perto — estava em uma reunião —, e só retornou ao dormitório na hora do toque de recolher. Sussurrei:

— Preciso falar com você.

Em nosso quarto, peguei meu exemplar do jornal e o estendi a ela.

— Veja isto.

Apontei, e seus olhos se moveram pela página. Pareceu levar mais tempo para ler do que devia. Finalmente, disse:

— Quem é M. R.?

— Melodie Ryan. Com quem Cross atuou em *Hamlet*. Nunca ouvi falarem nada disso, mas devem ter... sei lá. Ele esteve fora por mais de um mês, Martha — falei, e me debulhei em lágrimas.

Ela deu um tapinha nas minhas costas.

— Deve ser, certo? Mas talvez não seja, já que Melodie se escreve com I-E e não com I-A. Não é?

Martha pareceu constrangida.

— Não sei.

— Ele falou alguma coisa para você? Está saindo com Melodie Ryan e todo mundo sabe, menos eu? Está saindo com Aspeth?

— Se Cross tem nova namorada, eu não sei. Mas, Lee, antes de se desesperar, lembre-se de como as Notas são tolas.

— Mas geralmente acertam. — Enxuguei o nariz com as costas da mão. — Lembra-se daquela sobre Katherine Pound e Alexander Héverd, e que ninguém acreditou no começo? Mas era verdade.

— Mas pode simplesmente querer dizer que Melodie e Cross transaram — disse Martha. — Não que formem um casal de verdade.

Comecei a chorar mais — para mim, transar *era* ser um casal. Aparentemente, eu tinha persuadido Martha de que as Notas estavam certas, e não tinha sido nada difícil.

— Você precisa falar com Cross — disse Martha. — Tem o direito de lhe fazer perguntas, Lee. E, a esta altura, o que tem a perder?

Mas o dia seguinte era sexta-feira e me pareceu inadequado monopolizar Cross em um fim de semana. Porque (sim, eu estava louca, e também acho que há uma boa chance de eu operar essa lógica de novo, se tiver oportunidade) e se ele e Melodie tivessem alguma coisa planejada e eu a interrompesse? Ou simplesmente estragasse seu humor antes de uma noite romântica? Odiava a idéia de ser uma pentelha, o tipo de garota que sempre queria *falar*. Falar com ele era, é claro, exatamente o que eu queria fazer, mas não de maneira monopolizadora, não de uma maneira desagradável.

Acima de tudo, não era um fim de semana qualquer — era o fim de semana em que o artigo de Angie Varizi seria, pelo que se sabia, publicado no *Times*. Ela tinha me avisado que poderia ser retirado na última hora, dependendo das notícias que chegassem, mas se tudo corresse normalmente, seria publicado no domingo.

Ao pensar nesse período, experimento tanto um pavor retroativo quanto uma sensação de cuidado comigo mesma como era então, o quão atormentada me sentia em relação a Cross, o quão sinceramente triste em relação à perspectiva de me graduar na Ault. Sentia-me como nos sentimos ao assistir a um filme sobre uma adolescente em casa à noite, sozinha, em que uma tempestade desaba e a eletricidade é cortada, ou a um filme em que um casal jovem partilha um jantar romântico, sai do restaurante em uma nevasca que lhes parece bela, entra no carro e dirige para casa por estradas sinuosas. Da mesma maneira que dá vontade de gritar: *Saia de casa! Pare o carro!*, tenho vontade de dizer a mim mesma mais jovem: *Simplesmente vá embora. Se partir agora, a sua recordação da Ault permanecerá intacta. Vai achar que seus sentimentos em relação à escola são complicados, mas continuará com a doce convicção de que foi o lugar que a tratou injustamente e não o inverso.*

Ao longo do fim de semana, fiquei esquecendo e lembrando o artigo. No domingo, Martha e eu acordamos por volta das oito horas, um pouco cedo, mas não foi por causa disso. A caminho do refeitório, discutimos que sapatos usaríamos na cerimônia de graduação, que aconteceria dali a uma semana. Na Ault, não se usa uma toga e touca, e sim um vestido branco, e os garotos, calça cáqui, blazer azul-marinho e chapéu de palha. Depois falamos como, no ano anterior, Annice Roule tinha tropeçado nos degraus para o palco quando foi receber o diploma.

O punhado usual de estudantes estava no refeitório, porém o mais estranho foi que estavam todos sentados na mesma mesa. Os calouros, os alunos do 2° e do 3° ano, todos tinham se juntado aos do 4° ano com que Martha e eu sempre nos sentávamos — Jonathan Trenaga, Russell Woo, Doug Miles, Jamie Lorison, Jenny e Sally. A outra coisa estranha foi que ninguém estava falando. Estavam todos com a cabeça baixa e, percebi, lendo.

— Estão lendo o *meu* artigo? — perguntei a Martha, e então, a uns três metros de distância, vi que estavam: dois ou três agrupados ao redor de cada exemplar do jornal.

— Merda — ouvi Jim Pintane, que era do 2° ano, dizer. Quando chegamos à mesa, alguns ergueram o olhar, depois todos os outros. Por um longo momento ninguém falou.

Finalmente, com uma voz fria, Doug Miles falou:

— É a infame Lee Fiora.

Todos à mesa continuavam a olhar para mim.

— Tenho de admitir — disse Jonathan — que não sabia que tinha opiniões tão sólidas. — Seu tom foi mais difícil de avaliar: nem hostil, nem amistoso.

— O que diz o artigo? — perguntei devagar, e como ninguém respondeu, Martha falou:

— Isto é ridículo. — Ela pegou um dos cadernos do jornal. — Vamos — disse ela.

Enquanto eu a seguia para outra mesa, Doug gritou:

— Ei, Lee.

Eu me virei.

— Nunca ninguém lhe disse para não mijar na sua própria piscina?

Sentamo-nos em outra mesa, uma do lado da outra, sem comermos. Meu coração batia forte e meus dedos tremiam. O caderno que Martha tinha pego estava aberto na segunda página do artigo, não na página em que começava. Martha voltou a página. O artigo começava na primeira página — a primeira página do primeiro caderno. A manchete era COLÉGIOS INTERNOS REIVINDICAM MUDANÇA, ALUNOS CONTAM HISTÓRIA DIFERENTE. Embaixo, em letras menores, dizia COMO É SER BRANCO, DE CLASSE MÉDIA — E UM ESTRANGEIRO. Uma fotografia grande mostrando, de maneira estranha, os irmãos Pittard não brancos sentados no sofá da sala comum de um dormitório. Darden demonstrava alguma coisa com as mãos e seu irmão, Eli, que era calouro, estava rindo. Mas o primeiro parágrafo não era sobre os Pittard. Era sobre mim.

> Entre as panelinhas na turma do 4º ano de Lee Fiora na Ault School, em Raymond, Massachusetts, há um grupo de amigos conhecidos como "Garotos Banqueiros", assim chamados, como a srta. Fiora explicou, "porque seus pais trabalham para bancos. Não que todos eles realmente trabalhem para bancos, mas é o que parece."
>
> A denominação do grupo é uma das poucas referências, apesar de oblíqua, que os alunos da Ault fazem a dinheiro. Em geral, nessa escola, cujas turmas pequenas, terreno antigo e instalações de primeira ao custo de 22 mil dólares, assim como em outras escolas da elite no Nordeste, o assunto é tabu. Desse modo cria um ambiente que, segundo a srta. Fiora, é condescendente com os ricos e trata injustamente todos os outros — inclusive a própria srta. Fiora. "É claro que me sinto posta de lado", disse a srta. Fiora, que recebe uma ajuda financeira que cobre aproximadamente três quartos de sua instrução, recentemente a um visitante. "Sou uma zé-ninguém de Indiana." A srta. Fiora é branca. Para estudantes não brancos, particularmente afro-americanos e hispânicos, ela acha que as dificuldades de vida na Ault são maiores.

E prosseguia assim. Angie Varizi me fizera declarar detalhadamente sobre raça (pelo visto, porque ninguém mais, ninguém que não era branco, tinha se disposto a isso), ao dizer que eu suspeitava que a Ault se arrependia da decisão de ter me oferecido uma bolsa de estudos, contando a anedota sobre as garotas comprando roupas para esconder as bebidas. Ela me persuadiu a fazer um sumário de como identificar os alunos bolsistas baseando-se no que tinham e em seu comportamento. E, é claro, a partilhar a história da casa na Flórida. Por todo o artigo, meus comentários foram justapostos com o endosso veemente da escola, da parte do sr. Byden, do reitor Fletcher, de uma aluna do 2º ano chamada Ginny Chu, de Darden Pittard e recém-graduados. Outro estudante não identificado disse sobre mim: "Ela não é a pessoa mais popular em nosso ano. Nem todos prosperam em um lugar como este."

Li o artigo todo somente uma vez, e nesse momento, no refeitório. Enquanto lia, eu às vezes dizia "Oh, meu Deus", e Martha dava um tapinha carinhoso em mim. No fim do artigo, sua mão estava no meu braço.

A mixórdia que eu tinha feito (tinha sido eu mesma?) era tão terrível que se tornava difícil absorvê-la ou quantificá-la. A pessoa que eu era nesse momento, a pessoa em que o artigo me transformava, era exatamente o oposto da pessoa que eu tinha tentado ser durante os últimos quatro anos. Foi o erro mais grave que eu poderia ter cometido.

— Certo — disse Martha. — Só resta uma semana e estaremos fora daqui para sempre. E você vai levar a sua vida normalmente. Que os outros percam o controle, e, sim, vão perder. Mas o problema não é seu.

— Vou para o quarto.

— Ouça bem — disse ela. — Vamos tomar o café-da-manhã.

Na cozinha, pegamos as bandejas, enchemos nossos copos de leite e suco, recebemos pratos de panquecas fumegantes. Sentia-me tonta de arrependimento. Tinha sido uma idiota, pensei. Por que diabos tinha contado a Angie Varizi meus segredos, que vantagem imaginei que poderia tirar disso? Era sempre assim comigo — não era capaz de admitir que alguma coisa estava acontecendo (que, em benefício de Angie, eu estava cavando meu próprio túmulo) enquanto isso acontecia. Cada detalhe do artigo era humilhante. Ser bolsista era ruim, ser infeliz era pior ainda, e admitir ambos era o pior de tudo. Eu tinha sido indiscreta. Era isso o que eu tinha sido. Como teria sido melhor ter-me danado de uma maneira normal, típica de uma escola preparatória — ter sido pega na semana anterior à graduação fumando bagulho ou nadando nua à meia-noite na piscina do ginásio. Fazer queixas com conotações políticas a uma repórter do *New York Times*, por outro lado, era simplesmente de mau gosto.

Ao carregarmos nossas bandejas para o refeitório, passamos por três calouras de quem eu nem mesmo sabia o nome, e se antes eu passaria direto sem olhar, agora não consegui evitar trocar olhares com elas. Queria ser capaz de perceber por sua expressão se já tinham lido o artigo, mas suas caras estavam apáticas. O que senti naquele momento olhando para elas foi o que continuei a sentir até a graduação — a suspeita, mas não a certeza, de que outras pessoas estavam me desprezando, a sensação de que o seu escárnio não era injustificado, e também o conhecimento de que talvez não estivessem absolutamente pensando em mim.

Percebi que isso iria, no contexto da Ault, assumir uma grande importância. Ao mesmo tempo, para a maioria dos estudantes, o problema era de outra pessoa, não deles. Somente para mim era pessoal. Talvez, quando fossem passar o verão em casa, lhes perguntassem: *A sua escola é realmente tão esnobe? Aquela garota é tão infeliz como pareceu?* Mas seria um tópico de conversa; não seria a vida deles.

Fui para a cama antes do jantar no domingo à noite — não queria mais ficar consciente — e à uma e quinze, quando já tinha acordado oito ou nove vezes e não consegui suportar mais, me levantei, vesti uma camiseta e uma calça de moletom, e saí do dormitório enquanto Martha respirava suavemente. Tinha chovido nesse dia, e o pátio estava escuro e lustroso. Poderia atravessar pelo porão, que era o caminho usual de Cross, mas estava sem nenhum medo de ser pega; sempre achei que circunstâncias extremas nos protegem de perigos comuns, e apesar de admitir que a minha convicção não tinha lógica, ainda não tinha ficado provado que eu estava enganada.

No começo, a sala comum do dormitório de Cross pareceu vazia. Mas quando a porta se fechou atrás de mim, uma cabeça se ergueu do sofá diante da televisão. Era Monty Harr, um calouro. O som da TV estava desligado, e o rosto de Monty parecia cinza.

— Onde é o quarto de Cross? — perguntei.

Ele hesitou.

— Cross Sugarman — disse eu. — Qual é o quarto dele?

— No fim do corredor à esquerda — respondeu ele, finalmente. Estava esfregando os olhos quando eu me afastei.

Havia um pôster de um jogador de basquete na porta, um sujeito de uniforme verde saltando com uma multidão desfocada atrás dele. Bati na porta, e como ninguém atendeu, girei a maçaneta e a abri. A luz estava acesa, e havia alguém sentado à mesa. De início, como eu estava procurando Cross, achei que era ele, mas a pessoa ergueu o olhar e vi que era o seu companheiro de quarto, Devin. Durante os últimos quatro anos, Devin tinha ido de esquelético até quase gordo, e era louro, tinha sobrancelhas escuras e um nariz chato.

Minha valentia, ou seja lá o que for que me incitou a atravessar o pátio, diminuiu.

— Oi — falei, com a voz baixa. Olhei em volta do quarto. As duas camas estavam desfeitas, e a única luz vinha do abajur em uma mesa e uma lâmpada de lava no peitoril da janela. Não havia mais ninguém lá além de Devin.

Um sorriso largo abriu-se em seu rosto.

— É a mulher do momento.

— Devin, por favor. — Tentei me lembrar se havíamos nos falado desde que eu o matara no 1° ano. Não muito, mas ainda assim... não éramos duas pessoas? O meu flagrante desespero não poderia provocar simpatia da sua parte só dessa vez?

— Por favor o quê? — disse ele. — Não faço a menor idéia de onde ele está, se é o que está perguntando. De qualquer maneira, não é um pouco tarde para uma jovem sair sozinha?

— Sei que horas são.

— Depois do artigo de hoje, eu tomaria cuidado em não dar a Byden um motivo para me expulsar.

— Não se é expulso por violar a hora da visita uma vez — disse eu.

— Perdoe-me. — Devin sorriu com sarcasmo. — Não percebi que nunca violou o horário de visita antes.

— Foda-se — respondi, e talvez o meu erro tenha sido o de tornar a coisa definitivamente feia.

— Sinto-me tentado a mandar você se foder, também, mas acho que meu companheiro de quarto cuidou disso.

Virei-me para sair, e Devin falou:

— Uma pergunta rápida.

Parei (é claro que sim) no limiar da porta.

— Você é peixe ou queijo?

Eu não tinha a menor idéia do que ele estava falando.

— Tem de ser um dos dois — disse ele. — Qual?

Simplesmente olhei para ele.

— Para a lista. Sabe, estamos fazendo uma lista, e a verificamos duas vezes.

Ele estava, na verdade, cantando, e pela primeira vez me ocorreu que talvez estivesse bêbado ou drogado. Abriu a gaveta de sua mesa, dizendo:

— Você é uma das seniores que faltam. Sua companheira de quarto também, na verdade, por isso seria ótimo matar dois coelhos com uma cajadada só nesta noite. — Da gaveta, tirou um catálogo da escola todo amassado. Abriu-o, virou as páginas e o passou para mim. Ali estava a lista da turma e nos espaços entre o sobrenome e o lugar de origem — por exemplo, entre *Deirdre Danielle Schwartz* e *Scarsdale, Nova York* — estava escrito em letras de imprensa e com pilot vermelho: *PEIXE*. Nem todos diziam *PEIXE*, alguns diziam *QUEIJO*. E nem todos estavam escritos com pilot vermelho — alguns com pilot preto ou caneta esferográfica azul. Além disso, não havia anotação do lado de todos os nomes; as anotações estavam do lado do nome de algumas garotas e de nenhum garoto. Relanceei os olhos várias vezes do catálogo para Devin. Eu não sabia bem o que estava lendo, mas não me era indiferente. Aspeth, eu vi, era *QUEIJO*; Horton Kinnelly também era *QUEIJO*; Hillary Tompkins era *PEIXE*.

Finalmente — não porque ele quisesse me conceder a honra de uma explicação, acho, mas simplesmente porque estava frustrado com a minha falta de compreensão — Devin disse:

— Esse é o gosto que têm. Todas as garotas são um ou outro. Entendeu?

Uma pergunta se formou dentro de mim, mas antes de eu fazê-la em voz alta, a resposta também se formou: *Não, não quando as beija. Não.* Sabendo o que a lista representava, me pareceu que devia jogar o catálogo para o outro lado do quarto. Mas o problema era que eu estava curiosa. A lista era tão... tão estranhamente atenta. Era algo que eu própria teria mantido, em um universo paralelo.

— Há quanto tempo está trabalhando nisto? — perguntei.

— Oh, não sou o único. Deus, não. Pessoalmente, aprovo a idéia de que é melhor receber do que dar, se é que me entende. Mas é um esforço coletivo transmitido de geração a geração. Naturalmente, é atualizado todo ano.

— Que tradição classuda.

— Ouça. — Seus olhos se estreitaram. — Antes de se enfurecer contra alguém, talvez queira saber quem é o custódio deste ano.

Não respondi nada.

— Não acredita em mim? — perguntou ele, e senti pelo modo como falou, torcendo para eu contestá-lo, que estava falando a verdade. — Considerando-se que ele é o custódio — prosseguiu Devin —, eu diria que é muito pouco generoso da parte dele não preencher certos espaços em branco. Mas aí está o paradoxo.

— Talvez ele respeite a privacidade das outras pessoas — repliquei, e Devin deu uma risada tão franca e espontânea, que tive certeza que ele não estava tentando apenas me atormentar.

— O nobre Sug. É como o vê, não é? Fantástico. É típico.

Eu precisava ir embora — agora de verdade, pois não tinha mais nada a ganhar ficando.

— Verdade seja dita — aqui, Devin pareceu genuinamente um admirador —, ninguém nunca representou a Ault melhor do que Cross Sugarman. É praticamente obsceno.

Saia, Lee, pensei, e me ouvi perguntar:

— O que isso quer dizer?

— Apenas que você tem de lhe dar crédito. Ele tem as notas, tem as posições, tem as garotas, mas principalmente, tem o respeito. Aposto que não o conhece.

Talvez fosse isso o que eu estava esperando — um insulto que era inegavelmente a verdade.

— Você é um babaca — disse eu, e saí para o corredor, deixando a porta se fechar atrás de mim.

Meus pais finalmente me buscaram na manhã seguinte; tinham ligado várias vezes no domingo, mas toda vez que uma garota no dormitório batia à nossa porta, eu a mandava dizer que não estava. Isso era considerado uma conduta vil, implicando um retorno escada abaixo até a sala comum, mas ninguém dizia não — eu percebia como as pessoas se submetiam à celebridade dúbia em que o artigo do *Times* tinha me transformado. Depois da capela no domingo, que eu faltara pela segunda vez, todo mundo sabia. Eu não tinha saído do dormitório no resto do dia, mas percebi isso nos rostos das garotas.

— As pessoas comentaram no almoço? — perguntei a Martha.

— De certa forma — respondeu ela. O que foi mais gentil do que responder *sim*.

A maneira como meus pais conseguiram falar comigo foi ligando às seis e quinze da manhã da segunda-feira. Abby Sciver bateu na nossa porta, nos acordando, e percebi logo por sua cara lacrimosa que também tinha acabado de acordar, aparentemente com a campainha do telefone.

— É o seu pai, Lee — disse ela, e era cedo demais para pedir que anotasse o recado ou fizesse meu pai acreditar que eu estava ocupada.

Não era somente ele. Ele estava em um telefone e minha mãe, no outro. Ao mesmo tempo que ele dizia "O que significa essa palhaçada?", ela dizia: "Lee, se se sente uma zé-ninguém, gostaria que não se sentisse, porque você é muito especial."

— Mãe, eu não... não é que... por favor, podem não exagerar?

— Tenho apenas uma pergunta a lhe fazer — disse meu pai —, que é a seguinte: por que mentiu para nós durante esses quatro anos?

— Calma, Terry — disse minha mãe.

— Vou me acalmar quando ela me responder.

— Eu não estava mentindo — repliquei.

— Pediu que fizéssemos sacrifícios por sua educação, e os fizemos. Compramos seus livros, suas passagens de avião, e por que acha que fizemos isso? Porque nos disse que valia a pena. Disse que adorava viver em um dormitório e freqüentar suas aulas brilhantes. E agora diz, não, aqui é a minha infelicidade, é assim que a escola me trata, tive todos os privilégios, mas não era o que eu queria. Bem, não sei que diabos você queria, Lee.

Ouvindo-o, me foi difícil localizar o centro de sua raiva. Pessoas na Ault se irritaram comigo por fazer comentários críticos em um fórum público, mas o desprazer do meu pai era, obviamente, pessoal.

— Seu pai e eu sabemos que tem muitos amigos — disse minha mãe. — Pelo amor de Deus, Martha é presidente da sua turma, e é louca por você. E Sin-Jun, e as meninas espanholas...

— Mãe não precisa nomear todas as minhas amigas.

— Mas, Lee, o que a mulher escreveu sobre você não é verdade. É isso que tenho dito ao seu pai. A culpa não é sua de ter confiado na mídia porque seu diretor disse que confiasse.

— E devemos comparecer à sua formatura daqui a uma semana? — disse meu pai. — Sua mãe e eu devemos largar o trabalho e tirar seus irmãos da escola de modo que possam dizer "Nunca ajudamos a sua filha, mas obrigado por todos os cheques que assinou." Sabe o que respondo a isso?

— Meu pai nunca entendeu, e eu realmente nunca tentei lhe dizer, que seus cheques eram completamente insignificantes, praticamente simbólicos, de tão pequenos. Acho que ele estava genuinamente convencido de que, se me tirasse da Ault, o sr. Byden teria de, digamos, dar seu Mercedes como sinal para o pagamento das dívidas.

— Então, vocês vêm à minha formatura? — perguntei.

— É claro que vamos — replicou minha mãe.

— Tem sorte de ter acabado — disse meu pai —, porque senão teria terminado para você de qualquer maneira. Não a mandaríamos de volta de jeito nenhum.

— Lee, pense em como vai ser bom uma faculdade mais perto de casa. Você viveu uma grande aventura no ensino médio e agora já pode saber, bem, que talvez não seja ruim de onde você é.

— Nunca achei que era ruim de onde sou.

Pela primeira vez, a linha se silenciou.

— Muita gente comentou o artigo com vocês? — perguntei. Quem de minha família conhecia que lia o *The New York Times*?

— A sra. Petrash nos disse que a primeira coisa que sua mãe fez ontem de manhã foi ligar para ela — replicou minha mãe. — Foi como soubemos. Você sabe que essa mulher tem mais de 80 anos, mas a sua vista é de menina. E, Terry, quem deixou mensagem?

— Não ouvi nenhuma mensagem. E com todo o respeito, Linda, neste momento não estou nem um pouco interessado na vista de Edith Petrash.

— O que quer de mim, papai? — Não estava brigando com ele, e não pareci hostil. Geralmente eu me sentia envergonhada. Percebia, e esse era o motivo por que evitara atender suas ligações no dia anterior, que tinha falhado com eles. Meu pai tinha razão ao dizer que eu tinha mentido. Mas mentir não era a verdadeira transgressão. O meu fracasso estava em minha incapacidade de mentir consistentemente. Tínhamos feito um trato, nós três: *se me deixarem ir, vou fingir que ir foi uma boa idéia* — e eu tinha violado os termos do nosso acordo. No fim, a maneira como traí meus pais permaneceu comigo por mais tempo, e foi muito mais grave para mim, do que a maneira como traí a Ault.

— Quero que pare de ficar impressionada com tanta besteira — replicou meu pai.

— O que seu pai quer dizer é que ser rico não torna ninguém melhor.

— Boa sorte, Linda, no seu esforço de fazê-la acreditar nisso — disse meu pai. — Realmente acha que Lee vai dar ouvidos a dois simplórios como seus pais? — Então, com a sua voz que eu mais detestava, ele acrescentou: — Desculpe por não podermos lhe comprar uma casa grande com uma palmeira, Lee. Lamento você ter uma família tão rude.

Na hora da chamada, Cross estava usando uma camisa pólo azul-marinho, mas o brilho diurno, a energia brutal, sempre me paralisava. Eu o abordaria depois do jantar formal, decidi, mas ele não estava lá. Os novos monitores do refeitório, da turma do 3° ano, tinham sido eleitos na semana anterior (como rapidamente, mesmo antes de nos formarmos, nos tornávamos obsoletos — por um certo tempo, como éramos seniores, a escola era nossa, depois deixaria de ser), e Cross devia ter faltado à refeição, agora que podia. Quando as pessoas estavam saindo, fui até Devin e bati em seu ombro.

— Onde ele está? — perguntei.

Devin me olhou com desdém.

— A última coisa que eu soube foi que estava arremessando bolas na cesta.

Dirigi-me ao ginásio, a luz do sol estava amarela e o ar cheirava a grama cortada. Embora eu tivesse imaginado que Devin poderia ter-me dado a informação errada e eu fosse encontrar o ginásio trancado para a noite, a porta cedeu quando a empurrei. Subindo a escada que levava à quadra de basquete, ouvi a batida da bola no chão.

Ele estava sozinho. Por alguns segundos, fiquei na entrada, como ele tinha ficado antes, sem ser observado, à porta do meu quarto. Ele batia a bola e a arremessou da linha de três pontos. A bola entrou na cesta e comecei a aplaudir.

Ele ergueu os olhos da bola recuperada.

— Oi.

Quando veio na minha direção, seu rosto estava vermelho, havia gotas de suor em sua testa e escorrendo até seu pescoço, escorrendo por seus braços e pernas. Eu estava usando uma saia de algodão e uma blusa de linho, mas tudo o que queria era que ele me abraçasse. Era evidente que não iria me abraçar — estava claro, estávamos em pé, ele estava segurando a bola. E, além disso, ele não tocava em mim há mais de seis semanas.

— Fui procurá-lo ontem à noite — disse eu.

— Sei, Devin me contou. Lamento não ter estado lá. — Enquanto nos olhávamos, ele pareceu perceber que eu esperava mais. — Estava no quarto de Thad e Rob — acrescentou. Nunca o tinha visto mentir, mas parecia tão mais provável, parecia tão aflitivamente lógico, que onde ele realmente deveria estar naquela noite era com Melodie Ryan.

E então não consegui me conter -- tinha planejado conversar com calma, não parecer nervosa — e perguntei:

— Viu as Notas?

Freqüentemente eu imaginava que meu próprio sistema de coordenadas inadequado desconcertaria as outras pessoas, mas Cross disse:

— Sim, vi.

— E?

— O *The Ault Voice* é escrito por um bando de perdedores.

Olhei para o chão, as linhas pintadas na madeira lustrosa.

— Mas é verdade? — perguntei, e minha voz falhou. Nunca tinha querido chorar na frente de Cross, porque garotas que choram, especialmente garotas que choram enquanto *conversam*, são muito comuns. — Ela é sua namorada? — perguntei.

— Não tenho namorada — respondeu Cross.

Pisquei várias vezes — nenhuma lágrima tinha rolado de verdade — e disse:

— Certo. Como eu sou idiota.

Ele não falou nada, e compreendi que o que quer que eu tivesse a dizer, teria de dizer francamente; ele não faria pouco de mim.

Saber disso, infelizmente, não foi de muita ajuda — ainda não podia dizer o que queria porque estava abrigado dentro de mim como o movimento de um intestino, e tudo que saía era ar quente espasmódico.

— Acho que a grande questão é: sou peixe ou queijo?

— Oh, meu Deus.

— Não, estou realmente curiosa. — Falei em tom sério.

— Devin é um canalha — disse Cross. — E deixar que ele a chateie é uma perda de tempo.

— Se é um canalha, por que divide o quarto com ele?

— Ele não é sempre assim. Está mais amargo agora porque vai para a Trinity.*

Portanto também Cross tinha experimentado tensão com o companheiro de quarto nesse ano; durante o tempo todo, poderíamos ter nos solidarizado. Certamente havia outras coisas, coisas comuns, sobre o que poderíamos ter falado se soubéssemos — como era chato esperar na fila todas as manhãs para tomar um banho de chuveiro, por exemplo.

— De qualquer maneira — disse Cross —, essa é uma linguagem suja. É o que os caras dizem no dormitório quando querem chamar a atenção.

— Mas você é o custódio da lista.

— Sou o quê?

— Devin disse...

— Lee, Devin só está dizendo merda. Não sei como colocar de outra maneira. — Mesmo ao dizer isso, Cross não estava com raiva; ainda não tinha feito o investimento que a raiva requer, e eu tinha um forte pressentimento de que ele queria voltar a arremessar a bola. — Francamente — prosseguiu ele —, está sendo difícil entender sobre o que é esta conversa.

Provavelmente percebi, então, que era a minha única chance, o que dificultava, ao invés de facilitar, o que eu pretendia:

— Só não entendo o que você estava fazendo comigo — disse eu. — Quer dizer, sempre. Às vezes, tento ver tudo isso da sua perspectiva, e nada faz sentido. Veio ao meu quarto, completamente bêbado, talvez soubesse que eu gostava de você ou talvez fosse por acaso. Sou uma desajeitada, mas coopero. Eu me derreto ao mais leve toque. Portanto transamos, independentemente de qualquer coisa. Mas você retornou. É isso que não entendo. Deus o proíbe de falar comigo até mesmo durante o jantar, mas você continua vindo durante o ano inteiro. — Na verdade, não o ano inteiro, não muito depois das férias da primavera. E não fui capaz de dizer isso só porque ele parou de aparecer? Senti como se estivesse tentando recuperar alguma coisa, mas não estava tudo terminado?

---

*Trinity College, universidade em Hartford, Connecticut, segunda universidade nesse estado, depois da Yale University. (*N. da T.*)

Cross mudou a bola de lado, de modo que agora a apoiava no quadril direito.

— Ao dizer que nunca falei com você durante o jantar é como se dissesse que tentei esconder alguma coisa.

— E não?

— Está falando sério? Lee, as pessoas sabiam sobre... sobre... — Acho que hesitou em dizer *nós*. — Sobre o que estava acontecendo — disse ele finalmente. — Está maluca se acha que ninguém sabia. E além disso, foi você que estabeleceu os termos. Não pode negar.

— Do que está falando?

— Você disse para não falarmos disso com ninguém, que não me beijaria no café-da-manhã. Nunca pareceu que queria um namorado.

— Então foi por isso que não me mandou uma flor no Dia dos Namorados? Porque mandei que não me enviasse, foi isso?

— Foi exatamente o que você me disse.

— Você nunca teria sido meu namorado — disse eu.

Sua mandíbula ficou tensa, o que indicou que pelo menos agora eu o tinha atingido.

— Não teria — respondi. — Tenho certeza.

— Deve ser bom ter certeza das coisas.

Simultaneamente, tive o impulso de não contradizê-lo — só para deixar seu comentário assentar de modo que, mais tarde, eu pudesse me apegar a seu significado implícito — e de destruí-lo por ser uma mentira.

— Não tenho certeza de tudo — repliquei. — Mas tenho disso. Você nunca teria sido meu namorado.

Por um longo tempo, observamos um o outro. Finalmente, não de maneira desprezível, ele disse:

— É, provavelmente tem razão — e comecei a chorar. (Toda vez que pensava nessa conversa, e eram muitas vezes, quando chegava nessa parte continuava chorando. Nunca melhorou nada eu me lembrar que o tinha forçado a admitir.)

— Lee — disse ele, e seu tom pareceu de súplica. — Lee, foi... houve muitas coisas boas. Você era divertida. Esta é uma das coisas.

Enxuguei os olhos.

— Você era... vai parecer estranho, mas você era prática. Era como se esperasse eu voltar e planejasse isso.

Eu tinha sido *prática*?

— Vai ser mais feliz na universidade — disse ele.

Não entendi.

— Simplesmente acho que você é esse tipo de pessoa.

— Refere-se ao artigo do *Times*?

— Não. Bem, não exatamente. Não que tudo que tenha dito no artigo não me surpreendesse.

Falar de outra coisa que não nós e se ele voltaria a tocar em mim parecia perda de tempo. Mas ainda assim eu continuava intrigada.

— O seu erro não foi expressar suas idéias — disse ele. — Foi expressá-las no *The New York Times* em vez de escrever um editorial para o *The Ault Voice*, ou proferi-las na capela. No *Times*, você simplesmente deu munição para pessoas que querem achar que escolas preparatórias são negativas, o que não vai mudar nada neste campus.

— Então acredita que as coisas *deveriam* mudar?

— Algumas coisas, certamente. De maneira geral, a Ault faz um bom trabalho, mas sempre há espaço para melhoramentos. — É claro que ele achava isso: que perspectiva equilibrada!

— Está chocado por eu ter dito todas aquelas coisas à repórter? — perguntei.

— Poderia ter escolhido um fórum diferente. Esta é a minha opinião. Além de eu achar bom você ir para uma escola grande, um lugar menos conformista do que a Ault. O que não é o mesmo que dizer que é esquisita como se acha. — (Que estranha essa conversa estava se revelando, que observações surpreendentes estavam saindo da boca de Cross.) — Você confunde ser estranha com passar o tempo sozinha — prosseguiu ele. — Mas ninguém que está realmente interessado em alguma coisa passa o tempo só. Como o basquete para mim. Veja o que estou fazendo neste momento. Ou Norie Cleehan e a cerâmica ou Horton e o balé. Poderia dar mais vinte exemplos. Se quer ser boa em alguma coisa, tem de praticar, e geralmente praticamos sozinhos. O fato de passar tempo só... não devia achar isso estranho.

Mas não estou praticando nada, pensei. Ou se estava, o que era?

— Além do mais — disse ele —, e isso traz o artigo de volta, se sente que existem diferenças entre você e as outras pessoas, a ênfase que lhes dá é, na verdade, uma decisão sua. Obviamente, não em todos os casos, mas sim na maioria dos casos. Até mesmo Devin diz "corta essa, Jacó" ou "só podia ser judeu", ou coisa parecida. E não respondo nada, por que o que se consegue com ficar furioso? Ele está falando por falar.

— Espere um pouco — disse eu. — Você é judeu?

— Do lado do meu pai. O que tecnicamente é a metade que não conta, mas com um nome como Sugarman...

— Sugarman é um nome judeu?

— É a versão inglesa de Zuckerman.

Cross era *judeu?* Isso nunca tinha me ocorrido. Mas ele era tão popular, era o monitor sênior. (Outras pessoas sabiam? Isso teria contribuído para Dede gostar dele?)

— Só estou dizendo que... — Seu tom suavizou. — Aposto que as coisas vão ser mais fáceis para você se perceber que não é estranha ou decidir que ser estranho não é ruim.

O ginásio estava silencioso. Senti-me tão lisonjeada e tão embaraçada que não consegui encará-lo.

Eu o ouvi engolir em seco e então — esse tempo todo ele segurou a bola de basquete apoiada no quadril direito — se abaixou e pôs a bola no chão. Ao se levantar de novo, disse:

— Lee — e quando me atrevi a erguer o olhar, ele estava olhando para mim de uma maneira que era predatória e terna ao mesmo tempo (não acho exagero dizer que a minha vida a partir de então passou a ser uma busca desse olhar e que ainda tenho de encontrá-lo uma segunda vez exatamente nessa proporção; talvez, depois do ensino médio, não exista desta maneira) e como o que quer que ele estivesse prestes a fazer era exatamente o que eu queria, apesar de me deixar em pânico, cruzei os braços e disse:

— Levarei tudo isso seriamente em consideração. — No mesmo momento percebi que tinha soado sarcástica, e não fiz nada para corrigir a impressão. Acho que tive a intenção de soar dessa maneira, porque era a coisa mais aterrorizante do mundo: ele me conhecia, ele afinal realmente me conhecia, e que nos conhecendo, nos beijaríamos.

(E é assim que sei que tudo são palavras, palavras, palavras — que fundamentalmente, não fazem diferença. *Eu não teria sido seu namorado,* estava ele dizendo, e *terminou tudo entre nós por causa disso,* e eu estava dizendo, *não disso,* e durante essa conversa ele ainda teria me beijado. A nossa relação, enquanto foi tudo bem, e nesse momento em que poderia ficar bem de novo, era sobre a irrelevância das palavras. Sentimos o que sentimos, agimos como agimos; quem na história do mundo chegou a ser convencido por um argumento lógico?)

E depois de cruzar os braços, depois de usar esse tom terrível, sua postura — inclinando-se ligeiramente à frente — se inverteu. Respirou pelo nariz, e cruzou os próprios braços.

— Certo — disse ele. — Faça isso.

Ainda não era tarde demais. (É claro que não era tarde demais! Mas era tão difícil acreditar que, porque ele me teria beijado há apenas trinta segundos, continuasse querendo agora. Vejam como eu o tinha dissuadido facilmente, ou talvez tivesse interpretado errado a sua intenção original.) Não, não era tarde demais, mas assim como o treinamento de incêndio, parecia tarde demais. Desse modo, decidindo que o momento passara — num estalar de dedos, comigo impotente em sua maré —, deixei o sarcasmo crescer.

— Chega de falar de mim — eu disse. — E Melodie: peixe ou queijo?

— Meu Deus, Lee!

— Não somos amigos? Não me refiro a Melodie e a mim, refiro-me a mim e a você. E amigos não partilham segredos e intimidade? Você nunca me contou segredos. Sinto-me meio enganada no troco.

— Não seja assim.

— Seja como? — Ri, breve e amargamente. — Não ser eu mesma? Achei que tínhamos acabado de estabelecer como eu era divertida e prática.

— Aja como quiser, mas não meta Melodie nisso.

Feriu-me o peso do que ele tinha acabado de dizer repousar sobre ela e não sobre mim.

— Então, admite que está... bem, se não está saindo oficialmente com ela, não sei como chama isso. Fodendo-a? Ou, como se trata de Melodie, deveria dizer fodendo seu traseiro?

— Isso é ridículo. — Pegou a bola e foi para a cesta. Por cima do ombro, ele disse: — Duvido que tenha conversado com ela uma única vez, mas ela é realmente uma excelente pessoa.

— Tem razão — repliquei. — Nunca falei com ela. — O fato de ele terse afastado foi de longe a pior coisa que tinha acontecido na conversa. Levantei a voz. — Não posso comentar sua excelente pessoa, mas realmente acho que é atraente. Talvez até mesmo muito atraente para que tenha sido associado com ela publicamente.

Ele tinha começado a bater a bola diante da cesta, de costas para mim. Ao ouvir isso, parou e virou para o lado — pude ver que mordeu seu lábio inferior —, jogou a bola, que bateu na porta pela qual eu havia entrado, e me olhou com fúria.

— Você quer saber? — gritou ele. — Quer realmente saber? Peixe! Este é o seu gosto!

A porta em que ele jogara a bola continuava reverberando; se não fosse isso, o ginásio estaria completamente silencioso.

— Não acredito que acaba de dizer isso.

— Você perguntou!

— Sim, acho que sim — repliquei, e percebi que estava atônita em parte por poder escutar a minha própria voz.

— Lee — disse ele —, eu não quis...

Sacudi a cabeça, interrompendo-o. Estava para chorar de novo, mas ainda não começara, e quis usar o tempo que me restava. Com a voz muito contida, eu disse:

— Quando eu estava na 8ª série, pensava que me tornaria uma das pessoas de quem os garotos diriam: "Oh, ela é o máximo", mas que não iriam querer me namorar. Eu achava que não era bonita o bastante. Mas então vim para a Ault e, antes de mais nada, não fiz amizade de verdade com nenhum dos garotos. Depois, neste ano, com você, pensei, se Cross continua a se sentir atraído por mim, talvez eu não seja tão esquisita, afinal. Mas o tempo passou e nunca me tornei a sua namorada. E então pensei, não somente eu estava enganada, como minha vida se tornou o oposto do que eu esperava. Enfim, não era a minha aparência, não é isso que é ruim em mim. É a minha personalidade. Mas como sei que parte? Não faço a menor idéia. Tento refletir sobre se é uma coisa isolada ou o conjunto, ou sobre o que posso fazer para consertar isso, ou como posso convencer você. Depois penso, talvez *seja* a minha aparência, talvez eu estivesse certa antes. E nunca compreendi. Obviamente não. Mas passei muito tempo este ano tentando. A razão para eu estar lhe dizendo isso é que quero que saiba que ninguém na minha vida nunca me fez sentir pior em relação a mim mesma do que você.

Era algo patético de lhe dizer? Era inteiramente verdadeiro? Não importa mais. Foi o que eu disse. Depois, falei:

— Acho que, agora, eu vou embora — e me dirigi para a porta do ginásio.

— Lee! — gritou ele.

É difícil dizer se eu deveria ter-me virado. O fato é que não me virei, e ele não correu atrás de mim, e chamou meu nome só uma vez.

Na cabine de telefone do Elwyn, tirei o fone do gancho. Sobre uma de minhas coxas, eu tinha colocado o cartão de visita de Angie Varizi, que consultei enquanto discava, e sobre a outra coxa estavam as moedas que eu usaria para pagar a chamada. No segundo toque, uma voz familiar disse:

— Aqui é Angie Varizi, do *The New York Times.*

— Aqui é Lee Fiora — disse eu.

Ela hesitou.

— Da Ault — acrescentei.

— É claro. É um prazer ouvi-la, Lee. Perdoe-me a distração, mas é que mil e uma coisas aconteceram hoje.

Abri a boca ante de me ocorrer que não sabia bem o que dizer.

— Quer mais alguns exemplares do artigo? — perguntou ela.

— Não.

— O que posso fazer por você?

— O artigo... — Eu me interrompi. — Por que não me disse que seria assim? Pensei que só estava lhe dando informações para contexto.

— Lee, a menos que identifique seus comentários como confidenciais, tudo o que diz quando está sendo entrevistada pode ser publicado. — Depois, disse: — Então as pessoas estão sendo duras com você?

Não respondi nada.

— O problema é seu? Ou é delas?

— Vou me graduar daqui a menos de uma semana — repliquei. — E sou a pessoa que lavou a roupa suja da escola publicamente. (Eu lavei a roupa suja da escola e há provas. Ainda existem provas — basta ir à biblioteca, achar a microficha do mês e ano em que me graduei.)

— Você está em uma comunidade realmente insular — disse ela. — Mas tenho recebido uma tonelada de respostas incríveis sobre o artigo, inclusive de outros graduados em colégios internos. Talvez seja frustrante agora, mas tenho certeza de que no futuro vai saber que fez a coisa certa. Vai ser algo de que certamente vai se orgulhar.

Escutando-a, percebi como tinha sido tola em ligar — tinha imaginado que pudesse dizer alguma coisa que realmente fosse melhorar a situação.

— Seus colegas de turma estão na defensiva — disse ela. — É difícil para qualquer um, especialmente para os privilegiados, se ver objetivamente. Vou lhe contar uma história. Freqüentei Harvard. Quando era caloura, tive uma companheira de quarto que comprou um belo casaco de lã preto com gola de veludo. Em menos de uma semana...

A voz automática da companhia telefônica pediu que eu inserisse mais 90 centavos. Angie continuava a falar; talvez no seu lado da linha, ela não escutasse a voz. O saco de moedas no meu colo estava três quartos cheio, mas simplesmente fiquei ali escutando, imóvel, até a ligação ser desligada.

Houve um jantar especial na quarta-feira para o corpo docente e os seniores, para nos receber na associação de ex-alunos. No nosso quarto, sentei-me no *futon*, vestida, mas paralisada, e Martha disse:

— Não vamos nem falar sobre isso. Simplesmente me siga. — Andando para a varanda do refeitório, controlei o impulso de pegar no braço dela. No começo, não foi tão ruim, foi quase possível fingir que era um evento comum em que me sentia normalmente nervosa, mas quando cheguei à fila do bufê, ouvi Hunter Jergenson, que estava duas pessoas à minha frente, dizer:

— ... e então ela bem que podia ter saído. Ninguém a estava obrigando, não é como... — E Sally Bishop empurrou as costas de Hunter. — O quê? — disse Hunter e se virou, e nossos olhares se encontraram. Tinham-se passado três dias desde a publicação do artigo, mas as pessoas pareciam estar comentando-o ainda mais. Eu soube que o sr. Byden recebera inúmeras ligações de ex-alunos, que o escritório de admissões estava sendo contatado por estudantes que tinham se registrado para o ano seguinte e estavam pensando melhor, que na segunda-feira a turma do sr. Corning, no segundo tempo, havia abandonado a sua sessão de resenha para discutir o artigo.

Quando pegamos nosso prato, Martha e eu fomos nos sentar em um muro baixo de pedra. Depois de termos comido, jogamos fora os pratos de papel, e quando passamos por Horton Kinnelly no caminho de volta, ela disse:

— Você vai para a Universidade de Michigan, não é, Lee?

Confirmei com a cabeça.

— Foi o que pensei — disse ela, e continuou andando.

Olhei para Martha.

— O que isso significa? Ela acha que não ir para uma universidade melhor foi o motivo para eu insultar a Ault?

— Lee, não vale a pena pensar nisso.

— Vou para o quarto.

— Mas os alunos do 3° ano vão cantar para nós. — Os olhos de Martha procuraram os meus. — Quer que eu vá com você?

É claro que eu queria que ela fosse comigo. Também queria, como tinha querido antes da Ault, ser uma pessoa diferente — dessa vez, ser uma pessoa para quem fosse perfeitamente agradável permanecer lá e assistir aos alunos do 3° ano cantar.

— Você deve ficar — respondi.

Na beira da varanda, a sra. Stanchak, que me orientara quanto a escolha da universidade, me deteve.

— Acho que você é muito corajosa — disse ela, e comecei a chorar. À minha volta, meus colegas de turma conversavam e riam. Era uma noite quente de começo de junho. A sra. Stanchak abraçou-me, e me sacudi contra seu corpo.

Tinha chorado muitas vezes na Ault, mas não publicamente; meus olhos estavam fechados, e receei não mais conseguir abri-los. Então, senti mais um par de mãos, e uma voz familiar disse:

— Vamos sair daqui.

A certa altura, enquanto descíamos os degraus para o caminho que levava ao meu dormitório, percebi que a pessoa comigo, com o braço em minhas costas, era Darden Pittard. Percebi isso de uma maneira factual; estava muito abalada para considerar a estranheza de qualquer coisa. Simplesmente aceitei sua presença e foi um momento, pensei mais tarde, em que eu soube como era ser outra pessoa, uma pessoa que experimentava a vida sem analisá-la.

No arco que dava no pátio do dormitório, eu continuava chorando e meus ombros subiam e desciam.

— Quer continuar andando? — disse Darden. — Vamos continuar andando. — Guiou-me passando pelos dormitórios, e no edifício da escola, nos sentamos nos degraus da entrada. Do outro lado do círculo, nossos colegas de turma comiam a sobremesa na varanda. — Você só precisa de um pouco de tempo — disse Darden. — Mas vai ficar bem. Vai ficar completamente boa.

Por fim, parei de soluçar. Pensei — nunca tinha pensado isso sobre um garoto da minha idade — que Darden seria um bom pai. Observamos quando os alunos do 3º ano surgiram dos dormitórios e da biblioteca e se dirigiram à varanda.

— Ela era problema — disse Darden.

De início, não entendi o que ele quis dizer, depois sim.

— Na verdade, não posso culpá-la. — Foi a primeira coisa que eu disse em 15 minutos, e minha voz soou rouca. — A menos que declare ao repórter que algo é confidencial, tudo o que disser pode ser publicado.

— Não importa. Ela tinha um projeto. Queria que eu fosse um negro com raiva. Ela tinha nós todos categorizados antes de pôr os pés na sala de aula de Fletcher.

— Mas você *não* tem raiva. — Relanceei os olhos para ele. — Tem?

— Não mais do que a maioria das pessoas.

— Então por que... por que eu caí na conversa da Angie e você não?

— Porque você é branca.

Olhei para ele para ver se estava brincando; não deu nenhum sinal de que estava.

— Pessoas negras que vivem em um mundo branco aprendem a ser cuidadosas — disse ele. — Aprendem a não criar dificuldades. — A única vez que eu ouvira alguém, inclusive o próprio Darden, discutir sua raça foi no 2º ano, na aula da srta. Moray, quando ele, Dede e Aspeth tinham arrumado confusão com o esquete da Cabana do Pai Tomás. — Ou vou colocar da seguinte maneira. Não se criam dificuldades a menos que haja motivo, e tem de ser um bom motivo. Porque uma vez criada, está feito. Você se torna um causador de problemas, e nunca mais o considerarão de outra maneira.

— Então o contrário deve ser verdadeiro também — disse eu. — O sr. Byden, agora, deve adorar você. Provavelmente vai querer torná-lo curador.

Darden riu.

— Ele falou alguma coisa com você? Não disse nada para mim.

— De passagem — disse Darden. — Nada importante.

— Ele deve estar puto comigo. — Na verdade, eu estava surpresa por não ter ouvido nada do sr. Byden. Depois da chamada na manhã do dia anterior, nossos olhos tinham se encontrado, e ele simplesmente desviara os seus.

— Se estiver pesando em você, escreva-lhe uma carta neste verão — disse Darden. — Por enquanto, deixe a poeira baixar.

Na varanda, os alunos do 2º ano tinham se reunido.

— Não quero fazê-lo perder o canto — disse eu.

— Eu vou sobreviver — replicou Darden.

Então os escutamos — não as palavras, mas o som de um piano, e as vozes. Ressoou mais distante do que estava.

— Não acredito que estamos nos formando — falei.

— Eu estou pronto. — Sorriu para mim um sorriso triste. Havia tanto que eu não conhecia de Darden.

Paramos de falar e ficamos apenas escutando a música, sem conseguir decifrar a letra. Quando a música terminou, cada sênior pegou um balão branco, foi para o círculo e o soltou, todos os soltaram ao mesmo tempo. O céu estava escurecendo e os balões flutuando no alto pareciam dezenas de pequeninas luas brilhantes; as pessoas ficaram no gramado com o pescoço espichado, observando-os até desaparecerem. Não foi o último ano em que a Ault soltou balões, mas o penúltimo. Pararam porque era nocivo ao meio ambiente, o que não é algo que se possa contradizer, pelo menos não de maneira convincente. Só que... os balões eram tão bonitos. Não estou dizendo que deveriam ter mantido a tradição. Mas eram realmente bonitos. E parece que um monte de outras coisas também cessaram nessa época, como se meus colegas e eu estivéssemos no final de alguma coisa. Ainda escutávamos música das décadas de 1960 e 1970, mas a garotada alguns anos mais nova, inclusive meus irmãos, tinham a sua própria música. E roupas, também. Durante o meu ano sênior, eu usava vestidos estampados de flores, o comprimento até a canela, às vezes com um cinto de tecido, às vezes com mangas bufantes, o decote quadrado, ou gola de renda, ou uma pequena gola redonda de veludo cotelê. Todo mundo se vestia assim, até mesmo as garotas mais bonitas — eu os usava *porque* as garotas mais bonitas os usavam. Alguns anos depois da faculdade, dei todos os vestidos, embora seja difícil imaginar quem iria querê-los — talvez a avó de alguém. Nessa época, as adolescentes usavam saias curtas, camisetas justas. E a tecnologia — acho que *e-mail* já existia quando eu estava na Ault, mas eu nunca tinha ouvido falar. Ninguém tinha *voice mail* tampouco, pois não tínhamos telefones nos quartos, ninguém tinha celular. Quando penso em como um dormitório inteiro dividia um telefone público, e como a maior parte do tempo, quando nossos pais ligavam, o telefone tocava e tocava e ninguém atendia ou estava ocupado, é como se estivesse me lembrando da década de 1950. E sei que o mundo está sempre mudando; só que, para nós, parece que muda rápido demais.

— Darden — disse eu.

Os balões tinham desaparecido há muito tempo, e nossos colegas de turma tinham se dispersado. Sentada nos degraus, com ele, senti-me intocável, protegida do julgamento dos outros e do próprio tempo — enquanto Darden estivesse do meu lado, estaríamos ainda na Ault, nossos futuros ainda não tinham acontecido —, mas eu sabia que devia deixá-lo ir. Em parte porque eu queria descobrir a resposta, em parte só para mantê-lo ali, falei:

— Chegou a ouvir falar que Cross Sugarman e eu... que nós estávamos...

— Ouvi alguma coisa — replicou Darden. — Mas nada importante.

— Ouviu que... que estávamos... o que ouviu? (Darden era tão digno, e eu tão desajeitada e insaciável.)

— Que saíram por algum tempo. Alguma coisa assim. Eu não me preocuparia com isso.

Não podia corrigi-lo. Dizer que estava me confortando da maneira errada, fazendo o oposto do que eu queria — faria sombra ao fato de que, logo antes disso, ele tinha compreendido exatamente o que eu precisava.

— De qualquer maneira — disse Darden —, isso foi meses atrás. E ninguém, a não ser um tolo, acredita em tudo o que ouve neste lugar.

Estava dizendo que estava disposto a agir como se isso não fosse verdade? Ou apenas que estava preparado para o fim da conversa? Provavelmente a última hipótese.

Levantamo-nos.

— Você está bem? — disse ele.

Quando assenti com a cabeça, ele me abraçou. Foi o tipo de abraço que ele e Aspeth se dariam ao voltarem da biblioteca para o dormitório, um abraço sincero, mas um abraço descartável. Pelo menos, hipoteticamente, um abraço descartável; foi a primeira vez que fui abraçada por um garoto na Ault, além de Cross.

— Lamento a trapalhada — deixei escapar.

Ele sacudiu a cabeça. Não disse que eu não tinha criado nenhuma trapalhada (provavelmente achava que eu tinha — além, é claro, de provavelmente ter sido ele, de uma maneira factual e não cruel, quem tinha feito o comentário a Angie Varizi sobre eu não ser popular). Em vez disso, Darden replicou:

— Sei que lamenta.

Martha me encontrou na biblioteca. Como todo mundo ficava o tempo todo do lado de fora, a biblioteca era onde eu me escondia quando não conseguia mais ficar no quarto. Seniores estavam dispensados dos exames, de modo que não havia trabalho. Tudo o que restava era a própria graduação e, depois disso, a semana sênior, durante a qual iríamos de uma festa a outra, em Dedham, Lyme e Locust Valley. Como era a última parte da Ault, e como não havia como faltar, eu realmente estava planejando comparecer a tudo.

Os últimos dias tinham sido ensolarados e intermináveis, e senti medo de todo mundo e sem esperança em relação a Cross. Tinha passado quase o tempo todo tentando em vão fazer as malas. A cada junho, nos anos anteriores, quando tínhamos de retirar nossos pôsteres, remover o *futon* de Martha e empilhar nossos livros em caixas que guardávamos no porão do dormitório, a tarefa tinha me deprimido — o espaço no quarto, as paredes nuas. Lembrava-me como nossas vidas na Ault eram efêmeras. Dessa vez, dobrei três suéteres e as enfiei em uma caixa, e então senti necessidade de sair do quarto, e olhei pela janela. Como o litoral estava claro, corri para fora, passando em disparada pela capela e pelo refeitório, até a biblioteca, entrei na sala de jornais e revistas, que estava vazia, escura e fria, e li revistas. Às vezes, na metade de um artigo, erguia o olhar e pensava: *Estraguei tudo.* Durante o meu tempo na Ault, sempre me senti como tendo o que esconder, como tendo razões para pedir desculpas. Mas não tinha, agora sei. De uma maneira estranha, foi como se durante o tempo todo eu tivesse antecipado o que aconteceria com *The New York Times,* soubesse no que daria.

Quando Martha entrou na sala de periódicos, respirava com dificuldade, como se tivesse corrido.

— Chega pra lá — disse ela.

Eu estava sentada no chão, encostada na parede. Movi-me para o lado e ela se sentou.

— Sabe que amanhã vai ser o último dia da capela neste ano?

Assenti com a cabeça.

— Alguns seniores procuraram um aluno para fazer um discurso refutando o que foi dito no artigo. Acho que encontraram alguém.

— Quem?

— Isso é o que não sei. O boato que corre é procuraram alguém que pertencesse à minoria ou um bolsista branco.

— Que sorte. Que seniores?

— Também não sei.

Olhei para ela.

— Quem você pode imaginar? — disse ela. — Horton Kinnelly. Doug Miles.

— E esta é a parte em que você me diz que eu deveria ir? — perguntei. — Para formar meu caráter ou coisa no gênero?

— Não para formar seu caráter. Mas acho que deveria ir porque é o último dia de capela.

— Martha, provavelmente metade dos seniores não irão.

— Acho que irão. — Sacudiu a cabeça. — As pessoas estão sentimentais.

Pensei em Darden e disse:

— Não todo mundo. Não você.

— Espere aí. Vou me debulhar em lágrimas na graduação.

Ficamos em silêncio, e ouvi o som de uma serra lá fora; do lado da capela, a equipe da manutenção estava construindo uma plataforma para a graduação. Como a cerimônia aconteceria do lado de fora, todos os seniores estavam obcecados com o tempo, se o sol continuaria brilhando. Eu poderia com toda a sinceridade dizer que não estava me importando —

de fato, um lado meu ficaria sinistramente satisfeito se chovesse e tivéssemos de ir para o ginásio.

E de maneira semelhante, outro lado se sentiu aliviado ao saber que eu seria, implícita ou nada implicitamente, repreendida em público. Era bem o estilo da Ault responder. Ao longo dos anos, eu já tinha saído ilesa vezes demais.

— Estraguei tudo mesmo, hein?

Martha ficou calada. Então disse:

— Bem, não foi exatamente um acidente.

Eu me retesei. *Você também, não, Martha,* pensei. Seria mais do que posso suportar, apesar de, nesse momento, eu me dar conta de que ela nunca tinha me dito algo como *Você não estava errada,* ou *Não foi culpa sua.* Em vez disso, tinha dito: *Não deixe que isso a chateie.* Nada que possa ser confundido com *Estou do seu lado.*

— Você não é idiota — prosseguiu ela. Não parecia particularmente acusatória. Parecia estar refletindo. — De fato, provavelmente é a pessoa mais cuidadosa com o que diz que eu conheço.

— Está sugerindo que eu quis que isso acontecesse?

— Não vejo a coisa de modo tão preto no branco.

Ali sentadas, tão perto uma da outra, eu a odiei um pouquinho. O que não é o mesmo que achar que ela estava completamente errada. Talvez a razão de minha premonição em relação a como tudo terminaria na Ault fosse que eu provocaria que acabasse dessa maneira. Pois como era possível ter levado anos sem me expor e explodir na última semana? Teria sido que, secretamente, eu tivesse ansiado pela oportunidade de dizer a todo mundo na Ault: *Vocês acham que não penso nada. Mas quando não falo, continuo pensando, o tempo todo. Tenho opiniões sobre este lugar, sobre todos vocês.* Talvez. Talvez eu quisesse isso, mas se quis, foi em meus próprios termos. Tinha imaginado que Angie Varizi pudesse fazer com que eu parecesse articulada e persuasiva, não amarga e isolada, não vulnerável.

— Está irritada comigo porque comprometi sua imagem com o sr. Byden? — perguntei, e ao dizer isso, a idéia me ocorreu pela primeira vez. — Foi você que me indicou para ser entrevistada pelo *The New York Times*?

Martha ficou calada por um instante, depois disse:

— Não acho que se deva culpar alguém. Foi como aconteceu. Decidi sugerir você, ele decidiu ter você para a entrevista, você decidiu dizer à mulher o que disse.

Foi tão terrível que quase não consegui pensar sobre isso — que Martha tivesse imaginado estar me dando um presente. Ela tinha pretendido ser amiga, me fornecer a chance de me destacar, chance que eu nunca fora capaz de oferecer a mim mesma. Senti a culpa tocar as raias da náusea, mas também senti raiva, mais raiva do que antes. Primeiro, porque ela poderia ter me avisado — possivelmente eu teria dito o que disse de qualquer maneira, mas teria entendido que a minha intenção era elogiar a escola. E segundo, porque havia mais uma coisa que estava me dando raiva de Martha, que tinha fervido em mim nos últimos dias ou talvez nos últimos meses. E naquele momento, ali na biblioteca, percebi exatamente o que era esse ressentimento tenebroso em relação a ela, e que eu nunca seria capaz de expressar. Eu estava magoada com ela por não achar que Cross seria meu namorado. Ela tinha feito com que fosse verdade! Se tivesse dito que conseguia imaginar, não significava que teria acontecido. Mas ao dizer que não conseguia imaginar, ela tinha selado que não seria. Não tinha percebido como a levava literalmente a sério, como confiava em seu conselho? Ela me desencorajara a ter esperanças, e como se pode perdoar uma pessoa por isso? E como eu poderia um dia lhe dizer qualquer dessas coisas? Seria feio demais. Eu ter feito a trapalhada, ter feito algo que requeresse o *seu* perdão, não era atípico. Para ela, ser quem tinha errado desequilibraria a nossa amizade. Eu não tentaria explicar nada, e mesmo se tentasse, quem sabe se eu conseguiria? O erro que tinha cometido era tão público e óbvio, e o que ela cometera era privado e subjetivo; eu era a única testemunha. Não, eu não lhe contaria nada; eu seria a boa e velha incompetente Lee, a adoravelmente defeituosa Lee, um labrador dourado que não consegue ficar longe do riacho e está sempre retornando à casa com o pêlo molhado e fedorento.

— Então acha que traí a escola? — disse eu, e sabia que parecia irritada, mas irritada era algo (Martha nunca saberia disso) do que podemos nos recuperar — irritação era um eco longínquo do que eu sentia realmente.

— Não foi isso o que eu disse.

— Mas podia muito bem ter dito. — (Realmente me perguntei se havia restado alguma coisa a perder. Relações rompidas com a Ault como instituição, com Cross, com Martha.)

— Acho que disse à repórter o que queria lhe dizer — falou Martha.

— Martha, você sofreu lavagem cerebral ao se tornar monitora? Desde quando decidiu que é contra a lei criticar a Ault?

— Exatamente. Essa é a minha opinião. Você tinha opiniões e expressou-as.

— E agora tenho de enfrentar as conseqüências?

Ela demorou a responder. Quando finalmente falou:

— Sim, mais ou menos.

— Então o que está fazendo aqui? Por que está me avisando do discurso na capela, quando é exatamente o que mereço?

— Você é a minha melhor amiga, Lee. Posso discordar de suas opções e ainda assim me preocupar com você.

Bem, você não é complexa?, pensei. Não disse isso, mas puxei os joelhos para o meu peito, cruzei os braços em cima deles, e pus o rosto sobre eles.

— Está chorando? — perguntou ela.

— Não.

Martha tocou em meu ombro.

— Esqueça o que eu disse. Só estou... Não sei do que estou falando.

— É o que você acha — repliquei.

— É, mas quem liga para o que eu acho?

Levantei a cabeça e olhei para ela.

— Não quero que se lembre disso dessa maneira — disse ela. — Só porque é o fim, quer dizer... fim não é sinônimo de mais importante.

Não falei nada.

— Que tal se lembrar de coisas como... já sei. Daquela manhã de sábado na primavera quando acordamos muito cedo e pedalamos até a cidade para tomarmos o café-da-manhã no restaurante do lado do posto de gasolina. E os ovos estavam meio crus, mas muito gostosos.

— Era o seu aniversário — disse eu. — Por isso nós fomos.

— Isso mesmo. Esqueci essa parte.

— Você fazia 16 — falei. De novo, ao nos calarmos, ouvimos a serra.

— Naquela manhã — disse Martha —, era assim a nossa vida na Ault.

A parte humilhante foi que o procurei uma segunda vez. Ou terceira, se contar a minha ida ao seu quarto no meio da noite e só me deparar com Devin. Nunca tinha estado em seu quarto antes daquela semana e então fui duas vezes em quatro dias. Era o fim da tarde, antes do jantar, e atravessei a sala comum e desci o corredor. Quase colidi com Mario Balmaceda, que saía do banheiro, e ele me olhou com a expressão perplexa, e não parei para pedir desculpas ou me explicar. No fim do corredor, bati à porta — o pôster do jogador de basquete continuava pendurado — e, sem esperar, a abri. Não tinha ninguém no quarto. Lá fora ainda estava claro, e penumbroso dentro, e ouvi o tique-taque de um despertador sobre um caixote de plástico branco do lado de uma das mesas.

Na minha imaginação, ele estaria lendo na cama e se levantaria ao me ver entrar. Eu me encaixaria em seu colo com minhas pernas e braços em volta dele. Primeiro, choraríamos, depois ele passaria a mão no meu cabelo, e falaria baixinho comigo, e é claro que logo a coisa se tornaria sexual. E seria urgente — nos agarraríamos e morderíamos e o quereríamos exatamente na mesma quantidade. Talvez eu lhe chupasse, de joelhos no tapete sujo, eu estaria usando uma camiseta e nada mais, ele passaria as pernas em volta de mim e pressionaria meu traseiro com seus calcanhares; por minha causa, ele ficaria em agonia.

Exceto que ele não estava lá, e ao olhar seu quarto, os objetos que não me eram familiares — nem mesmo sabia qual era a sua cama — percebi o absurdo de supor, de mesmo esperar que ele estivesse com a mesma disposição, esperando por mim. Rapidamente a decepção com a sua ausência se transformou em terror que ele aparecesse antes de eu sair. Eu ia parecer — essa seria a palavra que ele usaria, ou outra pessoa qualquer — *maluca*. Isto é, tão maçante quanto uma garota que chorasse, mas também agressiva.

Ele não estava me esperando, não estava me procurando. Teria sido uma mentira dizer que a única razão por que eu queria vê-lo era atenuar o mau comportamento anterior, mas era uma das razões, e tinha sido tão artificial achar que ele poderia estar querendo o mesmo? Agora que acho que *foi* artificial, que o meu impulso foi feminino, e que a reação masculina (talvez eu só pretendesse a reação mais neutra) foi perceber que a nossa última conversa tinha sido bombástica e infeliz, mas que cada um tinha compreendido muito bem a posição do outro. Outra conversa seria reiteração, e não esclarecimento.

Fechei a porta e percorri rapidamente o corredor. De volta ao Elwyn, meu coração precisou de alguns minutos para desacelerar. E percebi imediatamente que nada tinha realmente acontecido. Era como se eu estivesse me recuperando, mas do quê? Eu estava sozinha, o ventilador na janela estava zunindo, o chão estava coberto de caixas cheias até a metade.

— Acabou — disse eu. — Acabou tudo com Cross. — Se dissesse isso alto, talvez finalmente parasse de ter tanta esperança.

A pessoa que falava na capela sempre se sentava à esquerda do capelão e, na manhã seguinte, o lugar estava ocupado por Conchita Maxwell. Não posso afirmar que tenha ficado totalmente surpresa. Quando ela subiu os degraus para o púlpito, vi que estava usando uma saia de linho preta e uma blusa branca; há muito tempo havia deixado de se vestir de maneira excêntrica e tinha deixado o cabelo crescer. Ela pigarreou e falou ao microfone: "O artigo publicado no domingo passado no *New York Times* deixou muitas pessoas na comunidade Ault irritadas, magoadas e representadas incorretamente. Eu sou uma dessas pessoas. Como uma mexicana-americana, senti-me ofendida com o artigo. De maneira nenhuma reflete a minha experiência durante os últimos quatro anos neste lugar que passei a chamar de minha casa." Escutando-a, de início senti-me hostil, em seguida me senti triste, e depois nem mesmo isso — a sensação era mais de distância da situação toda. O discurso, que contou significativamente com a retórica, e não estava particularmente bem escrito, me fez pensar em alguém lendo a dissertação de outro sobre um tema que não o interessava e, não intencionalmente, quando dei por mim estava longe dali. Estava pensando em Conchita e em mim, no tempo em que éramos calouras, em como a ensinei a andar de bicicleta atrás da enfermaria. Parecia ter acontecido há muitos e muitos anos, tanto que agora me sentia distante dela; não me lembrava de termos nos falado nem mesmo uma vez durante o 4° ano. E, com a graduação, estávamos prestes a nos separar completamente — a distância entre nós seria física e definitiva, e talvez nunca mais nos falássemos de novo. Pareceu um pensamento impossível — passávamos, nós todos na Ault, tanto tempo juntos que eu começara a acreditar que a vida continha avaliações em vez de apenas desaparecimentos gradativos — mas ainda assim também percebi, então, que quanto mais os anos se passassem, o tempo durante o qual Conchita e eu nos conhecêramos, o tempo durante o qual eu conhecera meus colegas de turma, pareceria cada vez menos importante; acabaria se tornando apenas a tela de fundo de nossas vidas reais. Anos depois, em um coquetel, em uma encarnação de mim mesma que ainda não poderia entender, ao procurar uma história para contar, me ocorreria uma sobre uma garota, que eu tinha conhecido no colégio interno, cuja mãe nos levou um dia para almoçar e o guarda-costas da família sentou-se na mesa ao lado. Ao contar, eu não sentiria nenhuma saudade ou remorso; não sentiria nada verdadeiro, absolutamente nada, de fato, exceto o desejo de que meus companheiros me achassem divertida.

Quando Conchita terminou, houve o momento de silêncio de sempre — nunca se aplaudia um discurso na capela — e então, nos levantamos para cantar o hino. Foi o último serviço da capela daquele ano para todos na Ault; outro serviço seria realizado na manhã da graduação, mas somente para os seniores e pais. Sempre antes dos feriados, inclusive as férias de verão, o hino que cantávamos era "God Be With You till We Meet Again" (Que Deus esteja com vocês até nos encontrarmos de novo), e foi o que cantamos nesse dia. Cantamos todas as quatro estrofes — na Ault, sempre cantávamos todas as estrofes de todos os hinos — e quando chegamos à terceira, aos versos que diziam "Quando os perigos da vida o confundirem/ Coloque seus braços firmes ao seu redor", as lágrimas correram de meus olhos. *De novo não,* pensei, mas depois de um momento olhei casualmente de relance à minha volta e compreendi que o discurso de Conchita pouco tinha a ver com o que a maior parte das pessoas estava sentindo nesse momento e que, em um sentido pelo menos, eu não estava só; a capela estava cheia de seniores chorando.

Depois aconteceu a graduação, que foi anticlimática como qualquer cerimônia. Minha família ficou no Raymond TravelLodge, o mesmo lugar que meus pais tinham ficado no outono do meu 3º ano, e a primeira coisa que me contaram quando nos encontramos no estacionamento da escola no sábado à noite, antes de irmos à casa do sr. Byden para o jantar, foi que, assim que se registraram, Tim tinha feito um cocô tão imenso que havia entupido a privada, e tiveram de mudar de quarto, porque transbordava. "Ele tem sete anos!", gritava Joseph. "Como um garoto de 7 anos faz um cocô desse tamanho?" Tim, nesse meio-tempo, estava ruborizado e sorrindo como se tivesse realizado algo fantástico que a modéstia impedia de admitir francamente. No começo, meu pai me ignorou, mas foi tudo tão emocionante que me ignorar não foi nada prático; ele tornou menos importante me ignorar falando comigo laconicamente. No domingo, na graduação em si, o sr. Byden apertou minha mão de uma maneira francamente neutra (Joseph disse que meu pai tinha ameaçado enfrentar o sr. Byden e, de certa maneira, eu sabia que não o faria). Meus pais e irmãos sentaram-se com os pais e irmão de Martha na cerimônia — finalmente o desejo de minha mãe de conhecer o sr. e sra. Porter foi realizado — e minha família partiu à tarde, a mala do carro pesada com tudo o que eu tinha acumulado nos últimos anos.

Pela graduação, Tim me deu um par de meias com melancias pintadas ("Ele as escolheu sozinho", sussurrou minha mãe), Joseph gravou uma fita cassete para mim e meus pais me deram 100 dólares, que gastei ajudando na gasolina das pessoas que me deram carona durante a semana sênior — Dede algumas vezes, Norie Cleehan e o namorado de Martha, Colby. A última festa foi em Keene, New Hampshire, e Colby veio de Burlington para nos pegar e continuou para o sul, para me deixar no Logan Airport antes de retornarem juntos a Vermont. Abraçando os dois — nunca tinha abraçado Colby, e nunca mais o vi depois disso —, tirando minhas malas da mala do carro, verificando se não tinha deixado a passagem cair no banco, fiquei em desespero para que partissem logo e tudo isso terminasse; só queria ficar só. Então se foram, e fiquei. Estava de short e camiseta, e tanto o aeroporto quanto o avião estavam gélidos com o ar-condicionado. Voando para South Bend, congelei, e me senti exausta de tanta bebida e pouco sono durante a última semana, de me despedir de tanta gente, da cordialidade — no fim, somente alguns colegas de turma mostraram-se conspicuamente agressivos durante essa semana. Quando o avião aterrissou e atravessei o terminal, peguei minha bagagem e fui para o meio-fio, onde minha mãe e Tim estavam esperando, uma rajada de ar quente foi soprada e a Ault ficou para trás. Não tinha nenhum motivo para retornar um dia, nenhuma razão real — a partir de agora, era opcional.

Evidentemente retornei, para a quinta e para a décima reuniões da minha turma. Querem saber o que todos se tornaram? Dede é advogada em Nova York, e tenho a impressão, embora ela tenha ficado mais modesta com a idade, que é muito bem-sucedida. No verão depois do 2° ano da faculdade, recebi um cartão com um retrato dela em uma roupa extravagante — saia plissada, colete de lã com o padrão de losangos sobre uma chemise, óculos de armação de metal, e uma pilha de livros nos braços — e debaixo estava escrito: *O problema com uma sabichona...* E quando se abria o cartão, dentro se lia: *... é que acha que seu Nariz fareja tudo.* Embaixo dizia: *Sim, consegui finalmente! A plástica no meu nariz foi concluída às 4h37 da tarde de 19 de junho. Menos quilos, menos gramas. O objetivo mais cobiçado da minha vida!* Depois disso, sempre gostei de Dede, gostei dela inequivocamente, como nunca na Ault. Hoje a vejo sempre que vou a Nova York: jantamos juntas e falamos de homens. Ela me faz rir, e não sei se ela ficou mais engraçada ou se simplesmente eu não estava disposta, na Ault, a ver como era engraçada.

Assim como Dede, Aspeth Montgomery mora em Nova York. É dona de uma loja de design de interiores, o que sempre me decepciona um pouco quando penso nisso — parece tão insignificante. Eu estava certa em relação a Darden (ele também é advogado), que se tornou um curador da Ault com a idade de 28 anos. Sin-Jun, é claro, vive com sua namorada em Seattle e é neurobiologista. Amy Dennaker, com quem nunca morei depois do primeiro ano no Broussard, é uma erudita conservadora; não costumo assistir aos programas políticos das manhãs de domingo, mas às vezes assisto, se estou em um hotel, e a vejo discutindo, usando um *tailleur,* e sempre me dá a impressão de estar se divertindo. Soube que a sra. Prosek e a gracinha do seu marido se divorciaram alguns anos depois de eu me formar. Espero que tenha sido ela a deixá-lo, ou pelo menos que tenha sido recíproco; basicamente, não quero que tenha sido ele a deixá-la. Ela não dá mais aulas na Ault, e não sei bem para onde foi. Nesse meio-tempo, Rufina Sanchez e Nick Chafee se casaram; casaram-se dois anos depois de ela se graduar em Dartmouth e ele em Duke. Isso me parece igualmente sufocante — namorados de colégio e toda essa coisa — e me dá inveja. Acho que deve ser bom acabar ficando com alguém que sabe como você era quando adolescente.

Não vi mais Cross depois que nos graduamos porque, durante a nossa quinta reunião, ele estava vivendo em Hong Kong, trabalhando para uma firma americana de corretagem, e quando planejava vir à décima reunião — ele hoje vive em Boston —, sua mulher entrou em trabalho de parto na noite anterior. Recentemente, Martha e seu marido, que também vivem em Boston, encontraram-se com Cross e sua mulher e saíram para jantar.

Martha ligou-me depois e deixou um recado: "Ele guarda tacos de golfe na mala do carro. Não sei bem por que estou lhe contando isso, mas me parece o tipo de coisa de que você gostaria de saber." Sei como é sua aparência agora porque saiu uma foto do seu casamento no *The Ault Quarterly* (jornal trimestral da Ault). Está ficando calvo e tem o rosto bonito, mas bonito de uma maneira diferente. Como eu sabia que era ele na foto, consegui discernir suas antigas feições, mas se cruzássemos na rua, não tenho certeza se o teria reconhecido. O nome de sua mulher é Elizabeth Fairfield-Sugarman.

Martha é livre-docente de clássicos, a caminho de se tornar professora titular. Fui dama de honra em seu casamento, mas a verdade é que nos falamos duas vezes por ano, e nos vemos menos ainda.

Quanto a mim: Cross estava enganado, e não gostei particularmente da faculdade, pelo menos nos primeiros anos — parecia tão vasta e diluída. Mas no 3º ano, acabei conseguindo um apartamento com outra garota e dois rapazes, embora eu só conhecesse a garota, e pouco. Um dos rapazes não parava muito lá, mas o outro — Mark, que estava no último ano — e a garota, Karen, e eu jantávamos juntos quase todas as noites, e depois assistíamos à televisão. Ao me mudar com eles, achei, de início, que os dois fossem do tipo CMB, mas com o tempo me esqueci de que pensei isso. Aprendi a cozinhar com Mark, e nesse verão, algumas semanas antes de me mudar, ele e eu tivemos um envolvimento; ele acabou sendo a segunda pessoa que beijei, a segunda pessoa com quem fiz sexo. (Antes, eu tinha imaginado que o primeiro garoto com que nos envolvíamos era a nossa iniciação, e que depois dele a chave teria sido ligada e namoraríamos continuamente. Mas, pelo menos no meu caso, estava enganada.) Depois da primeira vez que Mark e eu nos beijamos, falei com Karen sobre isso — eu não tinha certeza se gostava de Mark — e mencionei Cross. Planejava dizer que ele tinha sido alguém de quem eu tinha certeza, mas antes de ter tempo para falar sobre isso, ela disse:

— Espere aí. O cara com que namorou na escola se chamava Cross Sugarman? — Começou a rir. — Que tipo de pessoa tem o nome de Cross Sugarman?

Na verdade eu não gostava — não gosto — particularmente de falar da Ault. Na verdade, não gosto nem mesmo de ler o jornal trimestral, se bem que sempre o folheio. Mas se lhe dou muita atenção, meu humor afunda; lembro-me de minha vida lá, de todas as pessoas e de como me sentia. Na faculdade, ou depois, durante uma conversa corriqueira, quando alguém dizia: "Ah, você foi de colégio interno?", o meu coração apertava com a necessidade de explicar o que não tinha importância para a pessoa. No meu 2º ano na Michigan, se o assunto fosse levantado, eu fazia somente observações superficiais. *Era legal. Era rigorosa. Tive sorte em ir para lá.* Essas conversas eram um lago que eu estava atravessando, e contanto que não nos estendêssemos no assunto, contanto que eu não achasse que a pessoa ia entender, mesmo que eu tentasse explicar, eu poderia permanecer na superfície. Mas às vezes, se eu falasse demais, seria puxada para baixo, para a água fria e cheia de erva daninha. Lá no fundo, não conseguiria enxergar nem respirar; seria arrastada para trás. E a submersão nem era a pior parte. A pior parte era ter de retornar à tona. Meu mundo atual era sempre, em sua mansidão, um pouco decepcionante. Desde a Ault, nunca estive em um lugar em que todos quisessem a mesma coisa; exceto a aceitação universal, nem sempre fica claro para mim o que quero. De qualquer maneira, ninguém está observando para ver se você consegue ou não o que procura — apesar de na Ault quase sempre eu ter me sentido não notada, em certos momentos, me sentira examinada minuciosamente. Depois da Ault, fui esquecida.

Mas também devo dizer que deixei de examinar as pessoas como fazia antes. Ao deixar a Ault, não levei minha vigilância junto; nunca presto tanta atenção à minha vida e à de outra pessoa quanto prestava naquela época. Como fui capaz de prestar tanta atenção? Lembro-me de mim quase sempre infeliz na Ault, e ainda assim minha infelicidade era tão alerta e cheia de expectativas; na verdade, em sua energia, não era muito diferente da felicidade.

E desse modo, tudo tem de terminar de alguma maneira, e outras coisas me aconteceram — um trabalho, faculdade, outro trabalho —, e sempre há palavras para descrever como preenche a sua vida, sempre há uma seqüência de eventos. Embora não tenha necessariamente relação com a maneira como se sente enquanto está ocorrendo, geralmente há uma certa satisfação na limpidez de sua passagem. Uma certa ansiedade, também, mas geralmente um pouco de satisfação.

Na noite da minha formatura na Ault, houve uma festa em uma boate em Back Bay, de onde eram os pais de Phoebe Ordway — foram eles que ofereceram a festa. Meus pais já tinham partido para South Bend, mas outros pais chegaram em Back Bay cedo, para jantar, depois partiram, e meus colegas, muitos dos quais tinham bebido abertamente na frente dos pais, ficaram, dançaram e gritaram. Bebi cerveja em garrafas verdes, e me embriaguei pela primeira vez, e pareceu fantástico e perigoso. Fantástico como se eu tivesse usando o manto que me tornasse invisível, de modo que pudesse observar todo mundo sem ser observada — a certa altura, Martha estava dançando com Russell Woo (não dancei nem uma vez, é claro) e me sentei a uma mesa redonda para oito sozinha, completamente natural. E pareceu perigoso, já que o que me impediria de ir até Cross, ali em um grupo de pessoas perto do bar, e fazer exatamente o que eu queria? Que era passar meus braços ao redor de seu pescoço e pressionar meu rosto em seu peito, e simplesmente ficar assim para sempre. Tinha tomado quatro cervejas; sem dúvida estava menos bêbada do que acreditava estar, e foi isso que me deteve.

Um pouco antes da meia-noite, Martha disse que estava exausta e que queria ir embora. Eu estava no meio de uma longa conversa com Dede, que estava bêbada e dizia em um tom estranhamente caritativo: "Você estava sempre tão triste e irritada. Desde quando éramos calouras. Por que era tão triste e irritada? Mas se eu soubesse que era bolsista, poderia ter lhe emprestado dinheiro. Estava namorando aquele garoto da cozinha, no ano passado, não estava? Sei que estava." Não a escutava completamente — estava observando Cross se movendo pela sala, dançando, saindo, voltando, falando durante algum tempo com Thad Maloney e Darden. Fiquei na festa para poder observá-lo. Martha e eu tínhamos ficado de passar a noite na casa de seus tios em Somerville, mas quando ela foi embora, eu fiquei. Achei que, como estava bêbada, tudo seria diferente, seria como na noite em que desmaiei, Cross acabaria me procurando. Mas em vez disso, quando o DJ tocou "Stairway to Heaven" como a última música da noite, Cross dançou junto com Horton Kinnelly, e então a música acabou e ficaram lado a lado, ainda juntos. Cross passando sua mão nas costas dela. Tudo dava a impressão de casual e não acidental — nos últimos quatro minutos, pareceram formar um casal. E embora não tivessem conversado durante a noite toda, percebi, de súbito, que assim como eu o observara nas últimas horas, ele tinha ficado de olho em Horton, ou talvez por muito mais tempo do que isso. Também ele tinha deixado alguma coisa para o final, mas a diferença entre mim e Cross era que ele escolhia, ele exercia o controle, seu projeto era cumprido. O meu não. Esperei e ele não olhou para mim. E assim foi no resto da semana sênior, embora cada vez me surpreendesse menos, a cada festa, e no fim da semana, Cross e Horton não esperavam ficar tarde para se embriagarem — eram vistos entrelaçados na rede da casa de John Brindley à tarde, ou na cozinha da casa de Emily Phillip, Cross sentado no banco diante do balcão do bar e Horton em seu colo.

Foi na casa de Emily — na última festa, em Keene — que abri o bilhete de Aubrey, o bilhete em que ele declarava o seu amor por mim. Eram três e meia da manhã e eu estava em um campo onde o carro de Norie estava estacionado, procurando a escova de dente na minha mochila, quando encontrei o cartão. Fiquei muito comovida, não somente por que o que ele tinha escrito era tão doce, mas também — mesmo sendo de Aubrey, o pequenino e meticulosamente correto Aubrey — porque significava que o artigo do *Times* não tinha me tornado intocável. Cross Sugarman não foi o único garoto da Ault que chegou a notar algum valor em mim.

Mas não na última noite da semana sênior, na primeira noite — na boate em Back Bay: quando Martha me disse que estava indo embora, eu ainda não tinha entendido que Cross e Horton estavam juntos, e quis ficar.

— Mas só tenho uma chave da casa da minha tia — disse Martha. — Como você vai entrar?

— Vou pensar em alguma coisa — repliquei.

— Reservei um quarto no Hilton e você pode dormir lá — disse Dede.

— Obrigada — disse eu, e Martha olhou para mim, incrédula. — Ligo para você de manhã — falei.

Acabei dormindo de saia e blusa, dividindo uma cama com Dan Ponce e Jenny Carter; Jenny dormiu entre mim e Dan, e Dede e Sohini Khurana dormiram na outra cama. Apagamos a luz às quinze para as quatro, e acordei às sete e meia e fui embora imediatamente. Não me sentia tão mal quanto aparentemente deveria me sentir. Consegui ficar em pé e andar, e portanto achei que talvez o álcool não tivesse me afetado, afinal.

Peguei o trem em Copley e fui para Park Street, onde sabia que teria de mudar para a Linha Vermelha para chegar à casa da tia de Martha. Mas Park Street me confundiu — durante o tempo na Ault, tinha andado nesse trem poucas vezes — e desci um lance de escada, depois subi de novo. O nível superior estava cheio de gente, e todos à minha volta estavam com pressa. Não a Linha Verde — com que tinha me deparado. Retornei descendo a escada para onde era vermelho e um pouco menos agitado, mas não completamente. Estava ali, usando a mesma roupa da noite anterior, tamancos, saia comprida e blusa de mangas curtas, e quando olhei para os trilhos, moveram-se ligeiramente, depois se moveram de novo em outro lugar. Ratos, percebi, talvez ratos pequenos — estavam se movendo rapidamente pela via férrea, quase se confundindo com o cascalho.

Lembrei-me de que era segunda-feira. E estava na hora do *rush* — por isso a estação estava tão cheia. À minha volta, na plataforma, as pessoas passavam ou se detinham em um lugar para esperar: um homem negro de blusa azul e terno preto riscado; um adolescente branco com *headphones*, usando camiseta e jeans grandes demais para ele; duas mulheres na faixa dos 40, as duas com um comprido rabo-de-cavalo, e uniforme de enfermeira. Havia uma mulher com o cabelo curto e franja em uma saia de seda e paletó combinando, um cara de macacão salpicado de tinta. Toda essa gente! Eram tantos! Uma avó negra segurando a mão de um menino que parecia ter mais ou menos 6 anos, mais três caras brancos de terno, uma mulher grávida de camiseta. O que tinham feito durante as últimas quatro horas? Suas vidas não tinham absolutamente nada a ver com a Ault.

É verdade que eu estava de ressaca pela primeira vez, e ainda era ingênua o bastante para saber o que era uma ressaca. Mas essas pessoas começavam seu dia, todos os seus encontros, incumbências e obrigações. E isso somente ali, nessa estação, nesse momento. O mundo era tão grande! A intensidade dessa percepção desapareceu assim que embarquei no trem, mas retornou ao longo dos anos, e mesmo hoje, às vezes — estou mais velha e minha vida é muito diferente —, posso sentir de novo como fiquei abismada nessa manhã.

Agradecimentos

Minha surpreendente agente Shana Kelly, acreditou neste livro antes de ele existir e me ajudou de maneira inestimável com seu estímulo, trabalho e inteligência criteriosa. Também na William Morris, Andy McNicol, com entusiasmo, defendeu *Preliminar* e a mim. Na Random House, tive realmente a melhor editora do mundo: a sábia e hilariante Lee Boudreaux. Em cada estágio, Lee percebeu qual o maior interesse neste livro, permitiu que ele se desenvolvesse com liberdade, e demonstrou muito entusiasmo. Estou também em dívida com Laura Ford, que torceu pelo livro desde o começo, é uma leitora paciente e uma pessoa incrível, assim como com as colegas de Lee e Laura na Random House: Holly Combs, Veronica Windholz, Vicki Wong, Allison Saltzman, e minha equipe de astros da publicidade — Jynne Martin, Kate Blum, Jen Huwer e Jennifer Jones — que me cobriram com sua criatividade e dedicação.

Aprendi muito com meus professores, inclusive Bill Giffrod e Laine Snowman. Recentemente, no Iowa Writers' Workshop, tive o privilégio de estudar com Chris Offutt; Marilynne Robinson; Ethan Canin, um orientador maravilhoso; e Frank Conroy, que gosta tanto de escrever e cujas convicções têm sido tão inspiradoras para mim. Também aprendi com meus intrigantes e sagazes colegas de turma em Iowa, especialmente Susanna Daniel e Elana Matthews, que são amigas queridas, e Trish Walsh, que sempre me disse para continuar a escrever.

Durante o tempo que trabalhei neste livro, recebi assistência financeira da Michener-Copernicus Society of America. Além disso, recebi literalmente uma casa da St. Albans School, e fui muito bem acolhida — tão bem acolhida que continuo aqui — pelos alunos, professores e pessoal administrativo da St. Albans.

Tenho conseguido me sustentar sem trabalhar em um escritório somente por causa de serviços para diversas revistas e editores de jornais, incluindo Rory Evans, que tem sido um mentor desde os meus 17 anos. Bill Taylor e Alan Webber, os editores fundadores de *Fast Company*, contrataram-me para o meu primeiro emprego em horário integral e continuaram a me oferecer oportunidades incríveis para escrever depois que me mudei.

Sou profundamente grata a meus outros amigos, leitores, e uma combinação dos dois: Sarah DiMare, Consuelo Henderson Macpherson, Cammie McGovern, Annie Morriss, Emily Miller, Thisbe Nissen, Jesse Oxfeld, Samuel Park, Shauna Seliy, e Carolyn Sleeth. Matt Klam foi um defensor valioso e remetente de *e-mails* excêntricos e excelentes. Field Malone forneceu conselhos editoriais oportunos. Peter Saunders ressuscitou meu disco rígido e realizou outras proezas e bruxarias tecnológicas. Matt Carlson me fez feliz em várias cidades.

Finalmente, é claro, minha família: minha tia Dede Alexander tem sido, durante toda a minha vida, uma presença elegante e atenta. Minha outra tia, Ellen Battistelli, é a minha leitora mais leal, às vezes minha única leitora, e é o meu espírito afim em neuroses. Minha irmã Tiernan sofreu elegantemente a indignidade de ser a principal personagem em quase tudo que escrevi até os 18 anos. Minha irmã Jo conversou comigo sobre vários aspectos de *Preliminar,* inclusive nomes e títulos, e — quando não vinha ao meu apartamento, sentando-se a dois centímetros de distância de mim, e falando alegremente — ficava insistindo, corretamente, que eu precisava concluir o livro. Meu irmão, P.G., estava cursando o ensino médio durante os anos que eu escrevia sobre a experiência de Lee Fiora nesse mesmo período, e sábia e sensatamente me aconselhou sobre matemática, esportes e questões do coração. Finalmente, por seu amor, agradeço a meus pais. Tenho muita sorte de ser sua filha.

Este livro foi composto na tipologia
Classical Garamond BT, em corpo 11/15, e impresso
em papel off-white 80g/m², no Sistema Cameron da
Divisão Gráfica da Distribuidora Record.